Best Time

白 马 时 光

沐清雨　著

江苏凤凰文艺出版社

图书在版编目（CIP）数据

无二无别：全2册 / 沐清雨著. —— 南京：江苏凤凰文艺出版社，2021.12
ISBN 978-7-5594-6359-3

Ⅰ.①无… Ⅱ.①沐… Ⅲ.①长篇小说－中国－当代 Ⅳ.①I247.5

中国版本图书馆CIP数据核字（2021）第220832号

无二无别
WU ER WU BIE

沐清雨 著

责任编辑	周颖若	
特约策划	何亚娟	
特约编辑	陈乐意	
装帧设计	VIOLET	
出版发行	江苏凤凰文艺出版社	
	南京市中央路165号，邮编：210009	
网　址	http://www.jswenyi.com	
印　刷	天津融正印刷有限公司	
开　本	880毫米×1230毫米　1/32	
印　张	20	
字　数	508千字	
版　次	2021年12月第1版	
印　次	2021年12月第1次印刷	
书　号	ISBN 978-7-5594-6359-3	
定　价	69.80元（全二册）	

江苏凤凰文艺版图书凡印刷、装订错误，可向出版社调换，联系电话 025-83280257

山河远阔,唯与你日出而作,日落而息,才是人间理想。

天上银河,地上萤火,你说我值得。

目录
CONTENTS

上 册

第一章	报道事故	001
第二章	在哪里见过你	051
第三章	初到临水	086
第四章	异地之"恋"	160
第五章	百创事件	202
第六章	一路向你奔赴	265

第一章
报道事故

春末夏初。

南城迎来雨季,银丝细雨无声地飘落,淋湿了这座城市,令人的情绪都随着天气下沉,一如大阳网总编室内,此刻也是"山雨欲来风满楼"。

叶上珠不敢催促余之遇,只心机地编辑了一条"虚情假意"的信息:"雨天路滑,慢点开车"发了过去,并期待余之遇大发善心地回复一句"马上到",或者干脆撑得她怀疑人生,她那动荡不安的小心灵才能得到安抚。可时间一分一秒地过去,信息如石沉大海,一丁点儿回响都没有。

冷暴力最是冰力十足。

叶上珠沮丧地趴在办公桌上,把手机杵在眼前,反复滑着微信聊天界面,这才看见被设置成消息免打扰的记者群里有人开腔了——

余组长到底是位名……记,个人主观意识超强的,恕在下不够猖狂。

名记就名记,你那省略号是几个意思?叶上珠有种余之遇被人冒犯的错觉。

有人开头,便有人搭腔:据说停产半个月会导致万阳药业损失几千万元，这还是保守估计。余组长这个妖可是作大了，万一被要求赔偿岂不是会直接破产？

你一个低保户，就别聊破产这种话题了，好吗？叶上珠发自内心地看不起这位看热闹不嫌事大的同事。

随后有人接茬儿：余组长也是倒霉，说到底还不是她带的那个实习生惹的祸。那是新闻稿，她当是小学生作文吗，个人主观意识凌驾于客观事实之上，她可真够勇敢的。

居然还扯上勇敢了！我只是不懂人世险恶好吗？不过看在你没对我们组长落井下石还算中立的分儿上，我承认你是有点"草根智慧"的。

然而，在沉默窥视和冒头挑衅之间，叶上珠毫不犹豫地选择了后者。她手指如飞地敲下一行字发出去：世人那张万恶的嘴啊，再配上随心所欲的舌头，简直就是万恶之源。

群里瞬间安静了。

不出个王炸，你们当我是死的？

叶上珠还嫌自己出现得不够突兀，选了个捂嘴不说话的捣蛋表情正准备发，被移出群聊的提示率先跳出来。

当初是你们要上演塑料姐妹花的戏码拉我入群，如今大意地遗忘了我的存在，还怪我打扰你们了？叶上珠放下手机，生无可恋地叹了口气。

余之遇几乎是踩着这声叹息进来的。

她尚在病假中，此刻被叫回来所为何事大家心知肚明，先前在群里聊得欢脱的几位又开始窃窃私语了。

余之遇正在接电话，边听对方讲话边朝自己的办公室去，途中侧眸看了看眉飞色舞的那几位，疏淡的神色顷刻褪尽，她停步站在门口，举着手机扬声笑问："是发生了什么我不知道的喜事吗，怎么你们一个个喜气洋洋的？"

网站因署了你名字的新闻稿都要吃官司了,谁还敢喜气洋洋,被许总听见我们还能晋升吗?余组长,我们就别互相伤害了吧。

吃瓜群众没料到余之遇还有闲情逸致向她们发难,顿时缩回脑袋,表面上一脸正经地敲起键盘,作工作状。

余之遇三两句结束了通话看向叶上珠,叶姑娘随即托腮扮乖,一副弱小、无助、可怜的模样。

余之遇用手机指指她,先去总编室了。

许东律见她进来,连铺垫都没有就直接开喷:"你做记者多久了,难道不清楚媒体的生存法则吗?还是你以为自己是首席记者,有足够的话语权,可以想说什么说什么?"

他屈指敲敲办公桌上的那份稿子:"你告诉我,什么叫'市面上畅销的川贝糖浆原材料用的是川贝还是浙贝令人存疑'?尽人皆知川贝糖浆是万阳药业的明星药,你这和直接点名说人家卖假药有什么区别?点名也行,业内谁不知道你余大记者说话就没忌讳的,但证据呢,有就赶紧拿出来,万阳已经发声明了,别等人家寄律师函来追究你报道失实之责!"

许东律自认步入而立之年后脾气好多了,此刻压抑了半天的火气让他风度也不顾了,隔着办公桌把稿子甩到余之遇身上:"我看你也不用再考察了,直接降级才对得起你的口无遮拦!"

余之遇接住稿子,毫不推诿地说:"这次报道事故的责任在我。"

事情起因:南城市,中药材市场出现的以便宜的"浙贝"代替昂贵的"川贝"来制作假药的事件。

在有人举报中药材市场有黑心商户表述不明,用"浙贝"代替"川贝"以赚取高额利润前,余之遇只知道"贝母"是很常见的清热化痰药,有治疗咳嗽的功效。至于"贝母"还有"川贝母"和"浙贝母"之分,两者在价格上更有天壤之别,请恕她孤陋寡闻。

余之遇向来不碰医疗、医药相关的选题,在放弃和破例之间犹豫时,叶上珠提交了选题申请,说她的名字本就是中草药,这次的假中药事件是为她量身打造。

虽说是玩笑,但不妨让她一试,权当锻炼她。做记者光有热情是不够的,余之遇深知叶上珠粗枝大叶的毛病,事先做好了背景资料收集和分析,还拟订了一个思路清晰的采访提纲,才把后续的采访工作交给她。

叶上珠的采访做得倒是全面深入,美中不足的是受访人有点信口开河,叶上珠则因欠缺经验并没有对采访材料进行适当的裁剪。

这样一不小心很容易踩雷。有人的地方就有江湖,笔与刀一样,都有风险。

余之遇连夜修改了采访稿,她把受访人那些没有根据的言语,以及叶上珠个人倾向性很强的评语删除了,只围绕此次假药事件进行事实阐述,并提醒叶上珠:"受访者说万阳药业的'川贝'糖浆疗效差,因此怀疑是'浙贝'糖浆,只是他凭空猜测,没有真凭实据。真报道出去,万阳追究起来就是我们的责任。我们报道的是中药材市场的假药事件,这件事本身与万阳无关,你搞错了报道的核心。"

叶上珠才意识到被删除的那些涉及万阳的评论确实片面、无根据,想想稿子就这样发出去被万阳追责的话,后果将不堪设想。

然而,墨菲定律告诉我们,事情往往会向你所想到的不好的方向发展。正所谓,怕什么来什么。

叶上珠竟在给编辑发邮件时因分心接了个电话选错了附件,尽管事后她发现并重发了余之遇回执的版本,但那份被署以余之遇名字的初稿依然被发了出去,且被居心叵测的人截了图。

在"有心人"的刻意引导下，这篇文章的转发量突升，仅用几个小时便将"万阳川贝糖浆是假药"的话题送上了热搜，随后更有多家大V营销号@了相关监督管理部门的官博。与此同时，万阳制售假药的不实消息在网上被传开。

事情的发酵速度之快令人措手不及。事关百姓用药安全，相关部门更是雷霆手段，万阳药业随即被约谈。具体怎么谈的外界不得而知，总之，结果就是万阳药业被责令停产整顿十五天。除此之外，南城市多家中医药企业都收到了要求他们自查自纠，进行安全大检查的通知。

一则假药事件的报道，掀起了中医药行业的轩然大波。

且不说编辑那边为何没及时撤换稿子，叶上珠发错邮件是事实，余之遇没什么可辩解的。

见她不言语，许东律气不打一处来："怎么，说你还不服气？"

余之遇屈指触了下额头："只是觉得现在多说一个字都是辩解。"

依她口诛笔伐的个性，这已是认错，况且错本不在她。

许东律压了压火气："这事交由法务部门处理，不过再怎么说道歉是免不了了。"视线触及外面抻着脖子往这边偷看的叶上珠，他语气又不好了，"还有那个叶上珠，我们向来保护实习记者的署名权，这次是她做的采访，她写的稿，却署你的名，出了事，我有理由怀疑她是对方派来的卧底！"

关于署名，叶上珠是认为前期工作都是余之遇做的，她作为"小菜鸟"不配拥有姓名，所以初稿上没好意思署自己的名。

余之遇为人正直，平时叶上珠跟着她做些不重要的辅助工作，她都给叶上珠署上名，更何况这次是叶上珠独立做的采访，稿子虽然存在问题，但修稿本就是她身为组长之责，回执稿件时余之遇便删除了自己的名字，本意是让这篇报道成为叶上珠独立署名的第一篇新闻稿，结果……

许东律越想越气："我看她就该回炉重造。"

实习记者回炉通常会被发配去排版、校对、发行这些岗位，在新闻媒体无疑是冷宫。

余之遇立即护短地说："我做实习记者那会儿嚣张、自负、狂妄，不也被你抢救过来了？人是我带的，出了事，责任自然由我担，降级，我没二话，万阳要送律师函、要打官司都冲我来，说到底他们就是想要网站公开道歉。"

她看着许东律，态度坚决："大阳网不能道歉。"

许东律恼道："需不需要我提醒你，你尚在升高级记者的考察期！"

记者是分级制，像军队的军衔一样。从助理记者、记者、主任记者，最后到高级记者，每申请升一级，都需要连续考察三个月。这期间稿件要获"好稿奖"方可升级，否则……发生这样的事故，一旦事态发展下去，别说升级泡汤，搞不好还会再降一级，相当于连降两级。对余之遇而言，才是回炉重造。

其中的利害关系余之遇自然清楚，可她更清楚许东律宁可以网站的名义公开道歉也要阻止事态扩大是出于对她的维护，这种维护势必让他为难。

余之遇有自己的坚持："停产整顿确实会造成万阳的损失，可对老百姓而言未必是坏事。用一篇报道给整个中医药行业提个醒，我觉得值，哪怕以我降级为代价。稿件存在的问题我不回避，事已至此，我作为署名记者理应向万阳道歉。以我个人名义。"

她目光坚定："记者有质疑的权利。针对我'存疑'的言论，我会去证实。"

"你当自己是药监局的啊?"许东律觉得自己的血压都被气高了,"没等你证实出什么,人家就把你踩死了,我的余大记者。"

"不是还有你嘛。"余之遇笑得狡黠,"许总正直护短业界闻名,不会任由下属被踩的。"

"你以为扣顶高帽,我就会妥协是吗?"许东律随手抓起桌上的文件甩过来,"大阳网还装得下你吗,要不这个总编换你来做?"

余之遇灵活地侧身躲开:"或者你送我个别的选项?"

显然许东律并没有备选方案,否则他不会发这么大的火。

事件源头确实在于叶上珠发错稿件,可热点大事件都未必会掀起如此巨浪,说没有人暗中推波助澜,许东律不信。若真是竞争对手趁机下场,大阳网连抵抗都不抵抗一下就道歉,未免太过窝囊。

许东律冷静地权衡再三,收了火:"杵那儿干吗,等我请你坐啊?"

这是默许的意思。余之遇顺着台阶下:"闯了这么大的祸我哪还有脸坐?你没别的训诫我就先退了。不用问我胃好没好,犯了这种低级错误,我不配被关心。"

许东律眼睛一横:"你干吗去?我告诉你我最多给你一周时间。"

余之遇理所当然地说:"当然是去善后。连降两级,我再有热情和理想也要万念俱灰了。"

"你知道急就好。"许东律没好气,"打算怎么做?"

余之遇神秘兮兮地晃了下手机:"我有独门暗器。"

许东律严肃地警告:"给我收收你那些野路子。"

余之遇一笑:"那我可不能保证。"

"……"

出了总编室,她脸色就变了。

叶上珠动作敏捷地从工位上蹿出去,凑过来说:"我有个不成熟的小怀疑。"

"不成熟就别说。人不怕犯错,怕的是没教训。"余之遇脚步不停地往夏静的办公室走去。

小警告自然管不住叶上珠那张嘴,她压低声音说:"夏静和陈默的私交很好。"

夏静是采访部二组组长,余之遇作为一组组长和她是平级,确切地说,要顺利通过考察期升为高级记者才是真正的平级。陈默则是编辑部的。

夏、陈这两人没少因稿件争执,甚至不止一次闹到许东律面前,以致全网站的人都以为她们是对头。报道事故一出,陈默主动去向许东律认错,承认是她疏忽,没在凌晨接到叶上珠的电话后及时撤换稿子,自请处分。如此一来,便没人把这件事往夏静身上联想了。哪怕采访部部长之位空悬,扳倒余之遇,她便是最大赢家。

而叶上珠凌晨通知编辑换稿本身不占理。凭什么让人家二十四小时待命,你当是当兵打仗时刻保持战备状态吗?

许东律是老江湖了,自然品得出来陈默刻意强调时间意在推卸责任。可在抵御外敌和处理内讧之间,他身为总编,现阶段只能选择前者。

余之遇却不甘心吃哑巴亏:"是我们疏忽大意自己把小鞋穿到脚上的,但不代表夹脚了还不能说。"

该争吵时嘴别懒,敢于冲突的人才是真正的内心强大。叶上珠赞成余之遇找夏静好好讲讲道理,于是撸起袖子就要充当先锋。

余之遇伸手一挡:"干你的活儿去。"姿态强势地把她拦在外面。

夏静没计较余之遇的不请自来,笑靥如花:"看余组长这气色应该是康复了,恭喜啊。"

戏精本精,余之遇算是见识了。她回敬道:"同喜。"

夏静风情万种地一挑眉："我有什么喜？"

余之遇阴阳怪气地说："提前恭喜夏组长晋升部长啊。"

她言语间的讽刺之意那么明显，让人想装糊涂都不行。夏静收了笑，嗓音微沉："余组长可别这么夹枪带棒地说话，大家都是同事，撕破了脸多不好看。"

"我盛世美颜，还怕撕吗？"语落，余之遇突然发作，抬手一挥。下一秒，夏静办公桌上的资料，连同笔记本电脑一起噼里啪啦地往地上掉。

余之遇本身的气质有点冷感，却从不轻易发火。以往叶上珠大错小错犯了无数个，她都只教不骂。这次也一样，事发后她理智地先了解起因经过，第一时间赶回来处理。平时和同事下属的相处更是融洽，当众撒泼这种事，她是第一次干。

夏静措手不及，任她反应再快也只来得及接住笔记本电脑。她瞬间翻脸，冷声质问："余之遇，你疯了？"

大厅的人都被惊动，纷纷站起来。门口的叶上珠生怕余之遇吃亏，一副随时准备冲进去助阵的备战状态。

余之遇确实有备而来，连台词都事先打好了腹稿："我被狗咬了一口，又不能回咬，发个疯算客气了。"她说着上前一步揪住夏静的衬衫领口，"我是没证据，但我智商没欠费。凭编辑部的严谨不可能疏忽至此，是叶上珠凌晨那通电话惹的祸吧？让陈默意识到稿子有问题，她把稿子发给你看了，是吗？那些营销号也是你安排的吧？真是难为你了，为了掀这风波，不仅要熬通宵，还要自掏腰包买热搜。怎么样，对于这样的结果，你还满意吗？！"

夏静一手抱着笔记本电脑，另一只手去掰余之遇的手："你是编剧吧？余之遇，要不要把笔给你？"

"我要是编剧，脑洞一开，你还有命活到明天？"余之遇微眯眼，"别以为一起所谓的报道事故就能害得了我。这事能善了最好，我不追究任何人的责任，权当被社会教做人了。至于你，"她眼神一厉，"损害网站利益的后果不知你担不担得起？"

"你的人发错稿子给网站惹了麻烦，你说我损害网站利益？和我扯得上关系吗？余之遇，你要是觉得委屈、冤枉去和许总说啊。"夏静小声讽刺，"凭你和许总的关系，许总还会不护着你吗？"

余之遇身正不怕影子歪，她手上略微用力，硬是将夏静甩得跌坐到椅子里：“怎么，我和许总的师徒关系，在你夏组长眼里很不正当吗？作风问题不分大小，只论对错。夏组长最好先取证，信口开河的代价，我可是通过这次报道事故给你打样了，别到时候说我余之遇得理不饶人。"

私下诋毁是一回事，夏静没胆子当面造许东律的谣，她试图撇清自己：“你不要含血喷人，我什么时候说过那些话？"

余之遇不理会她的诡辩，视线扫向窗外众人：“别以为我不知道那些说我睡了许总的谣言是从谁嘴里传出来的。"

叶上珠一惊，心想怎么还开车了？她分神间，余之遇已经在放狠话："工作是死的，不会害我，害我的只是人。这次栽的是我，下次指不定是谁。做人留一线，他日好相见。"

夏静哪肯轻易服输："既然你这么有理，我们就到许总面前说清楚。"

"你当自己是小学生，打输了架还要向老师告状吗？"话至此，余之遇解锁手机屏幕，翻出相册放到她眼前，"当然，夏组长要是不怕丢脸，我不介意做坏人。"

她凑近夏静，用仅两个人能听见的声音说："你说要是陈默知道自己的未婚夫和你这个前女友保持着暧昧不清的关系，还会配合你在人前人后上演相爱相杀的戏码吗？或者是我误会了，你和前男友只是偶遇，在酒店纯聊天的？"

夏静的脸色在顷刻间变得惨白，她下意识地要抢手机。

余之遇迅速收手，警告道："踢你出局是分分钟的事，只是那些低劣的手段我不屑于用而已。夏静，做个人。"

从夏静办公室出来，余之遇站在本组办公区域中间，掷地有声地说："报道事故因我而起，我来解决。我解决不了，还有许总。你们只需要拼尽全力找到好的新闻选题，用优质稿件铺平自己的晋升之路。未来很长，要走得铿锵靠的是真章，别搞旁门左道那一套，'多行不义必自毙，子姑待之'。"

一组记者原本因余之遇身陷报道事故都蔫了，生怕组长换人，自己成了没有"亲妈"的"野孩子"，此刻顿觉组长气场两米八，她们一个个抬头挺胸起来。

二组记者则蒙了，她们看向夏静的办公室，期待被公开下了战书的组长站出来和余之遇正面刚一下。结果，那位办公室的百叶窗被拉得密不透风，一派颓然之气。再看总编办公室，许东律像什么都没听见一样，泰然自若地坐在办公桌前喝茶。

众记者："……"这聋让您装得可真像啊。

叶上珠随余之遇出门，上车后她难掩激动地说："没看出来组长你居然是掐架满级、文武双全的战斗机呢，就是女神人设崩了，有点可惜。你抓到夏静哪根小辫子了，怎么她就偃旗息鼓了？你没回来之前她有多趾高气扬，我特别想给你回放一遍。"

余之遇打方向盘转弯，头略微偏向驾驶座那侧车窗："别乱给我立人设。"

叶上珠径自吐槽："我早上来上班时的心情和上坟没什么区别了，

她居然还笑着问我是不是没睡好，怎么都有黑眼圈了？我想成为国宝不行吗？她也不怕手伸太长闪着腰！"她偏头看向余之遇，"组长你出手太轻了，我还是比较想看她跪下认错！"

前面红灯，余之遇脚上略微用力，刹车踩得狠了点儿。

叶上珠被安全带勒了下终于闭上了那张喋喋不休的嘴，触及余之遇微凉的眼神，她自行做了个噤声的动作。

等红灯时，余之遇说："我公然和夏静翻脸为的是警告她别在我处理这件事时还在背后捅刀子，以免事态扩大为网站造成更大的负面影响。我们虽同为组长，但她资历比我老，业务能力过硬，我见到她都得称一声'夏姐'，你有什么资本让人家跪下认错？她给你脸色，你先受着，等和她平起平坐时再翘尾巴不迟。"

这是为叶上珠好。她只是实习记者，真和夏静起了冲突，即便有余之遇护着，她也讨不到便宜。

叶小姐小声嘀咕了一句："实习期能不能过都是问题，还平级？组长你这不是朝我胸口扔刀子嘛。"

余之遇反问："那插疼你了吗？"

叶上珠捂胸口作虚弱状："心碎了无痕。"

余之遇被她煞有介事的模样逗得破功，偏头笑了下，没再损她。

叶上珠说正经的："事发之后，我查了下万阳药业。"

绿灯亮起，余之遇起车时问："我怎么不记得交代过你这事？"

"'知己知彼，百战不殆'啊，再说我不得将功补过嘛。"叶上珠自顾自地继续说，"万阳药业隶属万阳集团，是集中成药、化学制药、生物制药的科研生产营销、药品连锁经营于一体的民营制药企业，现任总裁校谨行为校家长子，坊间传闻那位小校总城府深沉，刻薄苛刻，十分不好接触。当然，这些都不是重点，对我们最有利的信息是，他单身！"

余之遇："……"她只能狠踩油门提速，以求尽快到达目的地，结束这个莫名其妙的话题。

万阳办公大楼里，前台看过余之遇的记者证后露出公式化的微笑："请先在休息区先等候，至于校总开完会是否有时间见您，我需要向高助理确认后再回复您。"

余之遇拿出笔记本电脑，坐在休息区处理公事。

叶上珠帮不上忙又坐不住，忍不住要开腔，余之遇头也不抬地说："多说一句，明天去给许总复印材料。"

叶上珠现在最怕许东律了，立即乖乖闭嘴。

两个小时后，前台回复："校总临时有事外出了。"

余之遇细品了一下"临时"一词背后的意思，说："那麻烦你帮我预约一下吧，看校总什么时候有时间。"

前台翻了翻记录："最近两周校总的行程都是满的，余记者您看下下周……"

她话还没说完就被叶上珠截断："你们校总可真是日理万机！"

前台保持微笑："药厂整顿，我们校总要去巡查，二十号能赶回来已经是非常高的工作效率。"

"行、行、行，你们老板你随便捧，恕我多嘴了。"叶上珠在余之遇的眼神警告下刹了车。

许东律只给她一周时间，她却要下下周才能见到校谨行。二十号，距离现在正好半个月时间。停产整顿半个月……看来是在这儿等她呢。

余之遇没为难前台，微笑道："在此之前，校总若能像今天处理临时事件一样挤出几分钟时间，我随叫随到。"

楼上，高非到总裁办公室汇报道："余记者走了，预约了您指定的时间。"

校谨行正拿起西装外套往身上穿，没说话。

高非把余之遇那段随叫随到的话一字不漏地复述一遍，末了补充道："相比同行那个实习记者的气愤，余记者很平静。"

校谨行整理袖口的动作微滞，沉着声音问："你想说什么？"

高助理抿唇笑了一下："大阳网的报道一出，任律师就打过电话来。"言外之意，我们是有律师团的，随时可以兵戈相向，无须您亲自出面。而您既然决定要给那位余记者道歉的机会，又何必把时间推那么远？这不符合处理危机事件的原则。

"任律师有更重要的事情要做。"校谨行垂眼扣好纽扣，"至于那位余记者，你要是觉得她毫无怨言地等我两个小时是在放低姿态就错了。"

高非不解："她难道不是来道歉的？"

道歉？校谨行没正面回答，只在走出办公室时意味不明地说了句："她本事着呢。"

那了然于胸的姿态，高非瞬间脑补出一场风花雪月的事。

当晚，余之遇家里来了位不速之客。

是夏静。

相比先前在办公室的失魂落魄，此刻的她神情冷漠，目光犀利，一副要和余之遇短兵相接的姿态。她也没有要进来的意思，站在门外开门见山地问："攥着那么大的筹码为什么不用？"

余之遇明白她是指照片，反驳道："用来扳倒你吗？我是业务能力不行，还是人脉差？是找不到好选题，还是写不出优质稿？夏静，别以为人人都像你，为了升职不择手段。"

夏静冷笑，语带讥讽："你最好的手段就是跟了个好师父。本来我早该升部长的，结果他一句话就把采访部拆分成组，我一个十拿九稳的部长，成了和你平起平坐的小组长，凭什么？"

余之遇站在玄关处说："不是我也会是别人。沈星火作为大阳网第一位被授予高级记者职称的人，能力在业界有口皆碑，不比你有资格？"

夏静眯眼："可人家另谋高就了。"

余之遇反问："难道不是被你所迫？"

明明是疑问句，可她眉宇间的笃定让夏静一时语塞。

余之遇寸步不让地盯着她眼睛："我以为你清楚，分组是给你的教训。"

夏静微愣，显然不知这层含义。

"方圆百里都知道的秘密。"余之遇轻笑，"许总惜才，但不代表他可以一再容忍你对同僚的排挤。或者你做得漂亮点儿，别让我这种傻子都能看出端倪。你也别有事没事拿我和许总的师徒关系做文章了，他未婚，我未嫁，万一我们来真的，对你有害无利。没错，网站是有规定不允许办公室恋情，可你怕是不知道，外面多少人想挖我！"

"这就是你的资本，总有人为你铺路。"夏静原本有一肚子话要说，吐槽也好，辩驳也罢，总之被余之遇大闹了办公室后，她越想越气，此刻听闻自己使手段迫使前同事辞职竟成公开秘密，顿时泄气，"不像我，只能靠自己硬扛。入行七年，还在为当个采访部长争来争去。"

职场向来残酷，没有功劳簿，只有成绩单。

余之遇无意再继续这场谈话："照片我删了，没有备份，你要是冲这个来的大可以放心。我确实不是百分百的好人，但对别人的私事没兴趣，尤其现在自顾不暇。"

她上前一步："就不请你进来坐了，左右我们没那交情。"

夏静抢在她关门前说:"图确实是我截的,为的是事发后让许东律连撤稿都不能,热搜也是我买的,还有那些营销号都是我联系的,但我没让他们@管理部门。我只是想让你栽个跟头,通不过考察期,没想把事情闹这么大,更没料到会波及万阳药业。"

余之遇关门的手一滞。

夏静见她的反应心里舒服了些:"你看,讨厌你的人不止是我。"

"我管你们谁讨厌我,我活着又不是为了取悦你们。"余之遇砰的一下关上门。

没多久,敲门声又响了。

余之遇以为还是夏静,不予理会。

像是和她比耐心似的,敲门声持续不断。

余之遇烦躁地啧了声,边拉开门边语速很快地说:"没完了是吧,都说照片我删了……"视线触及门外许东律的脸,她及时刹住。

许东律神色不动,说:"不是挺豪横的嘛,怎么被人追到家门口反而怂了?"

余之遇意外,说:"你碰到夏静了?"

许东律嗯了声:"进小区时和她的车擦肩而过。"

余之遇侧身让他进门,说:"那你还上来?万一被她拍下来,就是'实锤'。"

许东律瞥她一眼:"你都敢当那么多人的面拿我讲荤段子,我还在乎什么'实锤'?"

余之遇注意到他手里的袋子:"我那讲的是荤段子吗,我是在给你立威。"

许东律毫无诚意地说:"你费心了。"

与在办公室时的恭敬截然不同，余之遇笑得没心没肺："话糙理不糙，我不野蛮点儿，她们真以为我提不动刀。"

许东律懒得听她诡辩，把手里的东西放在餐桌上："我刚才在附近吃饭，给你打包了一份。"

余之遇闻言赶紧拿碗筷："你应该直接喊我去买单，权当是感谢你那天送我去医院。"

许东律接过碗给她盛汤："那不被人怀疑我的清白？"

余之遇立即表态："我喜欢小弟弟，师父，你太老了。"

三十一岁的许东律噎了一下："确实，我们差的不是六岁，是十六辈。"

余之遇没反应过来，吹着汤问："什么十六倍？"

"你积了八辈子德遇上我这个师父，我倒了八辈子霉带了你这么个不让人省心的徒弟，加起来正好十六辈子。"

余之遇一噎："……师父你这么就说伤感情了吧？"

许东律没再窘她，适时换了个话题："当众闹那么一出不像你会做的事，是有证据？"他可没忘了她说有暗器的话。

余之遇挑眉："其实没有。我就是诈一诈她。"

许东律沉默了两秒："看来她脱不了干系。"

"她不趁我处于考察期搞点小动作哪还有机会？但@药管部门，她没承认。"余之遇舀了两勺汤，喝完又说，"我奇怪的是，凭报道里的三言两语和几个@，就让万阳停产整顿，太草率了吧？"

许东律怀疑还有别的力量推动："对家不趁乱踩一脚，就不是对家了。"他看了下时间，准备走，"调研方案我看了，就让叶上珠负责跟进吧，只要最近别让我看见她，怎么都行。但你要有心理准备，一个调研不可能推翻万阳的药品质量承诺。至于校谨行，见他前你不妨对中医药做些了解，免得到时候话不投机，虽说他并非学药出身，但毕竟掌管那么大一家药企，也是半个行家。"

这些余之遇都考虑到了，她心里有数："这周末南城中医大举办建校六十周年校庆启动仪式，我去看看。"

许东律往她手机里发了条信息。

肖子校，中医大教授，中医大附属中医医院制剂室主管药师，中药学博士。

头衔个个硬核，他绝对是最懂中医药的人。

余之遇眼睛弯起来，瞬间笑开："不怪别人嫉妒我跟了个好师父，扶上马还得送一程。"

许东律自动屏蔽她的奉承，泼过来一盆冷水："不要高兴得太早，听说这位肖教授从不接受媒体采访，网上更是查不到什么有价值的资料。"

余之遇不以为意，说："不好啃的骨头才香。"

许东律由她试试，只嘱咐："你才出院，饮食要规律，尤其不能喝酒。"

"说得好像我酗酒一样。"

"否则怎么会胃出血？"

"……"在他审视灵魂般的眼神注视下，余之遇放弃了辩驳的念头。

许东律都要出门了，忽然问："什么照片？"

余之遇眼睛一转，说："别人偷拍的我和你。"

许东律盯了她一眼："扯淡。"

和师父撒谎有个好处，他一开口全剧终，不用你费心编后续了。余之遇假笑着相送："师父慢走。"

随后两天，余之遇跑了趟药品检验所，至于许东律给的号码，她打了多次，直到周五晚上才接通。接电话的不是肖子校本人，是他学生。余之遇才表明了身份，对方便客气地拒绝道："抱歉，余记者，我们老师不接受任何采访。"

对此叶上珠评价道:"一个小老头儿居然比那位校总还难搞?可真是麻雀落在房梁上,东西不大,架子不小。"

肖子校不是普通老头儿,那些职称头衔代表的是他在业界的学术地位,余之遇不敢小觑。她估计,肖子校作为杰出校友之一,应该会出席校庆,没准儿还会有演讲,于是决定按原定计划去中医大。

预约不成,那就偶遇。采访这种事,有时候只是一场聊天而已。

周末,风和日丽,阳光温暖。余之遇化了个妆,选了职业风小西装与长裤的搭配,再加一个斜挎包,以利落干练的姿态出门。

由于是校庆日,中医大里人山人海。即便如此,也难掩校园环境的清雅。中西合璧的建筑,典雅独特,从校门口矗立的李时珍雕塑逐一数过来,校园内共有二十一尊古代中医药学家的塑像,走过"经方小道",步上"大医之路",仿佛是千年之前,大医们走过的行医之路。

不过,中医的哲学思想体系在余之遇看来比较"玄幻",她无心感受渗透在细节中的中医大之美,只顺着人潮穿过运动场,经过实训室,来到教学楼。

如她所料,确实有知名校友的演讲,在三楼大教室,是位肖姓教授。余之遇听两位从身边跑过的女同学说的。

真是踏破铁鞋无觅处,得来全不费工夫。她心情顿时明媚起来,连脚步都雀跃了。

但还是晚了一步。

她到时主持人已介绍完毕,此刻能容纳两百人的大教室已一座难求。她好不容易才在最后一排找到个旮旯儿里的位子坐下,前方讲台中央已站定一位精神矍铄的老人。

他的目光在教室里扫了一圈，未语先笑："当年我的课如果像现在这样座无虚席，还以女同学为主，我的教学热情一定会爆棚。现在虽说我老了也不糊涂，眼下有这番盛况，我是沾了自己学生的光吧？"

笑声四起，不知哪位大胆的女同学更应了声："对。"

老教授倒不介意，不疾不徐地说："既然同学们这么坦诚，我也得有点儿眼力见儿，否则我还没讲完教室就空了，多尴尬。"言语间他抬起右手示意了下，"你们的男神老师确实来捧我的场了，就让他和你们打个招呼吧。"

余之遇循着手势看过去。

距离前门最近的位置上站起来一个男人，起身时他整理了下西装，随即右手搭在第二颗纽扣下方，先向台上的导师致意，再转向后面的学生，整个肩部向前倾，以十五度的鞠躬礼示意。

阳光透过树叶缝隙投射进来，形成的摇曳着的光晕恰好落在他金丝框眼镜上，瞬间反射出的光芒耀得余之遇眼睛一花。她没能看清男人的五官，只觉得西装笔挺的年轻男人，行礼的姿态矜贵绅士。

大教室里瞬间响起的掌声远比老教授出场时热烈。

余之遇凑近旁边的女同学问："那是谁啊？"

女同学眼神都没给她一个，举着手机反问："你不知道肖教授？"

我当然知道讲台上的是肖教授，我是问他的学生是哪位高人。可看女同学专注录视频的样子让余之遇不好再打扰。

老教授以玩笑的口吻言归正传："听说一个人能做到不啰唆，至少能被百分之五十的人喜欢。在争取这百分之五十的印象分之前，我再多说一句，虽说你们是冲着我的学生而来，但来都来了，坚持听完，万一好笑呢。"

余之遇禁不住笑了。

老教授的演讲很吸引人,他没侃侃而谈中医的博大精深,而是从"生命是什么"讲起,触及中西医的对垒时,还幽默地提醒学生,"下面的剧情百转千回,千万坐稳了"。

演讲风趣幽默,课堂气氛活跃。如果不是那位男神老师悄然离开教室,余之遇还真想听听老教授版的"中医的尴尬"。

余之遇追出去时,外面空无一人,她快速穿过走廊,绕过拐角,猛地看见有人站在窗前接电话,险些没收住步子。

她出现得突兀,被惊扰的肖子校在日光中转身。

猝不及防的对视中,余之遇跌进他寒潭一般沉敛深邃的目光里。那目光凌厉清冷,如果不是鼻梁上那副金丝框眼镜柔和了几分眼尾处的锋芒,余之遇能感受到的就只有扑面而来的压迫感。

工作关系,余之遇也算阅人无数,却是第一次碰见气场如此有攻击性的男人,呼吸不觉一滞。

肖子校的视线在她脸上停留几秒,随即将手机从耳边撤开挂断,向她走来。

男人身形修长挺拔,步伐平缓有力,西装里穿着白色条纹的立领衬衣,五官轮廓分明,唇部线条锐利,肃容之下有种寻常男人鲜有的坚毅利落,颠覆了她印象中教师的书卷气质。

莫名地,余之遇从他那几秒的注视中解读出一丝似曾相识之感。

怎么可能?这种神仙颜值,但凡见过,任谁都不会忘记。

她就这样推翻了自己的第六感。

分神间,肖子校已从她身旁走过。

余之遇没时间思考更多,她转身跟上,为请他留步,略显唐突地开口:"您好,我是大阳网记者余之遇,我们昨天通过电话。"

肖子校停步，垂眸，无声地用眼神询问。

余之遇解释："我有意向和肖教授约个采访，但你在电话里说他不接受任何采访。恰巧今天教授回校演讲，我想当面再约一次，不知能否请您引荐？"

肖子校低着眉眼沉思数秒，记起昨晚学生喜树确实替他接了个电话，再结合手机里那些陌生的未接来电，他语气寡淡地反问："余记者确定要采访的肖姓教授是我的导师萧何教授吗？"

低沉醇厚的嗓音辨识度极高，与先前电话里的声音截然不同。

余之遇意识到自己认错人了。

萧何，南城中医大学教授，博士研究生导师，中医大中医药临床传承博士后流动站指导老师，南城第五批老中医药专家学术经验传承指导老师……

余之遇不费吹灰之力便找到了此刻正在演讲的萧何教授的简介，再深度搜索下去，竟然在他的资料里看到了有关那位男神老师的只言片语——

用一年时间完成高中三年课程，是中医大建校史上年纪最小的学生。仅用三年时间攻读下中医学和中药学两个专业的硕士学位，博士毕业后由于科研业绩突出，在二十九岁时，即去年，被母校聘为教授，现已拥有三大中药制剂专利，是业界公认的药学天才。

除了短短百字的简介，还附了一张照片，是刚刚被错认的肖子校无疑。

居然是个同音姓氏引发的乌龙事件，难怪那位女同学会以一副"你是智障吧"的语气回答她呢。

在此之前，余之遇其实确认过，网络上确实没有任何有关肖子校的信息。她还进入了中医大官网，可惜作为游客，她权限有限，没有查到肖子校相关的资料。至于中医大附属的中医医院制剂室，除了略官方的几句简单的科室介绍，并无其他。

当时若换个方向，从其他教授的简介里查一下，便不会闹这么大的笑话了。强烈的求生欲促使余之遇做最后的挣扎，她致电许东律："肖子校今年才三十岁？没瞒报年龄？"

许东律哪知道她那边浪大翻船了，回答："最年轻的正教授，有代表性吧？"

代表个六啊。余之遇在心里默念：保持理智，要温柔！要尊师重道！她咬牙道："你明知道他那么年轻，不提醒我一声？"

"信息不是发给你了？"许东律翻看了下两人的微信聊天界面，啧了声，"怎么复制漏了？"

这么重要的信息居然漏掉？！你是魔鬼吗？可说到底还是自己前期准备工作做得不到位。身为记者，最基本的获取信息的能力都不达标，哪有脸怪别人？余之遇坐在楼梯台阶上反省自己不该一听对方是教授，理所当然地把人家划归老年人行列，再一听说是萧教授的演讲，自觉代入肖子校。

"天上下雨地上滑，自己跌倒自己爬。"短暂的情绪整理后，余之遇重回大教室。经过前门时，她视线一抬，便看见坐在第一排的肖子校。

此刻，男人西装外套的纽扣解着，由于双手交握搭在身前，腕部露出一截白色衬衫袖口。他长腿交叠，身体略往后靠坐着，明明是个稍显随意的坐姿，偏偏被那一脸专注倾听的神情衬得极有端正感。

这个教授不是一般的帅气。余之遇注视他线条明晰的侧脸，一时忘了移开目光。

似是觉察到她的视线，前一秒还看向台上的肖子校忽然转头，朝她的方向看过来。

相比刚刚在楼梯间被惊扰的他未来得及卸下的凌厉清冷,此刻他眼底清明,像是尚未从导师精彩的演讲中抽身,平静而专注。

肖子校看她片刻,微微一哂,仿佛是对她此前不识金镶玉的嘲笑。

余之遇的目光落在他含着哂笑的唇角上,喉咙似是被一双无形的手扼住,瞬间感觉呼吸不畅。

她下意识地往旁边躲了一下,直到演讲结束,教室内再次响起热烈的掌声,都没勇气再看他一眼。

"……"糟糕,忘了进教室。

和预期的一样,女生们抢在萧何和肖子校离开前将师生二人围住了,各种问题都抛向了她们的男神老师。好在萧何并不见怪,反而全程一脸老父亲般的欣慰。

肖子校并未因女学生偏爱而膨胀,他极尊重萧何,专业性的问题都请导师来答,至于那些找他签名的,他则以玩笑的口吻拒绝道:"放心,毕业论文我会签字的,前提是你们通过评定。"

余之遇意外这位肖教授的情商还挺高,又不禁感叹,现在的女生表面看起来娇娇软软的,内里竟如此狂放,完全没意识到自己也是个重度颜控,节操刚刚已经掉一地。

好不容易等到学生们散了,师生二人走出教学楼,余之遇刻意绕过肖子校来到萧何身侧,状似虚心请教:"萧教授,我想最后请教您一个问题,您刚刚讲到中医的尴尬,那西医有尴尬之处吗?"

萧何闻言看她一眼,不答反问:"大几了?"显然是把她当成中医大的学生了。

余之遇不动声色地瞥了肖子校一眼,说实话:"我学新闻的,早工作了。"

萧何略略惊讶地对肖子校说:"看上去和你那些学生差不多大。"

人类是这世界上最奇怪的生物。年少时喜欢扮成熟,成年后又忙着装嫩。余之遇也未能幸免,听萧何夸她嫩,眉眼一弯:"那您可别嫌弃我问得外行。不瞒您说,在听您的演讲之前,我是西医的坚定信仰者。"

"哦?那现在呢?"

"……有点儿动摇。"

萧何眼尾挤满了笑容:"看来我那些老生常谈还是有感召力的嘛。"

余之遇一脸真诚地夸奖道:"您那分明是珠玉之论,真知灼见!"

至此,肖子校终于偏头睨她一眼。

余之遇眼皮一跳。

他却未置一词。

萧何则高兴地发出邀请:"小姑娘想知道西医有多尴尬,就一起到图书馆坐坐吧。"

余之遇以为萧何要给她一个教科书式的回答,结果老教授在图书馆的咖啡厅坐下后居然说:"现在的年轻人都爱在咖啡厅聊天了,我这个老头子得顺风扯帆不是?"

难怪能将一场演讲做得那么精彩生动,这样的老教授有点儿可爱,余之遇立即奉上一拨夸奖:"知天命年容光焕,好似青春正当年。您和老沾不上边。"话音落下,恰好与肖子校的视线对上,他的眼神带些她看不懂的意味。

余之遇故作镇定地小幅度歪了下头,无声地询问:有何指教?

肖子校未做回应,也未询问她的喜好,只根据萧何的习惯点了茶,便坐在一旁看向别处,任由两人互捧,全程置身事外。

萧何十分健谈,从普通的感冒怎么治聊起,引申到更尴尬的西医,等他讲到中医和天气预报的关联,余之遇插了一句:"这无法用科学解释吧？"

萧何望向看似游离在外的肖子校："子校你说说。"

肖子校摩挲杯壁的动作微滞，他抬眸，言简意赅地反问："科学无法解释很奇怪吗？哪一门学科最前沿的研究是现在科学能解释清楚的？"

确实，人类科学毕竟才刚刚蹒跚起步，科学无法解释没什么奇怪。但你若注意一下说话的态度，我会更受用！余之遇压住胸腔间燃烧的小火苗，见时机成熟，向萧何递上了名片，表示希望再约个时间正式对萧何做个专访，深入聊聊中医的神奇。

萧何却说："我一个老头子有什么可访的，你们年轻人多有话题。"言语间把名片塞到肖子校手里，"你抽个时间好好和小余聊聊，难得她一个小姑娘对中医这么感兴趣。"

又像担心余之遇质疑肖子校的学术能力，萧教授特意强调："别看我们是师生关系，职称可是一样的，像子校这种年轻的教授，别说是南城，全国也是屈指可数。"

那就恭敬不如从命了，得偿所愿的余之遇转向肖子校，笑得无辜又坦荡："小肖教授，请多指教。"

他拒绝受访，她便从他导师这里迂回，是余之遇短时间内能想到的最佳套路。她就赌萧何会把受访的机会留给他的得意门生，果然如此。

肖子校深看她几眼，笑了，那一笑，像是夸她机灵抖得不错。

虽说有些许被看穿的尴尬，但做人脸皮不能太薄。余之遇以为采访稳了，避免预约时间时再把电话打到小肖教授的学生那里，她趁机请他留下私人联系方式。

照理碍于老师的面子，肖子校不会拒绝，之前预约和认错人的事也应该不会提，否则就是明摆着告诉萧何，余记者意不在他，只是借他老人家接近他学生。多气人啊。

然而，临时被老师布置了"作业"的小肖教授显然没么贴心懂事，他把名片放在桌上，拿起手机滑开通讯录点了一下。

余之遇手机铃声立刻响起。

肖子校稍稍挑眉，声音低低沉沉的，带着笑："我的号码你不是早知道，否则这十六个未接来电怎么来的？"

"……"

余之遇让肖子校气得一晚上没睡好。

本以为像他这种教授级别的书呆子，不过是个初始等级的青铜，她随便抖个机灵就能搞定，结果人家竟是个王者级选手，随手甩个王炸，让她从此怀疑人生。

"我的号码你不是早知道,否则这十六个未接来电怎么来的？"听听，嘲讽的意味多浓？好像她和那些看中他颜值的女学生是一路人马，对他死缠烂打似的。而从萧何由微微蹙起到渐渐舒展的眉心看来，老教授已经脑补出了一个"神女有心，襄王无梦"的长篇爱情故事。

被当作神女的余之遇内心正权衡"老娘是炸还是不炸"，叶上珠来电喊她去救场。

叶姑娘语气急、嗓门儿大，即便余之遇没开免提，也让她旁边的人听得一清二楚。

余之遇从没觉得叶上珠如此贴心过，顺理成章地告辞。

可凭她的小聪明哪儿吃过这种明亏，事后想想难免有些憋火。偏偏叶上珠还火上浇油："组长你不会是被色相所迷了吧，居然怂了？"

余之遇没好气道："否则呢，和他说'有空一起打麻将啊，我看你挺会杠的'？"

采访的目的尚未达到，确实不好直接开罪。

叶上珠嗤一声："那位小肖教授面对你这样一个大美女没起一点儿邪念就算了，还不怜香惜玉，不科学。"她皱眉深思，"他不会是欲擒故纵吧？"

余之遇："……"她有点后悔和叶上珠提及此事了，更怀疑叶上珠从前表现出来的耿直都是骗人的，她的脑回路明明都快打结了。

叶上珠兴致勃勃地追问："你们加微信了吗？"

她的话题跳跃得太快，余之遇下意识地摇头。

于是叶上珠说："组长，我给你一条人生建议，你千万稳住别先加他微信，我保证他很快就会主动加你。这就是男人的属性。"

余之遇揉眉心："采访的话，我不是非他不可。"

叶上珠立马反驳："不行！许总推荐给你的人，那就是权威，你必须拿下，否则会动摇你的江湖地位。"

她都不知道自己是哪个武林门派，何来的江湖地位？余之遇彻底无语了。

叶上珠还在给她出谋划策，说肖子校作为教授，中医大就是他的大本营，让她守株待兔，肯定有"守得云开见月明"，让他跪倒在她石榴裙下的一天。

余之遇撑着最后一口气说："我累了，毁灭吧。"

周一上班时余之遇听说夏静递了辞职报告，瞥了眼窗外，兀自笑了。

许东律还惦记她去中医大的收获，过来问怎么样了。

余之遇拣重点给他实况转播了一遍。

许东律敏感地发现了她的接连失误，略略意外："胃还不舒服？"

"不至于影响脑子吧？"余之遇手肘拄在桌子上，掌心托腮，"流年不利。"

她难得如此消极，许东律贴心地送了一句心灵鸡汤："物极必反，触底反弹，快顺了。"

余之遇眼都没抬，说："就怕还没到跌停的时候。"

许东律轻拍了她的脑袋一下："斗志呢，才被拒绝了一次就没信心了？"

余之遇被逗笑："你觉得我是纸老虎就明说，作为师父，你哪次损我不是认真的？"

"你不是吗？"许东律神色淡下来，看着光影里的她，"夏静的事你难道不是准备算了？"

"当时真不想，要不也不会闹那么一场。"余之遇眼尾微挑，漫不经心地继续，"可睡一觉这个坎儿也就过去了，正可谓多一事不如少一事，少一事不如无事。"

余之遇工作是努力，上进心却差了点儿。相比升职，她更在乎领导有没有批准她的选题申请。若不是许东律钦点，小组长她都不干。她对自身有清醒的认识，清楚自己太我行我素，只适合单打独斗，不适合做管理者。

无奈评级和升职是相辅相成的，你要做自己感兴趣的选题，你想有话语权，就必须要往高处走。自她入行，许东律都是这样边教她边带她往前走。

余之遇有点犟，好在许东律的话她还是听的。此次因部长之争发生的这样的事，她无意追究在许东律意料之中。他闻言没说话。

余之遇没露丝毫异样地笑了："师父，采访部该有个领导了，这样再出什么问题，你逐级问责就行，不用像现在这样操心，我也不用成天被你耳提面命。"

这个人只能是夏静。

她不是真心要辞职，她是兵行险招，赌许东律不会做"赔了徒弟又折兵"的选择。尤其她夏静不是兵，是将。

若没发生此次报道事故，余之遇顺利通过考察期升了高级记者，和夏静是绝对的势均力敌。推荐她做采访部部长，许东律属于举贤不避亲。否则无论余之遇业务能力多强，都是凭关系上位。这就是他们这层师徒关系的羁绊。余之遇作为许东律一手带出来的人，要升职就要比别人做得都好。

现下余之遇出了纰漏，即便错不在她，但老话怎么说的来着，"一个巴掌拍不响"。对公司而言，结果只有一个，就是她和夏静之间的员工内讧给网站造成了负面影响。一旦夏静辞职获批，余之遇的处境会更难，许东律或许还会被冠以管理不善的"罪名"。

如此一来，折损三方，没有赢家。

这种情况下，许东律不仅不能同意夏静辞职，还要举荐她升任采访部部长，余之遇则乖乖背了这个锅，保全三方。

余之遇想起入职之初，许东律曾告诫她："不要以为工作出色你就成功了，出色的工作是双刃剑，能伤到别人更能伤到你自己。"

当时她似懂非懂，只单纯地理解为工作出色会遭人妒忌。虽说她理解没错，但她显然低估了被人妒忌的严重性。

涌动的职场暗流之一，一场没有胜利者的战争。

触礁的余之遇去中医大图书馆泡了两天。由于工作需要，她平时的阅读量很大，却还是第一次这么兢兢业业，争分夺秒地看药学方面的书。

其间有两位中医大的男生来"碰瓷"，无偿贡献了自己"毕生"所学，结果并没换来余之遇的联系方式，只得一句："男朋友管得严，经常检查我微信，不是很方便。"

果然，女人年纪一大不好骗了，尤其身边追求者不断的余记者对于各种招数已经烂熟于心，看着他们在自己面前班门弄斧，恨不得教他们两招。

然而，这样的结局对于那两位男生还不是最扎心的。

中医大校内论坛上有人发帖称，图书馆里夜以继日钻研医书的小姐姐疑似肖子校女朋友，且贴出一张两人同框喝茶的照片，那两位尚未走出失恋阴影的男生又开始担心自己能否顺利毕业了。居然色胆包天把手伸向了师母，自己的毕业论文肖教授还会签字吗？

学生们只能自求多福了。

对此，余之遇一无所知，她还在心无旁骛地在书架上找《中华本草》，小学弟说那代表了我国当代中医药研究最高水平。

余之遇盯着书架最上面一排的《中华本草》一至十册全集……顿觉人间好难。

肖子校来到图书馆时，就看见她背对着自己，伸手要取书架最上一排的《中华本草》。女孩儿的手素白纤柔，踮着脚的姿势将她的小腿线条拉伸得更为纤细修长，露出的一截脚踝，白皙细嫩。

落日的余晖眷顾地用晚霞最后一抹酡红笼罩住她，女孩儿跷脚站在光晕之中，像在翩翩起舞，少女感十足。

可惜，温柔和美丽维持了不到三秒。她身高不够，伸长手臂也只能摸到书脊最下面，一次次尝试失败后，她心急了，居然索性轻跳起来。

肖子校看她一蹦一蹦的，眉头微锁。在她又一次跳起来，身体几乎失控撞上书架时，他疾步而来，自身后托住她小臂，稳妥地扶住了她，右手向上一抬，轻巧地拿到一本《中华本草》。

余之遇专注于拿书，没听见身后的脚步声，只在歪倒的刹那感觉到一股清冽的味道袭来，随即背后一暖，男人宽厚的胸膛贴上来，左小臂也被一只温热干燥的手握住,肌肤相触的刹那,让她有如触电,一路从指尖酥麻到心口,一时忘了反应。

直到头顶一道低沉的男声问:"谁推荐你看这个?"

余之遇被拉回现实,她回身,就见已退后一步的肖子校左手插在裤兜里,右手拿着那本《中华本草》。

年轻男人穿一件前襟带点儿小设计的湖蓝色衬衫,顶扣解着,露出性感的喉结和白 T 领边,袖子挽到手肘处,小臂线条优美而醒目。此刻正抿着唇角,用那双隐隐透出锋芒的眼睨着她。

余之遇意外是他,下意识地反问:"你怎么在这儿?"

没有得到回答,肖子校眼尾微沉:"这话该我问你。"

有了先前的拆台事件,余之遇倒也不怵他了,闻言轻轻地白了他一眼:"你管我呢。门卫大爷没拦着,管理员也让我进来了,难不成我还得向小肖教授请示?"

相比上次见面时的轻熟风,面前的女孩子将长发扎成了丸子头,穿着宽松的卫衣和铅笔裤,清纯得像学生。那微嗔的双眼水光潋滟,撩人得很。唯有语气不太好,一点就着。

肖子校看着她,眸色略深,他屈指敲了下书,又问一遍:"谁推荐你看这个?"

余之遇劈手抢过来:"你们药学专业的……小哥哥啊,有什么问题?"

小哥哥?肖子校微拧了下眉心:"这里面收录的中医药近九千味,你有时间看完?能看得懂?"

"九千?"余之遇翻了翻目录页,神情透出几分错愕,"这么多?"

难怪小学弟说这是迄今为止所收药物种类最多的一部本草专著,可惜她对"最多"的理解有偏差。

肖子校的表情缓和下来:"不然呢,全集十册你不会才知道吧?"

说着从她手上抽走书，放回原处，"1999 年的全国普查，发现中国使用的中医药有 12800 多种，你计划用多少年来研究？"

余外行张嘴反驳："谁说我要研究？"

"那你在这儿浪费时间？"肖子校的目光在她脸上微微一定，"要报道不妨选几味珍贵稀有的药材重点研究。"

对于他的提点，余之遇试探地问："这么说你同意接受我的采访了？"

他微微敛眸，说："我哪句话误导你了？"

余之遇深吸口气："小肖教授要是这么说，我就接不下去了。"

肖子校不介意她的不咸不淡，问："走吗？还是你要再待会儿？"

余之遇后知后觉地反应过来："你是特意来找我的？"

似乎就在等她发问，肖子校眼尾微微上挑，以带了几分放松和纵容的语气答："校内论坛帖说我有女朋友了，我来看看长什么样。"

"什么玩意儿？"余之遇做梦都梦不到在图书馆躲个清静能被人编派出绯闻，对象还是这位人间精品的小肖教授。

肖子校还要赶回实验室，没多解释，为了避免成为众人焦点，他从裤兜里掏出手机，屈指敲了下，先走一步。

余之遇目送他离开，仰头看了看被放回原位的《中华本草》，不死心地伸手试了试，依然够不着，只好随手拿了本别的书回座位去。

她却彻底看不进去了。

如同电影回放一样，肖子校站在她身后的画面反复在她脑海中浮现，再结合他说那句意味不明的话时玩味的表情，她总感觉自己被他撩了，余之遇又羞又气地把书拍在桌案上。

回家后收到肖子校发过来的微信好友申请，她意外得差点儿把手机掉地上。

为了证明自己不是那么好加的，余之遇把手机扔到一边，解决了晚饭，洗过澡，敷上面膜才通过对方的好友验证。等了半天，那位主动发出申请的小肖教授招呼都没打，只甩了个链接过来。

那一串网址，让人一度怀疑是病毒链接。

当然是想多了，链接是中医大校内论坛一个名为"桃花们别开了，有人和肖教授追逐寒热温凉，体验酸苦甘辛咸，分担风寒湿躁暑热，共同经历人生的升降浮沉了！"的帖子。

要不是最近恶补了中医知识，余之遇都看不出来这个很长很学术的标题里竟然包括了四气、五味、六邪这些中医基础概念精粹，她一面感叹中医人果然才华横溢，发个帖子都不离老本行，一面看内容，越看表情越凝重。

这篇帖子已盖了十多页的楼，是关于她和肖子校的。

故事起源于校庆日那天，余之遇随萧何与肖子校师生二人去图书馆。当时图书馆里空位很多，他们就近落座，并没注意到那位置恰巧被一个圆柱形的装饰挡住了一角，偏巧萧何正坐在被挡住的位置上，所以从某个角度看过去，座位上只有余之遇和肖子校两个人。

楼主在帖子里说，无意间撞见平时除了上课鲜少露面的肖教授，在校庆当天和女朋友在图书馆约会。其间，肖教授很有耐心地听女朋友讲话，还把自己的手机交给女朋友检查，全程宠溺脸。

余之遇盯着楼主上传的那张肖子校拨完她号码，把手机举到她眼前，让她看那十六个未接来电时的照片，膝盖不觉一痛。

这叫检查手机？这分明是大型拆台现场！你哪只眼睛看出来他宠溺我了？况且，他为人师表的，真和女朋友约会会选在校内的图书馆，引发海量学生围观？楼主编故事能不能走点儿心？余之遇佩服楼主杜撰故事的能力，掐着人中继续看。

留言区更是人才辈出，尽显文采风流——

中医伴侣，你值得拥有。

最萌身高差！肖教授187，目测师母160？

终于有人和肖教授日出而作，日落而息了吗？

早晨迎着日光打太极，傍晚饭后携手散步，吸纳天地之精华，日日容光焕发，神清气爽……

妈妈再也不用担心他的健康了。

不想看他们牵手，只想看他们号脉。五脏六腑，形体官窍，摸得门清。

失恋还要看他们穿情侣装秀恩爱！我脾胃都失调了！

余之遇经留言提醒注意到，校庆日那天她穿的小西装是杏色的，而到图书馆后肖子校脱了西装外套，照片上，她的杏色外套和他的白衬衫颜色极为接近，近而被曲解为情侣装。

进度条继续向下拉，有人贴出了更劲爆的照片。余之遇怎么都没想到，就在此前不久，肖子校站在她身后帮她取书那一幕，以及后来两人站在书架前说话，确切地说，是余之遇从肖子校手上抢书的瞬间，都被人抓拍下来了。

这个学生是潜伏了多久啊，比娱记还厉害。

余之遇服气。

角度问题，一张照片看似是肖子校自背后拥住她，低头与她耳语，亲密且占有欲十足。另一张照片上，肖子校和她分别拿着书的上下两边，而她微仰头嗔他那一眼，像极了她在闹，他在笑，隔着屏幕都能感受到甜蜜。

实际上，他们的两次见面完全算不上融洽，倒有些针锋相对。

余之遇忍不住看了几眼帖子里的照片，发现自己今天又和肖子校撞衫了。她平时上班都会选偏职业风的衣服，显得成熟稳重些，这两天只是去看个书，就穿得比较休闲随意，结果她的天蓝色连帽卫衣搭烟灰色牛仔铅笔裤，和肖子校的湖蓝色衬衫配黑色裤子……情侣装实锤。

于是，欢呼声此起彼伏。

我信了你们的邪！

余之遇正庆幸照片都是远距离拍摄，手机拉焦后像素不够，看不清她的五官，一张她独自坐在图书馆里托腮望天的高清照片出现了。

然后，留言区分成了三派。

一派为余之遇的盛世美颜倾倒，留言风格统一为：确认过眼神，是我爱的颜。

一派想象力丰富的同学则在脑补她为了博士男朋友苦读医书这种无脑恋爱情节。

再有就是既羡慕又嫉妒她的矛盾派，"柠檬精"似的酸酸地说她根本无须为学好医而努力，只要牢牢抓住肖子校的心，等肖子校想结婚了随便带几篇论文求婚，将她的名字改为第一作者，她在医学界的地位便不是别人高攀得起的。

以论文为聘，你们还真敢想，书读得多，果然不同凡响。

首次成为绯闻女主角，余之遇心情复杂。作为当事人，她有些生气。可站在吃瓜群众的角度，她反复看过那几张照片后发现，画面很唯美，很有故事感。总之，有些说不上来的情绪在悄无声息地发酵，让她感到陌生又矛盾。

照片被保存至相册后又被删除，余之遇以兴师问罪的姿态给肖子校发信息：还我清白！

同一时间的城南校家,肖子校和校谨行正在书房里。

校明理听校谨行说完药厂的情况,提起个新话题:"关于申请道地药材地理标识的事,你们怎么看?"

所谓道地药材,就是指在特定的自然条件和生态环境区域内所产的,经中医临床公认的,质优效佳的药材。像是"浙八味"和"四大怀药",以及假药事件的主角"川贝",都是闻名遐迩的道地药材。

校谨行思考了几秒说:"从去年下半年起,中药材陆续开始涨价。原因在于,有些药材属于野生资源,比较缺乏。例如野山参,都被挖得差不多了,人工种植地点不能乱选,不是逮个山地就能种出好参的。"他朝肖子校抬了抬下巴,半认真半调侃,"这方面我虚心向教授请教过。"

校明理看向小儿子。

肖子校专注于道地药材研究,是这方面的行家,他说:"林下种植是唯一能够媲美野山参的药材种植方式,而林下种参最好的选择是在阔叶混交林里种植,天然次生阔叶林为最佳,让高、中、低三层树种形成自然屏障,既能遮挡强光,又能在散射光中进行光合作用。土壤最好是森林棕壤、沙壤或者轻壤,坡度十五至二十度。这些硬性条件,缺一都不利于林下参的生长。"

校谨行接口道:"万阳药品种类繁多,要申请标识首选必然是明星药。我们的明星药除了'川贝糖浆',还有多种以当归和参类为主要原料的药,要确保这两大类药的道地性,有难度。"

他言外之意是要申请道地药材的地理标识,首先万阳要自行解决原料药当归和参的种植问题,否则外购原料药材,算上运输、贮藏等必需费用,会大大增加药品成本。

"诸药所生,皆有境界。林下参生长缓慢,耐阴、耐寒、耐旱,产地主要是吉林省、辽宁省长白山脉地区和黑龙江省。当归为低温日照作物,也宜在高寒凉爽气候生长,主产甘肃东南部,以岷县的产量多,质量好,其次为云南、四川等省,均为栽培品种。我从长白山和岷县采回了标本,还在尝试引种栽培。"肖子校捏了捏眉心,递了个眼神给校谨行,"等栽培技术成熟,校总要不要考虑给我投资建个基地?"

　　作为中药成长型企业,万阳药业已有两个药材种植基地,再建……校谨行眉心微聚:"那得看教授怎么给我控制成本了。"在商言商,他的小算盘打得噼里啪啦地响,"技术转让免费吗?"

　　肖子校微微挑眉:"都是一家人,我考虑给你打个折?"

　　校谨行转脸向校明理告状:"看看你亲儿子!赚你钱,不客气。"

　　校明理早习惯了两个儿子掐架的状态,他忍笑道:"他给校总优先权,还不用和对家竞价,看的都是你老子我的面子,你还不知足!"

　　校谨行放下茶杯,挑眉:"看来我还占便宜了。"

　　肖子校很浅地笑了一下:"对我好点吧,就这么一个弟弟。"随后两人一起下楼,他主动问起,"大阳网那篇报道你对比过吗?"

　　校谨行不解:"对比什么?"

　　肖子校就事论事:"那位余记者之前的新闻稿我看过,观点鲜明,逻辑清晰,文笔犀利,相比之下,这次的稿像是实习生的手笔。"

　　他的意思是那篇有明显失误的报道不是出自余之遇之手。校谨行听出来了,他说:"署名是谁,追责的话就是谁。"敏感之下,他话锋一转,"是我理解错了吗,怎么听你的意思像在给那位记者求情?认识?"

　　不等肖子校回答,校家女主人肖瑾瑜端着水果过来,打断了他们:"你们俩明晚谁有空?"

　　校谨行猜太后是要给他们安排相亲,抢白道:"我没有。"言语间给肖子校递眼色。

　　那位没看见一样,言简意赅地说:"同上。"

肖瑾瑜不高兴了，说："集体造反是吗？告诉你们，这次别想蒙混过关，明天必须派一个代表，否则两个一起去。"

校谨行失笑："您不怕我们俩都看中了，来一出奔驰、宾利对撞，争风吃醋抢女人的戏码？"

肖瑾瑜很想想得开，说："你们要有那份热情，我不嫌丢人。堂堂校总和知名教授，还差辆车？"

肖子校由着母亲和大哥斗嘴，不参战。

校谨行掰扯不过她，识时务地服软："校董催我下厂呢，明天出差，教授听见了的。"

肖子校不疾不徐地瞥他一眼，说："我明晚倒是能空出时间，不过近期就要带学生去基地上实践课了，课程结束还要留一段时间，少则一个月，多则三个月。"言外之意和相亲对象见过面后，他们就将面临异地。

中医大中药学专业春、秋两季各有一次采药实践课，由带班老师将学生带到基地，进山认药和采集标本，是本科生的必修课程。肖子校作为该课主讲教师，自然不可缺席。

秉持对相亲负责的态度，肖瑾瑜把目标锁定了校谨行："明天你去，晚两天出差公司不会破产。"

校谨行无奈道："总裁还要去相亲，我不要面子的吗？"

肖瑾瑜不客气地撑道："总裁怎么了，人模人样的不还是个单身狗。"

这一句一句的，真扎心，扎透了。

校谨行试图做最后的挣扎："我们家单身的不止我一个，为什么每次都是我？"

肖子校拍拍大哥肩膀说："长幼有序。"

校谨行卸下总裁包袱，不正经地建议道："太后，要不你和校董商量一下,给我生个哥吧,实在不行,姐也将就了。"

肖瑾瑜:"……"这个她还真办不到。

正准备上楼的肖子校听见他家肖太后喊"给我拿家法过来",看着余之遇发来的"还我清白"的信息,低笑一声。

肖子校是经喜树提醒才知道校内论坛上出现了那么个帖子。他平时格外注意和女学生保持距离,以杜绝一切非议。和人传出绯闻,还被人挂上论坛,是生平第一次,肖子校打开帖子前已经动气了,可发现绯闻对象是余之遇,气莫名就消了。

尤其看到那张和余之遇一起坐在图书馆咖啡厅的照片,再回想当时她明明尴尬,还故作镇定向萧何礼貌告辞的情景,他忽然有些后悔,后悔看穿她的小心机后揭了她的短。

看到有人跟帖说她为了他刻苦钻研医书,肖子校问:"她这两天都在图书馆?"

喜树当时正埋头记录实验数据,闻言回答导师:"现在应该还在吧,听说有师弟以为她是大一小师妹,轮番上前搭讪。"

肖子校眉心微拧,他脱下白大褂,交代道:"加入八倍量800毫升的水进行回流提取,九十分钟后将煎煮液倒出。"话落,他径自离开实验室。

所以,他确实是特意去图书馆找余之遇的,提醒她别在那儿做无用功,还引得学生围观偷拍。他当时是从中医医院制剂室实验室赶过去的,随后又折返回来,继续下一步的实验。

肖子校没料到帖子还有后续更新。他正思考该如何回复余之遇那句"还我清白",随手打开帖子,就看到他们在图书馆见面的照片被贴了出来。

其实当时最正确理智的做法是给她打个电话,便不会留下这些所谓的约会证据。他却想都没想直接去了。因为拆了她的台感到抱歉？如同真理面前，谬论站不住脚一样，这个理由根本不能够说服自己。肖子校站在窗前，看向远处的万家灯火，沉默了片刻。

余之遇久久等不到他的回答，又追加一条信息：我身高166！你学生居然觉得我像160？！医学生对视力没要求的吗？不过，我坐在那儿他们还能给出个160，也算给我脸。余之遇已经忘了给肖子校发信息的初心，其实是借由绯闻帖杠他几句，以宣泄对他的不满。

视力是重点吗？至于身高，肖子校为自己澄清：我没有187，净高185而已。

吃什么长大的，那么高？！

余之遇：肖教授对数据还真是严谨！

肖教授回复：不严谨的研究数据不能当作科学依据。不等她回，又问，明天还去？

得到的回答充满火药味：这辈子都不会再去！

肖子校心想，说话别说太满。

余之遇又问：你删还是我找人删？

其实不删反而可以给肖子校免除一些麻烦，至少能减少女学生对他的关注，而且他和余之遇的合照看不清她的脸，并不会给她带去困扰。

然而，当发现有张余之遇的单人高清图，看着那个被镜头定格，单手托腮，似在思考，又像在出神的精致女孩儿，肖子校果断回复：我来。

十分钟后，中医大的校内论坛又出了一个新帖——师母的高清图谁存了？求分享！

有人跟帖发图后没几分钟，这个新帖和此前的绯闻帖一样被删得连点儿边角料都不剩。

没过多久，又来了个试水帖——我就看看我能撑几分钟！

接到导师命令的喜树处理完一批帖子后还盯着论坛，见试水帖楼主又把余之遇的单人照发出来了，他向肖子校电话请示："估计很多师弟、师妹都存了师母的照片，这样删帖恐有漏网之鱼，我还是黑了论坛吧。"

短暂的沉默后，那端像没听清似的问："你说什么？"

喜树敏感地听出导师语气中的不悦，把自己刚刚说的话逐个字回顾一遍，小心翼翼地试探："我是说……余记者。"

那边嗯了声，随即挂断。

问题果然出在"师母"这个称呼上，可看照片，两人明明很配。这样的师母都拒绝，老师你是不是太膨胀了？喜树边叹气边敲击键盘。

临睡前余之遇怀着检查作业的心态去点那个链接，发现论坛进不去了。她手欠地给肖子校发信息：出手够重的。

那边回复：小惩大诫。

隔天晨会过后，叶上珠跑到余之遇办公室神秘兮兮地问："想见那位校总吗？我是说今天！"

余之遇听得没头没脑，没接她的茬儿："调研是到今天为止吧，下班前让我看到你的调研报告。"

"知道、知道。"叶上珠把话题扯回来，"根据预约你可还要好几天才能见到那位校总，现在我这有个机会，只要你说想见，今晚，安排！"

余之遇听出她不是开玩笑，语气认真道："给你一分钟说清楚。"

等叶上珠说完，她有好几秒没说话。

叶上珠以为她不乐意，急急解释："组长你别误会，不是真让你去和校谨行相亲，是我闺密又被她妈逼去相亲，让我去走个过场，可这次的相亲对象居然是万阳那位校总，我哪儿 hold 得住啊。且不说你单身、他单身，没准儿阴差阳错成就一段旷世姻缘，就单纯为解决报道事故，你是不是得把握机会啊?"

她那个闺密是有男朋友的,只是家里不同意,这事余之遇知道。但相亲……看来属于大龄青年男女的困扰,总裁也概莫能外。

鉴于在肖子校那儿吃的亏,她谨慎确认:"你确定是万阳总裁校谨行,不是同名同姓的乌龙事件?"

叶上珠以钱包发誓绝对没错。

余之遇曲指敲桌案:"时间、地点发过来。"

于是当晚,当校谨行准时赴约见到的是余之遇,意外地说:"余记者果然能力卓绝,连我的私人行程都能掌握。"

面前的男人西装领带齐整,周身气质矜贵,是高高在上的总裁无疑。余之遇见他还保持风度帮自己拉椅子,判断他并没生气,心绪稳了:"想必校总对长辈安排的这种会面也不热衷,恰好我有求于校总,就利用了这次机会,希望校总不要介意。"

校谨行在她对面坐下:"相亲对象换成余记者,我不是太排斥。"

余之遇只当是玩笑。

校谨行点到即止,没再说下去,改而问:"你和那位陆小姐什么关系?"他指本该来相亲的那位。

余之遇实话实说:"陆小姐的闺密叶上珠是我同事。"

"叶上珠,那个实习记者?"得到肯定的答案,校谨行点头表示知道了,他切入主题,开始问责,"在我的印象中,余记者似乎不怎么碰医疗、医药选题。"

余之遇意外他留意到这些,说:"我本来打好了腹稿,以为有必要向校总做一个自我介绍。"

校谨行极淡地勾唇笑了下:"或者我先听听你的介绍也可以。仔细想想,我对余记者的了解还是有限。"

余之遇自然不会真的介绍，她开门见山道："由于我的失误，导致了这次的报道事故，我深表歉意。我不清楚万阳停产整顿的具体损失是多少，想必对我而言也是天文数字，校总追责的话，我必然承担不起。但我需要澄清的是，我本意只是针对中药材市场那起假药事件进行报道，绝对没有内涵万阳的意思，这次是意外。"

校谨行思考几秒说："意外之源是叶上珠？叶上珠是一种中药材，为山茱萸科植物青荚叶，她出身中医世家？那她就太不严谨了。"

"叶家没有学医之人，她的名字实属巧合。"否则也不会出现这样的失误，余之遇听他随口说出叶上珠的属性，诚赞一句，"校总果然是行家。"

校谨行谦虚道："行家谈不上，家里有人做这方面的课题研究。"

万阳药业是中医药企业，家中有中医人士不足为奇。余之遇无意探究："我做了反击万阳的准备。我用一周时间，在十家大型药店，五家社区医院，针对'川贝糖浆'的药效进行调研。我还在市面上购买了'川贝糖浆'送到检测部门去做检验，本意是推翻万阳的健康保证，证实所谓的明星药疗效言过其实。"话至此，她深叹了口气，"可惜结果对我不利，打脸了。"

她遗憾的表情令校谨行忍俊不禁。

余之遇继续："说实话这样的结果在我意料之中，但不经证实我不甘心。并非我对万阳或是校总有偏见，是我个人对中医药不十分信任。相比西医药，中医药的副作用或许更低。但不否认它其实存在很多不安全因素，毕竟现在市面上的中成药绝大多数都是复方，而普通老百姓并不懂什么十八反十九畏，配伍禁忌这些。"

是他记忆中倔强较真儿的余同学没错了，至于调研，校谨行已知晓，他不带什么情绪地说："余记者不会以为这么轻描淡写地认个错，我便不计较你的失实报道之责了吧？"

余之遇寸步不让地与他对视："校总若真打定主意追究我，律师函一周前就该寄出来了吧，我现在还能安安稳稳地坐在这儿向您请罪吗？"

校谨行莞尔："余之遇，你很聪明。"

余之遇语气真诚道："校总高赞，小聪明而已，上不了台面，是我要感谢校总手下留情。"

校谨行偏头看向窗外，视线回归时双眸又深又沉："那篇新闻稿存在明显的失误，确切地说，不够严谨。编辑那边怎么过的稿，它又是怎么发出来的，我不关心，那是许东律该操心的事。被截图、转发、上热搜，如果到此为止，也该是许东律问责你，算是你们大阳网的家务事。"

意识到重点来了，余之遇屏息凝神。

校谨行眼神微厉："事件却再次发酵。网友以看似绝对的正义感摁着万阳的头，把万阳送到管理部门面前，性质就变了。你被坐实失实报道之责，大阳网更被树了敌，你觉得谁受益最多？"

余之遇本能地答："对家？"

校谨行纠正："对家只是坐收渔翁之利。"他拿起手机，打开微信递过来。

余之遇和他加上好友后收到一份资料，她看了个开头，心中已是一凛。

校谨行眼底浮现锐意锋芒："药监局不会因为几条网友@就轻易下发停产通知，你没看错，罪魁祸首是中新医药，是他们举报了万阳。你不用管我是怎么得到这份资料的，你只要相信，这是事实。万阳也不是在整顿，而是在接受调查组的调查。万阳当然经得住查，停产的损失却无从避免。一旦我没发现是中新趁机下场，凭我睚眦必报的个性，势必会让大阳网来买这个单。毕竟，你我的交情和公司利益相比，我不难选择。那时，许东律保不了你。"

余之遇清楚自己的斤两，不会指望和他攀交情，此前执意将问题揽过来，无非是不想牵连许东律。却没想到中新医药会牵涉其中，她心神微慌。

校谨行发现了她情绪的变化，他忽然有些心软，却不得不狠下心来挑明："中新是西医药公司，抗生素才是他们的主营产品，与万阳并非劲敌，他们这么做无非是借我之手断送你的职业生涯。"

他太直接，不给余之遇丝毫遐想的空间。她哑了片刻，也没缓过胸间那阵酸涩之意。

校谨行深看她一眼："五年前你欠我的人情还没还，如今要再欠一个了。"

余之遇失眠了。

她已经不记得上次靠吃安眠药入睡是什么时候，好不容易翻到药，也不管过没过期，直接吞了两粒，结果药卡在喉咙里，直到她咳得眼泪都出来了才终于咽下去，可还不到两分钟，胃里往上反流，她又吐了。

待止了吐，余之遇虚脱般靠着浴缸坐在冰冷的地砖上，等恢复了些力气，她去烧了热水，又倒了点儿冷水兑成温水，喝完才重新回到床上。

她具体是什么时候睡着的不清楚，再醒过来时是早上七点。

余之遇化上妆，遮住黑眼圈如常出门。当天的采访工作完成后，她回办公室整理相关材料形成事故报告，去找许东律。

将夏静的所作所为和校谨行的信息结合起来，事情的来龙去脉清晰又合理。

夏静以截图作为证据，造成报道事故，主导了上半场。中新医药适时下场买营销，把火引到万阳药业身上，明面上是营销号兴风作浪，暗地里是他们举报，下半场接得又准又狠。

如此一来，有可能产生两种结果——

万阳药业的药品质量确实存在问题。那就……该怎么办怎么办。

大阳网和余之遇或许因此逃过一劫，可这次报道事故势必会让民众对中医药产生质疑，如此便会导致各中医药企业声誉受损，大阳网和余之遇，尤其是余之遇，难免成为该行业公敌。

若万阳药业扛住了，调查组无功而返。相关部门会保护举报者，中新医药亦能全身而退。至于因调查停产而产生的损失，以坊间所传的校谨行奉行利益为先的经商原则，想必不会自行买单，一旦追究源头索赔，大阳网未必会甘愿付账，身受其害的依然是余之遇。

总之，矛头均是指向余之遇。

夏静的部长举荐信许东律尚未提交，他说："我亲自去总部汇报。"

余之遇不需要他替自己争取什么，她说："本来也是我连累了网站，我无话可说，所幸校谨行不会让我们背锅。"

可他也说了，万阳药业和中新医药虽同为医药行业，却分属中医药和西医药两块领域，井水不犯河水。此次万阳只要扛住调查组的检查，调查结果一公布，必然会成为老百姓心中的放心药企，停产的损失就不是损失，只当是花钱营销了。面对如此硬核的营销效果，校谨行或许还会感激中新。

余之遇看着许东律："就这样吧，到此为止。"

许东律起身走到她面前，伸手按住她后颈："需要我再说一遍吗？那件事，你没错。"

"我也不认为自己做错了。"余之遇自嘲一笑，"可每次想起来还是会心有不安，总觉得有所亏欠。"

"生活是现实的，有太多事无法两全。"许东律的手略微用力，像是要借由掌心的温度为她注入力量和勇气，"你要明白，人这一生，无论经历什么事,都是唯一会发生的事。该来的一定会来,该走的人留不住。尤其在那件事情上,你也有所牺牲。"

那或许谈不上牺牲吧。她偏头无奈地笑了笑:"说这些干吗呢,重来一次,我还是当初的选择。"

没错,凭她的仗义执言和对新闻事业的执着精神,再重来多少次,报道黑暗事件的真相,都会是她的不二之选。那就这样吧,许东律尊重她的决定。关于校谨行,他问:"你们是旧识?"

"算是吧。"余之遇深呼吸,开口时语气依旧有些艰涩,"我毕业前的那次新闻实践课,暗访期间遇到点儿危险,拿到的曝光材料险些丢了,是他帮了我。他也提醒过我可能产生的后果,没多久他便接管了万阳,成了校总。"

有些人和事,显然已经成为她的禁忌。可即便她回避提及,许东律作为为数不多的知情人也听得懂。他意外于余之遇与校谨行相识得那么早,更没想到他们的牵扯竟没中断,他眸色深了深:"看来这次我们最该感谢的人是他。"

余之遇也这么觉得:"我想在适当的时候给万阳做个专题报道。"

这当然不是问题,尽管那位校总不会在乎一篇报道,但大阳网还是要有个态度。

许东律拍拍她的肩表示同意,结束了话题。

一周后,调查组公布了调查结果,证明万阳药业原料药、制剂车间、制药设备、流程工艺,甚至是内外包装材料等,均符合申报标准,不存在任何违规和掺假问题。除此之外,万阳的制药废水处理设备和生物处理技术,获一致性好评,被立为行业标杆。

万阳发布了一则声明。声明明确表示,对近期某些网友发布的不实言论，以及诋毁和污蔑万阳药业声誉的行为，保留一切追责的权利。末了提及了大阳网，意思为了确保万阳的药品质量永不退步，请以大阳网为代表的媒体监督。

这样一副视大阳网为媒体之首的姿态，何止是帮大阳网"脱罪"，根本是在为大阳网奠定行业地位。连网友都说，万阳和大阳网果然是"阳"字辈的双胞胎，原来是一家人哪。

余之遇猜到校谨行不会追责大阳网，依旧对这样的结果感到意外，本想给校谨行打个电话表示感谢，又觉得诚意不够，于是按照半个月前预约的时间去了万阳。

前台出奇地给力，直接请余记者乘坐总裁专属电梯上楼。高非在楼上相迎，将她送进校谨行办公室。

校谨行正站在窗前打电话，挺拔修长的身形背对着她，语气微厉："我高薪聘他，不是让他质疑我、反驳我，让我看到他的执行力！"转身看见她，以眼神示意她先坐。

秘书送了茶进来，余之遇边喝茶边安静地等待。

校谨行很快挂断电话走过来，目光在她身上扫过，笑了："声明看到了？"

余之遇并不扭捏，大大方方地说："特意登门感谢，希望校总给个让我请客的机会。"

校谨行眉眼舒展，语气轻松："能被余记者邀请，是我的荣幸。不过，我没有让女士买单的习惯。至于感谢，我不接受口头形式的。"他看着余之遇，主动提议，"不如这样，等我有求于余记者时，为我破个例？"

余之遇顺势说："在校总看来，为万阳做个专题肯定不值一提，但我师父还是让我将他的谢意带到。"

"好，许总这份谢礼我笑纳了。"校谨行靠在椅背里，挑眉，"你那份另算。"

余之遇爽快地应下："没问题，只要不违背我的职业道德。"

既然她如此谨慎，校谨行不得不强调："虽说这次停产接受调查的最终收获比投入几千万做广告效果好，但这笔营销费，余之遇，我是记在你头上的。"

莫名欠下千万巨债的余之遇："……我现在反悔还来得及吗？"

校谨行失笑，由于当天他还有其他重要的工作安排，余之遇没有久留，适时告辞。

临走前，校谨行随口交代了一句："你下次来之前直接打电话给我，不用前台通报。"

因祸得福获得特别通行证的余之遇却说："我尽量不打扰校总。"

校谨行并不勉强。

第二章

在哪里见过你

夏静的部长任命下来时,余之遇接到通知,她升高级记者考察期延长三个月。

大阳网自开站以来,从未有过这样的先例。即便许东律什么都没说,余之遇也能想象他为了这个结果费心周旋,可她的感谢尚未说出口,便被许东律堵了回去,他说:"再出差错别说是我带出来的,我嫌丢人。"

余之遇哪里会不懂他是刻意用这种方式让她释然,她没有辜负许东律的苦心,改口道:"师父,你今天有点儿帅气。"

许东律瞥她一眼,忍笑。

夏静作为新晋的采访部部长,请众记者吃饭,办公室一阵欢呼。

她亲自敲开余之遇办公室的门,放低了姿态:"之遇,赏个脸?"

余之遇微笑,说:"这种好事还用领导亲自通知吗,肯定到啊。"

一声"领导",似是前嫌尽弃。

晚饭时气氛不错,只除了许东律以他来大家拘束、不尽兴为由未到。

叶上珠看到余之遇和夏静相谈甚欢的样子替余之遇不平,却谨记教训压下了对夏静的不满。

席间余之遇去洗手间,在走廊遇见了萧何。

老教授眉眼和蔼,笑眯眯地问:"事情都解决了吧?"显然是知道了报道的事。

这份来自长者的关心让余之遇心口一暖,她带着几分歉意说:"那天走得急,也没对您说清楚,您不会怪我吧?"

萧何不仅不怪,反而替肖子校解释:"子校一投入工作就什么都忘了,一天里十六个小时泡在实验室是常有的事。"还给余之遇出谋划策,"他平时不是在学校的实验室,就是在中医医院制剂室的实验室,下次再打不通他手机,你去这两个地方逮他,一逮一个准。"

这是真把她视为肖子校的爱慕者了,余之遇哭笑不得。

萧何围绕肖子校和余之遇聊了半天,末了暗示她:"子校外冷内热,最是细心体贴,你自己品,细细品。"

余之遇生硬地转移话题:"改天我请您喝酒啊。"

老教授顿时笑开:"那可说定了,你别诓我老头子啊。"得到余之遇的保证,他承诺:"采访的事我交代给子校了,他要是不配合,你告诉我,我给你做主。"

其实已经不是非采访不可。余之遇眉眼带笑:"那您等我电话啊,改天不醉不归。"

萧何高高兴兴地回包间继续饭局了。

余之遇想起来和肖子校自加好友当天有过一次交流后一直没再联系,她有点儿好奇校庆日那天她走后,萧何有没有问什么,翻出微信发了个问号过去。

他应该没在忙,回复得很快,问她:怎么?

余之遇问:就上次,你怎么和萧教授说的?

那边又没动静了,余之遇正等得不耐烦,萧何刚进去那间包房的门被人从里面打开,前一秒还在微信里的男人施施然走出来,嗓音低沉地问:"老师说你要去上采药课?"

他出现得突然,话也没头没脑,余之遇没什么心理准备,眉眼微皱:"什么课?"

肖子校眉心微拧:"中医大18级药学本科野外采药实践课,培养学生将理论应用于实践的能力,现场讲解药用植物知识。"

余之遇一点就通:"去山里?走一路讲一路?你讲?"

肖子校点头:"我讲。"

余之遇酒气上涌,没经大脑地问:"万一碰上你不认识的呢?"

肖子校语气笃定:"这种可能性基本可以排除。"

都没思考,余之遇当即决定,说:"我去!"

肖子校笑了下,说:"你不学医学药,去干什么?"

余之遇张嘴就来:"培养新的兴趣爱好,提高生活质量!"

明知她是胡说八道,没有答应的道理。可隐在女孩子眉眼之间那点儿莫名的小坚持,倔强得可爱,让人无从拒绝。

肖子校模棱两可地问:"基地条件艰苦,你行吗?"

一道女声在这时抢答:"有什么不行?我们组长了培养了新的兴趣爱好,就和肖教授有共同语言了啊。"是出来寻余之遇的叶上珠。恰好听见了所有的叶小姐这回智商在线,立马通过实践课的话题判断出和她家组长站在一起、拥有迷人美色的年轻男人是肖子校。

说得我好像别有用心、不怀好意似的!余之遇替自己辩白:"别听她满嘴跑火车,我的目的是很纯洁高尚的。"

肖子校似笑非笑地看她一眼:"建立共同语言本身也是纯洁高尚的。"

肖教授才辩无双,余之遇难得语塞。

叶上珠趁机完成了自我介绍。

她的名字成功引起了肖子校的注意:"叶上珠,味苦、辛,性平。有祛风除湿、活血解毒的功效,是味好药。"

叶上珠自动将肖子校的话理解为是对她名字的夸奖,奉承道:"肖教授不愧是中药学博士,对我名字的由来了如指掌,堪称博古通今第一人。"

肖子校对这种恭维习以为常,不为所动:"不敢当,恰好在我知识范畴内。"他看了眼包间的方向,对余之遇说,"里面还未结束,我先回去了?"

出于礼貌,无非是打个招呼的事。可他尾音上挑,用了疑问句,像是询问她的意见。余之遇莫名其妙,顾不得再问上课的事,顺嘴说了声"再见!"便拽着叶上珠走人。

肖子校借由她开门的动作,看见里面是清一色的女生,他抬腕看了眼时间,转身回隔壁。

后半场余之遇喝了不少酒。散宴时,她明显感到头晕,便没急着起身。

夏静把其他人都安顿好,有意亲自送她。

余之遇以让叶上珠陪自己等代驾为由,让夏静先走。

叶上珠也说:"我和组长一起回去,今晚住她那儿。"

夏静让服务生送了壶茶来才走。

余之遇的眩晕感越来越重,趁还清醒,她扶着桌子强撑着起身要往外走。

叶上珠见她醉态已显,忽然想到:"肖教授不是在隔壁吗,我去看看他走没走。"

余之遇脚步虚浮,连带反应也慢了半拍:"……谁?"

"肖教授啊。"叶上珠略显吃力地架住她,"要是他没走,正好帮我送你，否则你这样，我怎么把你弄上楼？"

余之遇不自觉地把身体的大部分重量依附在她身上："送我上楼不是电梯的活儿吗？"

叶上珠："……"去隔壁找人的念头更坚定了。

没关严留了道缝的包间门被人敲了两下，余之遇抬眼，就看见站在门口的肖子校。她晃了晃被酒精麻木的脑袋："你还没走啊。"到这一刻为止，意识尚存。

肖子校走过来，低眸道："老师不放心你，让我过来看看。"

"萧教授？"余之遇居然说，"老教授人可真好，小肖教授你就……"

肖子校注视着那双有些失去焦距的眼睛追问："我怎么？"

叶上珠生怕她酒后失言得罪人，忙截住她的话，找补道："肖教授你别误会，我们组长喝多了就爱胡说。"

肖子校微挑眉道："我倒想听听她是怎么胡说我的。"

叶上珠："……"有点明白她家组长此前为何不和他硬杠了，肖教授确实是王者级别，敷衍不得。

肖子校不会真和醉鬼计较，见叶上珠快撑不住了，及时托住余之遇的手肘把人接过来。

叶上珠手上一轻，见余之遇被肖子校半扶半抱着走出包间，抓起包跟上。

余之遇到外面吹了风，酒劲彻底上来，那点儿仅存的意识也没了，她挣开肖子校的手，揉着太阳穴在饭店门前的台阶上坐下。肖子校由着她，只在她身体不受控制往旁边倒时及时站近。

余之遇抱着他的长腿自言自语："我得醒醒酒，让我醒个酒先。"

跟出来的叶上珠跟过来拉她："代驾来了哈，我们走了、走了。"

代驾的影子都没有。

肖子校洞悉了叶上珠的小心思，说："我送她。"

深知余之遇酒后闹腾的毛病，叶上珠有点儿犹豫是否该接受这份好意。

肖子校难得地解释了一句："我没喝酒。"

余之遇隐约听见"代驾来了"，伸手摸裤兜："咦，我钥匙呢？"

叶上珠赶紧把她的包打开，车钥匙拿出来："在这儿，在这儿。"

余之遇不接，直接推向肖子校："……给代驾！"

叶上珠小心地瞥了一眼肖子校。

那位睁色不动，语气寻常："代驾送你，明早你再去接她上班？"

他考虑得周全。但是，尽管我觉得您方方面面都和组长很配，可这孤男寡女，若酒后乱性，就不好了。我是总爱和她扯限制级的话题，我们组长却是洁身自好、不近男色的，万一被你……叶上珠的脑子已经被糊住了，明显进退两难。

见余之遇努力了两次都没站起来，肖子校没再说什么，他俯身，一手托住余之遇的背，一手穿过她的腿弯，轻巧地将人从台阶上抱起来，走向停在路边的奔驰大G。

喜树从车里下来，拉开副驾的车门。

肖子校把余之遇在座位上放好，一手按在她肩膀上，和喜树交代了几句。

喜树偏头朝叶上珠的方向看了一眼，点头。

肖子校关了副驾车门，绕到另一侧上车。

喜树小跑过来，带着几分腼腆对叶上珠说："我是肖教授的学生喜树。老师说让我们加个微信，把余记者家的地址发给他。"

叶上珠傻乎乎地问："喜欢的喜？艺名吗？"

"是真名。喜树是一种中药材，是中国特有的一种高大落叶乔木。"

他弯唇笑了，羞涩的那种笑容，"喜树全身都是宝，根、叶、果实、树皮都可入药。"

他不仅人阳光帅气，名字都和她属同类，是宝藏男孩儿无疑了。叶上珠看着眼前瘦高的喜树同学，心想肖教授选学生都参照自身标准吗？她愉快地添加"中药材同学"的微信，与之建立好友关系。

车上的肖子校倾身给余之遇系安全带，说："还记得自己住哪儿吗？"

余之遇眯眼打量了一下彼此间的距离，推他胸口一下说："别撩我！我要是你三言两语能撩到，我的男人何止你一个？"

她的五官明媚精致，由于喝了酒，此刻脸颊微红，那双迷离的眼如星光闪动，春色弥漫，推他的力道微弱绵软，反而透出几分欲拒还迎的风情，慵懒性感，加上那句直白的话，磨人得不行。

本意只是逗她的肖子校觉得自己才是被撩的那个。他手上的动作略滞了两秒，随即利落地给她系好安全带，声线微低："你不说，我只好带你回我家了。"语气认真，半点儿不像玩笑。

余之遇歪头看他，轻声抱怨："按导航走就好了啊，别想骗我家地址。"

她到底是醉还是没醉？肖子校气笑了。

喜树跑来给余之遇送包，地址跟着发过来，他单手握方向盘，右手开导航。

路程稍远，大概需要三十分钟。

路上余之遇嚷嚷着要开车窗吹风。虽已是初夏，夜风还是有些凉，肖子校没依她。她便要自己来，他只好腾出右手扣住她两手手腕。

余之遇挣脱不掉，嘟囔了句"干吗呀"，把头枕在他胳膊上。

她动作自然，模样又乖，不像是故意捣乱，肖子校下颌绷紧，沉默数秒后,他略略松了手上的力道,虚虚环着她。

余之遇安静了没两分钟,话痨似的开腔:"老娘明明不开心,却要强颜欢笑,太虚伪了。"

不是第一次给她善后的肖子校对于她的酒品略知一二,明知道她酒醒后可能什么也记不得,他依然认真地劝:"圆滑处世不等同于虚伪,是成长。"

"狗屁的成长,我也是拧不开瓶盖的小公主好吗?"余之遇开始吐槽,"职场里歧视女性的大有人在。男人出业绩是本事,女人做出点儿成绩,尤其是漂亮的女人,就是睡出来的,被人议论……老娘确实美艳无敌,但老娘'出淤泥而不染'!"

似是怕他误会,她还解释:"我没有生长在淤泥里,我只是比喻。"

无奈肖子校的关注点并不是淤泥。什么睡不睡的,饶是身为男人的他听见这种糙话也……方向盘上的手都滑了一下,显然受惊不小。

余之遇浑然不觉自己吓到了小肖教授,还在继续说:"好好吃个饭也能感受到深深的恶意!这个男朋友打电话催回家,那个说老公给立了家规不许喝酒。"她说着,小脑袋在肖子校手臂上蹭了蹭,语气委屈极了,"我喝我的酒惹到谁了?感觉有被内涵到!"

肖子校深吸口气,手上略微用力握了她的细腕一下:"所以因为生气把自己喝醉了?"

余之遇微眯眼,笑嘻嘻地说:"我把她们都喝醉了,让她们难受。"

这是肖子校听过最可笑也最可爱的醉酒理由了。他曲指抵了抵眉心,忍笑:"生活就是自己哄自己,把自己劝明白了,什么都解决了,和她们较什么真儿?"

"你还挺会讲道理的,但你不是我的对手。我要是放开了,一天一夜都不会词穷,你信吗?"余之遇把自己说高兴了,顺手拿起杯架上的水，拧开。

肖子校尚未来得及阻止，她已经仰头喝了一口。

他眉心一跳，视线不经意扫过她的唇，红润潮湿有如正放的花瓣，娇艳欲滴，引人品尝，他喉结微微滚了滚。

余之遇哪知道那瓶水肖子校也喝过……她与他间接接吻了。

她折腾够了，终于消停了下来，靠在椅背上闭眼小憩。

前方十字路口，导航提示左转。见她皱着眉揉太阳穴，肖子校看了眼路标，变道向右，绕路去了隶属于万阳的一家中药房。

如此一来耽误了一刻钟，当大G停在江南苑小区外，余之遇警觉地睁开了眼睛，肖子校不确定她刚刚到底有没有睡着。

余之遇手残似的摆弄半天把安全带解开，跌跌撞撞地下车，关车门前又忽然探身进来，趴在座椅上，努力了两次，伸手拿走了车钥匙。

肖子校："……"要不是他及时下车，险些被锁在里面。

余之遇一路摇摇晃晃地哼着小曲，直到上楼输入密码开门，踢掉鞋进屋后才发现外面站着个男人。她赤脚站在门内，一脸迟钝道："咦，你怎么没走啊，代驾费不是手机自动支付吗？"

肖子校当时站在门外看了她几秒，斥责："余之遇，你没有危机意识吗？"

话落，迈着长腿进门，直奔厨房烧水，给她泡了杯茶，凉得能入口后逼着她喝下去。临走时，他语气不太好地命令："过来，把门反锁上。"

余之遇："……"

隔日醒酒，余之遇顶着乱蓬蓬的头发去厨房倒水喝，看到料理台上摆着个用过的空杯，旁边还有一袋……她拿起来，透明的包装袋上印着"葛花茶"。目光触及功效一栏"解酒醒脾"四个字，记忆终于回炉。可惜，怎么回的家完全没了印象，只记得肖子校的登堂入室。

余之遇从包里翻出手机,同时在包里发现一串明显不属于她的车钥匙。

叶上珠在电话里絮絮叨叨地把昨晚的情况描述了一番,而她抱着肖子校大腿的画面则作为明场面被重点进行描述,末了又道:"喜树说饭局早结束了,他都把萧何教授送回家了,肖教授却耽误了半个多小时才出来。第六感告诉我,他是特意等你。啊,对了,喜树是肖教授带的研究生,颜值也很能打。"

通话结束,余之遇摆弄着车钥匙,纠结过后给肖子校发了个早安的表情过去。

很快,肖子校把电话打过来,问她:"睡醒了?"

这是两人第一次通电话,听着他砂石般的嗓音,余之遇难得磕绊了一下:"昨晚……给你添麻烦了啊。"停顿两秒,她问,"你住附近?"

"嗯?"肖子校反应过来,"我住城北。"

她家却在城南,两个方向。

余之遇试探地问:"你车怎么没开走啊?"

那边沉默两秒,带点笑意地反问:"你扣了钥匙,我怎么开?"

当天余之遇开着肖子校那辆大 G 去上班。只因小肖教授说,马上早高峰了,等她把车送到,他也迟到了。让她方便的话把车开去公司,他抽时间去取。

余之遇哪好意思让人家自提,她乖乖把车开到公司,准备趁午休时亲自把车给他送去中医大。

夏静有个总部的视频会议要参加,临时派余之遇去百创制药采访。其他记者都外出了,余之遇推托不成,只能应下来。

算算时间,她中午前是赶不回来了,余之遇给肖子校发信息解释了一下,最后说:钥匙我放前台,要是急用车的话就得麻烦你自己来取了,否则我晚点儿给你送过去。

早上还坚持自提的人又说：不急。随后追加了一条语音过来：要去前江路的广安大厦？那边单双号限行，你车受限的话开我的去。

这天是单号，她的车尾号是双号，确实限行。

然而，大G绝对是超跑、大劳以下最牛的车，且不说有多耗油恐怕只有钱包知道，这种四四方方的越野于余之遇而言太过招摇惹眼，她还是决定打车。

下楼却发现下雨了，半天叫不到车，为避免耽误采访，她也不矫情了，把大G驶上马路后发语音问肖子校：据说大G最高时速可以达到二百五？等意识到二百五这个数字不好听，已经来不及撤回了。

肖子校正在看实验数据，听见微信提示音拿起手机看，微拧眉：市区道路限速，你不知道？除此之外，再没别的话了。

我怎么觉得你不是真心为我科普，而是内涵我是女司机呢？余之遇踩油门加速。

补妆的叶上珠一时不防，口红戳到脸上。

到达目的地时，雨基本停了，余之遇远远看到大厦前的台阶上坐满了人，条幅醒目，阵仗很大。

叶上珠看着条幅上那些催百创制药还钱的字眼，不禁奇怪："百创作为本土企业，近几年发展迅速，在全国十六个省设有办事处，直营药店也很多，去年的销售额相比前年还翻番了的，怎么就要破产了呢，不可思议。"

一家企业怎么可能会一夕之间被掏空？濒临破产必然有个过程。

余之遇停好车说："医保控费是近两年医改的重头戏，将过度医疗的水分，比如医用耗材和药品中那些'过度的量''虚高的价'从医疗费用中剔除，确保正常的医疗需求，以此建立健康的医疗环境，这无形中拉开了一场优胜劣汰的战役，没有自己的创新药，还缺乏优质的仿制药和代理药，别说快速增长，能否扛过寒冬，都将成为药企的生死大考。"

叶上珠大概明白她的意思："没见你写过这方面的稿子，倒像个内行，门儿清。"

"那是因为你太外行。"余之遇屈指敲她脑门，"年轻人，没事多读点儿书。"

叶上珠顶嘴："损我你向来出口成章，手到擒来。"

余之遇挑眉，自恋道："没点文化底蕴，再美也是空壳。"

叶上珠"喊"一声。

余之遇拍好现场照片，带叶上珠去采访。听闻有个别供应商为了向百创制药催药品包装材料款，闹到了大厦十楼百创制药的办公区，她决定上去看看。结果电梯门一开就有个女孩儿磕到门上摔进电梯里，要不是余之遇及时自她背后托了一把，百分百会摔个仰面朝天。

"我去！"叶上珠不防，被吓了一跳，下意识地护住相机。

余之遇看清女孩儿挂在胸前的记者证上的名字是静然，还没来得及问是怎么回事，那姑娘已经冲出电梯去理论："你们堵在这儿不让里面的人出来是非法限制人身自由，已经构成了犯罪，尤其里面还有孕妇，你们凭什么不让她上厕所？孕妇憋尿会加重肾脏的负担，容易引起肾脏问题，要是再造成对胎儿的影响，你们负得起责任吗？"

几个男人像墙一样挡在办公大厅门口，其中一个语气不善："不用在这儿吓唬人，我说过了，让他们打电话给领导，只要百创制药领导出面给我们解决问题，我们不为难任何人。"语落，他指了指静然，"你们媒体充其量也就是给我们反映问题，能解决问题吗？别在这儿碍事！"

静然见理论无效，居然去推那些堵在办公大厅门外的桌椅，供应商自然不许，现场的记者们便都上场了，被困在里面的百创制药的员工也激动起来，从里面撞门。

冲突一触即发，不知是谁先动了手，双方居然打起来了。

余之遇把叶上珠推进电梯里，随即喊了声"报警！"，关梯门后，便去拉架。

警察很快赶到，控制了局面，带头为百创员工打抱不平的静然伤了额头，余之遇也在混乱中不知被谁扯了一把，胳膊脱臼。

余之遇给民警留下名片，让叶上珠开车去医院。

叶上珠导航发现最近的是中医大附属的中医医院，她没征求余之遇的意见，直接给喜树发语音信息：肖教授在医院吗，我们组长受伤了。心中庆幸昨晚和"那棵大树"聊天时把肖子校的情况摸了个清楚。

余之遇问："跟谁说话呢？你找人家干吗？"

"肖教授不还是中医医院的药师嘛，有个熟人总能快点儿吧。"叶上珠判断不出她是脱臼还是骨折，声音都带了哭腔。

"再快你要超飞机了。"余之遇疼得额头都沁出了细汗，嘴上还逗她，"把眼泪收一收，该看不清路了。再来场车祸，我骨折不要紧，人家这豪车我怕是赔不起。"

"要是能换你没事，我赔！"叶上珠说完，努力吸了吸鼻子。

余之遇欣慰，正准备再说点儿什么安慰一下要哭的叶小姐，手机响了，是肖子校。

余之遇意外于他来电速度之快，准确地说，她并不认为肖子校会主动来电。她受伤是她的事，凭他们那点头之交，人家若在事后问候一声，她都该心存感激，怎么会有所指望？

电话接通后，肖子校甚至都没给她说话的机会，直接问："伤哪儿了？现在人在哪里？"

他嗓音低沉，语气略急，关心的意味明显。而话筒里原本寂静的背景音则被开关门的声音打破,随之而来的轻微动静像是那端疾行时带起的风声。

除了余父和师父许东律,余之遇太久没有接收到来自异性的关心。她工作能力不输人,人更漂亮,主动送温暖的其实大有人在,可但凡是有人对她表露出丁点儿好感和热情,便会被她无情地扼杀。以至于业内有人在背后呼她"余哥",只因她向来对异性敬而远之。

肖子校的出现有些猝不及防。从那天在中医大看见他的第一眼,余之遇就意识到自己并不排斥他,甚至有些莫名的好感,她把这点儿好感归咎于对他颜值的欣赏。

她并不确定,这点儿好感是不是代表了喜欢,又是否足以撑起什么。

如此一分神,便失语了小片刻。

直到肖子校声线低沉地再唤一次:"余之遇?"

"在呢。"余之遇抑制住发散的思维,稳住声音,"胳膊脱臼而已,在去……"她侧目看了眼窗外确定路线,"去中医院的路上,还有位同行额头擦伤。我能应付,你不用——"

"管"字尚未出口便被肖子校截断了,他说:"我在门诊等你。"挂断前,又道,"忍着点儿。"

那语调低柔得不像话,余之遇甚至怀疑昨晚凶她的那个人到底是不是他,而前一秒还疼得不行的胳膊似乎没那么疼了。

十分钟后,等在门诊外的肖子校看见他那辆大G远远驶来。

门诊外来来往往的患者和家属很多,其间不乏有穿白大褂的医护人员在走动,余之遇却一眼认出了人流中的肖子校。

他身形修长,本就是天生的衣服架子,此刻穿着医生服站在雨后初晴的光影里,平添几分斯文沉稳。他双手交握放在身前的端正站姿,在半空那道彩虹光的笼罩下，有种超乎寻常的神圣感。

余之遇见过很多称得上英俊的男人，没有一个如他般清俊挺拔，一身璀璨，而那个翘首以待的姿态，最是令人悸动。

肖子校已经步下台阶，提示叶上珠停附近的车位上。

他直奔副驾而来，从外面拉开车门时，视线在余之遇略显苍白的脸上和身上扫过，落在她抬不起来的右臂上："下来我看看，慢点儿。"

余之遇还在担心旁人："静然伤在额头，先给她处理。"

肖子校瞥了一眼跟在身边的护士："让叶上珠陪她去。"

小护士机灵地对受伤的静然说："跟我来吧。"

"那组长怎么办？"

"之遇姐你呢？"

两个小姑娘几乎异口同声，都因担心她站在原地没动。

肖子校也急于查看余之遇的伤，闻言并不耽搁，站到她面前，左手按在她肩颈处。

他手指修长，骨节分明，掌心的温热透过薄薄的衣料熨帖着肌肤，余之遇只觉脊背一麻，整个人宛如触电，她下意识地仰头，眸色深深地看向那手的主人。

肖子校不知道一个正常的触诊动作给余之遇带去了冲击，感觉到她身体一僵，他稍一垂眸，问："疼了？"语落，右手在她胳膊上轻轻一捏。

这下真疼了，余之遇哑了声，微恼："干吗呀，别告诉我你还会正骨。我可怕疼，你要是个二把刀可别拿我练手。"

可谓瞬间翻脸。

就这样错过了她双眸中的情意。

肖子校语气略沉地责备："怕疼不知道小心？！"手上则微微调整角度，随后手速极快地一扯一推，轻微的"咔吧"声中，胳膊已被复位。

余之遇甚至还没来得及喊疼，已听他说："活动一下。"

她小心翼翼地动了动，胳膊能抬起来了，痛感全无。像得了糖果的孩子似的瞬间笑开，余之遇语气轻快地说："好了。"

肖子校唇角轻抿，等叶上珠与静然跟护士走了，他沉声问："还有别的伤吗？"

"没。我小时候架打得多，经验丰富，轻易挨不着打。"余之遇自恋完，解释，"但今天可不是我惹事打架，我只是拉了个架。"

当时场面混乱，静然一心只想为被困的百创制药员工解围，近而忽略了面前的供应商都是彪形大汉，不管不顾地推人家，结果被人家反手一推……要不是余之遇及时从后面踹了那人膝盖窝一脚，那人踉跄之下没使上力，小姑娘肯定不止擦伤那么简单。余之遇不知被谁用力拽了一把。

肖子校听得蹙眉："昨晚还说自己是拧不开瓶盖的小公主。"

余之遇目瞪口呆："……我？"

肖子校面无表情道："总不会是我。"

余之遇甚至不敢问他自己酒后有多失态，略尴尬地剜他一眼："醉话也当真，小肖教授你的严谨呢？"

可惜眼神杀的威慑力不够，姿态更有她不自知的娇嗔。肖子校唇边染上笑意，眼里有一丝难以言说的纵容。

余之遇被他看得心虚，鬓边有碎发掉下来，她随手掖到耳后："你怎么在这儿？"

这个话题转得太生硬。

"工作时间，我不在学校就在医院。"肖子校眼底的笑意由浅转深，"或者把我的值班表和个人课程表发你，免得你在哪儿见到我都奇怪。"

说得像她要查岗一样。余之遇赧然。

肖子校问："不是去采访吗，怎么受的伤？"

余之遇把事情的来龙去脉简单说了下,末了感慨:"记者也是高危职业。"

记者为揭露真相有时也是面临压力和困难的,严重的还有因报道而遭人报复。肖子校对此略有耳闻,却没想到这种事会发生在身边,发生在她身上。

他目光落在她明艳的脸上,似叮嘱似命令地说:"保护好自己,别太野。"

大兴网总编沈星火很快赶到医院。

作为静然的领导,沈星火感激余之遇在危急之时对小姑娘的维护,可对于她丢了部长之职,沈总则不留情面地挤兑道:"装什么幼稚园小朋友,不会翻脸给她讲讲规矩?枉费了许东律保你上位的心。"

沈星火比余之遇略长几岁,人美嘴狠,单身未婚,典型的事业型女性。她未离开大阳网前,余之遇跟她一起跑过新闻,更在她助理病假期间充当过几天她的助理。当初沈星火离职,余之遇还曾动了和夏静硬碰硬的念头。

沈星火却说:"许总最想做的,是在他再次晋升之前,扶你上位。我在,你永远屈居我之下。我走,你正好可以放开手脚和夏静过过招。照理说,她不是你的对手。"

余之遇懂她那句"你屈居我之下"不是对她能力的贬低,是意在提醒她,除了能力,资历也是职场不容忽视的门槛。有沈星火在,余之遇的资历就显得浅了,在这方面,夏静并无明显优势。

加之沈星火此前是冲着总编的位置去的,输给许东律,她心服口服,不慎被夏静摆一道,再丢了退而求其次的部长之位便意难平了。与其拉着夏静到许东律面前对质,不如接受大兴网抛来的橄榄枝直接坐上总编之位。

可惜，余之遇也未能幸免地栽在夏静手里。

此刻见到沈星火，想到这位前辈对自己的期许，余之遇颇有几分无地自容："要是知道路见不平也能撞到你面前，我宁可袖手旁观做坏人。"

沈星火喊一声："你当坏人好做？都什么时候了，那些污人眼的照片不亮出来？存着能变钞票助你发财吗？"

"你居然知道这些？"余之遇不是不意外的。

沈星火瞪她一眼："要不是猜到是姓夏的针对你，那些我在机缘巧合之下拿到的中新医药匿名举报万阳的材料，我也不用上赶着送给校谨行。"

一年前，沈星火采访过校谨行，至于后来两人是否有过更深一层的交往，余之遇不得而知。鉴于沈星火现在供职的大兴网与大阳网存在竞争关系，余之遇虽相信沈星火的为人，认定她不会做对大阳网和自己落井下石的事，在急于见校谨行不成时，为避免她牵涉其中，也没动让她帮忙搭桥的念头。没想到绕了一圈，依然是她帮了自己。

沈星火并不知中新针对的是余之遇，她说："万阳近几年势头太好，树敌不少。不过中新这一手做得可不漂亮，还连累了你。"

自己与中新的牵扯，余之遇自然不会见谁都说，显然校谨行也并未对沈星火提起。既然如此，她就事论事地表达了感谢。

沈星火却说："要谢就谢那位校总吧。一年前我正式采访他那天，他问我：'你那位助理呢？'我当时以为他是随口一提。直到此前我去万阳预约不成，发信息给他，说事关大阳网那篇报道，他当天就给我回了电话。其实，即便你是被中新连累，在调查组公布调查结果后，他向大阳网索要一个公开道歉并不过分。毕竟，事件的起源是那篇署你名的报道。"话至此，她刻意停住，一瞬不瞬地看着余之遇，似是在捕捉她细微的神情变化。

当然是失望了。

余之遇一脸平静地等她继续，没有丝毫破绽。

"他却发了那篇明显站大阳网的声明，我怎么看都像是对你的维护。"沈星火笑得别有深意，"否则我也算是帮了他一个忙，怎么还是争取不到万阳这个大客户？"

余之遇不会自作多情地认为校谨行对她有意。他们五年前便相识，但凡校谨行对她有半点儿想法，都不至于等上五年。也正因为两人勉强算得上旧识，在工作中碰面，他多问一句，在她看来实属正常。至于报道事故，他是帮了她，却也要了她一个人情不是吗？

这个人情和五年前那个一样，余之遇是真不知道该怎么还。

所以说，相比人情，还是欠钱更轻松些。

余之遇理性地分析道："在承了沈总这份情的情况下再谈合作，万阳难免被动。那位校总是出了名的精明善谋，相比之下选择和承他情的大阳网合作，获利只会更多。"

从工作的角度衡量合情合理，与校谨行的总裁身份也相符，挺令人信服的。

沈星火叹着气感慨道："本想借此签个大单，反倒成全了对家，这笔买卖，我亏了。"

余之遇朝她眨眼："这个对家不也是你的老东家嘛。等许总争取到与万阳的合作，一定不忘给沈总封个大红包。"

沈星火掐她胳膊："这是让我犯错误啊。"

余之遇笑着挨了这一下。

静然处理完伤口，余之遇要和她一道去派出所做笔录。余之遇本想搭沈星火的顺风车，正准备和方才说有事离开一下的肖子校发信息打声招呼，那人便出现了。

"我送你。"他说着，脱下医生服随手放到后座。

而他脱白大褂的样子有种成年人最高级的性感——禁欲。

在此之前，余之遇自认为已经修炼到清心寡欲的境界了，更不认为自己是个爱给别人添加滤镜的人。偏偏肖子校完全长在了她的审美点上，身材完美，举手投足都拥有致命吸引力的男人。这种不断散发的荷尔蒙对她的吸引，超出她预想。

沈星火的视线从两人身上扫过，附在她耳边笑言："男朋友挺帅。"语落，也不给余之遇否认的机会，推了她背一下，把人送到肖子校面前，招呼静然和叶上珠上了她的车。

见余之遇站那儿不动，肖子校眉头微蹙："让你为难了？"

他和当着萧何的面揭她短一样，依旧直接得不留余地。可胳膊才被人家复了位，还走了人家的后门，她总不好翻脸不认人。

余之遇边上车边嘴硬地反驳："我这不是怕被你们院的女医护看见，又给小肖教授招绯闻嘛。"

肖子校的目光垂落在她叭叭的小嘴上，反问："我说介意了？"

余之遇："……"我当哑巴就对了。

发生在百创的冲突，余之遇也算全程参与了，还是伤者之一，做笔录的时间相对较长。等她签完字走出笔录室时，百创副总叶明远已经过来了。

作为供应商与媒体冲突的根源，他表示百创愿意承担一切后果，包括受伤记者的医药费，以及立即制定供应商还款排期。

排期归排期，能否如期还款还是未知数。供应商有了被拖款的经验，并不好糊弄，他们拒不接受排期，坚决要求百创立即还款，声称不见汇款凭证就待在派出所不走了。

供应商与百创之间的问题属于经济纠纷，归法院管辖，派出所一般不管，面对这种"请神容易送神难"的僵局，民警只能劝解。

供应商油盐不进，更在听说记者那边似是无意追责后反咬一口，声称被记者打了，明显是在故意拖延，借此给百创施压。

有人喊冤，民警就不能不管。尤其那个反咬一口的家伙在被带来派出所时，脸和衣服上确实沾了血迹，样子挺唬人。

一听供应商把责任推到记者身上，根据对穿着打扮的描述又把矛头指向了余之遇，叶上珠瞬间火起："我看看是谁这么屌，被我们组长打了，我带他验伤！真验出个好歹的，医药费、误工费、精神损失费我来赔。"

肖子校则冷静地建议："调监控吧。"他说着瞥了一眼供应商所在的房间，"谁先动的手，又是谁致使谁受的伤，一目了然。"

余之遇耸肩，一副无所谓的样子。

民警马上回广安大厦调取监控。

等待的时间里，余之遇催了两次肖子校也没要走的意思。生怕他又说出些莫名其妙的话，她只好迂回了下："你出来这么久不会影响工作吧？"

"除了上课，我的工作灵活性大。"肖子校慢条斯理地说，"不忙的时候比较随机，忙起来连续几天住在实验室里，或者几个月待在山沟里，都属常态。"

这和印象中教授与医生的工作状态出入很大，余之遇略显好奇地问："采药课要上几个月？"

肖子校偏头看她一眼，似是意外她还记得这个话题："对学生而言，正常课时是一周，但因整个中药学专业是分批分期去基地，教学计划通常是一个月。"

毕竟是去野外，出于对学生安全的考虑，不能像在校内阶梯教室那样上大课，分批分期为的是便于管理。不用他多做解释，余之遇便明白了。

"其他时间留在当地做道地药材研究、成因分析、自然因素观察这些，为后续的人工栽培、生物学鉴定与评价提供基础依据。"话至此，肖子校问，"对道地药材不陌生吧？"

余之遇有一说一："略知皮毛。"

面对她真诚的谦虚，肖教授居然说："对你而言够了。"

余之遇被气笑了，说："嘴巴这么毒，喝农药长大的吧。"

先前听他说不介意和她传绯闻，她一路都没理他，一副视他为专车司机的姿态，没在下车时甩他一百块，估计是看在他为她正骨的面子上。

还挺知恩图报的。

肖子校眼底浮现更多笑意："闻着草药味长大倒是真的。"

监控调来后，民警按程序先看了一遍。

余之遇等得急了，见民警从办公室出来，迎上去问："这下可以证明他那一脸血与我无关了吧？估计他是上火引起的流鼻血，春天不就爱上火嘛。"

肖子校见民警脸色不太对，问："监控有什么问题？"

民警神色复杂地看了余之遇几眼，向肖子校确认身份："你是她……"

肖子校一脸坦然地答："家属。"

余之遇："……"

没错，别家记者的领导都来了，我和叶上珠看似是孤军作战。但我不就是她的领导吗？你可以说是我的领导啊，为什么是……家属？可当着民警的面,她又不能反驳。

余之遇深呼吸,自我平复。

民警见状,理所当然地认定他们是一对小夫妻,轻咳了声,说:"家属跟我进来看一下吧。"

监控看到一半,肖子校已经明白民警方才看余之遇时的欲言又止是什么意思了,他抬手掩了掩唇边的笑意。

民警觉得他的反应挺真实,憋不住乐了:"你那媳妇看着柔柔弱弱的,实战经验是真丰富,一点儿不吃亏。"

肖子校眼底的笑意已然藏不住。

原来,余之遇所谓的拉偏架是趁人不备从背后下黑手。

监控视频里,她不是从后面踢人家腿窝,就是踹人家屁股,要不就用脚绊人家,还有一次突然从斜刺里出来,反手钩住人家胳膊往后拽,对方一时不防没推到面前的记者不说,还在余之遇收手时鼻梁被她手肘硬生生磕到,整个人差点儿仰过去。

上火流鼻血?不存在的。

民警忍笑问:"现在事实清楚了,说说吧,你想怎么办?"

肖子校不慌不忙地说:"能允许我和对方谈谈吗?"

民警被那些供应商折腾得够呛,自然希望双方能够和解,语重心长地说:"态度好点儿,给他道个歉,不管怎么说那一脸血呢,我看都吓一跳,他要非去医院验伤不也耽误事嘛。"

肖子校淡笑着应下,可见到那位供应商,他脸色就变了,连声音都透出冷意:"我女朋友因你的推拉手臂骨折导致骨折部位水肿,从而导致局部肿胀。还有一位记者摔伤额头,一旦后续出现头痛恶心的症状,通过头颅核磁共振检查确诊为颅内出血,你会有些麻烦。"

那人冷笑："糊弄谁啊,还颅内出血。"显然不信。

肖子校从容不迫地拿出一份诊断书,推到他面前："故意伤害他人身体,处三年以下有期徒刑、拘役或者管制。"

旁边的民警："……"

供应商拿起那份诊断扫一眼,还真是骨折,而有个小记者额头受伤,当时在场的人都看见了,他脸色微变。

"你与百创的经济纠纷与我无关,但你伤了我女朋友,就与我有关了。后续我会交由律师处理。"肖子校将那份诊断书收好,临出门前又道,"我是大夫,如果你需要验伤的话,我来安排。"

意识到自己下了那么多黑手,余之遇哑火了片刻,才说:"那我也要为自己狡辩一下。"

那明显底气不足还硬撑的样子太可爱。肖子校眉眼带着揶揄:"嗯,我听着。"

蛮不讲理的话余之遇张口就来:"我没朝要害的部位下手,否则我那一脚一脚的都招呼在他后腰上,不得来个腰椎间盘突出吗?我是有分寸的,你肯定看出来了。"见他眼中笑意渐浓,她说了声:"反正我不是故意的。"

她眉眼灵动鲜活,语气里不自觉带了无奈和撒娇的成分,令人无法说出责备的话。肖子校忍住揉她脑袋的冲动,说:"好了,我知道。"语气温柔,像在哄她。

余之遇被安抚了,她问:"开假诊断犯法吗?会不会被吊销执照?你没把诊断书留给民警吧?"末了嗔他一眼:"那么大个教授,居然唬人。"

肖子校把诊断书递给她,上面既没他的签名,更没红章,而他微微上挑的唇角像是在说:是供应商没有医学常识分不清真假,怪我吗?

余之遇看着那上面笔锋刚劲有力的字迹,微微眯眼:"读书多的人果然不好惹。"

肖子校偏头,笑得无声。

最终,供应商听了民警的劝没再为难记者,也接受了百创的还款排期。这场闹剧至此落幕。

沈星火带着静然离开后,肖子校送余之遇和叶上珠回公司。

到了公司楼下,叶上珠识趣地先走,余之遇带着几分尴尬地说:"我本不是个麻烦的女人,最近有点儿反常,都被你赶上了。谢谢你啊。"二十四小时之内给他添了不少麻烦,她的歉意是真的,感谢亦是。

肖子校坐在车里没下来,手肘搭在车窗上,说:"既然都在我能力资源范围内,就不算麻烦。"

余之遇没再假客气,以玩笑的口吻说:"终究是小肖教授一个人扛下了所有。"

见她心情不错,肖子校说:"多句嘴,建议你把酒戒了。虽说中医认为酒为百药之长,滴酒不沾的人也不能保证一生健康,但你脾胃虚寒,饮酒会刺激胃黏膜,引起胃炎,加重脾胃虚湿的病症。"

余之遇微愕:"你怎么知道我胃不好?"

肖子校没说是昨晚送她回家的路上,握她手腕时恰好摸到了寸关尺的位置,他就顺手切了个脉,改问:"真要去上采药实践课?"

原本只是酒后兴起,可先前在派出所听说他为了做道地药材研究需要常年行走于山间地头,余之遇反倒真心升起几分兴趣,她说:"小肖教授诲人不倦,不会拒绝一个好学的人吧?那样的话,我就去找老教授要名额啦。"

肖子校认真看她几秒,答应了。

余之遇孩子气地比了个"耶"的手势,在他的示意下转身先走。

肖子校却没马上走,他敛了笑,注视她的背影。

余之遇走出几步,下意识地回头,一眼看进他寂静沉敛的双眸里,那眼眸熠熠生辉,胜过繁花似锦。那种熟悉的感觉又回来了,她抑制着失速的心跳,终是问:"我们是不是在哪儿见过?"

她这样问,显然是不记得多年前那夜的交集。

肖子校侧目看她,模棱两可地反问:"是与否有什么分别?"语落,他升起车窗,发动汽车,后视镜里女孩儿的身影逐渐模糊,直至消失不见。

有些心动,一旦开始,便覆水难收。

无论你记得与否,知道与否,信与否,能在兜转多年后再遇见,都不是无缘无故。

那不如,重新开始,徐徐图之。

收到肖子校发过来的课程表时,余之遇发现此行除了正常的采药实践课,中医大还有一个志愿服务项目同期开展,她立即做出选题计划,并附上出差申请送到夏静办公室。

夏静得知她要去临水县,顺手在网上查了一下,提醒:"那里距离南城不近,属于我们省较为落后的地区。说是中医大的教学基地,可能就是镇上一所破旧的小学校。交通不便,网络也并未完全覆盖,手机信号都不稳定,食宿条件根本无从想象,实打实的穷乡僻壤。"

她靠着椅背,笑得无奈:"之遇,你去这种地方,像是被我发配边疆了。"

自从夏静升任部长,态度可谓一百八十度转变,余之遇明显感觉到她待自己温和多了。她以轻松的口吻说:"不都说'天将降大任于是人也,必先苦其心志,劳其筋骨'吗,要是真有人那么想,领导你就受点委屈儿呗。"

夏静失笑。

余之遇说："这次课程的主讲师我认识,对于那边的情况多少了解一些。条件艰苦能克服,但说实话,这堂课的收获有多大我还不敢说,我更感兴趣的是他们同期开展的志愿服务。许总之前提过,有意在网站开一个公益版块,正好我去临水打个前站。"

公益版块的事夏静有所耳闻。她刚刚升了部长,正是需要有所作为的时候,自然不会阻止余之遇替她出成绩,她说："我这儿肯定没问题,不过你这次出差的时间比较长,按正常流程还是要报许总审批。"

余之遇没有异议。

当晚有个饭局,许东律接上余之遇一起去,其间他提起这件事："把年假都预支了,你是打算进山修炼吗?"

余之遇解释说:"采药实践课分三期,每期课程安排是满满的七天,肖子校还要提前一周过去做课前准备,这样算下来跟完一期最少半个月。多大的选题啊,我敢申请出这么久的差?所幸把年假休了,反正这次进山我私心里是想放松一下。"

许东律瞥她一眼:"你和肖子校私下沟通好了?"

余之遇听出他的话外之音:"怎么是私下呢,我和他的联系可是光明正大,纯粹为工作。"

这话许东律就不信了,万阳的报道事故已平息,即便是为后续的专题报道服务,采访的重点也不是非放在肖子校身上不可。

他故意问:"包括他单独送你回家,你开他的大G上班,还是他陪你去派出所?"

余之遇强行辩解:"别听叶上珠胡说八道,她就是为了洗脱抛弃我的罪行。就刚刚你说的那些事,哪件能和她脱得了关系?她是惹祸精你不是不知道。"

许东律不是轻易能被带偏的人,他单刀直入:"看来那位小肖教授不仅年轻有为,学识、人品更是没得挑。"

事实确是如此,余之遇却违心地说:"那不得看和谁比嘛,有师父在,还能有他什么事?"

许东律被逗笑:"我的意思是,既然人不错,做好工作的同时,不妨深入了解一下。你二十五了,再不恋爱,孤独指数要达到十级了。"

单身孤独女青年余之遇:"……"绕了半天这是催婚啊。

百创制药因运营不善导致资金链断裂的消息一夕之间业界皆知。

校谨行看完网络上的相关报道,以及高非搜集到的关于百创的所有资料,特意回了趟家,和校明理在书房聊了很久。

次日,余之遇收到校谨行发来的信息,说他稍后路过大阳网,问她有没有时间见一面。

预感到他是有事,余之遇提前到一楼大堂等他。

下楼买咖啡的叶上珠见她坐在休息区,连跑带颠地过来:"你的。"

余之遇看一眼咖啡:"无事献殷勤。说吧,打什么鬼主意。"

叶上珠咦一声,话里有话:"我都快成编外人员了,工作都没得做,哪有精力想别的。"

余之遇忍笑瞪她一眼:"闲不着你,不怕辛苦的话,过两天跟我去临水。"

叶上珠高兴地抱住她:"就知道组长不会抛弃我。"

余之遇嫌弃地推她,赶她上楼看邮箱,根据出差计划做准备。

叶上珠乐颠颠地就要走,又问:"你不上去吗,等人啊?"

"等着还债。"余之遇叹气,"别人经历的都是童话故事,我的人生却是一部现实题材小说。"

叶上珠听得一头雾水。

手机有新消息进来,余之遇查看完,见叶小姐还等着她的解释,随口说:"人家是'霸道总裁爱上我',而我是'被总裁追债'。"

叶上珠朝她眨眼,语气暧昧:"没有什么是'以身相许'解决不了的,组长你要善于利用自身的美貌。"

余之遇一脚踢过去:"年纪轻轻不学好!"

叶上珠笑着跑开。

一道男声在这时问道:"追债的总裁说的是我吗?"

余之遇应声回头。

身穿正装的校谨行逆光而来。

余之遇轻描淡写地一带而过:"我哪敢随便议论校总。"

校谨行行至近前坐下:"还有你不敢的?"眼角余光瞥见一步三回头的叶上珠,他问,"你带的那个实习生?"

余之遇点头:"叶上珠,原本该和校总相亲的那位陆小姐的闺密。"

校谨行瞥她:"你是在提醒我,还应该记你一笔毁我姻缘的账?"

余之遇轻打了自己嘴一下:"我重新组织一下语言。"

校谨行失笑,没再为难她,他话锋一转:"听说你昨天去百创采访了?"

余之遇立即明白过来:"你是想知道百创资金链断裂的原因?"

她反应迅速,校谨行眼里满是赞赏:"确切地说,是真实原因。"

关于百创的情况,大阳网已经发了新闻稿,倒没什么可隐瞒的,余之遇将自己采访所得尽数告知:"经销商吃费用在任何行业都是常态,而向经销商压货也是企业常态。百创虽为行业黑马,但既不是国企,也没上市，资金本就不充足，过去几年完全是靠自身的盈利在支撑整个企业的运转。从去年第四季度起，经销商便连续几个月不下订单、不回款，进而造成百创资金短缺，无力支付原料药与药品包材款。而前期百创为追求高铺货率，人力成本和市场费用都没有加以控制，以至于现在公司运营成本冗杂高昂。这种情况下，经销商再因销货能力不足导致大量退货，无疑成为压垮百创的最后一根稻草。"

校谨行思考几秒："在你看来，曾经风光无限的百创仅仅是因为经营不善才陷入岌岌可危的境地？"

商场上的事，余之遇是外行，不过综合受访者提供的信息来看确实如此。她说："经销商、原料药供应商、药品包装材料商的口径比较统一。"

校谨行却说："据我所知，百创去年上半年确实曾出台现金返利的激励政策，以此鼓励经销商下单，经销商为了拿返利才以销货能力两倍的数量进货。正因如此，即便第四季度订单数为零，百创去年的年销售额依然可观。至于退货，原则上享受过返利政策的药品是不能退的。这和商场里折扣低到一定程度的商品不享受三包政策是同理。而为了避免经销商将享受过返利政策的药品与正价药品混在一起向厂家退货，厂家在出货时都会记录药品的生产日期和批次。"

余之遇皱眉："百创其实不应该同意经销商退这批享受过激励政策的货？"

校谨行加以解释："为维持与某些大经销商的合作，不排除会有特例，或其他补贴政策，但这些应该在不影响自身运营的基础上，这是基本原则。"

余之遇大胆猜测："你是认为百创在召回药品？"

校谨行摊手道："我没有根据。"

余之遇偏了下头:"看来要让校总失望了,我没有内幕消息。"

校谨行倒不觉失望,只关心道:"你还会跟踪报道吗?"

"要看百创能否按期还款了。这原本是我们部长的选题,我昨天只是帮忙。校总有时间的话,"余之遇挑眉,"上楼和我们夏部长聊聊?"

"不必了。"校谨行看着她,"不问问我为什么如此关注百创?"

余之遇笑了笑:"作为同行,校总若不是落井下石,就是要雪中送炭吧?"

校谨行笑了下算是默认:"有什么后续进展知会我一声。"

余之遇马上要出差,加之这个选题是夏静的,她其实打定了主意不蹚这趟浑水的。可见校谨行如此关注,她又觉若是能借此还他个人情未尝不可。思虑间,校谨行已经拿起那杯咖啡起身:"难得你这么有心。"

余之遇:"……"

去临水的前一天,余之遇恰好路过中医院,想到肖子校劝她戒酒的事,她心血来潮去挂了个号,结果老大夫号过脉后也说她脾胃虚寒,并特别强调不能喝酒。

出差在外,喝中药太麻烦,余之遇没开药。老大夫以为她嫌中药难喝,热心地告诉她,粥是日常饮食中养胃的最佳食品,建议她最好每天喝一次温热的粥,而她体质偏寒凉,可以在粥中加入适量的黄芪和党参,还提醒她情绪和睡眠等对胃、肠道功能的影响,让她改掉熬夜的习惯,保证睡眠质量,等等。

老大夫与肖子校的说辞相吻合,三言两语切中要害,越发坚定了余之遇深入了解中医、中药的决心。如此一想,她拍了张医院的平面图,认真地逛遍了每个科室。

唯独没有找到制剂室。

她倒不是要借此偶遇肖子校，只是因为他在制剂室工作，不自觉对制剂室多了几分关注。

到导诊台打听，护士说："我院的中药制剂室共设制剂室、药检室、仓储区及办公区四部分，是为了保障我院医疗、科研和教学需要的，外人不能随便进出。"

原来，中医医院制剂室不是一个简单的科室，而是与门诊和病房区分开的单独的一栋楼，是集自主研制、开发、生产为一体，拥有五条中药制剂生产线的中医医院自己的"中药厂"。

此前为采访肖子校，余之遇曾查过中医医院制剂室，可它的作用及优势网上半个字没提。现下知道制剂室如此不凡，她的震惊不止一点点。

余之遇在心里盘算，趁在临水共处的机会和那位小肖教授建立睦邻友好关系，为日后进入制剂室参观奠定基础。

想曹操曹操就到，她转身要走时竟看见了肖子校。

他照例穿着医生服，一侧的耳朵上还挂着蓝色的医用口罩，像是刚从实验室出来。他似是刚理了发，头发比前两天见面时更短，整个人看上去利落帅气。

肖子校也看见余之遇了，他走过来，打量她两眼："不会又去给人拉偏架了吧，不过，看样子今天是全身而退。"

"哪儿那么多架让我拉。"余之遇嗔他一眼，视线在他胸前的医生牌上停留两秒，看清上面写着：制剂室—主管中药师—肖子校，她随手指了下门诊，"路过，来号个脉，看你是不是危言耸听。"

肖子校看着她，透出几分好整以暇："然后呢？"

余之遇微耸了下肩膀："证明你有点儿靠谱。哎，你不是学药的吗，还懂医术？"

他眸色深深，说："怎么，我的背景资料写得不够全面？"

余之遇想起来面前这位小肖教授可是用三年时间攻读下两个硕士学位的人。针对他中医学硕士的身份，她问："既然是学药，干吗还学医？"

他说："有医无药医无用，有药无医药不灵。医和药相辅相成，互为作用。"

余之遇认同地点头："那称呼你一声'肖大夫'确实实至名归。"

肖子校不置可否。

余之遇没别的事，见还有同事在等他，说："你忙吧，我走了。"

肖子校并未挽留，只再次和她确认："还是决定自己开车去临水？现在改主意还来得及。"

余之遇原本是准备自己开车的，可同车出行更能拉近关系。想到那令人向往的制剂室，余之遇罕见地眉眼带笑着请示："明天能搭小肖教授的顺风车吗？"

此前确定行程时，他才提醒了一句路况不好，小型车应付不了，那位便觉得他歧视女司机，把他邀她同行的话撑了回去。此刻，面对她态度的转变和不加掩饰的讨好，尚拿不准她在打什么鬼主意的肖子校应道："车费和上次的代驾费一并算。"

余之遇："……"开大 G 的人还如此算计？

余之遇和静然通过电话，确认小姑娘在来换药的路上，她在门诊等了片刻。

到底是一起进过派出所的交情，百创事件后静然和叶上珠一样视她为老大，聊到那天的冲突，小姑娘遗憾又后悔："当时我正在采访一位经销商，说到退货的事，他似乎有些犹豫，我正准备深挖一下，供应商就闹起来了。我要是当时没冲动，没引起那起冲突就好了。"

那天太忙乱，余之遇不知道还有她采访经销商，触及退货话题的前情,闻言问:"是百创不允许经销商退货吗?"

静然摇头:"经销商开始只说退完货百创却迟迟不退款,后来又说他们其实不想退货。之遇姐你说,经销商是不是早发现百创的资金出了问题,担心货退了,钱拿不回来?"

不是没有这种可能。百创自二月起连人员工资都由各地经销商垫,由此可见资金短缺的端倪早已显露,经销商必然会担心退货款的问题,与其冒险,不如想办法卖货。

经销商在退货问题上有所犹豫实属正常,完全没必要隐瞒。可若是药品质量出了问题,是百创紧急召回药品……一切似乎就说得通了。

余之遇神情微凛。

当晚,她上网搜索"百创制药",除了近期的报道,没有任何负面新闻。她又进入百创官网,发现该企业除了生产营销一些仿制药外,还代理了国外 MG 公司的一款儿童感冒药。

余之遇于是针对这款儿童感冒药搜索相关信息,除了几起投诉称家中小朋友服用该药后出现心跳加快、排尿困难这样的副作用,便没有其他了。

药物的副作用本就因人而异,有副作用是正常现象,副作用和治疗作用也没有直接关系。为数不多的几起投诉,没有后续不足为奇。

至此,余之遇几乎可以断定,校谨行是冲着这款药代理权而来,他应该是有意并购百创,如此一来,这款儿童感冒药的代理权便顺理成章地归了万阳。

除此之外,百创没什么值得那位校总图谋。虽说万阳主打中药制剂,也不排除它向新领域探索的可能,尤其儿童药品的市场需求和潜力巨大。

余之遇看着地上的行李箱,把电话打给了许东律。

许东律听完所有,立即明白她在考虑是否要取消去临水的行程,他说:"这本就是夏静的选题,后续跟进与否都是她的事,轮不到你插手。"他几乎是以严厉的语气命令,"之遇,做好你分内的事。"

余之遇有那么几秒没说话。

许东律于是问:"或者,你是为了校谨行?"

余之遇没有否认,她坦然承认:"确实有他的因素在。我是觉得万一其中有什么不为人知的事,给他提个醒,算是还他的人情。"

"说到欠他的人情,也有网站的份儿。我会交代夏静多留心,真有什么特别之处我亲自通知那位校总,你就不用管了。"许东律激将道,"还是你以为,这事除了你别人跟不了?"

余之遇没理由再坚持下去。

鉴于校谨行此前特意找她聊这件事,余之遇还是把从静然那儿获知的消息转告了他,并说:"接下来一段时间我出远差,不在南城,百创那边若有后续,许总会直接与你联系。关于大阳网与万阳的合作,许总也很期待和你面谈。"

校谨行料到因为涉及药企,余之遇会有所顾虑才刻意走了一趟。现下听闻她说要出远差,理所当然地视作她是以此为借口决意回避了。他淡声说:"好。"便挂了。

余之遇意识到他不高兴了,又不明白哪里就惹他不高兴了。她发了会儿呆,最后检查一遍行李,确认没有遗漏,如常休息。

第三章
初到临水

次日七点，大G准时停在余之遇家楼下。

透过挡风玻璃，肖子校看见那个穿着男友风绿格纹衬衫，搭配高腰工装裤的姑娘弯着眼睛向他挥手，清晨的阳光温暖绚丽，落在她眉眼发间，为她镀上柔软的光芒，明媚又俏丽。

心里某个地方突然柔软得要命，连眉眼都被晨光染上几分暖意，肖子校推开车门下来，视线落在她脚边的行李箱上："就这个？"

余之遇拉起行李箱："昨天寄走了一批。"

肖子校只以为是女生行李多，并未多想。

两人说话间，后座车窗降下来，喜树探出头和余之遇打招呼："余记者好。"

余之遇经叶上珠的口早对肖子校这位高徒有了认知，她笑眯眯地说："全身都是宝的喜树对吧，我知道你。"随后要求，"叫余记者多见外，叫余哥。"

肖子校低笑一声。

余之遇转头问："他是比我小吧？"

肖子校从她手上接过行李箱放进后备厢："你也没告诉过我你多大，我哪儿知道？"

"我又不是和你相亲，干吗上来就报年龄、职业、收入的。"余之遇撑了他一句，又对喜树说，"叫余哥就对了。"说完正准备上车，后座车窗里突然探出个狗头。

余之遇没什么心理准备，德牧又长得像狼，她不自觉地退后两步，撞进肖子校怀里。

肖子校自后扶住她手肘："害怕？"

余之遇见那家伙歪了下狗头，她眼睛倏地亮起来："你养的？"

肖子校嗯了声，松手道："你喜欢？"

余之遇带点兴奋地说："你不觉得女生身边跟只厉害的大狼狗很酷吗？"

肖子校眼底笑意渐浓："那你讨好讨好它吧，让它给你当保镖。"语落，他伸出手。

德牧递出一只爪子，和爸爸击了个掌。

余之遇被这份默契暖到，愉快地坐进后座，丝毫不浪费时间地和德牧培养起感情。

肖子校瞥了一眼空着的副驾驶，无奈地笑了一下。

去接叶上珠的路上，余之遇问起德牧的名字，喜树答："它叫草药，两岁了，男孩子。"

"草药？"倒是和它爸的职业很配，不过……余之遇看看有强壮骨骼和发达肌肉，连眼神都透着真凶的德牧，说，"它长相这么有威慑力，名字是不是有点尿？"

肖子校透过后视镜睨她："别看它现在样子霸道，小时候是个憨憨。"

草药:"……"

相比余之遇欲把草药发展成保镖的刻意讨好,天不怕地不怕的叶上珠则在见到这个毛孩子的瞬间,以考拉抱的姿势跳到了车下为她放拉杆箱的喜树身上。

见小丫头以带着哭腔的声音嚷嚷着让草药走开,余之遇胳膊肘儿搭在窗沿上,笑吟吟地侧目看肖子校:"等他们组成中草药CP,得感谢你儿子的成全呢。"

没得到同等待遇的草药它爸把视线从被人投怀送抱的喜树身上收回来,眸色略深,声音微沉:"白养它了,分不清里外。"

这话很有歧义,而他颇有些怨念的语气又耐人寻味。余之遇有种接茬儿便会被套路的错觉,索性闭嘴。

肖子校转身坐正,手指在眉心按了按,眸中有笑意。

叶上珠是真怕狗,为了尽可能地离草药远点儿,她顶着压力坐到副驾。

肖子校倒没表现出任何情绪,只提醒她:"你越怕它,它就越欺负你。"

叶上珠五官皱成一团:"连狗子都欺软怕硬吗?"

余之遇摸着草药的脑袋,顺嘴说:"你哪里软?"

叶上珠回头瞪她,那下意识挺胸的动作像是在问:我哪里最软你不知道吗?

余之遇:"……"抱歉,嘴瓢了。

喜树听不懂女人之间的暗语,他出言安慰道:"草药受过专业训练,不随便咬人的。"

余之遇挑刺:"那就还是会咬了?"

喜树看看瑟瑟发抖的叶上珠:"……"余哥,求你闭麦行吗?

肖子校透过后视镜看了看她:"通常,它追着谁就表示喜欢谁。"

余之遇视线与他对上:"所以你儿子是不喜欢我了?"

肖子校没正面回答:"那你得问它了。"

草药:"……"

肖子校的话还是起到了安慰作用,尽管叶上珠还是不敢摸草药,至少没那么紧张了。可她坐在副驾,总能不小心瞥到肖子校透过后视镜看余之遇,难免有些不安。

等到第一个服务区休息后,肖子校以命令的口吻对余之遇说:"坐前面来。"叶上珠又躲在喜树身后坐到后座,余之遇才挪到副驾,草药则把两只前爪搭在正副驾驶位之间的扶手上,占领C位陪着老爸。

改装过的越野之王大G,凶悍威猛的纯种德牧,以及穿着黑T、戴着墨镜、专注开车的他们的主人,无一不激起女人的征服欲。

说不心动是骗人的,余之遇微笑而不自知。

肖子校车技娴熟,车速明明很快,车距却把握得十分精准,绝对的稳中带浪。

临近十二点,他把车驶入此行最后一个服务区,带三个小的解决午饭。

荤素搭配,四菜一汤,品相一般,味道尚可。

喜树提醒要盛饭的叶上珠:"别吃太饱,后面的路不好,容易晕车。"

余之遇作为老司机没当回事,报应很快就来了。

迂回盘旋的山间公路,急弯多而危险,副驾一侧是未经开辟的山坳,密布的杂草树木之间怪石嶙峋,溪流穿梭,低头隐约可见山脚下的村落房屋,抬头则分不清山峦与天空的边界。

这与喧闹的城市截然不同的山野风光,吸引了余之遇的目光。直到大G下了公路,驶上坑坑洼洼的山路,尘土飞扬中无法开窗,她整个人蔫了下来。

肖子校见她脸色有些不正常的白，让喜树把提前准备的姜片拿出来，又让喜树剥开两个橘子，让她和叶上珠用橘子皮提神。

叶上珠状态渐好，余之遇却没半点缓解，胃里更是开始泛酸。

肖子校把车驶向旁边的小路，停在山后的一处空地上。

叶上珠第一次下乡，看什么都新鲜，拉着喜树去拍照，草药似乎是发现叶上珠怕它，跟上去欺负她。

余之遇及时呼吸到新鲜空气才忍住没吐出来，她终于明白了肖子校此前提示说，路况不好，小型车难以应付不是诓她的。这千沟万壑的土路，她那辆轿车非扔在半路不可。再看看那辆在城市中开起来略显突兀的改装大G，懂了他并非张扬，而是出于绝对实用的考虑。

肖子校把保温杯里的温水倒了些出来，等她喝完在一块石头上坐下，他单膝触地蹲下，切中她手腕关节处内关穴，以饱满的指腹轻轻按揉。

余之遇略略缓过神来，问："要是我坚持自己开车来，困在半路上怎么办？"

肖子校没抬头，保持按摩的姿势不变："我来接你。"

那天她不听劝，他就做好了准备。结果她主动求带，倒让人省心了。

余之遇庆幸蹭了车，否则又要麻烦他，她看了看周围："还有多远？"

肖子校换合谷穴按摩，反问道："后悔来了？"

远处的山峰在阳光中沾染上绚丽的色彩，无限美丽。近在眼前的英俊男人屈膝在自己面前，手上按揉的动作温柔且不失力量。何来悔意？

余之遇有气无力地说："难道我的眼神看上去不坚定？"

肖子校抬头，对上她的眼，或许是先前差点儿吐了的缘故，那眼眸泛着水光，像林间余雨后的一滴，湿漉漉的，清澈见底，足够坚定。

他心中一软，语气不自觉地放缓："再坚持半小时。"

大 G 驶入临水县时整下午三点，离肖子校预判的时间几乎分秒不差。

临水名义上是个县，实际是个一眼能望到街尽头的小镇子。沿街有破旧的杂货铺、款式陈旧的服装店、面馆、理发店、卫生所，还有露天摆摊的商贩，卖些平常的日用品，偶尔有带车斗的那种农用拖拉机缓慢驶过，无处不透露出落后的气息，是穷乡僻壤无疑。

所谓的中医大教学基地坐落于镇上，在附近几个村唯一的一所小学校里。

镇上条件有限，小学校原本只是一个大院，院里是普通的平房隔出来的几间教室。中医大将这里设为教学基地后盖了前后两栋小楼，新添了桌椅，并在操场中央设置了升旗台。

家境殷实的叶上珠惊讶于还有如此落后的地方，余之遇关心的则是中医大为何会将教学基地设在此处。这里不仅距离南城很远，路况还如此糟糕，学生来上一次课未免有些奔波。

喜树告诉她，师生们是坐火车到明江市，明江到临水那段公路路况尚好，大巴接送很方便，车程一小时，可如果他们自驾走明江那条线就绕远了。之后他回身指向远处说："那座山叫万花山，经确认的已经有两百多种中草药。"

相比之下，南城郊区的山上中草药品种就太少了。采药实践课是中药学专业学生与野生药用植物面对面接触的唯一机会。在此过程中，学生能实地了解药用植物的分布及野外生长状况，并对所学的药用植物学的基本理论知识进行复习、巩固和验证，同时能采集到各类药用标本，以此丰富中医大实验室的教学标本库。这一堂课，有着非常重要的意义。

肖子校三年前开始在这里做道地药材研究，接受中医大聘请时他提出建议，将此地设为教学基地。翻新原有教室，以及建新教学楼和宿舍楼的资金都是他找来的。

喜树还说："课程结束后，老师通常还要停留一段时间，除了做药材研究还要领当地的孩子们上山认药，他说从小培养他们对中医药的兴趣，或许能有人因此走出这里。"

肖子校在这时过来，给余之遇介绍基地负责人："临水小学李校长。余之遇，南城大阳网主任记者，此次的随行记者。"

李校长年近四十，衣着朴素，肤色健康，体型偏瘦，戴近视眼镜，一脸斯文，他是南城人，年轻时来支教后留了下来，一待便是十六年。

余之遇顿时对这位李校长肃然起敬。

肖子校见她精神并未恢复，让她先休息，自己则洗了把脸和李校长谈工作去了。

余之遇和叶上珠被喜树安排到宿舍楼三楼最里面的房间，两人一间，有床和书桌，没有衣柜，没有独立卫浴，洗脸、洗澡都要去走廊的水房。

条件设施确实简陋，好在两人都有准备，自带了床上用品。余之遇换好床单、被罩，没几分钟就迷迷糊糊地睡着了，等被饿醒摸出手机看时间，差一刻钟六点，睡了两个多小时。

由于是周末学校没有学生上课，校内比较安静，余之遇站在窗前往外看，操场上没有喜树和叶上珠的身影，连草药都不知跑哪儿去了，反倒是肖子校的大G旁边站着个扎羊角辫的小姑娘。

余之遇快步下楼。

小姑娘见到陌生人眼里闪过一丝慌乱。

余之遇没靠太近，将就小姑娘的身高弯下腰，温柔地询问："你是这里的学生吗，叫什么名字呀？"

小姑娘看上去六七岁的样子，瘦瘦小小，皮肤蜡黄，眼睛却水汪汪的，清澈明亮，她向旁边看了看，似乎是在找人，末了小声说："我叫苗苗，我来找校长爸爸。"

余父是中学校长,余之遇平时总爱开玩笑称呼老爸为"校长爸爸",听苗苗这样说理所当然地把她口中的校长爸爸视为李校长,她说:"你爸爸应该在工作呢,我带你去找他吧?"

小姑娘摇头:"我可以在这里等吗?我不吵你。"说着往后退了两步。

她个子本来就矮,靠在大G旁边,还不及轮胎高,又一副怯生生的样子,格外招人心疼。余之遇把手里的奶糖递过去:"这是我最爱吃的,送给你啊。"

小姑娘看着她掌心的糖果,大眼睛里充满了渴望,手却缩到了背后,说:"校长爸爸说不能随便要别人的东西。"说完转身跑出了校门。

余之遇刚想追,手机便响了,她看看来电显示赶紧接起,俏皮地唤了声:"校长爸爸。"手机信号不稳,等了几秒,那边没回应,她换了个位置,略提高了音量,"校长爸爸,你听见了吗?"

"听见了。"一道熟悉的磁性声音入耳,"你怎么睡一觉还给我长辈份了?"

不是话筒那端传来的。

余之遇回身,看见肖子校从大G另一侧走出来,神色温柔:"虽说都是家属,差别是不是太大了?"

她反应了几秒,用手挡了挡手机,没好气道:"我叫的是余校长!我爸!"

信号偏巧不巧在这时恢复了,那端的老余听见有个年轻男人和他家宝贝闺女说什么"家属""睡一觉",语气顿时变了。他略紧张地教导:"丫头啊,依你的年纪谈恋爱是正常的,眼光爸爸也信得过,但在结婚前……"

"同居慎重"这几个字教了一辈子书的保守的余校长支吾了下,愣是没说出口。

余之遇太懂老余了,立即意会。当着外人的面,她不好多解释,有些害臊地说了句"不是你瞎想的那样",确认他没别的事,草草结束了通话。

那端的老余:"……"怎么办,女儿大了他更操心了。

余之遇抬眸看肖子校,眼里充满了火气,她收了手机走近:"我喊我爸,你瞎应什么?"说着不客气地用手指戳他胸口,语气加重,"长辈份又是什么梗?难不成小肖教授在给我讲段子?"

意识到误会了,肖子校放低姿态询问她的意见:"要不我和伯父解释一下?"

余之遇更来气了,又戳他两下,说:"没听说过泼墨画煤,越描越黑吗?毁我清白你向来手到擒来。"

回想此前校内论坛帖子事件,她发信息向他讨要清白,肖子校勾了下唇。

他分明没有半点抱歉的意思,可自带锋利的眉眼被夕阳染上几分暖意,帅气得要命。

余之遇的火有点儿发不出来了,意识到对人家动手动脚似乎很不合宜,她小走位,后退一步。

肖子校跟着上前一步。

和他站在一起,余之遇的身高处于劣势,离得近了他的压迫感十足。她不得已又退一步,后背贴在大G车身上。

肖子校跟着她的动作再进一步,笑了声:"不是对我兴师问罪吗,躲什么?"

身前是他,身后是他的车,余之遇已无退路。她心跳得有点儿快,后背下意识地绷紧,以掌心推他:"离我远点儿,你靠太近,我上头。"

肖子校垂眸,视线落在她明显睡醒后忘了整理的蓬乱头发上,眼里笑意弥漫。

意识到情急之下吐了真言，余之遇正欲找补一句，肖子校已扣住她的手抵在胸前，随即俯身，低头贴在她耳畔："我闻闻喝的什么酒，劲儿这么大。"

他突然靠近，几乎是可以吻到她的距离，余之遇呼吸都滞了一秒。而她挣脱不掉的手紧紧贴在他胸口，隔着衣料能清晰地感受到男人肌肤滚烫的温度和有力的心跳。她耳郭不自觉地泛红，迅速蔓延到脸颊。

肖子校的目光落在她瞬间红透的耳朵上，低声说："那你说怎么办？我错了行不行？"

这谁受得住？命给你都行。

如同喝了封喉毒药被毒哑了似的再说不出一句话，余之遇挣开他的手，落荒而逃。

肖子校双手撑在胯上，笑得不慌不忙："梳下头，过来吃饭。"

余之遇："……"无地自容。

晚饭是李校长爱人李嫂亲自下厨做的，李嫂是本地人，善良贤惠，刚刚已经和叶上珠认识了，见余之遇人漂亮，气质好，身上没半点儿城里姑娘的娇气，越看越喜欢，便招呼肖子校给她夹菜。

余之遇因先前的事又羞又恼，不愿接受他"被迫"的好意，于是很主动地自己夹菜，反倒吃撑了。饭后她帮李嫂收捡碗筷时想起苗苗那孩子，提及了先前的事。

谁料李校长竟笑着对肖子校说："她昨天放学时还问我，她的校长爸爸什么时候来。我告诉她周一上学就能见到了，结果她还是今天就跑来了。"

肖子校到外面去打电话，回来时问余之遇："明天我去趟平山，你去不去？"

余之遇已经听李校长说了肖子校和苗苗的关系，自然是要去的。

去年秋天肖子校来临水时，发现有个小姑娘躲在教室外，便是平山村的苗苗。小姑娘的父母相继因病去世，家中只剩祖孙二人相依为命。

肖子校随后去了趟苗家。

苗奶奶不是不想送孙女去上学。李校长曾来劝过，说她照顾不了苗苗一辈子，等哪天她走了，留下一个字都不识的孩子，想走出大山都不能。

可家里太穷，确实是经济条件不允许。即便是九年制义务教育，总要买笔和本吧，平山到临水又有十几千米的山路，夏天孩子还能坚持早起晚归两地往返，冬天怎么办？住校必然要产生食宿费，老人家实在承担不起。

看着家徒四壁的苗家和躲在奶奶身看偷偷看她的小姑娘，肖子校的心情难以言喻。

再去苗家，肖子校带了很多生活用品和衣物，以及小姑娘心心念念的课本。他承诺，只要苗苗坚持读书，他资助孩子到大学毕业。

苗奶奶身无长物，当下便让孙女给肖子校磕头，以表感激。

肖子校承受不起，他抱起小姑娘，说："并非读书就能前程似锦，功成名就，但可出言有尺，嬉闹有度，说话有德，做事有余，温文尔雅。"

苗苗太小，她听不懂。

肖子校并不急于解释，只嘱咐她："好好读书。"

苗苗小大人似的郑重点头，搂住他的脖子，很小声地说："谢谢校长爸爸，我会的。"

临水小学能拥有新的教学楼和宿舍楼，并成为中医大的教学基地，以此解决了学校的经费问题，是肖子校的功劳，县里对他感激不尽，非聘他为名誉校长不可。

肖子校无意担个虚名,他策划了一个志愿服务项目——借每年春秋两季带学生来上采药实践课的机会,完成对临水小学为期一个月的支教工作。

农村师资力量匮乏,一所小学通常只能保证语文、数学两大主科,英语课只有支教老师来时才能上,其他副科便成了可有可无。

肖子校提出的短期支教理念恰好弥补了这方面的缺失。毕竟,无论是中医大派来的支教老师,还是药学专业来上课的本科生,都足以教授小学课程。

肖子校虽为名誉校长,办的却都是实事。在李校长的带动下,临水的孩子们都亲切地喊肖子校"校长"。

面对苗苗,肖子校体谅她渴望父爱的心,便应下了那声"校长爸爸"。

次日午后,余之遇听见紧凑的马达声跑到窗前,视线里身穿黑色T恤的肖子校坐在摩托上,一条腿稳健地撑住地面,战地迷彩的工装裤掖在高帮透气作战靴里,矫健利落如军人。

肖子校仰头看向三楼,喊她下来。

站到他面前,视觉冲击更大了,余之遇的视线从他笔直修长的腿往上滑,落在他很窄的腰线上,再到T恤都遮不住的、隐约可见的肌肉,以及性感的喉结。她不自觉地咽了下口水,心想:这身材可真馋人。

"愣着干什么?"肖子校把头盔递过来,"上车。"

平山距离临水虽说不过十多千米,可没有公路,被踩实的泥巴路太窄,大G开不过去,只能骑摩托车。

余之遇戴好头盔跨上去。

摩托车空间有限,她几乎是贴着肖子校坐下,视线所及只有他挺拔的背脊。

比昨天他刻意靠近更窘迫。她的手无处安放。

肖子校等了两秒,感觉到身后的人刻意往后挪了挪,他抿唇,踩启动装置,向下拧油门。

余之遇毫无准备,在摩托车突然向前冲时身体惯性向后,出于本能,她一把搂住他的腰。

她没控制好力度,抱得紧了,勒得肖子校呼吸一窒,他侧头问她:"酒劲儿还没过呢?"

余之遇听出笑意,在他腰上掐了一把。

肖子校怕痒,手上不听使唤了,车轮一歪,小幅度地划了条弧线,好在他反应足够快,迅速握稳了把。

他却还是出言警告:"你老实点。"

余之遇心想还不是你先使坏的,手上则老实下来,乖乖搂好他的腰。

摩托车速度很快,转眼驶出镇子。

早上听喜树说,去平山的路比来临水最后那段还不好,用当地人的话说:"晴天一身灰,雨天一身泥,大坑能养鱼,小坑能卧驴。"

事实证明,他所言非虚,路上大坑小坑避之不及,余之遇被颠得屁股疼。所幸昨晚下过阵雨,此刻阳光很暖,微风不燥,田野风光又美不胜收,呼吸一口专属于山间的清冽气息,足以抵消一切不适。

等车速慢下来,视线里出现了一些零落的房屋,是二十多分钟后。

余之遇看着眼前的小村庄,莫名生出些失落感,因为房屋太破,村子太静,像垂老之人,没有丝毫生气。

摩托车在一家栅栏有些破的小院门前停下,余之遇刚下来,一道小身影已从屋子里跑出来。

肖子校在她扑过来前停好车,俯身一捞。

苗苗亲热地喊着:"校长爸爸。"

肖子校抱起她进屋："怎么一点儿没长胖？"

小姑娘撒娇似的答："因为想校长爸爸了啊。"

苗奶奶见肖子校带了个漂亮姑娘来，高兴得不行，直拉着余之遇往床上坐。

肖子校坐在屋里唯一一把椅子上，拍拍苗苗的小脑袋："去和姐姐玩吧，她包里有好多我都没吃过的小零食。"

余之遇轻踢了他一脚："又降我辈分？！"

肖子校笑："那让她叫你阿姨？"

"……"

余之遇发现有肖子校在，苗苗不像昨天那么胆小怯懦，有了同龄孩子的活泼，没多久就和她熟悉起来，还趁肖子校和奶奶说话的空当，悄悄问她："你和校长爸爸是一家的吗？"

余之遇瞥了一眼肖子校，说："我们是朋友。"

"好朋友吗？"小姑娘歪着小脑袋追问，"像我和隔壁大壮一样，一起长大，一起分糖果，还睡过一张床的那种？"

余之遇："……"

犹如为她解围，肖子校在这时说要检查苗苗的作业。

小姑娘平时很努力学习，等的就是肖子校来了向他汇报，于是颠颠地跑过去，老老实实地拿出作业本，边翻边小声地说自己得了几朵小红花。

从窗户投射进来的阳光恰好落在肖子校身上，他胳膊肘儿挂在桌案上，手掌托着下巴，侧颜被勾勒得清晰而深刻，和小姑娘说话时卸掉了眼尾的锋芒，声音低而柔，迷人得不像话。余之遇不动声色地欣赏了片刻，抢在他发现前跑去帮苗奶奶的忙。

苗奶奶指了指床边地上摞起来的几个大箱子："那些都是小肖发快

递寄来的生活用品，上午刚到。"老人家满怀感激地说，"多亏了小肖，要不然苗苗就得跟着我挨饿了，哪还能上学。"

临水四面环山，可用耕地不如平原地带多，沿途余之遇观察到庄稼确实很少，可想而知粮食产量必然不高，但她以为保证温饱是没问题的。

显然事实并非如此。

苗奶奶说："周围都是大山，能保证有水吃就不错了，根本种不了水稻。村里的青壮年越来越少，被开垦出来的地都没人种，即便种上麦子和玉米，雨水少了旱，多了又涝，收成无法保证，全凭老天做主。再赶上个灾年，颗粒无收也是有可能的。"

余之遇皱眉："这边没什么特产吗？"

苗奶奶想了想："野菜算吗？以前到时节我也挖点儿拿到镇上卖，可在我们乡下那东西不是稀罕物，都是怎么拎过去的再怎么拎回来。"

对于城市而言，野菜属于绿色有机食品，贵着呢。可山里遍地都是，当地人又过着恨不得把一块钱掰成两半花的日子，谁会花钱去买？要把这些野菜运到城市去，交通又成一大难题。

征得苗奶奶的同意，余之遇拍了一些照片。

低矮的房屋，黄泥砌的灶台，用纸糊的墙壁，鸡毛掸子，长木凳，装针线的笸箩，哄小孩儿用的"悠车"，以及破旧的老式桌椅，都是农村的真实写照。窗上贴的剪纸和小院中那片绿油油的菜地，成了这个贫瘠家庭唯一的生机。

余之遇眼睛泛潮，有点能体会肖子校初到苗家时的心情了。

肖子校还要去趟村里的杜家。杜家有一对年龄相差两岁的姐弟，姐姐去年秋天就到了适学的年龄，可杜家夫妇不肯让她上学。村主任和李校长相继来劝过，都是无功而返。

作为贫困村，没钱上学几乎是家家户户共同的难题。除此之外，杜家女主人的腿脚还不利索。把女儿留在家里照顾母亲，在夫妻俩看来是天经地义的事情。

杜青山作为一家之主，实在蛮不讲理，肖子校才开了个头他便火了："穷成这样上什么学？上学不用钱吗？我们又没人资助。不如再大点儿去外面打工。我不也一天书没念过，还不照样过生活。一个丫头片子，不趁她没嫁人前伺候伺候妈，还有尽孝的机会吗？我让她上学，学啥不得带去婆家啊。老话都说，'女子无才便是德'。"

因为做记者，余之遇有幸记录过很多朴实动人的故事，也见证过太多凄惨沉痛的魔幻现实。但她始终相信，再多的恶都抵消不了生命最初的本能的善。

重男轻女的封建思想不仅仅只有杜青山有，和愚孝、啃老一样，这种原生家庭的悲哀依然存在于这个新时代，彻底消除掉或许还需要很长时间，需要很多人的努力。

杜青山的理直气壮让余之遇忍无可忍，她没给肖子校讲道理的机会，语带讥讽地说："你把生活过成什么样自己心里没数吗？打工？她才多大？国家有禁止使用童工的规定，你没读过书不懂法，当所有人都和你一样无知吗？还女子无才便是德，别在那儿断章取义了！那句俗语出自清朝张岱的《公祭祁夫人文》，原文是：丈夫有德便是才，女子无才便是德。此语殊为未确。知道什么是'此语殊为未确'吗？所谓'此语殊为未确'是说，'丈夫有德便是才，女子无才便是德'这话语的说法是不正确的！以后别拿这话说事，丢人现眼。"

无论是口才还是知识储备，杜青山远比不了余之遇，想打断她都不能。他被一个小姑娘教训，气得脸红脖子粗。

肖子校第一次见余之遇和人吵架，那么长一大段话，她草稿都没打，语速还快得连停顿都省略了，着实让人佩服。尤其杜家他来过不止一次，道理统统讲过，全都对牛弹了琴，现下有个人能当头骂杜青山一顿，倒挺解气。

却不能让她在自己眼前吃亏。

见杜青山要上前，肖子校一手将余之遇拉到身侧，原本拿手机的右手倏地一抬，手机直接抵上杜青山额头。

他甚至连话都没说，只是用那双沉湛犀利的眼盯着杜青山，杜青山便没敢再上前，胸口起伏酝酿半响，实在气不过，便抄起扫把赶人，同时胡搅蛮缠道："我是她老子，她上不上学我说了算。你们想让她上学，行啊，你们出钱，否则想都别想。"

余之遇差点儿把扫把抢下来，要不是肖子校拦着，她怕是要反打杜青山一顿了。

肖子校对村里的人和事有所了解，比较沉得住气，为了给她消气，还给她讲了个故事。

他曾去过一个比临水更穷的村子，村主任好不容易搞了个项目，给每家发了两只小绵羊，本意是让村民把羊养大，通过繁殖或是育肥出售来获得收益。结果没两天就有村民把羊杀了吃肉。他们有的说，人都饿着哪儿还有东西喂羊？有的说反正国家在搞扶贫，用得着自己辛苦养羊？

余之遇听得火起："国家花那么大力气扶贫，到头来扶出些懒汉啊？"

肖子校示意她少安毋躁："没有帮扶之前，贫困户们为了生存还自己干点儿农活儿，有了扶贫政策和扶贫款后，有些人因没受过教育，思想出现偏差，只想等救济。要扭转他们这一思想就得教育先行，扶贫先扶智，治贫先治愚。"

他意在告诉她，和杜青山难以沟通是文化素质差异导致的，要改变这一现状，唯有教育。

肖子校屈指敲她额头一下："要知道你会真动气，我绝不带你来。"
　　余之遇嘀咕："谁让我是汽水做的，易怒呢。"
　　她没说和杜青山吵架有他的因素在。杜青山应该是听说肖子校资助了苗苗，话里话外都透露出嫉妒，余之遇担心肖子校会把杜家姑娘上学的事揽上身。资助贫困学生是善事，可做善事的人不该被道德绑架，况且肖子校一个人也不可能把全国贫困的学生都资助了，尤其杜家的情况与苗家还有所不同。
　　余之遇冷静下来，恍然大悟："对于选择资助谁你肯定是有考量的，对吧？"
　　肖子校笑着说："我又不是傻大款。"
　　余之遇被他的用词逗笑："你说扶贫先扶智我认同，但要是二者同步进行不是更好？懒汉毕竟是少数人，只要有人先富起来，自然会有人跟。"可想到苗奶奶的话，她又犯难，"政府对临水有帮扶政策吗？"
　　"一直有。否则就靠那么点儿农用耕地，村民们怎么生活？"听到身后有拖拉机的声音，肖子校不动声色地走到外侧，把她护在里面，"可解决不了导致贫困的根本原因，找不到地域性的潜在资源优势，还不是年年扶贫年年贫。"
　　这个道理余之遇懂。扶贫并非只是给钱给物，而是以贫困地区自力更生为主，外部力量帮扶为辅，否则那不是扶贫，而是我养你。那些个别没志气的人，正是因此成为懒汉的。
　　帮扶不难，自力更生却要有产业，这个产业就是肖子校说的地域性的资源优势。
　　余之遇看看被山峦包围的小村落，一时间找不到产业的方向。
　　她的沮丧那么明显，肖子校想忽略都难，他沉默了几秒，说："除了山上那些药用植物，这里确实什么都没有，但药用植物能否成为这里的特色生态资源还需要验证。"

余之遇眼睛倏地一亮,抓住他的手,声音是压不住的激动:"你的意思是要做一个中医药扶贫项目?"

肖子校注视着她隐隐发光的眼睛,眉梢微扬:"我的兴趣和本职工作只在于道地药材研究,能否成为扶贫项目不是我能决定的。"在没有绝对的把握前,他从不会把话说满。

余之遇晃他手腕一下,嗔道:"过分谦虚等于骄傲,小肖教授你能说点儿大实话吗?"

肖子校笑得无声,稍一垂眸,目光落在她手上:"我实话提醒余记者,村民思想保守,我们这样拉拉扯扯放在从前是要结婚的。"

他说这话的时候唇边的笑意还没散,余之遇甩开他手时回敬道:"放在从前,三十岁还没结婚,你就是重点'扶贫'对象。"

肖子校好笑地看着她炸毛的样子,感慨道:"也不知道国家分配的对象什么时候到位。"

扶贫不是一朝一夕的事,余之遇清楚不能操之过急,尤其对于这件事连有了方向的肖子校都不敢把话说得太满,她能做的更有限了。不过,去了趟平山村,听了他"扶贫先扶智"的理念,她对于支教有了新的认识和理解。鉴于李校长是支教老师出身,余之遇特意去找李校长聊了聊。

此前肖子校来促成了临水小学与中医大的合作,为学校解决了经费问题。这次肖子校带来了记者,李校长是欣喜的。他深知媒体的力量,比任何人都期待通过余之遇的报道,为偏远贫困的临水带来新的机遇。

李校长有问必答,且毫无保留地为余之遇介绍临水的教育现状。

由于各村学生少,学校进行合并,整个临水县只有一所小学。学校留不住学生，更留不住老师，终于造成了现下的教育凋敝现象。

余之遇不解地问："除了您之外，没有别的支教老师来过吗？"

李校长叹气："陆续来过不少。可有些人拿支教当跳板，纯是为了评先晋级，形式主义。那些有责任心的支教老师也终究是要走的，往往是学生们刚和老师熟悉了，适应了新的教学方式，就到了老师该走的时候。越是受欢迎的老师，走了之后对学生造成的影响越大。"

这和除非有特殊的原因，没有家长愿意学校总给孩子换班主任，或是给孩子转学是同样的道理。

经李校长介绍，余之遇与乡村教师刘雨涵又聊了聊。

刘老师说："我们这儿有个说法叫'十户六空，剩下的是不会走的和走不动的'。基本上每个村子的情况都差不多，很多村民外出打工，家里留着老人和小孩儿。老人要做农活儿照顾不到，更照顾不了小孩儿学习，再加上村小软硬件设施都跟不上，激发不了小孩儿上学的兴趣，渐渐地，他们也不爱学了。"

刘老师笑得苦涩："每年开学登记本上的人都在减少，我们就要和李校长一起，各家各户去劝，去找学生回来上课，因此挨了不少骂。"

留守儿童已经成为农村学生的主力军，放任自流则是农村学生的常态。父母是孩子第一任老师，他们不以身作则，不加以引导，小孩儿潜意识里根本认识不到上学的重要性，失去学习的兴趣并不奇怪。

当然，也不能以偏概全。像苗苗那种爱读书、渴望课堂，但家里经济条件不允许的，在农村其实占多数。杜青山那种觉得读书无用，不让女童读书的无知父母只是一小部分。

当晚，余之遇敲开了肖子校宿舍的门。

肖子校的视线落在她脸上："这是来对我进行'情感扶贫'的？"

余之遇白他一眼，说："来和你聊点儿正经事。"他受过高等教育，又从事教育事业，有些问题，她想听听他的看法。

"我们什么时候聊过不正经的？"肖子校侧身让她进来，顺手带上门。

余之遇扫了房间一眼，除了一张一米五宽的双人床，再加一个简易衣柜，其他陈设和她那间一样，都是没有独立卫浴。

他是自己单独住，而不是和喜树一起。这个认知让余之遇有些后悔过来了，可人都进屋了，马上走的话又显得她不坦荡似的。

只是，脑海里却不受控制地跳出来他骑摩托车时又帅又野的模样，让人忍不住对这孤男寡女同处一室的后果加以联想。

余之遇，你居然是这样的女人？！都说了是聊正经事。

瞬间脑补出一些有色情节之后，余记者故作镇定，表面不露异样地在椅子上坐下，问："你说现在真的寒门难出贵子吗？"

肖子校并不意外她会抛出这样一个疑难教育问题，他没有急于回答，而是靠在桌案前，给她举了两个例子。

一个是庞众望，父亲精神分裂症患，母亲瘫痪在床，他过着捡废品、捡烂菜叶的生活，依然以 684 分的成绩通过了清华大学的"自强计划"，名副其实的众望所归。

一个是肖澳彬，河北巨鹿县高考文科第一名。两个破旧的沙发、一张大床、一张单人小床、一张老式桌子和一盏小台灯，是那个家庭的所有。就在那样的环境里，那个女孩儿考出了 634 分的成绩。

于是，肖子校最终的答案是："好的家庭必然可以享受或是争取到一些有利资源，但不能保证每个人都有一颗上进的心。家境贫寒的学子要成功确实更难，但只要个人足够努力，能够缩短寒门与豪门的差距。况且，我们大部分人都不是出身豪门，难道你不是靠自己吗？"

凭他的学识和胸怀，分明是站在了金字塔顶端的人。至此，你不必出身豪门，已是豪门。

余之遇显然不认同他那句"我们大部分人都不是出身豪门"的话，觉得小肖教授过谦了。至于她……

余之遇眼睛一转，说："我还真不是靠自己。"见肖子校露出微愕的神情，她眉眼一弯，"我是纯粹靠扛打。"

余之遇小时候属于不爱学习且调皮捣蛋型的，余校长为了纠正她一身的"恶习"，提前将她打包送进小学，为了学习的事她是真挨过不少打。现在她当然是感激余校长的，尤其去过苗苗家，见到一个小女孩儿在那样的环境下努力学习的样子，再对比自己从小的衣食无忧，深觉惭愧。

肖子校因她扛打的言论没藏住笑："还有人舍得打小公主呢？"

醉酒误事，小公主的梗算是过不去了。余之遇懒得反驳，只说："什么小公主、前世小情人的，在我被老师找家长时都不好使。"

"为什么找家长？"肖子校不信一个小女孩儿能翻出什么浪来。

"总完不成作业呗。"提起这个，余之遇现在还在生气，"上个小学留那么多作业，还有兴趣班要上，我哪还有时间玩啊？一次两次的挨顿批能混过去，次数多了自然要被找家长。老余又是搞教育工作的，老师每次都点名让他来。"

老余那时候年轻气盛，作为优秀教师，自己闺女都没教好，肯定生气，小之遇再拒不认错，挨打根本不可避免。虽说不至于被皮带抽，屁股上给两巴掌纯属常态。

事后老余又后悔，作为余老师，他向来不推崇"棍棒底下出孝子，荆条下出好人"的教育方式。虽说有些孩子天生顽劣是真的皮痒该打，必须棒棍侍候，但孩子与孩子不同，孩子的世界与大人也不一样，他始终认为"三天一顿打，孩子进北大"是个例，因材施教才是正确的教学原则。

见闺女写完作业不找他玩了，老余主动凑过去说："爸爸原谅你了。"

小之遇叹气："……"被打的她还没有消气哦。

然后没好几天，某人又旧错重犯。老师再让通知老余来时，她还犟嘴："我又不是单亲家庭的孩子，我有妈妈的，为什么每次都让我爸爸来？"

老师："……"我的速效救心丸呢？

现在想想，那个时候的自己是真皮。余之遇笑眯眯地说："挨揍的次数多了，我还偷偷把存钱罐砸了，数过里面的钱，问我妈够不够换个新爸爸，要不当老师的那种。"

肖子校听得入神，闻言带着笑问："伯母怎么说？"

余之遇如实说："她说换新爸爸不用钱，就是新爸爸可能不会做我爱吃的糖醋排骨，不会背我爬山，不会带我去游乐园，不会在我生病时整夜整夜地照顾我，更不会在我被男孩子欺负时替我出头了。"

小之遇听完很认真地想了想，小大人似的叹了口气："那我再忍一忍你老公吧。可你能不能管管他啊，老打我屁股，我不要面子的吗？"

老余："……"毛都没长全，你要个屁的面子。

明明是那么久远的事情，记忆里的每一帧居然都是清晰的，仿佛时光倒流。

余之遇不自觉笑起来："我不学习老余会打我，而我打架，尤其是和男生打架，像是有人拽我头发，扯我手了，被我打之后，他便会包容。即使是被对方的家长指责：'你是老师，怎么能纵容孩子呢？'他也气呼呼地说：'我是以父亲的立场在和你说这件事。你要找老师的话，找她的班主任。'我那时候学聪明了，怕回家被打，就先认错。他却和我说女孩子厉害一点儿没关系，被欺负了要懂得还击，如果打不过就先跑，回家告诉他，他替我教训对方。"

她说这些时眉眼温柔得不像话，连语气都是软的，是小公主的模样。

肖子校没忍住，他抬手，以温热的掌心抚上她头顶："以后再有人欺负你，告诉我。"

余之遇抬眸，对上一双深邃的眼睛，像窗外夜空中的星光，明亮温柔。

她怦然心动，无力招架。

然而，我正正经经地和你聊天，你却见缝插针地要当我爸爸？！余之遇嘴上不落下风地回敬道："告诉你干吗，你要放狗咬人吗？"

话音落下，原本乖乖坐在一旁的草药立刻支起耳朵，站起来走到他爸身边，目光犀利地盯着余之遇，那架势像是在说"我可凶了"。

余之遇不可置信地看肖子校："它听懂了？"

肖子校半真半假地说："他听出来了你在凶我。"说话的同时安抚地摸摸草药，并朝余之遇伸出左手。

余之遇一脸警惕："干吗？"

肖子校一瞬不瞬地看着她："给我。"

余之遇不情不愿地把手递过来，却只用食指、中指、无名指指腹轻搭在他手掌边缘，生怕被占了便宜。

"和别的男人握手都这么避嫌的？"肖子校轻拽了下，她微凉的小手便整个落于他掌心。

那肌肤的温热让余之遇心念微动："……人家也不像你想那么多。"

"你知道他们是怎么想的了？"肖子校抬眼，"还是你知道我在想什么？"

余之遇哑了声，正欲抽手，他五指一收，将她的手握住。

只是这样，没有其他出格的动作了，然后在她发作前，肖子校松开手指，保持手掌伸开的状态，用抚摸草药脑袋的手指了指自己和余之遇搭在一起的手，命令："握手。"

草药歪了下狗头，下一秒，它真的伸出自己的一只爪子搭在两人交叠的手上。

肖子校鼓励地捏了捏它肉肉的脖子，语气严肃："以后谁欺负她就咬谁，记住了？"

还真要放狗咬人啊。余之遇忍笑，心想看你儿子要是没反应，你的面子往哪儿放，草药居然又歪了下狗头，末了还低头舔她的手，乖顺又友好。

"这是什么绝世聪明的小可爱？！"顿觉被宠爱的余之遇搂住草药的脖子蹭了蹭，迭声说，"爱了，爱了。"又转头问他，"它会听我的话吗？我喂它东西，它馋得哈喇子都流出来了就是不吃。"

这事喜树和肖子校告过状："余哥又骗草药吃东西。还是奶糖！不知道她哪儿来那么多糖，好像哪个口袋里都有，一掏一把。草药不能吃太多甜食的，我说她，她不听，还说吃糖心情好，老师，你管管她吧。"

此刻，肖子校微微挑动眉峰，说："它受过训练，不会吃外人给的食物。"他从桌案上拿起一块牛肉干递过来，微抬下巴，示意她试试。

余之遇把牛肉干递到草药嘴边，它的鼻子在闻，但就是不张嘴，小眼睛还偷偷看肖子校，直到肖子校说："吃吧。"它才咬住。

之后余之遇再喂它，它就不拒绝了。

肖子校在这时意味深长地提点："只讨好它不行，它才是爸爸。"

他说这话时眉梢微扬，唇角上翘，过分英俊的面孔上带了丝似笑非笑的戏谑。

余之遇用牛肉干砸他："爸爸很了不起吗？你好骄傲哦。"

草药："……"你们俩翻脸归翻脸，不要乱扔我零食，好吧？

肖子校也不生气，他俯身俭起牛肉干，提醒道："别当它的面凶我，我没面子。"

我凶？！我真凶起来连自己都怕。

趁还能控制住脾气，余之遇决定走了。临出门时见草药朝她摇尾巴，她说："我问过了，人家说狗子朝人摇尾巴是表示喜欢。之前它和我不亲近，肯定是你从中作梗！"

等门被她砰地关上，肖子校点点草药的鼻子："我就说她聪明吧。"

草药小小地汪了一声，像是在说"和我一样，随你"。

见余之遇回来，叶上珠一脸期待地问："你有没有听肖教授提起项目的事？我听大树说，他们团队正在做的一项研究今年内能完成，是比几千万的中药制剂专利市场价值更高的项目。你说要是能把这个新闻挖出来，你的高级记者是不是稳了？"

余之遇拍她脑门，神色严肃，语气略重："医药研发都有保密制度，泄密的后果有多严重，你不知道吗？你是在质疑肖子校的职业操守，还是考验我的职业道德？且不说一旦泄密对他个人造成多少负面影响，万一因此导致研究失败，损失的可能是生命。类似这种事情，你不许再问喜树了。"

叶上珠辩解道："我没有撬密的意思，更不是让你利用和肖教授的关系探听什么，我是觉得他们做研究的人好高级的样子，想表达对肖教授的崇拜，那他那么厉害，我当然站他啊。"

余之遇瞪她一眼："什么站他？我看你站邪教最合适！"

叶上珠啧了声："你不会没发现吧？我和大树可都看出来了，肖教授对你有意思。"

想到肖子校那些不同寻常的举动和似撩非撩的言语，余之遇沉默了。

叶上珠担心她又要像以往拒绝其他男人一样把肖子校判出局，急急地说："肖教授看起来真的和以往那些对你献殷勤的男人不一样，你又不打算孤独终老，没准儿他是那个可以掏心掏肺的人呢，你考虑一下啊。"

肖子校的那点儿意思，余之遇感觉到了，她也不否认自己对肖子校的动心，可他有几分真心，她尚不确定。

若你只是想玩，我绝不奉陪。若你走心，我们来日方长。

不历遍山河，哪知谁值得？

谨慎小心地去爱人，是余之遇对自己最大的保护，亦是对爱情最大的尊重。

她无意和叶上珠说更多，敷衍了句："管好你那棵大树！"

叶上珠："……"

当晚，余之遇写稿至深夜。次日，她向肖子校借车，要去明江找个网吧："这边4G信号太弱，我邮件发了大半宿都没发出去。"

去明江的公路路况尚好，依她敢独自开长途的胆量判断，她的驾驶技术应该不赖，其实没什么可担心。

肖子校还是让喜树带她认认路："之后钥匙你收着，要用车不必和我说。但出门带上草药，还有，不准夜里出去。"

"这深山老林的我夜里出去干吗呀？"除非去明江寻个小店，喝个小酒。余之遇嘴上反驳，心里则盘算起来。

肖子校似是通过她的小表情判断出了什么，提醒道："车上安装了定位器。"

余之遇："……"这是防谁呢？

到了明江，余之遇先找了个网吧发邮件，和许东律通电话时听他说："百创召开了股东会议，要引入新股东注资公司。"

百创有国外药的代理权，还不缺市场，具备一定的发展前景，引入新股东并不难。

余之遇想了想问："新股东是谁？"

"现在还不知道。正常情况下得先查账，审计工作完成了，才会有后续消息。"许东律顿了下，又说，"我和校谨行通过电话，听他的口气应该有意向。"

他注资便是对百创的雪中送炭了。余之遇并不意外，她没再多问，随后处理邮件和留言，然后发微博，推送公众号。

她原本只当这两处是记录自己人生所遇的自留地，可由于工作关系，她接触的人事与风景都多，加之摄影技术不错，不缺素材，且视角独特，粉她的人越来越多。

余之遇便不再随意发东西了，而是不定时地发布一些不经意拍到的某个感动的画面，或是小视频，让那些瞬间发生的事情成为永恒存在。

这一次，余之遇发的内容则和临水有关。她希望通过粉丝们的扩散，让更多的人看到，在与他们相隔不远的大山里，有那么一群孩子身处困境。

喜树看到她上传的一张照片——夕阳西下，一位白发苍苍的老人坐在门槛上，她怀里搂着的小姑娘甜甜地笑着，老人家则把下巴搭在小女孩儿瘦弱的小肩膀上，和她脸贴着脸。

满面沧桑与稚嫩童颜，强烈而无声的视觉冲击。

爱是什么？爱是即便生活再苦，我都要在有限的时间里陪你长大。

看着照片中的苗奶奶和苗苗，以及余之遇那短短一行文字，喜树悄悄地揉了下眼睛。

离开网吧前，余之遇查看了下物流信息，确认出发前寄出的快递恰好到了明江，她打电话联系后，直接到网点自提。

回到基地时正值午后，肖子校见三个人从车上搬下来几个大箱子，问过才知道那是余之遇给学校捐赠的作业本、书包、文具等学习用品以及儿童图书。

"看到你发的课表里提到支教,临时准备了一些,现在看来是杯水车薪。我和我师父,就是我们总编,说了这边的情况,商量着再募集一批物资运过来。"余之遇把现下这些东西的清单递给他,请示肖校长,"这个给李校长吧,请他根据实际情况来安排,你看行吗?"

她不了解孩子们的情况,不想擅自做决定。而她把小件的都给了叶上珠,自己像个男孩儿似的和喜树一起挑大件的搬,完全不顾及形象,衬衫袖子挽着,扎成马尾的头发略有些散,碎发落在鬓边,鼻尖也不知碰到哪里蹭上一块灰尘,样子颇有些狼狈。

和以往他见过的那些在自己面前格外注意外表的女孩儿截然不同,肖子校怎么看都觉得,眼前的姑娘闪闪发光。

他接过表格,以指腹抹掉她鼻尖上的灰,嗓音低柔:"我替孩子们谢谢你。"

余之遇最怕煽情了,她插科打诨道:"别只用嘴忽悠,给我一个干货满满的采访,叫你爸爸都行。"

这个时候又不介意喊爸爸了。肖子校难得语塞。

不亮亮爪子,真当我是小奶猫。余之遇还觉不够,蛊惑道:"晚上一起看个电影?"

肖子校没搞懂她的路数,却把握机会问:"最近有什么新片上映?去明江看?"显然是当真了。

余之遇把后座的投影仪搬出来:"在教室看,我给孩子们放《哪吒》。"随即笑着朝他眨眼,"来吗,小肖教授?"

居然是诓他的,可那得意的小模样不自觉透出几分媚意,风情无限。

被涮的肖子校笑了,他说:"来。"

当晚,余之遇用投影仪给临水小学的孩子们放电影。

对孩子们而言,看电影是绝对新鲜的体验。在临水下面的村子,电视机和智能手机十分缺乏,很多孩子根本没看过动画片,更不要说看电影和上网。当城市的孩子玩乐高时,捉迷藏、下水摸鱼、爬树掏鸟窝填满了他们的童年时光。

余之遇以前听奶奶说过,老人家小时候镇上会放露天电影,那时候日子过得还很穷,吃饱穿暖是最高追求,偶尔会放的露天电影是当时唯一的娱乐消遣。

此前,余之遇没想到临水如此落后,她以为奶奶那个年代的小镇生活已经是最底层的,可到了这儿,那满目的贫瘠,如不亲眼所见,她想象不出。于是受露天电影的启发,才在来临水的当晚购买了一台投影仪,除了可以定期给孩子们放电影,平时也可以作为教学使用,一举两得。

肖子校站在教室门口,看到孩子们坐得板板正正,全神贯注地盯着前方的屏幕,心酸又欣慰。随即他视线一抬,便看见了坐在最后一排的余之遇。为了确保投影清晰,室内光线昏暗,肖子校却将她眉眼处的温柔看得一清二楚。

他想起五年前初遇她时,女孩子的眉眼还很青涩稚嫩,人也比现在略胖了那么一点点,或许不是真的胖,只是她当时有点儿婴儿肥。

起初,肖子校没看出来她醉了,因为她说话还有逻辑,所以当她举着杯酒过来说:"哥哥,一起喝酒啊。"他以为她和那些搭讪自己的女人是一路的。

可她穿着白色的连帽卫衣和牛仔裤,背了个双肩包,明显的学生打扮,素着的小脸看起来又和那些泡惯了夜店的浓妆艳抹的女人不同。

但肖子校也没有接茬儿。

余之遇并不认为他的沉默是拒绝,自顾自地在他旁边的空位上坐下,枕着自己的胳膊,侧头看他:"你长得那么好看怎么不笑呀,不开心吗?"

肖子校端起酒杯喝了一口，依旧不理她。

余之遇端起自己的那杯酒喝了一小半，说："哥哥，我和你说，一醉解千愁的说法都是骗人的，我亲身试验过，你别上当了。"

肖子校终于给了她一个眼神。

她似是得到鼓励，微眯着眼睛朝他笑："你请我喝酒吧，我传授你快乐的秘诀。"

肖子校觉得小姑娘是来骗酒喝的，他问："要是你的秘诀不管用呢？"

"我请你喝酒。"她答应得痛快，末了还怕他不相信，从背包里摸出钱包拍在桌上，"只要你喝得下，今晚的单我买。敢赌吗？"

现在想想当时真是鬼迷心窍了，他居然会和一个小姑娘赌酒。可那天心情实在不好，突然出现个"纠缠"他的女孩儿，竟让他有了倾诉的欲望。

酒吧人多且杂，肖子校提醒她把钱包收好，别丢了等会儿买不了单，并事先声明："我是不会带你逃单的。"

小姑娘笑了，她似乎很爱笑，眉眼弯弯的样子灵动又俏皮，她说："那我带你逃，你腿长，肯定跑得快。"

话至此，肖子校意识到她有点醉了。

他垂眸看了她一眼，挡了那只端杯的手一下："你同伴呢？"

余之遇绕开他的手，仰头干了剩余的半杯："不就是你？"言语间微仰着头，小手一挥，"今晚，你出钱，我出命，青岛不倒，我们不倒。"

肖子校不再让她喝了。

她却叫来服务生点了和他一样的烈酒，拦都拦不住，肖子校正准备起身交代服务生给她换成饮料，腰间骤然一紧。

余之遇用她纤细修长的手指钩住他皮带，蹙着眉说："哥哥，你别丢下我啊，这里好多像你一样的哥哥想要占我便宜，你能保护一下我吗?"

所以,她确实是一个人,因为被人骚扰,寻了同样是一个人的他来保护自己?可她凭什么判定,他是正经人?

因为喝了酒,余之遇脸颊绯红,微微嘟嘴的样子有点儿可怜。

换别的女人这样钩他皮带,怕是要被他训一句"你自重",偏她无知无觉的样子让这个暧昧至极的动作变成了单纯的挽留和恳求。

肖子校下意识地扫了眼旁边,便看见吧台那边有两个男人朝他们的方向看,和他的视线碰上,略显紧张地转开了视线。

那两个长得、穿得都流里流气的男人,哪里是和他一样的哥哥?肖子校对于余之遇的眼光很是质疑。眼下这种情况,他硬走当然走得了,却狠不下心把她丢下。

肖子校掰开她的手,嗓音低沉地警告:"你规矩点儿,不要动手动脚。"

"我怎么了?"她顶完嘴双手托腮看着他,毫无铺垫地问,"哥哥,你是不是失恋了?"

肖子校倏地抬眼,双眸在昏暗的视线下显得格外沉湛深邃,他视线笔直地落在余之遇脸上,气场冷得她禁不住打了个哆嗦。

她哑了几秒,用那双无辜的大眼睛怯怯地看他,像是被他的突然变脸吓到了。

被说中了心事的肖子校偏头压了压情绪,再转过脸时他端起酒杯。

余之遇忽然说:"如果你是单身的话,考虑下我吧。"

肖子校一口酒呛在嗓子眼里,要不是有音乐的掩盖,只怕全酒吧的人都能听到他的咳嗽声。

余之遇还用小手抚他的背,被肖子校一把甩开。

他力气不小,余之遇一时不防手磕子椅背上。应该是挺疼,她呲了声,自己揉起来。

肖子校见她五官皱在一起，忽地笑了。

余之遇跟着笑了，带了点抱怨地说："你好凶，吓死我了。我男朋友就不会……"她顿住，小脸上的笑容一点点褪去，再开口时声音低了少许，"是我前男友，我们分手了。"

她忘了手上的疼，垂眼，目光落在空杯上，语速缓慢地诉说："我爸爸曾和我说，遇到喜欢的男孩子，不要急于答应，哪怕很动心也要好好确认，这个男孩子值不值得我的全心全意。他让我守好自己的心，不要轻易喜欢上一个人。他说动心动情其实都是一瞬间的事，一辈子却很长，不是所有的感情都敌得过漫长的考验。他说，不是我所有的委屈，他都能替我出气，万一我被人伤了心，他帮不上的……可我没听他的话。"

话至此，她沉默了很久，再抬头时眼睛微红："哥哥，如果你很喜欢很喜欢一个女孩子，你会和她分手吗？如果你舍得离开她，是不是代表没那么喜欢？"

她看上去不过二十岁，无论是面容还是打扮都清纯稚气，那一刻，水雾弥漫的眼睛却写满了故事，一个令她伤心的故事。

属于他们的故事，是以那个令她伤心的故事为起点发生的。

肖子校的思绪被突然出现在他面前的余之遇打断，她不知什么时候从教室里出来了，晃着他手臂问："想什么呢，那么入神，都叫你两声了。"

肖子校回神看向她。

她比五年前更漂亮了，原本就精致的五官由于颧骨略有点高，使得脸部看上去更加立体，给人一种很有气场的感觉，而她眼部距离又较远，隐隐透出几分慵懒随性，再一笑，眼角眉梢的锐气又顺势柔和下来，韵味十足。

她不是传统意义上的美，而是让人过目不忘的高级脸。

肖子校屈指蹭了下眉头，问她："怎么了？"微微压低的声音格外有磁性。

"我才要问你怎么了，像尊雕像似的站在这儿，叫了几声都没反应。"余之遇说着抬手探向他额头，"不舒服啊？"

女子体质属阴，多为寒性，像是她的手，似乎总是凉的，此刻贴在他额头上，让他瞬间清醒不少。肖子校下意识地闭了闭眼，再睁开时拉下她的手，轻握了下："发烧吗？"

"好像不热。"余之遇答完又啧了声，"你不是大夫嘛，发不发烧自己不知道吗？"

他眼里浮现笑意："那你还摸？"

余之遇没和他计较，回头看了眼教室，确定孩子们都在看电影没人关注他们，拽着他胳膊把人拉走："正好你来了，我有事和你说。"

"不是叫我看电影，怎么又说事？正经的不想听。"虽这样说，人却跟她往外走。

余之遇在他胳膊上掐了下："目光所及都是'祖国的花朵'，你身为他们的校长居然说这种话？！肖子校，我看错你了。"

肖子校挑了下眉："在你眼里，我是怎样的人？"

余之遇随口说："至少该是个正经人。"

所以那时即便是醉着，也向他寻求保护。时隔五年，工作上遇到麻烦还来找他。哪怕并不知道他是谁，哪怕不是要他施以援手，哪怕只是个巧合，依然是她自己走到了他面前。

一如那夜。

余之遇，自始至终都是你先招惹的我啊。

思及此，肖子校在心里笑了下。

余之遇哪知道他瞬间的千回百转，她切入正经话题，问："过几天你学生来了，食堂怕是忙不过来吧，要请临时工吗？"

自然是要的，平时临水小学的学生不多，食堂用不了太多人，但中医大的学生和老师加起来四十多人，人数相当于现在的两倍，即便有李嫂帮忙也是应付不过来的。此前李校长从镇上找了临时帮工，结果那人今天说要去城里打工，李嫂正在重新找人。

肖子校敛了情绪问："你有什么想法？"

余之遇的想法是，让杜青山的媳妇谢梅到学校食堂做临时工。

肖子校明白她是想借此机会做谢梅的工作，把杜家女儿上学的问题解决了。

这倒是个机会。肖子校说："你不能一个人去杜家。"

见他同意了，余之遇说："我们俩才去过杜家，无论谁再去，意图都太明显，反而不好沟通。我明天和李嫂商量，请她跑一趟。"

肖子校没有异议，他说："谢梅的思想工作会有中医大志愿服务部派来的领队老师负责。"

为村民普及教育的重要性，说服个别认为读书无用的村民供他们的子女上学，是此次志愿服务工作的内容之一。

余之遇啧啧两声，赞一句："优秀。"正经事聊完，见草药乖巧地坐在对面，小眼睛一直盯着她，她从裤兜里摸出一块糖，边剥糖纸边问，"你就知道我有好吃的对吧？"

果然是爱喂草药糖果，肖子校抓了个现行。

在她准备递给草药前，他扣住她手腕。

余之遇只觉手上一沉，肖子校已俯身低头，就着她的手把那颗奶糖吃了。

余之遇："……"

肖子校不觉有任何不妥，只说："适量摄糖，保持健康。"随后招呼草药走。

草药:"……"爸爸,你抢了我的零食,都没一句解释的吗?

肖子校走了两步回头,看着愣在原地的余之遇,说:"约我的那场电影,回南城带你看。"

跟到临水来,余之遇才知道肖子校为这堂实践课前期做了多少准备工作。

作为采药实践课的主讲师,哪怕是随走随讲,他依然要制订周密的野外采药实训教学方案,而规划采药路线更是犹为重要的一环。

万花山是临水最大的山脉,今年肖子校已是第三年来。此前他都是在不同的季节进山,观察研究同一种中草药的生长情况,以及该区域的地表形态变化等。除此之外,他还会选择不同的进山路线,去寻找之前尚未被发现的药用植物。

肖子校走在最前面,时不时清理一下路边疯长的野草,对身后的余之遇说:"越是没有路,不易去到的地方,越有可能生长着稀有的药用植物。"

但他给学生们规划的路线都是相对平坦易走,且确认过没有危险的。

走在队末的喜树补充:"出于安全考虑,老师还是要提前过来一趟。"

肖子校最近一次来是今年一月末,当时下了一场几十年不遇的大雪,他没能按原计划进山,只选了两条绝对安全的路线在山脚下转了转。时隔三个多月,他必然要再确认一下路线。山路不同于公路,雨雪等天气对泥土路面影响较大,万一学生进山发生危险,后果不堪设想。

"只要是实践课,无论去哪儿都有风险。相比对药用植物的兴趣,很多学生只当是来春游、秋游,越不让去哪儿越去。"肖子校侧身,低声问余之遇:"你以前是不是也这样?"

余之遇用沿途摘的野花砸他:"我现在都这样。"

肖子校眼里都是笑。

落后一段距离的叶上珠没正形地插话道："凭肖教授的魅力，学生还会不听话乱走吗？换成我，一定寸步不离。"

肖子校失笑："不要把关注点放错位置，我是在很正经地上课。"

余之遇嘀咕："就怕没人注意听讲，只顾看脸和腿了。"分神间，脚下不知被什么东西绊了一下，整个人向前扑过去。

肖子校恰好转身，女孩子带着馨香的柔软身体直撞进怀里。

他们有过不止一次的身体接触，比如两人一起骑摩托车。却是第一次以拥抱的姿态肢体相触，还是她投怀送抱。

在那一瞬间，肖子校的手掌下意识地贴在余之遇的腰窝，微用力地握了下。

他手臂肌理紧实，掌心滚烫如火，余之遇双腿一软，身体很自然地依偎过去，贴他更紧。

仅一霎而已。

"急什么，又没说不抱你。"肖子校低笑了声，揽住她细腰，将她抱离地面。

尴尬的余之遇不明所以，抬眼看过去才发现，前面是一条小溪，要往前去便要蹚过溪流，水虽不深，也会湿了鞋袜。所以他先前转身，是要告诉她这个。

离得近了，余之遇又闻到了他身上那种特有的清冽的味道，像林间淡淡的草香。

听说有些植物的叶片里是有气孔的，会挥发出特有的气味，不似花香，清而不腻。难怪她分辨不出他身上是何种男士香水的味道，竟是因工作沾染了药用植物的淡香。

余之遇下意识地深呼吸，心理作用下，有种神清气爽的错觉。

她还在对那味道恋恋不舍，双脚已落了地，肖子校不动声色地收回手，脸上不见半点儿扭捏之意，唯有喉结微微动了动。

余之遇要是再说什么反而矫情了，她当作什么都没发生，唯有加快的心跳在提醒她刚刚有多紧张和心动。

正好回头的叶上珠并没发现异样，她只看见肖子校抱余之遇过溪流而已，那毫不费力的利落与粗犷，男友力爆棚。

喜树什么都看见了，否则不会在关键时刻叫叶上珠回头，给她介绍路边的药用植物。走到溪水边，他问："要我背你过去吗？"

叶上珠笑眯眯地举手："要！"

喜树清了清嗓子，半蹲下来。

叶上珠心满意足地爬上他的背，由他背了过去。

回到基地已近傍晚，叶上珠基本累瘫，直奔房间休息，上楼时都还在抱怨为什么安排她们住三楼，直嚷嚷要给学校捐电梯。余之遇也好不到哪里去，双腿又酸又沉，连上楼的力气都不愿浪费，直接坐到升旗台旁边捶腿。

肖子校常年健身，又时常进山，这点儿程度根本不算什么，喜树在体力方面更是随了老师，看不出半点儿累的样子。至于草药，它天生热爱运动，进山对它来说开心着呢。

肖子校从医药箱里找出乳香、没药、黄芪、白术、川芎等药物相互配伍，煎煮成汤，又取来膏药给余之遇贴敷在穴位上，避免伤及膝盖和造成肌肉拉伤。

刚到临水那晚他给她拿了熏香，说是山里蚊虫多让她夜里燃上。余之遇为试验熏香效果，连带的蚊帐都没挂，结果不仅没被蚊子咬，睡眠质量还得以改善，对他的细心自然感激不尽。现下，她未语先笑："你怎么什么都有,是百宝箱吗?"

　　这本是他的职业习惯,只是此次有她同行,东西备得确实比以往更多了一些。肖子校眸色略深地注视她:"确切地说是医药箱,你想要个专属的吗?"

　　余之遇四两拨千斤地说:"我身心健康,哪像用得上医药箱的样子?"

　　还装听不懂,能耐了。肖子校眉眼一挑,说:"早晚用得上。"

　　随后两天,为了避免影响肖子校和喜树的速度,确保学生到达基地前完成采药路线检查,余之遇没再跟去添乱,她带着叶上珠留在学校里录制各类视频资料,除了乡村教师上课的情景,课堂上孩子们的样子,还在放学后向刘雨涵老师借了自行车送苗苗回家。

　　路上偶尔碰到步行的孩子,接收到自他们羡慕的眼神,余之遇才知道,在这里,有自行车坐也是一种奢侈。

　　余之遇突然觉得,那些乡间土路上不时穿梭的牛羊与鸡鸭;那些沿途散落建在村屯的土坯房;那些原本该在幼儿园里,却穿着破旧的衣服,趴在自家门槛上玩的四五岁的小孩儿……每一帧画面都是展示光鲜的城市背后的一道伤疤。

　　心情难免压抑,只恨自己能力有限,帮不了所有人。

　　苗苗的好朋友大壮生病了,两天没去上课,到家后,苗苗拉着余之遇去给大壮补习。余之遇看看时间,给叶上珠发了个消息,告诉她自己稍晚点儿回学校。

　　所幸有信号,信息发送出去了,还接收到了回复,叶上珠嘱咐她一定赶在天黑前回来。

　　农村没有路灯,天一黑便是伸手不见五指,出门都是用手电筒。余之遇胆子再大,也不敢独自在夜里走山路,她准备去给大壮把作业题讲了就走。才讲到一半,苗奶奶喊她去村主任家接电话,说是肖子校打来的。

余之遇一看才发现手机没电自动关机了,他应该是联系不上她,于是把电话打到了村里唯一一部座机上。初到临水那天,他听闻苗苗去了学校,当时就是这么确认小姑娘是否安全到家的。

为避免他久等,余之遇跑着过去,拿起话筒时声音还带点喘:"你回来了啊,我在苗奶奶家呢,一会儿就回去。"

那边似是松了口气,问她:"晚饭吃了吗?"

余之遇回头看了下,见给她引路的苗苗被村主任带去院子里了,她小声说:"苗奶奶做着呢,但我不想在这儿吃,可她老人家扣了我的自行车。"

肖子校猜她是见苗奶奶家困难,不想让老人家把平时自己都舍不得吃的东西拿出来招待她,他轻责:"不吃你骑得动车?不差你那一口,有我呢。"

余之遇顶嘴:"那可不是一口两口的事。我告诉你,作为女人,我胃口可不小。"

"说得好像我养不起似的。"之后不给她说话的机会,肖子校交代,"别急着往回走,等我去接你,免得遇上岔路再骑丢了,我还得去找。"

当电话里传来忙音,余之遇后知后觉地反应过来:是怎么扯到你养不养得起我这个话题上来的呢?自觉被占了便宜的余之遇羞恼地自语了句:"谁要你养?"说完自己又忍不住抿嘴笑了。

肖子校过来时天将黑,他知道了大壮生病的事,是带着医药箱过来的。给大壮号脉查体后,确定小家伙是淋雨受凉后引起的咽喉疼痛,恶寒发热,证属热毒蕴结咽喉,治疗以清热解毒、消肿利咽为主。

为避免余之遇听不懂,他简单地说:"按西医的说法就是急性扁桃体炎,因为没及时治疗,引起的发烧。"

他取石膏、连翘、金银花、蒲公英、知母、甘草等，边配药边说："我是参照白虎汤给方，白虎汤是中药的一个处方，源于张仲景所著的《伤寒论》，有清气热、泻胃火的功效，适用于高热症……"不知是在向大壮妈妈解释，还是讲给余之遇听。

确定大壮妈妈记清了医嘱，他带余之遇走。

外面已经全黑了，村子里显得安静许多，为数不多的灯火成了稀有的光亮。

临上车前，肖子校把带来的冲锋衣让她穿上："晚上山里凉，骑车风大，别冻感冒了。"

余之遇闻到衣服上面有他专属的味道："自行车怎么办，我管刘老师借的呢，要不我跟在你后面骑回去吧？"说着低头系拉链，可光线不好，衣服又大，摸索半天也没扣上拉头。

肖子校都跨坐到车上了，见状又下来，轻拨开她的手，捏住冲锋衣下摆，准确地将拉链两侧的链牙对上扣住，随即向上一拉，说："黑灯瞎火的，你不怕骑沟里去？"

知道他安排了人明天把车骑到学校，还能顺便捎苗苗上学，余之遇笑眯眯地坐到车后面。

启车前他提醒："视线不好，会比较颠。"

余之遇乖乖伸出双手搂住他腰。

伴随引擎启动的声音，他们离开了平山村。

夜晚山间的宁静比起白天更甚，视野里除了头顶的漫天星海，便只剩摩托车前的那束光和身前的男人。

农村落后，比不了城市的繁华。可这里的人大多淳朴善良，他们拼尽力气，不过是求个三餐四季小日子，一屋两人一辈子。相比之下，大都市高消费的生活压力，职场的钩心斗角，是那样令人疲累。

余之遇享受这一刻的简单与宁静，和近在咫尺的男人带给她的安心与温暖。再想到他关于医药箱的话，隐隐觉得自己似乎确实是需要的。毕竟，单身久了也是一种病，也又担心急病乱投医，生怕被治愈了单身病，日后再落下别的毛病。

余之遇却还是在这个只有他的夜晚放纵了自己。在一个小小的颠簸过后，她不自觉地收拢手臂，更紧地抱住了肖子校的腰，头轻轻地贴到他背上。

肖子校却以为风太大了她觉得不适，不着痕迹地降了车速。

转眼到了学生报到的前夜，喜树把邮箱里刚收到的师生名单发给肖子校。

无论是带班老师，还是志愿服务部负责支教工作的老师，都是肖子校出发前敲定的，没有变化。唯有负责统筹的领队由原定的张姓男老师换成了这学期新入职的女老师——林久琳。

肖子校的目光在名单上停留几秒，给志愿服务部打了个电话。

那边说："张老师他爱人生病，不方便出差，临时换成了林老师。她虽然是个女孩子，但在志愿服务方面很有想法。这次还制订了个'一对一帮扶'的方案。虽说时间仓促，可还是赶在出发前完成了。方案已经给你发过去了，应该看到了吧？"

当时已是晚上八点多，师生们该到火车站候车了，换人已经不可能。但肖子校还是声明："下次人事变动提前通知，否则我不接受。"至于方案，他未予置评。

由于采药实践课不同于校内的其他课程，肖子校既担负教学任务，又承担学生外出安全的重责，加之还有支教工作要同期开展，校长赋予了他特殊且绝对的权力，无论是带班老师，还是支教老师和领队均由肖子校钦点。志愿服务部那边未与他沟通，直接调整了此前定下的名单，确实理亏，便没反驳。

这个小插曲就这样过去，肖子校没对任何人提起。只是，原定的那位领队老师是男性，为了便于他和肖子校交流工作，喜树将两人的房间安排在了对门。现在领队换成了林久琳，肖子校让喜树把机动的余之遇和叶上珠调换到了自己对门，把她们的房间空了出来。

当晚，肖子校收到一个陌生号码发来的短信：*子校，明天见。*

他看完删除。

次日上午，两辆明江牌照的大巴车载着中医大的师生们驶入临水。

身穿夏装迷彩的肖子校到校门口迎接大部队，他短袖的顶扣没系，露出性感的喉结，衣服下摆扎进裤腰里，窄腰和长腿格外显眼，而两手后背，左手握右手腕的标准跨立站姿，像极了军训教官。

面前的男人眉眼有点儿野，绷着脸不笑的时候格外冷，穿西装时戴上金丝框眼镜，才柔和了周身的凝肃气质，给人稳重宁静的感觉，与他教授的身份相符。此刻，脱离了中规中矩的课堂教学模式，他便不再刻意去掩饰骨子里那股野性。

余之遇承认，肖子校释放天性的这一面很迷人。她不动声色地举起相机，按下快门时，不知是巧合，或是他发现正被偷拍，竟弯了下唇角，神情有种小得意的痞帅。

如此迷人的男神老师自然也是别人的风景。大巴还没停下，临窗而坐的学生们便满眼兴奋地用力向外挥手，嘴里喊着："肖教授！"

声音那么大，他假装听不见都不行。

肖子校微微颔首，表示回应。

前车停稳，带班与支教老师先行下来，肖子校逐一为李校长介绍。

最后下来的是一位身材高挑的年轻女人，叶上珠眼尖地发现同样是坐了一晚上的夜车，相比之前下车的两位女老师的素颜状态，这一位妆容精致得像是前一分钟才上的妆。

她凑到喜树身边悄声说："这人谁啊？我怎么看她不像来工作，倒像是来选美的。"

"应该是领队的林久琳老师。"喜树只在资料中见过照片，他对同样打扮精致的叶小姐说，"爱美不是你们女生的天性嘛。"

叶上珠瞧了眼自从出发来临水，为方便工作一天裙子都没穿过，全程裤装的余之遇，哼一声："爱美和本身美是两码事。像我们组长，即便套个麻袋在身上也能发光。因为她不仅天生丽质，更拎得清是什么时候，在哪里，做什么事。"她显然是看不惯进山还穿半裙的林久琳。

喜树顺着她的目光看过去，就见余之遇一条腿蹬在一块大石头上，相机放在膝盖上，正全神贯注地调整着什么，末了还用衬衫一角擦了下相机镜头。

那边，肖子校神色无异地为李校长介绍："志愿服务部林久琳，此次支教工作的联络人。"

面对李校长那句满怀真诚的"林老师辛苦了"，林久琳微微笑着寒暄："李校长才是辛苦了，因支教而留在这里十六年，这种奉献精神，是我们应该学习的。"

随后站定在肖子校面前，主动伸出了手，嗓音低柔地说："子校，好久不见。"

众目睽睽之下，依肖子校的修养必然是要有所回应。然而，连余之遇的台小肖教授都拆得那么顺手，怎么会给临时插队，让他动了退人念头的林久琳面子？短暂地注视林久琳两秒，他语气平淡地说："还是称呼我的职称比较恰当。"

记忆中，肖子校虽不是那种热情如火的人，也绝对绅士，这样的反应让林久琳有些措手不及，她的笑容僵在脸上。

却只是短短一瞬。

林久琳很快恢复如常，略抱歉地说："我一高兴，忘了场合。"说话的同时，用那只僵在半空几秒的手轻撩了下耳边的碎发，不动声色地掩去了尴尬。

学生们陆续从车上下来，现场一片忙乱，根本没人注意到两人这一拨互动，连李校长都忙着招呼支教老师去了。

偏余之遇看了个清清楚楚。

她调整好相机，本意是要拍肖子校与林久琳握手的一幕，结果只抓拍到林久琳的手僵在半空的画面。

余之遇持续等了几秒，没见肖子校动作，他冷凝了神色站在那儿，周围空气似是都下降了几摄氏度。比她在中医大初遇他时，给人的感觉更难以接近。

余之遇没控制住好奇，以相机作掩饰调整了焦距，肆无忌惮地观察着不远处的两人。可惜隔着一段距离，只看得到林久琳后续又开口了，却听不见说什么。

林久琳是在解释换她来的缘由："张老师的爱人前天住院了，事发突然，一时调配不开人手，我孤家寡人拎包即走，就主动请缨来了。"

她没否认是自己要来的，一句"孤家寡人"更在释放一个信号，她单身。

肖子校听懂了，他偏头看了下别处，再转过脸时，以公事公办的语气说："后续的工作你直接和李校长对接，支教老师到了，我的任务便完成了。"话落，他转身朝喜树而去，让他安排大家先入住宿舍。

遭受如此冷遇，林久琳一时难以接受。她垂眸，在原地站了许久，最后一个去找喜树拿钥匙。看到房牌号,迟疑了一下:"不是107吗?"那是之前安排给张老师的单间,她在表格中看到过。

喜树没说是临时调换的房间,而说:"另外两位女老师住三楼,你们住在同一楼层方便。"

这样安排合情合理,让人挑不出什么错误。

林久琳看向不远处头挨着头一起查看相机的余之遇和叶上珠,问:"那两位是?"

喜树并未多想:"是南城大阳网的记者,负责随行采访。"

"记者?"林久琳又问,"她们是今天到的吗?"

喜树如实说:"不是,她们前几天和我们一起来的。"

林久琳没再问下去。

喜树见她的拉杆箱实在是大,考虑到要上三楼,他说:"我帮你把行李送过去吧。"

林久琳没有拒绝,先行道谢。

结果两人才走出几米,就听身后有人喊:"大树?"

是叶上珠,她在喜树回头时扬声说:"李校长让我去小卖部取东西,有点儿多,你和我一起去呗。"

林久琳不好占着喜树,她接过拉杆箱说:"我自己来吧。"

等喜树跑过来,叶上珠双手抱胸:"有力气没处用吗?我和组长入住时怎么不见你帮忙。"

喜树冤枉,说:"谁说的,你的箱子是我搬上去的,昨晚搬下来的还是我。"

余之遇才意识到,根本没李校长让取东西一说,叶小姐纯粹是见不得喜树帮人家拿行李。她敲了叶上珠脑门一下:"人家是过来做志愿工作的老师,这又是肖子校的主场,你不要起高调。"

"我哪里起高调了？"叶上珠指了指林久琳的背影，"你看看她，还穿着高跟鞋。做志愿工作？我看倒像是冲着肖教授来的呢。"

余之遇眉头微不可察地皱了皱："那有什么奇怪的，那一车的女生都是冲着她们的男神老师来的。"

喜树生怕肖子校被人误会，闻言说："不可能的。林老师是这学期才刚入职的，老师应该不认识她。"

不认识？弟弟你可真单纯。余之遇玩味地笑了笑。

连叶上珠都不信，说："都是同事，怎么可能不认识？"

喜树给肖子校做证："老师平时都在医院，除非有课才去学校，他每次去，我都跟着。"

叶上珠张口撑道："上厕所也跟着吗？"

喜树噎住。

"你完了，你要被我拉入黑名单了你。"叶上珠说完，扭着小蛮腰走了。

余之遇只能说："她精神病又犯了，要不你配副药毒哑她算了。"

喜树："……"我学医是救人，不是谋杀啊，余哥。

中午，全体师生都在食堂用餐。

原本李校长有意安排一顿丰盛的饭菜招待大家，毕竟远道而来，临水再穷，心意总归是要有的。可正因为临水太穷，学校经费有限，肖子校不同意他在这上面花钱。

老师们都清楚临水的情况，便很自觉地用托盘打了饭菜围坐在一桌，方便说话。

见林久琳朝那桌去了，叶上珠冲过去坐到肖子校旁边的空位上。

她一阵风似的，肖子校不由得看了一眼。

林久琳脚步一顿，不动声色地坐到其他位子上。

叶上珠生硬地扯了个话题:"肖教授,你什么时候给大家上课啊?"

肖子校瞥她:"晚上有堂纪律课,明天正式开课。"

"纪律课讲什么?"

"讲纪律。"

"……"

在场的几位老师都笑了。

幸好这时余之遇打好了饭菜,叶上珠招呼她:"组长,我给你占了位子。"

见一桌子人齐刷刷地看向她,余之遇面上则不显山不露水地微笑。叶上珠手脚麻利地挪到旁边,把肖子校身边的位子空出来给她。

平时他们四人在食堂用餐时,都是她和肖子校坐在一起,现在还有别的空位,她就这样坐到肖子校旁边,气氛可能会有点儿不对。尤其对上林久琳抬起的视线,余之遇只觉得那个座位有些烫人。

仿佛洞悉了她的犹豫,肖子校对众人说:"这位是南城大阳网的余记者。"同时朝她招手,"刚刚看你在拍照就没叫你,正好现在和大家认识一下。"

余之遇感激地看他一眼,然后经他介绍,与诸位老师一一打招呼。他是按顺时针的方向介绍的,林久琳既不是第一个,也不是最后一个,他的介绍词是统一的名字加职务,没任何不同。

介绍完毕,肖子校极自然地帮她拉了下椅子,余之遇坐下。

叶上珠则说:"肖教授,我优秀到不用介绍了吗?"

"这不留着你自行发挥嘛。"肖子校语气轻松,俨然一副自己人的口气。

叶上珠立即意识到她看似莽撞地为余之遇占座的举动肖子校是喜欢的,她带着笑说:"我叫叶上珠,没错,就是中草药那个叶上珠,但我老爸不懂医也不懂药，他是闭着眼睛随意翻了两页《新华字典》凑出的这个名，纯属歪打正着。"

余之遇担心她话太多耽误大家吃饭，在桌下用脚踢她一下提示。

叶小姐会意，总结性地说："我是余记者的助理。"

肖子校很给面子，居然给她鼓掌。有他带头，在座的老师能不捧场？而通过肖子校的言谈举动，大家不难看出来他对两人的不同，自然对余记者和叶助理另眼相看。

午餐在众人谈笑风生中愉快结束，林久琳全程没说一句话。

下午，大家各司其职。

林久琳是负责志愿服务工作的，此前支教的课程安排已由肖子校和李校长确定好，这方面无须她再做什么，她后续的工作重点是到临水下面的村屯，给那些认为"读书无用"的村民普及教育的重要性，再根据李校长提供的各村到了适学年龄却没上学的孩子的"花名册"，劝说其家长让他们上学。

林久琳边听李校长介绍那些被父母剥夺受教育权利的孩子的家庭情况边做记录，然后针对"一对一帮扶"方案和李校长深入聊了聊。

所谓的"一对一帮扶"，是指中医大此次来的学生，每个人帮助一个临水小学的贫困孩子，给他们捐赠儿童图书和学习用品，为他们拓展兴趣爱好，并与之建立友谊。

李校长认同这个行动，却有一定的顾虑。可他是位老教育工作者了，本身对于投身教育事业的年轻人很爱护，见林久琳对自己制订的计划很有信心，且热情很高，为避免打击到年轻人的积极性，他没多说什么。

同一时间的另一边，带班老师和肖子校开过碰头会后，召集学生发放迷彩服。

发现自己领到的是蓝色的迷彩,有学生问为什么和肖教授的不是同款。

路过的肖子校恰好听见了,他说:"穿着同款还分得清大小王吗?"

学生回身看到他,顿时激动起来,场面热烈。

肖子校抬手示意他们安静:"蓝色在山中更显眼,免得你们借着衣服的掩护逃课,我抓不到人。"

女生们赶紧表态:"谁说我们要逃肖教授的课,这可是我们这一学期的精神支柱。"

堪称土味情话。

男生们闻言开始起哄,嘘声立即响起。

和当初萧何做完演讲,有人找他要签名一样,肖子校不见半点儿尴尬,他闻言没直接回应女生,而是用手指点点在场的男生们:"保持这种学习劲头,别说考研,考博都不在话下。师弟们,我们能落后吗?"

学生最吃激将这一套。男生们立即回应他们的师兄:"不能!"一个个斗志十足。

三言两语,便和可能视他为情敌的男生们站到了同一阵营。余之遇深觉,小肖教授的高情商向来不缺席。可他对那位漂亮的林老师的态度,就有些耐人寻味啊。

当天晚上,肖子校要给学生上纪律课。

余之遇很好奇讲台上的肖子校是什么样子,原本准备好要去教室做一回余同学。结果去食堂吃晚饭时,居然碰到了当初在中医大图书馆"碰瓷"她的小学弟。

小学弟名为梁野,刚到基地那会儿他远远地看见余之遇了,可当时人多,她又换了装束,他只觉得眼熟,没认出来。直到在食堂迎面遇上,他反应过来面前的人可不就是论坛帖里曝出来的肖教授的女朋友,他的师母大人嘛。

现在要担心的不是毕业论文肖教授会不会签字了,万一师母大人吹个枕边风,自己这堂实践课不得领鸭蛋？梁野可没忘,当时管她要微信时她说男朋友管得严……肖教授严起来,他不挂科,谁挂科？

为避免被余之遇认出来,梁野几乎是转头就走,结果动作太急、太猛,和身后的同学撞了个满怀。

当餐盘落地的声音吸引了众人的目光,近在咫尺的余之遇还上前帮忙。

梁野慌了,逃不开的他见余之遇已经拿了扫把过来,忙伸手去接："不用了师母,我自己来,自己来就行。"

师母？余之遇怔住,她下意识地握紧了扫把。

梁野没抢过来扫把,又不敢跑,只能硬着头皮抬头,傻笑了下："……师母。"

这回换余之遇拎着扫把落荒而逃。

叶上珠一脸蒙："……组长你不吃饭了啊？"又看向略显无措的梁野,"你刚刚叫她什么？"

梁野快哭了："我真不知道她是肖教授女朋友,我没打歪主意,我就想……加个微信来着。漂亮的小姐姐谁不想追一下啊。"

现场便议论开了——

那真是师母？我说怎么眼熟呢？本人比照片还美好吗？
怪不得肖教授气色好、好心情好,原来是带了师母一起来啊。
果然,男人是需要爱情滋润的。
我要是有那么漂亮的女朋友,出差也带在身边,否则怎么放心？
我能说我失恋了,却还很开心吗？我一定是疯了。

本来还抱有一丝丝希望,以为是个美丽的误会,肖教授还是我们的。这下"实锤"了。

叶上珠感觉自己错过了一个世界。

肖子校对此一无所知,七点整,他准时出现在教室。

和学生互相问过好后,他身形笔直地站在讲台上,直切主题:"中国有句俗语叫'没有规矩,不成方圆'。在南城,我的课堂规矩是,你们不满意可以把我轰走。在临水,我再加一条:不允许私自行动。"

话至此,他神色凝肃:"临水山水如画,根据规划路线走,我保证风景是最好的,沿途的药用植物也最多。老师把你们带到基地交给我,就得行我的规矩。谁因私自行动而掉队,我不听一个字解释,一律打包,退回南城。"

教室里鸦雀无声。

在座的都是上过他课的人,清楚这位从不带点名册,却能准确地叫出药学专业每一位学生名字的肖教授的教学风格。课堂上,他穿西装白衬衫,戴金丝框眼镜,满身的学者气质。涉及学术问题,他善于引导和启发大家自觉思考,循循善诱。私下里,听说他脾气很硬,向来说一不二,且是唯一一个敢在学术上与老教授较真儿的人。

所以,人家才能成为最年轻的教授。正如余之遇所言,女生对于肖子校更多的是崇拜,男生们则是敬畏。有这样的基础,学生好带多了。于是,肖子校的课堂最没规矩,学生却是最规矩的。

丑话不多,点到即止。肖子校针对之后一周的课程安排做简单讲解,说到进山路线,他想起余之遇的投怀送抱,以玩笑的口吻说:"我替你们试过水了,我们途经的水域只有一条十厘米深的小溪,不会游泳也淹不到。当然,男生表现的机会到了,是背是抱,任选其一。"

气氛缓和,学生们都笑了。

最后讲到实践总结,他说:"大家当是来春游的我没意见,我提问你答不出,我再讲一遍没问题,但总结中要是没干货,我就要留你多上一期课。基地包食宿,我们谁都不用有负担。"

他把握着时间,一分钟都不压堂:"学术上有任何问题欢迎提问,找不到我时,问你们师兄喜树。这堂课对你来说是实践,对他是随堂小考,谁能难住他,这堂课我给满分。"

学生们欢呼一声,作为助教的喜树老师则挠头笑。

余之遇接到许东律打来的电话,信号太差,断断续续的,她带着草药去外面接。

她那篇反映临水生活和教育现状的稿子发出后,社会反响很大,很多人主动联系大阳网,表示愿意提供捐赠,而这些爱心人士基本都为女性。

许东律在电话里说:"她们的原生家庭基本都存在重男轻女的观念,对于你提及的杜青山的女儿杜玲的生活现状很有共鸣,点名要对这类女童提供资助。"

将原生家庭带来的伤害转化为善念、善行,去帮助那些和曾经的自己有过同样遭遇的孩子,光想想都让人觉得治愈。

余之遇特别满足。

许东律又道:"我们甚至还没公布募捐的消息,已经有人把捐赠的物资送过来了,指名交给你处理。"

余之遇轻笑:"他们不怕我是骗子,把物资卖了变现?"

许东律也笑,说:"总部同意我们在网站上增设公益版块,并拨专款作为公益基金,你抓紧拿出个方案,这笔基金能否用在临水的孩子们身上，全看你的方案了。另外，趁你在那边，多收集一些资料、素材，有需要的话，可以适当延长出差时间。"

还延长？要不是有中医大的志愿服务工作牵引着，要不是想为临水的孩子们做点儿力所能及的事，想想小学弟那声"师母"，和明显与肖子校有点儿什么的林老师，余之遇恨不得明天就回南城，避免被卷入狗血的三角关系。

聊完工作，许东律斟酌了一下，还是决定告诉她："听闻中新要并购百创。"

意外只是一霎。连主打中药的万阳药业都对百创代理的药感兴趣，更别说主营西药的中新了。一旦校谨行成为百创的股东，万阳便成百创的靠山，中新相当于多了一个强有力的竞争对手。与其这样，不如把百创收入囊中。

想通了这层关系，余之遇便不觉得意外了。

许东律又道："白天我和校谨行见面谈合作的事，他问我，对于网络上被屏蔽的新闻有没有办法再恢复。他看似随口一提，我觉得没那么简单。"

删除网络负面新闻属网络公关范畴。这一范畴存在灰色地带，简单来说，拿钱删帖，是个人和企业的惯用手段。许东律和余之遇都懂其中的蹊跷。

校谨行不会平白无故这样问。余之遇不确定是不是自己敏感了，她把此前搜到的百创那款代理药的几起投诉告诉了许东律，说："我这儿上网不方便，你再搜一下看看还有没有。"

许东律连电话都没挂，直接去搜，结果试遍了各种词条，只言片语都没有。这说明，先前网络上那几起有关投诉的新闻被屏蔽了。

针对儿童感冒药可能产生的副作用，在来临水的路上，余之遇其实问过肖子校。

他说:"由于儿童身体尚未发育成熟,对药物的抵抗力较弱,除了一定要选小儿专用的感冒药外,医生给药时,都会尽量避开那些对孩子明显有害的成分,如咖啡因和PPA。这两种成分均因作用于神经系统,孩子的神经系统未发育完全,含有PPA和咖啡因的药物可能会对孩子的神经系统有一定影响。"

除此之外,肖子校提及了含有伪麻黄碱、麻黄素成分,以达到扩充血管以缓解鼻塞等症状的感冒药,以及抑制咳嗽的感冒药中含有的以右美沙芬为代表的成分,可能对儿童心血管造成的伤害。

综上,肖子校从专业的角度说:"很多药品都需要通过肝肾功能来排泄,孩子的肝肾功能还未发育完全,用药剂量的不精准会给孩子肝肾系统带来损害。不止西药,中药也不是完全没有副作用。是药三分毒。"

所以,药品基本都有副作用,区别只在于副作用的大与小。

余之遇因此消除了对百创药品质量问题的猜测。百创却屏蔽了那几起原则上来说很正常的投诉。她左思右想,觉得问题不简单,便给校谨行去了个电话。铃声完整地响过一遍,无人接听。正准备再打,身后有人喊:"草药。"

是肖子校,他手上提了个饭盒,站在宿舍楼门口。

我这么个大活人站在这儿,你却喊狗子?余之遇不想理他。

草药咬她衣角,拉她过去。

等她不情不愿地走近,肖子校看见她光脚穿着拖鞋,他蹙着眉心虚揽了她肩膀一下,让她先走:"叶上珠说你没吃晚饭?"

余之遇没接他的话,只说:"明天我不跟你进山了。"

肖子校不解:"怎么了?"

余之遇把在食堂被认出来的事说了,末了嘀咕:"我是要名誉的人。"

肖子校瞥她，语气略有不悦："我让你丢脸了？"

"师母"的事早在肖子校意料之中。虽说帖子删了，可她那张让人过目不忘的脸，女生就算了，必然会有男生念念不忘，被认出来不足为奇。

余之遇嗔他，正想说我是顾及你身为人民教师的形象，一抬头便见林久琳站在走廊里。她是来找谁的，不言而喻，余之遇把到了嘴边的话咽了回去。

肖子校没等到下文，目光一抬，看见了候在他们外的林久琳。他唇角瞬间抿平，脚下却迁就余之遇明显加快的步伐，与她并肩走过去，问："林老师有事？"

林久琳似乎是怕狗，略显紧张地站得离草药远了些："'一对一帮扶'的事，我想和你聊几句。"说完对余之遇微一点头，算是打招呼。

余之遇同样颔首，打开自己宿舍门时，说："你们慢聊。"

却未能如愿关门。

肖子校抬手撑住了门："那进来说吧。"话落，假装看不见余之遇拿眼睛瞪他，自顾自地走到桌案前放下饭盒，打开，对余之遇说，"你吃你的。"

余之遇："……"

林久琳进退两难。原本见肖子校和余之遇一起从外面回来，她心中已是涩意翻滚，现下肖子校明显是为了避嫌，连宿舍都不回，她顿觉难堪。

见她脸色不好，余之遇都有些于心不忍，可依肖子校的脾气，他既决定留下，必然赶不动，她都想给两人腾地了，却在触及肖子校带有几分压迫力的目光时，咽下了这个想法，主动招呼了一句："林老师请进。"

林久琳接收到台阶，笑得勉强："打扰你了，余记者。"

余之遇一笑："没事，我刚刚还想向肖教授了解帮扶细节，正好你来了,我沾光听听。"

肖子校全程置身事外,他坐在余之遇床边,静候林久琳开口。

关于"一对一帮扶",林久琳自认是个很有意义的活动,可李校长看似有所迟疑,她不确定是不是方案存在问题,想来听听肖子校的意见。

肖子校先问余之遇:"你怎么看?"

都是女人,你当我看不出来她所谓的想来听听你的意见只是借口?余之遇不动声色地瞪他一眼。然而,就事论事,将关注点放在帮扶行动上,有些话她不得不说:"'一对一帮扶'的理念非常好,如同国家扶贫,都是提倡精准。但临水小学共有五十多个孩子,说他们都是贫困生应该不为过,此次来的药学生只有四十个。数字差该如何解决?还是不管了,从中挑选最贫困的来帮呢?"

肖子校的视线在余之遇脸上停留几秒,接口道:"李校长刚刚还在和我商量如何平衡这件事。毕竟,每个孩子单独拉出来,都符合贫困的标准。"

林久琳恍然大悟:"我们几位老师也准备了一些学习用品。"

"把我和喜树、余记者、叶上珠、李校长,以及当地的三位老师都算进来,所需的帮扶用品从余记者捐赠的那批物资中补齐。"他说着把一张分配表递给林久琳,目光却是看向余之遇,"余记者没意见吧?"

他早想好了解决办法,而她的物资能帮助他解决这个问题,余之遇心里是高兴的,嘴上却说:"肖教授倒不客气。"

肖子校勾了勾唇说:"还要感谢余记者慷慨解囊。"

林久琳自我反省道:"怪我考虑不周了,下次一定改进,到时候还请……肖教授帮我把关。"

肖子校抬眸看她一眼:"你真为孩子考虑的话,该多和李校长沟通。"

林久琳脸色一白。

余之遇觉得肖子校的话说得重了,看向他的目光带了几分责备。

肖子校无视余之遇的控诉,一脸平静地看着林久琳。

林久琳站起来说:"谢谢肖教授提点,不打扰你……们了。"

余之遇把她送到门口,直到林久琳走远,她率先发难:"你说话太刻薄了吧,人家一片真心,怎么被你一说倒像是刻意卖乖?"

肖子校靠在桌案前,说:"我不认为自己的表达有问题。没错,她的方案对临水的孩子们固然是好事,但你有没有想过中医大的那些孩子,他们的经济条件是否允许?"

余之遇一怔。

肖子校把裤兜里那份名单拿出来:"这里面有三分之一的学生来自农村,有六位是家庭经济困难的,其中一位还在靠中医大定向资助才能继续学业。你认为他们适合帮扶别人吗?

"你或许会说,学生们准备的帮扶用品不过就是一个书包、几本书、几个本,并不是大额的捐赠。可即便如此,这些东西也是用他们的父母的钱购买的,并非他们劳动所得。他们还是学生,与你我不同。我们可以用自己的工资、积蓄做捐赠,他们现阶段还在靠父母'资助'。

"如果有学生因来到临水,看到这里的落后和贫困,自愿给这里的孩子提供一些资助,哪怕只是送一支铅笔、一块橡皮,我都会很欣慰。但我不希望,这份爱心是中医大,是身为老师的我们强行转嫁给他们的。"

根据自身的能力,自发地帮助有需要的人,是他想要看到的。

余之遇彻底哑火,半晌,她说:"没看出来你还是位好老师。"

肖子校没好气地说:"我就当是在夸我了。"

余之遇讨好地笑:"那现在怎么办啊?"她是指那个享受资助的学生。这个时候让享受中医大定向资助的学生收回捐赠,可能伤及他的自尊心，这次只能这样了，好在根据志愿服务部那边的统计，学生们个人捐赠的物资数额不大。

"但这种形式的捐赠我不推崇。"肖子校说，"我把学生带到这里上课，除了专业所需，是希望借此让那些家境优渥的城市里的学生看到底层生活之苦，进而让他们懂得珍惜，同时又解决了临水小学的部分经费，我觉得这样就可以了。至于其他，只能量力而行。"

确实可以了。对于临水的帮助，不可能，更不应该全部落到他或是中医大的头上。余之遇感动于他作为肖教授和肖校长的所有考虑和对双方学生的周全。

肖子校与她视线对上，笑："别用那种眼神看我。"

余之遇不解："哪种？"

肖子校挑眉："崇拜。"

余之遇白他一眼，说："别臭美了。"

"至于那位林老师，"肖子校看着她，眸色深深，"报备一下，她是我前女友。"

余之遇已经猜了个大概。她从没认为肖子校的感情世界会是一片空白，且不说他不小了，就凭他的出类拔萃，要说没一两段风花雪月的故事，怕是没人相信。

她承认，肖子校的学识、修养、气度以及骨子里那点儿野，无一不吸引她。他去平山接她那晚，她翻来覆去睡不着时已经在想，给彼此一个机会，万一就是他呢。

可前女友竟在这个节骨眼儿追到了山里来。

余之遇相信这绝非肖子校本意，却还是没藏住那一丝微妙的不悦，她呵了声："难怪校内论坛出了那个绯闻帖子，肖教授出手那么重，原来是怕人家误会啊。"

肖子校闻言眼眸沉了沉："你真那么以为？"

余之遇意识到他生气了，她懒得掩饰突然涌起的那股莫名的不痛快，用力地扣上饭盒，说："至于报备，肖教授搞错对象了，你的私事不在我采访范畴之内。"

三言两语，把两人的关系推远了。

饭盒被肖子校接了过去，差不多是以扔的姿态甩到了桌案上，伴随那啪的一声，余之遇被他控着腰抱躺到床上。

余之遇抬脚照他小腿上给了一下子："你干吗，发什么疯？"

肖子校低了低身子，离她的脸更近几分："自己说错了什么不知道？"

"哪句错了？"余之遇嘴硬，"你反应这么大，不会是被我说中，恼羞成怒了吧。"

"能让我恼羞成怒的事情不多，你再敢胡说八道，我不介意给你看看自己分分钟闭嘴的样子。试试吗？"肖子校说这话时垂着眼角，沉湛的目光释放出某种危险的信息。

余之遇秒懂他要以什么方式让自己闭嘴，她心尖一抖，下意识地抿紧了唇，后又觉得不够，傻气地用一只手捂在嘴上："你敢！"

肖子校没绷住，轻笑了声："还乱说吗？"

余之遇剜了他一眼，不太有威慑力地凶道："让我起来。"

外面走廊响起脚步声和说话声，很快恢复安静，草药在门口晃了一圈，回来时两只前爪扒着床边，拿那双小眼睛看着他们。

明明只是被只狗子围观了，却像干了什么少儿不宜的事，余之遇耳朵红了，面上还故作镇定地奚落道："你儿子看着呢，你好意思当它面欺负人？"

肖子校注视那双带着几许羞意的眼，说："它还小，不懂这些。"

余之遇意识到自己被他看了去，抬手抡过去一拳："教训谁啊，流氓？！"

小拳头被他在半路截住，肖子校出言警告："有些话我只说一遍，只要你承担得了后果，我不介意你再犯。"说完松开手，俯身捡起拖鞋给她穿上，以命令的口吻说，"吃饭。胃不好还不按时吃饭，作什么妖？"

余之遇胃口全无，却听他说："我第一次做糖醋排骨，手艺肯定不如伯父，不爱吃就挑出来放一边，茼蒿消食开胃，润肺化痰，可以多吃点儿。"语气不复先前那么强硬，明显缓和不少，像是在哄她。

本以为是食堂恰好做了这两道菜有剩，他顺便带回来的。没想到他之所以回来晚了，不是因为压堂，而是跑去厨房给她做糖醋排骨了。

余之遇压下已到嘴边的逐客令，拿起筷子夹了一块。

肖子校没有要走的意思，他站在桌案前看着窗外，不知在想什么，直到她默默吃了两块排骨后，才说："老师没和我说你要跟来上实践课，是我想让你来。"

余之遇夹菜的手一顿。

肖子校的视线落在她发顶："你是因那起报道事故要采访我的吧？可那件事很快平息了，我不确定后续你还会不会找我。我一进山，最少一个月，我不禁想，等我再回去时，你会不会问一句'你贵姓？'。"

反正她把他忘得一干二净不是没有过，虽说是酒精作祟，到底是她能干出来的事。

相比她抖机灵套路他采访，他这分明是算计她。余之遇可没忘，当他提起采药实践课时，自己生怕他不同意带上她，还放低了姿态求他。思及此，拿筷子的手不自觉地用了点力气。

"余之遇，我把你带到临水，是为了让你了解我。"肖子校将她的小动作尽收眼底，他不疾不徐地继续，"林久琳是个意外。在确定支教名单时,我已在自己权限范围内将她排除在外。当然,这与你无关。"

确定领队和支教老师名单时,他们还没重逢。肖子校只是恪守原则,既然是过去式,各自安好,互不相扰便好,故而无意再有交集。

"我无意令她难堪,只是借此表明立场,在我这儿,既已分手,不能做回朋友。如果同事的关系避免不了有所接触,我可以不做这个教授。"肖子校抿了抿唇,再开口时语气坚定也冷漠,"五年足够冷却一段感情,我是她丢掉的人,不是她想捡便能捡得回的。"

余之遇心尖微颤,她抬头,看着他眼睛:"你们为什么分手?"

肖子校默了一秒,答:"我那时在读博,太忙,没时间陪她,她生病时我不是在实验室就是在山里,后来还去国外访学交流,远隔万里,我对她的关心只能停留在提醒她多喝水上。她受不了,提出分手,说到底原因在我。"

这或许是很多恋人分手的原因。两个人的步伐不一致,迁就只是一时,时间久了矛盾不可避免,这种时候男人大多选择事业。

女人是矛盾体,起初总以为喜欢便是全部,什么困难都能克服,哪怕需要背弃全世界,甚至愿意以此证明真心。等付出真心,却没得到足够回应时,便不满足。余之遇相信,林久琳是试图理解过的,久而久之便觉得有他和没他没什么区别了。

失望不是一天的事,是一点一滴的累积。

这么说来,林久琳也没什么错。兜兜转转之后发现还是他好,想回头并不奇怪。可显然,肖子校的爱情观不允许。

对林久琳而言,他未免绝情。可对于他未来的伴侣,若他说到做到,不与前任有所瓜葛,无疑是幸福。

他足够坦诚,余之遇无意再多问,可一想到自己来临水是着了他的道,忍不住损了他一句:"像小肖教授这种大忙人,活该单身。"

似乎是担心余之遇以为和他在一起会步林久琳的后尘，肖子校说："以前年轻，一心学术，现在遇到喜欢的人，已有资本做取舍。"

"喜欢的人？表白我啊？了解我吗就瞎喜欢？！"余之遇移开视线，没看他眼睛，"怎么取舍？能不出差、不进山，还是能随叫随到？"

肖子校深看了她侧脸几秒："我能做到哪一步不是现在用嘴说，你只要知道，在经历此前那段感情后，我反思过，同样的错误，不会再犯。"

他没承诺，却比承诺更中听。

余之遇沉默片刻后，脸色明显好了很多。

"在这时告诉你我在追你，不是最恰当的时机。可我不说，你就不知道了吗？"见余之遇又要翻脸，肖子校伸手揉了她发顶一下，安抚道，"我是说你聪明。"

余之遇瞪他。

肖子校似笑非笑："我原本没想和你说与她的这层关系，至少昨晚知道领队换成她时还没打算坦白。自她入职，我们没打过照面，我以为她和我的态度是一样的，那又何必和你说？这又不是加分项。"

林久琳的表现却让肖子校发怵，尤其他的态度已经那么明显了，她依然以工作之名找到宿舍来。方才看到她的瞬间，肖子校庆幸自己回来晚了，且是和余之遇一道回来的，否则他被林久琳追到宿舍，再被余之遇撞个正着，才是解释不清。

见她不说话，肖子校又道："与其让你从别人口中知道我和她的关系，不如我自己说。在处理和前任的关系上，我没经验，但有分寸，绝不会让你不舒服。"

这话换任何一个女人都会觉得受用，可他们现在的关系余之遇不好表态，索性不说话。

肖子校以为她在生气，他曲指按了按眉心，问："排骨的味道还行吗？"

小肖教授冲破天际的求生欲让余之遇憋不住乐了，她实话实说："有点儿硬，嚼着费劲。"

"是吗？"肖子校握着她的手夹了一块送进嘴里尝了尝，"可能炖的时间有点儿短了。"

这是我的筷子啊！余之遇见他若无其事的样子，朝他腿窝踢了一脚。

这一下劲不小，肖子校一时不防，膝盖不由得弯了下。

草药见状小脑袋一凛，一下子蹿上来，用嘴含住了那只行凶的脚。

余之遇吓得"啊"了一声。

肖子校轻喝："草药！"

草药便没下嘴咬，它轻哼了声，随即松口，末了还用鼻子拱了拱余之遇的小脚丫。

余之遇立马把脚缩到床上。

肖子校习惯性地要拿牛肉干，反应过来不是在自己宿舍，只好拿起桌案上的糖，剥开一块给草药。草药咬住了，但没吃，仰着小脑袋，一副要和他分享的样子。

肖子校摸摸小家伙的头："我不吃，你吃吧。"

草药又哼了两声才吃。

余之遇感叹："这儿子没白养，关键时刻还是向着你。"

肖子校瞥她："跟你说别当它的面凶我，当耳边风是吧？"说着用手握住她的脚查看。

他手掌宽厚，衬得她的脚那么小，他掌心很热，让她冰凉的脚瞬间感觉到温暖，余之遇下意识地蜷起脚趾。肖子校确认没事，轻轻握了下，松开手时说："晚上凉，出去穿上袜子。女孩子，足部要注意保暖。"

余之遇翻了下眼睛，没应，她夹了块排骨递给草药，明显示好的意思。

草药一转头，趴到肖子校身边。

嘿，还真生气了，哄不好那种。

余之遇气鼓鼓地把排骨送进了自己嘴里。

肖子校没再招惹她，等她消停，吃完了饭，他收拾饭盒时说："鉴于我本人正准备把你往家属的方向发展，你不要指望我会解释'师母'是个误会。"

前女友都追进山了，你倒理直气壮起来了？余之遇用眼睛寻找东西要砸他。

手机在这时响了，应该是校谨行回过来的电话。

肖子校瞥了眼屏幕扣在床上的手机："这么晚了，谁还给你打电话？"他说着，不知是故意逗她，还是真要检查她手机，人已俯身。

余之遇一把抓起手机，站到床角："惯着我的人才有资格管我，肖子校你管早了！"

肖子校笑了，他起身往门口走，关门前说："等我把你惯得没样了，再给你立规矩。"

她好像被威胁了，心里却是甜的。

余之遇微笑而不自知，她语气轻快地接起电话："校总。"

那端的校谨行皱眉："你电话怎么这么难打，一天二十四小时都不在服务区，在哪儿出差呢？"

余之遇笑了笑："穷乡僻壤。"

校谨行没追问，解释了句："刚刚人多，我没留意到手机，说吧，找我什么事？"

余之遇随口道："找你化缘。"

"化缘?"结合她前面那句穷乡僻壤,校谨行懂了,他似笑非笑地说,"我是个商人,不是慈善家。"

"那就换个思路,你考虑给我把之前的千万巨债平账吧。"余之遇开了句玩笑,言归正传,"你是在网上看到有关百创的什么新闻了?哪个网?"

提及百创,校谨行敛了笑:"大兴网。"

余之遇错愕:"你问过沈总了吗?"

校谨行没答,他说:"不是她们发的新闻稿,是在论坛上。我当时没想到截图,再回头去看就找不到了。"

大兴网有个供公众交流的论坛版块,是大兴建站初期为了广泛听取公众意见所设。余之遇想了想说:"这事得找沈总,虽然不归她直管,但到底是一个网站。"

校谨行点了点头说:"你什么时候回来?"

余之遇算了下时间说:"最快一周吧。"

校谨行沉吟两秒:"我先找沈星火问问,其他的等你回来再说。"

次日升旗仪式后,中医大的学生们将带来的学习用品送给临水的孩子们。

一个大的领一个小的,如同大型认亲现场。

关于"一对一帮扶",林久琳确实有考虑不周的地方,却不是没有可取之处。当临水的孩子们收到城里来的哥哥姐姐以及老师们送的爱心礼物时,脸上洋溢的笑容弥补了所有。

面对孩子们一声声的感谢,叶上珠居然有点泪湿,她哽咽:"我长这么大第一次把这么便宜的东西当作礼物送人,我都觉得拿不出手。"

孩子们却像得了世间最珍贵的宝贝,爱不释手。

余之遇抓拍到有了新书包的苗苗，搂着嘴角含笑的肖子校亲他侧脸的画面，觉得孩子那双清澈的眼睛像是闪烁的星星。

在那一瞬间连文案她都想好了——

每个孩子都应该被宠爱。不要把他们丢掉，因为他们真的可以不一样。

同时开始在心里盘算，后期要不要把肖子校这张照片发到大阳网的公益版块。发的话，得寻个机会，事先请示那位小肖教授。

余之遇又满意地看了看照片，问叶上珠："你还给学校捐电梯吗？"

叶上珠坚定地摇头："不捐！"她吸了吸鼻子，"才三楼，他们又在长身体，跑上跑下只当是锻炼了，把捐电梯的钱省下来，留着给他们冬天供暖用。"

如此实在的捐赠，不仅余之遇和"那棵大树"给她点赞，肖子校都笑言："不好意思，让叶助理破费了。"

叶上珠哼了声："我看出来了，肖教授名义上接受我们组长的采访，实际上把我们诓来临水，骗我们做公益的。"

那不是接受，是谋算。想到自己才是被诓的那一个，余之遇睨了肖子校一眼。

肖子校与她对视，意有所指地说："要骗也骗个大的。"

初见时，那双眼透着连光都化不开的寒意，甚至是昨晚余之遇提及论坛帖，那一刻他的眼神都是冷的。此时此刻，那目光笼着初夏的薄阳，温暖专注，有不加掩饰的情意。

脑海里闪过昨晚被他压在床上的情景，余之遇有些心浮气躁，她转头去和喜树一起组织大家排位置，拍大合影。

林久琳作为领队其实可以和肖子校与李校长坐在中间位置的，她却推托了其他几位老师的好意，异常低调地站到了边上。

她今天没穿裙子,而是和大家统一着装,换上了迷彩服。温柔清透的心机妆,再配个减龄的芭比烫,看上去和学生无异。

时间倒退五年,她绝对是个温柔清纯的小妹子。

原来当年的肖子校喜欢这一款。

余之遇收回发挥的思维,她架好相机,安抚众人的情绪:"我们一共拍三遍,大家看镜头,这边的老师看过来,我右手边的小哥哥别看旁边的女同学了,摄影师不美吗?"

表情管理一向到位的肖子校都禁不住笑了,觉得余哥不是一般的皮。

拍好两遍,余之遇又说:"为了感谢大家的积极配合,我再奖励大家一组表情活跃的,能不能成为今日份表情包就看你们发挥了。"

学生们闻言笑嘻嘻地配合完成,还有做鬼脸的。

三遍拍完,不知是哪个女生喊了一句:"师母和我们拍一张啊。"

还有学生附和:"师母要坐肖教授旁边。"

余之遇:"……"就该都给你们拍成小瞎子。我还是太善良了。

接收到她透出责备和求助意味的眼神,肖子校站起来,回身对学生说:"真人都被你们围观了,还当着我的面要合照?"

余之遇:"……"大教授你快闭嘴,求求了。

中医大的学生们一听,立刻有了肖教授官宣恋情的感觉,他们欢呼一声,更有调皮的男生朝余之遇鞠躬,喊:"师母对不起,我们僭越了!"

余之遇:"……"什么人带什么学生,你们学点好儿吧。

面对这些十八九岁的孩子们,余记者难得地无处发挥。

随后,临水的孩子们欢天喜地地回教室上课,中医大的学生领采药工具准备稍后出发,林久琳则和李校长走了。听喜树说,从今天开始她都会和李校长一起,到各村去做教育宣传,直到支教工作完成。

当天,叶上珠领命随肖子校进山,负责收集实践课的新闻素材。

由于学生较多,每个人都是配置了耳机的,有点儿像旅行团。如此一来,在有效的距离范围内,大家都能听见肖子校的讲解,一旦听不见就代表离队了。

为确保安全,两名带班老师分别在队首和队末,肖子校则带着喜树走在队伍中间,叶上珠同样调整好耳机音量在听,同时为了取材,前后奔波。

这如同是一堂历史课,一切要从原始时代祖先通过采食植物和狩猎、了解动植物讲起。肖子校说:"他们发现有的可以充饥果腹,有的可以减缓病痛,有的则能引起中毒,从而懂得在觅食时有所辨别和选择,逐渐对某些自然产物的药效和毒性有所认识。"

他低沉的声音透过耳机传过来:"《淮南子·修务训》中记述的'神农尝百草之滋味……一日而遇七十毒'的传说,所反映的就是我们的祖先认识药物的艰难过程。"

叶上珠听他从中药的起源和中药学的发展,讲到中药的产地与采集,再到解表药中的发散风寒药中的紫苏叶、荆芥,发散风热药的柴胡,清热解毒药中的板蓝根,一直等,始终没等到叶上珠的简介。她寻了个机会说:"肖教授,讲讲叶上珠啊,我还没见过真的。"

肖子校回身看她一眼,说:"你不就是如假包换的'真珠'吗?"

学生们都笑了。

"叶上珠作为祛风除湿,活血解毒的中草药,夏季或初秋叶片未枯黄前,将果实连叶采摘,晒干或鲜用。"肖子校简单地介绍了几句,忽而问,"我和你们说过万花山有蛇,万一遇到怎么办?"

有学生抢答:"别惊到它,等它爬走。"

肖子校点头,继续说:"对蛇来说,人类也是奇怪的生物,它怕我们,一旦遇到,不慌不跑,通常不会有危险。万一这条蛇攻击性比较强,咬了你,治疗毒蛇咬伤的叶上珠就有发挥空间了。"

叶上珠惊讶道:"我居然还有这种攻效。"

肖子校笑了下,说:"万花山是有叶上珠的,那条路线我们过两天走,至于它的生长环境……"他瞥了眼喜树,"你找个时间先给她开个小灶。"

不似课堂的严肃,学生们本就很放松,听肖子校这么说,眼睛都在喜树和叶上珠身上转,更有跟着起哄的。

叶上珠半点儿不在意,还悄悄朝肖子校抱拳,表示感谢。

喜树是个脸皮薄的,不好意思得脸都红了。

肖子校笑着拍拍他肩膀。

下午回到基地,叶上珠把手机塞到余之遇手上,让她看肖子校讲课的视频。

余之遇看着镜头里拿着对她而言只是一株草的肖子校,他眉眼舒展,语气不疾不徐:"南柴胡生长于湖北、四川、安徽等地,柴胡味辛、苦,性微寒,入肝、胆、肺经。芳香疏散,可升可散,长于疏解半表半里之邪,又能升举清阳之气,为治疗少阳症的要药。"

那么拗口的性能特点,快赶上文言文的难度了,他却记得纯熟。而他专注讲解的样子,迷人得不行。

余之遇认认真真看到最后一段视频,镜头前,他侧身往后看了眼:"再记不住,梁野,回基地操场跑圈。"

镜头外有个男声略勉强地应:"……哦。"

叶上珠抢过手机,翻出一张偷拍的照片递给她看:"他就是梁野,今天被肖教授点名数次。"她笑得贼贼的,"图书馆里向你要微信的小弟弟哦。你说,肖教授是不是知道了什么,要不干吗总是关照他?"

回想昨晚不过是有人给她打电话，某人都要管的情形，余之遇故作淡定地说："被格外关照进步才快，说不定会成为第二个喜树。你鼓励他考肖子校的研究生啊，名师出高徒，以后一定大有作为。"

叶上珠听得直乐："亏得人家还拜托我，请你替他和肖教授解释一下，我看你不煽风点火，他就该偷着乐了。"

余之遇继续做方案，边敲键盘边说："谁让他满食堂喊我师母，教训。"

叶上珠想到什么，话锋一转："你白天在基地碰到那个林讨厌了吗？"

"谁？"等反应过来她是指林久琳，余之遇抬手敲她脑门，"你给我老实点，别招惹人家。"

"我这不是担心你被欺负嘛。"叶上珠在床边坐下，"我看她明显是肖教授的爱慕者，那些药学生又都喊你'师母'，她不视你为眼中钉啊？别说你不知道女人的嫉妒心有多可怕。"

关于肖子校和林久琳之间的关系，余之遇没打算告诉叶上珠，她说："别说人家一天都在下面的村屯搞教育宣传根本不在基地，即便在，我和她也是井水不犯河水。你专心把工作做好，再抓紧时间搞定你那棵大树，少管我的事。"

叶上珠微眯眼睛："反正我觉得她不简单，昨天还往肖教授身边贴，今天拍照时又一副受气小媳妇的姿态，做给谁看啊，没准憋着大招，等我们走了向肖教授发呢。"

肖子校的课程安排和支教工作都是一个月，照理说她和叶上珠肯定要先走，林久琳是要留到最后的。余之遇没接话。

外面传来大G的引擎声，叶上珠说了声："肖教授他们回来了。"话音未落，人已经跑出去了。

片刻，走廊的脚步声渐近，肖子校走到她门前时，余之遇恰好回头。

见状，他问："等我？"

余之遇无语："'真珠'小姐急着见她家大树，没关门。"

肖子校就知道叶上珠把白天进山的趣事讲给她听了，他抬步走进来，问："你加梁野的微信了？"

余之遇笑得模棱两可："我不能加吗？"

肖子校神色无异地说："那我明天继续提问他。"

余之遇失笑："差不多得了啊。"

肖子校不逗她了，他把手中的袋子和车钥匙放下，问："顺利吗？"他指公益版块的方案。

许东律要得急，这又不仅仅是个普通选题，而是在网站主页增设新的内容版块，属于变革的大事，余之遇自然不敢掉以轻心，才没跟着进山听课，静心在宿舍搞事业。

她指了指笔记本电脑的屏幕："三分之二了，等做完，你给我看看？"

临水的情况肖子校更了解，对于扶贫和支教他有独到的见解。公益版块的启动要以临水为试点，请他参谋最为合适。

肖子校并不推托，点头道："明晚的时间留给你。"见她眼神一变，他轻笑，"想哪儿去了，我在说正经事。"随手指了指袋子，"给你提供点儿补给。"

余之遇扒开袋子一看，全是镇上小卖部没有的零食和水果。

除了爱吃奶糖，她平时其实不怎么吃零食。可到了临水，伙食明显不如南城，倒有些嘴馋。可去一趟明江来回将近两个小时，就为了买这些？

替他心疼油钱的余记者翘着嘴角笑："这么讨喜的操作小肖教授都手到擒来，居然还单身，令人费解。"

"那你喜欢上了吗？"肖子校捏她下巴一下，在她伸手要挡时，顺势握住她的手,"好好写方案,完事带你玩。"

第二天照旧,该进山的人进山,该下村屯的人下村屯,余之遇完成方案初稿时早过了午饭时间,她伸了伸懒腰,摸摸被肖子校留下来陪她的狗子:"我带你出去遛弯儿。"

草药出宿舍门就有点撒欢,余之遇几乎拽不住它,跟着它跑了半个操场,最后被拖到食堂。想到谢梅已经过来帮工了,余之遇准备去和她建立友谊,为日后劝说她允许杜玲上学做铺垫。

林久琳居然在食堂,正和谢梅一起边择菜边聊天。应该是被问到了个人问题,林久琳低着头边继续择菜边说:"我那个时候不太懂事,总想让他陪我,可他每天不是写论文,就是做实验,哪有时间啊。我就和他吵,和他闹,起初他还哄我,渐渐地……"

她苦涩地笑了下:"我就给他发信息说分手。可我等了一天,他都没回。等我找去实验室才知道,他根本没看手机。我当时特别伤心,本来只是赌气提的分手,那一瞬间就变成了真的,我不管不顾地闹起来,砸坏了一个器皿,导致他们……实验失败。"

"分手以后,我想要删除我们的合影,却把自己看哭了。我告诉所有人我不喜欢他了,其实还在瞒着所有人偷偷想他。梦里梦到他,醒来都渴望梦再久一点儿……"话至此,她说不下去了,抱着膝盖把脸埋了进去。

面对谢梅鼓励她去挽回的话,林久琳哭着说:"晚了,他有喜欢的人了。"

余之遇悄无声息地从食堂退了出来,她坐在后山的土坡上想:如果当年是自己先遇到肖子校,应该也逃不过这样的结局。

年少气盛,总是容易造成遗憾。当初的耿耿于怀,在日复一日中转变成念念不忘,终究意难平。可不顾条件艰苦追到大山时,却发现他已经喜欢别人了。

　　余之遇想到自己也曾那样喜欢一个人，喜欢到失去时无助地抱住自己，失声痛哭，便见不得林久琳，更无法若无其事地当着她的面享受肖子校的追求。她在瞬间有了决定，决定回南城。

第四章

异地之"恋"

余之遇在当晚离开了临水,飞机在南城落地时已是凌晨。

她取完行李出来正准备叫车,听身后一道陌生的男声问:"是余记者吗?"

余之遇回头,行至近前的男人身形挺拔,五官硬朗,此刻手机贴在耳边。

是陌生人,她确定自己不认识,问:"你是?"

男人对手机那端的人说:"接到了,你和她说。"言语间把手机递过来,说,"大校。"

余之遇微微皱了皱眉,不知道对方是谁,直到话筒里传来肖子校的声音,他说:"栗则凛,我发小儿,他会送你回家,不用和他客气。"她才知道,大校是肖子校的小名。

这时再说不用实在矫情,谢谢的话他也不会爱听,余之遇索性说:"知道了。"

栗则凛一举一动有种军人的利落,唯话略多,帮她放行李时说:"生怕我到晚了错过你,你那边才起飞,他就催我出门。"

上车时和她确认地址:"大校发了定位,提醒我停在西南门,说离你住的那栋楼最近。"

路上状似和她闲聊:"他平时进山几个月都不见人影,听说这次只去一个月,果然是心不在那边了。"

到了江南苑停好车,又坚持把她送到楼上:"难得被他使唤一回,不把你送到家门口,交不了差。"

每一句都在表达肖子校对她的重视,每一个字都重重砸在余之遇心上。她靠在门上,给转眼便相隔千里的那位发微信:我到家了。想到基地可能会没信号,正准备再发一条短信,肖子校回复:休息吧。

余之遇回一条:你也是。

这次那边只发过来一个字:嗯。之后再没别的话了。

余之遇放下手机,在玄关处坐下,回想这一天。

原本计划从明江坐火车回来,等肖子校从山上下来,她再去明江,时间刚刚好。

她是跟着肖子校来的,要走得当面和他说一声。

事发突然,叶上珠有点儿蒙,要收行李一块儿走。

余之遇却说:"公益版块建立后肯定会有人专项负责,既然是以临水为试点,这个人选除了我,你最合适。你如果能克服这里艰苦的条件,我建议你留下,把后续的采访跟下来。你若不愿意,我和许总打过招呼了,我们一起回去,再派别人来。"

叶上珠一时没了主意:"没有你,我做不好怎么办?"

余之遇笑了,说:"怎么会做不好?你昨天就做得很好。再说了,我又不是不管了,只是许总那边临时有别的事,把我抽调过去帮个忙。"

她也是这样和肖子校说的,以许东律急召为名。

肖子校看了她半响，似是要通过她细微的神情变化，判断话的真假。

余之遇几乎要承受不住他探究的目光，插科打诨道："干吗这么看着我啊，我师父那边需要人手，那我能干吗，自然要多分担些。"

肖子校抿了下唇，第一遍问她："真是因为工作，没别的原因？"

"能有什么别的原因？"余之遇假装看了下时间，掩饰掉眼睛里的情绪。

和她报备林久琳的事情时，她虽然闹了点儿小情绪，但当晚就好了。而昨天他们也有说有笑的，他还握了她的手，她面上虽在拒绝，并没真生气。肖子校有信心，一个月内坐实她师母的名分。照理说，不该是因为林久琳。

肖子校有片刻没说话。

为了让他相信，余之遇索性撂了个底："当然，我师父那边不是非我不可，我其实多少有点儿尴尬，基地就这么大，低头不见抬头见，正好借此回避。"

这话半真半假，却比临时的工作调动更有说服力。

肖子校沉默。

余之遇又看了下时间："九点的火车，再不走来不及了。"

"来得及。"肖子校顿了顿，声线微低，"我送你到明阳，坐飞机走。"

明江没有机场，明阳才有，但从临水到明阳市差不多要两个小时的车程。余之遇不想他上了一天的课，再来回开四个小时的车。她以玩笑的口吻说："省内出差，公司不给报销机票的。"

"我报。"肖子校朝宿舍的方向微扬下巴，"去把车钥匙拿来，上车等我。"

见他往教学楼的方向走，余之遇问："你干吗去啊？"

肖子校头也不回地答："和李校长交代一声。"

余之遇以为他是过去打个招呼，便回去取行李了。

叶上珠最终决定留下来，不是因为喜树，是她想为临水的孩子们做点儿什么。可这毕竟是第一次独立工作，还是这么重要的工作，她有点儿怯，更舍不得余之遇，眼泪汪汪地跟出来送。

余之遇笑她没出息，又和喜树说："帮我多看着点儿她，别让她闯祸，给你老师惹麻烦。"

喜树应下，问："怎么就要走了，还这么急？"

余之遇笑眯眯的："舍不得余哥啊？"

喜树习惯性地摸了摸后脑勺儿，嗯了声。

"等你回南城了，余哥带你泡吧。"

"我不喝酒的。"喜树很认真地劝，"你也不要喝酒，老师不喜欢。"

"你是他学生你听他的，我又不归他管。"

"那对身体不好啊。"喜树皱眉，"老师说你胃不好。"

余之遇心头一涩，难得没顶嘴。

肖子校从教学楼出来时神色寡淡，他大步走过来，没和喜树与叶上珠说话，直接坐上驾驶位。

叶上珠想跟去明阳，喜树看了看肖子校的脸色拉住她，说："老师，您慢点儿开车。"

肖子校应了声"好"，等余之遇上车系好安全带，将车驶出临水。

起初两人谁也没说话，车内静得让人喘不过气。

余之遇先受不了了，问："你在生气吗，我好像没做错什么吧？"

肖子校目不斜视，专注于路况："我在想我做错了什么。"

余之遇笑了下，调整了下坐姿看向他："你别胡思乱想了，我都和你交底了，就是借由工作避个嫌。"

肖子校分心看她一眼，说："你别胡思乱想就好。"

余之遇不敢和他多聊,生怕泄露了自己那点儿微妙的情绪,可有些话,她左思右想,还是决定说:"我在网上看到一段话,说别人删除你好友时,系统不会告诉你,因为怕你伤心。你删别人时,系统会问你确定吗,因为怕你后悔。"

肖子校微哂:"你是在暗示我对待感情不够慎重吗?"

他如此直接,余之遇反倒不知道怎么接了,又不希望他误会,急于解释:"我只是……"

前面是个急弯,肖子校减速:"只是希望我再确定一下,是要前女友,还是要你,对吗?"

聊不下去了。余之遇转身坐正:"你专心开车吧。"

他冷淡地说:"你坐在车上,我不至于那么情绪化。"话虽如此,再次减了速。

到机场办理好登机手续,余之遇说:"你能答应我两件事吗?"

肖子校拿着她的登机牌垂眼看:"说说看。"

"叶上珠是第一次独立工作,要是可以的话,你多照顾一下。"

"她做的事对临水有益,我自然支持。条件允许的情况下,我也会全力配合,这方面你不用担心。"肖子校抬眸,视线笔直地看她,"第二件。"

"你回来之前,听李校长说谢梅答应和杜青山商量让杜玲上学了,应该是……林老师做的工作。"余之遇沉吟了下,说,"我在这儿,彼此都尴尬。她是中医大的老师,你们先是同事,才是……你别因为我走了乱猜,把人家退货。"

她之所以以工作之名离开,就是不希望肖子校寻个名目把林久琳退回去。林久琳来做志愿工作,且不说这件事意义重大,一旦真被他退回去,志愿部还怎么待?

她这份顾虑却令肖子校不悦，他目光沉了沉："我要说会乱猜会迁怒，你现在跟我回去吗？"

"肖子校！"余之遇无语。

肖子校单手撑胯看了眼别处，说："我来基地是上课，她是做志愿工作，只要她拎得清，我不会给她难堪。其他的，不该你管的别管。"

他语气不太好，话音落下，两人都安静下来。

意识到自己语气重了，肖子校打破沉默说："我再问一遍，为什么突然走？是不是她和你说了什么？我确认过了，李校长今天临时有事，他们没按原计划去平山，林久琳一天都在基地。"

她又突然要走，他难免会联想。

未免被他看出破绽，余之遇硬着头皮笑了笑："我连午饭都没去食堂吃，她哪儿来的机会和我说什么？和我又有什么好说的？我不是你现任，她说不到我头上。"

肖子校深呼吸，半响，他说："过来，我抱一下。"

他面上不动声色，嗓音则微沾了点哑，像是在压抑某种情绪。

余之遇本想说，凭什么给你抱啊，我们是什么关系？触及他那双深邃的眼，又觉得有些话不能随便说。迟疑间，肖子校已上前一步，展手她搂入怀内，唇贴在她耳边："余之遇，我无比确定想要的是你。"

……

折腾一天，余之遇确实累了，她洗过澡，爬上床睡觉。

再醒过来时已是上午九点多，由于事先和许东律打过招呼上午不用去公司，她没急着起床，习惯性抓起手机看。

有几条叶上珠的消息，都是早上发过来的。

喜树说肖教授凌晨三点才回来！

肖教授今天的心情明显不好，所有人都感觉到了他的低气压，连梁

野都悄悄问我你们是不是因为他吵架了,他表示很慌。

组长你真的是被许总临时调回去,不是和肖教授闹别扭了吗?

她过安检时不过九点,他车速再慢十二点前都该到基地的,除非她到了南城他才往回走。所以,他是在闹情绪吗?余之遇靠在床头,摆弄了半天手机,拨了个电话出去。

响了两声就通了,肖子校的声音远远地传过来:"你等等啊。"那端背景音略嘈杂,仔细辨听,似是喜树在讲温里药附子的药性,片刻,又慢慢静下来,他的呼吸通过电波传过来,带着熟悉的令人心安的气息。

余之遇问:"是不是打扰你上课了?"

那边说:"没事,正好休息会儿。"

余之遇听出他声音不太对:"嗓子怎么有点哑?"

他不在意地答:"连讲了两天,话说多了。"

分明是因为熬夜所致。余之遇没有揭穿他,嘱咐:"多喝点儿水。"

他没接话。

一时间余之遇不知道该说什么。

似是发现她无话可说,肖子校主动问:"方案交上去了?还用我看吗?"

余之遇说:"你有时间的话当然用。"

他没任何犹豫地答应:"换别人的话自然没有,你,没有也有。"

余之遇的心莫名一松:"我让叶上珠拷贝给你。"挂断前她唤了一声,"肖子校。"

"嗯?"那端低低地应,犹在耳边私语。

余之遇说:"我没健忘症,保证下次见面的时候不会问你贵姓。"

那端静了一秒,终于笑了:"你要是敢问,我也有办法治你。"

余之遇到公司后把方案的思路向许东律做了详细的汇报,并将在临水采集到的各类资料做了整理备用。

许东律担心叶上珠一个人在临水应付不过来,有意再派人手过去,余之遇说:"暂时不用,我走前做好了计划,前期的工作她一个人没问题。等方案通过,我再根据需要带人过去。"

她这样说,许东律放心不少。

等夏静走了,他问:"你突然决定回来是有什么事?"

余之遇避重就轻道:"我躲个清静,顺便给叶上珠一个机会,这次的工作她要是能够独立完成,才好申请转正。"

许东律挑眉:"中医大的师生刚过去你就躲清静?怎么,有人觊觎你的肖教授了?"

"什么我的?"余之遇有点翻脸的征兆,"我们只是朋友。"

"那不应该啊,朝夕相处了十多天,最起码该是好朋友了。"许东律笑望她,"肖子校不像是不懂得把握机会的人。"

余之遇无语:"说得好像你多了解他似的。"

许东律说:"我确实不了解他,我只和他发小儿栗则凛打过交道。"

余之遇讶然:"你认识栗则凛?有这层关系,当初你怎么不把他直接介绍给我,还让我去中医大碰壁?"

许东律摊手:"栗则凛约不动他,我还怎么介绍?"

余之遇不信他的话,深觉被算计了,她站起来就走:"今天之内,你别和我说话了。"

许东律:"⋯⋯"这什么徒弟,耍起小脾气来比师父还横。

下班时,余之遇在办公大楼外见校谨行从宾利上下来。

校谨行比她还意外:"不是说要一周后才回来?"

余之遇依旧统一自己的口径:"许总急召,提前回来了。"

校谨行没什么怀疑，说："下班了？没有其他安排的话陪我赴个约。"说着打开后座车门。

余之遇不解，说："什么约？你到公司来是……"

校谨行不给她拒绝的机会，虚扶着她肩膀把她让上车："本来要找许东律，你回来就是你了。"

听说他要赴沈星火的约，余之遇才不管他是不是总裁，当即给了他一下子："你有病吧，和沈前辈约会带我来？我们是亲兄妹吗？"

校谨行眸色一沉："真约会会带你来搅局？脑子能不能转转？"

余之遇转了转脑子："百创的事？校总你能不能饶了我，别让我蹚这趟浑水？"事涉三大药企，她是真的无心介入。

"怎么，一个中新把你吓住了？"校谨行掷地有声地承诺，"无论百创有无问题，也不管最终是哪家公司并购了它，中新那位再想动你，得看我同不同意。"

"你要护我？作为债主，你是嫌我欠你的不够多，是吧？"余之遇以带了丝恼意的语气说，"提前声明，我还不起，以身相许更不考虑。"

校谨行被气笑了："好像跟我还委屈你了。"

到达目的地后，听说他要赴沈星火的约。余之遇意识到情急之下失言了，甩开他的手要走。

校谨行不拦不拉，只说："或者你还抱有不切实际的幻想，以为不再涉足医药行业，便能和中新那位上和下睦？余之遇，你不该是那么天真的人。"

明知道他是故意激她，她竟出奇地冷静下来，细想想，所谓的不碰医疗、医药选题的原则，不过是逃避现实的借口。

以往医药行业没什么负面的大事件就罢了，现在明明发现事有蹊跷，且是关乎民生的食药安全问题，却置之不理，既不符合她的行事风格，更愧对记者这一职业。

尤其想到肖子校对待过去式的态度，余之遇自觉应该勇敢一点儿。否则等有一天，需要她报备过去的时候，她能闭口不言吗？他又会怎么想？

耿耿于怀了那么久的事情，似乎在瞬间想通。余之遇自嘲地笑了笑，转身看向校谨行时，眉眼之间多了几分坚定，她说："真有一天，校总和中新大动干戈别又赖我，虽说债多不压身，但这次可不是我想掺和进来。"

校谨行瞥她，声调微扬："赖你你能负得起责啊。"

余之遇不客气地回敬："我既负不起责，更沾染不起堂堂校总。"

校谨行眸色一敛："余之遇，我看你是不想让万阳和你们大阳网合作了。"

余之遇不怵他："又不归我管，那是你和许总谈的。"

校谨行无语，为避免让沈星火久等，他把人拽回来："我可能是上辈子欠了你。"

余之遇还顶嘴："反正这辈子能遇见总有缘由。"

牙尖嘴利的模样气得校谨行咬腮。

见到余之遇，沈星火恍然大悟："难怪校总来找我，原来是得了红颜指点。"

余之遇抢白道："换个称谓，什么红颜，我听着怪。"

沈星火失笑："你事倒不少。"

"我有多矫情你不是不知道。"余之遇低头翻看菜牌，"本来在乡下待了快半个月，嘴上馋得不行，打算回来好好开开荤。可看这菜价，怎么觉得这么浪费呢。"

校谨行哼笑："别哭穷了，等你化缘的时候我多捐点儿，一顿饭，就不用给我省了。"

余之遇莞尔:"沈总给我做证,免得到时候有人说自己不是慈善家,块儿八毛的还和我计较。"

沈星火挑眉附和:"校总拔一根头发丝也不止块八毛啊。"

余之遇眉眼的笑容透出几分狡黠:"那我就祈祷校总别脱发吧。"

校谨行一口水呛在嗓子眼儿。

先前的不快一扫而过,气氛愉快地用过餐,沈星火主动提及了恢复屏蔽帖子的事:"大兴网的论坛是个独立的版块,明着说是广泛听取公众意见,其实也是作为记者和新闻稿的考评参考,公平起见,不在我的管辖权限之内。我私下了解了一下,最近确实有几个账号被封禁,致使帖子被隐藏了。"

余之遇懂其中的关系,校谨行因不太确定追问了一句:"那代表不是帖子被删,还能恢复?"

沈星火点头:"只要账号解封,帖子就能看见。"

余之遇笑了下:"如果这几个帖子确实是投诉百创的,大兴网这操作可是留了后手啊。"

所谓的后手是说,百创不懂删帖和屏蔽的区别,见帖子搜不到了,就以为天下太平了。万一哪天大兴再把封禁的账号解了封,对百创而言会很不利。

沈星火略为难:"校总,这件事我不好做。"

大兴网会屏蔽帖子必然是百创授意,这种授意肯定涉及金钱,可能是私人间,也可能是企业以合作作为名。

版块既然不归沈星火管,她自然不好插手。若是私人私下为百创办事还好办,无非硬磕一下,真磕出点儿拿不上台面的事,不用沈星火出手,大兴网便会清理门户。可若是百创与大兴网之间的合作,沈星火岂不是和公司作对？

校谨行没理由让人家拿前途冒险。

余之遇没这方面的顾虑，她说："我来吧。"

手机在这时响了，她看看来电显示，站了起来："我接个电话。"

余之遇寻了角落接起来，才"喂"了声，肖子校便听出端倪："不方便？"

"没有。怎么了，你说。"

肖子校看了下时间："在外面？"

"啊，和朋友吃饭。"

"喝酒了？"

"没。"

"再说一遍。"

"……一点点红酒。"等了两秒，见那边没动静，余之遇小心翼翼地补充，"就一杯。你听，我口齿清晰，头脑清醒，没半点儿醉意，或者你还不信的话，出题考考我？"

肖子校不理会她的胡搅蛮缠，说："现在八点，九点前到家，和你说方案的事，过时不候。"说完径自挂断。

简直是老父亲式的管理。不仅如此，他还先挂了？余之遇涌起一股叛逆之气。

等她回来，校谨行继续先前的话题："你打算怎么办？"

余之遇心里已经有了小计划，她说："找到发帖人。"

沈星火就知道要怎么帮她了，她说："等我消息。"

随后三人又闲聊了片刻，见余之遇不止一次看手机，校谨行适时地结束了饭局。

沈星火是开车来的，自然自己走。

校谨行送余之遇，在她下车前他说："百创的药品是否存在质量问题我只是怀疑，你量力而行，以自身安全为第一考量，有什么事随时找我，我的私人号码你知道。"

"我要真出事，找你不如报警。"见他眼神一凛，余之遇才正经道，"放心，我的出发点是挖掘新闻真相，不是为你卖命。"

校谨行升起车窗，启车走人。

余之遇进家门时，差一刻钟九点，她是不会承认自己是因为肖子校而赶着回来的，打开电脑后，假装漫不经心地发信息问他："什么时候开始？"

肖子校的视频邀请随即发过来。

余之遇发现他在大G里，草药还把狗头探进了镜头里。

她不禁有些好奇："你没在基地？"

基地4G信号很弱，根本无法视频。肖子校调整了下手机，说："嗯，在明江。"

余之遇诧异："你跑明江干吗去了？刚才给我打电话时已经到了？"

肖子校抬眸："刚到。"

余之遇不信，想到他在明江等她回家，她在心里骂了那个叛逆的自己一顿，然后端正态度，一副规规矩矩的模样："小肖教授，请指教。"

肖子校勾了下唇："想见你，又没别的办法，只能跑一趟。"见她不说话，他又说，"也为了自证清白，免得被人质疑真心。"

只承认是在替某人心疼燃油钱的余之遇听不下去了："还能不能开始了？"

"能。"肖子校瞬间切换角色，进入主题。

余之遇在方案中以临水为试点，提出在临水小学设立一个小型图书馆。她以自己做捐赠为例，指出个人经济能力和做公益的力量都有限，为保证每个孩子都能获得捐赠，在确保图书单册数量的同时，无法提供多种类的图书。图书馆的设计，既能确保图书种类齐全，孩子和村民还能共享图书。

肖子校赞同她设立图书馆的想法，针对图书管理，他说："无偿借阅会导致有借无还，采取押金或是有偿形式则会打消借阅人的积极性。我建议以校内借阅为主，书的种类倾向于适合孩子的。"

除此之外，对于方案中的城市体验营，肖子校倍感惊喜："带孩子们走出大山，让他们亲眼去看外面的世界，比放任何一部纪录片或电影都来得直观。你可以将中医大直接纳入方案，作为营地之一，学校方面我来协调。"

他还建议："孩子们已经获得爱心人士的资助，其他的事情就该自己做了。比如自己订票、取票、乘车等，根据孩子的年龄大小让他们做些力所能及的事，锻炼他们的独立性。否则什么都给他们安排好了，真成了旅游。"

余之遇凝神听着，并逐一记录下来，键盘被敲得噼里啪啦地响。视频中的肖子校却只是一派轻松地撸着草药的头，都没用手机记录要点，仿佛方案出自他手，每一条都是什么内容，都记得清清楚楚。

等把方案过一遍，余之遇说："你早点儿回去吧，开夜车不安全。"

肖子校应下，看似随口问了句："你师父那边的工作处理得怎么样了？"

"什么工作？"他突然转移了话题。余之遇没跟上他的思路，等反应过来想圆谎，听他说："别编了。我想了一天才想通，依你的性格，如果确实是工作安排，你不会和我解释。"

余之遇尴尬之余强行辩解："我什么性格？"

肖子校没答，亦没纠缠这个话题，虽没听到她亲口承认，也印证了自己的猜测。隔着手机屏幕，他视线笔直地注视她，低低地问："你对我这么放心吗，还是……全然不在乎？"

他眼里隐藏的如同一锅沸水般灼热的感情满得就要溢出来，余之遇无法视而不见。她虽怕烫伤自己，心里却不想拒绝："你当是考验，行吗？"

肖子校没逼她太紧，说："挂吧，我回去了。"

他语气明明没变，余之遇还是听出几分失落，她说："路上注意安全，到了发个信息。"

肖子校看了眼视频中那张精致的小脸，说："但愿不是假客气，而是真关心。"

余之遇把方案改完恰好是一个小时后，照理说，肖子校该到基地了。可手机悄无声息，没电话，没信息。

余之遇发信息问他到基地没有，五分钟过去，没回复。

余之遇不确定他是在路上不方便回，还是没信号，想了想把电话打过去了。通了，没人接。又等了几分钟，那边依旧没回过来。

余之遇有点担心，她打给喜树。

片刻，肖子校回过来，他以低沉带笑的声音说："看来是真关心。"似乎是料到余之遇闻言会爹，及时补充道，"刚刚去洗澡了，跑了一天，浑身是汗，想洗漱完再告诉你。"

余之遇眼前忽然就浮现出一副美男出浴图，耳朵不知不觉红了。

那端的肖子校则说："忘了问你，晚上和谁吃饭，男的女的？"

还没怎么样就管这管那的，要真在一起还得了？

余之遇故意气他："你想知道啊，我偏不告诉你。"

余皮皮上线，身在基地的小肖教授鞭长莫及。

余之遇的方案在许东律那儿一次性通过，当天便上呈了总部。

等待方案批复的时间里，沈星火那边先有了消息，她拿到了两个被大兴网论坛管理员封禁的账号和一个 IP 地址。

余之遇有意通过查询对方 IP 地址的方法确定账号主人的真实地理位置，她找喜树帮忙。

喜树是电脑高手，这件事对他来说没什么难度，但他问："你要干什么啊？"

余之遇没和他说实话，只说："工作需要，别告诉你老师。"

电话那端便换人了，肖子校冷声："余之遇，你是不是在做什么危险的事？"

余之遇："……"其实我和大 G 一样被装了 GPS 吧？

肖子校非要她个回答："你工作上的事情我不会干涉，我相信你懂得自我保护。但有百创的冲突事件在前，现在你又明显有事瞒着我，我不能不过问一句。之遇，你最好不要考验我能否撇下学生，为你日夜兼程。"

余之遇无意让他担心，说："我只是想通过 IP 找到当事人了解点儿情况，你不要紧张啊，我保证现阶段没有丝毫危险。"

肖子校立即抓出她语言中的漏洞："现阶段没危险？那说明这件事本身是有危险性的，要么告诉我你要做什么，要么让我掌握你的行踪。以防万一时，我能找到你。"

这是要定位她手机的意思。余之遇以沉默抗议。

肖子校没挂电话，耐心地等了片刻，最后哄她："让我放心，嗯？"

余之遇就怕别人给她来软的，认命似的妥协："行吧、行吧。"随后又觉被骗，发脾气道，"没事别给我打电话了，和你前女友在大山里待着吧。"

听到话筒里传出的忙音，肖子校捏了捏眉心。

自那天之后,两人竟真的断了联系,没互发信息,更没人给对方打个电话,只有叶上珠每天向她家组长汇报基地的情况——

那个林讨厌每天都好开心的样子,笑得跟花一样,真不知道她哪儿那么多高兴事。但我可是听你的话没惹她,免得她借题发挥缠着肖教授。

你不在,肖教授好无趣,除了上课还是上课,你在时他都是可可爱爱的。

草药总往我们宿舍跑,就趴在你床底下,一副受气包的样子,倒像我欺负它了。大树说它应该是想你了,像他老师一样。

采药课的素材我采集得差不多了,从明天起和林讨厌一起下村屯,我倒要看看她是怎么做教育宣传的。

余之遇确定她那边的工作在顺利进行,听话地没去招惹林久琳,没过问更多。

喜树通过IP地址查到了一个具体位置,但也只能到市和区,无法精确到街道。余之遇不确定是真的无法更精确,还是肖子校授意他不能给她过于精确的位置,以免她因采访涉险。

喜树提供的位置并不在南城,而是距离南城两百千米的青城市。

余之遇了解到百创在青城是有经销商的,这个经销商的办公地点恰好在那个IP所在的区域。她直觉认为这不是巧合,约静然见面时问:"你采访的那个说不愿意退货的经销商是哪个区域的?"

静然记得清楚:"青城市。"

余之遇心里有了答案:"经销商是'仁信医药公司'吗?"

静然惊讶:"你怎么知道?被你打得流鼻血的那个就是他家老板。"

余之遇:"……"我能说不是我下的手吗?

她决定去一趟青城，把此前静然没有完成的采访做完。

许东律千防万防，还是没能阻止她涉入其中，只能提醒："务必谨慎小心。"

余之遇开车去了青城，同行的还有静然。这是沈星火私下安排的，她知道叶上珠不在，让静然给她打个下手。

两人到了青城后直奔仁信医药公司的办公室，可惜只有财务等办公人员在，老板张仁信没过来。

余之遇留了个心眼儿，没说自己是记者，称家里是下面县城的，要开个药店，想谈谈合作的事，要到了张仁信的手机号码。

静然因余之遇这操作对她崇拜不已，余之遇谦虚地说："比起你们沈总，我这都是小儿科，等有机会让她指点指点你，保证你进步神速。"

张仁信的电话打通了，他一听对方是个年轻姑娘，要开的又是单体零售药店，扔了个联系方式过来，让余之遇和下面的销售人员陈修联系。

静然有点儿急了："不如说要开连锁大药房，生意太小，人家作为老板肯定不会出面的。"

如果是开连锁大药房，那么大动作，当地的销售人员会一无所知吗？谎更不好圆。

余之遇决定走一步看一步，她以谈合作为由约陈修一起吃个饭。

陈修是百创从南城派驻到青城协助张仁信管理市场的，由于百创拖欠工资，经销商又因百创欠退货款未支付不愿垫付工资，正在考虑跳槽的事，对百创有诸多怨言。

余之遇和静然打配合，很快就把陈修喝高了。

他对余之遇说："单体药房在进货上没有优势，因为你量小，得不到相应的优惠，懂吧？"

探消息是要循序渐进的，余之遇于是把出发前从校谨行那儿听来的药店经营那一套搬出来现学现用,和小哥哥拼专业知识:"我打算以伪连锁模式形成采购中心,以采购中心这种虚拟机构统一采购……"由此将话题一步步引向百创,引向那款明星药。

陈修又喝了几杯,撑着额头说:"仁信代理了几大药企的药品,但我建议你在进货时别选百创的药。明天你到公司去,我给你介绍个别的厂家的销售。"

身为百创员工,却把生意往外推?其中必有隐情。

余之遇喝了不少酒,有点儿到量了,趁还清醒,她趁热打铁,追问原因。

陈修却闭口不言了,直到临走时含糊不清地说了一句:"能吃出人命的药,你敢卖吗?"

余之遇半天没说出话,静然更被吓得蒙住了。

随后两人结账离开饭店,路上吹了点儿风,余之遇的酒劲上来了,考虑到是晚上了,她准备明天回南城再和校谨行当面说这事,回到酒店直接倒在了床上。

静然听见她包里的手机一直在响,给她取出来。

看到来电显示是肖子校,余之遇有一瞬是不想接的,因为她喝酒了,怕他听出来叨叨。可她不接,他肯定会再打,尤其最近几天两人没联系,他在这个时候打电话一定是通过定位发现她出差来查岗的。

查岗?余之遇揉着太阳穴坐起来,接通:"教授。"

她语气软得像在撒娇,肖子校听在耳里,有种莫名的亲昵,他未语先笑:"嗯,出差了?"

余之遇努力捋直舌头:"在青城,刚到酒店,明天回去。"

肖子校没像大家长似的过问其他,只关心她吃过晚饭没有,又和她说了说叶上珠那边的进展。余之遇头晕得很,又因一天的奔波有点儿困,打了个哈欠。

肖子校心疼她出差辛苦，就准备挂电话让她休息了。余之遇正庆幸蒙混过关了，突然打了个酒嗝。她心虚地去捂嘴，手忙脚乱间手机掉到地上。

　　肖子校还有什么不明白的，他眼中的笑意渐渐敛去，却因清楚两人关系未定，自知没立场管太多，没出言训诫，只沉默下来。

　　余之遇以为他在酝酿火气，她坦白："那个，晚饭喝了点儿酒。我记得你的话，胃不好嘛，要养，但今天的场合没办法的。"

　　然后她不装了，话痨起来："我这个人吧，野惯了，从小老余管不住，工作了我师父也不是完全能摆弄明白我。你一上来就上纲上线地让我戒酒，太严格了。那女孩子谈恋爱是找男朋友，谁想再找个爸爸啊，你说对吧？"

　　静然见过肖子校，认定他和余之遇是一对，闻言悄声说："姐夫是关心你。"

　　余之遇说的虽是醉话，肖子校却入心了。听到这边还有别人，他柔声问："和谁在一起呢？"

　　余之遇反应略迟钝，以为他关心的又是男女的问题，故意说："小哥哥。"

　　静然实在，生怕肖子校信以为真，提高了音量说："姐夫，我是静然，软妹子。"

　　肖子校还记得上次到医院处理额头外伤的小姑娘，以为余之遇和她都在青城是巧合，他让余之遇把手机给静然。

　　余之遇还不高兴了："干吗呀，肖子校你还敢当我面撩别的小姑娘？"

　　"我有你就够了。"肖子校耐心地哄她，"听话，把手机给她。"

　　余之遇把手机扔给静然："让你接。"

　　静然不明所以，便接起来主动说："姐夫，我会照顾之遇姐的，你放心吧。"

这声"姐夫"肖子校很受用,他眉宇间染上笑意:"谢谢你,麻烦了。她酒后有点儿闹腾,你把她哄睡就好了。在不影响你休息的情况下,遮光窗帘最好不要拉,夜灯也别关,她有轻微的恐惧症,房间太黑,她半夜醒了会害怕。"

静然边吃狗粮,边一一应下。

肖子校都意外自己会把余之遇的小习惯记得那么清楚。在千里之外的临水,他望向繁星满天的夜空,记忆又被带回两人初遇那晚——

她喝了很多酒。起初,肖子校还拦、还劝,可她那张叭叭的小嘴总能狡辩。比如:"来这儿不喝酒,你还能撩妹,我能干什么呀?"她枕着胳膊,歪着脑袋看他,"好像只能寻个全场最好看的小哥哥一起……喝酒了。"

全场最好看的小哥哥……肖子校自认不是重外在的人,但依然受用。他漫不经心地笑了下,借着酒意逗她:"是我好看,还是你前男友好看?"

余之遇连思考都不用,脱口而出:"那你肯定没他好看啊。"

肖子校的小心眼儿便上来了,眼神微冷。

"再好看也不是我的了。一切不属于我的东西,我都不喜欢。"她自顾自地说,"你要是我男朋友,你就是天下无敌最好看。有了你,多看别人一眼算我输!"

口齿伶俐,肖子校一度怀疑她装醉,又很欣赏她爱屋及乌的爱情观。

肖子校开始和她闲聊:"你几岁了?这里未成年人禁入,你是怎么偷溜进来的?"

"我是成年人!"余之遇急了,她又掏出小钱包,把身份证拍在桌案上,用手指戳出生日期一栏,"数学没问题吧,算一下我多大了。"

肖子校凭自己过目不忘的本事,在瞬间记住了她身份证上体现的全部信息。

在证明自己是大人后,余之遇说:"来,我们聊点儿成年人的话题。"

这种话题,肖子校没法接茬儿。

余之遇微眯眼,就在肖子校以为她要开荤腔时,她突然问:"你用的哪种剃须刀?"

肖子校偏头笑起来,末了曲指敲了她额头一下,无奈又纵容的神情像是在说她调皮。

余之遇见他笑了,眉眼弯了起来,她举杯:"有趣的单身也是好风景,失恋的我们组队一起看别人秀恩爱吧。"

不知是认同她的话,还是酒精的作用,肖子校感觉心情好了不少。他端起杯子,和她碰了碰,一饮而尽。

既然同是失意人,遇见便一起醉一场吧。

可肖子校的酒量是天生的,他越喝越清醒。以至于时隔五年,那一晚的每一帧画面,甚至是小酒鬼余之遇的每一个表情,都像是刻进了他脑子里似的,挥之不去。

尤其她还看着他的眼睛说:"我都想好了,今晚碰见谁就是谁,一辈子都不变。"

肖子校只当是醉话。

直到酒吧打烊,他不知该把她送去哪里,又狠不下心将一个连路都走不稳的小姑娘扔在大街上,等把她带去附近的酒店安顿。她倚在他怀里,再次提及了一个成年人的话题:"哥哥,一起睡一觉啊。"

那醉意深浓的眼,那声音低低的邀请,比喝下的酒,比那时的夜,更醉人。

肖子校才懂了她此前那番话的意思。她其实是打定了主意,借酒壮胆,用自己祭献未能修成正果的初恋。

她是有多伤心，才会动这样疯狂的念头？

以至于中医大重逢后，肖子校从她偶尔的一瞥中，都能读到她对他的馋。

原来，他们之间的开始源于他的颜？！肤浅，却也专一。无论醒着，还是醉了。

肖子校坐在升旗台的台阶上，回想当年那个少女，把自己全部的委屈和心酸都宣泄在酒里，逼自己放下。

他揉了揉草药的脑袋，自言自语："我不希望她再记起那一晚自己哭的样子有多狼狈。"

才在她问"我们是不是在哪里见过"时压下了告诉她的冲动。

如果你和我一样，以那夜为起点放下了过去，何必再提？

原本乖乖趴在旁边的草药突然站起来，朝他身后汪了声。

脚步声渐近，肖子校站起来，回身看见睡裙外裹着风衣的林久琳，手上还拿了件他的外套，他眉心一沉。

"我在楼上看到你在这儿坐很久了，天又起了风，想叫你回去。"林久琳说着把衣服递过来，"正好碰到喜树要给你送衣服，就顺便拿过来了。"

肖子校接过来，淡声说："这种事从前不需要你做，以后更不用。"语落，他抬步就走。

林久琳垂眸，昏暗中，她表情不明，唯有声音里的哽咽清晰："我承认自己是带着私心来的，我也不否认想重新在一起。但是子校，你能别这样对我吗？从我来，你几乎一句话都不和我说。没错，我是负责志愿工作，可为临水提供支教服务是你提出来的，换成张老师带队，你会连最基本的工作交流都拒绝吗？"

肖子校停步，语气无波无澜："林老师，把你的私心收起来，做好本职工作,才不枉你来一趟临水。至于我们,当年提出分手的是你,我尊重了。现在,我请你也尊重我的选择。"

林久琳的声音里带了几许哭腔:"可我为什么要分手你是清楚的,我是搞砸了你的实验,我知道错了,可我就那么不可原谅吗?难道一个数据比女朋友还重要?"

到现在她都不知道自己错在哪里。肖子校偏头瞥她:"你连我是什么样的人都认不清,重新在一起干什么?"

林久琳却理解错了:"是我任性,不该总拿自己和实验比较,逼你选。可哪个女孩子不希望男朋友多陪陪自己,我不过是犯了所有恋爱中的女孩子都会犯的错误而已。"

意识到两人并不同频,肖子校收回视线:"我们就不要再浪费时间旧事重提了。林老师,我上我的课,你做你的志愿,我们相安无事对彼此都好。"

见他要走,林久琳不知从哪里来的勇气,追过去,自背后抱住他。

草药瞬间做出了起跳动作,眼看着就要扑到她身上。

林久琳因恐惧下意识地闭上了眼,脸紧紧贴在他背上。

肖子校因她突如其来的一抱怔了半秒,可任他再拒绝与她的肢体接触,也不能由着草药伤人,他轻喝一声:"坐!"等草药坐下,他冷凝了声音,"林老师,请你自重。"

林久琳听出他把尾音咬得极重,她知道这是他不悦的表现,依然没有松手,反而抱得更紧,恳求道:"你给我一个机会证明我成熟了,会支持你的工作,好不好,子校?我真不是故意砸那个器皿的,我是不小心……你原谅我好吗?我出国只是负气,我走的那天一直在机场等你。"直到广播一遍遍找她,催促登机,他都没来。

肖子校不顾是否会弄疼她,硬是掰开了她的手,不带丝毫感情地说:

"有些错原谅不了。林老师，不要徒劳，免得你我都难堪。我建议你自己提出来，和张老师对调一下，他爱人应该出院了。"

这是让她自己挽尊，否则等他开口说换人，她还怎么在志愿服务部待下去？林久琳看着他头也不回地走掉，虚脱般蹲了下去。

肖子校回宿舍时路过喜树房间，门开着，叶上珠在里面。

他象征性地敲了敲门，对叶上珠说："你是记者，应该知道有时眼睛看到的只是一瞬，代表不了事实的全部。如果可以，我不希望你转述给她，免得她误会。若要转述，请客观，不要带上主观情绪。"

这个"她"显然是指余之遇。

叶上珠就知道自己刚刚硬拉着喜树躲在楼门口偷看被发现了。她走到门口问："那什么才是事实的全部？"

肖子校没有解释，他看向里面的喜树，不容置疑地命令："去操场跑两圈。"

喜树后悔没在林久琳从他手里接过衣服时没硬抢回来，闻言乖乖往外走。

却被叶上珠拦住。

她身体堵着门不让喜树出去，嘴上质问："肖教授这是迁怒吗？"她拿腔拿调地学林久琳方才遇到他们时说的话，"起风了，看来是要下雨，我去叫他回来吧。"她冷哼，"可不像是新同事的样子，难不成是肖教授的前女友？"

肖子校抬眼，神色坦荡磊落："我应该不需要向你解释。"他说完转身，打开自己宿舍的门进去，砰地关上。

叶上珠气得直跺脚，就要追上去敲门。

喜树扣住她手腕把人往外带："你别惹老师了，他真生气了。"

"我还真生气了呢！"叶上珠倒还有分寸，压低声音说，"我们明明都看出来他对组长有意思，现在我们组长走了，也没见他把那个林讨厌退货！行，不退可以，工作嘛，公私分明，可他们居然还抱到一起了！"

她越说越生气，用了力气挣扎，要折返回去。

喜树只好拦腰把人扛出了宿舍楼，到了操场时说："你不要乱说。事实明明是老师被林老师强抱。"

"强抱？"叶上珠揪他耳朵，"草药是吃素的？换我们组长被个不怀好意的男人抱了，我就问你，让不让草药咬？"

这个逻辑看似没问题，但喜树还是秉持公正客观的态度说："这是两码事。"

他试图和叶上珠讲道理："老师向来自律。我从实习时被分配到中医医院制剂室跟他，到他接受学校聘请任教，我考了他的研究生，至今三年。从没见他和院里的女医护人员、学校的女老师多说一句工作以外的话，更不要说开玩笑。这样的人，你不能质疑他的人品。"

叶上珠转过脸去。

喜树又说："他待余哥和对林老师的态度是天差地别，难道还不够明白？"

叶上珠一屁股坐在台阶上，说："可林讨厌也太讨厌了吧。"

喜树正组织语言再说点儿什么，他家老师宿舍的窗户打开了，一道低沉的嗓音被夜风送进耳里："我让你们在外面聊天呢？"

肖子校音量不高，却凝着威慑力，压迫感十足。

喜树匆忙对身边的叶上珠交代："千万别和余哥瞎说啊，万一他们闹了误会，老师还得回南城去解释。"然后起身跑向操场，以跑圈惩罚自己给了林久琳骚扰自家老师的机会。

以防自己忍不住向余之遇打小报告，叶上珠原地坐了几秒，陪跑去了。

次日静然醒过来时，余之遇正裹着薄被盘腿坐在床上发呆。

小姑娘想起昨夜肖子校那一句句又暖又暧昧的嘱咐，正准备表达单身狗的羡慕之情，余之遇突然想通了什么似的，掀开被子从床上跳下来，招呼她洗漱出门。

余之遇又给张仁信打了电话，这次她直接表明身份："我是余之遇，上次害你流鼻血的记者。"

虽说一起进过派出所，但当时人多，场面混乱，张仁信又没看过视频录像，其实并不认得余之遇，但听余之遇自报家门说是记者，他忽而沉默，不知是在斟酌或是衡量什么，半响才说："余记者有什么事，我不追究你打人，你倒来找我麻烦了？"

余之遇听出了一语双关之意，说："来赔你的医药费。"

张仁信拒绝道："我那点儿伤讹不了人，余记者不用费心了。"

余之遇顿了顿，说："张总，你知道我的来意，你不是一直在等我来吗？"

张仁信像听了个笑话："余记者，你是打错电话了吧，我听不懂你在说什么。"

"张总要真不懂就不会给我介绍陈修了，他是百创的销售。"余之遇抛出个问题考他，"张总是生意人，不是该把我交到自己公司的销售手上，怎么反倒把我往厂家推？即便是单体零售药店，也是真金白银的利润。"

张仁信再次沉默。

余之遇更加印证了自己的猜测与分析，她适时说："张总，我请你喝茶，赏个脸？"

张仁信思考了很久，终于吐口："时间、地点。"

余之遇松了口气："我稍后发到你手机里。"

面对静然的疑惑，余之遇没急于解释，只是再次确认了一遍百创冲突事件发生那天采访张仁信的全过程，免得遗漏了什么，然后掐着时间，在张仁信快到时，以宿醉头疼为由把静然支出去买葛花了。

之所以点名要葛花，是因为她确定附近没有中药房，以此绊住静然让她多跑几家药店。

余之遇基本可以确定百创有不可告人的秘密。身为过来人，她懂其中的利害关系，以免静然涉及其中惹祸上身，她不想让静然知道更多。

张仁信如约而至。进门后他先用眼睛确定茶室里只有一个年轻女人，又略显谨慎地看了看身后，没发现异常才任由茶艺员关了门。

余之遇对功夫茶的泡法程序略知一二，张仁信坐下后，她从温壶、洗杯、纳茶，到高注、刮沫、冲注，再到滚杯、洒茶、每一步都没漏掉，点茶过后，她请张仁信品茶，自己边闻香边说："听老人讲，喝茶可以补虚扶正、益气润肺、提神益志、养颜回春。"

她抬眸看向张仁信："张总你说，这茶喝好了，对身体的益处是不是胜过吃药？"

张仁信神色一滞，他放下茶杯，问："你们记者都有录音的习惯吧？"

余之遇解锁手机，当着张仁信的面操作了一下，证明没有开启录音功能，随即把自己手包里的东西一股脑儿倒到榻榻米上，有女孩子补妆用的粉盒口红以及纸巾等物，没有录音笔。

最后她指了指一眼便看尽全部的纯中式装修的茶室，说："我不是警察，找你不是为了收集证据。录音笔、摄像头，这里全都没有。"

张仁信看了她几秒，说："你想知道什么？"

余之遇回视她："关于百创，那些外人不知道的，我都想知道。"

"你又怎么确定我知道什么？"明显是套话。

余之遇有一说一："我不确定。但上次在百创，你接受记者采访时提及退货时的迟疑,难道不是为了给媒体以线索,希望我们借此追查下去吗?"

张仁信的目光充满了探究,似是不相信面前这个长得过于漂亮的女孩子会洞悉他当时的想法。

余之遇读懂了他眼中的质疑:"那天你之所以会接受采访,是因为那位记者是大兴网的,而百创与大兴网建立了合作是吗?"

张仁信微微敛眸。

余之遇继续加码,亮出刚从校谨行那儿得来的消息:"百创在冲突发生后的次日便将你全部的退货款和前期垫付的所有市场费用一次性汇了过来,比排期提前了整整一个月。"

至此,余之遇有了定论:"全国那么多家经销商,百创为什么独独照顾你?因为药品质量事件的源头在青城,在你所辖的市场区域内。"

她的姿态和语气都是笃定的,张仁信反驳不了。他连喝了两杯茶,终于开口:"大兴网上的帖子是我发的。"

余之遇怔住。

喜树通过 IP 地址查询到青城,她遇由此判断事件的源头在这里,张仁信作为百创在青城的经销商必然是知情的。百创为了堵张仁信的嘴,率先解决了他的退货款。

既然开了头,张仁信再无意隐瞒了,但他事先声明:"我可以把我知道的告诉你,但出了这里,我不认的。"

静然把葛花买回来时,张仁信已经走了,余之遇和她说,张仁信没来。

静然气愤地拍桌:"他还是不是个爷们儿啊,居然出尔反尔。"

余之遇真心觉得小姑娘傻得可爱,更坚定了保护她的决心,于是带着秘密回了南城。

路上两人闲聊，静然提及昨晚，夸肖子校体贴。她一口一个"姐夫"，余之遇听得头皮发麻，解释了一句："别乱定名分，他现在还不是'姐夫'。"

又是哄睡，又是怕黑，没有亲密关系会了解得如此清楚？静然细思恐极，认为都这样了还不是姐夫……她语出惊人："那只能是爸爸了。"

心思全在百创上的余之遇险些握不稳方向盘。把静然送到家后，她本想就一个西医药的问题请教肖子校，电话都拨出去了，又瞬间挂断，转而打给校谨行。

校谨行正在校家别墅，接完电话就要走。

"生儿子有什么用，一个在山里面见不着人影，一个是回来打卡的。"肖瑾瑜状似不悦地向老公抱怨，"这个家没有亲情了。"

校明理瞥了眼儿子："什么事这么急？"

校谨行如实说："百创的事。"

校明理便多问了一句："审计工作快完了吧，百创的财务状况如何？"

校谨行答："两份审计报告略有差异，一份标准报告，一份保留意见报告。"

没查出大问题，便会出无保留意见报告，就是校谨行所说的标准报告。至于那份保留意见报告，他加以说明："百创去年的年报上营业收入是五十个亿，实际销售额只有三十亿。"

这样会影响利润与资产，所以审计那边会出一份保留意见报告。这是为什么有些企业会请多家会计事务所做审计的原因，为防止一家事务所查不出问题。

校明理眉头微皱，表态道："我还是坚持此前的意见，不建议你注资或是并购百创。我们校家虽不是完完全全的中医世家，也推崇中西医结合，但从你外公到大校，我们对西医药的了解远不及中医药。"

"我没忘以人为本、以健康为本发展中医药事业。"校谨行承诺,"我有分寸。"

校明理没再说什么。

校谨行和余之遇约在一间酒吧见面。

见余之遇点的是饮料,校谨行诧异:"戒酒了?"

余之遇不承认是因为肖子校,她说:"昨晚喝大了,劲儿还没过。"

校谨行向来绅士,自然不会劝女士的酒,由她。

余之遇没卖关子,把粉盒打开,拿出藏在里面的录音笔,把与张仁信在茶室见面的对话放给他听。

校谨行听完所有,喝光了半打酒。

余之遇关掉录音笔:"我担心复述的过程有偏差,影响你的决策,但我既然答应了张仁信就不能失信。"说着把录音删掉了。

校谨行私心里希望她保留,却没阻止。

服务生又送来了酒,余之遇端起自己的饮料和校谨行碰杯:"校总,欠你的人情算还完了,后续我再做什么是我身为记者的职责,就不向你汇报了。"

校谨行问:"你打算追查下去?"

余之遇目光坚定:"一款可导致急性肝衰竭甚至死亡的药,还躺在药店的非处方货架上,我不该追查下去吗?"

事情的发展超乎校谨行预料,他隐隐有些后悔,不该强行拉余之遇入局。事已至此,依他对余之遇的了解,阻止已不可能。他神色专注地说:"余之遇,你不能出事,否则我对不起你。"

这话严重了。

余之遇深看校谨行几秒:"当年的事,我欠你一句'谢谢',那时沉浸在失恋的痛苦里忘了一切，后来看到新闻，得知你接管了万阳，更不愿当面致谢，甚至因为万阳是药企，顺带有点儿讨厌你。"

校谨行理解她的心态，这也是他明知道她在大阳网工作，从未主动联系的原因。尤其沈星火采访他时两人碰面，她连招呼都不愿打，他更加确定，她心里那道坎尚未过去。

此刻余之遇能心无芥蒂地讲出来，校谨行听得舒心，他勾了勾唇，等她继续。

余之遇用手指摩挲着杯壁："那件事，我只和我师父提过，他是个暖男，总怕我难过，从来不会主动提及中新。只有你校总，一见面就戳我痛处。如果不是报道事故持续发酵会为大阳网带来负面影响，我肯定要甩脸色给你。"

回想那场相亲局，校谨行打量她："也就是你，不会再有第二个人敢用那种方法见我。"

余之遇笑了："去之前我都做好了会被你嘲讽一番的心理准备。"

她声音轻柔，垂眸笑的样子，是别样的风情和温柔。

校谨行别开了目光。

余之遇抬眸，端起一杯他点的酒："当年，谢谢。如今，也谢谢。谢谢你费尽心思逼我面对，如果你不以人情，不以激将法硬拉我介入百创的事，我或许会一直逃避下去。"

经历与张仁信的一番博弈，余之遇意识到，她其实在思考和处理医药方面的问题时格外敏感。她不确定是否是身为记者的职业敏感，却终于发现自己此前所谓的不碰医疗医药相关选题的原则有多可笑。而帮助她直面过往的人竟是校谨行，她始料未及。

校谨行领受了这份谢意，与她碰杯："你就没觉得我是在利用你？"

百创的市场，百创的代理药，都是有价值的，无论归属哪家药企都是如虎添翼。不止是校谨行，业内很多人都动心了。可若他执意竞争，拿下百创不难。

直觉却提醒他，百创的问题不仅仅出在财务状况上。若在这种情况下完成注资或并购，后续百创再被曝出个药品质量问题，那便不是百创的问题，而是万阳的问题了。资金受累是小，声誉的影响很难挽回。

现阶段，适合做这件事的，似乎只有余之遇。

从这个角度分析，换谁都会认为他是在利用。

唯独余之遇没这样想。

她笃定地说："凭校总的人脉和能力，多少人上赶着被利用都没机会，我几斤几两，有此荣幸？"

他大可以选择沈星火。只要承诺一句他来善后，沈星火不会拒绝。

余之遇记得清楚，那天沈星火说的是"我不好做"。只是"不好做"，不是"不能做"。

他却没许诺一个字。

凭他校总，许诺得起。他既可护她，何愁护不了沈星火？

但他没说。

他看似为难，实则是在等余之遇表态。

否则何必带她去赴约？

碰上她确实是巧合，若不是林久琳，余之遇应该在临水。可正因为这份巧合，他更认定是天意。于是，他推着她，也逼着她往前走，直到找回当年那个不惜代价揭露真相的小余同学。

校谨行回视她的目光有欣慰与赞许，他饮尽一满杯的酒。

至此，他们不用再回避从前，说话不必有所顾虑，可以像老朋友一样相处了。

那之后，余之遇再要偷喝他的酒，校谨行便不允许了，他拨开她的手,说:"喝你的饮料去。"

余之遇喊一声,既馋酒,又顾及远在临水的"教授",不情不愿地收回了偷酒的手,用那杯自己点的奇奇怪怪、酸酸甜甜的东西把校谨行喝了个半醉。

余之遇不清楚他的酒量,为避免他醉得不省人事,有意到此为止。

校谨行却脱了西装外套搭在椅背上,解开了衬衫顶扣,问:"想不想听个故事?"

他有故事,她来备酒。

余之遇半真半假地说:"我可不敢随便乱听校总那些风花雪月的事,回头我忍不住曝出来,再得罪了你,才是断送了职业生涯。"

校谨行笑得无所谓,他不顾余之遇的阻止叫来服务生点酒。

余之遇在酒量能承受的范围里替他分担了几杯,同时不忘留意手机,像是在等人查岗。

手机却像哑了似的,一整天除了工作电话,没有一条信息、一个电话来自肖子校。分神间,校谨行独饮了所有的酒,他曲指敲了敲桌案,开腔:"倒真有一桩风花雪月的事,可惜是个错误,应该说是个污点。"

既然校总请她听故事,余之遇没拒绝的道理,她边摆弄手机,准备给山里那位发个信息,问问他昨晚上究竟和静然说了什么,让小姑娘认定了"姐夫"不松口。

校谨行没发现她在一心二用,他闭了闭眼,再睁开时说:"我在一场应酬中认识了一个女孩儿,年轻,漂亮,学医。"

她学医,他卖药。余之遇心想:挺搭。她手上则在编辑:教授,在教书育人吗?

校谨行似是笑了下:"她不是我喜欢的类型,可很主动,而我又单身。"

这个走向让余之遇手上一顿,她眉心蹙起:"你不像那么没原则的人。"

校谨行瞥她，一字一句地强调："我只是没有拒绝交往，又不是睡了她。"

余之遇依然认定这是个花天酒地的成人故事，她说："校总您还是打住吧，我不想污了耳朵。"末了轻责了句，"相什么亲，孤独终老算了。"

校谨行就不爱听了："余之遇你有没有点儿同情心？"

余之遇懒得答，起身要去结账。

校谨行拉住她手腕："干吗去？"

余之遇奚落道："离渣男远点儿。"

"哎，你这个女人。"校谨行说着，起身要拦，不小心被椅子绊了下脚，幸好他及时撑住了桌案才不至于摔倒，却把余之遇扯得跌坐回座位里。

余之遇见他是真喝高了，扶他坐下："行了，到此为止，我们还是好兄弟。"说着拿起他的手机，准备叫司机来接人。

校谨行在酒精的麻痹下自顾自地继续："后来我发现，她是我弟弟的女朋友。"

余之遇手上一僵："你还有个弟弟？"

校谨行没答，只用那双晕染了醉意的眼睛盯着桌案上那几个空杯："应该是我弟弟太忙冷落了她。"话至此，他眼神一凝，抬手把视线里的杯子全部挥落在地。

玻璃杯碎裂的声音尤为突兀，所幸有乐声掩盖，除了临近的两桌客人发现了，并没有引起太多人的注意。

余之遇在这个明显失态的反应中懂得了校谨行郁结的心情，她默许服务生清理现场，免得碎玻璃伤及客人，又给校谨行要了杯温水。

校谨行单手撑着额头，说："没想到我校谨行也有被耍的一天，可我连生气的资格都没有。"

因为他明明不喜欢，却没拒绝。因为他不喜欢，没去仔细了解对方的情感状态。

余之遇听明白了。

"我弟弟什么都没说，我甚至到现在都不确定他是不是知道。"校谨行拍了拍脸，改口道，"他那么聪明，不可能不知道的，否则明明说好，等他博士毕业进万阳帮我。"

余之遇因他那句"博士"莫名有不好的预感。

"可他待我和从前一样，我又不敢断言了。"校谨行笑了，苦涩无奈，"所以你说，我弟弟还在单身，我哪好意思谈恋爱？我不配有女朋友，得陪他做单身狗。"

余之遇一直以为，校谨行之所以接受家中的安排相亲，是商业帝国里寻常的豪门联姻，为万阳集团的发展，没想到竟是这样的一个版本。

静了片刻，她推推校谨行手臂："让司机来接你？"

校谨行倒不是醉得毫无意识，他把憋在心里的话说完，痛快了些，闻言嗯了声，随后任由余之遇拉过他的手，用指纹解锁屏幕，倒在桌案上时还不忘交代："告诉他地址就行。"

余之遇点开他的手机通讯录，正想问司机叫什么，便在最近通话里看到一个名字——大校。

余之遇的大脑瞬间死机，由于惊愕，她突然忘了是怎么知道肖子校的小名叫"大校"的。

她抿唇不语，看向校谨行的目光不似以往任何一次的随意，而是从上到下地打量，仿佛在寻找他与肖子校的相似之处。

此前从未将两人联系到一起，没比较自然不会觉得他们有任何相像之处，此刻心中的猜测被无限放大，一眼看上去，竟是哪儿哪儿都像。

她心乱到失去了判断。

其实可以当什么都没发生，事后再去验证，转念想到校谨行那个三角恋的故事，余之遇鬼使神差地点了通讯录中大校的名字。

那边应该是在忙，半晌才接，问："校总，什么事？"

是她熟悉的辨识度很高的肖子校的声音。

所以，那个校谨行沾染的女人是……林久琳？！

难怪报备和林久琳那一段感情时，他只字未提什么实验。他根本不是因为被林久琳搞砸了实验不肯原谅，真正导致他放弃那段感情的原因——林久琳和校谨行有染。

余之遇瞬间联想到自己的处境，她慌了神，在没有想好该怎么办的情况下，匆忙地挂断。

她一时间坐立不安，竟比喝酒被发现还心慌。偏偏肖子校还回了过来，不是回给校谨行，而是打到了她手机里。他给她打电话本没什么奇怪。可直觉告诉她，肖子校这个电话来得蹊跷。

余之遇不想接，怕他问她和谁在一起。她可以骗他说许东律急召而离开临水，却无法在校谨行的事情上对他撒谎。哪怕他们的关系和那时林久琳与他的关系不同，她与校谨行也只是普通朋友。

可若她现在坦白，报备……余之遇一瞬不瞬地盯着趴在桌案上的校谨行，又担心令他们兄弟之间再生芥蒂。

最后她还是在自动挂断前接了起来。

肖子校的呼吸声透过话筒清晰地传过来，余之遇敏感地听出来他在深呼吸，她几乎是下意识地放轻了自己的呼吸，像是担心他听出异样。

短暂的沉默，谁都没有先说话。

半晌，肖子校先发声："打电话了？那时在上课，没接到。"声音低沉，语气寻常。

原本想问他感冒药的成分对肝的影响，电话打出去又觉得若让他知道自己在追查百创的事会让他担心才挂断。现下,余之遇嗓子一紧:"……打错了,没什么事。"

那端静了两秒,说:"好。"

语气和语调分明没有变化,却不是他惯常和她说话时的表述方式。余之遇发现,她叫他,或是和他说话,他总会先"嗯"一声,而他不高兴时,比如她离开临水那天,喜树嘱咐他开车小心,他会说"好"。

现下这个"好",分明不好。

希望他挂电话,又怕他说"挂吧",余之遇挣扎取舍后,选择坦白:"我在酒吧。"

他轻微的呼气声入耳,余之遇后知后觉地意识到,肖子校已听出了她这端的背景音。

又是一瞬令人窒息的沉默,他问:"和谁?"

余之遇自认心理素质不错。像是面对张仁信,她没有任何实质性的证据,只凭蛛丝马迹大胆联想,便唬住了对方。

对象换成了肖子校,余之遇就慌了。她大可以插科打诨,蒙混过关,反正他人在山旮旯儿里,除非给她抓个现行,否则拿她没辙的。

然而,骗他的念头只是一瞬。

在原则性问题上,余之遇不敢,更不愿和他撒谎,哪怕出发点是为了避免因她而导致他与校谨行的误会。因为他们兄弟之间有过林久琳那段不堪回首的插曲,即便她与校谨行没什么,目前她也不是肖子校的女朋友,眼下三人的状态稍加联想,便能重蹈当年的覆辙。

余之遇自觉不能那么随意地说话。她意识到这次自己的回答关乎和肖子校的未来,若答不好,任凭肖子校再喜欢她,他们都可能止步于此。他对林久琳的决绝,便是前车之鉴。

瞬间认清了自己的心,余之遇确定,她是喜欢肖子校,想和他有未来的。

心口猝不及防地烙上他的名字,余之遇遵循本心立刻坦白:"我和校谨行在酒吧。"话落,她无端松了口气。

那端却是无声无息。肖子校半晌没说话,要不是耳畔还有轻微的呼吸声,余之遇都以为他挂了。

他是不相信她,怀疑她和校谨行有染?

从最初的慌乱无措,到心绪翻江倒海后的坦诚相待,在他的沉默中统统化做了委屈。余之遇鼻子一酸,几乎以为犯了和林久琳一样的错误,她都在自省,和校谨行的交往中有没有丝毫的逾越或暧昧,然后肯定,与校谨行之间完全止于礼。

余之遇挺了挺腰板,再说一遍:"我和你哥校谨行在一起,我们在谈事,正事!"心里则想:你敢把我和林久琳画等号,我必定日夜兼程冲去山里找你算账。

肖子校听出来她把"你哥"两个字的音咬得很重,他就笑了,说:"听见了。解释什么,心虚?"

谁心虚谁是小狗!余之遇确定他没生气,肩膀一垮:"干吗不说话吓人啊?"可怜巴巴的语气,撒娇而不自知。

肖子校记起来初遇那晚他不说话时,她也说吓着她了,他明知故问:"那你怕吗?"

余之遇嘴硬:"余校长我都不怕,会怕你?"

肖子校依旧在笑,他似在逗她:"希望余哥永远这么硬气!"

余之遇因他"余哥"的称呼扑哧一声乐出来。

肖子校问:"我哥醉了?"

余之遇瞥一眼喝醉了的校谨行说:"嗯,我没喝几口,他把自己灌醉了。"

"他酒量不好。"肖子校说,"你等会儿,我让人去接你们。"

余之遇猛地反应过来:"你早知道我和他认识?"

肖子校没马上解释,只说:"一会儿回家说。"

校谨行的手机很快响了,来电显示是高非。

余之遇记得那位高助理,她把酒吧地址告诉他。

高非来得很快,要先送余之遇。

余之遇来时没打算喝酒,是自己开的车,便叫了代驾。高非于是一路跟在她后面,确定她到了才送校谨行。

余之遇猜是肖子校交代的,心里有点儿甜。

进门后她感觉到脚后跟有点儿疼,脱了鞋发现脚磨破了,血迹都沾到了皮肤上。根本没走几步路,也不是新鞋或高跟鞋,之前穿着挺合脚的,偏偏今晚那么不舒服,如同某种预示。

余之遇拎起那双自己挺喜欢、还穿惯了的鞋看了看,扔到了垃圾桶里。

左右有人向他报平安,余之遇没急着联系肖子校,先去洗澡了。这一晚上信息量太大,心情如同坐过山车,她得缓缓。

再和肖子校通话是一小时后,他发来视频邀请。

余之遇以为他又开车去了明江,通接后先发制人:"这么晚了,你不能消停在基地待着么,怎么那么野?"

"我野还是你野,嗯?"他嗓音低低的,语气透出训诫之意,"回城不到一周喝几场了?我都给你攒着!"

余之遇被视频中的背景吸引了,问:"你在宿舍?"

肖子校点头:"嗯,我让喜树弄了个信号增强器。"

"大树那么厉害的吗?"她眼睛一转:"我在的时候你怎么不让他弄?"

肖子校答得随意:"有了网,你的注意力就都放在那上面了,哪还有心思关注我？"

余之遇抿唇笑，见他心情还不错，她先挑重点问："你早知道我和你哥认识？"

肖子校没否认，说："一年前他接受过大阳网的专访，即便当时采访的记者不是你，他万阳总裁的身份你不会不知道。上个月发生了报道事故，你虽甘愿背锅，不会不清楚私下里找校总和解才是上上策。基于这些前提，你要还说和他不认识就有问题了。"

他太聪明，余之遇有种劫后余生的错觉。但她还有个疑问："你接的是他的电话，干吗回给我？不会你和校谨行也互相定位了吧？"

两个大男人定什么位。肖子校失笑，说："酒吧是什么地方，我会听不出来？"

余之遇抚了抚胸口："还以为我的呼吸声都被你听出来了。"

他眼睛一刻不离地注视她："早晚能听出来。"

肖子校垂眼笑了下，没解释因为校谨行打来电话又一言不发地挂断，加之当时他恰好在查看余之遇的定位，发现她回了南城却不在家，莫名敏感了。

回拨给余之遇实属鬼使神差。电话接通时，肖子校听到那边和校谨行来电时一模一样的背景音差点儿挂断。

怕自己听到不想听到的，怕知道无法接受的。可那边不是别人，是业内闻名的，对男人敬而远之的"余哥"。他也不再是当年那个感情迟钝的肖子校，他不相信自己会看错她。

结果没令他失望。

肖子校注视余之遇，抱歉地说："对不起，我猜到你和他在一起，却没忍住试探。"

倒也没什么，换位思考，余之遇或许同样会试探。只有喜欢上一个人，才会变得患得患失，格外敏感。正因如此，她才会在林久琳到达基地的第一时间，看出了她和肖子校之间的微妙。

承认吧，余之遇，你不只喜欢人家，还喜欢得不得了。

肖子校不知道她在想什么，见她一个人垂眸笑，勾了勾唇角："原谅我了，嗯？"

余之遇死撑着面子："那我喝酒的事一笔勾销，你不能老训我。"

肖子校却说："这是两码事。"见她要拍桌子，他笑，"下不为例。"

余之遇哼一声，那微微嘟嘴皱眉的小模样看在肖子校眼里，娇羞无限，他深呼出一口气，第一次觉得出差的时间如此漫长。

正想问余之遇要不要来基地探个班，就听她问："你和静然说什么了，怎么听她的意思，我睡觉的习惯你都知道？小姑娘看我的那个眼神让我有种……"她顿了顿，声音低下去，"有种把你睡了的错觉。"

肖子校居然不解释，还顺着这个话茬儿说："不是错觉，所以，别想不负责任。"

余之遇："……"说得好像我对你始乱终弃似的。

肖子校始终没问余之遇为什么会和校谨行去喝酒，只告诉她，他们是亲兄弟的关系，之所以此前没提过，是认为与他和余之遇的交往没关系。余之遇也没提林久琳，她觉得那是他们兄弟之间的事，她不该插手。

那晚的最后，肖子校说："余之遇，你乖一点儿。"

余之遇脱口撑回去："我怎么不乖了？倒是你，跟个野女人在山里，我都没说什么。"

野女人……肖子校噎住。

第五章
百创事件

再去公司时，余之遇催许东律："总部的效率这么低的吗？方案再不批下来，中医大的采药实践课都上完了。"

许东律皱眉："谁说要躲清静的，又急着进山了？"

余之遇脸不红心不跳地说："都清静多少天了，不得去探个班啊。"

"批下来告诉你。"见她站那儿不动，许东律甩过来一张邀请函，"滚、滚、滚。"

是一份"药物制剂研发前沿技术峰会"的媒体邀请函。

既然是制药领域的峰会，参会对象必然是从事药品研发、生产与注册的制药企业、研发公司、科研院所的专家。正常情况下，万阳药业、中新医药、百创制药都该有人到场。

余之遇摆弄着邀请函，在视频通话中问肖子校："你会来吗？"

肖子校在忙，闻言分心瞥她："你想我去？"很早之前主办方确实向他发起了邀请，当时他没和余之遇重逢，考虑到和实践课冲突，他让喜树回绝了。

余之遇只说是随口问问。

肖子校没在她脸上发现明显失望的表情，既欣慰于她的懂事，又隐隐有些小失落，哄道："第一期实践课已经完成了，剩余两期课上完，我就回去。"

余之遇看过课程表，知道这个学期共三期课，算上他提前去和每期中间休息的时间，需要一个月，现在只过了一半。她故意说："不多留段时间研究你的宝贝药材了，不是说每次去都要待很久？"

"以前没你。"肖子校微微调整了下手机的角度，说，"等上完课先回去看看你。"

只是看看？余之遇最善于抓重点了，她眉心微蹙："之后还要回去？"

肖子校笑了声，目不转睛地看她："那要看有没有女朋友留我了。"

余之遇："……"他真是三句话不忘要名分。

峰会在南城五星级大酒店举行，持续三天，到第二天时，万阳的校总和中新的两位老总终于露面。当中新的老陆总携夫人商女士出现时，引起各媒体关注。

余之遇远远地看着身穿套裙的商女士挽着丈夫的手臂笑对媒体，觉得她和五年前相比几乎没变，年近五十，风姿绰约，精致如昨。至于校谨行，依旧西装领带齐整的上位者之姿，周身气质凝肃。

万阳作为中医药企业，在研讨交流阶段提出药物研发过程中，原料药对于制剂开发、临床前及临床研究以及最终商业化的重要影响。

校谨行站在台上，从容淡定地分享道："原料药的制备是药物研究和开发的基础，是药物研发的起始阶段，其主要目的是为药物研发过程中药理毒理、制剂、临床等研究提供合格的原料药，为质量研究提供信息，通过对工艺全过程的控制保证生产工艺的稳定、可行，为上市药品的生产提供符合要求的原料药。"

他所说的原料药就是中药材,肖子校专注于药材的研究,有他提供技术支持,万阳何愁保证不了原料药的质量?肖子校却在博士毕业后,选择了中医医院。

不过,喜树说过,肖子校虽人在制剂室,却与中医医院并非雇佣关系,而是合作。严格说来,他不是中医医院的员工,他是带着自己的团队进驻到医院,是自由而独立的。所以,他带领自己的团队研制成功的制剂,最终依旧可能"剂"落万阳。

余之遇举起相机抓拍校谨行眨眼的特写,转手发给肖子校。

山里那位收到照片一看,全是自家哥哥闭眼的,失笑:*又皮。*

余之遇再看向台上的校谨行,乐不可支。

校谨行无意中扫到媒体区憋笑的余之遇,下意识地低头,检查自己的西装和领带,以为哪里不对了。余之遇见状笑得更欢了,直到手机有新消息进来,她低头查看。

肖子校说:*我们的事,我和大哥说了。*

余之遇没明知故问是什么事。大哥算家长了,想到先前对校谨行的捉弄,她敛笑问:*怎么说的啊?*

酒吧那晚过后,肖子校主动给校谨行打了个电话。

校谨行刚醒,声音里带着晨起的低哑慵懒,问:"怎么这么早?"

肖子校看了下时间,都八点多了,说:"还没醒酒?"

校谨行诧异:"你知道我喝酒了?"

肖子校语气寻常地说:"昨晚你醉了,之遇不知道该叫谁来接你,用你的手机给我打了电话。"

"余之遇?"校谨行蒙了下,他坐起来,靠在床头,"你们……"欲言又止。

肖子校坦言："我在追她。"

校谨行唇角动了动，半晌，说："难怪上次报道事故时替她说话。"顿了顿，又道，"她人不错。"

中午在餐厅找到余之遇，校谨行问："你搞什么小动作了？"

余之遇当然不会承认黑了校总一把，她装听不懂。

校谨行把她拎到卡座："那晚在酒吧我没失态吧？"

余之遇故意迟疑了一瞬，见他神色微变，她笑起来："校总非要给我讲自己那些风花雪月的事，算失态吗？"

校谨行沉吟片刻："那是讲了还是没讲？"

余之遇偷喝了口红酒，放下杯子时眉心一沉："我还想问你，还讲不讲了？告诉你校总，酒我请你喝了，你欠我故事可不行。"

她这样说，校谨行自然理解为没讲。目光落在余之遇手边的红酒杯上，他啧了声："大中午的，喝什么酒？"

余之遇不满："你管我呢？"

校谨行直接把红酒杯撤掉换上水："从今天开始戒酒，大校不喜欢人喝酒。"

余之遇："……"都什么毛病？！一个两个盯着她喝酒？

校谨行回视她微恼的目光，说："我弟弟那么好的人，你好好珍惜。过去的事不要再想了，我不会和他说的。"

余之遇气笑了："我怕他知道啊？他要是介意我不是初恋，劝他及时止损。"

校谨行没接话，他视线投向侧前方，微微蹙眉。

余之遇循着他的目光回头，见中新的老陆总正和商女士朝这边来。那两位显然是冲她来的，商女士甚至还微微笑着颔首。

余之遇屈指蹭了蹭鼻尖。

校谨行站起来:"陆总,陆夫人。"

老陆总热络地拍了拍他的肩膀:"听校总一席话胜读十本药典,看来万阳在中药材方面的研究上确实下了些功夫。"

校谨行看似笑得矜持谦虚:"陆总高赞。听闻中新的新药研制已近成功,提前说句'恭喜'。"

老陆总没觉察出他话里的暗讽之意,眉宇间的笑容更甚:"还真是什么消息都逃不过小校总的眼睛啊。"

商女士不动声色地掐了丈夫手臂一下,眼角余光瞥向余之遇,说:"等到时候举办新药发布会,余记者可要好好给我们报道一下。"

余之遇正欲起身拒绝,校谨行说:"虽说之遇职责所在不该拒绝,但这个西医药的热点新闻,她还真分不出心了。"

商女士与老陆总对视一眼。

校谨行漫不经心地笑:"作为中医家属,她的工作之便必然都要用在中医药的报道上。"

余之遇给他使眼色,阻止的意味明显。

校谨行只当没看见。

商女士的目光则在两人身上打量一番,她试探着问:"你们?"

校谨行没由着她误会,惜字如金地解释了一句:"是我弟弟,肖教授。"

肖子校在中医药领域的成果与地位不容小觑,西医药行业也无人不知。

商女士微敛眸,随即轻笑:"从西医药到中医药,余记者与医药还真是有缘。"

余之遇神色微变。

校谨行替她说:"有些是有缘无分。"

等他们走了，余之遇静了几秒："说到底中新上次匿名举报万阳是冲我，你没必要得罪他们。"

商场是没有硝烟的战场，多一个朋友好过多一个敌人。

校谨行微眯眼："若大校在场，不会任由别人奚落你。他既要护你，我便得护你。余之遇，以后遇事别怕，大校最护短，整个校家都是。"

回想当年的孤立无援，余之遇眼眶微红。

本以为百创会缺席此次峰会。资金链断裂导致经销商和供应商闹到总部办公区，在业界可谓尽人皆知。现下无论是百创哪位老总出现在峰会上，都会成为众人焦点，被媒体观围的话，便会演变成一场小型记者会。

余之遇本不抱希望的，如果不是峰会有个牛人齐聚的压轴座谈会，她都不想跟到最后了。

结果却令人惊喜。

峰会第三天，百创的副总叶明远和研发总监舒心现身。

叶明远四十岁左右，身形高瘦，身穿西装的他有种儒雅的学者气质，相比之下，搞研发的舒心更有管理者的气场。裤装的套装，微卷的斜刘海儿超短发，整个人看上去帅气干练，唯有那双眼隐隐含着沧桑之感，与看不出任何岁月痕迹的面孔形成强烈反差。

余之遇悄声问身旁的校谨行："那位舒总多大？"

校谨行瞥她："你为什么认为我会知道一个女人的年龄？"

余之遇因他的多心失笑："你们不是同行嘛，'知己知彼，百战不殆'。"

校谨行神色不动："她和商女士是同学。"

年近五十，却像三十。余之遇惊讶："堪称女人保养的教科书。"

校谨行敛眸，随口八卦："听闻她是中新那位老陆总的初恋？"

余之遇错愕："人果然是不缺风花雪月的故事。"

校谨行意外她对此一无所知:"你不知道?"

余之遇反应过来他用的是疑问句,显然是以为她知道,脚上不客气地踩他一下。

对于这样的小脾气,校谨行一笑置之。

不出所料,记者们听闻百创来人了蜂拥而至,连喘息的机会都不给他们,连珠炮似的针对百创的资金问题及未来发展进行提问。

针对众记者提及的资金问题,叶明远以玩笑的口吻答道:"被挂条幅追账的经历,怕除了我们百创是'前无古人,后无来者'了。本来还想请各位笔下留情少写两句,毕竟,被债主追上门,我们也是颜面无存。不过,既然是管理上出现了疏漏,纠错才是关键。至于丢了的脸面,我们等渡过难关再找不迟。"

他笑对记者:"到时候各位也不要吝啬夸奖百创直面困难的精神,多加美言啊。"

如此云淡风轻的姿态,令人刮目相看。

余之遇说:"你们男人到了一定高度和位置,圆滑是必备技能吧?"未免校总误会,她解释了一句,"我不是贬义。"

校谨行明白她是不能理解百创的药品质量摆明是出了问题的,叶明远怎么还能表现得如此若无其事,以管理疏漏为名一言带过。

校谨行反问:"这个时候他不稳住,谁会注资、谁来并购,百创还有救?"

余之遇微皱眉:"再稳得住,审计出了问题还不是白搭?"

"审计查的是账,体现的是财务问题。"校谨行耐着性子替余外行解释,"以万阳为例,若将百创的负债与其品牌、市场以及代理药的价值综合评估,在资金可承受范围内,我依旧会考虑接盘。"

成立新公司和拿国外药的代理权都需要动用大额资金。左右都是要掏钱出去，不如选个具有一定价值的现成企业直接接手。

余之遇懂了，还是说："药品质量大过财务问题，能掩盖得过去？"

校谨行说："只要他渡过目前的资金难题，药品质量问题就有解。别忘了，张仁信说出问题的是代理药，不是百创自主研发的药品。只要资金够充足，有周旋的余地。再退一步讲，即便是自主研发的药出了问题，可能只是原料药或是生产流程中出现偏差，导致了某个批次的药品有问题，不是这款药本身的处方、工艺存在问题，否则怎么通过的临床试验？"

考虑到这个问题有些专业，校谨行换了个角度解释："最坏的打算，在问题曝出来之前拿了钱抽身，不比现在直接被摁死要好吗？"

这或许就是垂死挣扎，幸运的话可以拿了钱全身而退。至于后续再曝出什么，就是别人来擅后了，与己无关。所以，眼下稳住阵脚才有翻身的可能。

余之遇心里佩服校总的思虑周全，嘴上却问："校总，你平时都在琢磨什么？"

校谨行漫不经心地说："怎么把脑子里的钱转化到账户里。"

余之遇哈哈笑。

校谨行跟着笑了一下，说："我不多赚点儿，拿什么让你化缘？当然，你找你家教授也行，他的经济实力不低于我。"

"什么我家？！"余之遇就要用脚踢他。

校谨行喷了声："我好歹是大校的兄长，你尊重点儿不吃亏！"

余之遇气得咬牙。

两人交谈间，叶明远已经把百创被追债的丑闻揭过去了，对于记者关于百创未来发展的问题，他说："稍后的座谈会上舒总会为大家解答。"

座谈会开始之前，余之遇去了趟洗手间，见还有时间，她寻个了无人的角落,准备和山中那位分享下峰会的情况,才打开微信界面便听见一门之隔的楼梯间有人说:"仁信的退货款已经全额支付,张仁信并没拒绝赔偿,没理由再乱说话。尤其事情出在他所辖市场区域内,压不住,他也难逃其责。"

细听之下,余之遇分辨出来声音的主人是百创那位叶明远副总。

忽然就敏感了,她迅速退出微信界面,打开语音备忘录开始录音,把手机贴到门上。

叶明远对此无知无觉,还在压着声音说:"安家接受和解,搬了家,诊断销毁了,没什么可担心的。至于客服部,谁经手了安家的投诉就处理谁,还需要我教你吗?"不知那边说了什么,他微微拔高了声音道,"那就问她想要多少!"

话至此,余之遇要还听不出来叶副总是在为那款代理药所出的问题善后就是傻子了。

张仁信说了,百创在支付完全部退货款后,以拖款赔偿之名给了他一大笔现金,而送现金的人就是叶明远。

当时,叶明远说:"张总,你是百创第一批经销商,百创当年给了你五十万的铺底款作为扶持,为你解了资金紧缺之困,才有今日的仁信医药,如今我们百创遇到了点儿小难题,我相信你一定不会雪上加霜。"

所以,那笔所谓的赔偿其实是封口费,让张仁信装聋作哑。

张仁信对余之遇说:"我不想收那笔钱,可不收百创肯定不放心,以为我要举报。而且我听说,作为当事人的安家已经接受了私下和解。"

当事人都不追究了,他一个经销商何苦纠结不放?可他又不禁想,今天是一个安家身受其害,明天又是否再出现个李家、张家?张仁信夜不能寐,最终决定去大兴网发帖子,希望有记者据此,追查、曝光此事。

帖子却被屏蔽了。

连大兴网都为百创遮掩,作为一个二级城市的经销商,张仁信自认没有和百创抗衡的实力。他正准备放弃之际,余之遇找上了门。

现下,余之遇经叶明远提醒猛地想到,医院的主治医方面和百创客服部都是切入点。

有了新的发现,余之遇整个人兴奋起来,正暗自期待叶明远多说几句,手机有电话进来,嗡地振动起来。她精神高度集中紧张,瞬间被吓得手上一抖。

啪的一声,手机掉到地上。

楼梯间里的声音戛然而止。

一门之隔的两人同时屏住呼吸,似是无声的对峙和试探。

片刻,脚步声响起。

余之遇知道是叶明远要出来了。洗手间距离自己最近,她预测可以在门被打开前躲进去。

手机却摔远了,等她捡起再往反方向的卫生间跑根本来不及。

迫在眉睫之际,视线内出现一双穿着黑色皮鞋的男人的脚,那脚轻踢到手机上。

手机滑向洗手间方向时,那人三步并两步,疾步行至余之遇面前,手臂在她腰间一搂。

双腿离地的刹那,余之遇闻到男人身上清冽的淡香,与在临水,肖子校抱她过溪流时闻到的味道一模一样。

她没机会抬头确认。

当她被男人有力的身体顶得靠到洗手间外侧的洗手台边缘,楼梯间的门被推开。

余之遇下意识地把脸埋在男人胸前,双手抱住他的腰。

男人配合地稍稍低头,与她形成亲密姿势的同时,左手轻轻在余之遇腰窝捏了下，右手则向背后一伸，将她手边规规矩矩扎进裤腰里的白衬衫扯出来。

叶明远放轻脚步走到洗手间外面时，入耳的是女人的娇哼声，眼前是一幕年轻男女迫不及待在洗手台前……亲密接触的、活色生香的画面。他们脚边的手机，似是激动之下掉落。

这种少儿不宜的香艳场面，人到中年的叶明远不好意思多看一眼，他收回目光离开。

待叶明远走远，余之遇臀部被一只大手不轻不重地拍了一下，与此同时，头顶传来熟悉的低沉男声："就知道你鬼鬼祟祟没干好事。"

余之遇抬头，就看见那个此时此刻本该在临水的男人，她声音都透出欢喜："怎么是你？"

肖子校因她眼里不加掩饰的意外和惊喜心软如绵，更觉临时回来的决定是明智的。他缓和了语气："不然你以为是谁？"

余之遇满目笑意："英雄救美的话，当然只能是教授。"

肖子校轻笑："这是夸我还是夸你自己？"

余之遇微微仰头："都夸。"

她眼眸亮晶晶的，格外好看，在他面前显得娇小的身体紧贴在怀里，柔软而令人心动，肖子校情难自禁地稍稍低头，想要吻她。

余之遇才意识到两人的身体几乎是严丝合缝地贴在一起，腰间略微收紧的手臂，以及低头的动作都在提醒她，下一秒可能会发生的事。

她毫无心理准备，一时间慌神，本能地偏了下头。

肖子校的唇便落在她脸颊上。

那触感引人战栗，余之遇如同干了一瓶二锅头，顷刻间从头醉到脚。

肖子校以为她是抗拒，意识到自己的唐突和失礼，他直起身体，收回搂在她腰间的手。

余之遇一把抓住他的手臂,与他诧异的目光对上,她低声:"腿软没力气。"语气可怜,神情委屈。

肖子校笑得无声,把人带进怀里抱了抱。

余之遇耳根红透。

还是轻微的冲水声缓解了空气中的暧昧与尴尬。等洗手间里出来的人离开,余之遇留意到肖子校后腰处被扯出来的衬衫,她不解:"你干吗扯自己衣服?"

自然是在充分尊重她的情况下力求逼真,让叶明远相信他们正在做不可描述的事。肖子校整理好衬衣说:"我不扯自己的,难道扯你的?"

先前的一幕如慢镜头回放般一帧一帧在余之遇的脑海重现,她顿时失去面对他的勇气,以和同行打招呼为由就要先走。

肖子校扣住了她手腕,说:"我今晚还得赶回去。"

余之遇停步,回头看他。

肖子校顺势握住她的手:"学生已经到基地了,明天要上课。"

采药实践课每两期之间会有两天休息,他挪出一天回来,很多工作必然是被压缩到一天完成了,不能再耽搁。毕竟,这不同于平时在校内还能调个课,学生千里迢迢赶去临水,他身为教授把一群孩子撂那儿等算怎么回事?

余之遇没再挣扎,手上任由他握着:"其实你不用特意回来,我只是随便问问。"

她不否认当时问他会不会来参会确实带了期许,却更清楚他为人的低调和对教育工作的重视。问过就算了,她并没真的指望他会为自己专程跑一趟。

肖子校眉微挑:"我可不能只是随便听听。"触及她明显内疚的表情,他捏了捏她的小手:"是我想见你,不回来看看不放心。"

他的目光热烈专注，余之遇被看得不好意思，说："不放心什么？你不相信我啊？"

肖子校不解释，望着她的眸色微深："我还没立场不相信。"

余之遇听出来小肖教授这是在为自己争取名分的暗语，她嗔道："你没立场的事多了，没见少干一件。"

又是管喝酒又是查岗，还定位！且不说恋爱时男朋友都要让着、哄着、宠着女朋友，她作为被追求者没有被赋予作天作地、使劲矫情的权利就算了，倒像回到了学生时代，有种时刻被家长和老师盯着的感觉。

肖子校识时务地说："那我道个歉吧。"

余之遇以为他是真心认错，附和道："你确实应该道歉。"

"洗手间里确实不适合做那种事。"他眼不眨地注视她，"我下次注意。"

原来小肖教授根本不是为管她管多了感到抱歉，人家只是针对刚才那一吻的地点道歉。余之遇甩开他的手，语调微扬："你还想有下次？！"

答案自然是肯定的。肖子校似笑非笑地看着她，没说话。

校谨行在这时从宴会厅出来，说："还以为你没找到她。"随即转首问余之遇，"打你电话怎么不接，干吗去了？"

"上洗手间啊校总，要请示您吗？"回想先前的险况，余之遇没好气，但面对肖子校时语气立即缓和下来，她说，"我先进去啦，还要调整机器。"

肖子校揉揉她脑袋。

等人走了，校谨行笑言："有人撑腰就是不一样，都敢对我发脾气了。回头你给上一课，教教你怎么尊敬兄长。"

相比余之遇对那通电话的"深恶痛绝"，得吻佳人脸颊的肖子校自然感激大哥成全。但教育余哥……她怕是要逆反爹毛。

肖子校勾了勾唇角，说："她对老师比较有阴影。"

校谨行一挑眉，对此表示出兴趣。

肖子校便把余父是中学校长的事说了。

一般父母从事教育工作，对孩子都会过于期待。重压之下，孩子要么成才，要么叛逆。在中规中矩的家风之下，余之遇一定有个调皮捣蛋的灵魂。

校谨行自认对余之遇的了解远不及肖子校，他好奇地问："你们怎么认识的？"

肖子校笑了下："……酒吧买醉。"

校谨行错愕。

肖子校没说是林久琳出国后，在酒吧遇到余之遇醉过那一场，便再没沾过一滴酒。

校谨行大概根据他戒酒的时间，推断出他与余之遇是在五年前相遇。

这种巧合更像天意。

之后，他向弟弟报备了下："上次太后安排的相亲，对象是你家余记者。"

她相亲？肖子校眸色一敛。

校谨行便把余之遇为了处理报道事故而客串相亲对象的事解释了下，末了同情似的拍了拍弟弟的肩膀："野得很，有你受的。"

不野能在酒后调戏他？但是，野到去赴相亲局，是真要上天的节奏了。肖子校在走进宴会厅时给余之遇发了条信息：**会后描述一下和我哥相亲的经历**。

正在媒体区调试设备的余之遇："……"你还不如在山里待着呢。不是，校总，你那么实诚的吗？

座谈会两点整正式开始，肖子校是专家学者中唯一一位年轻人。

既然是压轴大戏,这场座谈触及的自然是药品研发领域的高端问题。相比生产者、销售者和管理者,研发者才是真正的"技术帝",是药企实力和价值的体现。

能在这场座谈会被请上台发言的,都是在药品研发领域的佼佼者,是站在行业"生物链"顶端的人物,他们如同发表论文般,提出了各自的观点。

舒心在发言中说道:"正版药资金投入大,周期长,成功率低,近而又被称之为'天价药'。但正版药市场空间大,需求强,是有无限潜力的。百创从未放弃对它的探索、研制,希望有朝一日与在座各位一起,打破创新药被国外垄断的现状。"

最后,她宣布:"百创已和南城医药研究所达成意向,将联合研发治疗心血管疾病的药物,预计在五年内完成处方及工艺的摸索,进行小试生产和工艺放大。"

现场因她的话引起了小小的骚动。

心有灵犀般,肖子校发信息为余之遇解释:*南城医药研究所处于全国医药研究所排名前沿。*

看来百创是拿与南城医药研究所的合作对外释放一个信号:他们面临的资金问题只是一时,他们还有实力进行正版药的研发,而南城医药研究所在业界的地位无形中为百创增了值。

随后,主持人请肖子校上台,除了一长串的头衔职称介绍外,还特意加了一句:"肖教授原本在临水县为中医大药学专业的学生上采药实践课,能特意赶回南城参会,我们深感荣幸。"话落,以手势邀请肖子校上台。

肖子校颔首表示感谢,上台后先说:"能借此机会向各位前辈老师讨教,是我的荣幸。"

他今天没有穿西装,而是在白色衬衣外配了件得体精致的正装马甲,与西裤同色系的驳领双排扣款式马夹极有正式感,再配上那副金丝框眼镜,尽显君子之风,学者气质。

回想他穿白大褂的斯文、穿工装裤、高帮靴骑摩托的野,以及此时此刻的正经,余之遇深觉,小肖教授对自由切换模式的把握炉火纯青。她忍不住给了肖子校几张帅气的特写,准备自留欣赏。

肖子校的视线不经意地扫过媒体区,便看见他家余记者举着相机在拍,心里有数般笑了。随即视线一转,再看向舒心所在的位置时,他正色道:"刚刚舒总提到,百创的新药研发方向是心血管疾病的治疗。我由此想到,此前,国家药品审评中心开展的企业新药研发方向调查显示,在中国,目前超过三分之二的新药研发项目都集中于三大治疗领域——肿瘤、糖尿病以及心血管疾病。"

舒心回视他的目光,赞同地点头。

肖子校收回视线,继续:"以糖尿病为例,中医称之为'消渴症',始见于《黄帝内经·奇病论》。中医所论消渴,肺热伤津、口渴多饮为上消;胃火炙盛、消谷善饥为中消;肾不摄水为下消。肺燥、胃热、肾虚并见,或有侧重,而成消渴,缺一而不能成此症。"

他神色自若,语速适中:"而治上消、中消、下消,给药除可参照沈金鳌《杂病源流犀烛》,张介宾《景岳全书》经方加减外,亦可用中成药消渴丸,或是单方验方……"

肖子校以西医语言开场,从中医角度解释上述提及的三大类疾病的发病本质与治法用药,从而引申到中药单体和复方的研究是近年来中医药制剂的研究热点。

随后,他抛出自己的中医观点:"现代中药可以是单味单方,多味多体,多味群体,单味颗粒等。传统中药亦从'砂锅熬药'变成了'机械制药'，但无论如何演变，原料药的质量无法确保，'粗提精离'得再彻底，制剂的临床疗效也将大打折扣。"

他显然是与校谨行交流过，此刻发言的主题与此前校谨行提出的原料药对药品质量的影响相呼应，阐明确保中药原料药的质量，首选道地药材。

"橘生淮南则为橘，生于淮北则为枳。中药药性形成是气候、土壤、生物、地形等综合作用的结果。不同地方出产的药材，质量会有差异。"与校谨行的视线碰上，他话锋一转，"有人曾提出质疑，万阳作为中医药企业，中药材基地为什么不设在本部的南城市，而是分散在一南一北两省，便是考虑到因地制宜的因素。"

他笑道："所以，我家兄长在选地建药材种植基地时，是综合考虑过的，不是外界传闻的一时兴起，游遍南北山水。"

话至此，不仅在座的专家学者们笑了，众媒体也知晓了万阳药业"不惜距离，择优而制"的宗旨所为何意。

他不仅强调了中药材的道地性，还不动声色地替万阳做了一拨营销。除了为小肖教授点赞，余之遇不知该如何表达对他的崇拜。

肖子校的发言结束在一片热烈的掌声里。

座谈会后，记者都抢着去采访各位牛人，试图拿个专家专访，余之遇则因肖子校回来了对其他人没了兴趣，边帮自家摄像师收设备，边等肖子校脱身。

肖子校更没时间和媒体耗，给校谨行递了个眼神。

兄弟俩的默契是随时都有的，校谨行立即将弟弟从女记者堆里解救出来。

余之遇见两人往她的方向来了，先一步出了宴会厅，寻了个角落查询回明阳的航班，以确定肖子校还能停留多长时间。

肖子校打电话叫她到楼上的包厢吃晚饭。

余之遇到时,自然而然地走到肖子校旁边的位子坐下。

肖子校边给她倒水边说:"来不及带你去别处了,这次先将就一下。"

从去临水,他们不是在服务区凑合,就是在基地食堂用餐,这算是两人第一次正式吃饭,他多少有些抱歉,没有考虑余之遇的喜好。

在超五星的大酒店用餐都是将就的话,那太矫情了。她说:"要不是来参加峰会,我都没机会吃五星级酒店呢。"

校谨行轻笑:"据我所知,多少人上赶着排队邀请余记者,是余记者不赏脸。"

余之遇还在计较他先前那通电话,闻言瞥他:"我不是随便的人。"

校谨行一噎:"你要是看我不顺眼,觉得我碍事,我可以走。"

余之遇故意气人:"没人留你啊。"

校谨行哐了声。

肖子校笑着安抚道:"好了。大哥刚刚是帮我找你,不是故意坏你好事。"

校谨行还不知道她偷听的事,闻言问:"你又干什么好事了?"

余之遇眼睛转了转,似是在斟酌该不该讲。

校谨行立即对肖子校说:"你好好问问吧,准没好事。"

余之遇用纸巾丢他。

为避免两人扛起来没完,肖子校适时地递了菜牌过来。

余之遇并不扭捏,考虑到肖子校不太吃辣,她点了几道口味略淡的菜,还不忘问校谨行:"校总偏好哪一口?"

校谨行说:"只要不是枪药都行。"

余之遇:"……"

菜上齐后,余之遇边吃边听肖子校给校谨行讲临水万花山的情况,而他明明看似很专心地和大哥聊天，哪道菜她夹过第二次后，他便会把那菜转到她面前。如此两次后，被特殊关照的余之遇不自觉翘起了嘴角，更体贴地提醒他吃。

临水的事肖子校早和校谨行有过交流，这次时间有限，他适时收住，改问余之遇："之前听到什么了？"

余之遇自知躲不过，考虑到百创的事超出自己的能力范围，把录音给两人放了一遍。

座谈会上舒心发言时，校谨行简单地提了几句百创的药品质量问题。此刻，肖子校问："你有什么想法？"

余之遇计划从医院和百创客服部切入。她做记者多年，人脉还是有的，不缺医生朋友，但毕竟是青城市的医院，无形中提高了难度。至于百创那边，自然要从销售陈修入手。

肖子校听完没说话。

他不愿余之遇涉险。百创既对外宣传新药的研发计划，俨然是在奋力自救，现下这个阶段既是企业的生死之劫，更关乎个人的前程未来，他们必然不会给人机会破坏。可他不能阻止余之遇，无论是她的个人原则，还是职业责任，都注定她会追查到底。

那他就只能协助她。

肖子校与校谨行对视一眼。

校谨行点头，说："医院方面交给我。"

余之遇以为这话该肖子校来说，毕竟，他身在医疗卫生系统。

肖子校解释了一句："我母亲在医院工作。"相比之下，肖瑾瑜的人脉关系更广，最主要的是，太后娘娘人在南城，办起事来比他在临水遥控指挥强。

余之遇有片刻语塞，显然是无意麻烦长辈，尤其是他的家长。

肖子校见她呆呆的表情，笑问："还查吗？"

余之遇内心坚定，唯有面上有点儿蔫。

了然她的纠结，肖子校没再多说。

晚饭过后，天微沉，校谨行先走一步，余之遇送肖子校去机场。

路上，肖子校把叶上珠的近况和余之遇提了提。

听说有女生向喜树表白，叶小姐冲上去捣乱，余之遇乐了，说："看来她是认准那棵大树了。"

肖子校开车，他目不斜视地看着前方，说："在这点上，我作为老师还挺羡慕他的。"

又来了。余之遇赶紧表态："有什么可羡慕的，教授你无论学识修养，还是未来伴侣，都无人企及。"

这到底是在夸谁？肖子校任由她敷衍过去，提起另一个话题："说说相亲的事。"

余之遇："……"她还以为躲过去了。

她看着肖子校完美的侧脸线条，说："那我背了锅，必然要找校总寻个私下和解的办法，恰好有那么个机会，我自然要利用嘛，不是真的去相亲，要怪就怪你哥摆架子不见。"

肖子校分心看她一眼，说："你就没动心？"

这次余之遇没被他故作的严肃唬住，满目笑意地哄道："要是没在中医大遇见揭我短的小肖教授就说不定了。"

肖子校笑了，显然很吃这套。

相亲的事就此揭过。

很快到了机场，等他办好了登机手续，余之遇承诺："你安心上课吧，千万别往回跑了，我保证注意安全，不会逞强的。"

肖子校当天往返一趟，连家都不能回，被他父母知道肯定以为余之遇不懂事。余之遇苦恼，明明还没和他确定关系，可似乎所有人都认定了他们的关系，她其实有点儿压力。尤其百创的事，还要劳烦到他母亲，她更是进退两难。

再者，若日后他们真的在一起了，必然会时常面临异地的状态，如果她总是希望他在身边，他们无疑是不合适的。尽管他说会有取舍，可余之遇不希望他因为自己放弃对学术的追求。他拥有今时今日的地位不容易，她相信他的成就不会止步于此，怎么说自己都不能拖他后腿。

见到他的惊喜被满腹的内疚取代，余之遇抢在他开口前说："对不起，我没想到那一问会折腾你跑一趟。"

肖子校懂了她内心的权衡与挣扎，他说："临水距离南城并没有多远，当天往返谈不上辛苦。我的身份也与从前不同，那时是学习，不能停步。现在是工作，不影响正常进度便可。我不能保证每次都给你惊喜，只希望万一哪次没做到，你能体谅。"

见她一副闷闷不乐的样子，肖子校一时判断不出来她是在自责多想，还是舍不得他走，便逗她说："现在知道那天我送机时的心情了吧？相比我回城送温暖，你那一走可是让我慌神了。"

余之遇抬眸看他："有什么可慌的，教授不是最自信的嘛。"

"都说'自信者让人三分不为输'。"肖子校目不转睛地看她，"在感情方面，我怕让一分都会错失你。"

余之遇突然觉得应该感谢林久琳。如果不是林老师年轻不懂事，弄丢了肖子校，何以轮到她捡人？现在的肖子校不仅仅是年龄的成长，相比五年前他心理上的成熟更珍贵。

她在肖子校的注视中问："你为什么喜欢我？"

在余之遇看来，这世上没有无缘无故的喜欢。她隐隐觉得，相比自己始于对他的欣赏和崇拜之下产生的喜欢，肖子校明显用情更深。她不理解，他情起何处。

肖子校不意外她会有此一问，他不会给她一个"你的所有我都喜欢"这种毫无诚意和欠思考的答案。他说："等你想好了，我再告诉你。"

想好什么不言而喻，余之遇没再追问。

该过安检了，肖子校嘱咐："你回去开车小心，我到基地会告诉你，不用等我，早点儿休息。"他把车停到了明阳机场，落地后还要开两个小时的车，到基地得凌晨，他不想她干等。

余之遇乖乖点头。

肖子校捏住她的小下巴："别嘴上答应得好好的，回头就不是你了。"

被看穿的余之遇打他手："快走吧你。"

等他真的转身走了，她一阵鼻酸，觉得他还不如不回来呢，这一来一回的，她倒真有点儿舍不得了。再想到他不远千里回来，还被自己拒绝了一吻，莫名心软，忍不住就叫了他名字。

肖子校应声回头，下一秒，便被追上来的她抱住了腰。

在僵了一瞬后，肖子校很快反应过来，他伸手回抱住她，低头，唇贴在她耳畔低哑着声音问："我该怎么理解这个拥抱的含义？"

余之遇沉吟片刻，四两拨千斤："下次见面告诉你。"

肖子校用力地搂了搂她，低声威胁："不能令我满意的话，提前想好后果。"话落，在她臀上轻拍了一下。

余之遇再次联系了陈修。

陈修记得她，在电话里问她是不是已经从其他医药公司进货了，还是联系了别的销售。

通过上次的接触，余之遇判断他是性情中人，她考虑再三，坦言道："我是记者。"

电话那端立即沉默，片刻，话筒里传来忙音。

余之遇知道再打对方也不会接，只发了条信息过去：很抱歉我骗了你。无论最终结果如何，我都替消费者谢谢你。

隔了一天，陈修主动打来电话，约余之遇见面。

余之遇兴奋得差点儿跳起来，她和许东律打过招呼，赶去青城市。

依旧是那间茶室，陈修准时露面。

他不像张仁信那么精明谨慎，又或者他已经考虑好了后果，没有问余之遇会不会录音，只笑笑说："看你就不太像生意人。"

余之遇请他坐，说："你也不像销售。"

陈修挠头笑："我是学计算机的，游戏设计。"

游戏设计和药品销售，八竿子打不着。

余之遇略显意外。

陈修笑笑说："我上大学那会儿就和同学一起创业，可惜运气不好连续失败。家里人觉得我天天玩游戏不务正业，后来我索性换了行业。"

余之遇想到了喜树，说："我有个学药的朋友也是电脑高手，有机会介绍你们认识。"

陈修问："学药的？"

余之遇点头："中药学。"

陈修似苦笑了下，说："游戏设计得不好大不了没人玩，药出了问题是没命玩。"

他就这样打开了话匣子。

陈修认为自己入错了行，犹豫要不要换行业。

余之遇没急着切入百创的药品问题，而是给他讲了个做过十几年教师的人，在步入中年后，实现自己作家梦的故事。她借此告诉陈修，不是所有的人生都是按部就班，有很多人为了理想和热爱放弃了安逸，而无论什么年纪，都有机会改变自己的人生。学习与努力，永远不嫌晚。

陈修听完沉默片刻，再开口时说："你怎么和我聊起人生了？"

余之遇挑眉："我得把你稳住啊，否则目的性太强容易把你吓跑。"

陈修失笑，说："就没见过你这么实诚的人。"

"我的实诚分人。我不否认此前是想采取隐性采访的形式。但你都提醒我不要进百创的药了，我再隐瞒自己的记者身份和目的太不真诚。"余之遇正色道，"我知道你有顾虑，我可以保证不暴露你的个人信息。"

"我没和记者打过交道，不懂你们的路数，我来见你只是希望你真的可以揭露这件事。"陈修下了很大的决心，说，"我女朋友是百创客服部的，因为接过安家的投诉电话，现在连正常的工作和生活都受到了影响。"

原来，安家五岁的男童吃了百创的感冒药后，出现严重的副作用进了医院，安家人先打了百创的客服电话，这个电话便是陈修的女朋友小美接的。鉴于该起投诉是发生在青城市，根据公司规定，小美通知了负责青城销售工作的陈修。

陈修联系上安家，去做售后时，孩子已经被宣布临床死亡。

张仁信作为该区域的经销商，立即派人赶了过去。

那个时候，谁都没有想到是那款儿童感冒药出了问题，他们只是秉持着人道主义精神去探望家属。

安家却坚称是由于服用百创代理的 MG 公司的那款儿童感冒药，引起了孩子肝肾功能的损坏，致使肝肾衰竭而死。

事情超出了销售的权力范围，陈修向主管领导汇报了此事，再逐级上报到百创总部。

叶明远连夜赶去青城处理此事。

陈修却因听小美说又有几起投诉被压了下来，不敢再向市场铺货，他隐隐觉得安家从大吵大闹到最后悄无声息地搬家很是可疑。

张仁信和他有一样的疑虑。

可他们没有实质性证据，既不敢对外张扬，更不敢像平常喝酒聊天时那么随意了。如果不是后续百创召回药品，又拖欠退货款，这件事或许会烂在他们肚子里。

陈修说："公司召回药品时没有下发书面文件到客户处，甚至没在工作群里以文字形式通知我们，而是打电话让我们在一周之内把柜台上所有药品，连同经销商库存一起返回总部仓库。"

由于这批药品是享受过返利政策的，利润空间较大，经销商并不愿意返货。针对此，百创承诺给予各经销商利润补偿。

经销商信以为真，同意返货。

然而，百创所谓的利润补偿是有前提基础的，就是经销商必须要下新订单，除了新订单金额有限制外，退货款不允许抵扣使用。

这是为了快速回笼资金。

经销商却炸了。且不说库房里还积压着大量百创的其他药品，一时无法再进货，仅凭退货款不能抵扣这一条，他们怎么肯再下订单？于是，百创开始面临来自经销商的压力。

从初期库存过大，确实无法下新订单，到后来的出于抵制目的故意不下单，百创连续多月没有一分回款入账，导致资金链断裂。

陈修说："可能公司认为小美是知情者，担心她乱说，就以年终奖金的形式给了她一笔现金。"

小美只是一名普通的员工，那笔年终奖于她而言是天文数字，加之听闻大兴网上似乎是出现过一条感冒药致死的帖子，她意识到这笔莫名其妙的年终奖与那起投诉有关，不敢接受。

"我和小美都想辞职，彻底摆脱这件事。可叶副总说给我们升职加薪，或者我们非走不可的话，他可以介绍我们去别的公司。"话至此，陈修的语气沉重了许多，"前提是我们必须接受那笔年终奖。"

他们手里本没有百创的任何把柄，只因为涉事其中，百创不放心。

"如果安家和其他消费者的孩子确实是因为吃了那款感冒药而发生了生命危险，甚至死亡……"陈修抹了把脸，"我和小美担心，我们强行离职会有危险。"

他们因拥有良知而不愿接受百创的封口费，他们又害怕，百创将他们的逃避视为揭发检举的企图，进而不肯放过他们。

回南城的路上，余之遇的脑海里反复回想陈修最后的话，他说："我在医院见到那孩子的妈妈时，她疯了一样地哭，可见孩子对她来说有多重要，她怎么就不追究了呢？"

叶明远说安家接受了赔偿，销毁了病例，搬家了。

余之遇不是母亲，她无法体会一位母亲失去孩子的痛。可作为女儿，她深知妈妈有多爱她。和陈修一样，她不愿意相信，安家的女主人放弃了身为母亲追究的权利。

余之遇把车停在江畔，她仰头望向天空，似是要借由那满天的红霞舒缓内心的压抑。末了，她随手拍了张堪称大片的天空的照片发给肖子校，没别的意思，只是单纯地分享。

肖子校很快回复：我也想你了。

余之遇：？？？

肖子校解释道：晓看天色暮看云，行也思君，坐也思君。

余之遇：……所以，我给你发天空的照片，你以为我在说想你？

肖子校：不接受否定答案。

余哥佩服肖教授强大的思维与满腹经纶。

晚上两人视频，肖子校问及去青城的收获，余之遇一五一十地说了。

针对安家是否该接受赔偿的问题，肖子校说："你内心肯定是在拒绝安家因为金钱而放弃追究百创的这种可能性。但你要明白，逝者已矣，生者如斯。在无可挽回的情况下，是和百创死磕到底，还是接受赔偿和解，并不是多难的选择。安家势单力薄，以个人之力对抗一家市值几十亿的企业，吃力不讨好，妥协不足为奇。"

道理余之遇都懂，只是情感上无法接受。

她有点儿孩子气地问："要是我出了意外，你会这样权衡利弊吗？"

肖子校闻言，眸色一敛，语气陡然严肃起来："我不接受这种假设。之遇，别忘了你答应过我绝不冒险，我希望你不是信口说的。"

余之遇顿觉这种假设无聊又吓人，笑着找补："我这不是心情不好想你安慰我嘛。"

肖子校看了下时间，说："你现在收拾行李出发去机场，赶得及飞明阳的航班。你过来，我当面安慰你。"

余之遇喊了声："别想骗我过去回答你的问题。"

肖子校偏头笑了下，他把从肖太后那儿获得的信息告诉她："我妈通过在青城市的同学找到了那位接诊医生，对方已经答应，只要你有需要，可以提供安家那位小患者的门诊病历。"

余之遇以为需要她和那位医生见面，费一番口舌才可能说服他做证，没想到肖太后已经搞定，她很乖、很温柔地说："你替我好好谢谢阿姨。"

肖子校看她一眼："等时机到了，你自己当面谢。"

余之遇趴在桌案上，把脸埋进胳膊里。

肖子校因她厌厌的样子笑了，体贴地说："我知道你还不想见他们，放心，不勉强你。"

余之遇露出一双眼睛看他。

肖子校安慰道："你不要有压力，我父母从小便尊重我和大哥的选择。况且，凭余记者的魅力，他们会很喜欢很喜欢你。"

余之遇嗔他一眼，说："那是，我多招人喜欢。"

肖子校其实有心点拨她，手里还应该有那款药的样品，又担心她冒险，于是没再多说什么，只嘱咐她注意安全。

余之遇答应下来。事后，她自己想到后续或许是需要进行药品检验的，可惜跑遍大小药店都没有买到。

陈修说他看看能不能从乡镇柜台找到一两盒。

这时，万阳对外宣布了对百创的并购计划。

余之遇听闻此事，致电校谨行，带着几许恼意地说："你疯了吧，百创摆明有问题，你还要并购？我告诉你校谨行，一旦我拿到证据证明百创的那款儿童感冒药可致死，我是不会因万阳而不曝光的！"

校谨行有自己的计划和步骤，他说："我并购我的，你曝光你的，且不说万阳不怕你曝光，即便有朝一日你抓到了我的痛脚也不用顾虑，做你该做的。"末了还怕她胡思乱想似的说，"你以为我说并购就能并得成？不得好好谈谈钱？不需要时间？"

那语气分明是请她过过脑子再说话。可商场上的尔虞我诈，余之遇哪里懂，她只想为万阳规避风险，欲抢在校谨行与百创谈妥交易价格前拿到足以证明那款感冒药有致命危险的证据，以阻止签约。

陈修却未能在乡镇柜台上找到一盒遗留的药。

余之遇哭笑不得，说："你的工作做得太到位了。"

陈修无奈，说："当时怕再有人吃出问题，我是一家药店一家药店亲自收的货。"

他当时的召回工作做得彻底，出发点自然是好的。

余之遇琢磨了下，问："百创仓库在哪儿？"

陈修神情一凛："你不会要去库房偷药吧？"

在此之前,余之遇决定先做另一件事。

陈修听她说"找不到证据就制造证据",不敢置信地说:"假证据没用的吧?"

若百创没有问题自然没用,否则百创就会心虚,一旦叶明远出面"销毁"假证据,便容易露马脚。余之遇坚定要制造证据,逼叶明远就范。

很快,百创客服部接到一起投诉。

余之遇以一位女消费者的身份在电话里哭诉,按照说明书给孩子服过药后,原本只是感冒的孩子出现了上吐下泻、血压降低、心律失常的症状。

小美事先从陈修那里拿到了剧本,她压抑着内心的紧张听完,竭力使自己的声音平稳,以接听投诉电话的标准话术把这通电话继续完整。通话结束,她去向客服部的经理汇报。

没过多久叶明远便赶到了客服部。

小美被叫到了办公室,叶明远亲自问了她几个问题。

都是正常的接听投诉时需要向投诉人确认的,例如:在哪里购买的药品,服用了几天出现了不适反应,是否按说服书服用等。

小美深呼吸,如实回答。

叶明远看向客服经理,对方点头,并说:"投诉人是用手机打的电话,是本市的号码。"

本市是最早召回药品的,照理说柜台上不可能有遗漏。现在却又出现了投诉,只能说明这位投诉者是早期备的家庭常用药。

叶明远捏了捏眉心,再看向小美时微微一笑:"小美啊,你工作做得很好,副经理任命很快就会下来。"

小美紧张得手心都是汗,她说:"……我不会当领导。"

客服经理鼓励道："不用担心，我会带你的。"随后对叶明远说："小美学习能力强，不出三个月肯定能把客服部撑起来。"

叶明远赞同地点头，说："到时候你调走，小美正好接任客服经理一职。"

这是许她前程的意思。小美没有拒绝，沉默着回到工位上。

余之遇在当天下午接到百创客服经理的回访电话。她见是陌生号码，酝酿好了悲伤的情绪，低哑着嗓子接起来，等对方说是百创的员工，她又演了一出泼妇闹街。

客服经理听她又哭又骂，还有类似医护和家属劝阻的背景音，安抚几句匆匆挂断。

余之遇才把电脑里事先准备好的作为背景音的音频关掉了，她判断，叶明远快出场了。

果然，当天傍晚，手机里又有一个陌生的号码来电。

余之遇接起来后没有一直哭哭骂骂，她适可而止，给了叶明远表达意图的机会，并在叶明远提出去医院看孩子时同意了。

余之遇提前半个小时到了医院，直到戴着帽子和口罩的叶明远现身，她发信息通知楼上："他进电梯了。"

于是，叶明远根据投诉者提供的信息赶到十楼的VIP病房，入耳的是女人的哀号声。

他脚下顿住，露在口罩外的眼眸瞬间一敛。

伴着家属的哭声，有医护人员从走廊尽头的病房里陆续走出来，他们神色沉寂，满目遗憾。

叶明远身体一晃，靠到了走廊的墙壁上。直到最后一位被家属拉住衣服的医生脱身，从身边经过时，他回神问："1010病房的患者怎么样了？"

男医生停步，看着他问："你是？"

口罩下的唇抿了抿，叶明远说："……我是患者的亲戚。"

男医生不着痕迹地往他身后某处看了眼，得到示意后，遗憾地说："肝肾衰竭，抢救无效。"

叶明远下意识闭了闭眼，抢在他离开前问："什么原因造成的？"

男医生打量他一眼，说："收入院前家属称患者服用了感冒药，但是否是由药物导致的急性肝肾衰竭，要做过尸检才有定论。"

叶明远心里已有了定论，他没有再问，等男医生离开，他快速离开。

余之遇一路跟着叶明远到了城北的一处别墅区，问过陈修后得知，百创的老总住在这里。她的车进不去，只能停在路边等。

半小时左右，叶明远的车出来了。

余之遇以为他和大老板请示完会再回医院，毕竟，投诉者还在等着。结果他去了公司，下班后直接回家。

当晚，除了许东律给余之遇打来电话确认她这边的进展外，只有肖子校来电，叶明远半点儿动静没有。

余之遇回想全过程，确认没有漏洞，耐着性子等了一天，百创再没人过问投诉事宜。

余之遇再一次打了投诉电话，她没哭没骂，直接放狠话："我就看看尸检结果面前，你们还能不能硬气地说不是药的问题！我要让全南城市的媒体曝光你们！"说完直接挂断。

叶明远原本还抱着侥幸心理，以为这次的投诉者会和安家一样，在悲痛中失去应有的理智，忘了或是拒绝尸检便把死者火化，结果令他意外。

他主动给余之遇打了电话。

对于他故作不知小患者已肝肾衰竭过世的状态，余之遇酝酿好情绪哽咽着说:"除了正常的饮食,我女儿发病前只服了你们公司的药,我们已经决定做尸检。"

叶明远应该是没料到刚刚失去了孩子的母亲会如此理智强势,他明显顿了顿,沉痛地说:"请您节哀。我尊重您的一切决定,但请先允许我当面表示哀悼。"

余之遇拒绝了一次。

叶明远坚持要见面。

余之遇看似不情愿地同意了,报了个地址,双方约好见面的时间。

叶明远拿到地址查询后发现,是南城数一数二的高档小区,和大老板通过电话后,他让财务准备了比给安家的赔偿多一倍的现金。

当晚八点,叶明远登门。

两百米的大平层里,神情悲戚,双眼红肿的女主人含着眼泪说:"哀悼能换回我的孩子吗?她才五岁,就因为吃了你们的药,小感冒没治好,反而又吐又泻,后来连呼吸都困难,我们把她送到医院时她连意识都不清晰了。"话至此,她眼泪滚落,情绪也激动起来,"你们卖的药到底是救人的还是杀人的?你们就是凶手!"

男主人将情绪激动的妻子搂住,说:"你有什么话尽快说吧,我太太受不了刺激。"

叶明远对面前这位开门后自称姓于的男主人说:"于先生,能否借一步说话。"

女主人却不同意:"有什么话不能当着我的面说?你们想干什么?"她紧紧地拽着男人的手,"老公,我们要给孩子一个公道,我们不能让她走得不明不白。"

于先生回握住她的手说:"我知道,你乖,把事情交给我,好不好?"

女人在他怀里哭得声嘶力竭。

叶明远无奈，只能当着夫妻二人的面表态，他先保证百创的药品从未出现过任何质量问题，于家是全国首例说感冒药可致死的，而感冒药可致死这个说法实在匪夷所思。

在女主人反驳前，叶明远话锋一转："可鉴于你们的孩子确实服用过我司的药，而我身为一名父亲，在能感同身受你们痛苦的情况下，愿意向公司申请一笔抚恤金。"

话至此，叶明远俯身拍了拍进门后被他放在茶几上的箱子："这是我个人的一点儿心意，请你们务必收下，哪怕是以孩子之名再捐出去也是一种怀念。我只希望孩子能走得平静，早日入土为安。"

他说着，抹了抹眼睛，语气哽咽："生活还要继续，你们那么年轻，未来还长啊。"

亡者安息，生者安心。或许是所有人在面临死别时唯一能做的。

余之遇看着传输过来的视频录像，不禁感叹身为领导者的叶明远，很善于攻心之道。

至此，她基本能够将叶明远处理安家投诉的步骤流程拼凑出来了。

相比她安排的家境优渥的于家夫妻，安家只是普通的工薪阶层家庭，在无力挽回孩子生命的情况下，他们听从了叶明远"让孩子走得平静，早日入土为安"的说辞，接受了赔偿和解。

听闻余之遇策划导演了一起"于家投诉事件"，肖子校半晌没说话。

余之遇从他渐渐拧起的眉心判断，小肖教授要给自己上课了，她抢先一步说："我可是听了你的话，从确保自身安全的角度出发，没有亲自上阵。"

"那是谁打的投诉电话？"肖子校简直服了她的脑洞，"你从哪儿找来的人冒充消费者，还姓于？！确定叶明远不会看出破绽？"

"医院那边是我师父安排的，他小叔是那家医院的副院长。别说叶明远没进病房，就算他进去了，抢救的场面照样真实得他分辨不出什么。"她对着视频眨眼，"比教授你扯自己衬衣逼真哦。"

肖子校屈指抵了抵鼻尖，掩住了唇边的笑意。

余之遇一脸小得意，她说："于家夫妇是大兴网沈总帮忙找的，那两个人都是演员，十八线那种。我把脚本给他们，彩排都不用，发挥得淋漓尽致，等我剪辑一段给你看看啊。"

肖子校头疼："余之遇，你是编剧吧？"

余之遇眉眼带笑："我是被记者职业耽误的导演。"

肖子校无奈叹气："接下来呢，难道还要再演一场葬礼的戏让叶明远相信于家夫妇同意和解，再把百创所谓的抚恤金送去？"

余之遇摇头："我觉得不用了。百创的药若没问题，无论消费者如何投诉，都用不着一位副总大晚上的带着大额现金去求和解，有了我投诉的录音，和他们打电话给我的录音，以及叶明远去医院和上门送钱的视频，随后我再去大兴网上发个帖子，赶在被屏蔽前截图。还有，我师父安排人采访了百创的几家经销商，他们都可以证明百创曾召回药品。这些应该够了。"

余之遇相信，只要她把这些曝光出来，一定会引发社会舆论，到时候即便安家不站出来，也会有其他受害的消费者站出来，如此一来，相关部门必会介入调查，百创便瞒不住了。

视频和音频确实有假，是她安排的，但百创欲以钱遮掩和隐瞒的态度与行为都是真的，他们洗脱不了。

余之遇问："校总和百创谈得怎么样了，价格达成一致了吗？"

肖子校说："百创不太积极，应该是对价格不满意。"

余之遇皱眉。

肖子校说："据说还有一家公司在接洽百创，并购意向强烈。似乎已经要签合同了,没直接拒绝万阳,应该是防万一有变,拿万阳垫底。"

余之遇笑了下:"百创的算盘打得可真精呢。"

肖子校追问她下一步计划。

余之遇说:"等我把资料整理好,稿子写完,就和师父商量发稿。"

她这样摆了叶明远一道,确切地说,是摆了百创一道,肖子校担心,一旦发稿,百创会报复她。他说:"发稿前到我身边来。"

余之遇不以为意,说:"到时候百创自顾不暇,没工夫搭理我的。"

肖子校嗓音一沉:"余之遇,你是想我再回去一趟吗?"

"别!"余之遇立即服软,"我都听你的还不行吗?"

随后整理资料时,余之遇想到样品问题,她认为除了手上这次东西,确认百创召回的那些药品存放在哪里是极有必要的。

于是,她根据陈修提供的地址,悄悄去了百创在本市的两个大仓库,而就在那天晚上,她的手机打不通了,起初是无人接听,后来直接关机。

肖子校排除了她因连夜赶飞机来临水而关机的可能性,他越想越觉得不对,尤其余之遇最后的定位信息还显示在家里。

手机没电了,她忙起来一时没发现也是可能的。只是,每晚视频已经成了他们的例行日常,她再忙都不会忘记和他联系的。

肖子校看了下时间,已近深夜十一点,他有种强烈的不好的预感。

叶上珠从被窝儿中被叫起来给许东律打电话。

许东律是老年人作息,早躺下了,接起来时语气不太好:"大晚上的你不睡觉打什么电话,越级了不知道吗?"

那边嗓音低沉道:"许总,打扰了,我是肖子校。"

许东律默了半秒,按开壁灯坐起来:"肖教授?"

肖子校说自己与余之遇失联,请他去余之遇的公寓看看。

许东律直觉肖子校不是大惊小怪的人,事关余之遇,他迅速套上衣服:"你先别急,我现在出门。"

肖子校听到那边开关门的声音,没和他客套,只说:"我等你电话。"

通话结束,许东律到地库取车。

深夜,路上车少人稀,他车速飞快,连闯两处红灯,在二十分钟后来到余之遇居住的江南苑小区。

许东律找地方停车时发现,余之遇的车停在树荫下的角落里。

车在,照理说人应该在家。

他往楼上看,窗里漆黑一片。他上楼敲门,屋内半点声响没有。

上次余之遇胃出血住院后,想到她一个单身女孩子独居不安全,许东律要来了她门锁的密码。此刻,在敲不开门的情况下,他输密码进门。

一双粉色的女士拖鞋在玄关处散落,客厅的窗45度开着,白色窗纱在夜风的吹拂下轻轻飘起,房间内寂静无声,针落可闻。

许东律压抑着内心急剧放大的不安,他开灯,直奔卧室,床上整整齐齐,没有人睡过的痕迹,书房和卫生间都查看一遍,没人。

余之遇不在家。

许东律单手撑胯站在客厅中间,平复加快的心跳,回拨了肖子校的号码。

只响了一声,那边便接起,问:"她不在?"

许东律没说出话来。

那边的也沉默下来。

谁都没有挂断,两个男人听着话筒中彼此的呼吸声,都在思考。

许东律率先打破了沉默,他抱着一丝侥幸心理说:"我给公司同事打一遍电话。"

话没说完便被截断,肖子校说:"许总,你在不破坏房间陈设的情况下看看,她的手机和电脑在不在。"

许东律照办。

书房的桌案上没有电脑,许东律找遍了其他角落也没见手机。

对于这样的结果,肖子校说:"不用给同事打电话了。这个时期,这个时间段,她不会和同事在一起。"他深呼出一口气,没问许东律是如何进门的,只说,"许总,麻烦你在那边等一下,我报警。"

由于余之遇与众人失联的时间没有达到四十八小时,不能马上立案。为了争取时间,借由警方的力量快速找到人,校谨行在接到肖子校的电话后动用了一点儿关系。

他赶到余之遇家时,警察和小区物业人员已经在了。

根据现场排查,警方初步断定,余之遇家里没有来过外人。

物业调出了监控,证实余之遇是在正常的上班时间出的小区,其间并没有回来过。

然而,肖子校发过来的行动轨迹显示,傍晚六点一刻时,余之遇是在家的。

这就和警方与物业得到的信息相矛盾。

余之遇的车现在所停的位置不在监控区域内,一时无从得知车是她开回来的,还是被别人送回来的。再之后她手机关了机,无法定位。

"她平时外出不会把笔记本电脑带在身上,现在电脑不在家,要么是她回来送车后取走的,要么是别人来送车上楼取走的。如果是前者,她不可能是自己回来的,否则再出去,她应该开车。可都那个时间了,她会带着电脑去哪儿?她没道理再出去。"肖子校站在操场中央的升旗台旁边,冷静地分析,"一定是后者,别人来送车,并上楼取走了电脑。她家里一定进入过外人。让物业调她所在单元的监控,排查可疑人员。"

校谨行手机开着外放,众人听肖子校说:"物业监控有死角,没有拍到是谁把车开回来的,小区附近的街道不可能一处监控都没有。查交通监控录像。"

可余之遇所居住的江南苑小区地处繁华地段,周围街道环境复杂,即便以此为起点查监控,工作量极大,不是一下子能出结果的。

大半夜被小校总拎出来办案的张副局正琢磨从哪儿着手,肖子校有了新提示,他说:"先根据定位绘出行动轨迹图,依据它调取监控。"

张副局眼睛一亮:"你这个弟弟很有当刑警的潜质啊。"

校谨行心急如焚,面上丝毫不显,说:"他本就聪明,遇事又格外冷静,这点随我外公。"

张副局点头:"这是好事。家属不乱,能够准确地提供细节信息,对我们帮助很大。"他说话的同时,把收到的余之遇白天的行动轨迹发给手下,交代,"尽快绘出行动轨迹图。"

针对肖子校提出的"有外人进入余之遇家"的说法,张副局仔细分析后认为有道理,便叫来两位司法鉴定中心专业技术人员进行勘察取证,然后,在书房发现了一枚不属于余之遇和许东律的指纹。

行动轨迹图很快绘出,根据余之遇的出行路线可以确定,她晨起从江南苑公寓出发后,除了到过公司,去了三处陌生的地方。

经过警察核查,一处是位于城东、临近郊区的仓配基地,一处是位于江北的、南城最大的仓储物流中心。第三处依旧在江北,是才建成不久的工业园。

前两处地方由于距离物流中心近,很多生产型企业的仓库都设在那里。而江北工业园由于地理位置略偏,城市发展尚未到那里,招商并不理想,入驻的企业不多。

余之遇自然不可能是去发货的,她最近没做相关选题,进而排除了与物流的关系。"

许东律回忆最后一次和她见面的情景："她到公司后，和我汇报了手上工作的进展，说第二天和我敲定发稿事宜。"

这和余之遇前一晚与肖子校所说工作计划相符。

警方派出警力赶往三地调取企业名单，十几页，各行各业都有，排查后发现，在仓配基地和仓储物流中心相关的企业名单中有百创的名字。

这说明，百创制药在这两个地方是有仓库的。

消息反馈到肖子校那边时已是第二天中午。他和校谨行与许东律都清楚余之遇最近在干什么，他们确定余之遇一定是去了百创的仓库。可她去工业园做什么？

肖子校确认余之遇在事发前把百创的相关资料都发给了许东律，说："我不主张立即惊动叶明远。就算之遇去百创仓库被叶明远当场抓到，她所掌握的那些材料并不在身上，叶明远为了拿回材料应该不会动她。"

校谨行提醒道："若如你所说，有人进入她家取走了电脑，材料现在应该已经落到叶明远手里了。"

肖了校语气笃定："她不会轻易让叶明远找到电脑中的材料。"那么重要的东西，她不会随随便便存档。

校谨行静了片刻道："我去百创聊聊并购的事。"

高非马上和百创那边联系，表示对于交易价格校总有意提一提，至于提多少，需要尽快和他们老总当面聊。

百创负责接洽并购事宜的工作人员随后回复："老板下午有个重要的合同要签，今天恐怕没有时间。"

此前，校谨行一直把价格压得很低，以至于谈了几轮双方都没有达成共识。现下他主动提价，对方居然不第一时间露面？至于重要的合同，对于现阶段的百创而言，没有什么比并购合同更重要的了。

校谨行驱车去了广安大厦，百创总部。

他在停车场绕了两圈，确定中新医药老陆总的座驾停在那儿，告诉肖子校："中新并购了百创。"

那代表，后续再曝出药品质量问题，余之遇针对的不再是百创，而是其母公司中新医药。

历史总是惊人地相似。

校谨行停了车，往广安大厦跑，同时语速极快地对肖子校说："现在阻止中新与百创签约，中新才能不被卷入药品质量事件。否则，余之遇将第二次面临曝光中新内幕的危机。中新不可能放过她！"

其实，校谨行并非真心并购百创。

即便余之遇没有掌握确凿的证据证明百创那款代理感冒药存在致死的严重问题，但有问题是没跑了。他那么精明谨慎的人，怎么可能拿万阳的声誉和几十亿资金冒险？

校谨行的目标是中新医药。

原本，万阳与中新主营方向不同，一中一西各占医药领域的半壁江山，属分庭抗礼之势。

若万阳兼并百创，百创所占的西医药与国外代理药的市场份额将全部归于万阳。如此一来，万阳的生产经营规模会扩大，企业竞争力会大大增强，势必会打破与中新井水不犯河水、各自安好的格局，对中新而言是莫大的威胁。

同业本就相仇，加之中新还匿名举报过万阳，老陆总自然不希望万阳一步登天，垄断市场。于是，将百创收入囊中，阻止万阳进入西医药领域，是中新的自保之策。而鉴于校谨行的高调和积极，中新操之过急了，进而忽略了百创潜在的危机。

校谨行要的就是中新被百创拖累。而他已经和许东律商量好了，一旦余之遇追查到什么，稿子最终匿名发表，算是大阳网对自己记者的保护。

余之遇不是贪图虚名的人，她暗访为的是确保消费者用药安全，不会介意报道是否署她的名。许东律又是她师父，她会听劝的，况且还有肖子校。总之，校谨行在引中新入局时为她安排好了退路，不准备让她面对百创或是中新。

独独没想到余之遇会出意外。

校谨行不敢想，当中新反应过来被他摆了一道，再知道余之遇手里有了足以置他们于死地的材料，会如何对待受困的余之遇。

记忆回炉，校谨行想起来当年在酒店初次遇见余之遇的情景。

那晚，他和朋友吃喝玩乐消遣完懒得回家，便在酒店楼上开了间房。正当他拿着门卡刷开房门时，身后有急促的脚步声逼近，他来不及回头，有人推着他后背，跟着他进门。

如果不是闻到一股女孩子的馨香，校谨行几乎以为自己被挟持了。他回头看向背靠在门上大口喘气的女孩子，眉心皱起。

外面走廊传来说话声，有人问："跑哪儿去了？怎么没了？"

女孩子立即朝他扑过来，一把抓住他手臂，一手做着噤声的手势，示意他别出声。

外门另一道男声在这时说："应该是往楼下跑了，追。"

直到外面恢复了安静，校谨行动了动被她抓住的手臂。

女孩子受惊似的松开手后退一步，以清甜的嗓音迭声说："对不起、对不起，我这就离开，马上消失。"转身时头撞到门上，磕得"哎哟"一声。

校谨行因她的憨态失笑，在她垂着脑袋准备开门时说："万一他们没走，躲在外面守株待兔，你可就是自投罗网了。"

她立即缩回了手，皱着眉毛挣扎了几秒，转身时磕绊道："那我再打扰您几分钟？"

校谨行挑了挑眉，追问："几分钟？"

女孩子挠了挠鬓角，试探着说："十几……二十分钟？或者，先生，您要是不觉得被扰扰的话，再多几个十几二十分钟，可能会更安全。"

校谨行第一次遇见这种有点儿漂亮、有点儿聪明，又有点儿赖皮的女生。他握拳抵了抵唇，压下唇边笑意："我要是觉得被打扰了呢？"

女孩子紧皱的眉心似是在权衡利弊，几秒后她说："我保证不发出声音，你当我不存在就行，反正我又不可能骚扰你，你没危险的。"说完紧紧闭上了嘴巴，眨着大眼睛看着他。

校谨行细细地看了看她精致的五官，对这个眉宇之间透着青涩的女孩子生出几分兴趣，他走到沙发前坐下："总得让我知道你叫什么吧？"

女孩子站在门口没动，说："余之遇。剩余的余，知己之遇的之遇。我爸爸说，他和我妈妈是'知己之遇'，希望日后我能遇到那个懂我、宠我的人。"

校谨行指指对面的单座沙发："来，聊会儿天。"

余之遇站在门口不动："我不累，站着聊就行。"

见她一副随时准备开门跑路的样子，校谨行笑了。然后，他们就一个坐在沙发上，一个站在门边，保持着安全距离聊了起来。

余之遇聪明不假，却涉世未深，三言两语便被套了话，校谨行很快知道她是在调查中新集团新药研发的事。

他看着面前娇娇柔柔的小女生："你还是学生吧，不好好上学，搞什么暗访？不是，你刚才说你跟踪谁来的这儿？你还冒充服务员进了人家房间？"他神色微凝，半真半假地说，"人不大，胆不小。万一被抓住，灭你口信不信？"

"没那么严重吧？"余之遇显然并不清楚事情的严重性，"我是无意间听到他们说新药研发成功不了了，但要对外界放利好消息，我只是想揭穿他们的谎言而已。"

"而已？"校谨行因她的无知无畏气笑，"你知道一个利好消息值多少钱吗？如果对方是上市企业，股票可能瞬间涨停！"他啧了声，"你赶紧收手，这件事太大了，不是你一个小姑娘能管得了的。"

话落，校谨行抬腕看了下时间："走，我送你回家。"

余之遇没有危机感，笑眯眯地说："不用了，我给我男朋友发信息了，他来接我。"

校谨行因她的傻笑无语，随后不顾她的推辞坚持送她到楼下，出电梯时说："不会让你男朋友误会的，我看着他接你走。"

被看穿小心思的余之遇弯着眼睛笑起来，用下巴点了下大堂服务台的方向："那个高高帅帅的就是我男朋友。"

当晚临睡前，校谨行终于想起来，那个自己看着眼熟的大男孩儿是中新的太子爷陆沉。他躺在床上自言自语道："傻丫头到底知不知道自己男朋友的身家背景啊。"

回忆在校谨行乘电梯来到百创高管办公区为止，他不顾前台人员的阻止，往此前来过几次的贵宾室跑去。

当他推开贵宾室的门，看见坐在里面的老陆总和商女士时，电话那端听闻中新并购百创后便始终沉默的肖子校忽然说："不要阻止签约！"

校谨行顿住。

面对贵宾室内正准备签字的几人投射过来的齐刷刷的目光，他站在门边，听肖子校说："中新未必会信你的话，反而可能认为你是在为万阳争取时间。你强行阻止，百创会因失去脱困机会迁怒之遇，她处境更加危险。"

校谨行胸口起伏，大脑快速权衡利弊。

肖子校确定他听进去了，继续说："叶明远之所以困住之遇就是为了确保这场签约顺利进行。至少款项到账之前，从叶明远到百创，都不会让中新知道，之遇手里握着百创的把柄。"

他语气沉稳，有理有据，校谨行迅速平复了情绪，视线在叶明远身上掠过，落在百创老总身上，以遗憾的口吻道："看来我是到晚了。"

老陆总有些得意："校总，你要跟我说'恭喜'了。"

校谨行勾唇笑："是，恭喜陆总为小陆总开疆拓土。"

商女士闻言神色微变，催促道："我们继续吧。"

校谨行看着她说："这么重要的签约，没有仪式，没有媒体，怎么说得过去？"话落，他拿着还保持着通话的手机示意了一下："或者你们等等，我给余之遇打个电话，让她过来给报道报道？"

商女士唇角抿平。

叶明远闻言，眉心不自觉地皱了皱，他微笑着说："校总就不必折腾余记者了，等后续我们召开新闻发布会再劳驾她。"

"叶副总认识余之遇？"校谨行眼睛盯着他，"那行，有需要你直接联系她，我那个弟妹啊，虽说有时候不太知轻重，但业务能力还不错，叶副总有能用到她之处不用客气，她总会给我这个大哥三分薄面。"

叶明远听到"弟妹"的称呼神色骤变。某个瞬间，他后悔促成百创与中新的合作了。他不禁想，如果接受校谨行的报价与万阳达成合作，余之遇的威胁便不再是威胁。毕竟，她不会和未来婆家作对，百创的危机才是真正迎刃而解，可眼下……

叶明远话锋一转，对大老板说："或者我们听取校总的建议，为表正式，举办一场签约仪式？"似有阻止签约之意。

百创老总却急于落成合同，他直接签了字，将文件推到老陆总面前。

老陆总看了校谨行一眼,笑着签下自己的名字。

当初为了算计中新,校谨行在压低收购价拖延签约的同时,承诺了百创很多有利条款。

百创老总是聪明人,见中新并购意向那么强烈,自然会参照校谨行开出的条件和中新谈判。现在看来,百创对于收购价格和合同细则很满意。那就说明,中新给的并购条件优于万阳。最多三天,中新将支付百创至少百分之六十的收购款。

落笔即诺。

校谨行粗略计算,老陆总这个名签下去,将动用中新不低于十几亿的资金。

他只能说:"……恭喜二位。"

余之遇的手机通话记录被警方调了出来,她失踪当天曾和青城市一个没被存进通讯录的号码有过两次通话。

肖子校直觉认为是陈修,他用自己的手机打过去。

陈修以为是诈骗电话,语气冷硬地问他是哪位。

肖子校没有任何试探和铺垫,直说:"我是余之遇的男朋友。"

陈修看了眼号码,确认是自己不认识的,他生怕有诈,说:"我不认识什么余之遇。"

肖子校抢在他挂断前说:"她失踪了。"

陈修顿住。

肖子校才说:"我不确定抓她的人会不会顺着她找到你和小美,为了确保你和小美的安全,警方会暗中保护你们。"

陈修相信了他。

肖子校在当晚回了南城。他直奔江南苑小区,找到余之遇的轿车后,用大G的安全锤敲开了车窗。

校谨行和许东律过来时，就见他不知在车里找什么，还有和他一道回来的叶上珠在帮忙，草药则围着车转。

校谨行以为他是急疯了，上去拦："叶明远不可能把她藏车里。她那么大个人，要是在车里，用你这么找？"

肖子校甩开她，一言不发地继续。

叶上珠看见许东律没打招呼，红着眼睛埋头在副驾一侧的座位底下摸索。片刻，她大喊一声："肖教授！"

肖子校抬头看见她手上的手机，拿到自己车上充电，才说："我一直想不通，她人从早上出去就没有回来过，最后的定位为什么会在家里。"

许东律眯了眯眼，大胆猜测："她被叶明远发现时是在车上的，手机被她第一时间丢弃到了车上？"

肖子校补充："她把手机藏在车上，是要借由定位告诉我们，她最后失踪的位置。"

她却没想到叶明远会把她的车送回江南苑。叶明远应该是想营造她在家的假象，才开她的车回江南苑。一方面作为现代交通工具，车在哪儿，人便在哪儿。另一方面，他开余之遇的车更方便随意进出小区。所以，手机没电之前，余之遇的最后定位才会在江南苑。

校谨行捏了把汗："幸亏叶明远开她车时，没人打电话。"

肖子校说："她应该是把声音和振动都关了。"

等了片刻，直到手机有了微弱的电量，肖子校开机。

却需要密码解锁。

他不悦地啧了声。

许东律提示："她生日！"

肖子校抬眸，目光隐隐透出几分探究。

许东律神色不动:"她懒,家中门锁、电脑、手机密码都是生日。"

叶上珠补了句:"银行卡也是,我帮她转过账。"

肖子校收回视线,输入几个数字,手机屏幕解锁成功,打开"照片",在相簿里翻出几张工业园和疑似仓库的照片。

他把照片放大,看到药品的外包装箱,问校谨行:"是这款药吗?"

校谨行确认是,他说:"这应该是从市场上召回的问题药。"

肖子校判断百创是担心被人发现,将这些问题药转移出了平时使用的两个库房,临时安置到工业园的仓库。工业园本就空置了不少仓库,私下里运作一下,抹除记录轻而易举。以至于表面看来,工业园与百创没有关联。

肖子校的视线停留在相簿中最后那张有点莫名的照片上,半晌没动。

照片像是在匆忙之中拍下的,有些虚了,看不清站在车旁人的脸,唯有车被拍得清清楚楚,奥迪A6,车牌号……南AA717B。

经证实,车是叶明远的。

警方提取到的工业园区附近的道路监控录像显示,那辆奥迪在余之遇失踪当天出现过。

可余之遇还下落不明,为避免置她于险境,还不宜找叶明远来问话。

尽管肖子校并不认为叶明远会把余之遇藏到工业园的仓库里,还是请张副局派了便衣过去确认了一番。

自然是一无所获。

为防百创转移问题药品,张副局联系了相关部门,对工业园实施了监控,只待时机成熟,救人的同时,查封仓库。

叶明远却在百创与中新签完并购合同,下班回家后再没出过门。

他不出门,他们很难定位余之遇的位置。

肖子校坐在大G里,捏了捏眉心。

校谨行听叶上珠说，从意识到余之遇出事，肖子校就没休息过。那晚把她叫起来，联系上许东律后，他一直坐在操场中间的升旗台前，不是在打电话，就是发呆。天亮后洗了把脸又带学生上山上课，下了课后甚至等不及晚上的飞机，一路开车回来。

校谨行给他拿了吃的和水来，说：“别等她人还没找到你先垮了。”

肖子校只接过水拧开，喝了半瓶：“晚饭吃了。”带叶上珠在服务区吃的。

校谨行坐到副驾，问：“你走了，学生怎么办？”把吃的喂给了后座的草药。

肖子校手里摆弄着那瓶水：“这期课到下午结束，距离下期开课有两天时间。”万一两天之内找不到余之遇，喜树可以暂代课。

以往肖子校进山，没有两三个月绝对不会出来。这次还不到一个月，已经回来两次。前一次他是有计划的，很注意形象地理了发，换了适合出席峰会的衣服才现身。这一次……

校谨行拧眉看看他随性的黑T和工装裤，以及下巴上隐隐的胡楂，把视线投向车外，说：“要不你先回去休息一下，我在这儿守着。”

肖子校没应，抬手关了车内的氛围灯，放低座椅，闭眼躺下。

校谨行没指望能劝动他，他在寂静的夜色中说：“这事怪我了。我一心赶中新入局，忽略了她的性子。”

即便没有肖子校这层关系，凭余之遇的善良，在发现端倪的情况下，也会为了阻止他和百创签约，争分夺秒地找证据。凡事只要一急，便容易出纰漏。

肖子校闻言没有睁眼，他说：“道歉的话，等找到她，你当面和她说。”

校谨行明白他这是生气的状态，忍了忍，问：“你知道她和中新的过节儿？她告诉你的？”

当时没反应过来，事后校谨行回想肖子校说服他不要阻止签约时的冷静，才发现自己情急之下提及余之遇第二次面对中新，肖子校没多问一句。

性格使然，加之做研究实验培养的习惯，肖子校向来严谨，鲜少有他发现不了的言语漏洞。尤其关乎余之遇，他不可能错过任何一个字的信息。

半晌，肖子校侧了侧头，嗯了声，不知是回答的哪一问。

校谨行又愧疚、又着急，放下姿态向弟弟认错，那位还爱搭不理、冷冷淡淡。他顿时上来点脾气，把手上的矿泉水砸到肖子校腿上，说："杀人不过头点地，别搞冷暴力！"

草药因他突然的发作竖了竖耳朵。

肖子校不耐烦地啧了声："别吵，让我静静。"

校谨行一噎，安安静静地坐了半天，不见肖子校给个反应，以为他睡着了，正准备把挂在座椅上的外套取下来给他披上，肖子校如同从噩梦里惊醒似的忽地坐起来。

他给许东律打电话："之遇发给你的那些材料，你挑一份最不重要的发到网上，然后安排两个机灵的记者给百创打电话，就说接到举报，有人投诉他们药品质量有问题，要采访。"

许东律应下。

校谨行问："你是要告诉叶明远，他虽然控制了余之遇，别人手里还有料？"

肖子校沉了沉心思："叶明远除了要阻止之遇在中新并购百创期间曝光出对百创不利的消息外，一定更想拿回之遇手里的证据。"

药品质量事件未必能完全遮掩过去，但越晚曝出来，他们可操作的空间越大。

道理校谨行懂。

那些得来不易的东西，尽管许东律这边有备份的，余之遇也不会轻易交出去。一方面反派通常都不守信用。加之，她交得太痛快，叶明远会起疑。另一方面，叶明远要是发现所谓的于家投诉是她策划的，或许也不愿放过她了。

你知道得太多了，无法让人家安心。

余之遇受制于人，正确的反应方式应该是，只承认相机中拍到的那些，其他的全部否认。

骗不骗得过叶明远先不说，在吃不准余之遇究竟掌握了多少信息的情况下，叶明远至少不会动杀机。除非到了穷途末路。

"影视剧里遇到这种情况，人质为了自救一般会和反派说……"肖子校摸了摸草药凑过来的狗头，"我已经把证据寄给男朋友了，如果我失联四十八小时，他就会发到网上去。"

校谨行忍了忍："……你都忙成狗了，还有时间看狗血影视剧呢？不是，你男朋友的名分落实了？"

肖子校盯他一眼："这是重点吗？"

"……"

次日，有个公众号推送了一篇文章，称百创代理的感冒药可致儿童肝肾衰竭，还配了几张照片，背景是医院的走廊，有个戴着帽子的男人背对镜头站着。同样的内容微博上也有，阅读量和转发量都很高，被送上了热搜。

夏静亲自往百创打的电话，要针对药品质量问题预约采访。

沈星火则带着静然直接杀去了百创，堵在叶明远办公室外要采访。

叶明远依然没有动作。

网上却开始有人清理了。

许东律又把一段消费者打百创投诉电话的音频发到了网上。

相比文章和图片，音频的效应更大。当晚便有别家媒体把电话打到了百创经理级以上的人员手机里，要证实网上的消息是否属实。

叶明远终于坐不住了，他在深夜出了门。

高非随便衣守在他家楼下，见他出门，悄无声息地跟上，同时通知校谨行。

肖子校立即开车过去。

叶明远在大半夜去了公司。

肖子校赶到时，高非指着停在广安大厦前的那辆奥迪说："人刚上去。"

大G熄了火，停在路边等。

三分钟，五分钟，十分钟过去，叶明远始终没有出来。

肖子校感觉不对，他顾不得是否会暴露，下车冲进广安大厦。

值班的安保拦住他，仔细瞧了瞧，觉得眼生，问："你是哪家公司的？都下班了。"

肖子校静了一瞬，缓和了一下神色，说："百创的叶副总让我过来的。"

"叶明远副总？"安保小哥说，"他没在楼上，从后门走了。"

肖子校冲去后门。

然而，街道一派空寂。

叶明远换车去了城东仓配基地附近的一处民宅。

余之遇被绑坐在椅子上，她头发有点儿乱，肩膀和手腕处被绳子勒得隐隐泛疼，衬衫领口的两颗纽扣被扯开了。

听见外面的车声,她猜是叶明远来了,扭动的手安分下来。

那天,她去了百创的两处仓库,以新物流公司揽生意为由和库管员攀谈了半天,随后成功进入仓库之中。可库管员太尽责,始终跟在她身边,她没办法拍照,唯一可以确定的是,城东郊区附近的仓配基地库房里存放着接近五百箱的 MG 公司的儿童感冒药。

余之遇以为自己赚到了,正琢磨怎么甩开库管员拍几张照片,再偷一箱药走,叶明远突然来了,他带来一辆货车,让工人把那些感冒药装走了。

余之遇悄悄尾随他去了江北的工业园。

距离工业园越近,周围越空旷,来往的车辆越少。

她不敢跟得太近,和货车保持着一段距离,直到快到工业园园区大门,踩油门跟紧了货车,给门卫一种她和前车是一起的错觉,混了进去。

之后余之遇把车停在一边,躲在角落里,看着工人把那些货卸到仓库里。为了证实仓库里一共有多少货,她冒险假装路过仓库。

她应该就是那个时候被叶明远发现的。

等余之遇确定仓库里有上千件 MG 公司的儿童感冒药,她赶紧回到车上准备离开。然而,当她系好安全带,视线一抬,便看见一辆奥迪停在她正前方不远处。

叶明远按了两声喇叭,确定余之遇看见了自己,他施施然下车。

如果只是他一个人一辆车,余之遇不可能下车,她只要锁好车门启车,凭她的驾驶技术,应该有一半的机会可以脱困。可当时除了那辆奥迪,还有两辆私家车挡住了她的去路。

余之遇就知道先前和工人说先走一步的叶明远发现自己了,叫人在这儿堵她。在走不掉的情况下,她急中生智,拿出手机拍了张照片,在叶明远走过来前,将手机塞到了副驾驶座位底下,带着另一部工作手机下了车。

叶明远语气平常："余记者。"

从派出所到峰会，尽管两人没有说过话，但他记得自己并不奇怪。

余之遇稳住心神，镇定地道："叶副总好啊。"

叶明远打量她两眼，说："我们也别寒暄了，你跟了我一路，就差进我的库房了。余记者，咱们别伤了和气。"他说着，示意手下。

两个男人上前要拉她。

余之遇试图做最后一搏："叶副总为难我个女人，传出去不好听吧？"

叶明远笑了："那得传得出去再说。"

随着他脸色一变，那两个男人把余之遇架上了其中一辆私家车。

叶明远在车上检查了她的手机和相机，手机里没什么特别的东西，相机里则有几张照片。

他拿走了余之遇的车钥匙："你的电脑我还得看看，要是没什么，我自然不会为难余记者，但这两天得委屈你一下了。"

余之遇猜百创被并购的事应该谈得差不多了，她心里很急，面上竭力维持着镇定："非法拘禁他人是要判刑的，叶副总觉得就凭那几张照片值吗？"

"值不值的，不是你说。"叶明远不欲多说，只看着她，"是你告诉我门锁密码，还是我逼你告诉我？"

余之遇没听懂。

直到先前押她上车的男人伸手扯她衬衫，她怒斥一声："拿开你的脏手！"那双清澈明亮的眼骤然变厉，余之遇一瞬不瞬地盯着叶明远，"我手上那点儿东西不能把你怎么样。你敢碰我一下，我必让你沾上人命！叶明远，咱们试试？"

叶明远所做的一切都是为了让百创顺利被并购，他无意把事情做绝，尤其见余之遇不像是在开玩笑,他反倒被一个小姑娘表现出来的刚烈镇住了。

反正重要资料都不在电脑里,余之遇把门锁密码告诉他了。在她看来,即便叶明远是惯犯,去一趟她家不可能不留下痕迹。

此刻,叶明远捏着余之遇下巴,冷声道:"你不是说什么都没有吗?为什么网上会有照片和音频?你把资料藏哪儿了?"

余之遇一直没有进食,又饿又渴,嗓子干得像要裂了,她咽了咽口水,说:"你把话说明白点儿,我大脑现在不够转。"

叶明远手上用了点儿力气:"有人在网上爆百创的料!"

余之遇被捏疼了,痛感让她清醒了几分,她说:"你不会以为我是孤儿吧?失踪了这么久,难道会没人发现?"

别人看不出那张背影照片是他,叶明远会认不出自己吗?他看到爆料的文章,意识到不妙。现下,怒从心起:"我问你是谁在网上爆的料!"

"可能……"余之遇想了两秒,"是我师父吧。"

叶明远又问:"你手上还有其他东西是吧?放哪儿了?"

余之遇甩了下头,挣开他的手:"在我家啊,我拷贝到U盘里了,那么小个东西,不太好找的。"她用尽浑身力气和叶明远谈条件,"你想要,带我回去取,然后你走人,我保证当这一切没发生过。"

叶明远冷笑:"我怎么知道你拷贝了多少份?"

余之遇心一横:"或者你赌一把,看看等我失踪七十二小时后,我师父会爆出什么大料。"末了她破罐子破摔似的说,"反正我是没其他资本和你谈条件的,随便你。"

人质若说"随便",事情反而棘手。

叶明远内心挣扎,说:"五星级大酒店楼梯间外的,是你吧?"

到了这个时候，余之遇懒得否认。

叶明远问："你都听见了？"

余之遇坦言："一点点，突然来电话打断了。"

叶明远想通了，他说："我就说座谈会上看肖子校的身影怎么那么像洗手间那个背影，原来真的是你。"

肖子校给人的感觉太过斯文冷淡，实在不像是能在洗手间里做那种事的人，当时的念头只是一瞬。直到听校谨行说出肖子校和余之遇的关系，再把这一系列的事情联系起来，叶明远意识到自己大意了。

余之遇开始攻心："叶副总，我针对的不是你，但你这么为难我，东窗事发责任就得自己扛了。闹成这样，我也不想管什么问题药的事了，你把我送回家，我把藏起来的U盘给你，咱们这页就翻过去了，行吗？"

除非能神不知鬼不觉地让她在这世上消失，否则没别的办法。

叶明远考虑了片刻，把余之遇带上了车。

肖子校和校谨行空跑一趟，他们一面等张副局调广安大厦后门街道的监控录像，以确定叶明远的去向，一面往江南苑赶。

校谨行不解："为什么你一定要守在她家？她的电脑已经被取走了，除非获救……"

"直觉。"肖子校手上打方向，眼睛看着前方，"她父母不在南城，有机会脱困的话，除了距离自己最近的警局，只有公寓可回。"

一路沉默，直到大G开回江南苑，肖子校找地方停车时，校谨行忽然指着右前方说："那是不是叶明远？"

肖子校倏地抬眼，就见百米开外停的那辆黑色SUV旁站了个人。

正是叶明远。

肖子校立即熄了车灯。

叶明远在后座车门处站了片刻,不经意间抬眼,恰好看向大G方向。来不及做任何藏身动作了。

肖子校几乎是在瞬间启车,草药像是感应到了气氛紧张似的,忽地叫了一声。

叶明远的反应极为迅速,他一步跨上后座,下一秒,SUV冲了出去。

肖子校踩油门:"通知张副局!"

校谨行扯过安全带扣好,打电话。

此时已近凌晨,街道上基本没什么车了,SUV疯牛野马似的冲上了二环桥。

肖子校是开惯了山路的人,此刻道路平坦,凭他娴熟的车技,奔驰大G要还追不上一辆SUV就太丢脸了。他按喇叭,并接连两次轻追SUV车尾,提示对方停车。

校谨行握紧扶手:"客气什么?!撞他!哥给你换新车!"在他看来,大G车头硬气,还经过改装,防撞指数五星,怕谁啊?

肖子校却控制着车速,明显不敢用力:"之遇肯定在车上,否则叶明远不会那么紧张。"

校谨行爆了句粗口。

肖子校提速,声音冷凝:"看看副驾和后座。"

校谨行降下车窗,后座什么都看不见,副驾驶则没人。

肖子校沉默了半秒,提醒:"坐稳!"

校谨行闻言手上紧了紧。

肖子校把油门踩到底,发动机的轰鸣声中,大G眨眼间超了SUV的车,拉开一段距离后,轮胎抓地的尖锐声中,大G如同漂移般在高速行进当中完成了掉头。

校谨行意识到他的意图后看向后面,冲当倒镜。

肖子校左手握紧方向盘，右手迅速换倒挡，大G车头顶着SUV车头一路倒车。

SUV司机试了几次，都不能摆脱大G车头的顶撞，终是被逼停。

警笛声适时响起，SUV司机连滚带爬地下来，往反方向跑，草药一个纵身朝他扑过去。

肖子校跳下车，抢在叶明远前打开后备厢，动手拖被绑的余之遇前，一拳朝叶明远砸了过去。

校谨行随后冲上来，把余之遇抱出来，脱下西装裹住她。

肖子校揪住叶明远的衣领，把人甩给警察，他边缓步退后边用手指指叶明远，那双比夜还沉湛的眼蕴满无声而凛冽的训诫与威胁。

肖子校从校谨行手中接过余之遇。

她就醒了，待看清面前的人是谁，她细若蚊声地唤："……教授。"

"是我。"肖子校横抱起她，小心翼翼地把人放到大G后座上。

余之遇抓住他的手不放。

肖子校躬身探入车里。

余之遇搂住他脖子，脸贴在他颈窝。

所有的焦虑与不安统统被安抚，肖子校的心在这一瞬软得一塌糊涂。在不确定她身上是否有伤的情况下，他不敢用力，只轻轻环住她，在她耳边低柔地哄："我在，别怕。"

余之遇的手臂垂下来，不知是晕过去了，还是睡过去了，再醒过来时已是次日下午，人在医院的病房里。

外面走廊有轻微的交谈声，分辨不出是路过的医患还是谁，叶上珠七扭八歪地坐躺在沙发里，睡相全无。

余之遇口渴得厉害，想叫叶上珠起来帮自己拿水，一张嘴发现嗓子哑得不成声。

片刻，病房门被推开，肖子校和校谨行一前一后进来。

见她醒了，校谨行去叫医生。

肖子校坐到床边用棉签给她润了润唇，又从保温杯里倒出一杯水，自己喝了一口，确认温度适中，插入一根吸管递到她嘴边。

余之遇边咬着吸管喝水，边拿眼睛看他。

肖子校神色平淡，看不出喜怒，唯有眼底的血丝和下巴隐隐的胡楂昭示他长时间没休息。

余之遇喝了大半杯水，在他放杯子时，她手从被子里伸出来，抓住他手指。

肖子校回视她的目光，眼神沉稳冷静。

余之遇在想自己是不是应该先道歉。

他本身就忙，从临水到南城也不是从城南到城北那么简单。上千千米的距离，他说回来就回来了。想到基地还有学生等他，她内疚得自责不已，都想劝他一句："要不你再考虑一下？"她顾虑和他在一起，自己会成为他的拖累。

除非她放弃记者工作，否则类似的事余之遇不敢保证不会发生。一次两次他或许还能承受，时间久了，次数多了，烦了、恼了，是不是就……

瞬间冒出的不确定因素，让余之遇的道歉未能出口。

她沉默，肖子校也不说话，不知是不是读懂了她的挣扎犹豫。

直到医护人员进了病房，叶上珠被惊醒，蒙蒙地看着病床上的她家组长，问了句："醒了怎么不叫我啊？"寂静被打破。

余之遇保持着抓肖子校手的姿态没动，他坐在床边也没动，主治医见状和校谨行对视一眼，无声地用眼神询问，查还是不查？

自然以她的健康为重。肖子校深呼吸，抽出手起身让到一边。

医生给余之遇做检查。

她意识清楚，四肢活动自由，除了嗓子哑得厉害，就是手腕上那点儿肉眼可见的擦伤。鉴于她被困在车的后备厢，未免车在行进中致使她磕到头，医生建议留院观察一晚。

检查过程中，余之遇的眼神一直追随着肖子校，直到他随医生出去了。之后没多久，警察进来做笔录，等他们走了，已近黄昏。

当病房里只剩叶上珠，她开始喋喋不休地讲肖子校如何如柯南般破案。叶小姐控制不住内心的激动和崇拜，劝道："组长，你别再矜持、别再考验了，肖教授真的很'香'，错过了没第二个。"

余之遇一点儿都不意外肖子校会捕捉到那些细微的线索，与她的小聪明不同，他是纯粹的高智商。至于矜持和考验，从来都不是。她只是出于慎重，希望若他们选择对方，余生便只是彼此，不分彼此。

她所期待的是一份长长久久的感情，而非一段成长经历。

病房的门再次被推开，校谨行提着满手的东西进来。

余之遇等了片刻，抻着脖子往他身后看，问："他呢？"

校谨行答得干脆："回临水了。"

"走了？"余之遇就要掀被下床，由于动作太猛，眼前一花，又跌了回去。

叶上珠扶住她："组长你还不能剧烈运动呢。"随后傻气地问校谨行，"那我怎么办啊？不带我回去啦？"

校谨行没答她，只替肖子校向余之遇解释了一句："学生今天到基地了，明天有课。"

那也不差和她说两句话的时间，想来是看出了她的不坚定生气了。余之遇沉默。

校谨行把保温瓶放下，说："你这两天饮食都不正常，未免肠胃受不了,晚上先吃点儿流食。"又把水果和零食递给叶上珠,"陪护的奖励。"

叶上珠笑眯眯地说:"谢谢校总。"

校谨行不冒领功劳,对满脸失落的余之遇说:"谢肖教授吧,都是他安排的。"顿了顿,补充一句,"安排好一切才走。"

余之遇抬眼看他。

校谨行挑眉,说:"你好好休息,明天我来接你出院。"

待许东律等人相继来探过病号,已经晚上八点多。余之遇忍着没给肖子校打电话,直到临近十一点,她打给喜树。

喜树清朗地说:"恭喜余哥平安脱险。"

余之遇玩笑道:"不好意思啊,占用了你的'真珠小姐'。"

喜树不好意思地说:"不是我的。"

"早晚都是一个户口本上的人,谦让什么啊。"逗完他,余之遇言归正传,"我救命恩人呢,到基地了吗?"

"你说老师啊?十分钟前刚到。"喜树翻身下床,说,"要我去叫他吗?他应该一直没休息,眼睛红得跟兔子似的。"

余之遇猜他也是太累了,回到基地估计连澡都懒得洗,就会先睡觉。她说:"别叫了,让他好好休息。明早你再告诉他,我打过电话。"

后来她翻来覆去睡不着,拿出手机编辑信息,删删编编,最后只给肖子校发了一句话:*教授,我错了。*

信息如石沉大海,杳无音信。

百创问题药事件很快有了结论。

叶明远对于拘禁余之遇的事供认不讳。警方查封了百创的两个大库,以及临时租用的工业园库房,查获问题药五千余箱,价值人民币近亿元。

为了隐藏召回问题药的意图,百创以更新药品日期为由,将经销库房以及柜台上一些临期的其他药品一起收回,导致退货量过大,退货款激增,最终致使资金周转不灵。

余之遇纳闷:"代理药出问题召回返给MG公司就好了,何必费这么大力气遮掩?一个代理权而已,会比公司存亡更重要?"

"MG公司因这款药出问题自顾不暇,一旦百创退货,和经销商是一样的命运,货有去款无回,损失巨大。"校谨行边开车边说,"不过,像你说的,再大的损失都不至于赔上公司。谁知道是不是鬼迷心窍,百创居然想把这些召回的问题药回炉重造,才分批分散转移到别处。"

会致命的东西,他们考虑的不是如何销毁,还想改头换面重新摆上柜台销售?余之遇庆幸自己追查了这件事。

校谨行偏头看她一眼:"中新并购了百创你知道了吧?签约次日,中新便将收购款的百分之七十分别汇到了百创指定的五个账户上。二十八亿,全部被冻结。"

并购的事余之遇听许东律说了,但在那么短的时间内就动用了那么大笔资金她没想到。

案子的调查审理以及判决会是一个漫长的过程,到最后百创可能还要面临赔偿和罚款,中新汇至百创账户的款相当于打了水漂儿,而药品质量问题也不用余之遇曝光了。

警方查封百创仓库时,几乎全南城的媒体都在场,校谨行说:"是大校让你师父私下里通知了各大媒体。"

如此一来,即便百创有通天的本事也压不住问题药的事了,余之遇更从中被剥离出来,照常理说,中新不会针对她。

他都为她想到了,他用智慧,不费一兵一卒就保全了她。而她只会闯祸,给他惹麻烦。

余之遇丧丧地说:"我可能不适合做记者。"

校谨行闻言皱了下眉："别矫情些没用的，有精力好好想想怎么哄大校吧。他这次被你气得不轻，或者你就打算这么晾着他了？"

余之遇理亏，嘀咕一句："谁晾谁啊。"

校谨行听见了，他说："活该！"

余之遇瞪他一眼。

把人送到家，圆满完成接出院任务的校总说："门口装了隐形监控器，物业和邻居都同意。家中的门窗都装了报警器，也请专人彻底打扫过了，不属于你的痕迹全部清除了，安全问题不用担心。车送修了，完事给你送回来。"

余之遇刚要说谢，又听他说："门锁密码你改一改。"

那是肯定的，原密码连叶明远都知道了。

校谨行却说："那么私密的东西大校都不知道，反而别的男人一清二楚，我看你是脑子坏掉了！"

余之遇替自己辩解："那时我还不认识他，再说我师父又不是外人。"

"怎么不是外人？敢把这话当着大校的面再说一遍，看他不给你长长记性！余之遇你最好有个心理准备，他惯着你是惯着你，他可不是好脾气的人。"校谨行敲她额头一下，"真不知道他看上你什么了？！"

余之遇委屈，又觉昨晚的认错信息发得草率了，她现在应该做的，是好好总结一下都错哪儿了，免得到时候教授算总账，她连自己犯了多少错误都没数。

当晚叶上珠来蹭住，说是喜树提醒，她刚脱险，一个人住可能会害怕。

那棵大树要有这情商早脱单了。余之遇领会了某人的关心，发信息说：出院回家了，谢谢教授。

次日，关于百创药品质量问题的新闻铺天盖地而来。

当天下午，大兴网论坛版块的负责人因涉嫌受贿被警方带走了。

沈星火告诉余之遇："百创曾以投放广告为由，出价五百万寻求大兴网协助屏蔽关于百创的一切负面新闻，被我们老大拒绝了。"

百创便找了大兴网论坛版块的负责人，私下里办了这件事。

安抚消费者，不让他们开口；买通网站工作人员，利用职务之便给予公关保护；不择手段阻止媒体爆料。这是百创处理此次危机的公关流程。

一家企业的兴衰，令人唏嘘。

余之遇作为参与曝光过程的人，很想和远在临水的那位交流一下。然而，教授还在生气，不理人，余记者只能在办公室里暗自叹气。

临近下班时，许东律发来一份文件，余之遇打开一看，满血复活。

公益版块的策划案获批了。

她加班制订了工作计划，连同出差申请一起送到许东律面前，说："快签字，我急！"

许东律无语，看都没看便签了字，甩给她时说："部长意见那儿，找夏静补签了！"

余之遇意识到越级了，赶紧回办公室重新打印了一份，找夏静签完字又送到他这儿。

许东律重签一遍，末了轻责："就该让肖子校好好管管你。"

余之遇笑嘻嘻地说："我马上滚过去让他管教。"

许东律气笑了。

第六章
一路向你奔赴

再去临水,不同于此前简单的报道,而是要将那边的情况全部摸清,收集和录制相关材料,作为公益版块建立初期的基础素材。人马刀枪准备齐后,余之遇订了飞明阳的机票。

南城那边的人登机后没多久,临水的喜树找肖子校拿车钥匙。

肖子校随口问:"去哪儿?"

喜树说:"接余哥。她和叶子,还有大阳网的摄像一会儿到明阳。"

肖子校听李校长说余之遇和他沟通将临水设立为公益试点的事了,但没想到余之遇来得这么快。他闻言手一顿,喜树都以为他会说:"我去。"结果他家老师面无表情地把车钥匙往他手里一扔,转身回教室了。

到基地时正值傍晚,李嫂听见车声先迎出来,热络地和余之遇说:"上次说走就走了,我都没来得及给你拿干菜。"见喜树从车里搬了很多设备下来,她问,"听老李说你们要拍什么公益的片子,是像拍电视剧那样吗?"

余之遇笑着和她解释:"差不多,但不是电视剧,是纪录片。"

李嫂好奇道:"我能不能当一回演员?"

"必须能啊。"余之遇搂着她的肩膀,"到时候给你拍得漂漂亮亮的。"

李嫂高兴得不行,说:"你说我穿哪件衣服好看,你眼光好,可得帮我挑挑。"

李校长从教学楼出来,打断她说:"你快别瞎捣乱了。"他迎过来和余之遇握手说话,一遍遍地替临水的孩子们谢她。

余之遇都不好意思了,说:"您不用感谢我,我们一起感谢那些爱心人士。"然后给李校长介绍此行的摄像。

林久琳听到外面的动静出来,见到余之遇,她不冷不热地说:"余记者来啦?"一副主人的姿态口吻。

再次见面,余之遇收起了对她的共情,有点儿气人地说:"是啊,又来了。"

林久琳抿了抿唇,看似随口问:"这是要录制节目?"想到临水的情况,她又补问,"和公益有关?"

余之遇不答反问:"林老师要出个镜吗?"

林久琳轻笑:"还是算了吧,一堆正事等着做呢。"

她这种人自恃漂亮不说,身为支教领队可能也认为在公益方面是有所作为和付出的人,以为余之遇弄的是作秀的节目,必然是需要她出镜的。以忙正事拒绝,既有讽刺余之遇之意,更是在拿乔,等着余之遇邀请。

偏偏余记者说:"那就不给林老师添麻烦了,到时候我找其他几位支教老师帮忙。"

林久琳脸色僵了僵。

肖子校从宿舍楼出来,作为临水小学的名誉校长,他经由李校长的介绍和大阳网的摄像认识了，末了拿起余之遇的行李。

余之遇撸着草药的狗头，贴着它耳朵小声问："你老爸今天心情好不好呀？"

草药怕痒似的歪了下脑袋。

肖子校见她没跟上来，回头："还不去开门？"

余之遇跟上他，到宿舍时凶巴巴地问："你怎么没去接我？"

肖子校瞥她："你叫我接你了？"

余之遇辩解道："谁让你不回信息。"

肖子校语气不佳："那你不会打电话？"

余之遇低垂着眉眼，小声说："我不是怕你不接嘛。"

肖子校咬了咬腮："你不打怎么知道我不会接？"

余之遇自知理亏，转移话题找碴儿："狐狸精怎么还在？"

肖子校反应了半秒，才明白狐狸精的指向，他看着眼前的女人，说："不是你说的不能退货？"

余之遇："……"

算了、算了，眼下最重要的事情是给教授消气。

余之遇拽他进宿舍，打开行李箱，邀功似的翻出几袋牛肉干。

肖子校双手抱胸看着她："给我的？"

"啊。"余之遇递过来一包，"这家牛肉干的味道超好，我小时候吃糖太多了，牙不好，平时不爱吃这些，总觉得难嚼，累得腮帮子疼。但这次我每个口味都尝过了，你不吃辣，麻辣味的忽略不计，五香的最好吃。"

肖子校微微皱了下眉心："你为什么认为我爱吃这种东西？"

余之遇答得有理有据："你车上和宿舍里都有啊。"

肖子校伸手接过来，拆开喂给草药："上次你踢我，草药记你的仇了。"他指指那几大包牛肉干,说,"足够缓和你们的关系了。"

余之遇:"……"搞了半天是你狗儿子爱吃啊。

等肖子校把牛肉干拿回对门,她蹲下来抱住围着她转圈的草药,用脸蹭小家伙肉肉的脖子,小声说:"那现在我们又是好朋友了,记着帮我哄你老爸啊。"

草药自然是听不懂那些和老爸给的指令完全不同的、奇奇怪怪的话,却很乖很乖地坐着没动,任由余之遇视它为抱枕。

食堂正常的晚饭时间已过,李嫂亲自下厨炒了几个菜。

余之遇拦着李嫂不肯让她开小灶,坚持说煮个面条就行,显然是不想搞特殊化。

李嫂却说:"老李和小肖都没吃,就等你们一起呢。"

余之遇没再拦,给李嫂打下手。

其间李嫂提到林久琳,说:"那位林老师刚来时,我以为她坚持不了几天就得嫌这儿条件不好提早回去,没想到还留下来了。"她看了看门口,确定没有外人在,又说,"我听谢梅说,她以前和小肖谈过对象。"

余之遇择菜的手一顿。

李嫂只当她不知道两人的这层关系,把林久琳和谢梅说的那一番搞砸实验而分手的话转述了一番,然后评价道:"她太不懂事了。"

"我听喜树那孩子说,小肖做学生时,负责过一次挺要紧的实验,由于中途出了差错,他为了挽救,抢时间,连续一个月没出实验室,不知道是不是那次。"似乎是觉得自己跑题了,李嫂用手拍了下自己的嘴,说,"看我扯哪儿去了。小余啊,小肖他就算有段过去,那也不奇怪,他都三十了,在我们农村过了十八就有人上门做媒的,你不要因为那个林老师拒绝小肖。"

余之遇猜她上次突然走了,李嫂事后把这些事一联想,认为她走是因为林久琳。

确实是林久琳的原因,不过,和李嫂理解的有偏差。

余之遇正考虑如何解释,又听李嫂说:"小肖从打第一次来临水,嫂子就认识他,他对工作的认真程度那是没得说。这几年,他每次来都要待上两三个月,中途从没回过城,更没带姑娘来过,他对你不一样,你来的第一天,嫂子就看出来了。"

李嫂拍拍余之遇的手说:"嫂子喜欢你,你和一般的城里姑娘不一样,你不娇气,也不会看不起我们农村人,还有爱心。不像林老师,我无意间听她和朋友打电话,说我们农村人不讲卫生,没有礼貌,说这里条件不好什么的。她呀,就是冲着小肖来的。"

余之遇握了李嫂略显粗糙的手,坦言:"我这次也是冲着他来的。上次他回南城,我惹他生气了。"

李嫂格外喜欢她的真诚劲,闻言笑了,说:"他再生气,你一来气就消了。万一不消,你撒娇哄哄,男人都吃这一套。反正你们得在一块,嫂子就觉得你们般配。"她说着,凑近余之遇耳边说悄悄话,"你刚走没两天,有天晚上我看见那个林老师抱着小肖。"

她生怕余之遇误会,赶紧说:"是她主动去找的小肖,从后面追上去抱了小肖一下。我看得清清楚楚,小肖把她的手掰开,头也不回地走了。"

还有这事?余之遇惊讶。

李嫂又道:"后来我听老李说,小肖给学校打电话了,说领队的工作强度大,希望派一位男老师来把林老师换回去,但好像学校那边人手调不开。"

端菜上桌前,李嫂嘱咐:"嫂子和你说这些不是让你和小肖吵架的。

嫂子是想告诉你,小肖的心思在你身上,你呀,得防着点儿那个林老师,她对小肖'贼心不死'。"

李嫂朴实,余之遇明白她是为自己好,笑着答应下来。

舟车劳顿,余之遇食欲不振,晚饭只吃了半碗米饭就吃不下了,可她不想浪费粮食,就只干吃饭,没夹菜。

肖子校见她没怎么动筷,盛了碗汤放她手边,旁若无人地把那半碗米饭拨到了自己碗里。

众人:"……"什么都没看见,继续埋头吃我的饭。

余之遇:"……"桌下的腿轻碰了他膝盖一下。

肖子校没事人似的说:"把汤喝了,不腻。"

不管他心里是否还有几分气没消,当着外人的面并没有冷着余之遇,又是拎行李,又是盛汤、吃剩饭的,除了喜树和叶上珠知情外,别人倒看不出来两人在冷战,余之遇心里受用。

饭后帮李嫂收拾完碗筷,余之遇回宿舍洗了个澡解乏,末了去敲肖子校的门,发现他还没回来。她其实很累很困,又不想让他生气到明天,就老老实实地等他。后来瞌睡上来了,索性去操场上转悠。

肖子校和李校长聊完工作从教学楼出来就看见她围着大G在转圈,唇角不自觉勾了勾,随即收了笑,快步走过去,绷着脸问:"干吗呢,锻炼?"

余之遇等得脾气都没了,边垂眼挠手背边说:"啊,把那碗汤消化掉。"

肖子校知道她招蚊子,从裤兜里掏出车钥匙,打开后座车门,以命令的口吻说:"上去。"

余之遇乖乖上去,然后砰地关上了车门。

被拦在外面的肖子校:"……"转身走到另一侧,上车,关门。

车内的氛围灯没开,唯一的光亮便是宿舍楼那边未熄的灯光,勉强让他们看清彼此的脸。

肖子校看着她,明知故问:"怎么还不睡,不累?"

余之遇原本是要道歉的,想到他居然让林久琳抱了,带点儿小脾气地说:"等你来兴师问罪。"

肖子校倾身靠近,垂眸看她:"谁对谁兴师问罪,嗯?"

他嗓音本就偏低沉,此刻微扬的尾音像是从胸腔深处发出来的,低哑而性感,与其说在发问,更像是调情,再配上意味深长的表情,撩得余之遇心口发酥。而原本宽敞的后座空间则因他的存在显得狭小了,尤其他刻意靠近后,那满身的侵略性暴露无遗,余之遇几乎控制不住内心的悸动,手下意识地抵在了他肩膀处。

肖子校感觉到她手上的无力,眼里的光像一簇火,摇曳跃动,他嗓子不由得一哑:"说话!"

余之遇想质问他为什么没躲开林久琳那一抱,可他那眼神又深又暗,像燃着某种危险,提醒她不要乱说话,最终只张了张嘴,没发出声音。

肖子校感觉到她呼吸乱了,想到此前他回南城想吻她时她的反应,以为她人虽来了,也主动向他示好求饶了,心理上还没准备好,克制着欲抽身。

余之遇意识到了他的动作,不知哪里来的勇气,抵在他肩膀上的那只手忽地伸向他后颈,搂住他脖颈的同时,用力向下一拉。

肖子校随着她的动作低头,下一秒,她的唇贴上他的。确切地说是撞。她手劲没控制好,力气略大,仰头迎向他时又急了,磕得他微皱眉。

可这都不是问题。

接下来，余之遇的记忆是混乱无序的。这一吻持续了多久，他又是何时还她嘴唇自由的，她都不知道。只是当呼吸终于顺畅时，脸热得她都以为自己发了高烧，主动吻上去的勇气早在亲吻中耗尽。

肖子校见她半晌没缓过神来，伸手揉了揉她的脑袋，掌心扣住她后脑，把人带进怀里搂住。

余之遇感觉到他胸腔的共鸣，猜他在笑，她羞恼地打他一下。

"没笑你。"肖子校声音压得很低，隐含笑意，"我是高兴。"

余之遇把脸埋在他胸口，低且含糊地说："我看你是得意。"

"嗯？"肖子校没听清，他低头贴近她，"什么？"

她不答。

肖子校眼眸中的笑意由浅转深，亮如繁星。

远处的山峦与夜色融为一体，车内气氛温馨浓情，谁都不忍打破这小别之后的依偎。

直到肖子校的手机不合时宜地响了。

见他没有要接的意思，余之遇轻推了下。

肖子校保持拥抱她的姿势不动。

那边不依不饶地持续打。

余之遇挣开他的手，坐正，说："这么晚了，肯定有事。"

"这么晚了，能有什么事？"看到号码，肖子校眉心微拧。

余之遇瞥了眼来电显示，是没存进通讯录的野号，她随口问："谁啊。"

肖子校眼底的温柔之意已褪尽，他挂断。

余之遇留意到他的神情变化，看看手机，隐隐猜到几分。

那边又打过来。

余之遇抬眸看他："我在你不方便？"话落，她伸手去开车门。

"说什么呢。"肖子校握住她手腕，同时接通，按了免提。

一道温柔的女声传来:"子校,你能来我宿舍一下吗,纱窗被我不小心弄掉了,我装不上。"

如余之遇所料,是林久琳。

她偏过头,轻笑了声。

"不方便,我和我女朋友在一起。"肖子校拒绝得干脆,他扣紧余之遇手腕,沉声,"我再重复一遍,以后你的事,都不要找我,我没义务受你差使。"说完径自挂断。

这依然阻止不了余之遇撂脸子,她说:"松手!"

肖子校知道她生气了,他缓和了下语气,尽量温柔地说:"即便你不在临水,不在我身边,我也不会去。这份信任,你对我应该有。"

"我信任你,和她找你,是两码事。"余之遇回身看着他,"她不是第一次给你打电话了吧?每次都是不同的理由,对吗?反正人家没求复和,没任何过分的举动,只是同事的这层关系,你不能把她怎么样的,不是吗?"

这种前任最难缠,人家什么都不说,让你连拒绝都无从说起。

肖子校实话实说:"是第二次,上次我的态度也是一样。"之后她没再打,加之肖子校刻意回避,他们没打过几次照面。

余之遇并不质疑他话的真假,语气却控制不住地变差了:"我今天刚到,我们若是恋人,不可能不在一起。所以,她是故意给我添堵,是吧?还有,我不在的时候,她来找过你,还抱了你是吗?你不是习惯报备吗,为什么这两件事没提过?别说怕我不高兴,她是你前女友这件事也会让我不高兴,你不也坦白了?"

这是不同性质的。却不适合现在解释,准确地说,现在她听不进解释。

女人天生敏感、多虑,一般是"当下"思维,她们在情绪不好的时候,不太考虑后果,脑子一热就干了。话也是一样,未经思考脱口而出。所以,别指望她们在翻脸的时候会联系前因再看结果。她自己喝醉时都说,不要和女朋友讲道理。

肖子校将她鬓边散落的碎发别到耳后:"吃醋了?千里迢迢地过来,为了她和我吵架,值吗?"

"吃醋?"余之遇哼笑,"我以什么立场?"

"你想以什么立场就是什么立场。"肖子校俯身,与她额头相抵,"亲都亲了,不想负责?"

余之遇躲开他,负气似的说:"不就是一个吻吗,又不是以身相许。"

这话肖子校不爱听,可她在吃醋,说两句气话实属正常,他没有真生气,只明知故问:"那你为什么亲我?"

这种情况下余之遇不愿承认是小别后的情不自禁,是喜欢,是确认和他的关系,她胡诌得随意:"心情不好。"

这个理由……一如当年。

初遇那晚的记忆骤然被勾起,肖子校想起来,那晚他把她送去酒店后要走,醉得不成样子的她拉着他非要谈心,谈着谈着她就哭了:"说好一起毕业,一起穿学士服拍照,就都不算了。"

后来她吐了一次,肖子校烧了热水,凉温了给她喝。她迷迷糊糊地从床上坐起来,乖乖喝完,歪头靠在他怀里,让他别丢下她,说她会很乖。

一时间,肖子校分不清她是否还知道他是个陌生人,又或者她把自己当成了那个据说很帅、很疼她的前男友。

明明自己在失恋,却因忙于照顾她,顾不上痛苦难过。当时她的模样又实在可怜又无助,肖子校狠不下心走。

余之遇安分了没几分钟,挣扎着下床,说要去阳台看星星。她醉得厉害，腿软使不上力，不知怎么绊了自己一下，跌进肖子校怀里时，唇擦过他脸颊印在他唇上。

那个瞬间，是肖子校对那晚最清晰的记忆。

她无措地看着他，大眼睛由于刚哭过，水光潋滟，三分惊恐，七分羞涩，格外好看。在跌倒的一瞬扶在他腰际的小手越收越紧，肖子校甚至能感到她的指甲都要掐进他肌肤里。

半晌，她低低地唤了一声："……哥哥。"

微哑的嗓音透出怯意与依赖，让一向定力十足的肖子校心乱如麻。然后，在满天繁星的见证下，两个失恋的年轻男女，吻到了一起……

关于那个吻的记忆，冷静如肖子校都找不到节点，事后甚至都想不起来怎么就吻到了一起，又是如何结束的。

似乎只剩一个解释，酒精的麻痹。

直到她软在他怀里，喃喃地向他道歉："哥哥对不起，我心情不好。"

肖子校如梦方醒。

从那之后，他戒了酒。

时隔五年，他好不容易等到她走向自己，他以为今夜于两人而言是个新的起点，他都准备给她讲一个故事，一个分明是久别重逢，却被她理解为初见你的故事。

她却再次告诉他，自己是因为心情不好而吻他。她主动招惹他，事后还说着不负责任的话。那晚是因为陆沉，他原谅了她。今夜呢？

理智提醒肖子校，她是因为林久琳那个突如其来的电话在发脾气，是言不由衷，可情感上肖子校上来点儿火气。他伸手，微抬起她的下巴，问："知道我是谁吗？"

余之遇只当他是故意转移话题，不走心地答："我又没喝酒，还会不认识你？"

吻过了依然没有记忆。

肖子校恨不得现在就去买酒，和她一起醉一场，好好给她回忆回忆。他偏头看向车窗外，半天没说话。

余之遇感觉到他对自己的回答并不满意，她莫名："我们在谈林久琳！"

肖子校无心继续："对于她，我没什么好说。"说完，他甩上车门就走。

余之遇看着他进了宿舍楼，她下车，一口气跑上三楼，敲林久琳宿舍的门。

林久琳误以为是肖子校来了，是带着笑意来开门的，见到是她，笑容僵在脸上。

余之遇冷着脸说："不是装不上纱窗嘛，我来给你看看。"

林久琳抿了抿唇，拒绝道："不劳驾余记者。"

余之遇推开她进门，直接走到窗前，踩着椅子站到桌案上，三两下把纱窗装上，用力拍了拍："看见了吗？长手就行！"

林久琳自知是那通电话惹的祸，她没料到余之遇是这么个角色，忍了忍，没说话。岂料余之遇又用两秒时间将纱窗拆卸下来，人从桌上跳下来时，纱窗被她重重甩到床上。

纱窗许久没有清洗过，灰尘铺满了床。

林久琳就忍不住了，她用手指着余之遇："你干什么？欺负人吗？！"

"欺负的就是你，有本事你欺负回来！"余之遇用力打开她的手，"别人给你脸，是别人有修养，你别把自己捧上天了，以为全世界的男人活该围着你转！"

林久琳听得云山雾罩："你什么意思？"

余之遇盯着她："意思是，我的脾气像辣椒，冲得很。不仅不讲道理，占有欲还强，我的男人，不允许任何人染指，尤其是下了岗的前女友。"

她语有不善："别在我男人面前扮拧不开瓶盖的小公主，那是我的专利。再有下次，我就不是扔纱窗，而是撕你脸了。"

林久琳要气哭了，她咬牙："余之遇，你凭什么？"

余之遇底气十足地回答她："凭他喜欢我。"

肖子校回宿舍冷静下来，等了片刻没听见对门回来人，懊恼不该沉不住气，把余之遇一个人留在车上，折返回去发现人不在，再回来时正好碰见她从楼上下来，他沉声问："去哪儿了？"

余之遇看都不看他，径自往宿舍走，语气冲得很："给你前女友装纱窗。"

肖子校脚下一顿。

余之遇打开宿舍门时回身看他："你要是不放心，再上去看看？我虽然把纱窗的问题解决了，指不定她现在又遇到了没床睡的困难。"她拿腔拿调地学林久琳的语气说，"子校，求收留。"随即砰的一声关上门。

肖子校被震得下意识地蹙眉。

楼上又下来一个人，是林久琳对门的王老师，她对肖子校说："肖教授，你快上去看看林老师吧，她哭得厉害。"

肖子校眸色不动："她哭不哭和我有什么关系？"

王老师哑了两秒："刚刚余记者把纱窗扔林老师床上了，这让人怎么睡觉啊。"

肖子校才明白余之遇说林久琳没床睡是怎么回事。他脑补了一下她扔人家纱窗的场面,压了压唇边的笑意,问:"你看见了?怎么回事?"

王老师当时正想去向林久琳要蚊香,把经过看了个一清二楚,于是把余之遇如何站到桌子上,把纱窗装了又拆,还警告林久琳的话复述了一遍。

肖子校抓住了余之遇关于"我的男人"的称谓重点,他问:"她真这么说?"

王老师着重强调了林久琳没回嘴,现在气得在宿舍里哭。

肖子校勾了勾唇角,说:"她让我宠坏了,脾气不太好,打扰你休息了,见谅。"

王老师听出来这个"她"是指余之遇,一时分不清药学生口中所称的师母到底是谁了。

肖子校没再说什么,他转身回宿舍,关门时故意弄出点动静,像是在告诉对门的余记者,他回来了。

外面不知何时下起了雨,余之遇听着窗外淅沥的雨声,心烦地不断翻身。

半睡半醒的叶上珠迷迷糊糊地问:"组长,你烙饼呢?"

余之遇索性裹着薄被坐起来:"我问你个问题。"

叶上珠朝她的方向转过来:"大半夜的你要是还考我专业,我会做噩梦的。"

余之遇啧一声:"不是工作上的事。"

叶上珠披着被子坐起来,态度端正地说:"那就是情感问题?"

余之遇挠了挠头,说:"……不是我,是我一个朋友,她喜欢上一个男人,可男人的前女友总跳出来作妖,让这个男人发作不了的那种妖,你说我撕……我朋友撕前女友是不是没毛病?"

余之遇仅有一次的恋爱经历中没出现林久琳这号人物，她事后想想，认为自己出手轻了，总觉得应该把林久琳劈腿的事直接拍她脸上。

叶上珠问："那男人的态度呢？"

余之遇如实答："挺坚定，没有吃回头草的意思。"

"那不把前女友撕碎留着过端午吗？"叶上珠直女的性格又上来了，她说，"她既然不尊重'分手'二字的含义，你就教她做个人。"

余之遇矢口否认："说了不是我。"

叶上珠哼笑："别编了，不就是你和肖教授，还有那个林讨厌吗。"

余之遇哑了下："……你知道林久琳是肖子校的前女友？"

叶上珠说："啊，我发现了。"

余之遇好奇："他们在基地发生了什么不可描述的事情吗？"

叶上珠嘶了声，像这一问有多棘手："肖教授被强抱了算不可描述吗？不是，我说的强抱是拥抱的抱，你别误会啊。"

余之遇掀被子："你看见他被抱了？为什么没告诉我？"

叶上珠拍脑门："我忘了这事不能让你知道了。不是，谁告诉你的啊？"

"叶上珠你居然知情不报。"余之遇朝她扔枕头，"你这样会失去我的，你知道吗？"

叶上珠被砸了下，说："我不是怕你们误会嘛。就你那狗脾气，万一直接拉黑肖教授，哪还有转圜的余地，我不成千古罪人了？"

余之遇炸毛："说谁狗脾气？！"

"我是说你的急脾气。"叶上珠替肖子校说情，"肖教授好难的，既不能和女人动手，又不能真的让草药咬人。林讨厌也是招人硌硬，都分手了，作为前任她就不能专业点儿，当自己死了？"

余之遇扑哧一声乐了，憋了半宿的火气散了不少。

叶上珠忽然想起个事,说:"你走之后有天临水下大雨,林讨厌去下面的村子做宣讲很晚都没回来。大家着急了,尤其是李校长,怕她半路上出事,要出去找。基地几位中医大的男老师都不认识下村屯的路,适合去找的只有肖教授和大树。"

叶上珠不希望他们去,她悄悄对那棵大树说:"别管林讨厌,我看她就是故意晚回来,等肖教授去找呢,到时候一哭一闹地又该占肖教授便宜了。"

喜树的逻辑却是:"万一出了事,老师对学校无法交代的,以后的志愿工作可能因此做不下去。"

叶上珠气得直跺脚:"林久琳要是故意闹失联,看我不扒了她的皮。"

喜树想了想说:"她应该不会。上次那事之后,老师已经向学校提了一次换领队,她要还敢故意就真的要打包回去了,反正论宣讲我是能做的,老师带我来,除了跟着他研究道地药材,主要是作为机动人员。"

经他一提醒,叶上珠懂了其中的道理,她说:"大树,你好聪明哦,分析得好有道理。"

喜树被她赤裸裸的夸奖搞得脸一红。

林久琳确实不是故意的。她做完宣讲准备回基地时,天已经阴了,考虑到雨后路会不好走,她急着往回赶,半路急雨骤来,她为了找地方躲雨走错了路。

肖子校先和李校长确认她当天去了哪个村,再确定沿途的岔路口有几处,然后他带着喜树,李校长由带班的男老师陪同,分两路出去找。

并没有浪费多少时间,便把困在半路的林久琳找到了。

喜树知道肖子校不愿与林久琳有所接触,主动上前确认她有没有受伤。

肖子校懂医术,林久琳不敢装病,她说:"没事,就是摔了一跤,车子坏了。"

天黑雨急，她辨不清路，手机还没信号，只能等救援。

叶上珠说："基地就一辆摩托车，肖教授是带着喜树出去的，回来则是喜树驮着林讨厌，肖教授推着那车摔坏了的破自行车顶着雨走回来的。"

为了和林久琳保持距离，他确实挺难的。余之遇不说话了。

叶上珠见状问："林讨厌惹你了？"

余之遇一咬牙，把林久琳给肖子校打电话的事说了。

叶上珠又问："你没迁怒肖教授吧？"

余之遇沉吟："小小地迁怒了一下。"

叶上珠刨根问底："有多小？"

余之遇钻进被子里，蒙头。

叶上珠安慰她："肖教授肯定明白你和他闹是吃醋，是在乎他，不会和你生气的。"

但我说由于心情不好才吻他，可能触到他逆鳞了。余之遇叹口气，把小脑袋从被窝里钻出来："你说我对他做了不可描述的事，事后又不承认叫什么？"

叶上珠答得干脆："渣女。"

余之遇："……"你怕是不想转正了。

次日，余之遇被叶上珠的闹铃叫醒，见叶小姐一分钟都没赖床，她抓过手机看了眼时间，五点半。

叶上珠边套衣服边对她说："你不在临水的日子，我已经养成了晨练的好习惯。"

余之遇揉着眼睛问："为了大树啊？"

叶上珠笑:"那我在追他嘛,自然要把握机会。"

余之遇想到某人曾说作为老师羡慕他学生的话,艰难地爬起来,说:"我也去。"

叶上珠问:"哄肖教授啊?"

余之遇闭着眼睛答:"崩人设,洗白'渣女'。"

叶上珠表扬:"组长你真勇敢,知错就改。"

两人到操场上时,肖子校和喜树正在热身,草药则在撒欢儿。

叶上珠自动自觉站到喜树身边,余之遇像个乖宝宝似的和肖子校打招呼:"早啊,教授。"

肖子校见她笑眯眯的样子,抿了抿唇:"怎么这么早?"

余之遇学着他的样子活动手脚,说:"中医不是说卯时大肠经当令,这个时候跑步健身,做有氧运动,不但可以增强肺功能,还能增强大肠经,对于增强体质和抵抗力大有好处。"

喜树闻言说:"余哥对中医养生挺有研究啊。"

叶上珠拆台:"组长你才上网查的就背下来了啊?"

余之遇作势要踢她。

叶上珠笑着躲到喜树身后,扬声说:"肖教授,我们组长这么有心,你快原谅她吧。"

等喜树把她拉走了,肖子校才说:"学习能力挺强。"

反正被拆台了,余之遇大大方方地承认:"我不得和你培养共同爱好,追随你的脚步一起进步嘛。"

肖子校忍笑瞥她:"再说说辰时?"

居然没考住她,余之遇张嘴就来,"辰时胃经当令。辰时是天地阳气最旺的时候,是吃早饭最容易消化的时候。早饭吃多了是不会发胖的。因为有脾经和胃经在运化,所以早饭一定要吃饱、吃好。而如果卯时完成了晨练,此时正是感觉饥饿、胃口大开之时,正好吃早饭。"

活动开了手脚,她倒着快走:"我不爱吃早饭的习惯养成好久了,你帮我纠正啊?"

"好好跑。"肖子校轻责一句,等她转过来和他并肩慢跑,他说,"我纠正你那叫管束,你自己纠正才是意识改变。"

余之遇讨好地说:"有动力,改变的意识才强烈。"

"狡辩。"肖子校带着她跑了会儿,适当停下让她调整呼吸,"把'十二时辰养生法'都背下来了?"

"你不会还要考吧?一天只能考一题,我只背了这么多。"见他眼底终于有藏不住的笑意,余之遇得寸进尺地试探,"明天考什么?我晚上预习一下。"

肖子校逗她:"这么努力,要考研究生?"

"研究生就算了,知识都还给老师了。"余之遇故意凑近他,勾勾他手指,"要是能走个捷径做博士家属最好。"

肖子校快绷不住了,可想到她"不高兴"的言论,忍住了拉她手的冲动,轻咳了声说:"博士非常愿意接受你的提意,前提是你情绪稳定。动不动心情不好,再甜的糖吃到最后也是玻璃碴,我怕扎心。"

怎么哄你都不行是吧?余之遇故意用指甲抠了他掌心一下:"既然教授自我保护意识那么强,糖也别吃了,免得摄入过量,对身体不好。"话落,甩开他的手走人。

肖子校屈指蹭了下鼻尖。

余之遇没吃早餐,叶上珠说她晨练完睡回笼觉去了。

肖子校敲开她宿舍的门,把饭盒和保温杯递过去。

"不吃。"余之遇凶巴巴地拒绝,要去撸草药的头。

肖子校打她手一下:"吃完再玩。"虚搂着她肩膀把人带进屋。

床上整整齐齐的,哪里像是刚被睡过的样子,她分明是在耍小脾气。

肖子校把饭盒和保温杯放到桌案上,说:"是真不想吃,还是等我纠正?"

"等你送行不行?"余之遇偏头瞄了眼饭盒,有小花卷、小菜,他手里还握了个鸡蛋,她挑三拣四道,"没有粥吗?"

肖子校瞥她,把保温杯拧开,是热牛奶,他剥完蛋放到饭盒盖上说:"今早没粥,汤不是你喜欢的口味。"

余之遇喝了口牛奶,问:"加糖了?"

"你不是说吃糖心情好吗?"肖子校用纸巾擦完手,以指腹抹掉她唇边被牛奶沾出的"小胡子","我没糖吃只能忍,你吃不到⋯⋯"他故意顿了下,睨她,"万一等我晚上下课回来又说要走怎么办?"

余之遇嘀咕:"你知道就好。"

肖子校伸手揉揉她脑袋:"快吃。八点是要开会,我只有一个小时时间。"

余之遇眼睛顿时一亮,问:"你要参加吗?"

肖子校挑眉:"余哥主持的会议,我能不捧场?"

余之遇高兴得差点儿亲他一口。

八点整,在肖子校和李校长的召集下,除了个别有课的老师,临水的乡村教师和中医大的支教老师们都聚集到了教学楼的会议室。

大家此前都见过并不陌生,余之遇没浪费时间客套,她把大阳网设立公益版块的计划简明扼要地进行讲解,说明拍摄目的:真实地展现临水的生活和教育现状,利用网络传播优势,为临水的留守、失辍学儿童寻求资助。

余之遇打开PPT展示图书馆陈设及布局图，说："会有一些匆忙，但为了让孩子们早日读上书，我们计划在这个暑假将图书馆先设立起来。大阳网会公开征集书目清单，暑假前完成统一采购，送到学校来，作为图书馆一期书目数据库。"

PPT翻至另一页，余之遇针对"城市体验营"说："我想带孩子们走出大山去看一看外面的世界。综合各方面的因素考虑，例如安全、资金。当然，目前最大的困难是资金。所以，第一期城市体验营的名额暂定十个，结合期末考试成绩及日常表现选定参与的学生。行程：南城中医大，附属中医医院，以及大阳网。"

从校园到职场，是每个人成长的必经之路。余之遇想让临水的孩子看一看，读书后，未来要走的路，给他们一个奋斗的目标。

曾有一个笑话，有位乞丐机缘巧合下救了皇帝的性命。皇帝因他救驾有功，要给赏赐。乞丐不求钱财和做官，只求皇帝划了他两条街做地盘，乞丐说："这样，以后讨饭就再不怕被人赶出去了。"

这个笑话告诉我们，认知和见识，决定未来的命运。

余之遇不希望生于贫困的孩子们被眼前的一片树叶遮住眼睛，只见树木，不见森林。她要带着他们往外面走，往高处走。

教育的好，不仅仅要通过宣讲去传播，还应该让孩子们亲身感受到，亲眼见识到。这样他们才会努力读书，因为受到指引，有了方向。

这是余之遇策划"城市体验营"的真正目的。

话至此，她看向坐在右首位的肖子校，略俏皮地说："校方和院方的协调工作就辛苦肖教授啦。"

肖子校应下："交给我。"

关掉PPT，余之遇说："这是九月份之前要完成的两项计划。后续能否得到爱心人士的资助，体验营又能走多远，人数可不可以从十人增加到二十人,甚至全校师生一起,我们这次的拍摄至关重要。"

"在不影响各位老师正常工作的情况下,辛苦大家协助我们的拍摄。"话至此,她以玩笑的口吻问,"零片酬出演,没问题吧?"

老师们当然乐于参与,只是他们有些担心:"我们都是业余的,面对镜头会不会很尴尬?"

余之遇安慰道:"我们不用脚本,摄像大哥只在你们上课时随拍,他们的随拍技术,比我加滤镜美颜后的成品还棒,完全不用担心。"

一位中医大的女老师说:"那从明天开始,上课我得化妆了。"她有点儿不好意思地笑,"没有林老师那么好的底子,全靠妆补救。"

老师们闻言笑,昨晚向肖子校告状的王老师顺着话茬儿说:"林老师上镜肯定漂亮。余记者,到时候给我们林老师拍点儿特写。"

肖子校偏头看了眼她,正欲开口说这是公益拍摄,不是谁的个人秀,余之遇抢白道:"我是想请林老师C位出道的,所以昨晚一到基地我就向林老师发出了拍摄邀请。"她语气如神色一样惋惜,"可惜支教工作临近尾声,林老师说要忙教育宣传顾不过来。"

余之遇目光一转,看向林久琳:"下次再有拍摄,林老师可不能再拒绝我了。形象那么好,不出镜简直暴殄天物。"

余之遇这样说,表面上给足了林久琳面子,实则截断了她的退路,林久琳想反悔参与拍摄都不行。林久琳意识到自己遇到了对手,论表演林久琳面前这位看似无害的余记者明显技高一筹。她没想到余之遇不是作秀,而是集网络之力要做真公益,听讲解时已在后悔先前未经考虑的拒绝了,本来等着同事想起她提一句,她顺势应下。此刻,只能努力维持微笑和她的所谓清高,说:"有机会再说。"

余之遇势在必得地笑望她的样子分明是说:没机会。嘴上说的却是:"好啊,下次合作。"

那位王老师特别不识趣,还挺可惜地说:"那谁代表我们中医大啊?"

带班的罗姓男老师说:"那自然是肖教授。"他手肘挂在桌案上,看向余之遇,"我们都零片酬出演了,余记者不要吝啬,和我们肖教授组合一下,男的帅女的美,肯定能吸引来众多的爱心人士。"

叶上珠立即附和:"对、对,肖教授和我们组长都是神仙颜值,绝配。"

包括喜树在内众人都附议。

肖子校看了眼耳朵微红的余记者,含笑道:"那我就恭敬不如从命了。"

余之遇这次是跪着进山求原谅的,还没来得及和肖子校商量出镜的事,此刻他如此给面子地答应了,她只能颔首说:"荣幸、荣幸。"

于是,正正经经的公益召集会议,最终在相亲大会配对成功的喜悦氛围下结束。

散会后,那位罗老师说:"之前听学生们说余记者是他们师母,我还不信,看来是真的。"

肖子校笑而不语。

罗老师不依不饶,非要他句准话:"如果是谣言,你澄清一下?"

尽管在生气,肖子校还是丝毫不掩饰地说:"不需要。"

罗老师就懂了,用手指点点他。

肖子校笑得愉悦又矜持。

随后两天余之遇都在跟拍摄,除了课堂随拍,她还给李校长、个别的乡村及支教老师拍了宣传视频。另外,她选择了几个有代表性的孩子,例如父母都在城里打工的留守儿童,与奶奶相依为命的苗苗,以及单亲家庭的大壮,到他们家中取材。

在为大壮录制的短视频中，余之遇想说："一个旧铁罐，不应是他仅有的玩具。"

在拍到一对留守姐弟哭着送妈妈走的一幕时，余之遇在手机中记录下："如果身边有依靠，前方的路便不会被泪水模糊。"

在抓拍苗苗认认真真埋头做作业时，余之遇脑海里浮现的文案是"一笔一画，是她追求梦想的脚印"。

等她把剪辑完成的一个小视频发到工作群，不仅是许东律和夏静，很多记者都湿了眼眶。临水的老师们感动之余都说："我还挺上镜。"

各方满意，拍摄顺利推进。

唯一没搞定的只剩肖子校。

等拍摄步入正轨，余之遇终于可以松口气时，发现她的男人一直没主动来找她。他如常带学生进山认药，晚自习时间待在教室里答疑，或者和制剂室的同事开视频会议，跟进实验进度，看似是真忙。

这天晚自习时间，肖子校照例在教室，直到快下课也没见到从不缺课的喜树助教，他拿起手机发了个问号过去。

片刻，回复未到，喜树人来了教室，他悄悄走到肖子校面前，把一张自己写的方子递上去，低声说："老师你帮我看看，用量可不可以。"

肖子校一看配伍便知是治疗感冒发烧的，他抬眼问："叶上珠病了？"

喜树视线落在方子上："……是余哥。"

肖子校蹙眉，吃晚饭时没见到她和叶上珠，他没在意，毕竟早上他出去上课时，那位准家属还活蹦乱跳地和他说"再见"，中午给他发信息时还明知故问："晚上几点下课呀？"

肖子校看了下时间，还差十分钟下课。他把方子收起来，说："知道了。"

喜树明显松了口气，他坐回了自己的位子，低头摆弄手机。

十分钟后下课，肖子校直奔宿舍楼。

余之遇房间的门半掩着，他轻敲了下，等了两秒没听到回应，径自推开。里面安安静静的，没有开灯，肖子校借由从窗外投射进来的月光，看到余之遇盖着被子，躺在床上。

那一瞬，他以为她真病了。直到开了灯，见某人用被子蒙着脸，只露出那双清澈的眼看着他，才确定自己上当了。

肖子校转身。

余之遇立马拥着被坐起来："来都来了，走出去也是欲盖弥彰。"

肖子校关上门，反锁，走到床边，随手拽过椅子坐下，拿起她的手。

当他三指搭上她寸关尺的位置，余之遇老实交代："我没生病。你不要骂大树啊，我逼他诓你的。"

"我在你眼里是随便迁怒学生的人？"从脉向上看确实没病，肖子校说完看了看她脸色，用手背贴了下她额头，问，"脸怎么那么红？"

其实是想假装发烧用被子捂的。余之遇趁机握住他的手，机灵地说："要是我说，是想到要向喜欢的人表白在害羞，你信不信？"

她都做到这一步了，肖子校哪儿还有心思算她诓自己过来的账，他压着嘴角笑了笑，看她的眼里透出几分无奈和宠溺："你自己信吗？"

余之遇见他定力十足，撩不动，乖乖示弱："教授那么聪明的人，不可能听不出来我那晚是气话，还真和我置气啊？搞得我都分不清你到底是因为我说错话要给我教训，还是觉得那晚亲你是冒犯了。如果是后者——"

她的目光落在他的眼睛里，似是认错："要不你还回来？否则你老这么不冷不热的，我是真的心情不好。"

她说这话时微偏头，那双漆黑明亮的眼睛笔直地注视他，透着股说不出的风情。

肖子校再也绷不住，面对她赔礼似的邀请，他极淡地笑了下："心情又不好了？"不等她答，伸手托住她后脑，俯身亲下来，"我帮你疏解疏解。"

余之遇是有心理准备的。确切地说，联合喜树把他诓来，她就是打算以吻相哄。现下，她搂住他脖颈，温柔地回吻。

肖子校低哑着嗓子问："这回是纯糖，没玻璃碴了吧？"

余之遇在他怀里笑："谁还敢喂教授玻璃碴，分分钟被反弹回来。"

肖子校眼底涌上几分笑意，语气愉悦："谅你也不敢。"

余之遇见他心情好了，先发制人："好像拿错了剧本，言情小说的套路不都是追妻火葬场，怎么到我这全反过来了？"

肖子校笑起来，笑声清越："不这样逼一逼你，不知道要晾我多久。"

余之遇轻哼了声："就知道你是故意的，我太沉不住气了。"

肖子校刚被喂了糖，心里甜，毫无立场地妥协："我道歉，好不好？念在我早拿你当家属对待的分儿上，不追究了？"

余之遇闻言挺了挺腰板："你现在承认我是家属了？"

肖子校眼里蕴着笑，眼尾微微上挑："说反了，该是我问，你现在能承认我男朋友的身份了吗？"

她分明默许了两人的关系，他还不忘照顾她的小女人心理，重申意图，主动要名分。

余之遇弯起眼睛给了他一大口亲亲，郑重宣布："国家都提倡定向扶贫，教授作为重点对象，由我对你进行'一对一帮扶'。"

如同跋涉许久，终于与爱重逢。欣慰与感动齐齐涌上心头，肖子校喉结微微一滚，他敛了笑，说："心怀感恩，忠诚以待。"

看似简单的八个字，是一份允诺。

在一段关系中，若有人将对方的付出视为理所当然，不懂感恩，将无法长久。在爱情里，忠诚亦是必须，更是相互。只是，这种最美、最难得的基础原则，不是谁都能够坚守。

余之遇庆幸与肖子校的爱情观一致。她把脸贴在他颈窝，说："彼此感恩，相互忠诚。"

这份爱的回馈，让肖子校对她更加珍视。

他想起上次回南城，余之遇问过他，喜欢她什么？

如她所说，这世上，没有无缘无故的喜欢。他对她的钟情确有起源。

初遇那晚，他借着酒意第一次，更是最后一次谈及林久琳与校谨行，他靠坐在床头，抚着额头说："一个是我女朋友，一个是我兄长，他们这样，我真的很疼。"

余之遇醉得天旋地转，先是批评他："你那么忙，交什么女朋友？女朋友是需要花心思、花时间照顾的。你不用心呵护，她对你会失望是正常的，提分手本无可厚非。"

她逻辑清楚地帮他分析："可在你们分手前劈腿，就是她渣，渣女！你应该庆幸还没娶她，否则为了那样一个女人把自己变成二婚男更亏。至于你哥哥，你们感情那么好，他会抢你女朋友？我有点儿怀疑。你要不再确定一下？别只相信眼睛看到的。"

为了让他相信自己的话是有道理的，余之遇打开手机相册，翻出两张照片。第一张照片里有两个人，一个男孩儿，一个女孩儿，男孩儿背对着镜头，双手向前伸的姿态像极了拥抱。

肖子校把照片放大，依然觉得男孩子是要拥抱女孩儿，至少从照片上看，男孩儿与女孩儿站得极近，近到一伸手便可完成那个拥抱。

第二张照片里，男孩儿和女孩儿之间隔着足有一米远的距离，两个人的神色都有些沉重，而男孩儿伸出双手的样子分明是在对女孩儿形容着什么。

第一张照片，摄影师与男孩儿女孩儿站在同一条直线上。第二张照片，摄影师是站在男孩儿和女孩儿的侧面。

她是学新闻的，她懂摄影，她用同一情境不同视角的两张照片告诉他，所处位置不同，视角便不同。事实到底是怎样的，不要仅用眼睛去判断。

余之遇最后提醒他："劈腿就是不可原谅，这样的女人，不值得你挽留和伤心。至于你哥哥，我建议你再确认一下，万一他不知道这是你女朋友呢。父母半世恩，兄弟一世情。哥哥，你要慎重啊。"

肖子校不必再去确认，他笃定，他的兄长不是会沾染自己弟弟女人的人。在那一晚，他消除了对校谨行的怨气。

所以，完成学业后肖子校没有回万阳工作，也没有受雇于任何一家药企或研究所，他与中医医院达成了特殊的合作，入驻制剂室，成立了自己的专属实验室。在完成本职中药师的分内工作外，一旦新制剂研发成功，在同等条件下，中医医院仅拥有优先权。

他以专利授权的优先权换得了医院的资源扶持，他又有权将专利授权给万阳，只要校谨行想要。

一家人终究是一家人，即便当年确实因不可避免的矛盾和校谨行的感情出现了一段时间的裂痕，肖子校在充分考虑未来发展的情况下，依然顾及了万阳的利益、校家的利益。

酒后爱断片的余哥却全然不知，自己当年遇见教授时还做了件好人好事。

五年后，肖子校终于拥她入怀，他感恩她当年的提醒，挽救了他与校谨行的兄弟之情。

肖子校偏头亲她鬓角，柔声问："肩膀上的伤好了吗？"当时从叶明远手里救出她，到了医院让护士给她仔细检查过，他知道除了手腕上，她肩膀上也被捆绑的绳索磨破了皮。

"现在才问。"余之遇本不是娇气的人，此刻竟生出几分委屈，"人家还没出院，话不说一句就走。"为了避免挨训，她再次先声夺人，"当时真没得选，我不跟上叶明远，他把药转移走了，再去哪儿找啊？"

话说到这，她从肖子校怀里退出来，坐回床上去："我已经从中吸取教训了，以后再遇到类似的情况，我学教授，暗中通知其他媒体一起跟，反正我不图名，只要能曝光内幕谁曝光都一样。"

肖子校有点儿欣慰，他说："原本是准备多陪你一会儿，晚点儿再坐飞机走。可你醒来看到我想的是什么？觉得麻烦我了是吗？"

这份见外，让他想发脾气。

不过，她刚刚脱险，警察在外面等着做笔录，工业园的问题药等着被查封，再想想她被自己抱进大G后那个依赖的拥抱，肖子校勉强压住火气交代好了一切才走。

现下，两人终于有机会心平气和聊这件事，肖子校把自己的想法告诉她："心理学上说'不麻烦彼此，关系就无从建立'。你不麻烦我，我无从付出，我们的关系会陷入更大的麻烦。好的关系就是麻烦出来的，尤其是恋人之间。所以之遇，别怕麻烦我，我心甘情愿被你麻烦。"

肖子校握她的手抵在胸口："我喜欢你，是把你的事情当成我的事情来对待。你所谓的麻烦，对我而言是一种被需要的甜蜜。我这样解释，你还要自责和胡思乱想吗？"

见她不语，他还逗她："既然我像爸爸那样管束你了，你自然可以像女儿一样给我惹麻烦。这世上，没有哪位父亲会嫌女儿麻烦，对吗？"

余之遇眉一挑——我把你当男朋友，你却想当我爸爸？

肖子校没给她发作的机会，他俯身，贴了下她额头，指点道："你要趁恋爱时多麻烦我，等我习惯了，你以后才会更幸福。"

这是在教她撒娇吗？不过，确实有人说：会撒娇的女人最好命。

以前余之遇并不认同这话，在她看来，女人厉害一点儿没有错。直到与肖子校相识，余之遇发现，她越和他硬碰，他似乎就越硬，像是初遇那天，她抖机灵套路他，他不留情面。只要她软一点儿，像是她不强求采访，改去蹲图书馆恶补中药学知识，以及她去百创采访而受伤，肖子校便会软下来，甚至心疼。

果然，柔软的女人最能激发男人的保护欲，真正有担当的男人不会嫌爱人麻烦。

余之遇抵挡不住足够强大强势的肖教授的体贴和温柔，她抱住他，哭唧唧地说："我要不相信你了。你这么好，怎么单身了那么多年？坦白从宽，抗拒从严，说，你到底交往过几个女朋友？"

肖子校笑得宠溺，他替自己辩白："审美水平比较高，以前没碰到喜欢的。攒的年头多了，知识储备量自然提高了，不是实操总结出来的，你可以相信我，嗯？"

余之遇被取悦了，却不许他轻易过关："那林久琳是怎么回事？"

肖子校无奈地解释："以前眼光不好，后来工作赚了钱把眼睛治了治。"

余之遇被逗笑，笑够了，她说实话："百创的事确实怪我情急之下忽略了跟踪的危险性。我急于尽快有个结果，好来基地看你。我还没跟你进山上过课呢，我不想再等一学期。"

她低垂着眉眼的样子像个做错事等待受罚的孩子，又乖又委屈，肖子校一句重话说不出来，他揽住她肩膀："想听我随时可以给你补课，女朋友的权利不会用了？"

余之遇抿唇笑:"你就是想骗我快点儿答应你的追求。"

肖子校居然不否认,他说:"早晚都是我的人,我早些行使男朋友的权利没什么不对。"

余之遇歪头睨他,神情透出看穿一切的小狡黠。

肖子校吻住她前说:"以及享受男朋友的福利。"

又是要了命的一吻,最后都不用她回答肩膀上的擦伤好没好了,他直接用唇检查了一遍。

进展火速,余之遇吃不消。等他终于放过她了,她红着脸赶人:"你快回你房间去,一会儿叶上珠该回来了。"

肖子校给她顺了顺头发:"草药在门口,回来人它会提醒。"

原来他安排了狗儿子站岗放哨。余之遇推开他的手:"心眼儿都被你长了,不敢想象我以后的日子有多艰难。"

肖子校牵过她的手送到唇边亲了亲,承诺:"我会让着你。"

更会用心呵护你,以免你在与我的爱情里受伤,或是失望。

余之遇当晚和叶上珠卧谈到很晚。

对于两人确定关系的消息,叶上珠丝毫不意外,她说:"肖教授对你势在必得,只是像逗孩子似的看你矫情地表演罢了。"

余之遇:"……"没说是逗猫逗狗真是谢谢你口下留情了。

叶小姐不理会她,继续道:"梁野他们那期学生返校后,肖教授的女朋友在临水的消息估计整个中医大都知道了。第二期学生来了没围观到你,都有人问肖教授他们师母呢。"

余之遇的关注点是:"你好像有很多信息没有传达到位啊。"

叶上珠搬出冠冕堂皇的理由:"我一个人做两个人的工作,把事业搞得风风火火,还要抓爱情、追那棵大树,哪儿有精力做间谍?"

余之遇没深究，示意她继续。

叶上珠回忆了下，说："那时你明明是因为林讨厌走的，少一分自信肖教授都不敢说你有其他工作，暂时回去的话。我都替他捏把汗，担心你在课程结束前不露面，他在学生面前如何圆'暂时'一说。"

他是教授，学生再大胆，也不敢当着他的面议论什么。可她不过就是和他同框喝了次茶，还有第三个人在场，校内论坛已经将两人的绯闻传得身为当事人的她都快相信了。由此可见，学生的嘴比娱记更厉害。

如果最终他们在一起了，她早晚会露面，一切相安无事。若他们无缘，他因在学生面前承认了她师母的身份，等同于为自己制造了一桩失败的情事，便成了笑话。

只是这个"暂时"，余之遇细细咀嚼……凭肖子校教授的身份，他与学生说话用词绝对是谨慎的。所以，他早料到她会再回临水，而她再来之际就是他们确定关系之时。

余之遇抓起手机，不管会不会打扰肖子校休息，发信息过去：我有种被骗了的错觉。要是我说，还想再考虑一下我们的关系，你什么想法？

肖子校很快回复：我能在五秒之内当面回答你这个问题，你想好再说，这条我当没看见。

余之遇不确定是不是自己的错觉，她收到回复时仿佛听见对面的门开了，几乎是手忙脚乱地编辑：教授，我说梦话呢，晚安。

伴随着关门声，那边回：乖。

余之遇："……"乖乖睡觉。

Best Time

白 马 时 光

沐清雨 著

目录
CONTENTS

下册

第七章　一同行至天光　　297

第八章　给我全部的你　　343

第九章　青春与未来　　386

第十章　职场的较量　　426

第十一章　泄密风波　　475

第十二章　小小的太阳　　522

番外一　星星之火，撩动你心　　559

番外二　山水一程，三生有幸　　598

番外三　岁月奔驰，白首偕老　　610

番外四　未来已来，我们都在　　620

第七章
一同行至天光

确定恋爱关系的第二天早上,余之遇被肖子校从被窝儿里挖出来。把挡在她眼睛前的头发拨开,他说:"不是说要和我培养共同爱好,才晨练几天就不坚持了?"

睡得太晚,余之遇的眼睛涩得不行,她软软地倚在他怀里,说:"你迁就一下女朋友有个睡懒觉的习惯不行吗?"

肖子校轻责:"'十二时辰养生法'白背的?亥子,安睡以养元气,环境宜静,排除干扰。你不仅不睡,还在胡思乱想些什么?"

余之遇怕他算信息的后账,伸手搂住他的腰,说:"人家刚有了男朋友兴奋得睡不着嘛,你也不体谅。"末了反咬一口,"怎么,你结束了单身生涯,那么平静吗?"

肖子校要是真平静也不至于失眠加早醒。他拢了拢她的头发,哄道:"那你还跟不跟我进山了?可没两天课了。"他知道拍摄工作她安排好了,是能腾出时间的。

余之遇在他怀里拱了拱,说:"进。"

肖子校满意地说:"起来洗漱,八点半操场集合。"

余之遇看时间来得及,说:"我还有个小心愿。"

肖子校抬起她的小脑袋,示意她看向桌案:"迷彩服给你准备好了,和我的是同款。"

余之遇顿时来了精神。

于是,中医大的学生来到操场集合时,就看见他们的男神老师身边站着个和他穿着同款迷彩、梳着鱼骨辫的漂亮女生,女生跨立站着,身前亲昵地挤坐着脖子上系着领结的德牧。她一面微仰脸和肖子校说话,一面用手把玩着德牧的耳朵。

画面温馨和谐得如一家人。

学生们越聚越多,越看越眼熟,有人不太确定地喊了声:"师母?"

终于还是来了。余之遇与肖子校对视一眼,小声道:"我都变装了他们还能认出来?"

肖子校看一眼她那两根蓬松的鱼骨辫:"你在图书馆的那张高清照,估计他们每个人手机里都存着。"

"辟邪啊?"余之遇俏皮地朝他眨眼,"等晚上查查你手机,要是没存,教授,你麻烦大了。"话落,不等他答复和介绍,她转向学生聚集的方向,落落大方地打招呼,"你们好。"

学生们瞬间沸腾。

肖子校唇边的笑意迅速蔓延到眼底,在学生们跑过来把余之遇围住时,他适时给出集合口令。

学生们边找自己的位置边七嘴八舌地问:"肖教授,师母和我们一起上课吗?"

肖子校压了压唇边的笑意,模棱两可地问:"你们是想一起还是不想?"

学生们异口同声:"想!"声音超大。

肖子校轻斥:"平时提问的时候,不见你们回答得这么响亮。"

学生们见他心情好,嘻嘻哈哈地说:"师母那么好看,我们不能吝于表达啊。"

我的学生果然随我,给出的理由连我都无以辩驳。肖子校偏头看了眼躲到队末,迷彩帽反戴的女朋友,说:"那就一起!"

欢呼声四起。

从基地到万花山山脚下有半小时的路程,没有大巴车接送,全程徒步。

余之遇牵着草药,边走边和喜树聊天,倒没觉得累,可想到稍后还要跋山涉水,而肖子校在这一个月里几乎是每天爬一次山,忽然觉得做教育工作很不容易。甚至在来临水之初,余之遇都以为,所谓的采药实践课无非是走走过场。

直到亲眼见到肖子校为上好一期课所做的准备,单单是课件里那些关于药用植物从外形、性能、功效、毒性等方面的详细分类,余之遇根本想象不出,他要耗费多少时间和精力去总结。

实践课期间,肖子校每天的步数都超过三万。如果没有特殊的工作,余之遇每天的运动量仅是他的六分之一不到。所以说,肖子校要上好这堂课,除了是对学识的考验,还是对体力的考验。

而现场听他讲课和看视频是完全不一样的体验,肖子校将队伍带到山脚下时,便开腔了。余之遇听他从活血化瘀的没药,讲到补虚的人参,再到温里的附子,除了偶尔提问,学生回答的时间里他是不用说话的,绝大多数时间他都在讲。

他大可以走走停停,停停讲讲,把学生自由活动的时间拉长,省心省力。但他没有。他几乎是争分夺秒地讲,力求在有限的时间内,让学生亲眼认识到更多的药,不枉来基地一趟。

做一名有责任感的优秀教师不容易,遇到这样的老师更是学生的福气。

阳光愈来愈烈,余之遇看见肖子校鼻尖和额头都沁出了细汗,她想:以后他再来基地上实践课,自己要给他备好帽子、手绢、防晒霜,可今天毫无准备的她只能悄悄递纸巾。肖子校接过去时,悄无声息地握了下她的手。

余之遇俏皮地朝他眨眼。

为了抓拍学生听课的镜头,余之遇偶尔会和他一起倒着走。肖子校在保持讲课状态的同时,不动声色地将手臂伸到她身后,保持一掌的距离在她腰后拦着,以防她不小心被绊到,他能及时扶住。

余之遇拍完,想到肖子校一直没喝水,她从双肩包里拿出保温杯。

肖子校站在队伍中间,正在听学生回答问题,眼角余光瞥见她把保温杯掏出来,他没说话,直接伸手拿过来,拧开,又递还给她。

余之遇默了几秒,把杯子塞回他手里。

肖子校反应过来她是让他喝,他笑了。

终于走到一处相对宽阔平坦的空地,余之遇亮出了"新式武器"——无人机。

学生们瞬间兴奋起来,嚷嚷道:"师母太棒了!师母好酷!"

余之遇趁学生围观无人机时,对肖子校说:"我向师父申请的,他还不太想批,说用不到。吝啬。"

肖子校看着她的目光比阳光更炙热,没忍住揉她发顶的冲动,问:"需要我们怎么配合?"

余之遇调整好机位,先拍学生队伍,再拍肖子校讲课的特写,最后她对学生们说:"等会儿我喊'一、二、三',大家转身看向无人机的位置,挥手喊句口号,怎么样?"

学生们高声应:"好!"

余之遇对身侧的男朋友提要求:"教授,给句口号。"

肖子校微微挑眉,问大家:"有不记得校训的吗?"

学生们回应:"没有!"

肖子校一锤定音:"那就校训吧。"

余之遇操控着无人机,嗡嗡声中,她开始对学生们进行情绪引导:"现在不是肖教授提问的时间,收起你们的严肃脸,给我一个大大的笑容,就是那种久别重逢,女朋友以百米冲刺的速度跑过来,跳到男朋友身上……但男朋友紧张之下没发挥好摔了……"

余哥毫无包袱的工作状态,别说是学生,肖子校都忍不住笑出来。

情绪到位,无人机就位,余之遇扬声喊:"一、二、三!"

中医大的学生们仰脸向半空,挥舞手臂喊:"勤求博采,厚德济生。"

休息时间,两人寻了个无人的角落,坐在一起,肖子校把玩着保温杯,问:"胖大海?"

余之遇眼睛亮亮的,说:"教授就是教授,一喝就知道。"

肖子校把杯子递给她:"哪儿来的?"

"找大树要的啊。"余之遇吃过早饭跑去找的喜树,她说,"你要讲一天,嗓子的压力太大了,得多喝水。我有限的中医知识告诉我,胖大海清热润肺,利咽开音。"

肖子校笑:"傻瓜,我那儿有更好的。"

余之遇当然知道,但她说:"我备给你的,再伸手向你要,多没诚意。"

肖子校受用极了,他给予女朋友口头表扬:"真乖。"

他那宠溺的眼神和语气，余之遇有种又被当成女儿的错觉。

回到基地，余之遇趁肖子校去上晚课的时间把白天取的镜头剪辑出来。她反复看片子里的男主角，满意得不行，以至于正主都回来了，她都没发现。

肖子校站在她身后看了一遍视频，说："剪得不错。"

余之遇回身："你下课啦。"说着就要从椅子上起来。

肖子校没让，他双手搭在她肩膀上，用下巴指了指电脑："回头发给我。"

"已经发你邮箱了。"余之遇问，"校训那八个字是什么意思啊？"

肖子校捏了捏她纤细的肩膀，解释："勤求博采，出自张仲景的《伤寒杂病论·原序》'勤求古训，博采众方'。用以表示我校师生要做到勤奋研求，广博采搜，汇通中西，学贯古今。厚德济生，厚德，出自《易·坤卦》'地势坤，君子以厚德载物'。'厚德济生'四个字合而表示师生要宽厚仁爱，品德高尚，以仁术普济苍生，全面服务社会。这八个字还寓含继承与发展相结合、中医与西医相结合、传统与现代相结合的理念。"

都说男人专注工作的样子最帅，对于余之遇而言，肖子校除了讲课的样子迷人外，他的学识更让她为之折服，她眼里都是小星星。

肖子校捏捏她的小下巴，见她辫子拆了一半，他帮她拆另一半。

余之遇才想起来还差一根辫子没拆开，她偏头看他："光顾看你了。"

肖子校眼底笑意更深："喜欢我的脸胜过喜欢我的人，是吗？"

"谁说的。"在肖子校以为她会说都喜欢时，他家余哥又不按理出牌，"我喜欢的是草药，你是沾了狗儿子的光。"

肖子校轻拽她头发一下："皮痒是吧？"

他没用力，自然不疼。余之遇笑眯眯地回归正题："中医好深奥，好有底蕴。"

"中医是华夏文明五千年的文化积累,自然博大精深。"肖子校把她的头发顺了顺,因为编了一天变成了自然卷,格外好看,他忍不住低下头来亲她眼睛。

余之遇没躲,她闭眼承接这一吻,末了说:"我都想学中医了。你看我有潜力吗?"

肖子校就那样俯低身体,轻轻吻她的脸:"我看……你有我就够了。"

余之遇随肖子校上采药实践课的小视频刷爆了中医大的校内论坛。很多帖子同时爆料,替两人官宣了恋情。

有学生跟帖说:为什么我们没有无人机跟拍?!差别对待是不对的!显然是梁野那期的,见过余之遇。

还有人说:师母是对我们有意见吗?都不给我们看一眼的?显然是第二批去临水,没见到余之遇真人的。

也有人说:看肖教授和师母在一起,母胎单身的我想恋爱了!绝对是现下在临水的。

除此之外,还有很多奇葩的跟帖——

原来肖教授的情商和智商是画等号的,难怪能追到那么美的师母。果然是我不配。

有人针对此回复:孤阳不生,独阴不长。肖教授那么优秀,师母肯定差不了。

师母看起来好嫩,本以为是小师妹,结果居然是名记者!那个……肖教授不能以论文为聘了呀。

养心莫过于寡欲。肖教授以后怕是要……

肖教授养了多少年了?你是想他孤独终老吗?!

未医彼病,先医我心。肖教授恋爱了,不是绯闻是"实锤",我伤心了。

凡大医治病，必当定神定志，无欲无求。集美，我们互相安慰吧！

余之遇："……"不掌握点中医知识，别说和你们肖教授谈恋爱，我都看不懂你们在说什么。

确认肖子校没睡，她跑去对门问："这样尽人皆知会不会对你造成不好的影响？"

他是来工作的，她也是，可两人关系一公开便容易被解读成另外的意思，尤其某人当初诱她来确实有私心，余之遇担心他被校长谈话。

"《婚姻法》都规定大学生只要满足法定结婚年龄就可以结婚。怎么我都熬成教授了，交个女朋友还要向校长申请？"肖子校拉上窗帘，把她抱坐到桌案上，手撑在她身体两侧，微眯眼，"又胡思乱想什么呢？承认师母的身份让你觉得困扰了？"

为避免他误会，余之遇立即表态："我困扰什么啊，我巴不得全世界都知道你'名草有主'了。"她用手指点点他胸口，"但你是教授啊，为人师表，我自然要维护你的形象。"

余之遇仰脸看他："我是真的怕对你不好。"

肖子校亲她一下："他们只是一时新鲜讨论讨论，不会影响到我。别说校长不会关注，就算他老人家知道了……或许真的会找我聊聊。"

余之遇双手抓住他胸前的 T 恤，问："那怎么办啊。"一副早恋被发现的紧张模样。

肖子校似笑非笑："他应该要担心，我有了女朋友，会抗拒出差。"

基地偏远，条件艰苦，采药实践课不仅要爬山，还一待一个月，确实不是一般人能够扛得下来的，校长难免要格外偏爱年轻的小肖教授一些。

余之遇改搂他脖颈："男朋友太优秀了，我压力好大。"

肖子校用鼻尖蹭蹭她："女朋友不只优秀，还特别会说话，人又漂亮，我才有危机感。"

明知道是哄自己的,余之遇还是开心到飞起。

肖子校将她抱入怀里,低声道:"有工夫琢磨那些有的没的,不如想想穿着睡衣跑到男朋友房间来的后果。是放心我,还是考验我,嗯?"

余之遇把脸埋到他怀里:"……教授你今天的福利超标了!"

肖子校低笑,胸腔微震:"我是男朋友,标准我说了算。"

余之遇和肖子校连进了两天山,到第三天时,学生们留在基地整理药用植物标本和写实践总结,以及收拾行李,为次日返程做准备。

临水小学的孩子们听闻哥哥姐姐们要走了,在老师的同意下,来帮忙整理标本。学生们便化身小老师,教弟弟妹妹们认药:"这是夏枯草,可以清肝明目。这是白鲜皮,祛风解毒的。这是金银花,有疏散风热的功效……"

正叭叭得来劲,就听一道低沉的声音问:"我平时是这么敷衍你们的?"

聚在一起的几个男生闻声回头,见到肖子校,其中一个男生挠着头说:"太深奥怕他们听不懂。"

肖子校蹲下来,指了指金银花旁边的几株植物,对苗苗说:"给哥哥们讲讲这个。"

苗苗乖巧地点头,用稚嫩的童音说:"这是连翘,是木犀科植物,秋天果实初熟带绿色时采收,蒸熟,晒干,叫'青翘'。果实熟透时采收,晒干,叫'黄翘'或'老翘'。药性微寒,辛、苦。有清热解毒,消肿散热的功效。嗯,嗓子疼的时候可以用。"小姑娘顿了下,看向肖子校,"校长爸爸,我只记得这么多。"

肖子校摸摸她的小脑袋表示鼓励,再看向那几个面带震惊之色的学生,问:"是她听不懂,还是你们没记牢?"

装过了,还被逮个正着。几个男生齐齐看向余之遇,显然是向师母求助的意思。

生平头一回遇到这种情况的余之遇眼睛一转,说:"肖教授,我补个镜头。"她指指旁边那些中药材,"你随便挑一种讲,当给他们补课了。"

肖子校偏头看她一眼,忍笑:"国家提倡给学生减负,余记者不知道?"

"该减负还是该增负,不得看实际情况嘛,对不对啊?"余之遇边说边给几个学生递眼色。

那几个男生立即会意,附和道:"我们需要增负!否则怎么学好中医!肖教授,给我们开个小灶吧!"

余之遇举起手持摄影机:"我开始了啊。"

肖子校:"……"

为避免举太久辛苦,他没浪费时间训人,拿起一株大青叶讲解起来,末了没罚他们抄药典,只说:"好好写实践总结。"

几个男生朝余之遇手动下跪表示感谢。

余之遇:"……"快平身吧你们,我受不起。

吃过晚饭,中医大春季的采药实践课正式结课,李校长为欢送支教老师和感谢为孩子们提供"一对一帮扶"的学生们,准备了篝火晚会。

叶上珠挑选要穿的衣服,连换了好几套,纠结得不行。

余之遇眼都快花了,指指她手上拎的裙子:"你穿成这样等着喂蚊子啊?"

叶上珠虽然讨厌林久琳,现在又有点儿明白林久琳初到临水那天穿裙子露腿的原因了。她说:"女孩子就应该穿裙子吧,显得文静温柔。"

余之遇听得直乐:"你温不温柔,文不文静,别人不清楚,自己心里没数吗?"

叶上珠微微脸红地说:"我打算今晚向大树表白,总要有点儿仪式感。"

"我就知道。"余之遇拿过她犹豫不决的两条裙子对比了下,选了更衬她肤色那条,"我的建议是长衣长裤,可能会热点儿,但晚上蚊虫多,更安全。不过,大树还没见你穿过裙子吧?为了在'表白夜'给他留下深刻的印象,被蚊子吻几口也值了。"

余之遇衣品极佳,叶上珠信她的话,换上后开始化妆。

见她忙得热火朝天,余之遇照照镜子,说:"和你一对比,感觉我好不重视教授。"

叶上珠边打底边说:"别在那儿气人了,我有你一半好看,用如此重视打扮自己?"

其实她很漂亮,只不过恋爱的女孩子总是希望自己更漂亮一点儿。余之遇闲来无事翻出化妆包给自己化了个淡妆,涂口红时还嘀咕:"教授要是看不出来我在取悦他,我得闹他。"

叶上珠特别羡慕两人的相处状态,她问:"组长,你是怎么做到的,感觉你和肖教授像老夫老妻似的那么合拍呢。"

"老夫老妻?"余之遇拿口红的手一顿,"我们才刚恋爱,不该是干柴烈火的吗?"

叶上珠纠正道:"我是想说,你们的相处特别舒服,不用刻意取悦对方,又特别懂对方。"

余之遇想说,她之所以和肖子校相处得很舒服,也认为他们的三观很合,完全是因为肖子校的情商和知识含量远超自己。她又担心叶小姐瞎联系到那棵大树身上,于是说:"那是因为你和大树都太年轻,加上你们之间是你主导，你过于在意他的想法，导致了自己紧张。"

这话说到叶上珠心里去了，她叹气："以往都是别的男生追我，我看不上，现在好不容易喜欢上一个，还是一棵榆木。"

余之遇安慰她说："在我和肖子校看来，大树对你的喜欢不少于你对他的喜欢。只不过他性格内向，不善于表达。而且我替你确认过了，那棵大树没谈过恋爱。"

叶上珠失笑，坦言："我看肖教授那么体贴、那么宠你，当然会羡慕嘛。"

"他之所以体贴，是从前一段失败的恋情中吸取的教训。你以为他为什么会和林久琳分手？二十四岁忙成狗的他远不及那棵大树。"余之遇戳她脑门，"大树只比你大两岁，你不能要求他有他老师三十岁的成熟。"

叶上珠歪着脑袋想了想，觉得是那么回事。

余之遇故意逗她："或者你等大树谈场恋爱，让他在别的女生那儿上一课，积累点经验，六年后再看他够不够体贴？"

"不行。"叶上珠立即反驳，"他那个死脑筋，真谈上恋爱哪是轻易会变的？还能有我的事？"

余之遇就笑了："那还犹豫什么，赶紧把人收编了，好好调教啊。"话落，她放下镜子站到叶上珠身后，"姐姐给你梳个美美的发型，把那棵大树迷翻。"

夏天天长，等天完全黑下来，已过八点。

操场上，肖子校领着男生们开始架篝火。镇上以及附近村的村民也闻讯过来看热闹，操场上很快便聚集了很多人。

余之遇受李校长委托负责音响设备，见时间差不多了出门。在宿舍楼门口与肖子校打了个照面,那位把她从头看到脚,说:"花露水拿着,外面蚊子多。"

余之遇问:"在哪儿呢?"

肖子校侧了侧身:"兜里,我手脏,自己拿。"

……

篝火晚会八点半准时开始,由李校长亲自主持,他没用华丽的辞藻做开场白,只是先感谢大家对临水的孩子们的帮助,说明今晚是欢送中医大的师生,再说:"临水穷,很多人来第一次,便成了最后一次。孩子们见到的都是陌生面孔,熟悉后一次次地送,再没人回头。老李只希望,有朝一日临水能摆脱落后和贫穷,等你们再来时我们不再只是伸手接受,而是能有所给予。"

话至此,他哽咽难言。

余之遇适时地给出一段配乐,在场的师生和村民都鼓掌。

李校长迅速调整好情绪,继续道:"明天你们要回南城了,孩子们给大家准备了几个节目,为你们践行。"

在乡村教师的组织下,临水的孩子们跳了两个舞,合唱了几首歌。中医大的师生也是多才艺,虽说是临时的晚会,大家的热情很高,独唱、舞蹈、脱口秀、诗朗诵、吉他演奏,甚至还有相声和时装表演,节目种类多样,个个精彩。

当气氛越来越热烈,中医大的学生们开始起哄,推荐老师上台表演,最后连林久琳都被那位王老师推上来唱了一首歌。

平心而论,林久琳唱得很好,她人本就漂亮,今晚还特意打扮过,长发披落,裙角飞扬,在篝火旁深情吟唱的画面很美。

余之遇看过叶上珠拍摄的林久琳在村屯做教育宣传的片子,她事前应该做了不少准备,工作做得不错。在被肖子校无视的情况下能坚持到最后实属难得，遗憾的是，她和肖子校相遇太早，劈腿的错误让两人之间再无转圜的余地。

余之遇不自觉地看向肖子校，后者也正看向她。

借着篝火的光亮，她看见他沉湛的眼底似是有隐约的不安。余之遇猜他是担心自己多想，她不管是不是会被别人看见，把双手举到头顶，远远地朝他笔了个心。

肖子校就笑了，温柔的那种笑容。

余之遇发信息过去：车里约会？

她看见他低头查看手机，片刻，收到回复：同意。

李校长见时间差不多了，和余之遇商量放一段音乐，让大家围着篝火玩闹一会儿，那位王姓女老师居然点了余之遇名，说："余记者，你表演个节目啊，别躲在幕后了。"

有她起了头，学生们随之附和起来："师母来一个！"

临水那群小学生都认识余之遇，跟着喊："姐姐来一个！"

他们是真心想看她表演，至于和林久琳要好的王老师，应该就是别有用心了。

余之遇没急着答应。

王老师见状又说："基地和中医大都有代表了，大阳网不能落后啊，余记者就表演一个吧。"似乎是吃定了她没什么特长，表演不出。

如果余之遇因没才艺推托会扫兴，要是她拿出去KTV唱歌的劲头吼一嗓子，在堪称专业的林久琳面前同样丢脸，左右都是要出丑了。

余之遇略显无奈。

肖子校正欲起身，林久琳突然看似替她解围地说："算了，别为难余记者了。"

算与不算，都不用她来表态！余之遇抢在肖子校发声前说："既然大家想看,我献个丑又何妨。"话落,示意叶上珠。

叶上珠不屑地瞥了王老师一眼,开始调试设备。

余之遇边从幕后往台前走边解衬衫扣子,从顶扣一路解到底摆的最后一粒,露出里面紧身的高腰短 T,就在所有人以为她会脱下衬衫时,她只是把衬衫正面下摆打了个蝴蝶结。

在这个过程中,她的眼神没离开过肖子校,专注而旁若无人地锁定他,像是要将他的心,牢牢锁死。

林久琳将视线从她身上移开,看向肖子校时,发现他也一瞬不瞬地看着余之遇。林久琳脸色差到极点,手不自觉地握成了拳。

王老师不死心地说:"我倒要看看她能不能演出个花来。"

原本为了防蚊子咬,余之遇穿着长裤,衬衫纽扣系得中规中矩,打扮得传统而保守。此刻,宽松的基本款衬衫变得更修身,透出漫不经心的随性,再配上高腰阔腿裤,腰线被提得更高,秒变大长腿,那若隐若现的小蛮腰则将她凹凸有致的身材展露无遗。

未演先热,她一个亮相便换来掌声一片。

叶上珠见她准备好了给音乐。

伴随着悠扬又不失铿锵的曲调,余之遇顶肩,压腕,左上一步,手在头顶交叉,再回拉一步,展翅飞,右手冲天,剑步横飞。当她勾脚,抬腿,双手拉开时,那一踹,豪迈而有力,掌声顿时又起。

《站在草原望北京》——她居然跳起了蒙古舞。

余哥永远是余哥。

肖子校见她上下抖肩,提胯顶胯,腰肢柔软,转圈,身体一拉一挺,狂放洒脱,眼底的光燃得更炽烈深浓。

一舞之后,余之遇躬身谢幕。

叶上珠适时切换成动感十足的音乐，众师生聚拢在篝火周围跳起了集体舞。

余之遇悄悄跑去停在角落的大G时，肖子校还没到，她孩子气地扒着车窗向里面看，像是肖教授会躲在里面逗她似的，直到觉察到身后有人接近，她来不及回头，身体已被扳正。

当余之遇的背贴在大G车身上，肖子校高大挺拔的身体压过来……

肖子校靠在座椅上平复了片刻，压下那股冲动后正准备把还在害羞的女朋友搂过来好好哄哄，忽地听到一声叫喊，紧接着又是一声。

有车窗阻隔，声音并不真切，所幸大G停在宿舍楼后，离操场有一段距离，没受那边干扰，周边静而空旷，突然出现一道喊声才能被听见。

余之遇隐隐觉得那熟悉的声音里夹杂着令人毛骨悚然的惊恐和凄厉，她猛地挺直背脊，条件反射地去开车门，却被肖子校一把拉住。

他迅速把衬衣给她整理好，系上扣子，确认她没有任何失态，带她下车。

两人凭记忆和判断，往声源处跑，半路撞见从对面跑过来的林久琳。

见到肖子校，她扑过来抓住他手臂，以带着哭腔的声音对他说："……有蛇！"

肖子校反应迅速，他甩开林久琳的手，俯身去捡不远处地上的木棍。

余之遇现下没心思管林久琳怎么会出现在这里，更顾不得计较她与自己男人发生了肢体接触，直朝林久琳跑来的方向冲过去，嘴里喊着叶上珠的名字。

叶上珠说过要约喜树到后面的山脚下见面，那里静，不会有人打扰，距离宿舍不远，方便又安全。可她胆小怕黑，不应该落单，余之遇以为，她会叫上喜树一起来。

情急之下，余之遇喊喜树的名字。她希望听见回应，起码有他在，他会护着叶上珠。

确实有回应,却是从身后传来。

显然,喜树是刚来。

余之遇最先看见叶上珠,她倒在草地上,木槿紫的裙子在月光下格外明显,她奔过去,跪在地上,把叶上珠颤抖的身体搂起来:"叶子,你怎么样?"

可能是吓坏了,叶上珠的意识有点模糊。她听出来是余之遇的声音,细若蚊声地提醒:"小心,有蛇!"

肖子校和喜树相继过来,前者用点了火的木棍在附近地面上扫了一圈,后者把叶上珠从余之遇手上接过来,语带焦急地问:"伤哪儿了?"

叶上珠皱着眉睁开眼,所答非所问:"……我被咬了,我没有惊到它,我想等你来……"

余之遇发现叶上珠的右手抬不起来了,周围略黑,看不清什么,她刚抓住叶上珠小臂,肖子校已经把火把举了过来,他蹲下来,借着余之遇的动作,在叶上珠手腕处发现一处牙痕伤口。

肖子校眉心微拧,他举着火把,在最短的时间内又检查了叶上珠露在外面的小腿,脚踝处也有一处牙痕伤口,相比手腕上那处,脚踝这处周围已有红肿迹象。

肖子校对余之遇说:"把她腰带解下来。"

余之遇不知他的用意,但照办,把叶上珠连衣裙上的装饰腰带一把抽了下来。

肖子校把火把递给她。

余之遇为他照亮,肖子校迅速把腰带系在了叶上珠脚踝处伤口的上方,以减少静脉及淋巴液的回流,从而暂时阻止蛇毒吸收,随后冷静地对喜树说:"带她回宿舍。"

喜树一手托住叶上珠的背，一手穿过她腿弯，将人横抱起来。

肖子校托着余之遇手肘把她带起来，跟在后面往回赶。

回到宿舍，肖子校自他房间取来医药箱。

叶上珠穿的是短袖的裙子，伤口一目了然。刚刚外面视线不佳，肖子校又仔细检查了一遍，确认两处伤口局部都有一对毒牙痕迹，他轻轻按了按叶上珠肿起来的脚踝。

叶上珠疼得哼了声，喜树握住她的脚，冰凉。

他心中已有了判断，抬头看向肖子校。

肖子校没急着下定论，他检查过叶上珠的瞳孔，问她有什么感觉。

叶上珠没反应。

肖子校判断她出现了听觉障碍，又加大音量问了一遍。

叶上珠哑着嗓子说："好疼，头晕，想吐。"顿了下，她语速很慢地问，"肖教授，我会死吗？"

喜树先急了，他轻责："别胡说！"

肖子校按了按他肩膀，切过叶上珠两手的脉后，说："你没事，那蛇应该是活不了了。"见她皱眉，他逗她，"你忘了自己是谁了？叶上珠，具有活血解毒的功效，用于毒蛇咬伤。"

叶上珠闻言笑了下，艰难地吞咽后，说："……看来我还能自救。"

余之遇紧紧握住叶上珠的手："别怕，我们都在，不会让你有事。"

叶上珠应该是听见了，她手上轻轻动了下表示回应。

李校长和中医大的几位老师闻讯赶来，肖子校从医药箱里拿出一个小瓷瓶，倒出两粒，给叶上珠喂进去，同时对李校长说："学校附近是定期投放驱蛇药的，但还是有蛇爬进来了，而且不止一条，其中有毒蛇。"

李校长在临水生活多年，知道如何驱蛇，他说："你不要分心，我去处理。"

肖子校又对带班老师说:"让所有人把房间彻底检查一遍,确认蛇没有爬进宿舍,一楼要重点检查。"

老师们立即去办。

现场只剩两位支教的女老师和林久琳,后者一直在哭。

余之遇见肖子校取出了针灸包要给叶上珠施针,她和喜树一起按住叶上珠手脚的同时,对门口呵斥道:"要哭离远点儿!"

王老师就不乐意了,她说:"哎,你怎么说话……"

肖子校回身看过去,他神情冷漠,那双眼沉湛凛洌,威慑力十足。

王老师被盯得心里发虚,表情瞬间冻住,后半句硬生生憋了回去。

林久琳抿平唇角,止了哭。

肖子校取出一根银针,捻针刺入叶上珠脚踝,等待毒液外泄的时间里,为叶上珠手腕处的伤口做清理,仔细观察后发现伤处没有任何异样,确认距离心脏更近的腕上那处咬伤是没有毒的。直到脚踝处的毒血泄净,再流出来的是鲜红的血,他收针,清理好伤口后,为两处伤口都敷了药。

叶上珠神志昏蒙,像是睡着了,唯有紧皱的眉毛昭示她很不舒服。

肖子校说:"我去配药。"

喜树站起来:"我去。"

肖子校按住他:"你留下来陪她。"

喜树看了眼床上的叶上珠,点头。

肖子校取金银花、野菊花、蒲公英、紫花地丁、紫背天葵子、犀角、生地黄等药,配成五味消毒饮合犀角地黄汤,拿去厨房煎熬。

余之遇一路跟着他打下手。

肖子校边亲自看着火边解释:"她两处伤口均是被蛇咬的,但不是同一条蛇。手腕处无毒,脚踝上的伤口疼痛剧烈,有轻微出血,红肿,根据这些临床表现，我判断是火毒。治疗火毒的原则是清热解毒，凉血止血。"

余之遇问："要不要送她去城里打血清？"

"不用。毒血已经泄掉，再服两天药就能清除干净。"话落，肖子校将她揽到怀里搂了搂，"救治及时，她不会有事。"

余之遇把头枕到他肩膀上，没说话。

等药煎好晾温，给叶上珠喝下，李校长和老师们已经分头做完了驱蛇和检查工作，把学生们安顿好，他们过来询问叶上珠的情况，得知叶上珠没有生命危险，大家松了口气。

李校长见时间不早了，避免大家聚集在此打扰叶上珠休息，他让老师们回去休息。

余之遇却在大家走到门口时说："林久琳，你站住。"

所有老师都因此停步。

林久琳听出余之遇对她的称呼从林老师到直呼其名的转变，她眸色微变，问："余记者有什么事？"她刚哭过，眼睛红肿，鼻音浓重，透出几分娇弱。

余之遇已恢复了冷静，她拿出录音笔，当着所有人的面打开，说："作为叶上珠被蛇咬的目击者，林久琳，请你把到达现场后看到的一切，和所做的一切，详细复述一遍。"

那位王老师又开腔了："余记者，叶上珠虽然是你同事，她被蛇咬了，不只是你，我们也很着急，否则不会大晚上的都不睡在这儿候着。林老师作为帮叶上珠求助的人，你这个态度是不是不太对啊？"

"我态度对与不对，我对的都是林久琳。"余之遇眼神冷漠地看着她，"她都没说话，你以什么身份、什么立场质问我？"

"我就问一句怎么就成了质问？"王老师很善于咬文嚼字，她看向肖子校,"肖教授,余记者是你女朋友吧,她这样说话你不管吗?"

"我不认为她这样说话有任何不妥。更何况,我和她之间如何相处,轮不到外人指手画脚。"肖子校因她一再针对余之遇,瞬间冷意更甚,"余之遇除了是我女朋友,更是叶上珠的直属领导,她下属受了伤,她了解事情的经过天经地义。倒是王老师,此事应该并不牵涉到你,你又何必多言?"

话至此,肖子校抬眸,瞥向林久琳,语气加重:"林老师不会自己说吗?"

王老师被撑得哑口无言,在另一位老师的拉扯下退到了门外。

林久琳在肖子校的视线压力下开口:"刚才大家在清理篝火,我看帮不上什么忙就先离开了,本想去宿舍后面转转再回去休息,就看见叶上珠遇上了蛇。我当时特别害怕,所以第一时间回去找人。"她说着,眼泪如同自来水似的,说来就来,像是回想起先前的一幕仍在后怕。

余之遇现在非常讨厌她那副扮柔弱的嘴脸,不客气地说:"你这哭哭啼啼的模样,我都要以为被蛇咬的是你,而不是叶上珠了。"

没人帮腔,林久琳替自己辩白:"余记者,请你搞清楚,不是我让叶上珠去那里,你不能因为我目睹了她遇蛇,而我平安无事就迁怒我。"她看着肖子校,含泪说,"我害怕一切爬行动物,我去求援并没有错!"

余之遇揪住重点不放:"求援之前就没做点儿别的吗?"

林久琳急于反驳:"我手边没有驱蛇的工具!"

余之遇步步紧逼:"林久琳,你不用避重就轻,我没有要求你施以援手帮助叶上珠,我只要你说清楚,在离开现场求援前你还做了什么?"

像是证明自己没有撒谎一样,林久琳与她对视:"我什么都没做。"

余之遇眯眼:"没有跑动,没有叫喊?"

林久琳一怔:"我是因为害怕……"

余之遇要听的不是这个,她咄咄逼人道:"我问你有没有?"

林久琳胸口起伏,片刻,她承认:"……有。"她还想解释,"可我喊只是出于本能,也是想帮……"

余之遇没给她继续狡辩的机会,她语气冷漠,一字一句地问道:"你身为中医大的老师,被派驻到山区基地的老师,难道不清楚遇到蛇时该如何处理吗?"

余之遇视线一转,看向中医大的所有老师们:"肖子校教授会在每期学生到达基地,上纪律课时强调,万花山有蛇,遇到时该怎么办。据我所知,第二期学生进山上课时还遇到过一条,但没有一个人受伤。鉴于此,我能理解为,无论是中医大的老师,还是药学专业的学生们,大家对于如何避免蛇的攻击都是清楚的,是吗?"

为安全起见,这方面的培训师生都做过。

在场的老师们和身旁的同事对视一眼,说:"是。"

余之遇再看向林久琳时,目光犀利沉冽:"连我都知道,只要不过分逼近蛇,不惊扰它,不振动地面,蛇一般不会主动攻击人。你却叫喊!林久琳,我听得一清二楚,第一声叫喊是你发出来的,随后才是叶上珠,而她之所以喊是因为蛇受惊咬了她所致。所以是你惊了蛇!你是故意的!"

林久琳身体微微有些颤抖:"余之遇,你不要污蔑我!"

"我是不是污蔑,你心里最清楚。至于除了喊叫之外你还做没做其他的事,你不说,我们就等叶上珠清醒了当面对质。我现在只是好奇,连最起码的野外遇蛇都处理不了的老师,是怎么以领队之名被派驻到基地来的。这样的老师,置学生的安全于何地?"

余之遇目光犀利地注视林久琳,语气不善:"我与叶上珠因工作之由来到临水,在此期间叶上珠因你被蛇咬伤,我身为她的组长,在此表态，大阳网会向中医大追责。"

大阳网的摄像大哥听出来叶上珠被蛇咬与林久琳脱不了关系，他马上行动起来："既然是有人故意的，我打电话报警。"

在场的中医大的老师们，肖子校职称级别最高。正常情况下，发生这种事，肖子校肯定要代表中医大出面。无论事后大阳网如何追究校方，校方又怎么处理林久琳，他此刻都要向余之遇和叶上珠道歉，尽可能息事宁人。可显然，这个歉他不能，更不会道。

肖子校不说话，没人能拿得了主意。此事一旦经警，势必会对中医大造成不好的影响，那位年纪略长，平日里能和肖子校说上话的罗老师硬着头皮说："请等一等。"

他看了一眼肖子校，对余之遇说："余记者，无论是中医大，还是大阳网，我们是因为想帮助临水的孩子们有幸碰到一起。小叶记者受伤，我们也很担心，不幸中的万幸是她没有生命危险。能否等她醒过来，我们再确认一下，是否有人为的恶意因素在里面。我没有质疑你的意思，我只是……"

罗老师心里其实已经有了判断。

中医大位于南城的城南，附近有座小山，山上也有蛇。对于中医大的师生而言，遇蛇算常有的事。林久琳不仅仅是中医大志愿服务部的老师，她还曾是中医大的学生，在叶上珠遇见蛇时，她的反应不该如此。

罗老师都想问问林久琳："山区的基地怎么可能没有蛇虫鼠蚁，你既然克服不了恐惧，为什么要自请而来？身为老师，你连自己都保护不了，何谈保护学生？"

余之遇理解罗老师维护中医大的心情，她适时地阻止了摄像大哥。但有些话，她要说："警察或许无法判定一个人的职业道德，但各位作为人民教师，深知师德、师风对学生影响重大。我尊重肖子校作为中医大教授为这堂采药实践课担负的责任和付出的辛劳，我亦敬重各位老师为支援临水的教育工作所付出的心血汗水，我更尊敬为了临水的孩子们而留在这里十六年的李校长，我希望中医大的公益支教工作能继续下去。

"但是，中医大的老师致使大阳网的记者受伤，中医大必须给大阳网一个交代。对于缺乏师德的老师必须惩处。"余之遇看向林久琳，"你若认为冤枉，或者是我污蔑了你，可以去和学校说。如果中医大认为你无责，认为你作为老师可以不具备应对临时突发性遇蛇事件的处理能力，说服大阳网放弃追究，林久琳，我公开向你道歉。"

林久琳料到余之遇不会报警，这件事即便警察来了，只要她一口咬定因为害怕才做出的本能反应，警察没办法的。因为没有任何一条法律规定，人害怕不能叫喊。蛇更不是她引来，故意放在那儿等着咬叶上珠，她没有责任。

况且有肖子校在，叶上珠肯定不会有事，无非就是受点儿惊吓，遭些本不该她遭的罪罢了。谁让她是余之遇的属下，在林久琳看来，她活该替她的组长受罪。

但通过纱窗事件，林久琳深知余之遇不好惹，于是从叶上珠被蛇咬的瞬间，她就想好了以哭博取同情。林久琳认为，中医大的老师们会站在她这边，他们是同事，而她只是个柔弱的女人，怕蛇很正常。加之他们明早要返程，余之遇必定反应不过来，叶上珠注定要吃哑巴亏。

余之遇却发现了其中的蹊跷，还把这件事上升到了学生安全，甚至是师德的层面，更要公对公处理。

林久琳脸色惨白，一句话说不出来。

余之遇见林久琳不再争辩，看向那位替林久琳出头的王老师："王老师帮腔好朋友不关我的事,但你的帮腔针对到我,我不得不说两句。"

王老师脸色一凛。

余之遇不管她是服了还是怕了,凭她刚刚当众向肖子校发难,她得再给这位王老师上一课:"和学生起哄的性质不同,你当着大大小小百十来人的面公开点我的名,让我表演节目,我是看在你是中医大的老师,是我男朋友的同事的面子上没当众反驳。第一,我和你并非很熟,第二,大家都是成年人,你难道不知道,万一我表演不出会有多难堪?王老师,我没有得罪你,你何苦针对我?"

余之遇语气略重:"还有刚刚,你当众向肖子校告我的状,让他管我,我想请问王老师,你想让他怎么管我?你连自己都管不好,难道我能说是你老公没管教好吗?"

王老师本是局外人,和余之遇没过节儿,不承想为林久琳出头未果,反被训斥。她无从反驳,脸色难看极了:"余记者,我……"

余之遇截断她,直接下逐客令:"各位老师明天该返程返程,至于叶上珠被蛇咬的事,大阳网会直接联系中医大。很晚了,我不耽误各位休息。"

等李校长带着各位老师走了,喜树给余之遇倒了杯水,然后探探叶上珠的额头,默默地坐在床边。

四个人沉默了很久,直到肖子校的手机响了,他看看来电显示,说:"我去接个电话。"

余之遇忽然敏感了,放下杯子时用了点儿力,杯座磕到桌案发出的声音不小,她冷声问:"去听林久琳解释吗?"

肖子校明白她心疼叶上珠,没和她生气,只把手机递到她面前,让她看到来电显示是志愿服务部的领导:"要不你和我过去接,别吵到叶上珠。"

余之遇搓了搓脸,站起来说:"我去打水,给叶子擦把脸。"

等她拿着脸盆出去了,喜树说:"余哥她……"

肖子校捏了下他肩膀,说:"没事。"才回对门宿舍接电话。

余之遇再回来时,喜树从她手里接过毛巾,说:"我来吧。"然后蘸湿了毛巾,笨手笨脚又不失细心地给叶上珠擦脸、擦手,最后连脚都帮她擦了。

余之遇笑:"那是她擦脸的毛巾。"

喜树把毛巾洗干净了,说:"我那儿有新的,明天拿给她。"

余之遇冷静下来,问:"先前是叶子叫你去后山的?"

喜树先是点头,后又说:"我原本也想约她去那里,她抢先说了。我给她准备了小惊喜,可我回宿舍取东西耽误了时间,等我听见喊声……"已经晚了。

余之遇略好奇:"你要给她什么惊喜啊?"

喜树有两秒没说话,直到他悄悄把叶上珠被子中的手握住,才说:"我喜欢她,可我家里的情况……我担心她爸爸妈妈不同意就一直忍着,我猜到她约我过去是要说什么,我问老师,我能不能争取一下。"

肖子校给他的回答是:"现实生活中因为种种外物而不能长久的爱情很多,你首先要考虑清楚,若凭你之力无法缩减与叶家在财富上的差距,你的心态是否能够平和。如果你在这段感情的发展之初处于自卑的状态,我建议你不要尝试。当然,老师不是说你的发展仅限于此,我让你考虑的这个问题是最现实,也是最坏的结果。毕竟,努力未必能成功。"

肖子校问他:"你想过自己为什么喜欢叶上珠吗?在我看来,她远不及你余哥聪明。"

喜树很认真地想了想,回答:"她耿直,不任性,不矫情,有什么说什么，虽然有点毛躁，不够细心，却很努力地工作，为了把余哥交代的事情做好，一天骑了十几里的自行车。这对临水的老师来说或许是家常便饭，可她原本是不会骑车的，她是为了下村屯取材现学的。其实她要是和我说，我可以骑车送她，但她怕耽误我的时间就自己悄悄学，膝盖都摔破了，要不是我发现她走路别扭，都不知道。她这个样子，一点儿不像是富家小姐。"

肖子校当时笑了，他说："看得出来，你很欣赏她。"

喜树闷闷地点头。

肖子校又问："那你知道她为什么喜欢你吗？"

喜树皱眉想了片刻，摇头。

肖子校恨铁不成钢地说："自己的优点都不知道了？"

喜树挠了挠头："我的那点儿优点在老师面前不算什么。"

"这个时候倒谦虚上了。做实验较真儿的劲头哪儿去了？给师弟师妹们讲课时的自信哪儿去了？"肖子校告诉他，"你有天赋，还比别人更努力、踏实，是我最欣赏，也是当初选择带你的原因。叶上珠确实不如你余哥机灵，眼光却不错，一眼看出你是潜力股。她对你的喜欢源于崇拜。你不要回避自己的弱点，还要清楚自己的优点，扬长避短同样适用于爱情。你不能停止进步，要永远保有上进心，对她要疼、要宠，你们才能走得长久。"

喜树回想肖子校的话，对余之遇说："当我发现自己喜欢上她时，我想再努力几年，创造一定的基础再追她。可就算她愿意等我，我这种想法也太自私了，我凭什么仗着她喜欢我就让她等？女孩子的青春是最宝贵的不是吗？"

喜树握紧了叶上珠的手："我又舍不得放弃。我考虑清楚了，我一时确实达不到叶家提供给她的物质生活标准，但那些她本就不缺，我没必要死盯着不放。我可以一边照顾她一边努力，我相信只要我足够努力，我能给她的未来不会差。我就想，表白的话还是我说，要不她以后回想起来，没准会觉得委屈，还会怪我。可我去晚了，是我没有保护好她，还笨，要你替她讨回公道。"他说着，转过脸揉眼睛。

他是关心则乱，加之他本性过于善良，不会把人往坏处想。

余之遇理解。

喜树的情况她多少了解一些，喜树出身于普通家庭，父母都是工薪阶层。他书读得好，在中药学方面很有天赋，原本是很幸福的三口之家。问题在于，叶上珠家境太好了。

谁会想到一个甘心在大阳网打杂实习，上下班坐地铁的女孩子，竟是位"真公主"。要不是余之遇带她去采访时偶遇那位有些匪气的老叶总，余之遇都被蒙在鼓里。

叶上珠曾吐槽老爸："叶老头儿好烦，天天让我去公司学习，说成为女总裁才是我的定位。他当我是 GPS 吗，还定位。我看他就是懒得打理公司，想带他老婆去游山玩水。"

余之遇心想：他老婆不是你妈嘛。

叶上珠叹气："我不想被养成女总裁，我想做自己喜欢的事。"

余之遇问："你喜欢做记者？"

"不知道。"叶上珠思考了几秒，说，"就是跟你干活儿挺开心的。在来大阳网前，我应聘过别家公司，他们对新人太不友好了，有功自己领，有锅新人背，不像你，肯真的教我。"

叶上珠有自己的一套理论："我不知道自己能做什么，喜欢做什么。但当记者可以接触到很多行业和人，也许我会因此找到自己感兴趣又适合做的事情呢。"

她原本可以做一个安逸任性的"小公主"，偏偏要靠自己的努力寻找人生方向。

余之遇自然要用心带她，而她对于做记者也越来越有热情。所以，在出了报道事故时，余之遇才扛下一切维护她，不希望她因此对职场失望。

大家都是从新人过来的，谁没犯过错？余之遇想到当年的自己，如果没有许东律，她不会进步得这么快，她希望自己能像师父一样，为叶上珠的成长保驾护航。

喜树的不主动，余之遇猜到是因双方家庭的差距，但这种事情没法劝，喜树的心态不摆正，即便现在在一起了，也会出问题，他能在肖子校的引导下找到平衡点，是再好不过的结果。

余之遇看了看录音笔，说："哎哟，忘关了，等明天小叶子醒了放给她听。"

喜树习惯性地挠头："等她醒了，我再和她说一遍。"

余之遇笑了："估计她听了你的话，伤口会好得很快。"

喜树询问道："余哥，我今晚能留下陪她吗，我怕她半夜醒了会害怕。"

余之遇挑眉："这不是你这个准男朋友该做的吗？"

喜树咧嘴笑："那你……"

余之遇一挥手："我你就不用操心了，你老师还能让我睡车里？"

喜树心眼实，说："正好，你去和老师睡吧。"

余之遇心想：什么叫正好？我们又不是夫妻，我干吗和他睡？

肖子校恰好在这时打完电话过来听见了喜树的话，见余之遇没好气地瞪了自己一眼，他过来给叶上珠切了个脉，确定无异，看了下时间，交代："半小时后再给她喂一遍药。"

喜树马上设了个闹钟。

肖子校在房间站了片刻，清了清嗓子说："我去喜树房里睡，你去我房间吧。"见余之遇依旧不理人,又对喜树说,"要是她有发烧的迹象,马上叫我。"

喜树应下。

肖子校走到宿舍门口,回头看余之遇。

余之遇与他对视两秒,默默地拿了睡衣和洗漱用品跟出去。两人回到对门肖子校的房间,男主人转了一圈,忘了自己要干什么。

余之遇悠哉地撸了会儿草药,瞥他:"睡不睡?要睡就赶紧去洗澡!"

肖子校:"……"第一次被女朋友的大胆和直接撑得哑口无言。

等小肖教授去公共浴室洗澡了,余之遇边笑边对草药说:"你老爸才是个憨憨。"

草药歪着头看着余之遇。

敲门声在这时响起。

余之遇边穿鞋,往门口走边问:"忘拿什么了?"拉开门看到的竟是林久琳,刚消下去的火霎时涌起来,她冷声,"你是连最后一丝尊严都不给自己留了是吗?"

林久琳很平静地说:"我是来找你的。"

余之遇坦言:"我现在看到你只想骂人。"

林久琳回视她:"我也一样。"

"你凭什么?"余之遇撑了她一句,带着草药和她去了外面。

林久琳显然忌惮草药,她问:"怕我啊?"

余之遇哼笑:"'明枪易躲,暗箭难防。'有叶上珠的例子摆在那儿,我对你改观了。"

原本以为她只是个失意人,因年少不懂事弄丢了爱情。后来发现她不是不懂事,是品格、教养、道德有问题。直到今夜,意识到除此之外,她虽生而为人,却阴险恶毒。

林久琳听出了讽刺之意,她说:"我变成如今的样子,和肖子校脱不了干系。"

"弱者才喜欢把责任归咎于别人。"草药坐在身侧,余之遇把玩着它的耳朵,说,"你可以责怪他在恋爱时没有尽到男朋友的本分,但既然选择了分手,就无权要求他在你想复合时必须回头。你的念念不忘是你自己造成的,与人无关。"

林久琳心中意难平,面上则努力维持无波无澜:"我知道你会替他说话,你们现在在一起,他怎么样都是对的、好的,尤其他对我不理不睬更会让你觉得他很爱你,要和他同仇敌忾。"

余之遇语气和神色一样笃定,她说:"不是我觉得他爱我,他就是很爱我。"

林久琳抿了抿唇,她移开视线,看向夜色中的山峦:"我们刚恋爱时他很体贴,我读大三,他读博,尽管他忙,不是时时能够见面,他也会尽量抽空陪我吃饭。我爱吃辣,不吃香菜,吃猕猴桃胃会疼,他都记得……"

于是,在离开临水的前一晚,林久琳像是终于找到倾诉的人一样,桩桩件件地细数曾经和她恋爱时,肖子校的好。

余之遇才知道,曾经和别人谈恋爱的肖子校是什么样子。他和所有的男朋友一样,都是尽可能地迁就,上了新电影,林久琳要看,他陪着。林久琳发现新开了家川菜馆要尝,他带她去。生日以及那些与恋人有关,或是无关的节日,林久琳总能收到他的礼物。

然而——

林久琳忽地笑了,自嘲的那种:"看电影时,他基本都在接电话,不是论文的问题,就是实验的事。往往一场电影下来,演了什么他完全不知道;我好不容易订到位子一起出去吃个饭,他没吃两口中途就被叫走；那些礼物是在他忘了我生日，我哭闹过后，他一次性采购的。"

如果这说的不是肖子校，余之遇或许会替他分辩几句，说他至少在女朋友哭闹后是在积极改进的，说明他想继续这段恋爱关系。偏偏这个人是肖子校。而和她在一起的肖子校，和作为林久琳前男友的肖子校，判若两人。

余之遇听老余说过，男孩儿八岁时喜欢一个女孩儿，会把全部的糖果给她。十八时，愿意为她舍命。二十八岁时，则想带她回家。这是男人在时间历练下的成长。

此刻，余之遇想，肖子校的转变除了有时间和年纪的影响外，更多的应该是源于林久琳当初的背叛。

"这样的开局，想不分手都难。我再爱他，终究敌不过现实。"林久琳长长地舒了口气，"我们的争吵越来越多，冷战的时间越来越长。说是冷战，其实只是他冷着我，我都怀疑，他一忙起来根本不记得我们吵过架。"

既然忘了，自然想不起来要哄。确切地说，哄过，只是哄得次数多了难免疲惫，渐渐地也没了心力。

林久琳只能自己找台阶和好："我生病了，给他打电话，希望他来陪陪我。他却随导师进山了，信号不好，我俩鸡同鸭讲，最终只换来他一句'多喝水'。

"他去国外做交流学习，我以为他走之前至少会安慰我一下，可直到出发前一刻，他还在忙。

"我跟他发脾气，我撕了他的机票，我明知道不可能，还是逼他留下。"林久琳屈指抹去眼角的泪，"我从前是很温柔的，被很多师兄追求，是那场恋爱把我变成了泼妇一样的人。而我最大的错误，就是不该拿自己和他热爱的学术相抗衡。"

分开的时间里林久琳想过,假如当初自己再忍忍,或许他们就扛过去了。如今的肖子校,势必可以给她更多。他成功了,他当年的废寝忘食成就了如今的肖教授。他喜欢上了别人,为其冠上了"师母"之名。可她遇到的那些人,背影像他,侧脸像他,却没一个是他。

林久琳心酸难抑,她看向余之遇:"是我提的分手,可凭什么我还爱他,他却把从前抹得一干二净?而你坐享其成!"

"从校内论坛到临水,被那些学生唤作'师母'的人本该是我!"林久琳抬手指她,语气充满不甘与指责,"你为他做过什么?你担得起那声'师母'吗?你有没有想过,他最艰难的学业上升期是我陪他走过来的!"

余之遇听完所有终于可以确定,林久琳的爱情观是扭曲的,她忽略了自己是个独立的个体,她过分依附,把对爱情的希望全部寄托于肖子校,直到现在都还一味地想要得到和索取。她没意识到,在爱里,男人和女人要保持平等和尊重的状态。自愿相爱、忠贞专一、相容互补、并肩而立这些既是爱情的守则,更是原则。

她失败了一次,没有从中吸取任何教训。她找余之遇出来,可能是想用从前肖子校对她的好刺激余之遇,又或者是想告诉余之遇,肖子校是把对学术和事业的追求摆在第一位的,早晚有一天余之遇会成为第二个林久琳。

余之遇回视林久琳的目光,说:"你初到临水,我离开后还担心过,想你和肖子校会不会旧情复燃。我以为,肖子校的前女友不该不堪。结果证明,他不是眼光不好,他是瞎过。你是他前女友的这个身份太抬你的身价了。你是真的不配!

"你认为他为了学业负了你,你说了那么多只字未提你们是如何开始的。我猜,你们之间是你主动。当年,是你追的他吧?"余之遇勾唇笑了下,"他一定拒绝过你,他告诉过你,他现阶段无心爱情,确切地说,他没时间分给你。"

余之遇一瞬不瞬地盯着林久琳:"你是怎么回答的?你应该是说,你明白、你理解、你支持。"

悉数被言中。林久琳几乎以为是肖子校告诉她的,她替自己辩驳:"哪个女生在爱情面前不是卑微的,你能说没为因为喜欢的人而退过步?"

余之遇寸步不让:"卑微和退步都出于自愿,没人管得了,可你别自己选完倒打一耙。你自己犯贱,还怪别人,这是什么道理?

"你因为他忙忽略你闹过不止一次,他没提过分手吧?他尊重你,尊重那段感情,他一直在为自己的选择负责,他始终把说分手的权利留给你。你却不懂珍惜!"

林久琳被戳到痛处激动起来,不自觉地拔高了音量:"我还要怎么珍惜?我一直在等他忙完,一直等,都是出于爱!"

余之遇反驳道:"你爱他什么?爱他英俊,爱他是学霸,爱他头顶的光环?我不否认你确实爱过他,他无疑是优秀的。但作为男朋友,他其实不及格。而你作为女朋友,和那时的他半斤八两。"

不给林久琳插话的机会,她以质问的语气说:"你和他在一起两年,你说他记得你喜辣,不吃香菜,吃猕猴桃会胃疼,可他不吃辣,你知道吗?你要尝新,要吃川菜,你在无辣不欢时有没有注意到他吃了什么?他吃得下一口你爱的那些菜吗?你的关注点只是他中途离席!你搞砸了实验,认为他因此不原谅你,你或许还责怪过他没有试图挽回你。"

话至此,余之遇终于忍不住撕掉她虚伪的面孔:"你最大的错误不是拿自己和他热爱的学术相抗衡,而是以他女朋友的身份沾染了他兄长!"

林久琳还在准备发难,她情绪都酝酿好了,听到这里,表情怔住:"……你说什么?"

"肖子校,校谨行。"余之遇语气加重,"当初你接近校谨行时还顶着肖子校女朋友的名分你忘了吗?是谁给你的脸在'翻车'后还好意思回来求和?

"你确实应该爱他,爱他给你留了尊严,体面地分手!至于你的那些委屈不满,嫉妒怨愤,请你自行买单。当你对他不忠,他对你的所谓忽略早已变得不值一提,而你没资格对我这个现任倾诉!"

林久琳心底那面为爱而战的旗轰然倒下,她脸上的表情一寸寸龟裂,嘴里还急着替自己洗白:"我没有对他不忠!我没有和校谨行发生关系!"

在她看来,精神出轨不算劈腿?余之遇忍无可忍,抬手甩向那张分明很美,又丑陋无比的脸:"这一巴掌我替五年前的肖子校扇你。因为你的背叛!"

她用足了力气,林久琳被打得偏过脸去。

林久琳从未挨过打,她主动找上门是打着掌掴余之遇的算盘。反正她已经丢尽了脸,也不在乎和余之遇撕破脸了。她想在临走之前,让肖子校看看,他的现任不过如此,并不比她这个前任优秀、高尚多少。

余之遇却先动了手。

林久琳怒从心起,就要反击,可才抬手,原本坐得老老实实的草药似是得到了指令一般猛地蹿过来,含住了她的手臂。

德牧这种大狼狗样子本就很凶,林久琳吓得嗷一声,条件反射地甩手,同时惊恐地骂:"滚开!"

草药不松口。

林久琳慌不择言,可能也是她的心里话,她以带着哭腔的声音强调:"我没有和校谨行发生关系,我只是寂寞,找个人排遣怎么就错了?"

余之遇被气得胸口起伏,她没有出言叫住草药,而是借着草药钳制林久琳的机会，又上前甩了她一巴掌："这一下我替校谨行打你。堂堂校总，居然被你当成排遣寂寞的对象？！"

感染到余之遇的火气，草药更凶了几分，眼看着要把林久琳拽倒。

余之遇终于出声制止，与此同时，她抬起手给了自己一巴掌。

她动作太快，饶是肖子校疾步奔过来都未来得及阻止，他扣住她手腕："你干什么？"

余之遇躲开他的手，看着跌坐在地上的林久琳："我本该替叶上珠还回来，但她所承受的痛苦皆是因为我。怪我心软，没早早把你从临水赶走，更可恨的是，我居然还同情过你，我现在都怀疑，那天我在厨房外听到的你和谢梅的那番对话，是你故意说给我听的！所以，这一巴掌算是给我自己的教训！"

她目光犀利地锁定林久琳，一字一句道："我要的不是中医大处分你，你回南城若不主动辞职，我势必闹到让校方辞退你！从前你怎么纠缠求和我不计较了，但我不能允许日后你再以同事之名在我男朋友面前恶心他！"

比当年分手更绝望，林久琳跪倒在地上，泣声道："子校！"

肖子校用惯常冷漠的态度说："一次不忠，终身不用。你好自为之。"话落，他牵着余之遇的手离开。

刚走到宿舍楼门口，余之遇想到什么，又往回走。

肖子校不解："干吗去？"

余之遇边走边说："没过瘾，再打她两巴掌。"

肖子校站在原地没动。

余之遇见他没跟上来，回头："你都不拦一下吗？"

肖子校眉心微蹙，屈指敲了下手腕："几点了，还睡不睡？"

余之遇扑哧一声乐了，走过来拉他的手："先陪我办件事，马上回去睡。"

肖子校反握住她的手:"先让我看看脸。"

余之遇不以为意:"没事,打自己我能用多大力,你当我傻吗?"

"没看出来有多聪明。"肖子校嘴上回敬她一句,任由她拽着自己往叶上珠被蛇咬的方向去。

半路余之遇看到草地上的一束花,她捡起来:"这是那棵大树给叶子准备的惊喜吧?"

肖子校嗯了声:"他下午上山采的,躲躲藏藏的生怕叶上珠看见。"

居然是他采的各种野花。

余之遇好奇:"不会都是中草药吧?"

"都是。"肖子校指指其中几株果实长在叶子上的植物,说,"这都是叶上珠。"

余之遇弯着眼睛笑起来:"看来那棵大树也没有那么木讷。你教他的?"

肖子校领着她往回走:"我是他的研究生导师,不是情感导师。"

余之遇不吝夸奖:"别谦虚,教授,你是全能导师。"

肖子校没继续这个话题,他问:"什么时候知道的?"

余之遇没装糊涂,她说实话:"上次你家校总喝醉了说的,他当时不知道林久琳和你在一起,后来知道了,自认破坏了你们的感情,怕失去你这个弟弟,不敢问、不敢道歉,说自己不配有女朋友,活该陪你做单身狗。"

肖子校显然没想到哥哥单身至今是因为怀着这样的想法,他沉默了几秒,不自觉地握紧了余之遇的手:"我没怪他。我猜到他并不知道我和林久琳的关系。"

余之遇无语:"你们男人可真是死要面子活受罪。亲兄弟,有什么不能说的,大不了打一架呗。"

肖子校没说男人和女人的思维不同这种话,他笑了下,说:"所以那晚那么紧张,怕撒谎被我发现联想到林久琳?"

余之遇没否认,她说:"有那么一瞬间确实那样想过,最主要的是我坦荡诚实。"随即她啧了声,"多大工夫,你提林久琳几次了?还有刚刚,你听了多少?"

肖子校微拧眉回忆了下:"从你说我瞎过。"

余之遇:"……"

肖子校揉揉她脑袋:"还知道带帮手,倒不傻。"

余之遇轻轻揪了下草药的耳朵,说:"她送上门来,我不打醒她,都辜负她的勇气。在不清楚她战斗力的情况下,为避免吃亏自然要留一手。"

肖子校双手扣住她肩膀,说:"我确实没想到她会故意惊蛇咬人。在叶上珠的事情上,主要责任在我。我不是替她担责,我是不能任由你把责任全部揽到自己身上。之遇,我早已撕掉了属于林久琳的那一页,但那段过去我无从否认,更改写不了,你别介意,好吗?"

余之遇与他对视:"我喜欢你时就猜到你的情感经历不会是空白。我担心过,你心中会不会有个难以忘怀的白月光。直到发现她是那样的人,我替你不值。我不会再因她和你吵架,以后也不会再提她。"

肖子校真诚地说:"谢谢。"

余之遇沉吟两秒:"我纵容草药咬人,是不是违背了你养狗的规矩?"

"它保护你就是我给它立的规矩。至于你……"肖子校将她搂进怀里,承诺道,"从你答应和我在一起,我的世界,你就是规矩。"

余之遇回抱他:"对我这么好啊。"

肖子校亲亲她挨了自己打的侧脸:"女朋友独立又野,不对她好点儿怕留不住。"

"……"

回宿舍后，余之遇去洗澡。一天之内发生了太多事，她脑子好不容易有休息的时间，洗得久了点儿，直到有人敲门，她一激灵："教授？"

肖子校嗯了声，提醒一句："水应该凉了，小心感冒。"

余之遇迅速结束战斗，出来时见他靠着墙壁，站在走廊里，像是一直等在外面。

肖子校把外衣披到她肩上，接过她手中的脸盆，并顺路回她那边取来吹风机。

他显然是没给别人吹过头发，业务不太熟练，尽管动作已经很轻了，还总是扯痛她的头发，余之遇依旧为享受到这种待遇心中甜蜜。

然后，睡前该做的事都做完了，肖子校走到门口，按下壁火关灯。

窗帘拉得严实，没有月光、灯光，房间一下子陷入漆黑。等余之遇适应了昏暗的视线，看到肖子校站在床边脱 T 恤。

视线不佳，她只能看到个轮廓，可仅仅只是个轮廓，肩宽腰窄的衣服架子身材已暴露无遗。余之遇不自觉地吞咽了下，问："你不是说去喜树那边睡吗？"

肖子校扯过被子抖开，按住她肩膀，将她压到床上："一会儿去。"

余之遇不信他的话。这样多事的夜晚，在他的房间，他的床上，什么都有可能发生。而因为是他，余之遇并不拒绝，甚至还有几分期待。她枕在他胳膊上，主动环住他的腰。

余之遇懂得他的克制。宿舍简陋，两人稍微一动，床便嘎吱作响，有如伴奏，事后她想洗个澡也不方便，还要折腾起来去外面。而且……估计他没什么准备。

她贴在他肌肉紧实的胸口，低声挽留："别去隔壁了，我一个人害怕。"

肖子校亲她额头:"不去,陪你睡。"

万籁俱寂,一夜好眠。

余之遇在天蒙蒙亮时醒过一次,要起来去看叶上珠。

肖子校搂住她说:"我刚看过,睡得很安稳,喜树在,不用担心。"

余之遇听他这么说,很快睡过去,再醒时身侧已经空了,宿舍静悄悄的,连草药都不在,透过窗帘缝隙看向外面,天阴得不行,玻璃上有水滴,像是刚下过雨。

她睡得太沉,竟没听见半点儿声响。

余之遇拢着被子赖了会儿床,等意识完全回笼,惊觉今天中医大的学生返程,抓起手机一看,已近九点,师生们原定的出发时间是八点。

既已错过,余之遇索性不急于起来了,她重新趴回被窝儿里,宿舍门在这时被从外面打开,肖子校以为她还睡着,开门的动作很轻,打开的角度很小,边朝草药做噤声的手势边把它放进来,视线一抬,就看见床上的余之遇,半撑起身,扭头看他。

肖子校关门过来,把给她带回来的早餐放在桌上,坐到床边:"什么时候醒的?"

"刚刚。"余之遇偏头靠在他大腿上,"怎么没叫我?"

目光触及她睡裙之外的肩头,肖子校眸色一深,他俯身,在她颈间印下一吻,不动声色地用被子盖住满床春色:"早上下雨,不适合拍照,我让他们直接上车了。"

余之遇问:"叶子还没醒吗,怎么睡这么久?"

肖子校说:"早上醒过,喜树喂她喝了粥,服了药又睡了。睡眠对她尽快恢复体力有好处,不用担心。"

余之遇想到那些学生,问:"没人问我吗?"

肖子校笑了下,用手指拨了拨她的头发:"都在找他们师母,我说等我看过他们的实践报告,通过的才给见。"

余之遇笑起来:"叶子这样,晚上我们能走吗?"

根据行程安排,余之遇要和叶上珠及摄像坐晚上的飞机走。

"今天肯定不行,她身体还太虚弱。"肖子校建议,"摄像可以按原定计划走,你们的机票退了吧,等她休息两天,我们一起走。"

"怎么来的怎么回去?"余之遇眼睛一亮,"你不留下研究你的宝贝药材了?"

有了上次峰会的经验,即便两人确定了恋爱关系,此前余之遇没问他的归期,生怕影响他正常的工作安排。

叶上珠再醒过来时已是日暮西斜。她眯眼看向窗外,夕阳西下,天空美得自带滤镜一般,身旁的少年被落日余晖笼罩,温柔而安静,一切恍如隔世。

叶上珠偷看了喜树片刻,想拿杯子喝水,发现手被喜树握住。

她一动,喜树猛地睁开眼。见她醒了,他低头问:"渴不渴?"

叶上珠嗯了声:"躺得好累,想坐会儿。"

喜树扶她起来,把枕头放在床头,让她靠得舒服些,又给她倒了杯温水,直接送到她嘴边,把握着角度让她顺利地喝到嘴里。之后去打了盆水,沾湿了新毛巾给她擦脸。

叶上珠像个孩子似的被照顾着,心里渐渐忐忑起来,她有点儿磕绊地问:"我……没破相吧?"

喜树的反应慢了半拍:"伤在手腕和脚踝,脸没事。是伤口疼了吗?"

叶上珠感受了下,实话实说:"一点点。"

"痛感会越来越轻,晚上我再给你换药。"喜树说着站了起来,"厨房里余哥给你熬了粥,我去拿。"

叶上珠不让他走，朝他伸手。

喜树递出手握住她的，问："怎么了？"

叶上珠手上微用力拽了他一下。

换作是余之遇对肖子校这样做，肖教授必然马上心领神会，俯身抱住女朋友，亲吻安抚一番。喜树则没反应过来，他站在原地没动，懵懂的表情分明在问：干什么？

叶上珠带点儿可怜地要求："抱抱。"

被索抱的喜树瞬间红了脸，迟疑两秒后，他重新坐到床边，轻轻地揽住了叶上珠的肩膀。

叶上珠靠在他怀里就哭了，哽咽地说："怕死了。"

喜树哪儿见得了她这样，又心疼又急："对不起，是我去晚了，都怪我不好。"

叶上珠哭着埋怨："你去哪儿了呀，我明明看见你就在肖教授旁边的，发了信息那么久都不来。"要不是看他距离自己不远，前后脚就能到后山，她不会独自先去。

喜树更是后悔死了，拍着她的背承诺："我以后都跟着你，不让你落单，会好好保护你。"

"怎么能不落单啊，我都要回去了。"叶上珠吸了吸鼻子，"谁知道你还要在这深山老林待多久。"

"等你好了我们一起回南城。"喜树伸手抽了张纸，给她擦眼泪，"以后，我都接你上下班，不就不会落单了吗。"

可能睡多了脑子有点发昏，叶上珠犯迷糊："你干吗接我，我又不是找不到家。"

喜树噎住，表白的话分明到了嘴边，又不知道从哪句切入了。

余之遇在门外站了半天，结果那棵大树大脑死机重启不过来了。她心急地说:"他想以你男朋友的身份接送你上下班。"

叶上珠被打了个措手不及,她愣了几秒,猛地松开喜树,盯着他看。

喜树的脸和脖子都红了,目光却无比坚定,他说:"叶子,你愿意做我女朋友吗?"

搞得跟求婚似的。要不是身后的肖子校掐了她的腰一下,余之遇险些笑场。

叶上珠脸上的表情从错愕到惊喜,再开口时微哑的声音透出不加掩饰的喜悦:"你说的女朋友是我理解的那种吗?"

这回换肖子校忍笑,他低头,附在余之遇耳边问:"女朋友还有别种的?"

余之遇偏头亲他侧脸一下,小声说:"说实话,你有没有女闺密?"

肖子校垂眼看她:"这是暗示我你有男闺密?如果是,我回去找他好好谈谈人生。"

余之遇笑着去搂他腰:"没有、没有,不敢有。"

肖子校在她臀上轻拍了下:"那最好。"

围观的两人正撩得起劲,就听那棵大树说:"我喜欢你,很喜欢,我保证会很努力地工作和读书,尽量向你的标准靠拢。你要是同意的话,我想和你谈恋爱,以结婚为目的那种。"

余之遇拿眼睛瞥一眼肖子校。

肖子校秒懂余哥是怪他没态度,贴在她腰间的手微一用力,他把她送到怀里:"只要你同意,我们随时可以去民政局。"

余之遇踮脚,贴着他耳朵问:"要是我只想睡一觉呢?"

这个登徒浪子、风流鬼!

肖子校咬了咬腮:"那你就馋着吧。"

等余哥把她家教授气走了,被表白的叶上珠搂住喜树,喜极而泣地说:"要知道被蛇咬一口可以换个男朋友,我早点儿送上门多好。"被喜树轻责了句,她也不生气,高高兴兴地抱紧新鲜出炉的男朋友不松手,"我的标准就是你只喜欢我,只对我一个人好,而我会支持你读研、读博,做你喜欢做的事。"

这是要培养出个喜教授?余之遇弯唇笑起来,她回对门把喜树的草药花送过来,说:"恭喜中草药 CP 组合成功。"

得知那一大捧草药花是喜树亲手摘的,叶上珠表示:"我要把它做成标本!"

喜树笑得有点儿憨:"你想要,我随时都可以进山摘给你。"

叶上珠偏头靠到他肩膀上:"下次我和你一起去。"下一秒,她突然啊了声,"脱单这么重要的日子,我都没有化妆!衣服还穿了两天没换!我好狼狈!"

当晚,叶上珠把遇蛇的经过说了一遍,与余之遇所想如出一辙。

在等喜树赴约时,叶上珠发现有蛇靠近自己,她本能想跑,猛地想起肖子校曾说过只要不惊到蛇,蛇未必会攻击人,喜树也不止一次和她强调过,她便站在原地没动,连呼吸都放轻了,极力减少存在感。

和蛇僵持了几分钟,眼看着蛇都要爬走了,林久琳突然来了。见她一步步接近,叶上珠在不敢出声的情况下,不停地摇头摆手示意她不要靠近。

叶上珠回忆道:"她看懂了我的提示,否则她不会停下来,而且眼睛一直看向蛇的位置。"

可就在叶上珠以为她会悄悄离开去找人时,她忽然边尖叫边捡起草地上的一块石头扔了过来。下一秒,受惊的蛇向叶上珠发起攻击。

心有余悸的叶上珠气得直捶床,前一秒还说让老叶找林久琳的麻烦,随即又改口说:"这事不能让老叶头儿知道,他原本就反对我来临水,要是知道我被蛇咬了，肯定不只要追究林讨厌，还会闹到网站去，到时候我不用申请转正，可以直接找新工作了。

"这事就算了吧，组长，反正我也没事，还因祸得福捡了个男朋友。"叶上珠笑眯眯地说，"况且我们算中医大家属，就别为难校方了，你和许总说，我不追究了。"

余之遇戳她脑门：" 恋爱脑！"

叶上珠朝喜树嘟嘴，一副被欺负的可怜样。

喜树不能对师母怎么样，便给她揉脑门。

叶上珠休养了三天，恢复了伤前的活蹦乱跳。

启程回南城的当天，天还没亮，余之遇便被肖子校叫了起来。

她没睡够，被抱上车后倒在后座不理人。直到大G在临水县外的一处高地停下，肖子校再次把她叫醒。

余之遇正要发火，顺着他的指引看向东方，天际弥漫的白雾淡淡的，和云霞辉映，慢慢地白雾渐散，云霞呈现出红色，山顶的光越来越强烈，太阳如燃烧的火，冲破阻碍，喷薄而出，刹那间，满天红云，晨露散尽。

余之遇回身，语气难掩愉悦："我喜欢日出，那是复苏的烟火气。"

肖子校按下快门，将她眉眼间的笑意与日出定格。

从今往后，日出日落，你想看，我陪你，你不看，我便看你。

回程时，先是肖子校开车，过了最颠簸的路段换余之遇来。为了带她看日出，他起太早，哄她睡回笼觉时，他却一直在忙。

肖子校小憩了片刻，见她车开得又快又稳，心中竟隐隐升出几分骄傲来。他的女人，坐副驾时是拧不开瓶盖的小公主，握方向盘时是余哥，飒得气场全开。

忽然就想牵她的手。

余之遇分心看他一眼："醒啦？"

肖子校握了握她的手，很快松开："累不累，我来？"

余之遇还没浪够，她说："等我过过瘾。"

叶上珠笑她："组长，你不是说开大G，又贵又招摇，现在怎么爱不释手啦？"

余之遇轻拍了下方向盘："那个时候它是别的男人的，现在它是我男朋友的，我开我男朋友的车还怕招摇？"她给肖子校抛了个眼神，"对吧，教授？"

肖子校笑："嗯，带着男朋友招摇过市去。"

叶上珠挽住她家大树的胳膊："谁还没个男朋友！"

喜树摸摸她的手表示回应。

由于出发略晚，临近南城时已到傍晚，肖子校把车停在最后一个服务区，休息了很久。

余之遇急着回城吃晚饭，忍不住催他出发。

肖子校看看天色，在她的惊呼声中把人抱上了大G引擎盖，随后自己也跳上来，带她站到车顶。

站得高，望得远，余之遇眺望南城的方向，火烧云烧红了整片天，昔日鳞次栉比的高楼此刻被云笼罩，画面优美而热烈。

她似乎懂了，望着肖子校问："你要带我看日落？"

肖子校揽住她的肩膀，与她并肩看太阳西沉。

无论是日出还是日落，都只是眨眼之间。然而，瞬间即永恒。

终于，有人与我迎晨曦，有人与我立黄昏。

余之遇眼眶微湿。

肖子校低头，在夕阳耗尽余晖消失时吻住她："朝暮与岁月同往，我与你一同行至天光。"

第八章
给我全部的你

中医大很快就遇蛇事件给了大阳网和叶上珠一个交代。

叶上珠不追究林久琳是一回事，中医大校风严谨，绝不允许有恶意伤人的教师存在于队伍之中。校方在事发当晚便和肖子校通过电话，表示要严查严办，只待叶上珠醒来，肖子校了解事情经过后，形成事故报告。

事到如今，林久琳没什么可说的，她在回南城参加完中医大志愿服务部召开的突发事件会议后，直接递交了辞职报告，理由是：因处置不当导致大阳网记者被蛇咬伤。

和与肖子校分手一样，看似是体面的引咎辞职，实则是迫于无奈，难堪至极。

辞职报告当天获批，林久琳作为该学期新入职的老师，工作交接得很快。肖子校再回中医大上课时，她已走完人事流程，正式离职。

肖子校收到陌生号码发来的信息：所有人都认为我该向你道歉，可我说不出那句"对不起"。子校，我真的爱你，也真的怨你。但一切只能到这里了。不出意外的话，我将与你，不复相见。

肖子校没有回复。他自始至终没想过要林久琳一句"对不起"。刚分手时是无从原谅，后来是自省与释怀，至于现在，已成陌路，何必再去追忆感伤？像她说的，一切只能到这里。

命运让我们相识，现实让我们相离，你我不是星月，既然无法永远在一起，那就回归原有的轨迹，各行各路。

听闻叶上珠康复归来，中医大志愿服务部的文姓部长亲自去大阳网致歉，肖子校同行。

余之遇在办公室见到他十分意外，发短信问：你怎么来了？实验搞定了？

从临水回来后，肖子校便一头扎进了实验室，两人倒是有几天没见了。肖子校面上在听两位领导寒暄，手上快速编辑信息：查岗。

余之遇悄悄拉开百叶窗，抻着脖子往许东律办公室看，隐约看见肖子校正低头操作手机。随后微信进来条新消息：等会儿一起吃午饭。

余之遇倚在桌案前回复：有约了，和男朋友。

对于有点儿皮的女朋友，肖子校回：那不就是我？

余之遇抿唇笑：附近有家粤菜味道不错，带你去尝。

粤菜清淡，肖子校明白她在考虑自己的口味，他说：选你爱吃的。

余之遇不忘借机调戏她家教授：我都有你了，还挑什么食？

肖子校勾唇笑。

随后，许东律将余之遇和叶上珠叫进了办公室。

文部长关心并慰问过叶上珠后，对余之遇说："余记者剪辑的宣传片我看过了，非常感谢你对我们中医大志愿服务工作的支持。"

余之遇没想到肖子校居然把自己随手剪的短片发给这位部长看了，她本意是哄学生玩，此刻只能说："中医大的短期支教工作意义重大，我们大阳网又在建立公益版块，自然要相互支持。"她看一眼肖子校，"还要感谢肖教授和各位老师配合，否则我没素材可取。"

文部长的目光在两人身上转了转，笑着对许东律说："有他们两个牵线搭桥，我们中医大和大阳网的合作看来会很顺利。"

余之遇以眼神询问许东律和肖子校，显然是不知道中医大和大阳网达成了怎样的合作。

许东律解释说："文部长听闻我们网站的公益版块要以资助落后地区的留守和失辍学儿童为核心，已经征得了学校和医院方面的同意，将中医大与附属的中医医院作为'城市体验营'基地。"

文部长补充道："'城市体验营'将纳入中医大志愿服务工作之一。以后，你们的公益事业做到哪里，那里的孩子便可以到我们中医大来参观体验，食宿我们包了。而这些贫困地区的孩子们日后若报考了中医大，我们将减免学费或给予助学金。"

原本肖子校答应协调校方，将中医大设为体验地，后来他直接把中医医院那边协调下来，告诉她可将医院增设到行程之中，余之遇都以为仅是第一期。毕竟，这其实是件没有回报的事，无论是校方还是医院都未必愿意揽上这个包袱。

公益版块的设立看似简单，大阳网帮扶一个作为试点的临水县也不是问题，却无法凭一己之力将公益这件事扛下来。中医大与中医医院愿意作为"城市体验营"的基地，给予长期的合作支持，无疑是为大阳网的公益事业发展提供了强有力的支持。

余之遇主动和文部长握手，真诚感谢。

文部长笑睨着肖子校："我这是冒领了你的功劳啊。"

在背后推动此事的肖子校笑得矜持："对于男朋友而言这不是功劳，是分内事。"

作为中医大的教授，在促成三方合作时，肖子校并未回避与余之遇的恋人关系，但他客观地针对公益这件事分析利弊，将决策权交与三方。而因为是他提出来的，无形中对校方和院方造成了一定的影响。至于大阳网，自然是求之不得。

许东律适时说："万事开头难，公益版块前期的运作是最艰难的，肖教授替我们我们解决了大难题，感谢了。"

肖子校与他握手："公益是全民事业，我只是做了力所能及的，许总不必和我客气，作为之遇的领导和师父，你对她的关照提携，我才是无以为谢。"

他的话既是对许东律的赞美，更是不动声色地表明了自己的身份立场。

想到在上次余之遇遇险时自己脱口而出她的手机密码，从肖子校的反应，许东律感觉到了小肖教授强烈的占有欲。他笑了下，说："那我就不和你见外了。"

等两人吃饭时，余之遇才有机会问："你是怎么搞定这么大一件事的？"

从看过余之遇的公益版块策划书，肖子校便与校方和院方提及过此事，算是打了预防针。等她的计划获批，他将她的策划书给校方和院方看过，两方面都很看好这个以留守和失辍学儿童为核心的公益项目，再加上肖子校的从中撮合，与大阳网的合作水到渠成。

肖子校无意邀功，只轻描淡写地说："我不过是打了几个电话而已，恰好中医大志愿服务部也在探索除短期支教外的其他公益项目，能与南城影响力前三的新闻网站合作，何乐而不为？"

为促进公益版块的运作，大阳网自然会给予资源扶持，而本身大阳网具备网络的宣传优势，中医大和中医医院与其合作，属于共赢。然而，大阳网带着策划书上门去谈那是化缘，由肖子校出面沟通才是合作。

余之遇怎么会不懂其中的逻辑关系，她以手托腮，看着他问："我要怎么感谢教授呢？"

肖子校笑了下："你乖一点儿就是谢我。"

余之遇说："你这是第三次在工作上帮我了，你这样容易把我养废，以后我再遇到困难都不想自己解决了。"

第一次自然是问题药事件，至于第二件……肖子校不解。

余之遇挑眉："协助我拍纪录片啊，肖教授以前可是连采访都不接的，这回都出镜了。"

原来如此。

肖子校给她布菜："那是因为采访我的记者都不是你。"

余之遇闻言和他翻旧账："当初是谁拒绝我采访来着？"

"你好好回忆回忆，我有说过一句拒绝的话吗？"肖子校纠正她，"分明是你气人。"

余之遇理所当然地认定是自己认错人惹到他了，她讨好地说："谁让你太优秀，我哪里会想到大名鼎鼎的肖教授原来是小肖教授。"

"看来还是我的错。"肖子校低头，又要亲她，"要不我道个歉？"

余之遇笑着躲开，舀了勺汤送到他嘴里："好好吃饭，别总琢磨吃我！"

余之遇只能夹一筷子菜塞过去，堵住他的嘴。

偏巧不巧的，这个喂男朋友菜的动作被同样来吃饭的校谨行看见。他啧了声："怎么我好好地来赴个约也能撞破你们的好事？"不等余之遇反驳，他看向肖子校，"课上完了？什么时候回来的？"

肖子校如实说："上周。"

校谨行笑了下："赶紧贿赂我，否则我要向太后打小报告了。"

等校总赴约去了,余之遇说:"你还没回家啊?"

肖子校哪有时间?实验的问题尚未解决,临近期末,中医大那边还有课要上。肖子校捏了捏眉心:"今晚回。"

余之遇挽住他的胳膊:"教授,我没那么黏人,你不用争分夺秒地陪我。"

肖子校贴了她额头一下:"是我要你陪。"

余之遇笑言:"原来你是这么黏人的教授。"

当晚,肖子校回校家别墅吃饭,等他停好车下来,校谨行从自己的座驾里下来。

肖子校问:"在等我?"

校谨行走过来说:"中新的资金出了问题。"

问题药曝光后,中新受累实属意料之中。校谨行却特意对他提及此事,肯定是有用意的,肖子校示意兄长继续。

校谨行看着他说:"陆沉回国了。"

中新遭遇危机,陆沉回来收拾残局理所当然,尤其他还是学西药学的,属业内人士,由他接管中新再适合不过。肖子校没说话。

校谨行认为是自己弄巧成拙了,说:"要不是我算计了老陆,中新没被百创牵累,一切还是原来的样子。"那样,陆沉未必会回来。

肖子校很快消化掉陆沉已经回国的消息,他似笑了下:"回来就回来,你那么紧张干吗?"

看他一副不在意的样子,校谨行没好气:"我替你紧张行不行?"

肖子校把玩着手中的车钥匙,话锋一转:"还记得上次峰会上发言的那位舒总吗?"

校谨行印象深刻:"舒心,百创的研发总监。"

"那位舒总和中新的老陆总有过一段故事,后来老陆总娶了商女士,顺理成章地从副总升了总,最后成为中新总裁。"话至此,肖子校问,"中新本来是姓商的,这个你知道吧?"

校谨行揶揄道:"这种秘密教授也知道?"

肖子校稍稍挑眉:"业界皆知,算哪门子秘密?"

但这种风花雪月的传闻校谨行以为是谣传。

"无风不起浪。舒心至今未嫁是不是因为老陆总只有她本人知道。但她一天不嫁,商女士便一天视她为眼中钉。"见校谨行拿了根烟出来,肖子校伸手抢过来,"进门被太后闻到又得让我给你讲吸烟的危害。"

校谨行喷了声。

肖子校不理会他的不满,把烟掐在手里,继续道:"中新和百创从未停止过竞争,表面看来是同业相仇。这方面的因素肯定有,可百创的药店开到哪儿,中新便跟到哪儿,或多或少还是那位商女士对舒心的打压。若不是舒心确实是人才,百创的老总一直护着,估计舒心早被商女士赶出医药行业了。"

"你的意思是……"校谨行微不可察地皱了皱眉,"舒心是在明知道百创的药品质量出问题的情况下,等中新来并购?"

"是诱着中新来并购。"肖子校纠正他,"舒心受制多年,又看着老陆总和商女士恩爱多年,在百创无力回天之时,与其坐以待毙,不如引商女士入局。"

所以,百创在峰会上高调宣布与医药研究所合作研发新药,看似在自救,实则是告诉中新百创的价值,促使中新上当。

商女士很清楚,中新并购百创会令自身实力增强,只是她忽略了一个关键性的问题——百创的价值是在资金链断裂之前有的。

偏偏这时专注于中医药的万阳对百创表现出了并购意向。商女士既不希望舒心得意,有机会研发新药,更怕万阳借并购百创之机进军西医药市场,对中新构成冲击。于是,中新并购百创从此前的可商议,变成了必须,而且要快。

校谨行将其中的关系联系起来,他说:"商女士本想借并购百创之机,把老公的初恋情人变成自己的属下,任她拿捏,不料却走进了舒心为她挖的陷阱里。"

在此过程中,万阳只是催化剂。

校总笑得无奈:"搞了半天,背后的大 boss 是舒心啊。"

肖子校不置可否:"舒心出国了是吗,百创的问题药事件唯她没被波及。"

确实如此。校谨行说:"听说是百创和中新签约的当天她走的。"

肖子校屈指蹭了下鼻尖:"舒心应该是在百创和中新达成合作意向时,便把手里的股份转让了。"

那时百创的股东以为有中新的收购,即便压不住问题药事件,在钱的方面暂时不会有损失。舒心再降低转让价格,自然有人收。舒心本就不是为钱,她拉中新入了局,合同条款有多苛刻她比谁都清楚,确定中新和百创签了合同,她便放心走了。

等商女士反应过来,资金早已流入百创,一切晚矣。

即便不能一招将中新击垮,也能令中新元气大伤,对舒心而言够了。

于是,最终的结局便是,当百创的问题药被曝光,账户被冻结,百创高层人员都在受查时,舒心远走高飞。

肖子校总结道:"校总,你只是推波助澜。"

校谨行认为智商被侮辱了,瞪他一眼:"你天天在实验室里蹲着,外面的事倒是门儿清。"

肖子校谦虚道:"仅限于行业内。"

校谨行懒得和他咬文嚼字，问："你还没说陆沉回来了要怎么办？"

肖子校眉心微蹙："什么怎么办？"

校谨行忍了忍，说："他是你女朋友的前男友，你要让他东山再起？你一句话，我来办。"

肖子校偏头笑了下："你怎么办？收购中新？那是个烂摊子，我建议你别碰。"

校谨行眸色沉了沉。

肖子校语气寻常道："你也说了是前男友，我跟他计较什么？"

校谨行来气："合着我是瞎操心，是吧？"

"那倒也不是。"肖子校揽住校谨行肩膀，像说悄悄话似的低笑道，"你先说说，是怎么知道我女朋友的情史的。"

校谨行神色一凛，他哑了片刻，甩开肖子校胳膊，说："问你家余之遇去。"

肖子校因他家兄长的恼羞成怒失笑。

校谨行压着脾气先走一步，到了门口又停步，短暂沉默后转身："看得出来，你和余之遇感情很好，而她既然和你在一起了，对于之前的那段感情应该是放下了。但你要知道，他俩和你与……前女友不同，他们之间……没有第三者。"

"第三者"这个词让肖子校敛了笑。

校谨行停顿片刻，如同在做一个重大的决定，再开口时说："我认识她时，她还是陆沉的女朋友。"

肖子校回视他的目光，说："我认识她时，她刚和陆沉分手。"

校谨行无意探知更多，在他准备开门时，忽听肖子校说："我与林久琳之间没有第三者。我和她分手是我和她之间出了问题，与你无关。"

校谨行握在门把上的手不自觉地用力，神色陡变。他意外于肖子校会突然提及林久琳,他以为这是他们兄弟之间一辈子的结。正因如此,当他知道余之遇是肖子校喜欢的人,他生怕再犯同样的错,一步比一步走得小心,一方面帮肖子校提防什么,一方面又担心肖子校问及什么。

和余之遇之间,明明是很无意地相识,很坦荡地交往,很意外地重逢,没有任何逾越。当然,校谨行不否认对余之遇有好感,她业务能力强,人漂亮,还和当年一样勇敢正直。这样的女人谁不欣赏?

但仅限于欣赏。

从未想过进一步发展。

他却莫名心虚,不敢向肖子校坦白,生怕弟弟误会。

肖子校用眼睛捕捉校谨行每一个神情变化,体会到了兄长深埋于心的自责与为难。

他喉结滚动,说:"哥,对不起。"

校谨行抱着侥幸的心理期待肖子校不知道他曾和林久琳交往过,他怀着愧疚的心理拒绝着异性。在他看来,是他欠弟弟一句"对不起"。如今,竟是肖子校道歉。

校谨行眼眶涨得厉害,他转过头,面向门,微微仰头。

"我为当年对你的怀疑道歉,为没有勇气挑破这件事道歉。"肖子校等了几秒,见校谨行没有反应,他试探着问,"看在小时候我为你挨过不少外公打的分儿上原谅我?"

压抑的气氛被打破,校谨行笑了,他抬手抹了把眼睛,回头反问:"你这么说,我是非原谅你不可了?"

肖子校注视着他微红的眼,带点耍赖意味地说:"弟弟犯了错,你身为哥哥不原谅能怎么办,打我一顿?"

校谨行步下台阶,抬手捶了他肩膀一下:"那就成全你!"

肖子校却给了兄长一个男人之间的拥抱。

校谨行眼睛更潮了,他在心里骂自己,怎么委屈得像个女人!手上则回抱住弟弟,在他背上拍了拍。

横在兄弟间的距离感,随这个拥抱烟消云散。

肖瑾瑜在这时从里面打开门,看见两个人高马大的儿子抱在一起,她皱眉:"这是干吗呢?早听见了车声,却都不进来。站外面聊什么呢,有秘密不能让我和老校听?"

校谨行和肖子校松开彼此,默契地一左一右挽住他家太后手臂,前者说:"替你训大校,出差回来不回家,先陪女朋友。"

后者则说:"替你督促校总交女朋友,否则他没动静,我怎么结婚?"

明知是哄她的,肖瑾瑜也不揭穿,笑声愉悦地说:"老校疼我,小校和大校还懂事,我这是登上了人生巅峰啊!"

陆沉的回国在肖子校这里似乎并未激起什么波澜,他如常工作,按时回中医大上课,只是,由于实验室那边出的状况有些棘手,他只得辗转前往临水取样。余之遇因在为公益版块的建立连续加班,两人的时间总是碰不上,竟有一个多星期没见面。

这天,余之遇终于把建立公益版块的前期准备工作都做完了,她和夏静一起去找许东律商量开版事宜。

许东律把一份计划书拿给两人看,他说:"借着公益版块开版之机,调整一下网站版面结构,你俩看看有没有什么意见或建议。"

新版面根据新闻分类进行了调整,重点分明,排版美观。夏静和余之遇看过之后,认真地抠起了细节,试图让调整后的版面更加完善。

许东律见两人配合默契,竟有几分欣慰。等敲定需要调整的几处问题,他说:"我下个月调去海城。"

大阳网总部在海城,他调去那里意味着再次升迁,是喜事。

余之遇却欢喜不起来。

南城与海城相临,当天即可往返。可相比现在一起共事的状态,自然是有很大区别,余之遇又和他跨着级别,不可能时常见面。带她入行,培养她独当一面的师父,终于要离开她了,余之遇难免不舍。

许东律把目光从余之遇瞬间红了的眼睛上移开,先对夏静说:"会有阻力,毕竟你刚刚升部长,一年内连升两级没有先例。但你能力摆在那儿,也最了解网站运作,无疑是最适合的人选,我会全力举荐。"

这一天夏静等了太久,她心存感激。

等她出去,余之遇吸了吸鼻子说:"我没事,就挺突然的。"

许东律深呼吸:"这个位置我坐了三年,是时候动一动了。"

余之遇像个孩子似的问:"那我怎么办?"

许东律笑了:"没有我,你还不会工作了?"

余之遇嘟囔:"没你撑腰,我闯了祸不是要自己扛?"

许东律沉默了几秒,说:"你已经能自己扛了。"

余之遇没接话。

许东律偏头看向窗外,再转过来时说:"叶上珠转正的申请你暂时别递,等夏静来批。等她坐上总编之位,你升高级记者接任部长,依然是她的属下,你的能力她清楚,她只会重用,不会为难你。尤其网站版面调整的计划,我是以她之名报的总部,她领了这个功,对你和叶上珠自然会有所关照。"

他在离任之前为徒弟,甚至是徒弟的徒弟都铺好了路。与此同时,他给夏静留了空间,让她在走马上任之后,能以人才选拔的名义聚拢人心。

许东律相信,通过此次临水的出差,夏静看得出来叶上珠也是可教之才。到时候,余之遇把转正申请递上来,她不会不批。如此一来,叶上珠与她前嫌尽弃。她刚上任,需要有人辅佐,余之遇和叶上珠便是不二人选。

道理余之遇都懂,她皱眉看他:"你快别说了,跟交代遗言似的。"

许东律气笑了:"我不说点儿什么你哭唧唧的,说了你又嫌烦。"

余之遇把眼泪憋回去:"我舍不得你。"

"这话你可别对肖子校说。"许东律走到她身边,安慰地按了按她肩膀,"换作三个月前要走,我还真放心不下你,现在有了他,我走得安心。"

"交接呢?"余之遇白他一眼,"搞得自己像个老父亲。"

许东律敲她头:"怎么安慰你都不行,是吧?"

"不用安慰了,你该高就高就去,反正我要是工作上出了差错,谁都知道我是你徒弟,有许总在总部镇着,不信谁能把我怎么样。我这叫……"余之遇笑了下,"狐假虎威。"

面前坐的要是位男徒弟,许东律肯定要回一句:"屁的狐假虎威。"面对她,他纵容地说,"那就以许总之名护好自己。"

从总编办公室出来,余之遇经过叶上珠的工位时问:"去不去医院?"

叶上珠正埋头工作,闻言抬头:"你要去医院?病啦?"

余之遇无语,甩出三个字:"相思病。"

叶上珠反应过来她要去找肖子校,边关电脑边说:"带上我!"

去中医医院的路上,她给喜树发信息:"组长要去查肖教授的岗!"

于是,余之遇到医院时,喜树等在门诊,他说:"老师一时走不开,让我来接你们。"

余之遇戳了戳叶上珠脑门:"通风报信?"

叶上珠跳到喜树身边,说:"那来蹭午饭,当然要提前打个招呼啊。"

喜树笑着牵住女朋友的手，说："走吧。"

直到到了制剂室的独栋楼，拿身份证登了记，再经由喜树刷过卡进入制剂室的范围，余之遇才想起来，之前蹭肖子校的车去临水，为的就是和他建立良好的关系，为进制剂室打基础，现在她都是教授家属了，反倒忘了这事。

等见到刚从实验中抽身，穿白大褂、戴口罩的肖子校，她跑过去投怀送抱："教授，我要参观制剂室。"

肖子校把手中的实验记录本递给喜树，摘下口罩，搂住她的腰："所以呢，好不容易有了女朋友的自觉过来一趟，不是看我的？"

余之遇心虚："……教授，你听我解释！"

肖子校把她带到办公室，先找遥控器把百叶窗降下来，将两人隔绝在内，腾出手后直接把她抱坐到桌案上，一手揽着她的腰，一手托住她后颈，唇似有若无地贴着她："来，解释。"

他嗓音本就特别，和她说私密话时更是格外低沉性感，有种致命的诱惑，余之遇忍不住抬眸看他："该解释的是你，追到手就晾着是吧，还记得多少天没宠爱你女朋友了吗？"

他最近确实忙，每天从实验室出来差不多都是半夜。

余之遇问："你会不喜欢我黏人吗？"

从前是真不喜欢，换成她一切都变得无法解释起来。他说："我只怕你不够黏我，那样我会觉得自己可有可无。"

余之遇闭着眼睛笑："听起来不像是教授会说的话。"

肖子校蹭蹭她的额头："教授也只是个会想你、会吃醋的正常男人而已。"

"吃醋？"余之遇抬着下巴看他，"例如呢？"

肖子校稍稍挑眉："别人知道你门锁密码，我不知道。"

余之遇失笑，拉低他的头，她的唇贴在他耳边报了一串数字，末了说："新改的，只告诉了你。"

就这样反复腻歪了半天，直到余之遇感觉到饿。

肖子校倚在桌案看她整理头发、补妆，视线下移，落在她裙子外匀称笔直的腿上，眉心皱了皱："不觉得长度有问题？"

余之遇顺着他的目光低头看自己及膝的半身裙："这个长度显腿长啊。"

肖子校抬眸看她："本身就很长，不用短裙衬托。"

哪里就短了？余之遇凑到他身前，转了个圈："我多乖啊，都没露腰。"

肖子校眼底满是无奈。

余之遇拿胳膊肘碰碰他："好不好看？"

肖子校还是第一次看她穿裙子，柔粉色的衬衫式泡泡袖上衣，门襟袖口处的木耳边点缀，立体中带点俏皮，下摆扎进高腰的不规则鱼尾裙里，腰细腿长的身材优势尽显。

他把她搂在身前，说："特意打扮给我看的当然特别好看。不过⋯⋯"

余之遇没给他机会评价长短，她在他唇上亲了口："再说我下次穿更短的。"

肖子校在她臀上拍了下："你敢！"

原来他是这么老古板的教授。余之遇笑得不行。

随后两人去了制剂室单独的食堂，等他们取好餐坐下，就有几个年轻小伙子过来打招呼，都是肖子校团队的。

有了学生认师母的经历，肖子校并不担心几个如狼似虎的小伙子吓到余之遇，一一为她介绍："神曲、车前子、柴胡、防风⋯⋯"

余之遇表情错愕，她看向肖子校，分明是问：不是以中草药取名字的人不配进你的团队吗？

喜树适时地解释了一句:"只有我是真名,他们的都是绰号。"

戴眼镜的神曲说:"我姓曲,本名是曲伟亮,绰号神曲。老板娘你知道神曲的功效吗,健脾和胃、消食化积。"

老板娘?余之遇在心里恭喜自己喜提新身份。

高个子的车前子说:"我姓车,本名车寒石,大家嫌拗口,给我取的车前子这个绰号。车前子的功效是清热、明目、祛痰。"

微胖的柴胡则说:"我是柴胡。柴胡有和解表里、疏肝升阳之功效。用于感冒发热、寒热往来。"

身形瘦小的防风说:"我是陈峰,防风有祛风解表、胜湿止痛、止痉的功效。"

等他们又补充介绍一轮,肖子校说:"他们的绰号都不白取,相应药材的道地性都被研究得很透。"

自来熟的神曲说:"对、对,术业有专攻,我们得先把自己研究明白了。"

余之遇失笑。

一道散漫的声音在这时插话进来:"肖教授调教学生向来有一套。"

大家应声回头,余之遇看见一位同样穿着医生服,年约四十的中年男人走过来。

肖子校淡声:"在指导学生方面,我远不及杜教授经验丰富。"

杜涛拍拍他肩膀:"肖教授何必谦虚。"他看一眼肖子校身旁的几个年轻人,说,"你们这些后浪,可得推着你们老师这前浪往前走啊。"

他这话说得微妙,余之遇听着像在挑拨肖子校和他团队成员之间的关系,暗指肖子校靠后辈学生成就自己。

神曲似是有话要说,被喜树拉住。

肖子校瞥他一眼,才对杜涛说:"后浪终将成前浪,我的这些后浪,一浪高过一浪。"

杜涛有两秒没说话，随即看向肖子校身旁的余之遇："这位是？"

余之遇与肖子校对视一眼，说："后浪之一。"

肖子校轻笑。

杜涛见他没介绍的意思，自觉没趣地走了。

神曲送了他一个大大的白眼，小声对余之遇说："他是个副教授，嫉妒我们老板年纪轻轻就是正教授，没事就跳出来刺两句。"

肖子校伸手拨了他脑袋一下："抓紧时间回去午休，下午的实验你盯。"

等几个年轻人走了，叶上珠问："那是哪路牛鬼蛇神啊。"

喜树答："杜教授也是萧何教授的学生，算是老师的师兄。"

四十多岁的师兄，职称不及三十岁的师弟，心里难免不平衡。

肖子校示意余之遇继续吃饭："不用介意他说什么，无非是些嘴上功夫。"但他不说话，团队里的年轻人便会受欺负。

喜树忽然想到什么，说："听说杜教授要辞职。"

肖子校闻言蹙眉："听谁说的？"

喜树如实说："……神曲。"

肖子校抿了下唇："提醒大家不要议论。"

喜树点头："知道了。"

等喜树领着叶上珠也走了，余之遇问："怎么了？"

肖子校说："院里在评级。"

这个时候若传出杜涛要辞职的话，可能会影响到他。万一辞职一说又是谣言，而他真因此受了影响，凭那位的小心眼儿，肯定认为是肖子校故意在背后给他使绊子。

任何一个行业，任何由人组合成的团体里，都避免不了钩心斗角。余之遇由此想到之前和夏静的部长之争，她说："我师父要回总部了。"

肖子校语气寻常地问:"升迁了?"

余之遇点头:"他一心要扶我当部长,结果上次的报道事故授人以柄,我的考察期延长了。"

肖子校给她递水:"觉得辜负了他的栽培?"

"当不当部长对我来说真无所谓,可我是他带出来的,他步步高升,我原地踏步,不是丢他脸吗。"余之遇叹气,"他既然说了要走,证明调令已经下来了。之所以没马上走,应该是想帮我把公益版块建起来,以此向总部申请,缩短我的考察期,让我尽快升高级记者。"

她是觉得让许东律操心了。肖子校语气温柔地说:"老师带学生,都是希望学生前程似锦。他这份心思很正常,你不要当成压力。虽说越高的职位所面临和承受的压力越大,但升迁到底是喜事,你该高高兴兴地恭喜他。"

他握了握她的手:"至于他昔日对你的教导和提携,不单单以你现在的职位为回报,来日方长。"

余之遇心里被说服了,嘴上却说:"万一时间证明我是块朽木怎么办?"

肖子校轻笑:"那正好,我带回家精雕细琢。"

肖子校的手机恰好响了,听那边说了两句,他说:"你等等,我问问她下午有没有时间。"

余之遇不知道他要干什么,但她来医院就是黏他的,她说:"下午的时间由教授支配。"

肖子校对那边说:"一会儿我带她过去。"

午饭过后,肖子校应女朋友要求带她从制剂室、药检室,参观到仓储区和办公区。一路上都有人主动和肖子校打招呼,其实不乏有比他年长的,都客气地称呼"肖教授",他逐一回应,同时给她科普中药剂型的创制和应用。

余之遇本就好奇心重，加之记者的职业习惯对什么都感兴趣，听什么、见什么都新鲜，她把那些在她眼里看似奇怪的实验器皿问了个遍，又问："中药注射剂的安全性不是一直饱受质疑吗，怎么还在用、还研究？你不该是中医的坚定信仰者吗，怎么对西医很推崇？你们中医怎么看待肿瘤的治疗啊？"

有人路过听见，低声议论："那是肖教授新收的学生吗，可真好看，就是问的都是些什么乱七八糟的。"

不小心听见的余之遇："……我的问题很不专业吗？"

始终保持耐心的肖子校笑道："你若专业，何以显示出我在这个领域的专业性？"随后回办公室给了她些资料，"既然大阳网和校方及院方达成了合作，有些稿子可能会涉及，作为参考吧，看不懂的问我。"最后嘱咐一句，"别外流。"

余之遇如获珍宝地抱着那些保密级别的材料说："等会儿签个保密协议给你。"

肖子校低笑："那不如签个卖身协议给我。"

余之遇笑眯眯地说："你想让我签啊？"

肖子校亲她眼睛："等你想签的。"

下午，肖子校带她去了家越野俱乐部。

余之遇正奇怪为什么来这儿，就见接过她机的栗则凛从里面走出来。

肖子校说："他爱玩车，搞了这家俱乐部，专业改装越野。"

"他那辆大G就是我改的，以满足他进山的需求。"栗则凛说着把手里的车钥匙抛过来，"都是按你的要求改的，验收吧。"

余之遇不解："你要换车？"

"还不知道呢?"见肖子校笑,栗则凛调侃道,"大教授都会搞浪漫送惊喜了,难得。"话落,带两人到隔壁车库提车。

当一辆崭新彪悍的大 G 出现在视野里,余之遇还蒙着:"换了辆一模一样的?"

肖子校把车钥匙递给她:"去试试。"

余之遇虽是老司机,但对车的构造原理完全不懂,她不接,说:"还是你自己来,我试只能反馈你座椅是否舒服。"

栗则凛听得直乐,说:"你不如送她一套沙发。"

肖子校把车钥匙塞给她,笑道:"那就试试驾驶位舒不舒服。"

余之遇反应过来:"给我开的?"

肖子校挑眉:"不是砸了你的车玻璃吗,赔偿。"

余之遇眼底有了笑意:"虽是同品牌,我的车玻璃可没这么贵啊。"

"谁让你贵呢。"肖子校勾唇,"不是喜欢和我用同款吗,从车开始。"

起点可是不低。余之遇看了看霸气的大 G,说:"这礼物超纲了吧?"

肖子校揉她发顶:"那你喜不喜欢?"

"像喜欢你一样喜欢。"余之遇扑进他怀里,"我保证万一分手了还还给你,不让教授有损失。"

说的什么话。肖子校手上用力,掐了她一下:"皮痒!"

余之遇搂住他脖颈:"不分、不分,为了大 G 也不分。"

等余之遇去试驾,栗则凛啧了声:"你这不是宠爱,是溺爱,小心惯坏了!"

肖子校漫不经心地回敬道:"好意思说我,妻奴!"

栗则凛笑:"还只是未婚妻,谢谢!"

此前余之遇没舍得买车位,她的小奔驰都是随便停在小区外的,结果大 G 当天便入了江南苑的地库，办手续时肖子校要刷卡，余之遇没让，她掏出自己的小钱包，说："教授，我要求经济独立。"

为避免肖子校因此不高兴，她指指他手上的卡："等以后直接把它交给我就行。"

这个"以后"自然是指结婚以后，肖子校受用，他勾了勾唇角："多久以后？"

余之遇笑得俏皮："看你努力程度啊。"

肖子校捏了捏她后颈，笑了。

懒得再跑出去，余之遇提议："上楼坐坐？"

肖子校挑眉："不怕我吃了你？"

余之遇踮脚亲他："为了大 G 以身相许我认了。"

她有多皮肖子校已然了解，他逗她："早知道这么好骗，何必追得那么辛苦。"

余之遇边示意他输密码边说："或者你以身相许，美色当前，余哥我甘心臣服。"

肖子校输密码开锁，进门后直接把人按在门后吻住，让她为自己的撩拨买单。

在自己的地盘上，余之遇身心放松下来，她全情投入，要不是老余适时来了个电话，肖子校在她的热情下已经准备把人往卧室抱了。

看见来电显示，肖子校冷静下来，他说："去接。"

余之遇平复了下，边往客厅走边接起来："爸爸……"

肖子校听出她声音有些哑，眼底浮现笑意，他转身进了厨房。

老余没别的事，都是些老生常谈的关心，却是世间最温暖的感情。余之遇耐心地听着，温言软语地回答，听到厨房开关冰箱的声音，她主动交代："我交男朋友了。"

肖子校走过来时,恰好听见她说:"他是南城中医大的教授,和你算是半个同行。什么中年人?人家才三十。人当然是优秀得不得了,要不怎么入你女儿的眼?"

不知那边说了什么,她笑起来:"原来对我的眼光这么放心啊,那你把户口本给我?"

结束通话时,肖子校自身后抱住他,语气愉悦:"和伯父报备了?"

余之遇身体微微后仰,靠在他怀里:"和他显摆下,要不他总觉得我没人要。"

肖子校问:"伯父暑假来吗?"

"他年年暑假都来住几天,过年我回去。"余之遇偏头,"问这个干吗?"

肖子校亲她侧脸:"等他来了,安排我见见?"

余之遇笑意盈盈:"要见家长啊?"

肖子校没否认,他说:"见过他才放心。"

这次余之遇没皮,而是乖乖答应下来。隔了片刻,她把视线投向窗外,眯眼看了会儿:"你从来没问过我家里的事。"

除了在临水时,她提过小时候的事,她的家庭情况肖子校确实不了解,但通过她的性格,他不难判断,她父母恩爱,家庭和谐,没想到的却是……

"我妈妈不在了,在我高三那年。"余之遇从母亲的职业说起,"我妈妈是警察,刑警。她经手过很多案子,在市局是出了名的美女神探。"

余校长在妻子侦查案件期间与她相识,对她一见钟情。年轻时候的老余很大胆,他主动追求,通过一年的努力,把自己变成了警察家属。

看似毫不搭边的两个人感情很好。

老余尊重妻子对职业的热爱,从不催生,妻子闲时,他陪她去看电影，带她出去旅游。妻子忙时，他做好可口的饭菜送去警局，让她安心工作。妻子怀孕时，他则把她照顾得无微不至。

余之遇出生那天，护士把她抱出来，老余说了句："给我两个妈。"人便朝妻子去了。

"我妈妈姓弦，琴弦的弦，单名一个歌字，歌曲的歌。"余之遇回想外婆讲她出生时老余的反应，径自笑了，"我外婆可喜欢老余了，说这个女婿比女儿还贴心孝顺，常感叹捡了个亲儿子。"

女儿工作忙，女婿照顾老人家更多，老人家自然喜欢他多一些。尤其女婿对女儿有多心疼爱护，老人家都看在眼里，记在心上。

"我们家我妈妈更像爸爸，她总是很忙，查起案来没日没夜的。老余则像妈妈，除了上班，还要照顾家、照顾我。"

但这并不妨碍弦歌成为一个好母亲。如果说余之遇的温柔懂事是源于余校长的基因，她的坚韧和正直则完全是受母亲的影响与教育。

余之遇始终记得母亲的话，她说："你是女孩子，要有防范意识，要懂得保护自己。你的心，你的身体，是你最宝贵的，不要轻易交付给任何人。"

她还说："万一没有保护好也不要放弃，人这一生，谁都不敢保证是否会行差踏错一次。及时止损，而后涅槃，更需要勇气和智慧。之遇，你要记得，这世上的黑暗有很多种，能够冲破它的，唯你自己。"

余之遇轻声说："我觉得我妈妈特别厉害，她好像什么事都料到了一样，知道我早晚会因为不听话而受挫，连鼓励我的话都事先说了。"

她在暗指曾经受的失恋挫折。肖子校低头，和她脸贴着脸，用这样亲密的方式安慰她。

余之遇轻轻蹭蹭他的脸："我十八岁生日那天，正好高中毕业，本来打算参加完毕业仪式回家庆祝的，结果仪式还没开始，老余突然来了学校,接我去见……妈妈最后一面。"

肖子校以为她会哭,她却压下泪意说:"我妈妈给我留下的最后的礼物是一盒奶糖,偷偷藏在我枕头下面。"

余之遇从小爱吃甜食,老余担心她牙不好,总是控制她吃糖。于是弦歌选在女儿生日这天送她一盒奶糖。从那之后,余之遇总爱在身上带着糖,像是妈妈一直在。而她心情不好时就会吃一粒。

肖子校在这时将她转过来,他低头,温柔且不带丝毫情欲地吻了她好久,放开她时,与她额头相抵,他问:"甜吗?"

无论过去多少年,提及去世的母亲,她的心情都不会好,此刻他身上没糖,便以吻代替。

余之遇搂住他的腰,把脸贴在他的胸口:"不只甜,还特别有安全感。"

肖子校在心里细细咀嚼"安全感"这三个字,隐隐觉得自己与余之遇走到相爱这一步,正是缘于他在无形中带给她的这份安全感。

像是五年前,她醉成那样,都知道向他寻求保护。

肖子校轻抚她的背,既欣慰又安慰。

余之遇含着眼泪笑:"我妈妈是烈士,是英雄。我作为她的女儿,是骄傲的。"

肖子校想到她追查问题药的执着,认为她那份追求真相的意志遗传自母亲。

"我九年没过生日了。"余之遇在他怀里轻轻地说,"直到今天你送车给我,我特别感动你没以仪式感之名选择在生日时把车钥匙给我。"

距离她生日没多久了,他完全可以作为生日礼物送她。但他没有。

肖子校把她鬓边的碎发别到耳后,说:"上次你脱险后我想,要是当天你开的是大G,或许是可以撞过去的,反正你胆子大,只要车给力,不成问题。"

他才订了车，让栗则凛去改，特意交代升级防撞护栏。

大G并非只是外观硬派，本身更具备强大的防撞技术，再加以改装，防碰撞满分。

所以，那不是礼物，是肖子校对她的保护，无须仪式感。

肖子校承诺："暑假时我陪你去看伯母。"

余之遇仰脸看他："你就是急着见家长。"

肖子校亲她眼睛："作为男朋友，不应该主动去获得认可？"

作为女朋友的余之遇不答反问："你是在暗示我吗？"

肖子校轻笑，他解释道："我没有一语双关。"

余之遇没再闹他，她换了个话题："怎么给车落的户？"

肖子校坦言："请大哥帮的忙。"

余之遇恍然大悟，难怪上次校谨行帮她把车送修后，回头管她要身份证，说不是本人送修要查验登记。她当时还想，怎么修个车玻璃这么多事？

余之遇好奇："校总没批评你败家吗？"

肖子校回想校谨行当时的反应，说："他建议我一步到位给你换个房，以便近水楼台。"

"一步到位？"余之遇用手指戳他胸口，目光狡黠，"他不是说房，他是别的意思吧？"

肖子校眼底都是笑，他低头，唇贴在她耳郭："别的……什么意思？余哥给个提示？"

余之遇偏头，以吻相示。

大阳网顺利改版，公益版块开版后引起强烈的社会反响，开版第一天便有爱心人士打来电话，表示愿意对留守和失辍学儿童提供资助，连业界都对大阳网成立公益事业部很是关注,纷纷致电许东律取经。但哪些是出自真心,哪些又抱着功利目的则不得而知。

在余之遇看来,功利本身未必是洪水猛兽。她认为,只要那些偏远贫困地区的孩子确实受了益,便不是坏事。

六月中旬的一天,夏静被许东律叫进了办公室,等再出来时,余之遇注意到她脸色不太好。等她被叫过去时,许东律说:"周末中医大要举办毕业典礼,文部长打电话来,希望我们派记者过去报道一下,你带叶上珠去吧。"

毕业典礼的事此前肖子校提过,除了私人关系,大阳网和中医大现在是合作伙伴,去报道无可厚非。余之遇当然没意见,见许东律没别的话了,她问:"是发生什么事了吗?"

许东律知道她在问什么,他没看她,双手撑胯站在窗前,半晌没说话。

余之遇静静等着。

许久,许东律说:"夏静升总编的申请被总部驳回了。"

大阳网确实没有一年内连升两级的先例,但许东律既然能当着夏静的面说自己会全力举荐,对于这件事他必然是有把握的,总部却没批准,这结果令人意外。

余之遇刚想问总部是要派人来吗,许东律已经拿起桌上的手机和车钥匙说:"你该干吗干吗,我去趟海城。"显然是要亲自去总部协调。

他为夏静升总编的事如此上心自然是为护她,余之遇抢在他出办公室前说:"师父,我不能永远在你的羽翼下生活,是时候单飞了。"

许东律回身看她,欲言又止。

余之遇算计着时间,在临近傍晚时打了个电话过去。

许东律接了,不等她问,他先说:"我在李总办公室。"

确定他人到了海城,余之遇没再说什么,挂了。

和肖子校见面时提及此事，她说："我有种山雨欲来的感觉。"

肖子校把牛排切好给她，问："大阳集团总部你去过吗？"

余之遇喂了他一口，说："去年年会，师父带我去过一次。正常情况下，只有到了部长级别才会回去参加年中和年末的会议。"

"大阳集团涉及多领域，高层关系复杂，虽说网站只是个小分支，但你们网站的架构特殊，作为行政总管，总编职权很大，夏静或许能力足够，可她没背景，你师父要推她上位难度不小。"肖子校给余之遇打预防针，"许东律晋升回总部是板上钉钉的事，但他的总编之位，现在看来总部空降的可能性最大。'新官上任三把火'，你要有心理准备。"

余之遇自知对于最终结果干涉不了，她并不担心自己，只问："你怎么对我们公司这么了解，为了我啊？"

肖子校反问："还有别人值得我操心？"

"教授，你太好了，不占为己有我不放心，要不，"余之遇往他身边挤，"你晚上跟我回家吧，我跟你回也行。"

自从确定他有心见过余校长后再往下一步发展，他这个女朋友便有恃无恐起来，总在擦枪走火的边缘疯狂试探。

转眼到了周末，由于肖子校被评为这一年"最受本科生欢迎教师"要在毕业典礼上发言，余之遇特意给他准备了一件修身的白色小领衬衣。她说："校庆那天你穿的就是这款，特别好看。"

她始终视那天为他们的初遇。

肖子校深看她一眼："原来是对我一见钟情。"

余之遇搂他脖颈："是见色起意。"

肖子校低头："那现在呢？"

余之遇叹气："色没骗到，只骗了辆大G。"

肖子校失笑。

到了学校后,肖子校先去忙了,余之遇则和叶上珠开始工作,喜树在他家老师的安排下给两人做助理。

中医大每年都会为大四毕业生举办毕业典礼,考虑到学生基本都在实习,典礼都会选在周末,让大家有时间回来参加,进而不留遗憾地结束这一段校园时光。

余之遇看到毕业生们三五成群地聚在一起,笑闹着拍照片,她抓拍到一些镜头,有学生看见她,请她帮忙拍合影。余之遇指导他们摆造型,拍出的照片高级感满满。

叶上珠和喜树讲起自己毕业的情景,随口问余之遇:"组长,你毕业时也这么热闹吗?"

余之遇被问住了,她想了几秒说:"……不知道。"

叶上珠以为她因为实习没来得及参加,并未在意。

毕业典礼在中医大礼堂准时开始,主持人开场过后,余之遇听毕业生们从《同桌的你》唱到《光明》,用歌声和老同学说再见,与校园和老师挥别,她的眼睛始终都是潮的。

毕业不只是今夏的事,更是人生里的一件大事。她是过来人,清楚这场典礼过后是另一段人生,而有的人,转身就是一辈子,自此一别,或许再没机会相见。她羡慕这些毕业生能以如此隆重的仪式致敬青春,她为自己遗憾,遗憾高中的毕业季失去了妈妈,大学的毕业季失去了陆沉,因而缺失了两段毕业的记忆。

然而,只要你不放弃,还会有你爱的,同时爱着你的人出现。

余之遇看向台上的肖子校,听他说:"初秋时,教室里依旧会坐满人,可不再是你们。我会记得,你们是我送走的第一届毕业生。能陪你们一程,与你们一起慨叹青春与梦想,我三生有幸。年华不可留,青春势必要从这里散场,但人生也将从这里启航。今天,我们不说再见,只说启程。愿你们此去,前程锦绣如画,他日重逢,白首如新,倾盖如故!"

如潮般的掌声过后,他换了一种风格说:"之前校长问我,要不要在毕业典礼上说两句,我说……两句恐怕不够。"话至此,他和学生们一起笑了,随后继续,"今夏我和你们一样,永远不会忘。你们是因为毕业,我是陪女朋友毕业。"

在毕业生的欢呼声中,肖子校看向余之遇的方向:"由于特殊的原因,她当年缺席了自己的毕业典礼。这一刻,我无比庆幸昔日足够努力,让我有机会站在这里,在送别你们的同时,为她庆祝毕业。"

余之遇因意外和感动,不记得他后来还说了什么,也忘了他说这番话时现场是怎样的沸腾,当她回过神来,肖子校已从台上走下来,把学士帽亲手戴在她头上,将帽穗从右边拨到左边,完成了毕业拨穗礼。

他双手搭在她肩膀上,说:"那只是暂时的遗憾,不是终身遗憾。之遇,恭喜毕业。"

余之遇仰头看他,哽咽难言。

毕业典礼的最后,余之遇在校长亲邀下坐在肖子校身旁,和毕业生们一起合影。

余之遇做梦都想不到,会拥有一张如此特别的毕业照。

她终究没忍住,因肖子校的偏爱喜极而泣。

见她半天都没有停下来的意思,肖子校语带笑意地说:"再哭我可要吻你了。"

余之遇把脸埋在他怀里,不给机会。

随后老校长居然过来了,针对余之遇哭鼻子的表现,他笑道:"还感动着呢,小余记者看在他如此用心的分儿上,可莫要考验他太久。古语讲'先成家,再立业',小肖早早立了业,现在只等你下嫁我们中医大,他便完成这两件大事了。"

下嫁中医大？余之遇有种老校长抢了肖子校老爸剧本的错觉。她抹了把眼睛，鼻音浓重地说："我是个'学渣'，怕是高攀他。"

老校长笑睨着肖子校："不要妄自菲薄。他的学识和个子确实都高，但你能让他如此用心，证明你技高一筹，你们之间是相生、相克、相制。"

等老校长走了，余之遇说："校长这是什么人啊，你以公谋私他不只不批评你，还来助攻。"

肖子校以指腹给她抹去眼角那滴泪，说："你剪的实践课片子是他授意放到校园网上的，还有你为中医大公益支教做的报道他也看过，因此表扬了志愿服务部。他有私心，指望你为中医普法宣传，为中医事业发展服务呢。"

所以，当他表示要为女朋友庆祝毕业时，老校长不仅赞同，还问："要不要顺便把婚求了？全校师生都可以配合你。"

余之遇破涕而笑，她说："所以说'下嫁'是哄我的对吧？"

肖子校轻刮她鼻尖，语气温柔："是替我表态。"

当晚在叶上珠的提议下，肖子校带三个小的去一家私房菜馆吃饭。席间，叶小姐为表达对她家组长的羡慕，承诺喜树："等你研究生毕业，我陪你。"

当着自己老师的面，喜树有些不好意思。

余之遇见他脸又红了，悄悄对肖子校说："作为你的关门弟子，恋爱方面，大树怎么不随你？"

她家教授淡然道："我是独一无二的。"

之后看时间还早，余之遇提议："我们去酒吧喝一杯吧？"生怕肖子校驳回，她摇他手臂撒娇："就当庆祝毕业，我保证不多喝。"

肖子校借此对她提出要求："以后除非我在，否则你不许喝酒。"

她酒量一般，酒品还差，这方面实在纵容不得。

戒酒不易。余之遇略显为难："可你那么忙，又总出差，万一我嘴馋怎么办？"

肖子校眸色一敛："别让我发现，否则……"

为了今晚能如愿，余之遇能屈能伸地截断了他："行、行、行，犯规我跪搓衣板可以了吧？"

肖子校笑了下："家里没那设备。"

本以为是饶了她的意思，结果余之遇还没来得及高兴，又听他补充了一句："跪键盘吧，有现成的。"

余之遇心想：这是在毕业典礼上把我感动得稀里哗啦的教授？我想查验一下。

不小心听见了一切的叶上珠小声对喜树说："我为组长婚后的家庭地位担忧。"

喜树拉她去看电影："老师不会欺负余哥的。"

肖子校：也分哪种欺负。

余之遇：有些欺负还是可以的。

肖子校最终同意了女朋友的请求，带余之遇去了一家名为"夜遇"的酒吧。

见到吧台中调酒的美女远远地朝肖子校挥了挥手，余之遇拿眼瞥他。

肖子校接收到她的眼神杀，他偏头，附在她耳边说："栗则凛未婚妻，酒吧街头牌。"

等两人走近，"头牌"开腔道："我是顺风耳，听见大教授说我坏话了。"

"那你肯定听错了。"肖子校简明扼要地为两人介绍，"别漾，'夜遇'的股东，江湖人称'漾姐'。我女朋友，余之遇。"

栗则凛接机那次，别漾就知道了余之遇，此刻见到本尊，她抛了个媚气十足的眼神给余之遇："嘿，小遇遇，喝酒吗？"

确认过眼神，是余之遇喜欢的性格，她坦言："有这爱好，但他不许，刚刚还在立规矩。"

别漾喊了肖子校一声："男人都是'只许州官放火'的，我们就得和他们对着干才有趣。"随即凑近余之遇，低声说，"等我调两杯好酒，给你和大教授助助兴。"

余之遇被她的话逗笑，毫不扭捏地提要求："要烈的。"

别漾抬手勾了她下巴一下，语气轻佻："口味还挺重，我喜欢。"

余之遇向肖子校告小状："我好像被调戏了。"

"不是好像，是确实。"像很嫌弃别漾碰他女朋友，肖子校在余之遇下巴上轻抹了下，拿出手机给栗则凛发消息，"来管管你老婆。"

那边很快回复："秒到。"

别漾亲自给余之遇调了鸡尾酒，给肖子校递杯时则撑了句："每次都是老规矩，不嫌枯燥，怪不得才脱单！"

肖子校不带情绪地回："没你家栗则凛的本事，初见就敢动手动脚。"

"谁说的，我们家栗队规矩着呢。"别漾撑了句，转头对余之遇说，"不哄你，大教授还是第一次带女孩儿来，以往都是和他那条单身狗父子相依。"

见肖子校皱眉她更来劲了，示意余之遇往 DJ 台看："那个漂亮的 DJ 小姐姐对大教授一见钟情，我能留住她全靠大教授的美色。可惜他八百年不来一回，人家望眼欲穿，我都看不过去想给牵个线。"

话至此，别漾朝肖子校扬扬下巴，低声告诉余之遇："为此还和我急过。"

肖子校听见了，他说："别听她胡说。"

余之遇托腮看他："哪句是胡说的啊？你没急？"

挑事的别漾就笑了，她拍了下余之遇的手："好好审他！"

肖子校略无奈。

余之遇往 DJ 台看，恰好女 DJ 视线笔直地往这边看过来，她捏捏肖子校的手，故意闹他："她看你干吗？不让我来酒吧，自己却是常客，对吧？隐藏得挺深啊教授。"

肖子校俯身，连她带高脚凳一起搬至自己身边，和她紧挨着："别漾有一句话说得没错，我八百年才来一回。"

余之遇揪住他衬衫领子："要是等会儿她敢来和你打招呼，我肯定往她脸上泼酒，不信试试。"

肖子校顺着她的手劲倾身，故意在她颈窝闻："确实有点儿酸。"

余之遇推开他："在我喜欢你的时候，看谁都像情敌。"

肖子校随手解开了衬衫顶扣，姿态慵懒地将胳膊搭在她肩膀上："从来都没有情敌，你不会有这方面的困扰，放心吧。"

余之遇当然只是闹着玩的，如同别漾所言，助兴而已，她没纠缠这个话题，看了看肖子校那杯很精致的饮品，好奇心起："你平时滴酒不沾？"

"基本上。"肖子校把自己那杯递给她检查，"是水。"

余之遇失笑："别漾有心了。"

肖子校笑："她可能担心我和这里格格不入。"

西装革履，戴金丝框眼镜的小肖教授，或许确实和酒吧的氛围有点儿不搭，可他骨子里可没外表那么冷漠斯文。余之遇看向他解开顶扣的领口，在他性感的喉结上扫两眼，端起一杯酒盅惑道："尝尝？"

"我就不喝了，还要开车。"肖子校捏捏她肩膀，"允许你小酌一杯，微醺不醉。"

栗则凛很快到了，见别漾去了吧台后面，他和两人打过招呼追过去。

余之遇误会了:"他们吵架了?"

"应该不会。"肖子校慢条斯理地说,"别漾性子又烈又野,还曾动过不婚的念头,栗则凛遇到她的事不太冷静,两人闹过一次分手,折腾得不轻,和好之后感情更好了。"话至此,他笑了,"分手是则凛提的,婚却是别漾求的。"

余之遇惊讶:"怎么回事啊?"

肖子校握着她另一只手,给她讲了讲别漾和栗则凛的爱恨纠缠。

其间,余之遇趁他不注意悄悄示意服务生上酒,肖子校假装没看见,纵着她又喝了两杯。等她还想再要时,他便没让,说:"别醉。"

余之遇贴着他耳朵撩:"怕我酒后对你乱来啊?"

肖子校捏着她后颈,把人送到唇边亲了下:"怕你醒了不认账。"

余之遇乖乖听他把故事讲完,针对别漾给栗则凛分手费的情节,说:"看漾姐的样子,确实不像是好拿下的。"

肖子校闻言看她一眼:"你以为自己好拿下?"

余之遇从高脚凳上跳下来,说:"我去洗手间。"

酒吧人多且杂,酒精作用下清醒理智的没几个,肖子校不放心,起身相陪。

两人经过走廊拐角时撞见栗则凛把别漾压在墙上热吻,那激烈纠缠的画面哪里像是处于感情稳定期的、订了婚的恋人,反倒像在偷情。

和撩自己男朋友不同,面对如此香艳的画面,确切地说,和男朋友一起撞见这样一幕实在尴尬,余之遇呼吸随脚步一滞,正无措不知如何反应,眼前一暗,带着暖意的手掌遮住了她眼睛。

肖子校轻轻一揽,将她的小脑袋转过来压进怀里。

如同做错事的孩子,余之遇下意识地抓住他腰侧的衬衣,连呼吸都放轻了,生怕被发现。

肖子校无声地笑了下,胸腔振动中,带她离开"案发现场"。

到了无人的地方,周围静下来,余之遇闷声道:"想回家了。"

肖子校揽着她走出酒吧,走向停车场,再开口时声音哑了几度:"我早想了。"

回去的路上,他车速很快,余之遇隐隐意识到他在急什么,也发现不是回江南苑的方向,她什么都没问,缓过撞破别人好事的那阵尴尬,把头枕在座椅中,盯着肖子校的侧脸,那一瞬不瞬的投入姿态,像在欣赏一件完美的艺术品。

肖子校单手握方向盘,右手隔着中控台握住她的手,揉捏把玩。

两个人谁都没说话,有种心照不宣的默契。

二十分钟后,大G驶入一个高级住宅小区地库,肖子校利落地打方向盘,几乎都没停顿,前提摆斜车身后,一把将车倒入库,停正。

余之遇开惯了轿车,最近换成大G,她每次往库里停都费点劲儿,可大G在他手里如同玩具,被他驾驭得心应手。

余之遇很迷他开车的样子,挺野挺帅的,和他人一样。

余之遇眸光狡黠,明知故问:"带我来的哪儿啊?"

肖子校似笑非笑:"现在才问,不觉得晚了?"

他这一笑有点坏,余之遇勾着他脖颈,送上唇。

肖子校低声,一字一句道:"这次是动真格的,上去了,我不可能再放你下来,想好了再回答,要不要。"

尽管此前没来过,余之遇也知道上面是他家,上去意味着什么,她无意退缩。

占有欲不是只有男人有。在爱里,女人虽感性,往往心理上的满足会大过于身体。可当她们真正爱上一个男人,会想跟他更亲密,便是占有欲在作祟。

余之遇懂他的珍视，而他越珍视，她越爱他，越渴望他。她其实是个害羞的人，至少从前和陆沉在一起时是矜持被动的，但和肖子校恋爱的感觉太美好，让她时刻都想从他身上得到更多，给予更多。

余之遇咬他脖颈："别假正经。做那么多，不就是想我投怀送抱？"

肖子校不否认自己的小心思。从最初的徐徐图之，到现在的步步紧逼，他要的就是她交出整颗心。他知道余之遇喜欢他，她的喜欢不加掩饰，不故作矜持，他感受得到，可这份喜欢能否敌过那份爱情启蒙的初恋，他没有把握。

对于陆沉，她从未提起，彻底忘记是不可能的，是认为没必要，还是小心地藏在心底不予他知，肖子校不得而知。他可以假装坦荡地审她，问问她的情史，又不愿意她再忆起从前。

那夜醉酒的记忆于他是美好的，因为她，他释怀了过往，在检点过去的同时学会了爱。于她呢，意味着什么？如果只是众多为陆沉而醉的夜晚之一……从前没那么在意，他越爱她，越不想提。

陆沉回国了，在他与余之遇的感情尚不稳固时。

校谨行的提示肖子校看似不在意，心里却是有波动的，那些天彼此都忙没有见面时，他也胡思乱想过，想她是不是和陆沉碰了面，是不是动摇了，直到她主动去医院探班才稍稍安心。

这样多疑且不自信的自己，这样的患得患失，肖子校都觉陌生。

他借送别毕业生之机为她圆梦，是为她弥补遗憾不假，也有亲手为她的过去再画一个句号之意。肖子校希望，自己陪她毕业的这段记忆能够取代她因陆沉而缺席毕业典礼的那段不愉快的记忆。

用他的偏爱填满她的心，是肖子校能想到的唯一与她初恋对抗的方式。

此时此刻，肖子校抱紧她，强势地说："今晚，给我全部的你。"话落，他拔车钥匙。

肖子校住的是个大平层，新中式装修，和余之遇那边的现代简约不同，他这里既庄重古朴，有了传统文化韵味，又加入了一些流行元素，不失现代感，符合他的身份和年龄。

余之遇进屋后问："草药呢？"

"被我妈领回家了。"肖子校把她拦腰抱起来，直奔主卧，"浴室里什么都有，但是……"他笑了下，"我实在不好去买女士睡衣。"

余之遇被肖教授难得的不好意思逗笑，她说："你的衬衫是最性感的女士睡衣。"

再让她撩下去，肖子校等不到她洗完澡了。

似是有什么牵引，余之遇这个澡没洗太久，等她出来时，肖子校恰好从另一个浴室出来，他单臂举在头顶，维持着擦头发的动作，见到她，脚步一滞。

临水那夜的轮廓乍然清晰，男人身前的风光一览无余。

他只穿了条长裤，皮带抽了出去，裤腰卡的位置偏低，人鱼线若隐若现，胯骨凹凸有力。柔光下，还蒙着层水汽的肌肉线条流畅，整个人又欲又性感。

她在肖子校眼里亦是。

他的衬衣只盖到她大腿处，露出笔直修长的两条腿，由于衬衣过于宽大，隐隐看得到里面她玲珑有致的曲线。

……

和初遇酒醉那晚一样，余之遇一会儿嫌房间暗了，说太黑害怕，要把窗帘打开。一会儿渴了要喝水，热的嫌烫，温的嫌凉，最后整个人缩成一团,说胃里难受。

肖子校半点儿脾气没有,把她服侍得妥妥帖帖,见她脸色确实不太好,判断是那几杯酒令她胃疼了,起来给她找药,顺便拿了消肿止痛的药膏给她涂。

余之遇哪好意思让他为自己做这种事,满床地躲,最后被他捉住脚踝拖了过来。等他温柔地涂抹好,凉爽的感觉缓解了不适感。

事实证明她睡眠质量很不好,一时之间肖子校不确定是自己过于放纵确实让她不舒服了,还是她认床,换了地方睡不踏实,总之,她入睡困难,还总莫名惊醒。如此反复,直到天亮,肖子校才睡实。

临近八点时喜树打来电话,他被吵醒。

肖子校原本要去实验室加班,考虑到余之遇第一次到他这边来,醒来后看不见他可能会闹情绪,加之不放心她的胃,他把工作交代给了喜树,末了说:"要是叶上珠有时间,可以让她过去陪你。"

实验室不同于别处,一般情况下外人不让进。

喜树无意破坏规矩,他说:"叶子知道我今天加班,说她自己找节目。"

肖子校以过来人的身份提醒他:"工作和学业不能耽误,但在条件允许的情况下,还是尽量多陪陪她,别让她觉得你忽略了她。既然决定在一起,要多用心。"

想到叶上珠得知自己周日要加班时的小失落,喜树绕路去叶家,根据叶小姐的指示,把车停在隐蔽处。

叶上珠像防贼似的,一路回头,生怕被跟踪的模样,上了车直催喜树快走:"老叶头儿好奇怪,平时我和朋友玩到半夜也不见他问一句,最近老挖坑套路我,听说我周末出门,还要让他的司机送我。我什么级别啊,敢用他司机!"

喜树不愿她因自己承受父母的压力，对于两人隐瞒恋爱的状态倒没说什么，他抓住的重点是："平时都去哪儿玩那么晚？总去吗？"

叶上珠看一眼目不斜视注意路况的人，自觉地解释："没有总，就偶尔一次，不去那种少女不宜的地方，只是K歌什么的。"

喜树不置可否。

叶上珠拿眼睛观察他片刻，看似小心翼翼地问："你生气了？"

喜树否认了一句，随后又改口："一点点。"

叶上珠笑着解开安全带，攀过身去快速亲了他脸一下，坐回来时说："都是和我闺密或者组长一起，没有男生哦，更没有做任何出格的事情，你不要生气啦，以后我会乖乖的。"

被偷袭的司机先生面红耳赤，轻责道："开车呢，不要闹。"

叶上珠咯咯笑，把手里的豆浆递到他嘴边。

喜树偏头躲开："你喝。"

叶上珠不干，非让他喝不可。

喜树垂眼看了看被她咬出痕迹的吸管，低头吮了口。

叶上珠盯着他喝过的吸管看了几秒，清了清嗓子说："我记得你说奶茶高糖、高油、高热量，没有营养价值，算垃圾食物，我改喝豆浆了。"

喜树嗯了声，关心道："你没吃早餐吗？"

叶上珠实话实说："以为你加班，那我没什么事就起晚了。"他来电话问她要不要陪他加班，她急着洗漱出门，没来得及吃。

喜树侧身拿过一个袋子递给她："我给老师带的三明治，你尝尝，不爱吃的话，想吃什么告诉我，我去买。"

叶上珠开开心心地接过去："三明治我都爱。"打开后先往他嘴边送。

喜树吃过早餐了，但还是在她的热情下咬了一小口，趁她吃早餐的空当，他问："你喜欢什么车？"

叶上珠啊了声，自言自语地问："什么车？"她不确定地探问，"是真车还是……"

喜树蒙了下，换了种更明确的方式问："你喜欢轿车，还是SUV？"

叶上珠懊恼自己想偏了，侧过身拍了拍脸，像是在提醒自己不要胡思乱想："你要买车？"

喜树点头："有车接送你方便些。"

以往他都坐地铁，或是像今天这样开肖子校的，现在有了女朋友，他觉得有必要购置一辆代步工具，否则约会不方便，尤其再遇上不好的天气，她出行更是不便。

见叶上珠不说话，他笑得腼腆："我有存款，只是暂时不够买老师这种，起点得低点儿。"

叶上珠知道他大学期间就能用电脑赚钱了，学费都不用父母管，现在工资也不低，却舍不得他把钱花在自己身上，正组织语言准备劝他放弃这个念头，喜树递过一沓资料来，说："你看看喜欢哪款。"

叶上珠意外他已经做了功课，她看过后发现，那棵大树所说的低起点除了是大G的同品牌，其他几款也基本是同价位的。

叶小姐惊讶："代步不用这么奢侈吧？"

"我不太懂车，是老师给的建议。"喜树给她吃定心丸，"我存款够的，你不要考虑钱的问题，就看喜欢哪款。"见叶上珠眉头都要皱在了一起，他多说了两句，"我们手上这个项目年底就能完成，到时候会有一笔奖金。老师听说我要买车，说奖金足够。"

医药科研项目耗时长，成功率低，叶上珠没想到这么快就能看到他们的成果，她既兴奋又好奇："你们研究出新药了，治什么病的？"猛地想起他们是有保密原则的，赶紧说，"不方便可以不说。"

确实不方便。喜树有些歉疚，只说："这次不是新药。"

叶上珠纳闷不是新药是什么,却也没再追问,只说:"奖金就够买几十万的车了?"

"我们是有考核的,具体金额要根据最后的成果评审来定,现在定不下来,但差不多。"喜树初步算了算,说,"神曲他们应该都够换辆车的,我的会再高一些。我们在项目中的分工不同,这次我承担的工作相对多一点儿。"

叶上珠羡慕得不得了,似乎那些小钱是她赚的,完全忘了她家老叶掌管的公司随便一天的流水都会高出天际。

于是,等到中医医院时,叶小姐的好奇心得到了彻底的满足,她搞明白了喜树和神曲他们除了每个月的基本工资外,不仅季度和年终有奖金,完成一个项目,还会有一笔可观的奖金,而所有的奖金类薪资都由肖子校发放,所以神曲他们那声老板叫得一点儿毛病没有。

聊到最后,喜树带点小骄傲地说:"老师在这方面向来大方,全院都知道我们团队的综合收入最高,因此好多人想跳槽过来,但老师挑剔,要求严格,一般人达不到他的标准。"

"原来我男朋友比我想象的还优秀!"叶上珠星星眼,她心血来潮地说,"肖教授还需要助理吗?搞科研我就不添乱了,买早餐、咖啡那种,能赚一点儿跑腿费就好。"

喜树笑着牵住她的手:"那我给吧。"

叶上珠身份转换超快,闻言马上去抢他手上的电脑包:"老板,我来、我来。"

喜树:"⋯⋯"小公主助理上线,他在考虑要不要现在把工资卡上交。

余之遇睡到日上三竿才醒,见肖子校在家她确实比较高兴,一头扎进他怀里。

肖子校陪她赖了会儿床，等她意识完全清醒了，把人哄起来吃午饭。

洗好脸，余之遇发现脖子处的"草莓"，肖子校见她在拉衣领，自身后抱住她，凝视镜中的小女人，目光专注热烈："遮不住？"

余之遇嗔怪地看他一眼，抱怨："下手好重。"

肖子校细密地吻了吻她的颈脖，声线低沉："做上标记，证明是我的，谁都别碰。"

这强烈的占有欲，余之遇喜欢得不行。

她偏头，咬上他唇。

这么一折腾，午饭变下午茶。

饭后半小时，肖子校给她端出来一碗中药。

余之遇看着那黑乎乎的汤药本能地抗拒："胃已经不疼了。"

"现在不疼不代表它是健康的。"肖子校晨起后给她号过脉，他以医生的身份说，"你饮食太不规律伤到了脾胃，现在调理不晚也不难，若再不注意，难受的日子在后面。"

余之遇自知躲不过，端过碗，捏着鼻子一口气喝了，肖子校跟哄女儿似的塞了块糖给她，她皱起的眉心才松开。

肖子校亲亲她额头表示奖励："不是我严厉管着你，你的胃现在确实承受不了酒精的刺激。等调理好了，你想喝，只要适量，我不拦，在此之前不能再碰一滴。听见了？"

余之遇乖乖点头。

肖子校抚了抚她的长发："从明天开始纠正你不爱吃早餐的习惯？"

余之遇抬眸看他："怎么纠正？"

肖子校平静地回视她，说出自己的想法："我是这样考虑的，相比江南苑，从我这儿到你公司更近，而我对于书房的要求更高些，单纯是日常用书就需要很多，我过去你那边住不是特别方便，所以，可不可以请女朋友迁就我一下,搬来这边?当然,如果你嫌麻烦,或是不喜欢这边,我能克服。"

这是要同居的意思。余之遇眼睛转了转,小心翼翼地问:"我可以拒绝的吧?"

肖子校眸色一沉:"说服我。"

故意捣乱的余之遇朝他扑过去:"行啊,'睡'服你!"

第九章
青春与未来

由于实验所需，肖子校带着喜树去了临水。

余之遇本以为自己可以"放飞"几天，结果大阳网变天，总部空降的新总编到了南城，许东律将在一周内完成工作交接，正式到总部走马上任，包括夏静在内，所有人都紧张起来。

这天例行晨会过后，所有主管级人员到会议室开会，当余之遇看清随许东律进来的新总编是谁时，她愣住。

新主编姓祁名南，是余之遇的大学同学，她的闺密。毕业后，祁南出国留学，之后余之遇始终和她保持着一定频率的联系，最近一年祁南却没有回复余之遇任何邮件和信息，单方面断了联系。

整个会议，祁南都没看余之遇。她眉眼精致，妆容淡雅，黑茶色的锁骨发衬得皮肤更白，她端坐于会议桌首位，气质干练，气场强得犹如身在主场。

这样的祁南，于余之遇而言，略显陌生。但毕竟是在工作场合，这样并没什么不对。余之遇如此说服自己。

会议持续的时间不长，许东律先把自己即将卸任之事告诉了大家，随后先感谢参会人员在他任职期间给予的支持，最后介绍新总编："祁南，毕业于美国纽约大学新闻与传播专业，在此之前，任集团海外事业部、营销部部长。"

履历光鲜，有工作实战经验，相比之下，夏静确实没有优势。

祁南的任职发言很简短，她的语气与神色一样淡，说："网站运作和各位的情况我已清楚，至于我，大家不必费心了解，更不必设接风宴，只要做好本职工作，不评论是非，不钩心斗角，不投机取巧，不糊弄应付，我们就能和睦相处。"

散会后，她的"四不"原则在公司内部被传开，记者们有些战战兢兢。

许东律在当天开始与祁南进行交接，带她熟悉流程，到各部门巡视。到采访部时，祁南没和身为部门领导的夏静说什么，反而对余之遇说："公益版块的策划案是我批的，由我专项跟进。余记者，后续关于公益事业的工作进展你直接向我汇报。"

现场鸦雀无声，众记者认为新总编上任的第一把火烧到了余之遇身上，替她捏了把汗。许东律的神色微有变化，但终究没说什么。

余之遇眸色不动，语气平稳地应下："好的，祁总编。"

临走时，许东律看向她。

余之遇微微点头，表示没问题。

许东律默了半秒，转身离开。

午休时，叶上珠对余之遇说："组长，我转正的申请你千万不要往上交，我总觉得那个祁总会找碴儿，与其让她挑刺，我维持现状就好。"

余之遇明白她的心思，维持现状她只对自己负责，不必面对夏静，更不用直接面对祁南。问题是，现在她要直接向祁南汇报了，叶上珠跟着她反而容易受累。

余之遇有不好的预感,觉得祁南对她有敌意。

一整天相安无事。

下班时余之遇晚走,在停车场遇见了正在打电话的祁南。

她思考了两秒,没上前打招呼。

祁南却在她解锁车门时,转身看见了她。

两人对视片刻,祁南挂了电话走过来,淡笑:"好久不见,之遇。"

余之遇发现祁南的笑容是公式化的,眼底依旧冷淡,于是她回:"是啊,好久不见。"

祁南说:"回国后一直忙,还没通知老同学。"

这话看似平常,却无形中将两人的关系重新定位,她们只是老同学,而非闺密。

余之遇说:"前段时间婷婷提议同学聚会,正好你回来了,到时候一起。"

婷婷全名杜婷,是她们的大学室友,与两人关系都不错。

祁南却说:"再说吧。"

至此,无话可说。

余之遇看了下时间:"我先走了。"

祁南看一眼她的大G,稍稍挑眉:"车不错。"话落,走向自己的白色宝马。

余之遇垂眸,兀自笑了下。

关于新总编是自己大学同学这件事,余之遇没对远在临水的肖子校提。一方面这是她工作上的事,她认为理应由自己处理。再者,祁南以总编身份突然出现在她的生活里,余之遇尚未反应过来,尤其现下两人关系微妙，让她有些不知从何说起。

可事情并未瞒住肖子校，他很快便从喜树那听闻，大阳网新总编是位女性。

两人视频时，他问余之遇："怎么没和我说？"

余之遇停下工作，专注和他聊天："说什么，告诉你新总编人多漂亮，能力多强？"

肖子校失笑："你知道我关心的不是这些。"

余之遇托腮看他："担心我被欺负啊？"

肖子校问得认真："那告诉男朋友，你有没有被欺负？"

余之遇挑眉："你女朋友像是好欺负的人吗？"

肖子校垂眼笑了下，说："分人、分场合，有时挺好欺负。"

余之遇怎么会听不明白他所言所指，两人离得远，她不怕被他收拾，故意撩他："那你欺负得上瘾吗？"

肖子校看她片刻，柔声问："想没想我？"

余之遇弯着眼睛笑起来："等你回来我告诉你啊。"

肖子校自动理解为用行动告诉他，她有多想他。他有点儿满意，又不太满足，带点威胁意味地说："等回来我用行动告诉你，想死一个人是什么表现。"

他极少说露骨的话，即便是在最亲密的时候。

此刻，余之遇因他隐晦的撩拨不自觉地被带回他出差前一晚，那晚他像是打定了主意不睡一样，极尽耐心地与她厮磨，诱着她步入旋涡，任他予取予求，莫名脸热。

肖子校看她表情就知道她听懂了，没再逗她，回归正题："没向许东律了解一下新总编的情况？"

余之遇摇头："他上次回总部停留了几天，那边已经接任，是抽空过来交接的，忙得不行，我就没添乱。"

肖子校于是针对新总编是女性的问题，表达了他的观点："男女搭配干活儿不累这种现象是有科学依据的，这种心理效应在男性身上的表现也更明显。对你而言，若领导是男性，处境会更好。像是许东律，他只会抓问题的关键，更关注管理工作的整体掌控及利益回报，也就是工作本身，不会忙于处理各种复杂的人际关系，你跟着他会免除这方面的麻烦。"

余之遇想了想，认为有道理。这几年她跟在许东律身边，最大的收获是业务能力的提升。除此之外，基本不必去考虑人际关系的问题。

肖子校确定她听进去了，继续："相比之下，女性领导则更关注群体关系。你们新总编之所以会在会上提出所谓的'四不'原则，恰恰是她在向男性领导的行为方式靠近，想摆脱外界给予女性领导的标签。你不用因此有所顾虑，本身她提出来的东西就是职场禁忌，她不提你也不会犯。你该做什么做什么，公益版块的工作她不是要求你直接向她汇报吗，你就例行汇报，保持下属对领导的恭谨便可，不要有压力。"

肖子校不知道祁南与余之遇是同学关系，他是很客观地分析这件事。余之遇尚未想通与祁南为什么会生疏至此，他的一席话却让她明白一个道理：在工作上祁南是她的领导，她以下属之姿面对即可。

然而，余之遇能够在职务上很快转换与祁南的关系，可当曾经亲密无间的闺密突然对你百般挑剔，在情感上她有些接受不了，尤其这种挑剔并不十分合理。

那天，她首次汇报公益事业进度，将为临水小学建立图书馆的书目递交上去，祁南敲着书目问："为什么不考虑电子图书？现在是互联网时代，如此便捷的阅读不该推崇吗？临水是有网络的，即便没有，这个问题难解决吗？"

且不说这是根据策划案执行的,她已经批准,单就电子书与纸制书的优劣对比,电子书不是完全胜出的。

余之遇说:"建立电子阅读室成本是低,孩子们使用更方便,且电子图书环保,内容丰富,存储量大,但电子屏幕无纸质图书的质感,选择太多,易分心。我们之所以要建立图书馆,除了让山区的孩子们掌握更多的知识,也是为从小培养他们的阅读习惯,而非给他们送去一个玩具。而且能出现在这张书目上的,我确认过,都是国家图书馆少年儿童馆的推荐书,内容严谨精准,是适合他们的。"

可这说服不了祁南。

她依然将书目打了回来:"那你就好好想想,如何将电子书与纸质书结合起来。"

余之遇沉默。

祁南看着她说:"之遇,你不要误会,我对事不对人。"

余之遇回视她:"祁总多虑了,工作上难免有分歧,我会反思,寻找折中的办法。"

祁南没再说什么,将视线移回笔记本电脑屏幕上。

余之遇走出总编室。

许东律离开南城的前一晚,余之遇和他一起吃晚饭。在此之前,她和肖子校打过招呼。

肖子校知道她在避嫌,因为自己介意过门锁密码的事,他说:"他是你的职场导师,你理应如此。去吧,我不吃醋。"

席间,许东律没问她和祁南的工作磨合,只关心她和肖子校的相处情况。

余之遇也不想谈工作,她说:"他对我很好。"

一句很好，是对肖子校最大的褒奖。许东律坦言："之前我还担心他们搞科研的人不好相处，比较刻板，事实证明他是个例外。"

余之遇反驳道："他可不是例外，时刻教授附体，给我上纲上线。"

许东律想象着肖子校管束她的模样，问："之前的事，你和他说过吗？"

余之遇听出来他是指陆沉的事，她摇头，反问："怎么突然提起这个？"

许东律沉吟几秒，说："没什么。"

余之遇发现自从夏静的总编申请被驳回后他总是欲言又止，忍不住问："你是不是有什么话要对我说？"

许东律看着她笑了："你以为我要和你说什么？"

"不知道。"余之遇叹口气，"就是觉得你有心事。如果是不放心我，那真的不用，我虽然不善于处理人际关系，工作尚能应对。即便做不出大的成绩，也不至于差到哪里，这点你应该对我有信心。"

许东律的表情似有松动，像是欣慰："工作方面我不担心，所以祁南对于临水建图书馆的事提出新方向，我没有干涉。你需要适应不同领导的工作方式和节奏，朝令夕改是领导类型的一种，但不是所有的朝令夕改都是无理的，我相信你能明白。生活方面，你现在不是一个人了，不该我操心。"

他摊了下手，说："我没什么好嘱咐你的。"

许东律的话句句在理，和肖子校一样，他们都是理智的，是她夹杂了太多的私人感情，作为许东律一手带出来的人，她舍不得师父。而鉴于和祁南曾经的亲密无间，当工作出现分歧，她内心抵触。

余之遇动过约祁南聊聊的念头，可那天祁南在停车场的表现，让她清醒地意识到，她们不再是一路人。她再约人家聊过去、聊友谊，似乎是公私不分。

余之遇适时地结束这个话题，她把一个盒子递给许东律："你不让大家给你践行,他们就自发给你准备了礼物,托我带给你,祝你步步高升。"

"替我谢谢大家。告诉他们,我在总部等着签他们的升级申请。"他打开盒子看了看,再抬眼看向她,"你的呢?"

余之遇故作惊讶:"我没有准备啊。"

许东律笑睨着她,伸手:"拿来。"

余之遇笑了,乖乖递过去。

不是任何的男士用品,更不是标准的钢笔类的礼物,而是一份公益计划书。

许东律翻看过后笑了。

余之遇知道他懂了,说:"你从工作时起就在资助贫困学生,大阳网的公益版块之所以能够建立起来,也是你向总部提案争取。能否做到你的预期我不敢说,但我会努力。这份计划是我去过临水,真正走进大山了解了那里的情况后萌生的想法。原本,我想等我们把临水这个试点做好,等公益事业有了起色再向你提出来,由你指导我做。"

可他回总部任职后,工作方向与原来不同,关于公益已无法分心做更多。

余之遇深呼吸了两次,稳住声音说:"你的这个想法我来替你实现,算是我的谢师礼。"

许东律移开与她对视的目光,偏头看向别处,许久,他收起那份计划书,说:"我等着。"

临别时,许东律将所有的鼓励化作一个拥抱给了余之遇。

余之遇感念他的照顾与提携,哽咽:"师父放心,我不会给你丢脸。"

许东律在她的肩膀上捏了捏,点头。

次日,周例会上,祁南宣布:"鉴于余之遇出色的工作表现,总部决定提前结束她的考察期,正式升高级记者。另外,采访部将根据新闻分类拆分为采访一部和采访二部,余之遇任采访二部部长。现有记者根据原有的分组,直接划分到一部和二部。"话落,她将余之遇的部长任命书放到了会议桌上。

这意味着从前的一组、二组变成了现在的一部、二部,余之遇和夏静继同任组长后,以部长之职平起平坐。

相比余之遇原有组员的兴奋,余之遇和夏静都是震惊的。而后者除了震惊,或许还有不甘与愤怒。

会后,余之遇直接去了祁南办公室,问她为什么。

祁南反问:"难道你认为自己无法胜任?"

她能否胜任是要拿业绩说话的,现在的局面是,她的突然升迁会挑起她与夏静的战火,再加上祁南给予的压力,余之遇腹背受敌。

不是所有升职都是好事。

余之遇把话挑明:"我不清楚我们之间发生了什么,最近一年我给你发的邮件和信息你又为什么都没回。看你的表现,似乎并不打算告诉我。我来只是想告诉你,我不介意工作的压力,但如果这份压力掺杂了个人情绪,我不是只有忍气吞声一条路可走。你应该了解我,我不是会忍气吞声的人。"

祁南神色平静,她说:"我刚刚上任,自然要培养自己的人。我们是大学同学,我扶持你是很正常的逻辑,你别想多了。"随即没给余之遇反驳的机会,她把一张请柬递过来,"明天我订婚,希望你能来,当面祝福我。"

余之遇失眠到很晚。

如果说祁南空降大阳网这段时间里她还隐隐抱有一丝期待,以为随着两人的共事能找回昔日的默契,在祁南说扶持她培养为自己人时,余之遇没有任何奢望了。

在祁南眼里,她只是个供别人迅速坐稳总编之位的工具。或许说工具都抬举她了,祁南一句话结束了她被延长的考察期,拆分采访部,升她为部长,足见她在总部领导那边的分量很重,哪里需要谁辅助?

祁南分明是要借此让大阳网的所有人知道,余之遇是她的心腹,将所有人对她的不满,转嫁到余之遇身上,让余之遇成为众矢之的。

若余之遇不够聪明,或许还要感激她的提携。若余之遇像从前的夏静那样不惜手段要上位,势必要牢牢抓住这次机会……余之遇已无意猜想自己在祁南心中是怎样一个人了。

至于订婚,请柬上没有准新郎的名字。

一份奇怪的邀请,像是藏着一个惊天秘密。

余之遇打好了辞职报告,准备等祁南订完婚便提交。

这事余之遇没和肖子校商量,也特别交代叶上珠别和喜树说自己突然被升职的事,她想等肖子校从临水回来,当面和他说,她相信对于自己的决定,肖子校会充分尊重。他会帮她分析利弊,会像许东律那样指导、点拨她,唯独不会干涉她的抉择。

当晚两人视频,余之遇其实很想任性一把,让肖子校赶回来陪她出席订婚宴,可话到了嘴边又咽了回去。

如果她和祁南还是好朋友,为表重视必然要带男朋友一同出席。可现在……算了,不是多重要的人,她自己都不想去,何必让他特意改行程奔波一趟。一辆大G都让祁南不舒服了,她再带肖子校去,指不定又被曲解成炫耀。

肖子校是余之遇在意的人,她不想以他为武器。

祁南的回国还给余之遇提了个醒,有些离开只是暂时,当分离的时间被无限延长,当你以为今生不会再见,距离重逢或许越来越近。"

余之遇想到了陆沉。关于那段情感经历,似乎是时候报备了。尽管她并不认为肖子校会愿意听她讲曾经的自己是如何喜欢过另一个男孩儿,可面对肖子校的坦诚,余之遇无意对他隐瞒什么。

那就等他回来一并告诉他吧。思及此,忽然很想听听肖子校的声音,可此时已凌晨两点,不想打扰他休息,只编辑了条信息发过去,告诉他:想你了。想着等天亮后他醒来看到会开心。

肖子校竟把电话打了过来,嗓音低哑地问:"深更半夜的,想我什么?"

仿佛听出了他的话外音,余之遇心尖一麻,说:"想你所想。"

被反撩的肖子校低笑,笑声透出愉悦:"怎么还没睡,道晚安是骗我的?要是你总这么不乖,下次出差别怪我把你挂在裤腰上。"

未免他担心,余之遇撒了个小谎:"睡一觉了,起来喝水。"

肖子校倒没怀疑。

话筒那端有窸窸窣窣的声音,像是他下床的动静,余之遇听见他说:"胃不好,不要喝凉的,忍几分钟,烧点儿热水。"

余之遇撒娇:"下次你给我烧。"

肖子校答应下来:"好,我烧。"

余之遇躺在沙发上,看着被风吹起的窗纱:"有点儿睡不着了。"

肖子校哄她:"给你讲个睡前故事?"

余之遇扯过毯子盖在身上:"好啊。"

肖子校把窗帘拉开,站在桌案前,不急不徐地开口:"从前有个小公主,她喜欢上一个小木匠。小木匠为小公主打造梳妆台时,小公主就托腮看着他,眼里都是小星星。

"等小木匠把梳妆台做完了,小公主舍不得他走,就说可以让梳妆台有一颗粉红色的心吗?我还想要一个双层的首饰盒。还有、还有,你可以给我做一个木头的小兔子吗？

"于是小木匠给小公主做了小兔子，又做了漂亮的首饰盒。小公主问他，你还没有给我做粉红色的心呢。小木匠说：'我的心已经给你了，你还要什么心呢？'小公主不解：'你什么时候把心给我了？'小木匠说：'你给我星星的时候。'"

余之遇昏昏欲睡，她似呓语般轻声呢喃："可惜我不是小公主，给不了你星星。"

肖子校看着窗外的夜色，温柔地说："你是比星河更美、更暖的太阳，有你时我围着你转，无你时我孤独自转。"

余之遇迟到了。她到公司时，晨会已结束。

夏静见她来了，直接寻到她办公室来，语气平常地问："有空吗，聊两句？"

余之遇示意她坐。

夏静没绕圈子，开门见山地问："你和那位祁总是大学同学？"

余之遇看向她："你怎么知道？"

夏静没急着解释，只说："你的这位老同学似乎不怀好意。"

余之遇勾了下唇，以玩笑的口吻说："夏部长有何高见？"

夏静挑了下眉："算不上高见，就是昨晚睡不着查了下我们新总编的履历，发现你们毕业于同一所大学，觉得事有蹊跷。"她看着余之遇，笑问，"你怎么得罪人家了，让人家拿我当枪使？"

看吧，并不是自己多心，连身为局外人的夏静都想到了她被升职的处境。

余之遇按了按太阳穴："我要是说不知道，你信吗？"

夏静蹙眉看了她几秒，像在印证她话的真假，末了问："真不知道？"

余之遇苦笑着摇头。

夏静建议："那就搞清楚原因再走。"

余之遇眼底有意外,她看着夏静,没说话。

夏静知道自己猜中了,她说："许总回了总部,你留下和昔日的老同学斗法,输与赢意义都不大。事情一旦闹开,对身在总部的许总也不好。你们师徒向来彼此维护,你必然不想给初居高位的他添乱。况且,我认识的余之遇向来不屑于部长之位,又是在这种情况下晋升,我想不出你继续留下的理由。"

余之遇莞尔,她坦言："没想到你会来和我说这些。我以为今天见面又要回到从前剑拔弩张的状态,走进办公室前,我甚至做好了你会讽刺我几句的准备。"

"你太小看我了,余之遇,从我当上部长,你是在伺机拉我下马,还是真的既往不咎,我还是分得出来的。"夏静收敛了笑意,神色认真:"是我害得你被延长了升高级记者的考察期,这次算还你。"

余之遇佯装不懂:"怎么还,你什么都没做啊?"

夏静喷了声:"我没上当,没被别人当枪使和你对着干,还来给你打气,这叫什么都没做?"

余之遇失笑。

夏静也笑,她在走出办公室前说:"我希望你能留下。你真走了,那位祁总指不定再找来个什么货色的心腹,到那时候我的处境未必有你现在好。"

职场如战场,斗争不断。夏静确实曾视她为对手,可当余之遇退过一步,成全了夏静的野心,甚至甘心为她创造业绩时,她们不再是敌人。此刻,祁南的出现威胁到了夏静,她其实更需要一个战友,与她共同抵御外敌。

余之遇却无心参战了。不过，她决定去参加祁南的订婚典礼。一如夏静所说，不能稀里糊涂地走。

下班后，余之遇回家换衣服、化妆。到达酒店后，她没看到任何提示，正准备找人问问，就见老同学杜婷从电梯里出来，显然是受邀来参加祁南的订婚宴。

杜婷小跑着过来，略显紧张地问："之遇，你怎么来了？"

余之遇觉得这一问有些奇怪，她反问："怎么了？你这是要走？"

杜婷的表情不太自然："是祁南通知你的？"

余之遇点头。

杜婷见她情绪正常平稳，诧异："你不知道？"

余之遇正想问知道什么，视线一抬，又看到一位熟人。与此同时，从休息室出来的商女士也看到了她。

原本笑容满面的女人一秒变了脸色，她直朝余之遇而来，质问："你来干什么？"

余之遇要还意识不到自己的出现有多不受欢迎就是傻子了，不明缘由的她无端上来点儿火气，说："这家酒店若姓商或是陆，我立刻就走。"

商女士的脸色更不好了，她说："余之遇，你害得我们家还不够？当年的事，我已经不计较，放过你了。这次我们中新并购百创会出纰漏，你敢说与你无关？你到底想怎么样？"

她是陆沉的母亲，余之遇有意维持身为晚辈的客气，然而，她所谓的"新仇旧恨"，余之遇很想替自己说几句："当年的事，孰是孰非早有定论。我是否做错了什么，您再清楚不过。你们中新因此失去的是你们咎由自取，该是我说，您对我的刻意为难，我不计较了。至于百创，我不否认问题药是我追查出来的，但并购这种事情是你们公司的决策，与我何干？"

在酒店大堂这种公共场合，商女士不好发作，她压低声音说："你倒是会置身事外！如果不是你在跟进问题药，校谨行会掺进来一脚？难道不是你们商量好的给我设局？"

原来她是这样想的，余之遇觉得解释再多都是徒劳，她无奈地说："随您怎么想吧。"

商女士视她理亏，继续说："我们中新因此几十亿的资金被套牢，而你却傍上了校家。余之遇，你是不是做梦都会笑醒？但我告诉你，不要得意太早。"

下面的话被一道男声打断，当余之遇听见有人以带着明显阻止意味的语气唤了声"妈"，她身体一僵，垂在身侧的手不自觉地握成了拳。

时间仿佛被无限拉长，又似是在刹那被缩短，余之遇不确定是过了几秒，或是几分钟，当身穿西服、系领结的陆沉出现在视线之内，她有种恍如隔世的感觉。

他还是从前那个少年，只是那少年不似当年青涩，眉眼间多了几许成熟与沧桑。

沧桑？他才二十七岁吧，与沧桑本不搭边。可在对视的第一眼，余之遇觉得相比三十岁的肖子校的成熟沉稳，陆沉的眼里写满了疲惫的沧桑。

是自己让他变成现在的样子吗？突如其来的重逢让余之遇心绪起伏，她别开了视线。

商女士挽住陆沉手臂，缓和了语气问："你怎么出来了，南南呢？"

"和她同学说话呢。"陆沉眼睛一瞬不离地注视余之遇，对商女士说，"妈，你先进去。"

可能是不希望陆沉为难，又或者是不想在儿子面前丢了慈母的人设，商女士迟疑了一瞬，终是说："那你快点儿，仪式要开始了，别让南南等。"

余之遇听出端倪，她抬步要走。

却被拦住。

见陆沉握住了余之遇手腕,杜婷尴尬地说:"我先走了。"

余之遇欲摆脱陆沉的钳制,挣了两下却是徒劳,她只能回头,低声说:"松手。"

陆沉像没听见一样,说:"我没想到会在这儿见到你。"

余之遇轻笑了下:"我更没想到是你。"

陆沉眸色微敛:"你知道了?"

余之遇的目光在他颈间的暗红色领结上扫过:"祁南邀请我来参加她的订婚宴,说希望我当面祝福她,你又穿得如此正式,我还有什么不知道?"

陆沉有几秒没说话,直到感觉到余之遇越发用力地挣扎,他手上下意识握得更紧:"之遇,别祝福我。"

曾经亲密无间的闺密盛气凌人地说:"我希望你当面祝福我。"前男友又以似恳求的语气说:"别祝福我。"而他们,是这场订婚宴的男女主角。

余之遇正不知该以怎样的情绪面对这场意外的重逢时,身后传来喜树的声音:"哎,那不是余哥吗?"

余之遇顿时一惊,她回头,就见本该在临水的男人站在不远处,他身体朝着电梯间的方向,身上的深色西装才穿进去一边的胳膊,显然是刚到,赶时间,边走路边在穿。

肖子校闻言脚下一顿,循着喜树的视线看过来,目光从余之遇面孔下移至被人握住的手臂,最后落在陆沉身上,脸上已经乌云笼罩。

那双眼瞬间涌起的凛冽怒意饶是余之遇都被吓到,她掩饰不住这一刻心下的慌乱,而这慌张让她更加清楚地意识到肖子校在她心中的分量,她不想他误会。

余之遇用另一只手去掰陆沉的手,低声要求:"你快放手。"

肖子校已抬步而来，原本穿了一半的西装在行进过程中被他脱了下来，胸前的领带也被他从衬衫第四颗和第五颗纽扣之间掖了进去，那样子完全是在为打架做准备。

余之遇只觉脊背发凉，却挣脱不了手上的桎梏，急得不行。

陆沉手上握着她，眼睛审视着她的表情，似乎不理解她为何如此紧张，又或者是不相信，不相信曾经全心信赖自己的女孩儿眼中满是别的男人。

肖子校行至近前，他伸手扣住余之遇另一侧手臂，冷声："我只说一遍，松手！"

面前的男人嗓音低沉，眼中怒意飞溅，仿佛下一秒就要挥拳砸过来。陆沉与他迎面而立，下意识地咬腮，眼神默然着力。

大堂人来人往，两个男人之间流动的空气紧张到一触即发。

余之遇生怕肖子校动手，她手上暗中使力挣扎。

陆沉感觉到了，为避免弄疼她，他松了手劲。

余之遇趁机抽回手，一把抓住肖子校的小臂，低低地唤了声："教授。"

肖子校准备挥拳的手才松开，下一秒，他手上微动，将余之遇拽到自己身后。

余之遇赶紧说："这是我男朋友肖子校，那是……陆沉。"

肖子校心中早已有数，他眸色沉沉地注视陆沉。

陆沉抿唇，递出手："肖教授，久仰。"

肖子校垂眸看了看那只手，没动，再抬眼时沉声警告："我肖子校立场简单：我的别碰。陆先生，再有下次，我不会客气。"

余之遇听他的语气，一分钟都不敢多留，正准备拉他走，祁南不知从哪儿冒了出来，手上一揽，挽住了陆沉僵在半空的手臂，微笑着说："之遇，你怎么在这儿？刚刚同学们还说，就差你了。"随即看向肖子校，问,"不给我介绍一下吗,这位是?"

肖子校直接打断她:"不用介绍了,我对你是哪位不感兴趣。"随即偏头问余之遇,"事情办完了?"语气还算温和。

余之遇一愣,反应过来此行的目的,她打开手包,拿出一个红包递给祁南:"昨天才知道你要订婚,太匆忙来不及准备别的礼物了。"

肖子校自她的言语和行动中判断出准新娘与她是旧识,他的视线在陆沉的西装和祁南的礼服上扫过,说:"既然两位新人都是故人,祝福自然该是双份。"说着看向喜树。

与老师的默契是随时都有的,喜树马上从包里拿出一个大红包递过来。

肖子校接过,直接塞到被祁南挽住的陆沉手肘间:"恭喜二位喜结良缘。"话落,牵着余之遇的手离开。

到了酒店外,他松开手,视线投向车流不断的街道,脸色沉阴如旧。

余之遇有心解释,正组织语言,喜树小声提醒了一句:"老师,会议还有三分钟就开始了。"

肖子校深呼吸两次,伸手接过西装穿上,以命令的口吻说:"送你师母回家!"

余之遇看着他折返回酒店的背影,意识到他因猜到了陆沉的身份而动了怒。她暗骂自己活该,后悔早该在解决掉林久琳那个前任时,就该把陆沉那一页揭过去。明明已经没什么,这样一来,她反倒失了先机。

要么一生,要么陌生。在处理和前任的关系上,肖子校已经打了样。答案摆在那儿,她照抄就好。聪明如她,却没及格。

余之遇又觉得冤枉,她根本不是冲陆沉来的,可眼下自己的礼服裙,以及脸上精致的妆……估计杜婷都以为她是来砸场子的,肖子校难免会解读成另一番意思。

余之遇又有点儿气他拿"师母"的身份敲打自己，险些不理智地一走了之，但今天错在她，她缓和了下情绪问："你们刚从临水回来？"

喜树见她脸色变来变去，正进退两难，闻言点头："这边有个协会的座谈会，萧何教授请老师来参加。飞机延误，我们下机后直接过来，老师的西装都是神曲刚送到。"

余之遇又问："那边的工作结束了？"

喜树再次点头，想了想说："原本临水下雨耽误了进度，老师这两天都在连轴转，他想抢在座谈会之前结束工作，免得回来还要再去，他说不放心你，还不让我告诉你我们今晚会回来，说你要是知道了必然一天都在等，会着急。"

确实，要是她知道肖子校今天回来，肯定连上班都会分心。偏她还不让他省心，总出状况，再这样下去，某人估计要有心理阴影了。

余之遇琢磨了几秒，向他确认："座谈会几点结束？"

喜树说："九点。"

现在才七点。

她又问："哪儿来的红包？"

喜树答："参加座谈会的一位老师刚生了个二胎女儿，老师因在临水错过了满月酒。"

余之遇问过红包金额，就要去旁边的自助机上取现金。

喜树拦住她："我先送你回家再备就来得及。"

余之遇却说："我等他。"否则谁知道小肖教授会不会一气之下自己回家，或是索性一走了之，再回临水，冷战这种事他可是很擅长。余之遇不想用冷战迎接他的归来，那不是小别之后的打开方式。

这样再好不过，肖子校显然气得不轻，喜树都不知道该把余之遇送回自己家，还是送去肖子校家。他提示道："会后有个晚宴，萧何教授在，老师不好先走。"

余之遇原本打算去车里等,想想又在喜树去准备红包的空当找了酒店经理,等事情办妥了问喜树:"他在几楼几厅,我去送。"

喜树见她如此上道,说:"我带你去。"

两人来到十楼的清友厅外,余之遇把耳朵贴在门上,隐隐听见有人在分析中医药的发展。确认肖子校没在发言,她让喜树发信息:老师,您方便出来一下吗?

等了两分钟里面那位没回复不方便,余之遇支开喜树一个人在厅外等。

片刻,清友厅的门被人从里面推开,身穿西装的肖子校从里面走出来。见到走廊内的余之遇,他眉心几不可察地蹙了下。

余之遇见他脸色依旧不好,站在原地没动,只目光坦荡地与他对视,同时把红包往他的方向递。

肖子校盯着她,神色冷凝地咬了咬腮,走近几步,伸手去接。

在他碰到红包的前一秒,余之遇手上一松,红包向地面掉落时,她一把抓住肖子校半空中的手,身体撞进他怀里,右手则钩住他后颈,拉低他的头。

她在身高和体重上都没优势,用了些蛮力把肖子校抵到墙上后,仰头,唇贴上他的:"你误会我了。"语气低柔而委屈。

她壁咚得毫无章法,肖子校配合地随着她撞过来的力量后背贴在墙上,右手下意识地揽在她腰后,像是怕她站不稳会摔倒,那双墨黑沉湛的眼落在她脸上,分明在问:然后呢?

余之遇就要吻上去。

肖子校偏头躲开。

从未有过这样的情况。胸臆间徘徊的委屈酸涩在一瞬间放大,余之遇松开他颈后的手，改用双手环住他腰，脸贴在他胸口，再说一遍："你误会我了。"

肖子校听出她声音里带了丝哭腔，垂在身侧的另一只手握了握拳，松开后抬起来，贴在她背上。

得到回应的余之遇抱得更紧，她仰头看他，直奔重点："准新娘是我们新总编，也是我大学同学，我是受她邀请来的，不知道准新郎是……前男友。"到了后面，声音越来越低。

肖子校垂眸，目光触及她微红的眼睛有一瞬心软。可陆沉拉她手的一幕一直在他眼前晃，压在胸口的怒意尚未消除，他有点儿听不进解释，尤其，新总编、大学同学、前男友的现任……人物关系略复杂，他无力思考。

余之遇不敢奢望他马上原谅自己，她轻轻抱了抱他，说："你先开会，我等你一起回家，要是我解释不清，随你怎么样都可以，行吗？"

她眼泪就含在眼眶里，眨个眼都能落下来，却强忍着不在他面前哭，肖子校心说又抖机灵套路我，让我心软，身体则因爱和思念诚实地妥协，他低头，深吻住她。

走廊里原本安安静静的，可他之前出来没有把宴会厅的门关严，隐隐能听见里面的说话声，偶尔还夹杂了几许笑声，座谈氛围融洽和谐。

一门之隔的外面，肖子校带着几分怒意吻得又凶又急，余之遇也不娇气了，没躲没抱怨，很乖地贴在他怀里回应，随着亲吻的深入，手从他西装外钻进去，隔着衬衫抱紧他的窄腰。

两人正吻得难分难舍，叮咚一声，走廊尽头的电梯忽然响了，随即电梯门打开。

余之遇被吓得一激灵。

肖子校闻声搂着她转了个身，掌心扣住她后脑勺，把她的脸压进怀里，用自己的身体将她挡了个严严实实。

电梯门又关上了，像是有人按错了楼层，走廊很快恢复了安静。

余之遇轻轻推了他一下，闷声催他回去。

肖子校松开她，垂眼看了看她身上的礼服裙，把先前掉在地上的红包捡起来随手放进裤兜里，终于开口："去找喜树，让他带你去休息室。"语气依旧有些冷淡，没有完全回暖，却默许了她的等待。

余之遇乖乖点头，从包里拿出纸巾把他唇上沾的口红擦掉，会议厅的门再次被打开，萧何从里面走出来。见到余之遇，老教授一笑："小余啊，你可还欠我一顿酒呢。"

余之遇有点儿不好意思，她坦言："忙着谈恋爱，把您忘了。"

萧何已经听说两人现在是恋人关系，他笑眯眯地说："子校出差回来连家都没回就被我喊来参会，你别和他闹，我就不计较你把我老头子忘掉的仇了。"

余之遇看了肖子校一眼，低声说："不敢闹，犯了个错误惹他生气了，还不知道能不能被原谅。"

萧何闻言打量从一见面就绷着脸的高徒，还有什么不明白，他做了把和事佬："差不多得了，小余都知错了，你不要太严厉。"

余之遇赶紧替肖子校解释："不是他严厉，是我恃宠而骄。"

萧何本就喜欢余之遇，见她小可怜似的机灵地借着向自己解释的机会，变相给肖子校道着歉，眉眼间笑意更浓："一会儿我早点放他走，你再好好哄哄。"

余之遇朝萧何微微鞠躬："谢谢萧教授。"

肖子校抿了抿唇，脱下西装外套披在她身上："去找喜树吧。"

余之遇听出他的语气缓和了几分，弯着眼睛和萧何说再见，临走前突然踮脚在他侧脸上快速亲了一下，然后一溜烟跑开。

肖子校被打了个措手不及，终于绷不住勾了勾唇，难得不好意思地对萧何说了声："让您见笑了。"

在休息室等待的时间里，余之遇在脑子里捋了捋那些陈年旧事。

母亲去世的那个夏天，她收到了南城传媒大学的录取通知书。

入学报到那天，余之遇和祁南同一时间到寝室。当时四个铺位仅剩两个，一个靠窗，一个靠门。余之遇把自己的拉杆箱放到了靠门的那个床铺旁边，说："你睡那张床吧。"

祁南理所当然地占了位置更好的铺位。

或许是始于初识时的谦让，余之遇和祁南很自然地走到了一起。相比余之遇的独立，祁南是个活得格外精致、异常讲究的人，也有些大小姐脾气，偶尔会和杜婷及另外一位同学拌个嘴。余之遇性格好，加之母亲的去世让她懂事不少，一直平衡着寝室的关系。

大一大二的时光如水般流过，除了被别系的男生表白过多次，并连续两年在校内论坛的系花、校花评选中夺魁，余之遇的生活没什么起伏，寒暑假都乖乖回家陪老余。

大三上学期开学第一天，祁南外出晚归，余之遇和杜婷一起出去迎她，撞见她被两个流里流气的男生堵在校外的暗巷里。

余之遇推杜婷回去喊人，自己则抄起路边的一块砖头冲了过去。她从小没少和同龄的男孩子打架，身上有股不管不顾的劲头。却知道分寸，偷袭时没直接将砖头招呼上对方的后脑勺，而是砸到了其中一个男生的肩膀上。

那男生一下子便被卸了力，疼得用另一只手去摸后肩。回身见是个女生，边爆粗口边过来抓余之遇。

巷口有人影出现，余之遇高声喊"救命"。

过程有些混乱，结果是隔壁医科大学几个外出聚餐的男生把两个痞子摁倒在地，那个被余之遇用砖头砸伤肩膀的男生还想骂她，她朝他被按着的手狠狠踩了下去。然后，不知怎么的，失了准头，踩到了恰好伸手捡手机的男生手上。

　　那个巷子正在修路，她运动鞋的鞋底沾满了碎沙石，又将全身的力气积蓄在那一脚上，踩得男生疼得嘶了声。

　　余之遇赶紧蹲下去扶他。

　　男生用另一只手捡起手机，保持蹲着的姿势，端着被踩疼的手，看着她说："幸亏我不是学临床的，手没那么矜贵，要不你这一脚下来真够呛。"

　　夜幕下，男生的面容斯文清俊，眼睛清澈温柔，是情窦初开的少女喜欢的翩翩少年型。

　　是陆沉无疑。

　　余之遇记住了他。

　　自那之后，那几位路见不平的临校小哥哥便时常到隔壁传媒大学打球。余之遇听陆沉说，因为其中有个男生喜欢上了祁南，大家只好陪着过来。

　　祁南很漂亮，是公认的美女，在校内论坛系花、校花评选时只屈居于余之遇之下。余之遇对这些无聊的评选向来不关心，发现祁南很关注，她还悄悄跑上去给好朋友投票，而对最终的结果她自黑道："这届校花是凭武力值一决高下，我是胜在了能打上。"祁南才释怀。

　　后来那个男生当然没有追到祁南，而鉴于余之遇耿直的性格和她勇斗痞子的那一板砖，他和余之遇结拜了。就在那一天，陆沉给爱吃糖的余之遇送了一盒包装精美的奶糖，他说："我不想和你拜把子，我想做你男朋友。"

却被拒绝了。

余之遇当时刚满十八岁，对她而言结婚是很遥远的事，恋爱早了风险很大。她说："我不想在大学里谈恋爱，怕像别人说的那样毕业季也是分手季。"

陆沉有一段时间没再来找余之遇，直到传媒大学的校园艺术节开幕，听说舞蹈团的余之遇会在开幕式上表演，他没忍住和同寝室的兄弟一起去了。

余之遇从小学民族舞，那天跳了新疆舞《阿依木》。作为校花，她本身就美得很有韵味，新疆舞的舞蹈服还格外漂亮，她舞姿优美舒展，步伐轻快灵巧，那眉目传情的感觉，更是跳出了新疆舞的精髓，有着浓郁的西域风情。

陆沉看醉了，那怦然心动的感觉比初见余之遇那夜还强烈。他在当晚第二次向余之遇表白："我等你到毕业，如果那时你没喜欢上别人，就做我女朋友吧。"

陆沉温柔英俊，待人谦和有礼，余之遇对他是有好感的，但这份承诺她不敢应。

陆沉也不需要她回应。从那天起，他便开始用自己的方式追求她了。给余之遇送早餐、送奶茶、送甜品，陪她上自习，在她们舞蹈团有活动时全程陪同，周末无法单独约她时，便和兄弟们一起带她和祁南出去玩。

余之遇胆子大，喜欢冒险，陆沉克服着心理恐惧陪她坐过山车，去蹦极，听她在自己耳边尖叫，害怕着，更幸福着。

多年后回忆起那段时光，余之遇才明白为什么很多次陆沉的邀请都是祁南拉着她去，那不是祁南在撮合她与陆沉，而是祁南自己想去，她是冲着陆沉去的。

寒假前夕，余之遇去火车站排队买票，买好出来发现外面不知何时下起了大雪。那是南城多年不遇的一场大雪，公交早早停了，出租车紧俏，打不到，她只能裹着的羽绒服在风雪中艰难步行。

就在她冻透时，一辆出租车停在她面前，陆沉推开车门下来，把她塞进后座。

余之遇惊讶："你怎么来了？"

她小脸冻得通红，睫毛上都结了霜，陆沉顾不得太多，把她的手捂在手心里，轻声责备："不是说好我给你订机票吗，怎么自己买火车票跑来？"

余之遇边往回缩手边说："那是你说的，我又没同意。"

陆沉不让她躲，握着她的手送到嘴边呵气："要不是我去给你送蛋糕，还不知道你到现在都没回去，再晚宿舍进不去了看你怎么办。"

余之遇鬼机灵似的笑："我贿赂了宿管阿姨一把糖，她答应万一我回去晚了，会给我开门。只要我拿着票回去，证明不是出去玩了。"

陆沉失笑："就你聪明。"

等余之遇手缓过来了，陆沉都没松开，他就那么一路握到了校门口，才给她挣脱的机会。

离校那天，陆沉送她去火车站，余之遇一路都在躲他的眼神，躲他的手。陆沉发现了，他无意冒犯，却故意走在她身边。余之遇就把手插在兜里不肯拿出来，直到检票进站时，她鼓起勇气说："那天是我太冻手了，你那样我原谅你了，以后不行的。"

陆沉看着她匆匆走掉的身影无奈苦笑，犹豫过后，他还是按原定计划检票上车。所以，当火车启动后，余之遇旁边位置上坐着的人换成了家在南城的陆沉，她的惊讶不只是一点点。

陆沉笑望她，说："你行李箱太重了，我送你回去。"

他送她回去，又坐当晚的车回来。

那个假期，他的电话和信息没断过，偶尔还订余之遇喜欢的甜品找人送到她家里，以她舍友的名义。在套问出她回程的车次后，他提前来到余之遇老家，和她坐同一趟车回校，美其名曰："有始有终，送完了再接回去。"

余之遇是个心软的人，她特别容易感动，而陆沉做的每一件小事都很温暖，她没再拒绝，在陆沉再次表白时，答应做他女朋友。

那天陆沉是真的很高兴，余之遇从没见他笑得那么开怀，他把她抱起来，原地转了好几个圈。余之遇头都有些晕了，她不知道那是不是幸福的眩晕感。

而幸福和甜蜜的时光总是过得飞快。

毕业前夕的新闻实践课，余之遇暗访到中新新药研发进展，曝光了中新对外宣布的治疗肝癌的靶向药研发取得重大突破实为虚假消息，指出他们研发的新药对肿瘤的生长没有任何抑制作用，对缓解肿瘤的症状，对减少肿瘤对周围组织压迫没有任何效果，令中新陷入调查，股票大跌。

最终，中新的研发总监，陆沉的舅舅扛下了所有，保住了奄奄一息的中新。

在调查取证初期，余之遇以为只是一则虚假消息，报道出来能让那些因此放弃进口药，等待国产药救命的肝癌患者继续治疗，令生命得以延长。对于中新无非是造成一些声誉上的影响，不会有多严重。

后来，校谨行告诉她会产生的严重后果，以及陆沉实为中新太子爷时，为了陆沉，余之遇都准备放弃了。

南城肿瘤医院一位曾接受过她采访的肝癌患者却打电话告诉她，又有一位因放弃服用进口药，等待中新靶向药救命的病友死了。

余之遇连续两晚没睡着觉，她在把那些资料给陆沉看了，希望他能说服家里对外公布新药研发的真实进展，别给那些生病垂危的人虚假的希望。

陆沉意外于自己的父母和舅舅为了推动公司股价上涨向外界发布虚假的利好消息，欺骗大众。他回家和母亲争辩了很久，可惜谁也没有说服谁，最后商女士提出见余之遇。

陆沉后悔情急之下说漏嘴，暴露了余之遇，可事情到了这一步，为了让父母悬崖勒马，他同意了。本以为母亲确认余之遇确实拿到了真凭实据会妥协，结果商女士居然对余之遇说："把那些资料给我，我送你和阿沉出国留学，等回来就给你们举办婚礼。之遇，商家和陆家的一切以后都是阿沉的，你作为他的妻子和是你的没两样，你不会亲手毁掉它的，是吗？"

陆沉了解余之遇，他知道这件事没了商量，既希望余之遇不要曝光，又深知父母的所作所为触犯了法律，无能为力到极点。

陆沉舅舅被警方带走那天，商女士一改先前的慈爱温柔，咬牙切齿地对余之遇说："从此以后，我们是仇人了。"

余之遇料到了自己和陆沉的结局。可他不说分手，她便等他。直到商女士为陆沉办好了出国留学的手续，他说："之遇，对不起。"

余之遇自认没资格责怪陆沉，她哽咽着朝他鞠躬："是我让你为难了，对不起。"

她自始至终都没说，商女士此前为了夺回那些她暗访到的材料，做出的要置她于死地行为，她此前实习的报社也因商女士的介入不和她签约了，她还听说，商女士要举商家和陆家之力在行业内封杀她。统统这些，余之遇都没说，她希望陆沉安安心心地走，别有牵挂，别留余情。

陆沉走的那天恰好是毕业典礼，余之遇偷偷去机场送他，看着他的背影在视线里逐渐变小，最终消失不见，她蹲在人来人往的航站楼里哭得不能自已。

　　那些为陆沉而醉的夜晚，余之遇怪他没有信守承诺陪她毕业，认为和陆沉的爱情败给了现实是彼此还不够喜欢，他们之间不是那种"任它风吹雨打，我自岿然不动"的感情，她难过又遗憾。

　　清醒之后，余之遇又提醒告诫自己"孝悌为先，家人为大"，她无权要求陆沉为了自己与亲情对抗，是她先对他造成了伤害他才食言，他没有错。

　　余之遇强迫自己站起来，可那些被所有报社和媒体拒之门外的日子真的很难挨，她几乎撑不下去了。

　　就是在那个时候，她遇到了许东律。

　　去大阳网面试那天下大雨，为了确保不迟到，在堵车严重的情况下，余之遇是徒步跑去的，她见还有时间，想去洗手间把淋湿的衬衫用烘手机烘干。

　　她当时的样子太狼狈了，在洗手间外被她不小心撞掉了资料的许东律看不过去，向女同事借了件西装给她，让她完成了面试。

　　之后余之遇等了将近十天，在她以为又被拒绝时，大阳网人事部通知她入职。上班第一天晨会过后，其他几位新人全跟老记者走了，只剩余之遇站在大厅里不知何去何从。

　　许东律从总编办公室出来，视线扫过来，朝她招手。

　　余之遇认出他，跑过去礼貌而客气地称呼道："前辈。"

　　"叫师父。"许东律说着把一个胸卡递给她，"以后你跟我。"

　　当时的许东律已是采访部部长，原则上是不带徒弟的。

　　转正后余之遇问："师父你为什么带我啊？"

　　本以为得到的答案应该是：你聪明，有潜力，肯吃苦这类。许东律却答："除了我，没人敢要你。"

面试时余之遇提及新闻实践课完成情况时,她反问面试官:"我因实践课的报道得罪过人,公司介意吗?"

在余之遇看来,大阳网并不介意,否则不会聘用她。事实却是,许东律作为面试官之一,去了解过她所谓的得罪人事件后,对于她的正直与勇敢很是欣赏,他说服了总编,决定给这个初出茅庐、年轻无畏的姑娘一个入行的机会。

可还没毕业就惹出那么大的麻烦,没有一个老记者肯带余之遇,生怕管不住她,再为自己惹祸上身。

许东律其实并不指望他们,为了保留住余之遇身上那股劲头,不让她被现实磨平棱角,他决定亲自带她。

余之遇没想到老记者们如此嫌弃她,更没想到许东律知道了她与中新的过节儿,她把和陆沉的那一段过往讲给许东律听,末了问:"师父,我是不是做错了?"

许东律没任何犹豫地说:"记者应该追求真实,公正勇敢地搜集和报道。若你做不到这一点,永远成为不了一名优秀的记者,那就别浪费时间,趁年轻换个职业。"

回忆键到这里被按住,余之遇有点儿明白许东律离开南城前一次次的欲言又止是怎么回事了。因为清楚她与中新的那段往事,许东律对陆沉并不陌生。当公司决定让从国外回来的祁南到南城接任总编一职时,他发现了祁南的男朋友是陆沉。他开始担心,作为陆沉的前任和现任,余之遇该如何与祁南共事。

她的这个师父啊,永远都当她是二十岁的小姑娘。余之遇庆幸许东律晋升去总部了,否则真不知道他要为自己操心到何时。

她站在休息室窗前,看向满城的万家灯火,想着今晚要将这些故事讲给肖子校听，不禁猜测起他的反应。

肖子校在这时寻到休息室来。

余之遇看看时间，九点一刻，她问："就结束了？"

肖子校没说推了晚宴，反问："嫌早了，没想好怎么解释？"

他语气虽然还是冷淡的，惯常反问的姿态却是饶过她的前兆，余之遇扑过来抱他："想好了、想好了，只等教授聆听指导。"

肖子校被她撞得退后了一步，他顺势向后仰了仰头，像是故意躲她，手也不抱她："那就端正态度，别搂搂抱抱。"

余之遇向来不是听话的人，正要凑上去亲他，有人敲门。

她赶紧松手，站得规规矩矩。

是喜树，刚刚肖子校让他开自己的车回家，他来问："老师，你的行李箱是不是挪到余哥车上？"

不等肖子校答，余之遇抢白道："挪！马上挪！"

见两人不经他同意就去转移他的行李了，肖子校捏了捏眉心。随后他下楼来，他家女朋友热情招呼道："教授请上车，专职老司机为您效劳。"

肖子校早有认知，和余之遇生气有困难。她若想哄你什么包袱都没有，顿时化身"余赖皮鬼·之遇"。换成别的女人早哭哭啼啼地搬出"你居然不相信我"的说辞了，她倒好，居然邀他上车！她难道不知道车是个梗？

她怎么可能不知道？！作为记者，对于网络流行语、敏感词，她比谁都熟悉，她是故意撩他。偏他还经不住她撩，她一说上车，他立即想到别处去了。

肖子校舒了口气，冷脸把余哥拎上副驾。

等他上车，她俯身凑过来。

肖子校心火未消，他往椅背上靠了靠，要拨开她伸过来的手："干吗？"

余之遇笑望她："帮你锁死安全带！"话落，扯过安全带帮他扣上。

误以为她要亲自己的肖子校："……"又着了她的道。

等她消停下来，肖子校启车，边打方向盘向左转弯边问："想吃什么？"

余之遇摸摸饿扁的胃："你怎么知道我没吃晚饭？"

肖子校分心看她一眼："犯了错还有心情吃饭？"

余之遇瘪嘴："那饿着吧，等你原谅我再说。"

把他堵得死死的。肖子校不再问她。

等余之遇发现他是在往她爱的那家海鲜店开，她笑眯眯地把玩安全带。

二十分钟后，肖子校把车停在路边，下车往巷子里走了几步，见余之遇慢吞吞地没跟上来，他凝视她片刻，伸出手。

余之遇小碎步跑过来握住。

肖子校手上微动，与她十指紧扣。

巷子尽头有家海鲜店，店面不大，味道不错，余之遇带他来过两次，都是满座。今天时间稍晚了点儿，客人不多，他们选了个安静靠窗的位子坐。

肖子校按她的喜好点了几样海鲜和一份小汤圆，见她一直盯着酒水饮料，他对老板娘说："来瓶白酒。"

余之遇以为肖子校考验她，赶紧表态不要酒，来个热饮就行。

老板娘看肖子校，明显询问的意思。

后者说："白酒。"

余之遇挺有觉悟地说："你不是不让我喝酒吗？"

肖子校瞥她："我喝。"

余之遇"哦"了声,悄悄地坐在他身旁扮乖。

肖子校变魔术似的拿出两粒药给她,余之遇不解:"管什么的呀?"

肖子校给她递水,说:"管你不醉。"

余之遇猜是管她胃不疼的,她听话地吃掉,挽着他的胳膊进正题,"我调了酒店大堂的监控,能证明我出现在那里不是冲前男友,你要看吗?"

喜树去准备红包时她去找酒店经理调了监控,把从她出现在大堂,相继遇见杜婷、商女士以及陆沉的那一段视频要了过来。监控有声音,通过她与他们的对话,不难看出她在去之前并不知道准新郎是陆沉。但她没敢贸然发给肖子校,担心他再回顾一遍当时的情景会火起。

其实她否认了,肖子校就信她。但对于女朋友的反应和逻辑,他漫不经心地评价了句:"思路挺清晰。"

"事实胜于雄辩嘛,我再怎么解释都不如把真实的情况还原给你,我不希望你心里有结。"余之遇带着丝讨好意味地说,"已经错失了坦白从宽的机会,还不聪明点儿、主动点儿?"

肖子校看她的样子觉得好笑,问:"主动什么?"

余之遇亲他勾起的嘴角:"主动认错。"

肖子校没躲,任她得逗:"错哪儿了?"

"等你的时候我总结了一下,你听听全不全啊。"余之遇掰着手指头说,"第一,当然是最主要的,就是没交代情史。那我大学时期确实是交过一个男朋友的,不过……"

关于陆沉,初遇那夜她都讲过。肖子校无意再听,打断她说:"第二。"

余之遇只当他是不想听她与陆沉那一段,继续:"我们新总编祁南是我大学同学,那时我们关系不错,我当她是闺密的。毕业后她出国留学……"

服务员开始上菜,肖子校先让她吃几口小汤圆垫垫底,才倒了两杯酒,一杯给她,一杯放在自己面前,然后给她剥虾。

余之遇略惊讶,说:"你真喝啊?"

肖子校神色不动,说:"陪你喝点儿。"

五年前他们因失恋一起醉过一场,五年后的今天,他们似乎可以因相恋一起庆祝一番。肖子校认为,他的戒,只能她来破。

余之遇想的则是:要是他有瘾有量,以后两人没事还能小酌一番。她也不藏着掖着了,大大方方地和他碰杯,抿了口酒,先汇报祁南空降到大阳网后的情况,末了小小地替自己辩解:"五年没见,生疏是情理之中,只是我挺奇怪她的态度转变为什么如此之大。那她正好邀请我参加订婚宴,还说希望我当面祝福她,我的好奇心就被勾起来了,才决定去。"

余之遇说着轻轻拉了拉自己的礼服裙:"我盛装出席是基本礼貌和对她的尊重。再说,那种场合肯定会遇见老同学,当然要打扮得漂亮点儿,我都是开大G的人了呢,不能给教授丢脸。"

肖子校把剥好的虾塞到她嘴里:"别扯我,他们认识我是谁?"

余之遇听出来某人是不满她还没带他露过面,和他碰杯道:"下次带你招摇过市!"

肖子校提醒:"慢点儿喝。"

他很久不喝酒了,乍一喝感觉有点儿辣口,她却喝得带劲。

余之遇给他喂了口汤圆:"没和你说是不想你分心,无论是工作还是交友,在我能力范围内,我还是想自己处理。你不怕麻烦,我却不能事事依赖你,那我不是成废人了。"

祁南和她与陆沉的关系,此前肖子校确实不知道。听她说完,他问:"这种情况下,你有考虑过怎么和她共事吗?"

服务员上了余之遇最爱的清蒸鲍鱼,她先给肖子校吃,自己边吃边说:"我辞职报告都打好了。"见肖子校一怔,她说,"第三就是,这事没和你商量。"

虽说她和祁南的关系确实有些麻烦,可她直接选择了回避,肖子校略意外。

余之遇见他的反应,笑问:"是不是女朋友厉了不太习惯?"

"事业有良好的发展需要多方面因素辅助,人际关系属其中之一。让你觉得不舒服、不开心的环境,是很难激起工作热情和发挥潜力的。只要你想好了,我没意见。"肖子校给她剥着虾腾不开手,正好她凑过来,他下颌贴着她鬓角轻蹭了下,说,"我希望我的女孩儿做自己,和我在一起时,是我学生的师母,是肖太太,没有我时,是余之遇,是余记者,是余总。"

肖子校一方面尊重她的决定,更针对她的"废人"理论告诉她:"我能护你周全,你亦有刀有盾,可以独自上阵,才是最好的状态。"

余之遇听懂了他的鼓励和支持,朝他举杯:"敬你。"

肖子校轻笑:"敬我什么?"

余之遇歪头看他:"敬你为我镇守后方。"

肖子校见没下文了,问:"完了?"

余之遇歪着小脑袋看他:"教授还有补充?"

肖子校用纸巾给她擦了擦嘴,说:"异位而处,在我们的订婚典礼上,出现个和我纠缠不清的前任,你会如何对待,泼酒都客气了吧?"

他停顿了下,再开口时语气似有训诫之意:"首先,我不愿意在这种情况下见到陆沉,是我今天不高兴的原因之一。其次,你考虑问题不够全面,今天的场合你不该独自去。祁南明显有问题,你收到的请柬是最大的提示,既然决定去,为什么不让我陪你?"

没给她以他出差为理由反驳的机会，肖子校继续："之遇，你记住，我们之间，万事以你为先。你不要考虑我是不是出差、不在南城，有事要和我说，我赶不回来陪你还有大哥，有我的朋友，像是栗则凛，再退一步讲，还有我的学生。总之，特殊的场合，你不该落单。"

经他提点，余之遇恍然大悟。她一直纠结的都是被肖子校抓包好冤枉、好委屈，忽略了如果他没出现可能产生的后果。

若今天肖子校不在场，被祁南看见陆沉拉她手，那位定要小题大做一番，她作为前任，在外人眼中势必理亏，别说被当众泼酒，挨个耳光什么的，估计不明就里的人都不会同情她。

尽管在最不堪的情况下让他知道了陆沉的存在，可他的意外出现却是为她解了围的。余之遇心头一暖，她耍赖似的说："教授，没有你我可怎么办？你发誓你会永远在我身边，快点儿。"

这样的依赖姿态，肖子校半点儿抵抗力没有，他语气无奈："本来我注意保养锻炼能活到九十九，时不时被你这样气一气、吓一吓，至少减寿十年。"

"那还八十九呢。"余之遇转着那双大眼睛说，"算命的说我只有八十岁的寿命，剩下的九年你不许找别人！"

肖子校还有闲心纠正她："我长你的五岁你忘了算进去。你八十时，我八十五，只剩下四年。"

余之遇失笑："教授你是教数学，而不是教药学的吧？"

肖子校捏了捏她小下巴。

心情好了，胃口也好起来，余之遇把点的菜全吃光了，加之喝了二两白酒，满足极了。有了教训，她学聪明了，趁机把和校谨行的相识也讲了。

肖子校方知，当年她是在搜集中新散布虚假消息的证据时与校谨行相识。

第一次见面是在酒店,她跟踪陆沉的舅舅被发现,躲到了校谨行的房间。而校谨行送她下楼时见到了陆沉。

第二次见面,商女士听弟弟说有人在查中新,派人抢资料,余之遇被追到了一间酒吧,见校谨行在,她冲过去挽住校总胳膊,假装是他朋友过了关。在那个过程中有份U盘资料丢了,为了她的安全着想,校谨行原路返回把东西找了回来。

那晚,校谨行把陆沉的真实身份告诉了余之遇,并说:"你的正义、正直确实难能可贵,但是否值得为此牺牲爱情,你再考虑考虑。"

陆沉出国后,余之遇在那间酒吧还偶遇过校谨行一次,她半醉半醒着说:"我总以为,从法律的层面讲是正确的,便能获得谅解。"

校谨行笑了,他说:"你太天真了,确实有'大义灭亲'这个成语,但那背后往往都是悲剧。"

像她和陆沉一样,从陌生到亲密,再到陌路。

余之遇又说到了许东律,讲他在没人带她的情况下收她做了徒弟,讲这五年来她如何从一个初出茅庐的实习记者走到今天。

最后她说:"幸亏遇到了校总和我师父,还有一个鼓励我的陌生人。教授,你应该谢谢他们。"

肖子校将她的那一段过往补齐了,有种陪她经历过一遍的感觉。至于鼓励她的陌生人,他敏感地问:"是谁?"

余之遇喝掉杯中酒,借酒壮胆:"那你原谅我了吗?如果没有,我就不告诉你。"

肖子校觉得她醉了,他叫了代驾,带她回家。

等代驾走了,余之遇还枕在他腿上不动。

肖子校以为她睡着了,挪腿要抱她下车,余之遇忽然爬起来,朝他伸手索抱。

余之遇搂住他脖颈,说:"肖子校,我爱你。"

从先前见到他那一刻心底涌起的慌乱,生怕他误会,后悔没提前报备,种种情绪齐齐涌上来,让她清醒地意识到,对他不仅仅是喜欢,而是爱,深沉的爱。

肖子校懂了,他托起她抱到怀里搂紧:"若似月轮终皎洁,不辞冰雪为卿热。"

他向来不吝啬表达对她的爱,可不知为什么,这一夜听在耳里的爱意诉说格外温柔动人,余之遇心间轻颤,眼睛微酸,她呢喃:"那你想我了吗?"

肖子校轻抚她的背:"想了,很想。"

她在他颈间轻蹭,保证:"下不为例。"

肖子校亲亲她:"好。"

余之遇才安下心来,昏昏欲睡之际,肖子校给她整理好衣服,抱她上楼。

两人一起洗澡时又在浴室里折腾了一番,战况符合小别后的放纵缠绵。等躺回床上,余之遇低声说了句:"我得再想想,还有没有需要报备的黑历史了。"

肖子校在她腰窝上掐了把,威胁道:"再有明天就不用下床了。"

余之遇轻笑着往他怀里挤,寻个了舒服的姿态,说:"谁让你那么小心眼儿,一个前男友的故事都不肯听完,生怕听到什么出格的是吗?我们就是纯洁的交往,你都验过身了,还有什么不放心的?"

肖子校失笑,他轻抚她的背,终是说:"我是听过了,不想再听一遍。"

余之遇微怔,片刻,她从他怀里退出来:"听过了?什么时候,在哪里?"

初遇那晚，你告诉我有个叫陆沉的男孩子曾经对你很好很好。在你参加运动会八百米项目时，在赛道外陪你跑完全程。在你生病时耽误了考试送你去医院，因此挂科。在每一个寒暑假你回老家时，都坐近十个小时的火车送你，待你返程时再赶过去接你回校。在每个你回不了家的节假日，都放弃和家人的团聚陪你。总之，一切以你为先。

肖子校回想起那夜，她泪流满面地细数陆沉点点滴滴的好，为他们未能走到一起难过和遗憾。对比之下，他发现自己作为男朋友有多失职、失败。

时隔五年，肖子校终于告诉她："那晚你喝醉了，和我说，那是你第一个喜欢的男孩子，是你的青春，你舍不得忘记，又不能不忘，因为分手便没有了再对彼此念念不忘的权利。"

肖子校亲她眼睛："你问过我，我们是不是在哪里见过。"他终于告诉她，"是，我们早在五年前就见过。"

那一见，治愈了他的情伤，滋生了他对她的好感。肖子校在很久之后意识到，自己对余之遇一见钟情。他后悔过怎么没留个联系方式，可他不是那种凭着一点儿心动便满世界找人的性格。他压下了那份莫名的悸动，专注于事业，直至重逢。

他站到行业顶端，她终于寻来。

但肖子校并不遗憾彼此错过了五年。当年的他确实没有更多的时间和心思分给爱情，尤其醉酒的余之遇还说："不要在没有能力的时候谈恋爱。"

为避免重蹈覆辙，他几乎是拼尽了全力在努力，希望尽早成为有能力的人，像追她时说的那样，有选择的权利。

他们的重逢恰到好处。尽管相比普通的上班族，他依旧是忙碌的，却能够适当地放下一些，给她更多的关照和足够的安全感，把她纳入未来。

肖子校啄她鬓角："我始终记得你说：不是所有的分手都是因为背叛，要相信坚贞不渝的爱情，这世间是有的，只是可能我们运气不够好，没有遇到。我相信爱情，并期待着，都是因为你。"

　　余之遇终于明白对他的熟悉感从何而来，可她不敢相信他们之间有如此微妙的缘分，不确定地问："你是那个……"

　　肖子校嗓音低沉，一字一句道："别说人间不值得，你最值得。"

　　那晚，她在翻身时呓语："一定是我不够好，他不够喜欢才会走。"

　　肖子校于是在清晨离开时写下鼓励的便笺放在了床头。

　　余之遇醒来后房间里只有自己，身上的衣服是正常的睡后的褶皱，她的双肩包、手机等物品一样不少。她努力回忆，醉酒的记忆只剩一双冷漠犀利却莫名给她安全感的眼睛以及……

　　她裹着肖子校的衬衫赤脚下地，跑去书房拿出那张他留下的便笺："因为你说我值得，我才努力让自己变得值得。"

　　天上银河，地上萤火，你说我值得。

　　可谁又能想到，最终证明我值得的人会是你？

　　陆沉走后，余之遇以为世界上再无一个他，不承想早已苦尽甘来。

　　此刻，她哽咽难言。

　　他们的初遇，她并非忘记了全部。肖子校欣慰至极，他问："现在知道我是谁了？"

　　余之遇才懂在临水时他那一问的用意，她呼吸一滞，眼眶红得更厉害："肖子校，酒吧的……哥哥。"

　　对于这个答案肖子校是满意的，他笑着揽过她搂在怀里，微哑的嗓音在寂静的深夜低沉而清晰："每一段历程都值得被珍惜，且没轻重之分。我从未介意过你曾喜欢过别人，你的青春可以是陆沉，也只是他了。你的未来却是我，也一定是我。"

第十章
职场的较量

陆沉接任中新总裁的新闻铺天盖地而来。除此之外，中新获得一家海外公司注资，以及小陆总订婚的消息相继爆出。

余之遇猜到了是这样的结果。

中新正遭遇资金困境，陆沉必然是要尽他继承人的本分与职责。哪怕只有一丝希望，他也不能任由它垮掉。

余之遇看过新闻后没避讳，和肖子校交流道："他以前说过不想做管理，说要学好药，将来做新药研发。"

"那是他的理想，只要他不放弃还是有机会实现的。"肖子校神色平静，语气寻常，"他姓陆，天生就有一份责任。像大哥，从小就是被往校总的方向培养。"

余之遇枕在他腿上："那你呢，是自己选择的人生吗？"

"是天赋帮我做的选择。"肖子校笑了下，"别人家的小孩儿三岁背古诗，我三岁时边背古诗边和外公学认药，六岁学诊脉，八岁时能够蒙着眼睛辨识千种药材，那个时候只当是玩，不知道关乎未来。"

余之遇听傻了，满脸震惊，满眼崇拜，说："我比别人早上学，人家二十二岁大学毕业，我二十岁就毕业了，觉得自己很牛。结果……算了、算了，我本质上就是个渣渣。"

肖子校摸摸她的脸说："不是所有的领域都需要学到金字塔顶端。有些专业本科就很吃香，连读研都不必，像是市场营销，或是小语种。"

而他看似神童般的人生，其实随着年龄的增长、学历的提高，知识难度不断加深，付出的努力和面临的压力是不可想象的。

因为他有天赋，有天生的光环，从外公到导师，所有人对他的要求都是严苛的。别人做到八十分是优秀，会获得表扬和奖励，他打一百分是理所当然，少一分都会被批评训诫。

余之遇思维发散，她忽然说："你会要求自己的孩子必须是学霸吗？"

肖子校习惯了她思维的跳跃，闻言把眼前的书拿开，深看她："父母是孩子基因和遗传性状的来源，我们的孩子不过分要求应该也很优秀。"

……

余之遇翘了两天班，一天在家陪肖子校加班，一天被带去了健身房。肖子校给她制订了健身计划，哪个时间段做哪个项目，强度多少，标注得清清楚楚。为了监督她实施，他表示，会尽量抽时间陪她。

这天早上，叶上珠发来信息：你再不来上班，我要辞职了！

余之遇回她：你辞职了，谁帮我泡咖啡？

叶上珠兴奋地尖叫："啊，组长上班了！"

送女朋友上班的喜树说："那老师今天该到实验室来了。"

师生俩差不多是同时到的，肖子校把车钥匙留给余之遇，上了喜树的车，直接去中医医院。

直到进了电梯，叶上珠还在叽叽喳喳地向她求证："公司有人传你要辞职？你快否认，说这是谣言！"

余之遇被她叭叭得耳鸣："万一我说是真的，你打算怎么办？"

叶上珠神色骤变："肖教授向你求婚了？你们要准备结婚？你们这是闪婚啊？！组长你居然是这种人？！为了男色抛弃事业！女人要独立你忘了吗？！"

余之遇服了叶小姐的脑洞大开、伶牙俐齿，她笑言："你不做导演可惜了。"

叶上珠哭唧唧："组长你不要抛下我去结婚，那样我也会想嫁。"

余之遇哭笑不得："等我回头转达给大树，让他加快点儿速度。"

到了办公室，余之遇神采奕奕地和同事们打招呼，到叶上珠的工位时，把她按坐在座位上："一会儿带着咖啡来我办公室，'城市体验营'的细节需要敲定一下。"

她那颗搞事业的心犹在，叶上珠松了口气。

九点整，各部门经理准时出现在会议室里。这是在祁南订婚前便确定的会议，大家早收到了邮件。

祁南进来后视线一扫，眉心微聚，问身旁的助理："开会迟到怎么处理？"

这种事公司规章制度里似乎没有明确规定，一般情况下，重要的会议也没有人会到得比领导晚。助理不知该如何回答。

祁南在会议桌首位站了半秒，又说："下次人没到齐不要通知我。"

助理小心翼翼地应下，用眼神点了下人，小跑着出去了。

众人面面相觑，心说这不都在吗，唯有夏静转着手中的笔笑了下。

助理很快回来，脸色为难地对祁南说："余部长说，她没有收到开会通知。

众人恍然大悟，新晋的采访二部部长余之遇没来参会。

祁南盯着助理。

助理小声辩解了句："根据会议要求，要通知部长级以上人员参加。我发通知时……"余之遇还不是部长。

一天的时间差。

祁南声音沉下来："那就现在通知她参会。"

助理嗫嚅了下："余部长说，这是第二季度的部门总结会，采访部第二季度只有一个，总结工作不在她职责范围内。"

众人闻言默契地把目光齐齐投向夏静，包括面色不快的祁南。

夏静心里笑骂了余之遇一句，面上不动声色道："上个季度采访部的工作由我主持，余部长作为主任记者基本都在外出差，对部门内其他记者的工作不了解，她的工作完成情况则体现在我的总结报告中。"显然是在帮腔余之遇。

祁南的目光默然着力，她说："今天的会议也涉及第三季度的工作任务下达。"

对此，助理说："余部长说，她还没和夏部长交接工作，三季度的任务直接下达给夏部长即可。"

祁南的脸色已经非常不好。

助理硬着头皮说："余部长还说，要是您非要当面给她布置三季度的工作……到时候叫她。"

祁南不过是让助理去请她，还什么都没说，余之遇已经把所有还击的话抛了过来。

会议室里鸦雀无声，这场由"余部长说"开始的会议，气氛低到压抑。

临近暑期，第一期"城市体验营"即将开始，为确保临水的孩子们顺利到达南城，让一个星期的体验之旅充实而有收获，再平安返程，余之遇与叶上珠用了一上午的时间将行程和各项细节又过了一遍，确定流程没有问题，她们匆忙赶去中医大。

由于体验营是以校园为起点，中医大作为第一站，有些具体内容余之遇还要和志愿服务部的老师当面确认。

专项负责这个公益项目的正是上次去临水支教的罗姓男老师。体验营计划他已经提前看过，针对三天的校内体验他做了计划，并根据计划带余之遇和叶上珠走了一遍。

中医大余之遇只来过两次，一次是校庆日，一次是毕业典礼，还真没有机会细逛，借体验营的光，她把中医大参观全面了。

罗老师从大医们的铜像讲起，先带余之遇和叶上珠去了博物馆，之后去了药苑，就是中医大的药用植物园。

药苑里种植着许多中草药。叶上珠指着那些药用植物替罗老师向余之遇科普："这是苦参花、夏枯草、蒲公英绒球、虞美人、菊科类的一莲蓬……"

余之遇对她刮目相看："行啊，临水县没白去。"

叶上珠一脸小得意："我可是上过肖教授采药实践课的人，男朋友还是中药学的研究生，基础知识怎么能不掌握一点儿呢。"

罗老师夸奖："不愧是喜助教的女朋友，初涉中医药领域，都认识这么多种药用植物了。"

叶上珠闻言吓了一跳："我和大树的恋情曝光了？"

罗老师与余之遇对视一眼，略惊讶："这还是个小秘密？"显然在临水县时便把总是同进同出的喜树和叶上珠视为一对了。

余之遇笑望了叶上珠一眼，玩笑道："这不还没成年嘛，怕老爸反对她早恋，不敢张扬。"

罗老师:"……"

药苑里到处都是盛开的药用植物,除了叶上珠认得的那些,还有凌霄四处垂吊,爬了满架的葡萄挂果,以及阴凉幽静的藤蔓长廊,大片的格桑花花海,一草一木皆是风景。

药苑对于区域的规划也自成一派,每种单味药都是根据功效划分到相应区域的,像是栀子、决明子、大血藤、鱼腥草等在清热药区,防风、生姜、紫苏等分布种植在解表药区。除此之外,还有经典名方区。

罗老师指指了周围的几个名方区,说:"猜猜肖教授和喜助教曾种植过哪个名方吧。"

经典名方区,是选择易于实现就地栽培的经典名方中药用植物进行排布种植,将同一处方的中药进行集中种植。

余之遇自然不会真的去猜,叶上珠则从四逆散、芍药甘草汤等名方一路找下来,没有发现一个方子里有叶上珠这味药,她皱眉:"我猜不出和大树的缘分起源了。"

余之遇失笑。

罗老师说:"我们药苑还真没有叶上珠。回头我建议把叶上珠种上,明年,小叶记者你再来看,我保证有叶上珠。"

叶上珠开始期待明年有很多个"自己"被种出来了。

一趟药苑逛下来,余之遇受到启发,她提出个新想法:"能不能让临水县的孩子们也像中药学专业的学生一样,在药苑里种植中草药?第一期训练营有十个孩子,他们可以每人种一种,也可以合种一个经典名方。"

罗老师明白她的意思了,他说:"像植树节开展的植树活动那样?"

余之遇点头:"临水的万花山上有很多种中草药,有人教过,孩子是认识了,但没有机会亲手种植。他们第一次来到城市,如果能亲手种下一株药用植物,等同于上了一堂实践课,等他们再回临水,进山看到那些天然生长的中草药，就会想起曾经的南城之行，是念想，或许也会成为他们走出大山的动力。"

罗老师被她的想法打动了，他特意致电肖子校，说："你家余之遇很有想法啊，而且是真心在做这件事。肖教授你放心，我肯定全力配合她把这次体验营搞好。"

本以为是有什么重要的事，结果只是表扬他女朋友和表决心。肖子校说："之遇确实想法比较多，若她有考虑不周的地方，或是在实现过程中有难度的，你直接和她讲，哪怕是批评，都可以直言，她能承受。"

罗老师哈哈笑："有你这句话我就放心了，关于训练营的事，我会直接和她对接。"

从中医大回来，余之遇又调整了一下训练营的具体安排，协调出一个上午，将种植中草药的内容补充进去。

晚上时她问肖子校："你说我要不要再去你们医院逛一逛，免得遗漏了什么重点内容？孩子们好不容易才来一次，不能浪费掉这么宝贵的机会。"

肖子校正在书房看学生的论文，闻言抬头，朝门口探进个小脑袋的女朋友招手。

余之遇趿着拖鞋跑过来。

肖子校把她抱坐在腿上，说："喜树做的体验课程表是我审核过的，重点科室都有参观到，在我看来没什么遗漏。孩子们毕竟还小，在一定的时间内能够吸收的东西有限，不要求多，要求精。"

余之遇双手环在他颈后，想了想，说："有道理，不能一口吃成个胖子。"

肖子校才问："不是决定辞职了，怎么劲头还这么足？"

余之遇偏头靠在他肩膀上，说："就这么走了感觉有点儿窝囊，公益版块又是初建,我不放心把这件事交给别人。临水县对我俩有特别的意义,这个试点我想自己做起来。"

前两天她说不想上班,肖子校就知道她在考虑辞职的事情,他没过问是不想左右她。而后面的理由,肖子校有被感动到。

临水县之于他们,确实有不同的意义。

他们算是在临水县定情。临水小学又是在肖子校的提议下成为了中医大的教学基地,可以说,临水县获得的第一批资助来源于肖子校。而他作为临水小学的名誉校长,对那儿的孩子们有特殊的感情。如果说要选择资助对象的话,临水县必然是肖子校不二的选择。

但仅仅靠资助和帮扶,并不能令临水县脱困。

见女朋友如此用心,肖子校决定告诉她一个秘密。

余之遇听完整个人都兴奋起来,眼睛格外亮:"你确定了,临水县真的适合建中药材种植基地?"

"经过三年的实地研究和无数次的实验……"肖子校故意停顿一下,在她期待的眼神中说,"可行性报告已经通过了万阳的评估。"

余之遇不敢相信:"可你们的实验不是还在进行中吗?报告你都写好了?"

肖子校耐心地解释给她听:"在过去的三年里,我们已对万花山上两百种药用植物进行了研究,现有的实验数据足够成立一个结论。后续实验当然还会继续,毕竟,临水县可能还有很多我没发现的药用植物,但并不影响基地的建设。待基地建成,村民成药农,增收的目的便能实现。"

余之遇哇的一声,说:"这可以作为中医药扶贫项目了吧,我要独家。"

关于她所谓的独家,他稍稍挑眉:"那还用说?连我都是你的独家。"

……

随后两天余之遇都在外面忙,没有去公司。这天傍晚,祁南的助理给她打来电话,说:"余部长,祁总让你到公司来一下。"

余之遇看看时间,临近七点,她说:"这都下班了,有什么工作明天我到公司再说。"

助理说:"祁总说,让你临时加个班。"

余之遇舒口气:"我加着呢,在海城,赶不回来。"

助理迟疑了两秒:"余部长本周好像没有到海城出差的计划吧?"

连思考都不用,余之遇脱口道:"部长级以上,含部长,工作计划可根据实际情况随时进行调整,差旅费核销时附情况说明即可,对吗?"

公司制度和财务报销制度新任余部长倒是研究得透透的,助理被噎得哑口无言。

余之遇没给她继续的机会,语带匆忙地说:"你和祁总说,我不会找她签字报销油钱的,今天的出差费用我自理了。"

那端的声音忽然小了些,但助理还是清清楚楚地听见她不知和谁说:"大G的油耗可是够夸张的。"

然后余部长又说:"我的事还没办完,应该要凌晨才能回到南城,根据公司规定,明天上午我休息。你和祁总说一声,让她有事下午找我。"话落,径自挂断。

当助理把"余部长说"转达给祁南,加班的记者听见总编室出现了类似摔杯子的声音。

同一时间的中医医院外,肖子校看看把总编助理唬得一愣一愣的余哥,说:"想好怎么应对那位祁总了?"

完成了一天的工作,接男朋友下班的余之遇不以为意地挑眉:"既然已经撕破脸了,我懒得和她假客气,死磕就完了。"

反正她没顾虑、没压力，反倒是祁南，提拔她是为了为难她，不会轻易同意她走的，那就放开了手脚干呗。

有时候正面刚未必是坏事，肖子校心里认同她随心折腾，嘴上却故意问："为谁死磕？"

余之遇嗔他一眼："为前男友。"

肖子校把她拎上副驾，躬身探进车里，在她唇上咬一口："长本事了，敢撑我了，嗯？"

余之遇双手环上他脖颈："吃醋啊？"

肖子校并不否认，与她额头相抵，他说："哄哄我。"

余之遇亲他一下。

他不满意，说："敷衍。"

余之遇深吻住他，缠绵而热烈。

许久后，肖子校离开她的唇，嗓音低哑："回家。"

余之遇坏笑着拿眼神向他腰下扫，撒娇："人家还没亲够呢。"

肖子校捏了捏她小下巴："等到家看你还敢不敢这么说。"

余之遇搂住他脖子笑，肖子校也笑了。

次日下午，余之遇带着完善后的公益事业计划来到总编室，她神色如常道："祁总找我？正好我要向你汇报一下临水那边的工作进展。"

祁南唇角抿平，抬手示意了下："我就听听余部长说。"

像没听出来她刻意咬重了"余部长说"四个字，余之遇先说临水小学图书馆建立的事："上次祁总提出以电子阅览室代替图书馆的要求，我综合考虑了一下，认为可以将电子阅览作为教学使用。"

她拿出一份资料推到祁南面前："这是我这两天跑了几所小学，请老师们推荐的课外阅读书。农村不比城市，孩子们放学后大多还要帮家里干农活儿,阅读的时间本就少,初期为了培养大家读书的习惯,可以由老师们以电子阅读器为工具带着孩子们读课外书。"

她将祁南提出的电子阅读与实体书阅读做了结合,把一部分课外书收录进电子阅读器中,为避免孩子们将电子阅读器变成"电子游戏机",由乡村教师陪读。另一部分,也是大部分的图书,依旧选择实体。

余之遇说:"电子阅读确实很流行,但对于农村的孩子,这东西过于新鲜,他们无法在家长的帮助下进行甄选,加之村屯的网络问题我们解决不了,县里有网,老师陪读,确切地说是领读,最为合适。至于实体书,互联网再发达,我们城市的新华书店以及学校的图书馆也没有因此被取替,存在即合理,我认为该保留。"

之后她又将城市体验营的筹备工作做了汇报。

祁南听完所有,针对陪读提出了意见:"那等同于让乡村教师加班,你觉得他们会愿意?"

这倒并非鸡蛋里挑骨头。余之遇对此解释:"由于师资力量的缺乏,农村小学的课程安排本就不满,很多副科都没有,陪读正好可以作为副科补充。教数学和语文的老师以阅读器为辅助工具,可以选择相关的课外读物带孩子们阅读。这是可以作为正常课程的,并非额外增加的工作任务。我和临水小学的李校长沟通过,老师的工作安排,校方可以解决。"

祁南依旧不认同她的方案,她坚持电子阅读,不肯在书单上签字。如此一来,便会影响下一步书籍采购工作的推进。城市体验营的实施申请她也不肯落笔,认为七天的行程长了,要求缩短至五天。

余之遇是带着保温杯进来的,至此,她拧开瓶盖喝了两口水,终是问:"祁总,我是以下属的身份在和你沟通工作,你能专业点儿,公事公办吗?"

祁南等的就是她最终的发作,闻言笑了下:"我哪里不专业了?"

"公益事业计划书你已经审批签字了,按照公司的正常流程,我是可以根据计划书直接到财务请款的。你让我定期汇报工作进展没问题,我每周一报。你让我花钱前再上一份申请,没问题,我一事一请示。"余之遇拧上保温杯盖子,把杯子重重地放到桌案上,"你却以各种理由驳回申请,让我无法推进下一步的工作,我请问你,这件事还做不做?"

祁南看似漫不经心道:"自然是要做,否则何必让你专项负责?"

余之遇闻言一副豁然开朗的语气:"祁总不说专项负责我倒忘了,我作为部长,根据公司规定,对于专项工作是有独立处置权的呢。"

此前她只是普通记者,正常情况下要对夏静负责,祁南要求她直接向自己汇报,除了容易引起夏静不满,倒没什么问题。问题出在余之遇现在升部长了,大阳网给予部长的权限决定了部长专项负责的工作,在方案获批的情况下可直接实施。

先前的总结会余之遇打了时间差,这次又以部长职权驳斥她,祁南领教了老同学身为资深记者的老辣。她压了压情绪,说:"但我是总编,作为你的直接领导过问几句实属职权范围之内。"

"所以我给你提供了选项。"余之遇站起来,把最初那份计划书摆到左手边,"A,按原计划执行。"另一份资料摆在右手边,"B,按结合你的意见修改完善后的计划和申请。"

祁南看着她:"如果我说 A 和 B 都不满意,余部长还有别的选项提供吗?"

余之遇弯了下唇:"我就知道祁总要求高。"话落,她从自己的文件夹中抽出一个白色信封摆在桌案上,"选项 C,你批了我的辞呈,告诉总部你新晋提拔的采访部长,大记者余之遇,要辞职。"

是祁南向总部申请提前结束了余之遇的考察期升高级记者,再升任采访二部部长。余之遇做出业绩是祁南知人善任。可半个月不到,她要辞职,无论真正的原因是什么,总部只会认为是祁南用人不当。

作为亲自提拔余之遇的人,余之遇的辞呈祁南轻易批不得。尤其部长辞职,是要报总部许东律批,不是她同意就可以。

于是,余之遇以一纸辞呈,实实在在地将了祁南一军。

这是一道有标准答案的单选题。从工作的角度考虑,祁南只能选 B。她在签字后心有不甘地说:"余之遇,把辞职作为退路,你也不过如此。"

"这不是退路,是自断退路。"余之遇收起 A、B 两份文件,把那个白色信封留下了,"辞呈我不收回,哪天你忍不了我了,随时签。"

职场艰难,没有规划的跳槽都是在作死。

余之遇本无意换工作,大阳网亦不缺乏上升空间,薪资待遇在同行业中即便不是最高,也绝对不低,她没离开的理由,自然毫无准备。与其说是以辞呈将军,不如说是破釜沉舟的一搏。临水的事她要做,而且要做好,只要祁南不干涉这件事,余之遇宁可把主动权和决定权拱手让给她。

这在祁南看来却成了她目中无人的表现。

祁南盯着她:"余之遇,你就是运气好。"

余之遇似笑了下:"相比之下,你确实差了那么点儿运气。"见祁南皱眉,她不太客气地说,"如果没有我,凭祁总的出挑到哪里都该是第一。"

祁南人漂亮,学习成绩优秀,能坐到总编的位置,说明她业务能力不差。可她的这些优势,余之遇都有,最重要的是,相比祁大小姐的公主病,余之遇性格好,合群。确切地说,余之遇想合群时便能合进来,不想合时就是余哥。

余之遇这样的人,要么被喜欢,要么被讨厌,是很极端的存在。而这种极端的女人,往往更容易吸引男人的目光。

这应该是祁南最讨厌她之处。

都说最能挑起男人仇恨和战胜欲的,莫过于抢女人。

这话同样适用于女人。

要不是喜欢上了陆沉,祁南和余之遇或许可以做一辈子好朋友。且不说有多少真心的成分,至少面上会是。可从祁南见到陆沉的那一刻,从陆沉的眼神中看出他在追随着余之遇时起,便注定了她们友谊的终结。

祁南说:"那晚要不是你,阿沉第一个喜欢上的人可能是我。"

这种假设没有丝毫意义。

余之遇无意与她争辩什么,说:"工作时间,工作场合,我们还是不要聊私事。"

祁南冷笑:"你觉得我们之间可能是纯公事关系吗?"

余之遇回视她的目光:"不是没有这种可能。做不了好朋友,我们依旧是老同学,以事论事,公事公办,关系没有多复杂。"

祁南语气重了些:"你现在是有靠山的人了,那个曾经于你没有任何价值,你弃如敝屣,当然不觉得复杂。"

余之遇想说:那个曾经里有我喜欢过的男生,有我视为闺密的女孩儿,我用力珍惜过。可我已经失去了,难道时隔五年,还要我求着陆沉和好,跪着向商女士道歉,哭喊着要进陆家的门吗?我开始新的生活,怎么就不对了?

可这样的话祁南显然是听不进去的。

"我做我人生的主,不必向任何人交代。"余之遇说完转身要走,却在手触及门把手时听祁南说,"倒忘了问你,男朋友看见你出现在前男友的订婚典礼上,就没说点儿什么吗?"

果然,她把一切都尽收眼底,余之遇庆幸肖子校碰巧在场。

如果说大学时期的事都过去了,那么那天又是一个起点,若祁南再听见陆沉那句"别祝福我",对余之遇便是新仇旧恨的怨气了。

但在祁南与陆沉的爱情里,余之遇是个彻头彻尾的外人。她尽量忽略祁南言语中的幸灾乐祸之意,转身看向她:"亲眼看见女朋友盛装出席前男友的订婚典礼,没当众发飙,没对我说分手,算我运气。"

祁南是不信两人没因此吵架的:"看得出来,男朋友脾气挺大。校家二公子,肖子校,挺不简单的。余之遇,你找男朋友的起点便不低,越往后越难找了吧?"

余之遇从来都不知道祁南是如此刻薄之人,她回敬道:"祁总,你到底是要和我聊你未婚夫,还是聊我男朋友?要不我们去楼下咖啡厅交流下心得体会,免得三言两语你不尽兴?"

祁南语塞片刻,最后,她拿起了那份辞呈说:"我会寻个机会,如你所愿。"

余之遇开门出去。

这一局,余之遇险胜,可她并未因此有半分喜悦,反而失落得要命。有些东西早失去了,可今天,她有种又失去了一次的错觉。以至于叶上珠兴冲冲地跑来问她:"打败那个祁难搞了吗?"她都没了玩笑的心情。

叶上珠发现她情绪不高,没敢多说,只悄悄发信息给喜树:提醒肖教授,组长今天气压有点儿低,让他多说几句甜言蜜语哄哄。

喜树应该是在忙,隔了片刻才回:等下班见到老师就好了。

叶上珠发现她家大树越来越可爱了,她问:那你呢,见到我心情好不好?

那棵大树明知道女朋友想听甜言蜜语了,却不好意思说,只回:下班来接你。

叶上珠无语,琢磨了两秒,耍赖道:不行,现在回答我。

一秒、两秒、五秒过去,喜树回:等我去接你,你不就知道我见到你有多开心了吗?

叶上珠捧着手机傻笑,她回:我见不到你时,光想想你都开心到飞起。

然而,不知道是不是她开心得忘了形,不小心在老叶面前露出了马脚,又或者是叶小姐因紧张过于敏感了,老叶真的只是单纯路过来接宝贝闺女下班,当天她和喜树刚刚会合,便看见了老叶头儿。

叶上珠差不多是以百米冲刺的速度从办公楼里冲出来的,眼看着就扎进喜树怀里了,她戛然止步,在确定从马路对面走过来的、发际线有点儿高的中年男人是老叶时,她大脑顿时短路,转身要跑。

喜树背对着老叶,不知道背后有"神兽"出没,见女朋友紧急刹车,他下意识地握住了叶上珠手腕,问:"是忘了拿什么东西吗?我陪你上去取。"

叶上珠挣扎,小声说:"快松开。"她以口型无声告诉他,"我爸!"

喜树尚未来得及松手,就听身后有道中气十足的声音问:"你干什么呢,小叶子?"

我谈恋爱被你抓包了呗。叶上珠挣开了喜树的手,僵硬地笑了下,顾左右而言他:"老叶,你怎么来了?"

老叶瞪她一眼:"没规矩,老叶是你叫的?"随即看向喜树,用眼睛把小伙子从头打量到脚。

叶上珠不确定从他过来的角度是否看见喜树拉她手了,正琢磨怎么圆过去,眼角余光瞥见余之遇从办公楼里出来了,她扭头喊:"组长。"

余之遇见叶上珠朝自己挤眉弄眼,再见喜树和老叶同框了,瞬间明白过来,她脚尖一转,朝三人走来,微笑着和老叶说:"叶总,好久不见您了,来接叶子下班啊。"

老叶是认识余之遇的,他笑的眼睛眯成了一条缝,说什么闺女大了怕玩野了，得盯着点儿。"

余之遇怎么听都觉得是话里有话，可她不能说什么，毕竟，叶上珠和喜树是商量过决定地下恋一阵子的。眼下这种情况，她想了想，把手上提的纸袋递到了喜树手上："等久了吧，大树，这个是给你老师的，麻烦你帮我交给他。"

喜树接过来，迟疑了下说："……那师母我先回去了，叶总再见。"

叶上珠见状用垂在身侧的手悄悄挥了下，可怜巴巴地目送男朋友离开。

余之遇和老叶寒暄了几句，先走一步。

被搞砸约会的叶上珠松开她家老叶的胳膊，没好气道："望眼欲穿地看什么呢，小心我告诉妈妈。"

老叶收回目光，问："那个小伙子是谁？"

"什么小伙子？"反应过来他是问喜树，叶上珠说，"我不是和你说过吗，我们组长的男朋友是中医大教授，那个是……"她停顿了几秒，决定着重介绍一下，"那个男生是他学生，叫喜树，是中药学研究生，现在在中医医院制剂室做中药制剂研发。"

老叶就懂了那声师母的含义。他重重叹了口气，像多遗憾似的。

叶上珠不解："怎么了？"

老叶以一副极惋惜的语气说："看着小伙子斯文清俊，还想着要是你男朋友多好。可人家是研究生，还是搞科研的，你好像有点儿配不上。"

叶上珠："……"老叶你要不要做个亲子鉴定？我有点儿怀疑自己不是你亲生的了！

接下来半个月，余之遇都在为临水小学建图书馆的事忙碌。没有了祁南的干涉，事情推进得顺利，她根据清单很快将全部课外读物采购到位,并根据物流信息,在书籍到达明阳后,直接带叶上珠飞了过去,事先约好了车,提了书亲自送到临水。

在此之前,李校长已经将一间宽敞明亮的教室收拾出来,书架都是请县里最好的木匠新打的。余之遇和书一到,他们便开始行动,用了几天时间整理摆放,迅速将图书馆建了起来。

开馆当天,不仅放暑假的学生们都回来了,镇上的村民也都来参观,现场热闹不已。余之遇把开馆时的照片和视频发给肖子校,说:"看到孩子们小心翼翼地抚摸那些书的样子,有点儿想哭。"

肖子校能够想象孩子们的反应:"这只是个开始,等他们参加完城市体验营会有更多的收获。"他看着将近一周没见的女朋友,问,"明天能回来了吧,航班号发给我,我去接你。"

余之遇想给他个惊喜,没说是当天下午的飞机,叶上珠也没事先通知喜树,两个人商量好下飞机后直奔中医医院。

快到时,余之遇特意补了个妆,惹得叶上珠笑:"你这个样子,让我想到了那个林讨厌,估计她那时候去临水,为了给肖教授一个完美的重逢也是特意补了妆的。"

余之遇对着镜子左照照右照照,确定完美,说:"不是被叶总抓包,让我帮忙解围的时候了是吧?"

叶上珠笑嘻嘻地说:"此一时彼一时呗。"

很快到了医院,余之遇正指挥司机往制剂楼的方向开,竟看见肖子校站在门诊楼外,她一惊:"你告诉大树我们回来了?"

"没有啊。"叶上珠循着她的目光看过去,见穿着医生服的肖子校站在门诊楼前和一个女人说着话,她带点儿小兴奋地说,"肖教授惨了、惨了,你不在他居然让别的女人近身!"

余之遇屈指弹了她脑门一下,纠正:"'近身'这个词你用得非常不严谨,他们充其量是……站得近了点儿。"

叶上珠不怕事大地鼓励她家组长:"快去宣告主权!"

倒没有宣告主权的意思。以往都是肖子校出差,这次换她出去,余之遇终于体会到了归心似箭的感觉。此刻见到她家教授就站在不远处,她哪还控制得了,人才从车上下来就忍不住叫了声:"教授。"

肖子校应声回头,看见本该还在临水的余之遇朝自己奔过来时,眉宇间的笑意根本掩饰不住。他快步迎过去,正要拥抱她,余之遇已纵身一跃,长腿盘到他腰上,树袋熊一样跳到他怀里。

肖子校下意识地托住她的臀,笑问:"怎么不让我去接你?"

余之遇搂着他脖颈,黏在他怀里啄一下他的唇,又一下:"教授,我好想你,好想好想你!"随即贴在他耳边邀请道,"你快点儿下班,以解我相思之苦。"

肖子校耳根一热,换作平时,他哪经得住女朋友这样撩,然而,他压了压那股血热的冲动,低声提醒:"我妈在!"

在此之前,肖子校提过见家长的事。余之遇原本打算,等临水的孩子来过南城,她完成体验营的工作,那时余校长恰好见过肖子校了,她再乖乖去给他父母请安。

然而,墨菲定律中有一条定律是:计划不如变化快,你永远不知道下一秒会发生什么变化。现在这个场面——堪称大型泥石流现场。

余之遇甚至忘了马上从肖子校身上下来,她像寻求庇护般下意识地收紧环在男朋友后颈的手,闷声道:"我能不能重新打开一下?"

肖子校笑得纵容,他偏头贴了贴她的脸颊说:"没关系,你这么可爱,我妈喜欢还来不及。听话,下来。"

余之遇拒绝:"我不要!下来就要面对现实!"

"真不要?"肖子校逗她,"那我可就这么抱着你过去了?"话落,他脚下一动。

余之遇吓得啊了声，立即从他身上滑下来，以最快的速度迅速检查了下自己的衣服，撩了撩头发，确定没有不妥后才躲到肖子校身后，推着他往前走，低声提要求："你先和阿姨解释一下我不是那样的人。"

肖子校正要问她"那样"是"哪样"，把两人行李箱搬下车的叶上珠开腔道："肖教授，你知道吗，我们组长在飞机上换衣服，敷面膜，化妆，比演员上戏还精细地捣鼓过自己，说是万一被晒黑了，或者皮肤变粗糙了你会嫌弃。我悄悄告诉你，她啊，天天晚上想你想得睡不着，拉着我夜聊，我都严重睡眠不足了。"

这是悄悄？嗓门儿大到整个门诊都听到了好吗？余之遇倏地转身，指着叶小姐说："再多说一个字，我马上给叶总打电话汇报你的恋爱进度！"

叶上珠立马用手捂住了嘴。

肖子校轻轻握了握余之遇的手表示安抚，同时抬眸与肖瑾瑜对视一眼。前者无奈又宠爱地笑着，后者稍稍挑眉，表情从余之遇跳到肖子校身上的惊讶喜悦到现在的更惊讶、更喜悦。

反正人设彻底崩了，余之遇跺了下脚，从肖子校身后走出来，面向肖瑾瑜站得规规矩矩，很余哥地直奔主题："阿姨您好，我是余之遇，教授的女朋友。我出差刚回来，这不好几天没见到他了嘛，刚刚就……失态了。您火眼金睛，我就不狡辩了，其实我平时……在他面前差不多就是这样。"

饶是见过大风大浪的肖瑾瑜都禁不住笑了。她与丈夫相爱三十多年，知道真正爱一个人是什么样子，已经从余之遇的眼睛和行动中看到了她对肖子校的爱。

肖瑾瑜与很多母亲不同，她在两个儿子十六岁以后就十分注意和他们保持距离,她不希望培养出有"恋母情结"或是"妈宝男"那样的孩子。

她深知并不能一生都捆绑在孩子身上的道理,于是适时放手,在校谨行和肖子校的性格心理渐渐成熟后,体面地退出了那种掌控自己儿子的角色。在肖瑾瑜看来,只有她对儿子放手,将来他们和媳妇的关系才会好,才会幸福。

余之遇见肖太后不说话,以为自己给她的印象不好了,躲回肖子校身后小声说:"我要分手!"

肖子校了解母亲,他笑着把人搂到身前,带到肖瑾瑜近前,语带笑意:"外人面前气焰万丈,比这豪横,这么厌我还是第一次见,您快鼓励鼓励吧,现在脱单比脱贫还难,我不想再变成单身狗。"

别人家的男朋友带女朋友见家长都这样开场的吗?余之遇悄悄掐了她家教授一把。

看上去像三十岁的肖瑾瑜眉眼之间的笑意更浓了,她朝余之遇伸出了手。见肖子校点头,余之遇抿了抿唇,递出自己素白纤细的小爪子。

肖瑾瑜把她的手握住,说:"恋爱就应该这样,喜欢他就黏他,否则留给别人黏吗?"

余之遇被"黏糊"理论征服了,她有点儿不相信地问:"您不是安慰我的吧?"

肖瑾瑜语出惊人:"只要你不是他租来骗我的,阿姨保证这样安慰你一辈子。"

要不是知道肖子校行情有多好,余之遇都要以为他找不到女朋友,是真的需要情感扶贫的困难户,他家太后才如此害怕他租女友。

余之遇带点儿调皮地说:"他赚钱辛苦,我就不在这方面败家了。"

肖瑾瑜笑得合不拢嘴,问她:"晚上有别的安排吗,没有的话跟阿姨回家吃饭?"

被女朋友邀请回家亲热的肖教授适时说："今天就算了，之遇刚下飞机肯定累了，改天我再带她回去。"

"也对，看我心急的。"肖瑾瑜笑眯眯地看着余之遇，一副过来人的语气，"你们小别胜新婚，阿姨懂。"

余之遇："……"其实我还是希望您单纯一点儿。

旁边看热闹的叶上珠："……"确认过眼神，组长跟未来婆婆是走过一条花路的人。

等肖瑾瑜走了，肖子校看看时间，说："先把行李放到车上。"

余之遇收回目送肖太后的目光，瞥他："干吗？"

肖子校揉揉她发顶："等我一会儿，马上回家。"他还要回实验室交代两句才能走。

余之遇拂开他的手，从叶上珠手上扯过自己的行李箱："回什么家，吃素吧你。"

然后余哥真的去路边拦了出租车自己回家了，等肖子校下班回到江南苑时，发现女朋友把门锁密码改了。他敲了半天的门，里面那位就是不开，他只好道歉，说都怪他没及给她暗示，令她尴尬是他的错，说到最后自己都笑了。

余之遇听见笑声忽地拉开门，拿手指戳他胸口："你还笑？！有谁是这么见家长的？我都丢脸死了。"她孩子气地说，"以后谁再搞惊喜，谁是小狗！"

"没有丢脸。"肖子校拥着她进门，低头去吻她，"那是爱我的表现，给我长脸了。"

余之遇半推半就地回吻，抽空确认："你妈妈是真的喜欢我吗？"

"不要质疑自己的魅力。"肖子校细细密密地吻她，贴着她耳郭低语："不是要解相思之苦嘛，来吧。"说话的同时，扣着她的腰，下身轻轻往前一撞……

出差归来，余之遇把临水小学图书馆建立一事形成了报告，连同稿子、配图和视频一起发到了祁南邮箱，等她审核。

"孩子们纯净的眼眸和青涩的面孔一如我们当年一般。而他们眼中的渴望与热情，却是从现在的我们眼里再也找不到的光彩。那是发自内心对学习、对书籍的热爱，请珍惜他们的质朴与单纯。"

祁南看过后颇受触动，她迟疑后给出签批意见：同意发稿。

余之遇略意外，她都做好了再改一稿的准备，以为祁总编一定会有所挑剔，结果没有。她想回复句感谢，最终选择了沉默。

当天临近下班时，夏静过来问："你到底什么时候把你的人领走？"

这是来催余之遇做交接。

余部长说："什么我的人，包括我在内都是你的人。"

夏静气笑了："你当自己是副部长吗？"

余之遇的目光从电脑前移开，说："你当我是你副手就行。"

"从前你要是这么服管，我还用害你吗？"夏静没好气，"第二季度总结会你能过关是险胜，第三季度那位不拿你开刀，我不姓夏。"

她的意思是，余之遇不老老实实接手部长工作后续无法应对祁南。

余之遇有自己的考量，她不以为意地说："要拿我开刀，还用等到季度总结会？机会多得是。"她双手合十着对夏静说，"你就允许我做个佛系部长吧，求求了。"

难得见她卖萌，夏静失笑："我是没问题，关键我们现在平级，记者们依旧在向我汇报工作，所有呈报的稿件和文件上签的都是我的名字，那位祁总已经过问不止一次了。"

余之遇托腮想了想，说："下次她再问你就说刚刚分部，我对工作流程不熟,你正带我。"

夏静忍笑:"总之,就是余部长说呗?"

余之遇以玩笑的口吻建议:"一切可能让她不愉快的话,你都可以转化为余部长说。"

夏静拿文件丢她:"你是不想好了吧?"

余之遇小心地接住那几页资料:"别给我弄乱了,我好不容易整理出来的。"

夏静好奇心起,就要凑过来看。

余之遇连同笔记本电脑的屏幕一起挡住:"不行,涉密!"

夏静作势要拉她:"那你告诉我是关于哪方面的,免得选题重了我做无用功。"

余之遇合上电脑:"不会重的,我做的是中医药方面的内容。"

夏静没再多问,临走时用指点点她:"假公济私,为男朋友做的吧?"

余之遇白她一眼,说:"要不是我动用了女朋友的私人关系,哪儿来的独家?"

夏静喊一声。

关于交接,祁南又过问过一次,余之遇说:"等第一期体验营结束,我就把相关工作接过来。"不给祁南说话的机会,她看向夏静,"暂时辛苦夏部长了。"

夏静一笑:"小意思。"

两位部长如此和谐,祁南反而不好说什么,例行问了问体验营的进度。

此时已进入八月,正是孩子们放飞自我的暑假时间,体验营的准备工作已完成,临水的孩子很快就要到达南城。

余校长在余之遇的催促下敲定了来南城的时间,余之遇给老爸订好机票后，向肖子校汇报了一下。

"把航班号发给我，我去接机。"见余之遇略惊讶地看着自己，肖子校问，"你有时间？"

还真没有。余校长来的那天恰好临水的孩子们到，她要去火车站接人。

余之遇把腿搭在他身上，悠闲地晃："你第一次见余校长，我又不在场，你不紧张吗？"

"你在不在，和我紧不紧张是两码事。"肖子校靠坐在沙发上，很自然地说，"记得在伯父来之前，把我的东西收起来。"

余之遇憨憨地问："为什么？"

肖子校瞥她："担心余校长发现我没经他同意偷吃了他的掌上明珠，打断我的腿。"

余之遇反应过来，肖子校在她拒绝同居后几乎长在了她这里，她的家里现在到处都是他的痕迹，忍不住抬手捶了他肩膀一下："就让余校长打断你的腿好了，免得你天天欺负我。"

"不喜欢？"不等余之遇嘴硬否认，某人已经有了欺负的动作。

两人在客厅吻得难分难舍，倒在沙发上，气息渐渐热了起来……

结束后，余之遇被抱回到床上去，她无力地趴在枕头上，脸颊红润地看着他。

肖子校眼底的深情和热烈还没有褪，他躺下来，下巴贴着她的鬓发，在她耳边低语："我看你很喜欢。"

听闻余校长要来南城看女儿，肖瑾瑜和校明理都表示希望和未来亲家见一面。尤其是肖瑾瑜，自那日见过余之遇后，恨不得把民政局搬到肖子校面前，按头让两人领证。

肖子校体谅父母的急切，但他说："等我见过余伯父，得到认可再说。"

尽管肖瑾瑜认为儿子出众，放在哪里都是数一数二，可到底是见未来岳父，终归不一样。再听说余母生前是刑警，为救人而牺牲，是烈士，肖瑾瑜敬佩之余，对余之遇更多了几分心疼。她说："为表重视，让你哥和你一起去接机吧。"

看热闹的校谨行玩笑道："这不好吧？到时候余伯父该选择困难了，毕竟我也很优秀。"

不等肖子校动手，肖瑾瑜一个抱枕砸过去："你弟弟结婚都要提上日程了，你连女朋友影儿都抓不到，还有脸说自己优秀？"

校谨行啧了声："那是你提上日程了，余家还什么都没说吧？后来者居上，万一我抢前头呢？"

肖瑾瑜盯着人模人样的大儿子，说："就没这种可能！"

校谨行挨着母亲在沙发上坐下："您怎么损我都行，谁让我不争气呢，但您别真动气，我这不都以教授为榜样努力了嘛，您近期给我安排的相亲，我可是一场没落下。"

肖瑾瑜冷哼："有什么用，还不是失败。"

校谨行反驳："那是我看不上。"

肖瑾瑜语气依旧不悦："我正要问你，人家姑娘哪里不好了？"

"不是不好，是不好玩。"校谨行用下巴点点对面坐着的肖子校，"他女朋友您见过了，尽管我认为脾气大，还作，野……您不用瞪我，这些都是事实，再说我还没说完呢。"

撑了肖子校两句，校谨行继续："但平心而论，余之遇有个有趣的灵魂，否则怎么能把教授迷得恨不得分分钟入赘过去？那我的那位不能差了不是？您对比下那两位，适合我吗？不委屈我吗？太后，都是亲生，咱别厚此薄彼。"

肖瑾瑜被气笑了，抬手赏了一巴掌给儿子："你姓校，本就不是我亲生。"

　　校谨行把他家太后往老爹的方向轻推了下："这话您当着校董的面再说一遍，他要是认同，我现在就找我亲妈去。"

　　翻杂志的校明理闻言头都没抬："真有那么个人，还用你找，你妈早把人家收拾了。"

　　校谨行："……"这个家，果然是我和我爹的地位最低。

　　见肖子校在笑，校谨行责备了句："步伐那么快！不能等等我？"

　　肖子校笑得更外放了些："我可什么都没说。"

　　校谨行没好气："你不用说，做就够了。"

　　至于双方家长见面的事，自然还要看余校长和余之遇的意思。校明理认为出于礼貌和礼数，该他和肖瑾瑜亲自到余家拜访。所以，校董最后总结道："你和之遇商量一下，别让他们父女觉得我们是顺便，那就失礼了。"

　　在余校长还没见到他的情况下，肖子校没急于和余之遇提这件事，免得她憋不住话，又不好意思和父亲提。他打算在余校长在南城的这段时间，先和未来准岳父建立良好的关系，然后自己来说。

　　余校长来南城那天早上，肖子校醒早了，他垂眼看看缩在枕头下，窝在他怀里的余之遇，眼底流溢出温柔的笑意。想到未来半个月的时间里都没办法和女朋友同床共枕了，他手伸进被子里，开始不安分起来。

　　余之遇被扰醒，起床气尚未发出来，已被她家教授以吻封口。等某人尽兴，两人洗完澡出门都七点半了。余之遇气他没节制，自己开车上班了。

　　晨会过后，肖子校来送早餐，余之遇哪还能再生气，自然是和好如初,之后她掐着时间带叶上珠去火车站接李校长。

此次体验营一行十三人,临水小学的十名学生,男女老师各一名,以及带队的李校长。而十名学生中有苗苗,小姑娘学习成绩优异,是全班第一。

余之遇抱了抱她,问:"坐火车累不累?"

小姑娘搂着她的脖子,笑得甜甜的:"能见到校长爸爸和之遇姐姐,坐十天车都不累。"

余之遇摸摸她的头,笑言:"真坐十天,你骨头会散架的。"

体验营自此正式开始,余之遇一忙便忘了时间,等她想起余校长来,已临近四点,她发信息问肖子校:和老余会师了吗?

肖子校的回复晚了几分钟,他说:我们在一起。

余之遇只当他们是回家了,她玩笑道:老余审没审你?

肖子校没答,只问她:那边几点结束?

余之遇没多想,如实说:五点半。随后又说:晚上我想带苗苗回来吃饭。显然是询问他的意见。

肖子校说:伯父刚到。改天。

忘了教授是第一次见老余了,带个会叫他爸爸的人回家,有点儿考验老余的心脏了。余之遇正要回复好,肖子校又说:那边结束告诉我。

至此,余之遇都没有想到余校长那边出了事。直到五点半时,肖子校打来电话,问她:"完事了吗?"

余之遇刚交代完叶上珠,让她陪孩子们回宿舍,她说:"教授你时间掐得太准了,怎么,应付不了老余,急着让我回去啊?"她嘴上这样说,心里其实并不担心,且不说凭肖子校的双商有多高,单说他和余校长都是教育工作者,也不会缺少聊天的话题。

肖子校没接她的话,语气平稳地说:"喜树在校外等你,你那边要是完事了就出去找他,让他开车带你来医院。"

"医院?"余之遇一蒙,笑容瞬间僵住。

不等她问,肖子校追着说:"伯父在飞机上有些不舒服,我们现在在医院。你不要慌,他人没事,我在这儿,你来就好。"

原来,老余在飞机快要达到南城时忽然出现了心口疼痛、胸闷、心率变快的症状。幸好飞机上有人懂医帮忙做了急救,机长在申请优先落地的同时,听闻有家属接机,直接要求公司在航站楼进行广播。

肖子校第一时间与航空公司取得联系,在工作人员的带领下进入停机坪等待。飞机落地后他接手急救工作,在机场应急救护的协助下,及时将余校长送到医院。

余之遇到时肖子校正和医生说话。见她来了,他迎过去说:"已经脱离危险,刚睡着。"

老余的面色已经从先前的苍白恢复了些许红润,此刻他呼吸均匀,睡相安稳。余之遇心下一松,她再控制不住眼睛的酸涩,像个孩子似的蹲下来,双手抱住头。

肖子校将她搂起来抱进怀里。

余之遇鼻音很重地说:"去年做体检时没查出他心脏不好啊。"

"有些类型的心脏病在没有不适症状的时候是检查不出来的。"肖子校根据此前余校长的症状和发病时的脉向辩证,"考虑是心脏缺血改变。"

余之遇听不懂,她只关心:"严重吗,需要做手术吗?"

"刚刚你没到,我做主安排了几项检查和二十四小时监护心电图,等结果出来才有定论。如果我的判断没错,不必手术,中药调理即可。"肖子校搂了搂她肩膀,"别担心,问题不大。"

余之遇揉了下眼睛,说:"都怪我,听他的让他坐火车就好了。"

"他才五十多,又是短途飞行,正常来讲是不会有问题的。应该是期末工作忙,他累到了没缓过来,加上昨晚没休息好。"肖子校从医学的角度说,"现在我们知道了他心脏不好,及时治疗调理,避免了隐患,属不幸中的万幸。"

余之遇却有些措手不及。在她心里,老余还是小时候能把她扛在肩头的超人爸爸。她把脸埋在肖子校胸口,呜咽:"我还没有准备好,他怎么就老了。"

肖子校抱她更紧,低声道:"别怕,交给我。"等她情绪平复下来,他说,"今天在飞机上给伯父做急救的人是陆沉。"

当肖子校随医护人员上机接人,见到陆沉的一瞬,他的意外不比余之遇少。

陆沉更没想到自己救的人是余之遇的父亲。他是学西医药的,只懂基本的急救常识,见肖子校号脉施针,立即退开,以免影响施救。

随后余父被送上了救护车,陆沉放心不下想跟,又顾及肖子校在场。迟疑间,后者抬头看过来,说:"不赶时间的话一起吧。"

陆沉立即上车。

路上,肖子校始终关注着准岳父的脉象,尽管有仪器监测,他的三指一直没离开过余校长手腕。陆沉忍不住问:"听说你还学了中医学?"

肖子校心想听谁说,嘴上答:"从小和我外公学了些。"

陆沉看了看闭着眼睛的余父,问:"……你们要结婚了吗?"

肖子校抬眸看他几秒,说:"我还没求婚。"

陆沉移开了视线。

他不说话,肖子校也没别的话了。

到医院后,余校长做过相关检查,确定没有生命危险,陆沉悄无声息地走了。

肖子校追到医院门口,对他说谢。

陆沉在沉默几秒后点头表示接受，随后说："不用告诉她。"

尽管他只是出差返程恰好碰到，肖子校不可能不对余之遇说，见余之遇听完没说话，他手在她肩膀上捏了下："记得谢谢他。"

这是允许她和陆沉联系的意思。

余之遇却说："你谢就代表我谢了。"

当晚两人留下陪护。

病房是套间，里间除了患者的病床，还有一张三人座沙发，外间有陪护床。为了观察余校长的情况，也为了让准岳父放心，肖子校决定在里间的沙发上将就一晚。

余校长八点多时就醒了，对此倒没多说，只和肖子校聊了会儿天。谁也没想到第一次见面会是这样的情况，却在无形中有了可聊的话题，减少了生疏感。

余之遇睡不着，确认里间没有说话声，她摸黑过来看余校长。

肖子校把她抱回去，搂着她躺下，温柔地哄。

余之遇都要睡着了，忽然想起来余校长的话，说："老余刚刚提醒我，说他住院的事让你不要和家里说，他觉得够麻烦你了，不想再惊动你父母。"

原来她怕麻烦人的性格也是遗传。肖子校给她拉了拉被子，说："知道了。"

等她睡熟，肖子校悄悄起身回了里间，才在沙发上坐下便听余校长低声解释道："丫头认床，换了地方睡不踏实。"

肖子校不确定余校长是被他扰醒了，还是为了让他们早点儿休息先前在装睡，他说："门我没关，她要是再醒，我们能听见。"巧妙地避开了余之遇认床的问题，免得露底。

余校长却不是试探，他低声说："她从小调皮，我骂过、打过，却从没要求她改正。女孩子有先天的弱势，无论是体力还是在爱情和职场里。我希望她厉害一点儿，哪怕不是每次都占理，至少别被欺负了去。我会一点点变老，不能陪她一辈子，到时候她才能保护自己。"

肖子校没马上接话，他静静地听。

黑暗中，余校长继续："她爱吃甜食，尤其怕酸，会对花粉过敏，吃菠萝也过敏，爱吃牛肉、海鲜，不喜吃鱼，怕刺，爱睡懒觉，有起床气，嘴硬，心特别软……"

肖子校在这时走到余校长病床前，坐在椅子里说："如果她的这些喜恶要由您来告诉我，您还放心把她交给我吗？"

余校长沉默。

肖子校深呼了口气，语气温和平缓："她很坚强，也足够独立，成为了您期待的那种厉害的姑娘。但要是有您和我一起作为后盾，她的底气会更足。伯父，相比您对我的交代和托付，您健康长寿才是对她最好的照顾。"

话至此，他握住余校长的手："夫爱与父爱不同，您给予她的，无论我怎样努力都无法企及。所以，您别交代我，您要监督我，监督得越久，她越幸福。"

突然的生病让余校长意识到自己老了，他不禁想，万一今天他没脱险，这辈子和余之遇的父女之缘就到此为止了。他忽然有些害怕，怕检查出来的结果不好，确实是有交托之意。

却没想到肖子校一下便听出来，还说了这样一番让他安心的话。他轻轻回握住肖子校的手……和自己年轻时一样，宽厚有力。

经过二十四小时的心脏监测，再结合造影等相关检查结果，余校长被确诊为心脏缺血性改变。为了消除老余的疑虑，以免他误以为大家在他面前隐瞒病情，肖子校刻意请主治医当着他的面宣布的诊断。

老主任说："调整生活方式，保证作息规律，保持心情舒畅平和，适当锻炼，像是慢跑、游泳都能增强体质，对改善病情有作用。"他用手指点点一旁穿着医生服的肖子校，说，"让准女婿带你，现成的家庭医生和养生专家别浪费了。"

余校长闻言看向肖子校，年轻人本就英俊帅气，被一袭白色的医生服衬得尤其斯文稳重，他禁不住笑了。

接收到准岳父赞许肯定的目光，肖子校笑得矜持。

老主任认真地调侃道："我就不多说了，吃什么药调理全听小肖教授的，这方面我虽然年纪大，也不敢说比他给药准确。"

肖子校适时说："您老别谦虚。"

"哎，这不是谦虚，是有一说一。"老主任说完又嘱咐了余校长几句。

医生前脚走，余之遇后脚便开始絮叨："我问过教授了，他说饮食方面要注意低盐低脂，口味清淡，不能吃肥肉、蛋黄、动物内脏，免得出现血管硬化，还有，你必须戒酒了。"

余校长听得直皱眉，他对肖子校告状："她自己都偷偷喝酒，倒管起我来了。子校你以后管住了她，不许她喝一滴酒。女孩子一身酒气，像什么话。"

肖子校应下，揉了揉噘嘴的女朋友的脑袋："听见了吧，我现在有特权了。"

余之遇有点儿不敢想以后被两个男人管的日子，她叹气："家庭地位堪忧。"

余校长和肖子校对视一眼，都笑了。

余之遇体验营那边的工作不能耽误，她照常工作，余校长出院事宜均由肖子校安排,她完成一天的工作回家时,两个男人正在厨房里切磋厨艺,连她进门都不知道。

余校长尝了口菜,说:"化糖时火有点儿大了,做这个排骨要小火慢炖。"

肖子校盛出小半碗汤递给余校长,说:"盐好像多了。"

余校长尝了尝,点头:"肉的味道要是正好汤就会有点儿咸,下次稍微少放一点儿盐。"他伸手关了火,笑望肖子校,"第一次煲汤能到这个程度很不错了。"回身见到余之遇站在门口,他轻责,"回来也不说一声,吓爸爸一跳。"

回想两天前他躺在病床上的样子,余之遇跑过来抱他:"你健健康康的真好,嗯,我想撒娇了怎么办?"

余校长笑得宠爱,他抱了抱宝贝女儿,随即把她从自己怀里拉开往肖子校身边推:"撒娇找子校,闹我做什么。"

肖子校轻轻捏了她腰窝一下,语带笑意:"去洗手,马上开饭。"

余之遇没有厚此薄彼,她大大方方地抱了男朋友一下,高高兴兴地去洗手。

平时欺负余之遇时肖教授从不手软,但当着准岳父的面被女朋友纯洁地拥抱了下,耳朵反倒瞬间红透,再与余校长对视一眼,脸都热了起来。

余校长笑着拍了拍他肩膀,眼神分明是在说:都是过来人,我懂。

肖子校:"……"

晚饭过后,余之遇接了个工作电话,等她再回厨房,肖子校正在洗碗。

她轻手轻脚地凑过去,低头猫腰,钻到他和料理台之间,亲他。

肖子校下意识地回身看向门口,确定被他赶去客厅看电视的准岳父没过来,他低头,在余之遇唇上啄一下,低声:"开心了?"

余之遇也不管是不是妨碍他干活儿了,赖在他怀里点头。

肖子校把她圈在怀里,继续手上洗碗的动作,同时提醒:"等会儿我走了,别和伯父聊太晚,心脏需要规律的休息,长期熬夜会导致心脏超负荷运转。"

余之遇小声问他:"真要走啊,不能留下?"

肖子校笑了下:"伯父再开明,我也要注意分寸。"

余之遇抱着他的腰撒娇:"那我睡不着怎么办?"

肖子校稍稍挑眉:"给你讲睡前故事?"

余之遇仰头:"好吧。"

肖子校亲她:"去陪伯父,我这儿马上好。"

余之遇从他怀里钻出去:"我来弄水果。"

三个人一起看了会儿电视,见时间差不多了,肖子校告辞,临走时他对余校长说:"明天给您放假,想吃什么随意,后天开始吃中药调理就得忌口了。"

余校长像孩子似的皱眉,一副想想都苦的样子。

余之遇安慰他:"良药苦口,克服一下。"

余校长故意叹气:"行吧。"

余校长有晨练的习惯,到了女儿这边锻炼如常。而且由于他每年暑假都会来南城住一阵,人又健谈风趣,认识的朋友不少,晨起后他便和老朋友去附近公园散步、打太极了。

肖子校住得远,并没有刻意早起过来给父女俩送早餐,只是给余之遇打视频电话叫她起床,提醒她陪余校长吃过早饭再去上班。

余之遇在当天的体验营结束后把苗苗带回了家。

小姑娘第一次进城,既新鲜好奇又有些怯意,见到余校长很乖地叫爷爷，然后老老实实地坐在沙发上，不乱跑，更不乱碰家里的任何东西。

或许是和从事教育事业有关，更主要的原因是余之遇是余校长一手带大的，他很喜欢小朋友。见苗苗有些紧张的样子，余校长给小姑娘拿水果，轻声细语地和她聊天。

"听你之遇姐姐说，你们今天种草药啦？"

"我种了薄荷。"

"薄荷是药材呀？"

"对呀，薄荷是唇形科植物，可以疏散风热，清利头目，利咽透疹，疏肝行气。"

"哎哟，爷爷都不懂这些，你给爷爷细讲讲？"

"我要是感冒了，发烧头痛，薄荷可以和金银花、连翘配用，疏散风热。"

余校长有些惊讶地说："原来还是个小大夫呢。"

余之遇插话："临水万花山是个大药库，那上面的很多中草药，苗苗认识的种类比我多。"

苗苗笑得甜甜的："是校长爸爸教我的。他说，人要有一技之长，我从小开始认药，以后长大了会有优势。"

余校长已经听说肖子校资助苗苗的事，闻言赞同地点头。随后，到中医医院参观的体验营行程中，他成为了其中一员。

肖子校特意抽出时间，在院方安排的工作人员为孩子们做讲解和相关演示时，他在队末向准岳父介绍制剂室的情况和自己的团队。

一上午下来，余校长对于准女婿的工作环境及工作内容有了更深一层的了解。结合前一晚聊到的临水那边的情况，两人交流了很多关于扶贫和支教方面的问题。

余之遇见身穿医生服的肖子校微微倾身听余校长说话的样子，微笑而不自知。

体验营的最后一天临水的孩子们去过大阳网后全员回到中医大。

从哪里开始，便从哪里结束。

对孩子来说，走出大山已是眼界大开，再在中医大住上一周，体验了那些去基地上课的大哥哥大姐姐们的校园生活，让他们对城市的学校充满了向往。

总结会上，有孩子问："等我长大了，能到中医大上学吗？"

还有孩子问："之遇姐姐，以后我可以和你一起工作吗？"

更有孩子向肖子校提问："校长，我能去医院上班吗，你的衣服好白、好干净。"

最后一道童声不确定地问："我们可以吗？"

不只是肖子校和余之遇，连李校长都因这一问感到心疼和酸涩。

相比生在城市长在城市的孩子，命运给了体验营这些孩子一个很低的起点，要在这个起点的基础上奋斗出一个绝地反击的故事，并非一件容易的事。

却值得一搏，更必须搏。

肖子校沉吟片刻："中医大的哥哥姐姐们，中医医院那些我的同事们，有一些是和你们一样，家乡在很远很远的农村。他们之所以能从小村落走出来是靠读书！读书是你们改变人生唯一的方法。孩子们，只有坚持读书，好好读书，那些从书中获取的知识和力量，将来才会变成可选择的路。"

读书，是改变命运的唯一途径。

努力，是奇迹的另一个名字。

最后，他铿锵有力地对孩子们说："你们可以成为不一样的自己！我在南城等你们。"

由于要给体验营的孩子们践行，余之遇回家晚了些。结果她一进门，余校长居然说："怎么这么早就回来了？"

"别人家的爸爸都催女儿早回家，你怎么还嫌我回家早了？"余之遇趿着拖鞋来到书房，"在写字啊。"

"那是因为别人家的女儿没有子校那么好的男朋友。"余校长正在挥毫泼墨，他提醒女儿，"爸爸来的这些天你们都没好好约会吧，别为了陪我冷落了子校，我一个人玩得挺好。"

余之遇给自己倒了杯水，喝了两口说："他差不多每天都来吃晚饭，我没因你少看他一眼，哪里就冷落他了？"

余校长招呼她过来看自己的字，说："那怎么一样？有我在你们好意思抱抱吗？"

"我好意思啊。"余之遇接过余校长手上的毛笔很随性地写了个"遇"字，毫不客气地揭肖子校的短，"他不好意思是他要在你面前扮大家长，装的。"

余校长屈指敲她脑门一下，说："执笔的姿势都不对，别祸害我的好笔了。"

余之遇拿起那只毛笔看了看："有什么区别吗？"

余校长把毛笔接过去，说："这是湖笔，又称'湖颖'。你注意看，笔头尖端有一段整齐透明的锋颖，这是'黑子'。'黑子'的深浅就是锋颖的长短，这是用上等山羊毛经过浸、拔、并、梳、连、合等近百道工序精心制成的。"

其实笔沾了墨汁看不出什么，至少余之遇看不出来。她不耐烦地说："别对牛弹琴了，我听得云山雾罩的。但有一点我听懂了，教授送给你的文房四宝是合了你的心意，对吧？"

余校长眉心不自觉挑起，说："子校这孩子懂我。"他用手示意了下书桌上肖子校送给自己的端砚、徽墨、湖笔、宣纸，说："名砚清水，古墨新发，惯用之笔，陈旧之纸，这样一套装备，我的笔法都精进了。"

之后想到什么，他问："你告诉子校我喜欢这些？"

"我都不知道你喜欢。"余之遇有一说一，"他问过我你有什么爱好，我说你闲时喜欢写写书法，画个画什么的。"

余校长眉眼之间皆是欣慰："子校这孩子，甚好。"

余之遇故意问："所以教授是过关了吗？"

余校长笑着说："我本来就没给子校设关卡啊。"

可见对肖子校有多满意。所以说，投其所好是建立良好翁婿关系的基础。

体验营的报道持续了一周，最后一篇总结稿是在李校长带孩子们返程的次日发出来，连同孩子们的感谢视频。

余之遇为了临水建立图书馆和第一期体验营的工作里里外外忙了一个多月，确定祁南同意发稿，她安安心心地睡了个懒觉，下午直接外出采访，回到办公室时距离下班只剩半小时，记者办公区却一个人没有。

余之遇心下奇怪，正准备给叶上珠打电话问问人都跑哪儿去了，激昂奋进的庆功曲子响起，紧接着记者们从夏静办公室里跑出来，拿着手持礼花把她围在了中间，又唱又跳，兴奋异常。

余之遇茫然，她笑问："谁中彩票了？"

夏静把平板递过来，余之遇在她的示意下查看网站后台数据。

她昨天发出的体验营总结稿《来自大山的邀请》仅发稿一小时，阅读量和点击量排名便升至网站第一，现在更是遥遥领先，甩出排名第二的稿子几条街。不仅如此，视频的播放量持续攀升，留言多到管理员都审核不过来。

叶上珠激动地说:"公司电话今天全被打爆,我们做了一天的接线员。组长,我们的公益版块火了!"

因为她在孩子们的感谢视频开头说:"在山的那边,那一抹属于孩子的色彩,是你们赋予。孩子们想亲口说一句,谢谢你。"

因为她在报道中写道:"孩子们不知道资助他们的你们叫什么名字,只能把你们的爱心穿在身上,捂在怀里,作为动力,走出大山的动力。"

因为肖子校在总结会上那段"你们可以成为不一样的自己"的话,余之遇作为了给贫困山区孩子的寄语。她告诉所有在努力的人:下游,是懦夫一帆风顺的归宿;上游,才是勇士劈风破浪的终点。

大众在她的报道中看到了大山里的另一个世界,以及大阳网做公益的用心,他们被共情、被感动、被鼓励了。

夏静告诉她:"今天的来电除了同业打来申请新闻稿转载授权的,还有此前做过捐赠的爱心人士,他们说在视频中看到孩子们穿着自己捐的衣服,心疼又欣慰,要一对一资助孩子读书。还有很多企业来电,说我们若需要资金,他们捐钱,若我们需要体验营基地,他们提供公司的一切资源支持。更有多家以前我们谈不下来的公司主动来电,表示要在我们网站投放广告,广告部今晚已经要加班筛选可合作客户了。"

话至此,夏静笑言:"余之遇,你的一个公益版块撑起了我们采访部下半年的业绩。"她不禁点赞,"不愧是大记者,服气!"

面对这份意外之喜,余之遇笑着与夏静击掌,她加入庆祝的队伍里,和记者们欢跳起来。

大阳网的公益版块在业内掀起一股公益潮。总部对于项目执行人余之遇给予高度肯定,连同许东律都沾了光,集团副总见到他都要说一句:"徒弟带得不错,早该委以重任。"

而通过叶上珠执笔的几篇体验营的报道，夏静认可了她的工作能力。余之遇认为时机正好，为她递交了转正申请。

祁南没料到一个体验营会产生如此大的反响，她后悔当时手软没压制住余之遇，现在让她在总部露了脸。事已至此，再卡叶上珠的转正申请很没意思，她毫不犹豫地签了字，递给余之遇时说："你已经用业绩证明自己的业务能力是担得起那声余部长的，怎么样，可以交接工作了吗？我不希望再看到二部记者提交的申请还签着夏静的名字。"

余之遇却说："现在我接手的工作越多，离职时越麻烦。祁总，我是为你考虑。"

祁南冷笑："你向来懂得为别人考虑，可惜，我作为你的好朋友没得到过任何益处。"

余之遇回视她的目光，说："那是因为你从未真心拿我当好朋友。"

八月下旬，余之遇正式接手部长工作，交接完成的那天，她正准备给祁南发交接报告，突然停电了。由于祁南等着她的报告做总结，便拿了U盘过来。

结果不知道是U盘问题，还是余之遇的笔记本电脑用久了恰好出问题，笔记本电脑忽然黑屏，幸好资料拷贝成功，没有耽误祁南的工作。

鉴于电脑中存储着肖子校项目的一些资料，余之遇没送到行政部让网管维修，和肖子校通过电话后，她带着电脑去了中医医院，要让喜树给她检查看看。

却在制剂楼前台遇见了陆沉，他像在等人。

这是订婚宴后两人第一次见。余之遇在他走过来时说："上次我爸爸的事，谢谢你。"

陆沉注视她眼睛："伯父身体还好吧？"

余之遇如实说:"心脏缺血性改变,在吃中药调理,问题不大。"

陆沉闻言点了点头,他问:"她没为难你吧,我是说工作。"

既然是工作,这个"她"自然是指祁南。余之遇违心地否认说没有,似是怕他不信,说:"前些天我还因为公益报道获得了总部的嘉奖,多亏了她的支持。"

陆沉别有深意地笑了下,把目光移向一边,自言自语似的说了句:"那就好。"

之后似是无话可说,两人都沉默下来。

余之遇见喜树小跑着出来,她说:"我还有事,先走了。"

陆沉循着她的目光看过去,眸色不动地说了声"好"。

喜树带余之遇进去,频频回头看陆沉。

余之遇受不了他欲言又止的样子,主动说:"是上次惹你老师生气的那位陆先生。"

被看穿心思的喜树挠了挠头,不解地问:"他不是学西医药的,怎么到我们医院来了?"

"你还知道他是学西医药的呢?"余之遇随口问完反应过来,在中医医院,尤其在制剂楼遇见陆沉有点儿奇怪,她嘶了声:"他来这儿干吗?"

喜树单纯地问了句:"你不知道啊?"

余之遇误以为他是试探,把电脑扔给他:"替你老师审我?"

喜树:"……"我不是,我没有。

余之遇到办公室时,肖子校正站在窗前接电话,她过来抱住他腰,很乖地贴在他怀里。

肖子校听着那边讲话,边把玩她头发,眼睛还在往楼下看。

余之遇顺着他的视线往外看,居然看见上次在食堂遇见的那个讨厌的副教授和陆沉站在一起。她偏头看了一眼肖子校，无声地用口型向他确认："杜涛？你师兄？"

肖子校点头，他接着电话，脑子却在思考陆沉为什么会和杜涛有交集，手上则捏着余之遇脖子把她脸转回来，似是不希望她看陆沉。

余之遇示意他低头。

肖子校附耳过来，听见她小声说："醋包！"

他勾了勾唇，抬起她下巴咬了下。

余之遇见他一心二用，伸手摸他喉结，她手指柔软，指尖似有若无地碰触着，辗转反复。

肖子校垂眸，眸色渐深。

余之遇踮脚要吻他。

肖子校仰头躲了躲，匆忙说了句："我这有点儿事，晚点儿再说。"随即挂断。

余之遇眼底的笑意里透出几分小得意，她明知故问："教授你有什么事啊？"

"你说呢？"手机被随手放在窗台上时，他双手在她腰侧一托，"最近没收拾你，要上天了是吗？"

自从余校长来，两人已半个月没亲密过，虽说有时她会借送他下楼的机会，把人推进车里啃一啃，肖子校却顾及她上楼后，不能让余校长看出异样始终克制着。此刻终于有了机会，他在被咬住肩膀时低哑道："今天晚点儿送你回去。"

余之遇颤声："……不回都行。"

开学在即，余校长不得不回老家了。

鉴于他来时坐飞机产生的不适，余之遇有意开车送他。肖子校给准岳父号过脉过后认为，上次是突发状况，经过二十多天的中药调理，余校长的身体没有大问题了，不用过分担心。他和余之遇商量后决定，两人和余校长一起回去。

如肖子校所言，返程时余校长并没有出现任何不舒服的感觉，一路上都在和准女婿聊天。抵达目的地后，余之遇的舅舅来接机，晚饭是和余之遇外婆一起吃的。

老人家已近八十岁高龄，一头银发梳得整整齐齐，身体硬朗，精神矍铄。

余之遇说："之前她白发很少，连老余都说她年轻的时候一定吃了很多核桃，后来我妈妈走了，她的头发一夜之间全白了。"

人生四大悲之一，晚年丧子，老人家悲痛之下一夜白头并不奇怪。

肖子校揉了她的发顶一下。

余之遇笑了笑，像是在说"我没事。"

通过一顿饭，肖子校看出来余校长对岳母的细心，老人家牙口不太好，口味也变得有些刁钻，她的饭菜都是余校长单独做的。而从见面时起，老太太一直唤余校长"儿子"，连余之遇的舅舅都悄悄和肖子校说："从我姐夫去南城，老太太天天数日子，嫌弃我和你舅妈做的饭不好吃，洗头发扯痛她了，最近更是天天问我姐夫哪天回来，我这个亲儿子倒像是捡的。"

此前针对未来是留在老家还是去南城和余之遇一起生活的事，肖子校和准岳父聊过。余校长的意思是，等退休再去南城。他说："我平时很注意锻炼，身体还算硬朗，这次坐飞机发现心脏不好，我以后会更注意。之遇的爷爷、奶奶、大伯、舅舅都在这边，我们住得也近，平时都是相互照应的，你们不用担心我。"

他虽这样说，不是亲眼所见，肖子校依旧不放心。此刻，他终于明白余校长现阶段之所之不愿意去南城生活应该是放心不下岳母,想要多照顾老人家几年。他本就孝顺,妻子过世后,便把对妻子的爱和怀念转换成了另一种形式,就是替妻子尽孝。

肖子校并不是个特别容易感动的人,可见到余校长在饭后陪岳母聊天,给她剪指甲,见老人家拉余之遇的手悄悄地问她男朋友对她好不好的模样,他眼眶竟有些湿润。

去给余母扫墓那天,小雨,烈士陵园里肃穆安静。

肖子校只在小学期间,清明节时在老师的带领下去过烈士陵园,他从未想有一天会以家属的身份来到这里。

肖子校看到了余母穿警服的样子,那是个美丽的女子,五官精致如画,眉眼之间透出一般女子鲜有的英气。余之遇的眼睛像妈妈,却比妈妈多了几分妩媚。

余母的墓前干净整洁,只有一束枯萎的向日葵,应该是去南城前余校长在妻子祭日时送来的。他换上绽放的新花,又在地上洒了一杯酒,低低地说:"我戒酒了,以后就不陪你喝了,反正你也不爱喝。"

余之遇扭头看了会儿别处,转过来时低声说:"老余年轻时不喝酒,是我妈妈去世后……我妈妈对花粉过敏,所以她从小就不喜欢花。向日葵是老余喜欢的,他说花语好。"

入目无他人,四下皆是你。有你时,你是太阳,我目不转睛;无你时,我低头谁也不见。

这样一份追思,是余校长对妻子坚定不移的爱。

祭拜过余母过后,余之遇带着肖子校先走,她说:"我爸每次都要陪我妈说会儿话,是他们夫妻之间的私密话。"

肖子校握住了她的手。

余之遇终于忍不住哭了，她泣声说："我不想要骄傲，不想做烈士的女儿，我只想要妈妈活着。"

她总是想，如果妈妈可以像外婆一样长寿该多好，将来她的孩子可以像她一样开开心心地喊外婆。可这样的话她不能对余校长说，相比她失去妈妈的痛，连岳母劝都不肯再娶的老余才是最痛苦的。她只能做快乐坚强的余之遇，让爸爸放心，让九泉之下的妈妈安心。

肖子校用掌心罩住余之遇后脑，把她扣住怀里抱紧，希望用自己的爱弥补她小心藏起多年的痛，哪怕点滴也好。

余校长从陵园出来时眼睛红得厉害，明显是哭过。肖子校和余之遇都看出来了，他们默契地什么都没说。

当晚，肖子校见到了余之遇的爷爷、奶奶以及大伯一家。从长辈子们的表现不难看出来，他们一家和睦，对于小辈中唯一的女孩儿余之遇很疼爱。

一趟老家之行，肖子校见到了余家的所有亲戚，长辈们都对他赞不绝口。

回家后余校长点着余之遇的脑袋说："你爷爷说，就你这个疯样子是怎么把子校骗到手的。"

余之遇不服气："肖伯母还说找到我这么个可爱的女朋友是他的福气，要不他都闷死了。"

回老家之前，余校长和校家夫妇已经见过面，彼此聊得很投机，对于两个孩子更是高度认可。相比从前，余校长对余之遇独自在南城工作更为放心了。

余校长闻言训她："那是你肖伯母包容，不和你计较，你自己心里没数？"末了特意交代肖子校，"子校你不要给她撑腰助长她的气焰，平时把她管住了，让她收收性子。"

余之遇从沙发这头爬到那头的肖子校怀里，倚着他说："我哪有气焰，我只有气愤。"

回到老家，被准岳父留宿的肖子校不比先前在南城时那么规矩，他靠坐在沙发里，轻轻环住余之遇的腰，说："她其实还算乖。"

"还算？"对于这个回答明显不满意的余之遇回身捶他一拳。

余校长作势要拍她一巴掌。

余之遇躲到肖子校身后，嘴里还嚷嚷："余校长要打学生了！"

余校长哭笑不得。

闹够了，余之遇去洗澡收行李，肖子校则和余校长聊了很久。

余之遇昏昏欲睡时客厅安静下来，听见主卧关门的声音，她拿出手机给肖子校发信息：来呀。

肖子校住客房，昨晚余之遇在余校长睡着后悄悄溜过去和男朋友睡，今晚她则邀请小肖教授到她的闺房来。

大概二十多分钟，或许更长，余之遇翻来覆去正等得不耐烦，门口咔嗒一声。

房间很静，细微的动静都听得清清楚楚，余之遇翻身朝门口看，肖子校已关上门，借着月光脚步轻缓地朝床边走来。

余之遇掀开薄被一角，将她家教授裹进被窝儿里，用手臂箍紧他脖颈。

肖子校拂开她头发，覆在上方吻她。

不知道是不是换了环境的问题，又或者是和余校长在同一屋檐下，两人在紧张之下居然格外激动，这个吻连个过渡都没有，激烈而缠绵。

肖子校却在最后关头克制住了。

尽管余家房子面积不小，余之遇的房间相比客房距离余校长的主卧更远些，但毕竟是平层，房间隔音并不好，他俩真要做"家庭作业"容易被余校长听见。

一番折腾后,两人都出了一层薄汗,却不敢去洗澡。平复了片刻,肖子校自背后搂住她,唇贴在她耳边说:"等回南城带你去别墅那边看看,要是装修不喜欢,重新设计、重新装,结婚以后我们回那边住,这样伯父搬过来时才方便。"

家里只有他们两个人时,窗帘一拉,浴室、玄关、客厅,他们想怎么折腾就怎么折腾,随便哪里。若以后和余校长一起住,别墅确实更方便,楼上、楼下空间相对独立,他们也不必小心翼翼。

余之遇翻过身来,和他面对面躺着,小声问:"没解馋啊?"

肖子校用力在她臀上拍了一下。

那天两人在他办公室闹得有点狠,肖子校情动之下在她脖颈间种下的草莓根本遮不住,余之遇刻意等很晚才回家,结果余校长居然还没睡,她一进门,恰好和去厨房倒水的老父亲打了个照面。

余校长倒没多问,只看了她一眼说:"回来了。"

余之遇心虚地嗯了声,跑回房间。

本以为这事就过去了,结果次日吃早餐时,余校长看看大夏天还穿高领的女儿说:"爸爸很喜欢子校,你俩感情好,爸爸很高兴,但是……"

余校长骨子里是很传统的人,当年和妻子是完全按程序操作,直到领证才……面对女儿,他多少有些难以启齿,可有些话又不能不说:"你们还是要注意,什么事都要有所准备,不要搞得措手不及。"

余之遇琢磨了半天,终于明白过来昨晚老爸那别有深意的一眼,以及"有所准备"是什么意思,她下意识地摸了摸脖子,红着脸说:"知道了,不会未婚先孕的。"

见余之遇懂了自己的意思,余校长松了口气,没再多说。

转眼到了九月开学季,肖子校恢复了中医大和中医医院无缝衔接的工作日常,余之遇都得凭借他的课程表才能确认男朋友的实时行踪。

九月最重要的节日莫过于教师节，身为两位教育工作者的家属，余之遇给余校长和肖教授安排了小惊喜。

教师节当天，正在给教师们开会的余校长和正在给学生上课的肖子校分别收到一束花。

余之遇祝老爸："健康每一天，桃李满天下。"

她对未来老公说："园丁辛苦，愿精心培育的种子早日生根发芽，茁壮成长。"

余校长在众教师羡慕的眼神下给女儿发信息：替我谢谢子校，往年我都没这种待遇。

被挑礼的余之遇小心赔礼：校长爸爸我错了，双膝跪地求原谅。附加磕头表情。

肖子校则在学生们的欢呼声中，一本正经地发信息：等我撒下的种子在你身上开花结果，才配称之为园丁。

余之遇："……"我正正经经地祝福你，你却公然调戏我？她回复肖子校：由于您的留言过于色情，已被屏蔽！

讲台前的肖子校第一次当着满教室学生的面，失态笑出声。

第十一章
泄密风波

十一过后，肖子校即将去临水上秋季的采药实践课。

出发前，喜树告诉他："杜教授辞职下海了。"

肖子校毫不意外地问："他去中新医药了？"

喜树点头："中新中药制剂研发总监。"

肖子校捏了捏眉心。

之前陆沉和杜涛见面他就有预感，可对于一直专注于西医药发展的中新而言，涉足中医药是个大举措，肖子校以为，陆沉不会在这么短的时间内做如此大的动作。

中药制剂的研发不会比搞西医药研发投入的资金少，中新好不容易得到注资，照理说是该把每一分钱都用到刀刃上的，显然，中药制剂的研发对于刚刚度过资金危机的中新来说并非刀刃。

尽管余之遇说陆沉是无意做管理的，他这个陆总纯属"赶鸭子上架"，肖子校却认为陆沉只是不喜欢而已，并非不懂管理，凭他能在那么短的时间内为中新寻找到资金支持，那声"陆总"他担得起。

至于杜涛这个研发总监……他手上的项目无论用什么方法,他必然是要带走的,除此之外,若研制新制剂没个三五年不会有结果。所以,陆沉给杜涛如此高且重要的职位,杜涛不可能空手入职。

和校谨行一起吃饭时,肖子校随口说了句:"中新最近应该会签下了几种制剂的专利权。"

校谨行对于中新要涉足中医药领域的事略有耳闻,他问:"有新药问世了?我怎么不知道。"

"不是新药。"肖子校说,"我师兄杜涛是现任的中新中药制剂研发总监,他个人虽没有专利,却是参与过几种制剂研发的,在团队中有举足轻重的分量。中新既然要涉足中医药市场不可能坐等新制剂研发,试水也好,以中医药弥补西药市场损失的利润也罢,他们应该会先获取几种制剂的生产销售权。"

"那个杜涛会促成此事?"校谨行明白了,"一女二嫁。在没有新专利可买的情况下,中新会通过杜涛买下几种制剂的专利权。"

旁边自顾自吃饭的余之遇闻言问:"专利权不该是独家吗?"

肖子校为女朋友科普:"是独家。但若专利到手后市场销售不理想,收益没有达到预期,再有人向你购买这个专利,你卖吗?"

自然是要卖的。或者采取合作方式,即两家公司共享一个专利,之后再做一个市场划分,例如,一二级市场归 A 公司所有,三四线市场则归 B 公司。如此一来,A 公司不仅减少了损失,很可能还提高了收益,何乐而不为?

余之遇不理解,说:"中新买了市场销售不理想的专利,即便不再建生产线,直接以分销的形式从 A 公司拿药以赚取中间商差价,可没销量哪儿来的差价?无利可图,中新购买专利的资金不是打了水漂儿?"

对此校谨行说:"有没有利可图不能完全以 A 公司的销售情况来判

定,万一是A公司总裁的市场定位不准,或是他们的销售总监不行,再或者营销跟不上,市场人员业务能力差,都是影响药品销售的因素。"

余之遇有点儿明白了,她迟疑了一瞬:"但是……"欲言又止。

校谨行与肖子校对视一眼,前者说:"你是在质疑陆沉的能力吗?"后者则微微笑了下,那一笑分明是对她质疑的否定。

余之遇:"……"所以,你们是认为陆沉能把原本销量很差的中药制剂卖起来?

见她一脸不相信,肖子校调侃:"你对前男友的认识还不够。"

余之遇毫不客气地踢了他一下。

肖子校无所谓地笑了笑。

既然陆沉已不是禁忌,校谨行玩笑道:"中新是要从虎口里拔牙和万阳抢市场了,我觉得未免有后患应该把陆总的想法扼杀在摇篮里。"

余之遇怎么会听不出来校总这话是说给自己听的,她不紧不慢地夹了块肉喂到肖子校嘴里,没听见似的问她家教授:"这次去临水还是自己开车吗,带不带草药?"

校总:"……"还吃什么饭,狗粮都被塞饱了。

尽管时不时被余之遇气到要吃速效救心丸,校谨行倒没那么无聊去针对中新。

同业相仇是没错,但无论一家企业如何强大,都不可能把所有同业杀掉而独活,尤其对于万阳而言,刚刚涉足中医药领域,只能捡剩的中新对万阳构不成威胁,但陆沉的大胆和他以"捡漏法"求生存的理念还是令校谨行刮目相看。

在肖子校去临水上课的第一周,中新召开新闻发布会,对外宣布中新将从原有的西医药公司向中西医结合医药公司转型。

陆沉作为中新总裁首次公开露面,他在发布会上说:"中新建厂三十周年时,中新正式确立了'中西医结合特色'的发展战略,未来五年,中新将开启转型之路,在中医人才储备、中药制剂生产线建立等方面加强建设。"

在包括大阳网在内的多家媒体铺天盖地对此进行过报道后,中新再次对外宣布,药厂已建成了中药制剂样板生产线。

一周后,中新获得五种中药制剂独家专利权的消息曝了出来。

陆总的效率让全行业震惊,连老江湖的校谨行都意外他如此有魄力,一举拿下了五大制剂的独家专利权,而非共享专利权。

校谨行在和肖子校通电话时说:"我以为他会采取保守的方式以降低风险。"

肖子校看过了相关新闻,他说:"有杜涛居中牵线,中新拿下独家专利权未必会比取得共享专利权多花钱。既然是同样的价格,自然还是要独家。"

校谨行屈指敲了敲桌案说:"看来那位杜总监有些本事。"

肖子校认同地点头:"他如果把全部的心思放在科研上,成就不至于此。"

校谨行不置可否,说:"那几大专利药我看了下,和万阳的几种制剂属同方类似药。"

所谓同方类似药是指处方、剂型、日用生药量与已上市销售的中药或天然药物相同,且在质量安全性和有效性方面与该中药或天然药物具有相似性的药品。

中新购买的专利药与万阳的药为同方类似药,说明他们的受众定位是一样的。那意味着,中新生产的中药制剂一旦出现在药店的货架上,便是在和万阳抢市场。

万阳本无意针对中新,因为中新在中医药市场属蹒跚学步的婴儿,弱小、无助、可怜,校谨行其实懒得出手,此刻他说:"之前中新匿名举报万阳,我以为是那位商女士借报道事件打击余之遇,现在看来她确实是冲万阳来的,为的是给中新涉足中医药市场清理对手。"

　　所以,中新要进军中医药领域不是一朝一夕的事。

　　校谨行似笑非笑:"教授,你走之前跟我说别阻碍陆沉,我答应了。现在那位陆总直接向万阳宣战了,你说我能坐以待毙吗?"

　　肖子校没上兄长的当,他语气寻常:"说宣战太严重了,他应该只是在向你学习。"

　　校谨行失笑:"我优秀到可以为人师了吗?"

　　肖子校挑了挑眉说:"校总有多优秀万阳的年终利润报表是最好的答案,他确实有想法、有魄力,却欠缺实战经验,向你讨教几招是走捷径。"

　　校谨行并没有被这份褒奖冲昏头,他敛了笑,说:"他学习可以,若他要另创造一个市场,我悄悄推他一把都行,可我到手的果实不能随意被瓜分,这一杯羹不是我一个人的。"

　　他是万阳的总裁,真有人触及万阳的利益,即便他不抵抗,那些与万阳同呼吸共命运的股东和员工不会允许。

　　道理肖子校懂,他说:"只要他不过分抢占万阳的市场份额,给他让出一条路。"

　　校谨行似是被气笑了:"只怕过分的标准我们很难达成共识。"他喷了声,像是确实为难,闭了闭眼说,"我只能答应你,我不过问。"

　　只要校总不过问,陆总应该应付得过来。

　　肖子校很郑重地说了声:"谢谢大哥。"

　　校谨行敛眸,沉声:"你这么做,余之遇懂吗?"

　　肖子校说:"她不用懂。"

余之遇是否懂是后话,在中新开始与媒体合作造势时,她先有了烦恼。

祁南显然是故意为之,关于中新的采访报道,她统统交给了采访一部。

中新已获得五种中药制剂独家专利权的消息自中新的官方微博发出来后,随之而来的便是签约仪式。

中新进军中医药市场宣传造势是正常的营销手段,此前祁南把任务下达过来时,余之遇什么都没说,安排了叶上珠过去。

这一次……余之遇把签约仪式的邀请函甩到了祁南办公桌上:"你作为总编应该清楚,这种专访派一位主任记者去没问题,为什么是我?"

中新一次性购下五种中医制剂的专利权,签约仪式当天,专利的发明人,与此前购买专利的企业负责人都将到场,之后有个专访,祁南点名余之遇负责陆沉的专访。

"为表与中新合作的诚意。"祁南拿出一份合作合同,屈指敲了敲,"更是受合同条款限制:总经理级别以上的专访,必须是高级记者来做。"

这种合作条款不是没有,受访者身份职位越高,记者的级别相对就高。否则人家总裁的专访你派个实习记者去,且不说是否会搞砸,首先态度上便是不重视。

但受访人是陆沉,性质明显不一样了。

余之遇毫不客气地把合同甩到她身上,问:"是你未婚夫能够限制得了你,还是你原本就是拿这份合同来限制你未婚夫的前女友?"

祁南竟不生气,她把合同接过来,说:"余部长,这是公事,我请你专业一点儿。"

这样的原话奉还让余之遇有片刻的语塞,她冷静几秒,试图做最后的争取:"网站不是就我一位高级记者,和我同级别的夏部长不行吗?"

"包括我在内,公司里没有人比你更了解中医药。"祁南注视她,"抛开私人关系,以事论事,你是最适合的人选。"

从工作角度来说，确实是这样。自四月的报道事故起，她做的报道，写的稿子，基本没离开过医药行业。

如果不是中新，不是陆沉，余之遇本没有拒绝的理由，确切地说，她应该主动争取这个采访的机会，尤其一家药企提出中西医结合的理念，值得深挖。

像是洞悉了余之遇的心思似的，又或者是不希望再让她以辞职将军，祁南说："即便我现在签下你的辞呈，你也不能即刻离职。"

余之遇却不想再被祁总所谓的公事公办压制了，她说："那就请你现在签。"

祁南毫不示弱地与她对视："可以。但在总部的签批意见下来前，你依然要履行岗位职责。"

第一次在祁南面前栽了跟头，余之遇心里憋屈。随着中新的发展，她清楚这只是个开端，祁南在总编的位置上坐一天，就不会停止对她的为难。

余之遇在办公室坐了很久，要不是叶上珠过来提醒她下班，她都没发现大厅的记者走光了。下楼时，叶上珠问："你和祁南吵架了？"

余之遇情绪不高地嗯了声，见叶小姐皱着眉头一副欲言又止的模样，她说："我早晚都是要走的，我们不可能做一辈子同事。"

"为什么是你走？"叶上珠瞬间红了眼眶，"就不能是她走吗？"

和总编对抗哪儿是那么容易的事，可若换成是夏静这样为难她，她会一走了之吗？余之遇既不想和祁南有所交集，又有几分不甘。

她舒了口气，搂住叶上珠肩膀："行了，我被欺负都没怎么样，你倒抢着掉金豆了。"

叶上珠正抹眼睛，校谨行从外面走过来，见状问："这是怎么了，小姐妹吵架呢？"

叶上珠否认了句,和校谨行打过招呼先走了。

余之遇才问:"你怎么来了?"

"正好路过,就想看看你走没走,没走的话带你吃个饭。"在她面前,校谨行头顶没了总裁光环,语气有些玩世不恭,"教授出差,替他照顾照顾你的胃。"

余之遇径自往外走:"没心情。"

"那更得吃了,他说你在养胃不能喝酒,那就……"校谨行无意征求她的意见,说,"找个正经吃饭的地儿。"

于是,余之遇硬被校总带去了一家她带肖子校去过的私房菜馆。

是她爱的一家店,等找好位置坐下,余之遇翻着菜牌有了胃口。

见她一口气点了七八个菜,校谨行皱眉:"这是没心情?男朋友在山里吃素,你倒不怕浪费。"说着抢过菜牌递给服务生,"够了,就这些。"

服务生看看人模人样的校谨行,再看看貌美如花的余之遇,欲言又止。

校谨行瞥他,撑了句:"看什么看,我是她哥!走菜!"

余之遇失笑。

等菜上来,校谨行看着那些小碟子小碗有点儿无语:"你没说他家菜量这么小啊。"

余之遇哈哈笑,笑够了才说:"小份菜是他家的特色。我以前经常一个人来,然后点一桌子菜,各种口味。"

"一个人来?那你太可怜了。"校谨行损了她一句,拿起筷子尝了几样菜,觉得味道还不错,随即向服务生要来菜牌,丢给余之遇,"照这个标准再点十个。"

服务生:"……"这才是在我们家正常的点菜节奏。

等两人都吃饱了,校谨行进入正题:"明天中新的签约仪式你去?"

余之遇给他倒了杯水,实话实说:"不想去。"

"如果是顾及万阳大可不必。"校谨行没和她客气,端起杯喝了口水,继续,"你是大阳网记者,而非万阳专属。即便你是我弟妹,我也不会要求你只为万阳做报道。虽然从报道事故时起,外界视大阳网和万阳为一家人。当然,许东律在时确实是。但那位祁总和中新是货真价实的CP,万阳与大阳网拆伙是必然的。"

余之遇不得不提醒他:"万阳可是投放了资金过来。"

"那点儿钱……"校谨行看她一眼,"说是万阳的九牛一毛我都嫌寒碜。"

余之遇瞪了财大气粗的校总一眼:"你这是要把天聊死。"

校谨行表明态度:"我是要告诉你,不要被万阳与大阳网的合作限制。当时和许东律聊时,我确实是指定你来负责万阳的报道,那是我信任你。但我没说你不能为同业的其他企业做报道,我没那么狭隘。至于教授介不介意,是你们之间的事。"

余之遇问:"你怎么知道上面让我去跟中新的签约仪式?"

"因为你上面那位要在总部避嫌。她不能亲自出马,自然要找你这个记者中最懂中医药的人去。"见她不情不愿的模样,校谨行笑,"你觉得被为难了,你当你上面那位不难?明明讨厌你,又不得不倚仗你的业务能力,让你这个前女友去访她未婚夫,她今晚怕是要失眠。"

郁结在心口的那股气消了几分,余之遇有种豁然开朗的感觉,她问:"她确实是公事公办?"

校谨行纠正道:"她是利用自身职权为未婚夫拿到了最好的媒体资源,是打着公事公办的旗号以公谋私。"

祁南在大阳网总部的发展空间明明更大,却在陆沉回国接管中新时来到南城,坐上网站总编之位。这个位置掌控着大阳网全部的资源,在促成中新与大阳网达成深度合作后,她可以调派业务能力最强的记者,更可以给予中新网络信息资源扶持。

当晚，余之遇给上完晚课的肖子校发视频邀请，问他："你让大哥来给我上课的？"

"校总可不像学生那么听话，我说怎样就怎样。"肖子校边往宿舍走边说，"他是看了最近关于中新的报道，发现大阳网发的新闻稿署名全是叶上珠。"

对于合作的企业，网站通常会指定一名记者挂靠，该名记者作为该企业的"生产内容"传播者，负责为企业在新媒体传播中寻找"素材"，制造"新闻"。所以说，记者就是新媒体时代传统企业与互联网接轨的纽带。

当中新与大阳网建立合作，祁南要求余部长指派一名对中医药有相对了解的人作为中新挂靠记者时，除了自己，最适合的人选便是叶上珠。

校谨行便知道这个烫手山芋落到了余之遇头上，而无论是从此前与许东律达成的默契，还是后来余之遇与肖子校的私人关系，余之遇其实都是隐形的万阳的挂靠记者。

"叶子转正了，我想借此锻炼她。"余之遇等他回到宿舍说，"祁南让我给陆沉做专访。"

肖子校眉心微蹙，随即他离开了镜头几秒，似乎是给草药喂了口吃的，末了才说，"这位祁总为了把手中的资源最大化倾斜向中新也是费尽心机。"

这话说得意味不明，模棱两可，余之遇没接，托腮看他。

肖子校看着女朋友乖巧可爱的模样，笑了："看着我干吗，正常的工作我不干涉。"他顿了顿，沉声，"只要他别借此和你忆往昔。"

不让校谨行为陆沉设障，不代表他允许自己的女朋友被初恋纠缠。肖子校对自己和余之遇的感情已有十足把握，因此和校谨行聊起业内的事才没有避讳她，甚至于他和余之遇之间，也是可以心平气和地聊到陆沉的。

陆沉却是对她余情未了。肖子校从他看余之遇的眼神里读到了爱而不得的失落与痛苦。

陆沉的志向不在中新，却不得不成为陆总。仅仅是身为陆家继承人的身份吗？难道不是想等羽翼丰满后，掌握自己的命运和爱情吗？

换位思考，肖子校能理解陆沉。但他对余之遇的占有欲是随时随地的。见余之遇抿唇笑，"肖醋包·子校"警告："工作以外的话，你不许和他多说一个字。"

余之遇故意问："这么怕我去和人家忆往昔啊？"

肖子校瞥她："或者你去忆一下试试？"

"不用了，不用了。"余之遇拉长音和他撒娇，"教授，我想你。"

这一招是她永远的撒手锏。

肖子校心下一软，语气随之缓和下来："我不是前天才走？"

因为有了牵挂，他再不能像从前那样工作狂似的待在山里，第一期采药实践课结束后，他利用第二期开课前的两天休息时间回过南城，尽管只住了一晚，总算是解了些许相思之苦的。

显然是不够。

余之遇撇嘴，说："还是想。"

肖子校柔声哄她："周末不加班的话过来？"

余之遇立即说："加班也去，带着工作去。"

肖子校笑得满意："那就辛苦宝贝跑一趟。"

余之遇当晚有点儿失眠。照理说两个人已经是热恋中，她没道理像个小女生似的因为一句"宝贝"脸红心跳。可即便在最情动时，肖子校也没这么肉麻地称呼过她。

于是，余哥被小肖教授的撩人于无形而征服，她在半夜打电话去骚扰男朋友，说："我又睡不着了。"

肖子校把枕头挪了挪，靠坐在床头，问："要听睡前故事？"

肖子校可是记得清清楚楚，上次她失眠，他好不容易以星星的故事哄她睡了，结果第二天他从临水回到南城便见到她被陆沉拉手。

明知道她今夜失眠与陆沉无关，可她两次失眠都是在这么敏感的时间点上，是个男人都会多想。肖子校严厉警告了句："明天你要敢给我出差错，余之遇，看我怎么收拾你。"

余之遇："……"什么宝贝，都是骗人的。

中新的签约仪式简单又不失隆重。当双方落笔，陆沉与几大专利的发明人及转让专利的几大企业掌舵人握手，余之遇是为他高兴的。

对他的爱火熄了，却希望他的事业之火能燃烧起来，祈愿他好。

余之遇掐着手中的采访提纲，和在场所有的媒体人一起鼓掌，之后带着叶上珠和工作人员先一步到达指定的专访区做准备。

陆沉在秘书陪同下过来，见到余之遇微怔。

余之遇神色如常，语气公事公办："陆总您好，今天的专访由我负责，辛苦您配合了。"

陆沉没马上回答她，他看向秘书。

秘书并不知道他和余之遇的关系，见老板似有不悦，语气恭谨地说："祁总发过来的确认函上注明，今天的采访记者是大阳网高级记者，采访部部长……"话至此，他向看余之遇，确认，"余部长？"这是除总编外最高级别的记者了，在他看来万无一失。

余之遇颔首，自报家门。

陆沉看着她说："此前为中新做报道那位叶记者来了吗？她访就可以。"

正调整相机的叶上珠看过来。

秘书闻言赶紧说:"陆总,叶记者级别……"

陆沉不用他提醒叶上珠的级别不够负责他的专访,他对追过来的助理交代:"下次记者名单提前审核好。"

秘书还要说什么被助理按住,他目光从余之遇身上扫过,说:"好的陆总,下次我亲自审核。"

换作别的记者肯定以为陆沉对自己有意见。余之遇明白他的维护之意,抬手示意:"陆总请这边坐。"

陆沉在走到专访区时,先帮她拉椅子,低声说:"你坐。"

当着现场工作人员的面,余之遇只能将他的行为归咎于绅士,她说:"谢谢。"

等她坐下,陆沉在对面落座。

余之遇按照惯例向他确认:"采访提纲您看过了吗?"

陆沉点头,随后说:"要是我说了超纲的话,后期帮我处理一下。"

他语气看似寻常,却蕴含信任。

余之遇告诉他流程:"专访视频我会亲自剪,连同采访稿一起发给您助理,经他审核确认无误我们再发。"

陆沉在这时示意摄像机先不要开,他对余之遇说:"能别张口闭口'您'吗?"

余之遇并非是以"您"这个字眼和他划清界限,这确实是她的职业习惯。

却无从解释。

她说:"我尽量。"

或许是意识到自己敏感了,陆沉深看她一眼,用仅能让她听见的声音说:"我听着别扭。"

余之遇与他对视一眼,说:"好。"与此同时,拿出录音笔。

陆沉收了收情绪,点头。

余之遇打开录音笔,同时给摄像开机手势。

站在最佳拍摄角度的叶上珠将两人一来一往的默契尽收眼底,她不禁想,如果不是遇到肖教授那么强的对手,面前这位陆总或许还是有机会的。

采访并没有想象中的难。

当一切准备就绪,镜头前只是余记者和陆总。

"以前听闻医院采用中西医结合疗法治疗,还是第一次听药企提出这样的理念,关于中新的这一战略发展目标,陆总能再谈一谈吗?"

"我是学药出身,药学和医学领域不同,培养目标不同,特质不同。但作为医科类的两大分支,二者有许多共通之处。例如,都是为人类的健康服务。在这方面,中医与西医,中医药与西医药,殊途同归。

"中医药是我们民族的瑰宝,是五千年文化的结晶,是中华传统文化的重要载体,它的特色和优势在于辨证施治,根据疾病的不同发展阶段,因人、因时、因地,确定相应的方剂。副作用小,尽可能借本然方式,努力维护身体的自愈力,这是中医所讲的调理和治本。相比之下,西医药有较强的针对性,通常是一种病,一种症状对应一种药,且药性强……"

最后他说:"坚持中西医结合,中西药并用,是创立'新医学新药学'的道路和方向。"

采访结束后,陆沉似是松了口气地说:"居然有点儿紧张。"

余之遇由衷地说:"说得很好,没想到你对中医中药有那么深的了解。"

陆沉说:"高考报志愿时有考虑过中西医临床医学,那时觉得中西医学都掌握了会比较厉害。后来考虑到自己不够聪明,专注于一方面或许还有可能学精,中新又是主营西医药,才选择药学。"

这些话,当年的陆沉从未说过。

见余之遇没接话,陆沉换了个话题:"两年前,中新的药品销量便有下滑的趋势,我当时就想到了转型。那时一位老中医向我推荐了肖子校。他的履历我曾仔细研究过,确定涉足中医药领域时,我第一个想到的人就是他。原本我是想请他做中新的中医药研发顾问。我听闻他很难请,便通过那位老中医朋友联系上他的研究生导师,一聊才知道他是万阳校董的次子。"

所以他和祁南订婚的那天,余之遇介绍肖子校后,他直接说:"肖教授,久仰。"

张口叫出肖子校的职称,显然对他并不陌生。只是当时气氛紧张,她的注意力没放在那儿。

陆沉笑了笑说:"我绕了一大圈,居然找到了你……男朋友身上。"

很有戏剧性,很心酸。

而肖子校的这两重身份都注定了,他不可能与陆沉合作。于是,杜涛成了退而求其次的选择。

回想和杜涛初见的情形,余之遇说:"恕我直言,那位杜教授我在制剂室见过一次,品格谈不上高尚,心胸狭窄,你多留意。"

陆沉接收她善意的提醒,说:"我知道了,谢谢。"

见摄影收好了机器,余之遇说:"那就这样,我先走了,后续稿子出来——"

话没说完便被陆沉截断了,他说:"稿子署叶记者的名字吧,级别无所谓,我的第一个访问采访是你,执笔是你,可以了。视频……我和祁南说,不发了。"

他总有本事让余之遇感动和难过。他不在乎稿子发出来被同业嘲笑堂堂陆总，未婚妻还是大阳网总编，专访稿却是位小记者发，而比稿子影响力更大的视频也要放弃，只考虑鉴于他们曾经的恋人关系，同框会让她难以面对肖子校。

余之遇压了压情绪，说："他知道我今天过来为你做专访。"

陆沉静了几秒，笑了："他比我想象的大气。"顿了顿，又说："上次是我失态了，没想到会在那种情况下见到你，一时忘了身份场合。我没别的意思，只是想和你说，我妈做的那些事我之前不知道，如果我知道……"我不会就那样走了，留你一个人。

后面的话，他最终还是没说。

余之遇却懂了，她说："我并未因此受到伤害，我也能够体谅她的心情。你不用替她道歉，在整件事情里，我知道，你最难。陆沉，过去的事，以今天为界我们都不提了。以后再见，你是陆总，我是余记者。"

陆沉在她与自己擦肩而过时问："我能送你回去吗，你还没坐过我的车。"

既然是以今天为界，他不想留下这个终身遗憾。

可他们之间的遗憾，注定无从弥补。

余之遇不能答应，她说："谢谢，我自己开车了。"

陆沉站在窗前，看着她上了大 G，启车离开。

他闭上眼，脑海里浮现曾经的自己对未来的憧憬："等以后工作了，我们有了自己的车，一起上下班。"

他喜欢的女孩子眉眼带笑地提要求："副驾只能我坐。"

他答应得干脆："只给你坐。"

结果——这辈子，她都没坐过他的车。

年少的承诺没机会兑现，甚至分不清究竟是谁食了言。

第十一章 泄密风波

直到深夜十一点半，肖子校都没等到余之遇的电话。

两人的微信对话始终停留在他回复的那个好字上。之所以说好，是她先发来信息说：有事要忙，晚点儿给你打电话。

那时正值傍晚，肖子校刚带学生从万花山上下来，她像掐准了他正准备给她打电话似的抢先发了那条信息。

肖子校说服自己等到九点，想着即便是当天要把采访稿赶出来也差不多了，电话打过去却被提示关机。

这次不同于上回她跟进百创问题药的敏感期，肖子校没有过分担心，只觉得她的反常与陆沉有关。

肖子校不确定这算不算自己昨晚所说的"出差错"，随着等待她主动开机联系他的时间不断延长，他的耐心一点点被耗尽，他心烦意乱地一遍遍重拨，直到被提示不在服务区。

肖子校忍不住去敲开了隔壁宿舍的门，问喜树："叶上珠和余之遇在一起吗？"

喜树正在和叶上珠视频，他的话那边的叶小姐听见了，她直接回答："没有啊，我们下午从签约现场离开，她把我送回公司就走了。怎么了肖教授，你联系不上她了？"

肖子校不答反问："你们什么时候从签约现场走的？"

叶上珠回忆了下："三点半，我三点五十到的公司。"

肖子校又问："她说要去哪儿了吗？"

叶上珠如实说："她说累了，回家。"

肖子校咬了咬腮，没说话。

隔着手机屏幕，叶上珠都感觉到了他压抑的火气，她立即说："你别担心肖教授，她可能睡着了没接到你电话，我现在就去她家吵醒她，让她给你回拨一百个认错电话！少一个你都别原谅她！"

肖子校正要说"不用",手机响了,来电显示:遇。

他心下一松。

喜树瞥到来电显示,对那边的叶上珠说:"余哥醒了。"像是先前肖子校找不到余之遇,真是因为她睡着了。

肖子校抿了抿唇,说:"你们聊。"话落,拿着手机走出宿舍楼。

如此一来耽误了时间,等他要接时,铃音响完自动挂断。

肖子校捏了捏眉心,没有马上回拨过去,那边居然没再打。

临水县不似城市的繁华喧嚣,九点一过便是静悄悄,此刻已经过了就寝时间,学生们都睡了,唯有几间支教老师的宿舍还亮着灯。

肖子校坐在升旗台前的台阶上,分不清自己在气什么。

她不过失联了几个小时,也许像叶上珠说的那样,她累了,赶完稿不小心睡了过去,手机没电了,等等。不用余之遇说,他自己都能找到一堆理由。可因为她今天见过陆沉,肖子校不想听她对自己说那些看似合理正常的理由,哪怕事实确实是那样。

游思妄想间,寂静的夜晚忽然传来引擎声,草药听觉灵敏,闻声警惕地竖起耳朵。

肖子校隐隐觉得那引擎声格外熟悉,像是……大 G。

怎么可能?可那是余之遇,似乎没什么不可能。

随着引擎声渐近,紧闭的大门前有车灯亮起。

车子在基地外停下时,肖子校的手机再次响起,他像有预感似的一秒接起,沉声:"在哪儿呢?"

那边不答反问:"你睡了吗?"语气很轻,生怕吵到他一样。

电话那端背景音中的车声和现实的声音融为一体,肖子校站起来说:"没。"

那边停顿一秒,说:"那出来给我开下门。"

草药已奔向大门,边哼边用爪子挠,在挠不开的情况下又折返回来,咬老爸裤子。

肖子校听着话筒里轻浅的呼吸声,保持着通话抬步往校门口走,越近步伐越快。

基地大门完全打开时,余之遇把大灯换成了行车灯。

夜幕下,大G驾驶位上的女人一脸的风尘仆仆。

她居然一个人开了近八小时的车来了临水。

肖子校有些恍惚,他站在车前,微眯眼与她对视。

通话还持续着,余之遇隔着挡风玻璃看他,在电话中对他说:"我来查岗,看看你床上有没有睡别的女人。"

肖子校单手撑胯默了几秒,沉声:"余之遇,我看你是欠教育了!"

余之遇没答,她挂断电话,挂挡。

肖子校给她让路,等她把大G开进去,他关了基地大门,穿过操场走向宿舍楼后。

余之遇把车开到楼后的空地上,和肖子校的大G停在一起,她没急着下来,倦极地趴在方向盘上。片刻,副驾一侧车门打开,肖子校坐上来后车门被用力甩上。

视线落在她单薄的肩膀上,斥责的话分明到了嘴边,却说不出口。她总能轻易激怒他,又有本事瞬间让他心软。一如现在。她分分钟没了先前说查岗的气势,疲惫的模样让肖子校连脾气都发不出。

余之遇缓了两分钟坐起来,把车上仅剩的小半瓶矿泉水一口气喝完,说:"我知道一个女人晚上开长途不安全,尤其还是山路。可我找回理智时人已经在半路了,你说我是原路返回,还是继续往前走,往你身边走?"

她本是在陈述事实,"原路返回"和"往你身边走"的话又似一语双关,像是在说陆沉和肖子校。而她说话时并不看他,目光投向了车窗外:"这一路我都在想，我来干什么？是想再听你叫我一声'宝贝'？还是心情不好寻求你安慰？

"开到路况最差那段，我油门没给好，熄了两次火，忽然想明白了，我是要用事实证明，我早不是当年那个只想坐他副驾的小女生了，我现在是可以握着方向盘，想去哪儿便能去哪儿的余之遇。"

肖子校沉默地看着她倔强的侧脸。

"原本我并不认为自己开始新生活，接纳新的爱人有任何不妥、不对。可五年前的虚假利好消息曝光，让中新集团变成了中新医药，五年后的今天，连中新医药都因为百创问题药的牵累遭遇了资金困境。他被逼得出国，又被逼回来，都和我有关。祁南似乎也认定我对不起她，对不起陆沉，对不起中新。我既不想争辩，又觉得委屈。"

"今天专访，听他说早有涉足中医药领域的想法，并因此做了许多准备。你知道吗，他居然很认真地研究过你的履历，想通过你的导师搭桥请你做他的顾问，却发现你是万阳二少，是我男朋友，才退而求其次地选择了杜涛。我突然很难过。难过于，因为我让他举步维艰。"

话至此，她哽咽难言，仰头靠在座椅里缓了片刻才能继续："我心情有点儿不好，换作以前，我可能会选择去酒吧喝两杯，可现在我不敢，怕被你骂。你人是在临水县，但你就是有那种本事，恨不得隔着千里的距离都能闻到我身上的酒味。

"我确实是因为他有这样的情绪波动，但我真的不是留恋过去，我就是觉得相比他的难，我却如此幸福，心里有愧。如果可以选择，我宁愿是他先获得幸福。"

余之遇揉了下眼睛，侧身看向他："对不起，我知道我这样会让你不高兴。可怎么办，我藏不住，我不能像什么都没发生那样跟你视频，向你撒娇。你可以生气，骂我都行，只要别误会，别和我冷战。我一个人在山路上也很害怕，手机还没信号，想联系你都不能。"

她眼睛湿漉漉的，泛着红，是泪意，也是熬夜开车后的疲劳，肖子校看在眼里，心口微疼。他一直都懂她对陆沉的恻隐之心，她太善良，因为先走出失恋的阴霾，看不得陆沉的原地徘徊。可她不能再回报以爱情，更没有办法帮中新渡过难关，偏祁南还视她为敌，处处针对。

肖子校懂她的左右为难，所以他让校谨行给陆沉让出一条路。只有陆沉扭转了中新的局面，让中新重新在医药领域绽放光彩，她心中的负罪感才会削减。

余之遇以为自己掩饰得很好，可从中新遭遇资金危机时她一个字都没多问，肖子校就知道她在自责。理智上她认为自己做得没错，可情感上，因中新受累于问题药，她又将过错归咎于自身。

当时肖子校已经在和校谨行商量，不得已时万阳要不要注资中新。可中新的资金缺口太大，一旦万阳施以援手必然要绝对控股。毕竟投入了巨资，不可能将中新的掌控权还放在老陆总和商女士手里，那就等同于收购，在陆家人眼中，万阳反倒成了落井下石。

最好的结局无异于是现在，陆沉自己带回资金，且保住了控股股东的身份，对于中新有绝对控制权。

正因这种操作，肖子校和校谨行才没小看陆沉。他看似没什么攻击性，实则是有攻击力的。他或许更喜欢做科研，但他不是完全不懂管理和经营。只要他开疆拓土的初期，别有同业刻意夹击，他势必可以为中新杀出一条路。

余之遇对他的认知却还停留在五年前，学生时期的陆沉身上。

现在却不是给她讲这些的时候，责备的话也不想再说了。肖子校在心里叹了口气，他推开车门下去。

余之遇以为他是生气走了，眼泪刷地掉下来。

肖子校从外拉开驾驶位一侧车门时，就见女朋友在抹眼泪，他边以训诫的口吻说："这是最后一次为他掉眼泪，再有下次，我绝不原谅。"边横抱起她。

余之遇用手臂环住他脖颈，泣声辩解："……我不是。"

"那就憋回去。"肖子校斥责了句，抱她回宿舍，随后又出来把她的电脑包和行李箱拿到宿舍，打开后一看，里面只有几件换洗衣服，足见她确实是临时起意，匆忙之下收拾的。

见眼泪还没干的小女人在啃桌案上的牛肉干，他微拧眉："没吃晚饭？"

余之遇鼻音很重地小声说："没顾得上。"

天越来越黑，她一心赶路，都没怎么休息，哪舍得把时间浪费在吃饭上。

肖子校把找出来给她当睡衣的 T 恤放在床上，要去煮面。

又困又累的余之遇拉住他的手："我包里有一袋薏米糊，你帮我泡了吧。有开水吗？"

肖子校深呼吸："……等几分钟，我去烧。"

等她吃过东西，洗了个澡，已是凌晨。

关了灯，肖子校平躺在外侧，余之遇侧身向他，想了想，用小手轻轻碰了碰他。

"嗯？"

"你生完气了吗？"

"……"

"原谅我了吗？"

"……"

"我们和好了吗？"

黑暗中闭着眼的肖子校忍了忍，翻身背对她："睡觉！"

想到他明天还要上课,余之遇没再多话,只低低说了声:"对不起。"然后悄悄往他身边凑了凑,把胳膊搭在他腰上。

肖子校没躲,也没拿开她的手。

余之遇一路从南城开到临水,确实累坏了,没几分钟便睡着了。

肖子校在不惊醒她的情况下转过来,把她搂进怀里。

余之遇很自然地贴在他胸口,低低呓语了声:"教授……"

这不是她第一次在睡梦中唤他。肖子校轻轻拍了拍她的背安抚,她很快睡实。

余之遇睡到将近十一点才起来,和李嫂一起吃午饭时,李嫂悄悄问:"是不是有了?"

余之遇的反应慢了半拍,随即红着脸否认:"没有、没有。"

李嫂有点不信:"真没有?"

余之遇失笑:"真没有。否则我哪敢自己开车来,不被他训死。"

李嫂啧了声,像是有点失望:"早上小肖给你蒸鸡蛋羹,熬小米粥,我还以为你怀孕了。"

早上肖子校带学生出门上课前把她哄起来,看着她吃完才让她继续睡。

余之遇笑着对李嫂解释:"我昨天为了赶路没吃晚饭,他怕我饿久了胃疼。"

"早上听他说你来了,我吓一跳。那么远的路,你一个姑娘家怎么敢自己开车,还是夜里。"李嫂担心地问,"和小肖吵架了?你要体谅他,你这大老远的跑来,他就算和你生气也是因为担心你路上出事。"

余之遇低声:"是我不让他省心。"

李嫂拍拍她的手:"他不省心,心里才更挂着你。"

余之遇把陆沉的专访稿写完，连同剪辑的视频发到总编邮箱，随后拨通了祁南的电话。

祁南还不知道她在临水县，正好有事找她，抢先说："一会儿你到我办公室来一趟，关于中新……"

或许校谨行说得没错，祁南确实是要借职务之便将所有可用资源倾斜向中新，而她是资源之一。

余之遇截断了祁南的话，说："祁总，我手上的工作截止到中新陆总的专访，已全部完成。接下来我不会做任何新的选题，我的辞呈请你尽快上呈总部签批，我等你的交接通知。在此之前，我不去公司了。"

祁南默了几秒，说："因为我让你做阿沉的专访？余之遇，中新走到这一步和你脱不了关系，哪怕是弥补，你不应该为他做点儿什么吗？我都还没说什么！况且，你作为记者做的不过是分内事。"

祁南有祁南的道理，余之遇有自己的坚持，她心平气和地说："我们之间说再多都绕不开过去和陆沉，而这二者我都已经告别。你可能认为我狠心，在替陆沉不平，但其实是我和陆沉的选择，他都没说什么，你没立场替他说我什么，哪怕你是他未婚妻。这一点，我希望你明白。至于我们之间的共事，我认为还是算了吧，没有交集对我们都好。我言尽于此，若三天之内总部那边没有收到我的辞职信，我直接发给许总。"

祁南还欲再说什么，余之遇挂了电话。

肖子校从山里回来时，余之遇正带着临水的孩子们和草药玩老鹰捉小鸡，她是鸡妈妈，草药是老鹰，孩子们躲在她身后叽叽喳喳地笑着、喊着，她眉眼之间全是笑意。

肖子校勾了勾唇。

在食堂吃过晚饭，两人后山散步，走出众人视线，前面的男人朝后伸出了手。

第十一章 泄密风波

余之遇快走两步递出自己的手。

肖子校五指一收,将她的小手握在掌心。

余之遇主动说:"我决定辞职了。"

祁南对她的敌意比想象的大,现在这份敌意中又夹杂着利用,余之遇再在大阳网待下去确实艰难,尤其她和祁南共事一天,便摆脱不了陆沉的影子。

肖子校问:"对于未来的工作有什么规划?"

余之遇瞥他:"言情小说里遇到这种情节,男主都会说:'没事,我养你。'"

肖子校只拿她的小娇情当乐趣,他笑了下:"余哥是甘心让人养的?"

自然是不甘。无论是否遇见肖子校,余之遇都要做独立的自己。

她说:"上次打辞职报告时确实是不甘心的,所以后来又反悔和祁南正面刚了刚。昨晚忽然想通了,人生注定是不能万事如意的,相比我,祁南的不甘或许更多。况且,她没有资格定义我的职业生涯是好是坏,我不必和她一较高下,那不如退一步。"

上次她说辞职多少有逃避的意思,这一次,肖子校知道她想好了,尽管也有被迫选择之意,却是冷静思考后的选择。他似感慨:"希望她得到的,值得她为此失去你这个好朋友。"

余之遇像孩子似的晃他的手:"我想休息一段时间,再重新启程。"

"你的路很宽,仅仅是一个公益版块的成功,已足够你在行业内做选择。"肖子校握了握她的手,"或者不想被束缚,做个独立经营的自由记者,对你而言是不错的方向。"

余之遇偏头,目光充满了不可置信。

肖子校停步,回视她:"在我面前什么都不必藏,你的眼睛早告诉我一切了。"

这份懂得太过难得，余之遇在他眼中看到小小的自己："你什么都知道对不对？"

肖子校双手捏住她肩膀："不是所有真挚的情感都能用恋人的方式实现。陆沉注定会有遗憾，但他比谁都清楚，这是你们改写不了的结局。女人可以为爱放弃一切包括原生家庭。男人不会，男人更趋于理智，权衡利弊之后会做出现实的选择。我没有诋毁他的意思，这是天性使然，换我也不能保证比他做得更好。我只庆幸，自己不必做那样的抉择，这是我比他幸运之处。"

"之遇，你要相信，自己喜欢过的男人足够优秀，不久后，他便能够掌控自己的人生和爱情了。只不过，后面的路不是你陪他走。鉴于是他间接促成了我们，在我不能把你还给他的情况下，若他有需要，我愿以专业作为回礼。"

余之遇看着他，说不出话。

"早上没经你同意，我听了他的专访录音，他的'新医学新药学'理念很有见地，抛开你和他的……"见她嘟嘴，肖子校笑了，"我和他或许是可以就医药的发展聊聊的，顾问做不了不代表不能交流。"

他专注于道地药材研究，在中医药领域有同龄人望尘莫及的成就，陆沉若能得他点拨一二，必能有所收获。

余之遇看他的眼神充满了崇拜："他昨天说你大气呢，果然。"

"分事。"肖子校与她交颈相拥，"对于你，我是小心眼儿的。这次算你聪明，知道心情不好来找我，如果你真的跑去喝闷酒，我不敢保证自己会怎么想。念在你开了八个小时的车，又辛苦又危险，我不计较了。但是，余之遇，我不允许你再为别的男人掉眼泪。"

"余校长也不行？"

"你知道我指谁。"

余之遇抱紧他:"我昨天的眼泪是被你凶出来的。"
"我什么都没说吧?"
余之遇往他怀里拱:"你还不如直接开腔训我呢。"
"你都先发制人了,难道不是为了堵我的嘴?"
"堵你嘴我有别的办法。"
肖子校轻笑,他低头,抵住那张喋喋不休的小嘴:"这样?"
那就这样。余之遇仰头吻住他。

余之遇陪肖子校上完了秋季的采药实践课。十多天的时间里,肖子校上课,她便做起了支教工作,以音乐老师的身份教临水的孩子们跳舞,带他们阅读课外读物,把图书馆的工作理得更顺了。

在此期间发生了三件事。

第一件,许东律打来了电话,关于余之遇的辞职他没有多劝,但也没有马上批复,只说:"给你一个月的假期,如果一个月后你依然是这个决定,我会签字。"

第二件,校谨行和沈星火一起来了临水。

前者是早与肖子校有所约定来考察,后者则是听闻余之遇要辞职来挖人。

沈星火说:"我亲自来,是让你知道我的诚意。你若跳槽,必须先考虑来我这儿。只要你来,大兴网马上开公益版块,且保证比大阳网更重视公益事业的发展,给予你资源扶持。职位就不考虑给你部长做了,起点副总编。"

余之遇对于未来的工作规划还在考虑,她没有马上答复沈星火,而是很会抓重点地问:"你听谁说我要辞职啊?"

沈星火指了指一边和肖子校说话的校谨行:"我们吃饭时他说的。"

余之遇哦了声,随即低声问:"是吃饭还是约会啊?"

沈星火微怔,随即一笑:"想什么呢?!我和他是纯粹的工作关系。"

"可万阳是大阳网的客户吧。"余之遇笑眯眯地说,"不过为了佳人一掷千金,再和大兴网达成个合作也是校总能干出来的事。"

沈星火作势要打她。

余之遇笑着躲到肖子校身后,然后不知怎么的,四个人闹成了一团。

第三件事,杜涛也来了临水县。

肖子校并未见到他人,只听李校长说:"南城中新医药的研发团队来做项目考察,具体是什么项目我没打听到。"末了他还问肖子校,"中新是要和万阳合作吗?"

肖子校没答。采药实践课结束他和余之遇回南城的一周后,中新官博发消息称:中药制剂研发部总监杜涛带领其团队经过一年研究证实,临水适合多种道地药材的生长,中新将在那里建立首个中药材种植基地。

此消息一出,业界都在议论中新的动作如此之快,还有人羡慕陆沉能够坐享其成其研发总监的科研成果,称他有手段。

正就在临水建第三个中药材基地开会的校谨行立即给肖子校打电话,问:"怎么回事?那明明是你的团队三年的研究成果,杜涛什么时候开始研究的?"

临水万花山被肖子校喻为"药库",经他确认的药用植物已有两百多种。他能发现那样的地方,且把近几年的研究重点放在那,不代表别人不能做同样的事。尽管重大的研究课题都是保密的,但中医大能将教学基地设立在偏远的临水县,证明该地是有其天然优势的,有同行关注临水不足为奇。

尤其肖子校是具有不止一项专利的中药学高级人才,他的一举一动皆受业内关注,有人盯着他,试图跟他的思路走实属正常。像杜涛那样的人，本身和肖子校在一家中医院，同一科室，可谓近水楼台，没有机会都要创造机会去探听肖子校的动向，寻找捷径。

对于搞科研的人而言，研究成果无疑是最宝贵的。为了保护自己和团队的研究成果，不仅团队的人会签署保密协议，连肖子校平常出差基本都是秘密，鲜少有人清楚他的行程。这也是他习惯开车出差的原因之一，否则便可通过机票和火车票探知他的研究方向。

换作是别人发布这样的消息，肖子校或许会以为撞课题了，偏偏是杜涛，再扯上中新，事情变得敏感起来。

肖子校冷静地说："在拿不出实验数据的情况下'临水适合多种道地药材生长'只是一句空话。像你说的，受地理位置和交通所限，在临水建基地有一定难度。即便中新确实有此计划也不是一朝一夕能够实现，中间任何一个环节出问题都会功亏一篑。"

凭中新的现有实力，跑去千里之外的临水建基地舍近求远不说，更是力所不及。但首先这个研究肖子校做了三年，现在莫名被杜涛抢先公布了研究结果，即便最终中新未能做成这件事，是万阳把基地建成了，一切终究变了味道。

校谨行没有说话。

肖子校握着手机思考几秒："你那边暂时不要推进，以免消息泄露出去，给有心人可乘之机。"

万阳作为中医药行业的风向标，一旦被同业知道万阳要在临水建基地，肖子校与万阳的关系又不算是秘密，结合肖子校的研究领域一推断，临水适合道地药材生长的消息等同于被坐实，临水极有可能成各大药企必争之地。万阳不是非临水不可，但若将建基地一事作为扶贫项目来做，以为临水村民增收为出发点，非万阳不可。

不考虑其他，仅出于对肖子校研究成果的保护，校谨行都不允许事情偏离原有的轨道。

他冷笑了声，说："购买专利，建生产线，建基地，陆沉的如意算盘打得不错。"

肖子校意识到兄长动怒了。

校谨行沉声："既然陆总把临水视为目标，我就让他知道不自量力的后果。大校，做你该做的事，万阳既然是我做主，我便以万阳总裁的身份去会他。"说完径自挂断。

肖子校回拨过去，那边始终占线，他看看时间，先去实验室。

如他所料，包括喜树在内的团队成员都知道了研究结果被杜涛抢先发布的消息，整个实验室一片萎靡。

大家憋着劲苦熬了三年，曙光已现，却是这样的局面，换谁都接受不了。

肖子校是第一次经历这样棘手的事。在此之前，林久琳砸了实验器皿，导致实验失败那次，是他经历的最大危机。

那是萧何教授的课题研究，凝注了整个团队将近一年的心血和汗水，胜利在望时一个重要数据被毁。

肖子校作为团队主导，无颜面对自己的伙伴。在器皿落地的瞬间，他的愤怒已没顶。因为受实验数据精确性的限制，没有任何抢救的机会，一切只能重来。他却克制住没有当场发火，而是把林久琳带离了实验室，说："先回去，我们的事回头再说。"

林久琳哭了，或许是被吓的，又或者是清楚祸闯大了认为肖子校不会原谅，原本只是作闹的提分手会演变成真的，她拉住他的手不放。

肖子校的自制力已濒临崩盘，他实在没心情安抚，掰开她的手，转身回了实验室。

为了抢进度，尽可能地挽回实验损失，之后的一个月肖子校几乎是不眠不休地待在实验室里。那三十天他没有理过发,连澡都没洗过几回,熬得脸色蜡黄,双眼通红,体重更是掉得厉害。

即使如此,实验进度依旧延缓了三个月之久,所幸课题研究成功了。可最终公布结果时,团队名单中没有肖子校的名字。

是他坚持让萧何将自己的名字剔除。

实验进度延缓耗费的除了人力,还有资金。而导致这个损失的人,肖子校认为是自己。

林久琳却以为他是被开除。当肖子校发现她和校谨行在交往,找到她说:"你不是要分手吗,我同意了。"她误认为肖子校是不肯原谅她。

那是肖子校人生的第一次低谷,作为团队主导,一年的心血白费,同时遭遇失恋打击。

时隔五年,肖子校面对团队成员说:"杜教授的研究课题是否真的与我们撞了,又或者是中新在借此炒作尚且没有定论,还有几组对照实验没有完成,你们踏踏实实地工作,别让我们的课题成为半成品,其他的事情交给我。"

神曲是团队中最讨厌杜涛的人,他说:"老板,他不配你这声教授。"

车前子说:"就算真的撞课题,我们研究了三年,他怎么可能一年办到?老板,我们严重怀疑他窃取了我们的成果。"

团队其他人观点相同。

"谁主张谁举证。现阶段他除了公布一个既定结果外,没有任何细节披露,我们无法判定那是我们的成果,这个时候我们发声便是把课题亮出去。"肖子校看向众人,"无论是谁,无论面对谁,都不要谈论此事。"

小伙子们相互对视,答应下来。

耿直的神曲说:"我们要不要自查一下?"

尽管肖子校说一切尚无定论,大家其实认定了杜涛作为中新中药制剂研发部总监既然敢公开宣布他们用三年时间确定的结果,就是窃取了他们的成果,哪怕不是全部。

那意味着有人泄密了,团队每个人都有嫌疑。

肖子校的目光在一张张年轻坚毅的面孔上掠过,他说:"我相信你们。"

在肖子校刻意交代喜树瞒住叶上珠的情况下,一心在忙谢师礼的余之遇还不知情。直到许东律出差归来路过南城约她见面,问起:"中新要在临水建基地的事肖子校怎么看?"

余之遇怔住。

许东律因她的反应皱眉:"你不知道?"

余之遇脑子短路了几秒:"你刚刚说中新要在哪里建什么?"

许东律翻出中新官博给她看。

百十来字的一条微博余之遇足足看了几分钟,把手机还给许东律时她说:"这不可能!"随后拿起包要走,"师父,饭改天再吃。"

余之遇直奔中医医院,半路又掉头去了中新。

像第一次去见校谨行一样,见陆沉是需要预约的。

余之遇没耐心等,她对前台说:"告诉你们陆总的助理,我是余之遇。"

陆沉很快从电梯中出来,说:"到我办公室说。"

相比上次的笑脸相待,余之遇此刻没有半分笑容,她语气冷淡:"不用了,就几句话。"

陆沉瞥一眼前台的工作人员:"这儿不方便。"

余之遇径自走向旁边的休息区,选了个最边缘的角落。

陆沉跟过去,坐到她对面,开门见山:"为临水县而来?"

余之遇看着他的眼睛,发出灵魂拷问:"是你的决策吗?"

陆沉没正面回答:"若我说是,你还想知道什么?"

余之遇问:"你去过临水县吗?做这么重大的决定前考察过吗?"

陆沉坦言:"关于临水县,我是从你的公益报道中了解的。"

余之遇一针见血:"中新的步伐太快了。"

陆沉深看了余之遇一眼:"你是为我考虑吗?"

余之遇毫不犹豫地答:"是。"

陆沉颇有些意外,他眉心微皱:"我以为你首先该考虑的是万阳。"

余之遇说:"万阳的实力你清楚,你认为校谨行需要我为他考虑吗?"

陆沉忽然想到什么:"这件事和肖子校有关?"

那是肖子校的项目,余之遇无法多言。她直奔重点:"如果是你经过实地考察决定建基地,你当我没来过。若是杜涛建议你,你要慎重。"

陆沉不解:"你在担心什么?"

余之遇不能说肖子校经过三年研究才确定临水适合多种道地药材生长,欲将建立中草药种植基地作为扶贫项目,把村民变药农,为临水摆脱贫困。

她只能说:"商场上的事情我不懂,但把市场比做一块蛋糕的话,当你去分别人的那一块,不是谁都能像万阳一样不抵抗。"

陆沉的眼睛默然着力。

"祁南安排我为你做专访的理由是:我是大阳网最懂中医药的记者。我不能辜负她的这份肯定,于是研究了一下中新投入生产的那几种药,那是市场上销量很好的几种中药制剂的同方类似药。"余之遇注视陆沉,强调,"是万阳明星药的同方类似药。"

"万阳校总的个性业界皆知,做生意他向来追求利益最大化。但你都直接杀进他现有的市场中去分他到嘴的蛋糕了,他却毫无动作。你认为这符合他的行事风格吗?"余之遇笑了笑,"我不想自作多情说他是看我,可除此之外,我找不到万阳不对中新抵抗的理由。"

陆沉依旧沉默。

"中新为了转型,为了在市场上占有一席之地,正常的竞争本无可厚非,可竞争的资本若是肮脏的,"余之遇看着他,一字一句,"你别怪我做和五年前同样的选择。"

路上有点儿堵车,余之遇到制剂楼时已过了下班时间。她给肖子校打电话没人接,打给喜树也是一样,于是只能在一楼的休息区等。

将近九点,肖子校把电话回过来,用惯常温柔的语气问她:"和许东律吃完饭了?刚刚在忙没接到电话,现在去接你。"

"你忘啦,我开车了。"余之遇问他,"加完班了吗?"

那边似是喜树到了他的办公室,他交代了几句,回她:"现在走。"

余之遇说:"我在楼下。"

几分钟后肖子校和团队的小伙子们一起下来。

余之遇疾步走过去,抱住他。

肖子校下意识地环住她肩膀,低声问:"等久了?"

换作以往神曲他们见状定然要起哄,今天大家没敢打扰老板和老板娘,一个个低低地和两人打过招呼走了。

余之遇抱紧他的窄腰,说:"没有,刚到。"

肖子校把手背到身后摸摸她的手:"那怎么这么凉?"

余之遇支吾了声:"……穿少了。"

现在已是十月末,天气明显凉下来,她的短外套确实有些单薄。

肖子校拉开她,要脱自己的风衣。

他风衣里只穿了件衬衣,余之遇当然不让,她拉住他的手往外走:"车就停在门口。"到了外面,推他上副驾。

肖子校发觉女朋友今天怪怪的,等她坐到驾驶位,他伸手抬起她下巴,语气危险:"总不会和你师父吃个饭还出差错了吧?"

余之遇拨开他的手,启车时说:"如果饭吃了一半算差错的话,那就是了。"没给他发问的机会,她直接说,"我刚去了趟中新。"

肖子校反应过来后喷了声:"百密一疏,忘了你师父可能会知道这件事了。"

他太聪明,总能举一反三。

余之遇问:"干吗瞒着我?"

肖子校屈指蹭了下鼻尖:"你知道也是徒增烦恼,况且事情还没定论。"

余之遇闻言语气又气又急:"那我就不顾你的烦恼了吗?我还是不是你女朋友?"

肖子校默了半秒,说:"我的错。"

余之遇心疼他一个人扛下所有压力,眼眶发酸,没再说话。

肖子校伸手揉了揉她发顶。

一路沉默地开回他家,进屋后,余之遇把他抵到门上吻他。

肖子校低头,搂住她回吻。

……

肖子校问:"去中新和他说什么了?"

余之遇哼了声:"我还以为你不关心呢。"

肖子校掐她臀一下。

余之遇闷声问:"对我不放心?"

肖子校不答。

"说啊。"余之遇用小脚踢他,非要个答案。

"放心。"但他在你心里是有位置的,想想还是会吃醋。

似是听出了放心背后的隐忧,余之遇拉起他的手,贴在胸口:"这里都是你啊教授。"

肖子校在那柔软上轻轻揉抚,低声:"……嗯。"

肖子校难得睡到八点,发现床侧已空,他缓了缓起来洗漱。
厨房里余之遇正穿着他的白衬衫在准备早餐。
肖子校亲她脖颈,低语:"谢谢宝贝。"
最近几天他面上若无其事,心情其实很不好,余之遇知道了杜涛的事,没有安慰,更没多问,用他最爱的运动帮他疏解,让他睡了个好觉,他是懂的。
余之遇转过来,手臂环在他颈后:"一听你叫我宝贝,我就恨不得以身相许。"
他挑了下一侧的眉毛:"那现在许一次?"
余之遇笑着推他去餐厅:"还是先补充体力吧,免得我中途饿晕过去。"
早餐时间,肖子校和她聊了几句:"中新虽然发了微博,但建药材种植基地对于刚刚涉足中医药市场的中新而言是大动作,最近几天没有动静,要么是在筹备新闻发布会,要么就是陆沉在力压。依我对他的判断,在没有经过实地考察的情况下,他不会做这个决策。"
余之遇听得糊涂:"他不是总裁嘛,要压谁?微博都发了,难道不是经他同意?"
肖子校耐心地为她解释:"总裁也有掣肘,他这个陆总远不比校总有实权。老陆总并没完全退休,商女士还手握财政大权,中新不是他说了就算,至少现在不是。"
余之遇想到了可能是老陆总和商女士的问题,可她以为陆沉身为总裁要是不拍板,中新的官博是不敢发文的。现在,她叹气:"那他这个陆总太憋屈了。"
肖子校笑得漫不经心:"等抽空你问问大哥,他刚接手万阳时憋没憋屈过。"

那是股份制公司，不是世袭制，陆沉因为带回了可以令中新起死回生的资金才成为陆总。可他终究年轻，更没有任何管理经验，股东们不信任，或者有私心的"老臣子"联合他人使绊子，都是最常见的企业内斗。

余之遇想通了其中的关联，眼神里充满了崇拜："教授你不从商可惜了。"

"我算半个商人。"肖子校稍稍挑眉，"在做课题研究时也需要考虑让成果最大利益化。一方面是课题难度决定的，另外，专利的价格是专业价值的体现。"

余之遇爱惨他的自信和专业，两人耳鬓厮磨了许久才吃完早餐。

如肖子校所料，陆沉确实在力压在临水建基地一事。

此前微博上的消息是商女士未经他同意擅自做主发布的。

在陆沉看来，别说舍近求远跑去临水，依中新现在的境况，中药制剂的销量尚不敢保证的情况下，根本不适合自建基地。在新生产线建立起来时，他已经亲自出面谈好了基地合作事宜，保证了新药的投产，短期内他只想保持这种运营模式，尽管成本高了一点点，好在风险小，一时之间不需要投入大额资金。

他为了那条微博和母亲吵过，不惜以辞去总裁一职相挟，才勉强压下了商女士计划好的媒体发布会，不料那只是商女士的缓兵之计。

就在陆沉准备和出差归来的杜涛谈一谈他的所谓"临水道地药材研究"时，大阳网上忽然发出一篇署名余之遇，名为"中新新举措：在临水建全国首个道地药材种植基地"的新闻稿。

稿件将杜涛团队如何经历一年时间对临水万花山上百种药用植物进行研究的艰难历程披露了出来，并将几类中草药的研究数据予以公布，更以我国四十种名贵中药材之一的附子为例,将其道地性的形成的影响因素进行了阐述,甚至把临水气候条件对附子道地性形成的影响,以及万花山土壤微量元素的含量体现在了报道中。

肖子校团队的孩子们坐不住了。那是他们的研究成果,而余之遇的报道分明是将肖子校的名字换成了杜涛,将三年改为了一年。

叶上珠更震惊,即便她不清楚肖子校带着喜树他们正在进行的项目是关于临水的,她看过报道,也知道那一定不是杜涛团队干的事。她第一时间给余之遇打电话,把报道的链接发过去。

只看了个开篇,余之遇就知道怎么回事了,她猛地想起那次电脑莫名黑屏的事,抓起车钥匙出门。

连闯了两个红灯到了大阳网,余之遇直奔总编室,路上有记者和她打招呼,她没理,阴沉着脸一脚踢开了祁南办公室的门。

夏静和叶上珠闻讯赶过来时,余之遇几乎把祁南的办公桌夷为平地,连笔记本电脑都未能幸免。

祁南自然想到稿子发出的后果,却没想到余之遇的反应会如此激烈,见记者们把办公室的门堵得水泄不通,她冷声:"叫保安!"

夏静不动,叶上珠不动,所有记者都没动。

余之遇因气愤胸口剧烈起伏。

祁南沉着脸,语气冷寒:"东窗事发说我黑你电脑,偷资料了?那不是你拷贝给我,说为前男朋友做点儿事,让我挑个时间发出去的吗?怎么,不敢认了?"为了防止被录音,她没有和余之遇逗口舌之争,只能矢口否认。

"我为前男友做事?我前男友是谁啊,不是你未婚夫吗?"余之遇脱口反驳,"我真想为他做事,就不是我来发飙,而是你要冲我发难了吧?你的说辞符合逻辑吗,你当别人都是傻子?"

第十一章 泄密风波

祁南被噎得脸色铁青。

余之遇一瞬不瞬地盯住她,撂下话:"你使用卑劣的手段害我没关系,但你窃取我男朋友的研究成果,我必让你付出代价,不惜放弃我身为记者的职业操守。"

她说完就走,众记者自动为她让出一条路。

夏静和叶上珠跟下楼来问:"有什么需要帮忙的?"

余之遇摇头:"你们不方便,我自己来。"

她回车上坐了好久,冷静下来后想给肖子校打电话,又不知道该说什么,便安慰自己他肯定在忙,还是别打扰了,就先做自己的事。她先打了几通电话,随后独自在外面跑了一小天。之后她不想回家,把车开到了江边,不知过了多久,手机响了。

不看也知道是肖子校打来的。

直到自动挂断,余之遇还趴在方向盘上没动一下。

片刻,微信有新消息来,她点开看,肖子校说:宝贝,回家。

余之遇终于忍不住,一个人在车里放声大哭。

她可以在祁南面前放狠话,可以动用自己在圈子里的人脉关系搜罗一切与祁南的消息,试图从中寻找反击的机会,让祁南为此付出代价。

却无法面对肖子校。

她不能原谅自己的疏忽。她想到林久琳冲动之下毁了他一年的成果,时隔五年,历史重演,她接受不了他三年的研究成果是从她这里泄露出去的事实。

余之遇恨不得去死。

肖子校根据大G定位赶到江边时,她睡着了似的一动不动地蜷缩在后座。

网上的报道一出,肖子校便猜到问题出在余之遇电脑黑屏那次上,没来得及第一时间和她联系是被太多事绊住。

他担心余之遇有事,用力拍车窗,喊她名字。

余之遇惊醒似的动了动,缓慢爬起来,认出外面的人是谁,解锁了车门。

肖子校坐上来,借着氛围灯的光亮看到她红肿的眼睛,把她搂进怀里抱紧,嗓音低沉地说:"不是什么大事。我肖子校的,就是你余之遇的。一个课题而已,你男人扛得起。"

"对不起"的分量太轻,余之遇说不出口,她闭上眼睛,泪落无声。

陆沉最先嗅到危机,他万万没有想到,起火的会是自己的后院。

余之遇不可能为中新、为杜涛写稿。看过那篇报道后,陆沉甚至都不必向余之遇确认,也明白她那天的来意了。临水适合多种道地药材生长这个结论是肖子校得来的,报道中所谓的艰难研究历程是属于肖子校而非杜涛。她这篇报道,是为男朋友提前准备的。

当祁南在商女士的邀请下来陆家吃饭,陆沉对进门的祁南说:"到书房来一下。"

商女士却问:"你是要和南南聊那篇稿子吗?"

陆沉的目光从祁南身上掠过,落在自己母亲身上:"你们商量好的?"

商女士把一切揽到自己身上:"是我让南南这样做的。"

陆沉语塞了半晌,再开口时他没能控制住火气,冷凝着声音道:"谁来告诉我,这样做的目的是什么?窃取他人科研成果该当何罪,你们知不知道?之遇现在是肖子校的女朋友,肖子校是万阳集团二少,你们这样做对中新没有丝毫助益!"

"之遇。"祁南笑了笑,"我作为你的未婚妻,你从来没有叫过我一声'南南'。和她分手五年了还叫得如此亲热,阿沉,你心真硬。"

"我是什么样的人,我的心在哪里,我以为你很清楚。祁南,我从来没有在你面前伪装过自己。"陆沉看着她,"你却忘了我们当初的约定,一再为难她。作为曾经的闺密,你的心是软是硬,我已有了判断。"

祁南低吼出声:"那难道不是你逼的吗?我那么爱你……"

陆沉截断她的话,说:"你爱我,不是我爱你的前提。"

祁南怔住,她意外于陆沉的决绝,她以为即便陆沉不爱她也不会将话挑明,哪怕是骗她哄她。可她忘了,他其实并不需要哄她的,一切都是她自愿,她主动。

祁南红着眼睛说:"好啊,那就解除婚约。"

陆沉连一丝犹豫都没有,他说:"你想好了,我随时配合。"

祁南错愕,片刻,她笑了:"好,既然你这么爱她,我帮你把她抢回来!"

陆沉眉心聚起:"你说什么?"

祁南没再说一句话,转身就走。

商女士没有想到他们三言两语便吵崩了,她对陆沉说:"当初你不是答应了我要好好和南南在一起吗?"

"我之所以答应是因为,"陆沉终于说了实话,"不是之遇,谁都一样。"

商女士要被儿子的话气出心脏病了,她质问:"那个余之遇到底哪里好,你就喜欢成这样?"

陆沉神情淡淡,说:"不知道,当年还小,不懂衡量优缺点,心动了就忘不掉了。"他无意和母亲谈余之遇,闭了闭眼说,"新生产线停了吧,免得后期药品滞销,你库房放不下。"

商女士讶然:"停了?我们投入了那么多的资金购买了专利,经销商的订单也发过来了,你让我停产?"

"先不讨论研究成果归属的问题,我们先说说万阳。"陆沉舒了口气,

"之前你在微博上发在临水建基地的消息时我和你说过,我之所以选择那几种中药制剂的专利,是因为那几种药与现有市场上万阳畅销的几种药属同方类似药,跟着校谨行的思路走,是我能想到的在最短的时间内打开局面的唯一路径。"

陆沉对于中医药的了解有限,他再用心,懂的也不可能有肖子校多,为了尽快拓展市场,获取利润,他决定以万阳为参照,于是仔细研究了万阳的几款畅销药。

既然畅销,受众群必然大。中新由此入手,连调研都免了。毕竟,万阳的销售报表便是最好的调研结果。而万阳市场做得再好,也不可能面面俱到。那些万阳放弃的市场,或是看不上的地市,是陆沉设定的主战场。

但是现在,陆沉想起余之遇来找他时说校谨行对于中新进军中医药领域未做任何抵抗的话,他按了按太阳穴:"你和祁南联合起来利用网络攻击之遇,等同于向万阳开火,万阳还会给中新进入市场的机会吗?妈,我劝你及时止损。"

商女士不信邪:"余之遇不过是肖子校的女朋友,连未婚妻都不是,万阳会为了她阻碍中新转型?业界会说他校谨行不容人!这个行业不是万阳的,更不是他校家的。"

陆沉心累:"你太不了解校谨行了!那些所谓的'不容人'舆论,他根本不在乎。至于杜涛,你真当我指望他研究出新的中药制剂?他是人是鬼我还分得出来!一个连导师都不看好的人,我花重金聘他,看中的仅仅是他的资源,冲的是那几种药的专利。"

陆沉几乎是痛心疾首地看着母亲:"他居中获利多少,你不清楚?这样的人你和他合作?妈,中新能撑到今天我真意外。"

商女士并未否认关于临水药材的研究是她与杜涛合作,她说:"那是他自愿，出现任何后果与中新无关。"

陆沉已经懒得说杜涛作为中新中药制剂研发部总监与中新是脱不了关系的。他最后说："你最好劝杜涛针对之遇那篇报道澄清一下，否则等肖子校反击，他怕是无法在业界立足。至于肖子校会不会因研究成果被祁南以之遇之名报道出来迁怒中新，你只能祈祷不会了。反之，以我之力，保不了中新。"

余之遇在当晚病倒，高烧反复了将近一周，针灸、推拿、灌中药，肖子校用尽了办法，她病情再不稳定下来，他都要把身在外市的外公请回来了。

在此期间，她专访陆沉的视频被发上了网，她是陆沉初恋女友的身份在当天流量最高的时段被扒出来发上了微博，紧接着，她出现在陆沉与祁南订婚现场的照片也被曝出来。中新总裁、万阳二少、大阳网总编，以及余之遇的两段三角关系，经有心人士故意为之，很快被送上了微博热搜。

没人敢当着校谨行的面议论此事，但其弟的现任女朋友是中新陆总前女友，分手五年后还在帮中新发稿，为陆沉做专访的事，依旧成了圈里的笑谈。

陆沉懂了祁南所说的帮他抢回余之遇是什么意思，可他阻止已来不及，只能启动危机公关压热搜。无奈中新在这方面很弱，祁南又擅长网络营销，有她在背后推波助澜，中新根本压不住。

最后还是万阳把事情压了下来。校谨行从肖子校那儿了解过事情的来龙去脉后表态："我不会让中新的一盒制剂出现在药店的货架上。"

事情发酵至此，肖子校认为差不多到了最坏的时候，他没再阻止兄长，只说："杜涛那边交给我，祁南你别动，等之遇自己来。"

商女士却是"不见棺材不落泪"。她居然对祁南的这一轮操作很满意。在她看来，给万阳和余之遇添点儿乱没什么不好。尽管中新事涉其中，但被业内和网友评论水性杨花的是余之遇，被扣上绿帽子、被窃取了研究成果的人是肖子校，怎么看中新和陆沉都没损失。

她没有听陆沉的忠告通知药厂停产，按照以往的惯例以经销商订单需求的1.5倍加班加点生产，力求趁此热度将中新的中药制剂推向市场。可当药厂那边提前将药品生产出来，经销商却无法按计划订单支付货款了。

商女士方知，万阳在此前刚刚召开了经销商订货会，以预付款的形式，将经销商的可用资金都占了。

万阳资金雄厚有实力，药品疗效好销量好，经销商有利润可赚，原本就是上赶子和万阳合作，此次万阳又给了大力度的优惠政策，经销商自然是砸锅卖铁也要凑钱打预付款。款打了，为了尽快回笼资金，必然要马上订货让万阳的药上架销售。

如此一来，谁还有钱给中新打款？且不说中新的是新药，销量如何本就没有保证，关键在于万阳还有要求，享受预付款政策的经销商，不允许销售中新的同类似药。

就这样，校谨行提前将经销商的资金收入囊中不说，中新的首批中药制剂连出库的机会都没有。什么搞促销打价格战，都太低级，直接将药品扼杀在中新自家库房等过期，才是校总的手段。

所谓冤家路窄，校谨行与商女士很快在一场业界的会议中见面，他主动问：「商总，库房够大吗？我那边有空地，若中新的药品积压太多没地方放，万阳的库房免费借给你用。」

"校总确定万阳的库房有空地？"商女士简直气炸了，她试图揭校谨行的短，"万阳有几种药前几天不是在一夜之间全部下架了，难道不需要个大库来装？药品下架可是大事，你可小心些，别哪天也像百创似的被爆出个问题药的丑闻。"

事情发展到这一步，校谨行不介意告诉她实话："万阳每年都要处理一次临期药品，为了这次订货会，今年我提前一个月做了这件事给经销商腾库房。但是……"他喷了声，"通知传达过程中出了点儿偏差，销售人员不止把临期药给下架了，居然把柜台上所有的药给我下了，气得我险些打了120。"

见商女士脸色更难看了，校谨行毫不掩饰自己眉宇间的笑意："幸好我的销售总监及时发现，把药按在了经销商库房里，否则都给我返到万阳大库来，先不说我的库房放不放得下，单纯是这一来一回的运费损失，我这一年算是白忙了。"

商女士觉得自己才是需要打120的那个。她之所以坚持不停产，就是因为听市场人员反馈说，万阳有几种药在一夜之间全部下架，怀疑是药品质量出了问题。她以为这是中新的机会，可以用中新的新药取代万阳的同方类似药，结果……

显然，这是校谨行给她布的一个局。

商女士已经说不出话了。

校谨行还觉不够，他说："商总听说了吗，有家药店被举报出售临期药品被处罚了。"

商女士连续深呼吸："国家并没有明文规定说临期药不能上架销售。"

校谨行恍然大悟："商总不说我倒忘了，文件只规定销售临期药品要向消费者告知有效期。不过，前期中新因资金周转问题裁了不少销售人员，关于临期药品的问题应该也顾及不上，作为同行，我让我的销售帮商总监督下药店，别因为忘了提醒消费者被举报。罚药店事小，因此连累中新事大。"

这是在提醒商女士，除了让中新的中药制剂上不了架，你的西药我也有办法打压。处理临期药会有利润损失，但你若舍不得利润不处理，那我帮你。"

商女士脸色惨白，她缓了半天才找回自己的声音，问："你这么做就为了一个余之遇？"

校谨行敛眸："她除了是余之遇，还是校家的准儿媳。我作为校家长子，若连弟弟、弟妹都护不了，这个校总不当也罢。"

这话传到祁南耳里，祁总砸了自己的书房。她在当天将事先整理好的微博上关于余之遇与中新、万阳的一些消息截图等资料发回总部，提出开除余之遇。

祁南称余之遇借由记者身份，利用网站资源为前男友和现男友开绿灯，连同公益版块的成绩一并否定，说余之遇是因为现男友是中医大教授，在临水有采药实践课要上，为陪同男友上课才以临水为试点推进公益事业。而她与前男友藕断丝连，有作风问题。

总之，祁南强烈要求开除余之遇。同时，她为举荐余之遇为采访部长一事，担下识人不明，用人不当之责，欲引咎辞职。

余之遇上了热搜的事总部已知，对此已经有领导不满，现下总编居然要引咎辞职，在不确定那些爆料是否真实的情况下，总部倾向于舍弃余之遇。

一个是国外留学归来的总编，一个是刚刚升部长的记者，对大阳网而言，不难选择。

可余之遇是许东律一手带出来的，她昔日的成绩有目共睹，总部并没有马上签辞退单，而是以述职之名通知余之遇到总部报到。

许东律太清楚这是集团要走劝退流程的前奏，凭余之遇的骄傲她必然不会解释，他不能允许她蒙冤被辞，他直接去了总裁办公室。

"余之遇是大阳网骨干，是大记者。她此前已经因为与祁南的私人关系提出辞职，辞职报告我始终压着，为的是留住人才。李总，这个时候你要劝退她？"许东律把自己的辞呈拍在老板面前，"那我只能和徒弟同进退。"

同一天，大阳网记者在部长夏静带领下全体递交了辞职信，以此维护余之遇的职场尊严。

次日，大兴网发布建站以来最大型的一次招聘计划——职位类型、所需人数完全匹配大阳网提出辞职的记者数量，除此之外，基本要求仅此一个：有大阳网工作经验者优先。

这根本就是直接向大阳网喊话，大阳网敢辞退余之遇，那些因此辞职的记者，大兴网将全部纳入麾下。

祁南看到这则消息气愤异常，正当她向总部汇报此事，说凭大兴网的实力根本没有能力吃下大阳的全部记者时，万阳集团董事长校明理接受媒体采访时宣布："万阳集团已与大兴网达成收购协议，除医药、地产、影视等行业外，万阳将涉猎新闻媒体领域，后续大兴网将正式更名——万阳网。"

当天，肖子校亲自陪余之遇到大阳网收拾东西，他向夏静、叶上珠，以及所有为维护余之遇提出辞职的记者鞠躬表示感谢，并掷地有声道："我以万阳集团股东的身份表示，期待各位加盟万阳。"

第十二章
小小的太阳

从大阳网出来,余之遇说:"送我回江南苑吧。"

此前生病她都是住在肖子校那边,肖子校以为她要回去取东西,结果到家后她把她那辆大G的车钥匙拿出来,放到他手里。

肖子校脸色就变了,他问:"什么意思?"

余之遇垂眸,避开了他的视线:"教授,我们……"

不等她说完,肖子校沉声:"我爱你!"

他是第一次这样直白地说爱,在她萌生退意之时。

余之遇抿紧了唇,她压抑着瞬间涌起的泪意,说:"我是想说,我们分开一段时间。"

肖子校眸色深深地看她:"什么叫分开一段时间?一段是多久?一天,一周,还是一个月?我不认为有这种必要。"

他伸手抬起她的脸,让她看着自己:"余之遇,人海茫茫,我只爱你。长得像你不行,性格像你不行,不是你就不行。我以为这一点不需要我说,你十分清楚。至于你心里那些伤了我面子、伤了校家面子的想法,你最好即刻收起来。你当自己是余之遇,我们视你为校家一员,你这样胡思乱想,伤我们的心。"

他的研究成果因她而泄露,她与陆沉是前恋人的关系,给陆沉做专访,署着她名字为中新发的新闻稿,桩桩件件都让校家难堪。那不是一个普通的家庭,他们的体面关乎一家集团公司的发展。

对于大众而言,一段三角关系或许只是茶余饭后的谈资,她与肖子校,与陆沉的所谓三角恋对于校家而言却是丑闻。这样遭受舆论的攻击,甚至可能导致万阳的股票下跌。

余之遇不愿校家承担这份后果,她更不知道该如何面对肖子校,面对他的父母兄长。尤其校家在她遇到这种事时还在为她善后,这份维护越发让她无地自容。

余之遇舍不得肖子校,她不想分手,她只是觉得应该在这个非常时期离他远一点儿,以此淡化因她带给校家的负面影响。

却不被允许。

肖子校双手搭在她肩膀上:"这个时候我们要同仇敌忾,你不是都在找祁南的弱点了吗,你生病时我接到你朋友的电话了,那就放手去做。她一个女人,我和大哥出手倒像欺负她,也太抬举她了,你就给她点儿颜色。"

话至此,他还有闲心逗她:"要不是你不争气被气病了,我都解决完了。"

余之遇脸红,依旧犹豫:"可是……"

"没有可是。"肖子校拥住她,"再敢说分开的话,我真给你长记性。"

被她的小手挠了下,他笑:"收拾一下,今晚我们回家吃饭。"

校家别墅余之遇不是第一次来。自从余校长与老校夫妇正式见过面后,每逢周末肖子校都会带她回来吃饭。

像是被安装了定位跟踪似的,肖子校刚停好车,身穿旗袍的肖瑾瑜便迎了出来,她拉住余之遇的手说:"居然给我家宝宝气病了,大校你动作快点儿,赶紧给我们出气。"

肖子校掌心罩着余之遇后脑勺儿轻抚了下:"等她恢复无气自己就动手了,妈你不知道,她凶起来连自己都打。"

余之遇嗔怪地看了他一眼,有些不好意思地说:"对不起,阿姨,让您担心了。"

肖瑾瑜居然说:"真觉得对不起的话,喊我'妈妈'呀。"

余之遇顿时不知所措。

肖子校替她解围:"妈你太心急了,我婚都还没求。"

肖瑾瑜拉着余之遇进门:"所以说你那个科研脑能不能转快点儿,这种事还要老妈帮忙。"

肖子校屈指蹭了下眉梢,他从后备箱拎出一个礼盒,跟在两人身后进门,将东西直接送到二楼他的房间。

余之遇也被肖瑾瑜带到他的房间,她正不解,肖子校笑望她说:"把衣服换了,再化个漂亮的妆,免得日后埋怨我。"说完先一步下楼。

余之遇打开礼盒,里面是一件手工旗袍,她诧异地看向肖瑾瑜。

肖瑾瑜把旗袍拿出来:"大校给你准备的,去试试合不合身。"

特别合身,根本就是量身定制。

肖瑾瑜前后看了看,笑言:"这个坏小子,倒是把你的尺寸摸了个透。"

余之遇的脸瞬间红透。

肖瑾瑜温柔地给余之遇整理盘扣和头发,检查她的妆,确认没任何不妥,牵起她的手说:"走吧,他们应该准备得差不多了。"

余之遇隐隐预感到什么。

半小时不到,楼下客厅已布置一新,气球造型的桃心,遍地的玫瑰花瓣，可爱的灯串，无明火的小蜡烛，像阳光般灿烂绽放的花束，还有摆台上一张张他们的照片，在图书馆的，看日出日落的，还有他为她毕业完成拨穗礼的，一切明明与华丽的装修不符，却因接下来要发生的美好的事情显得格外温馨浪漫。

校明理和校谨行都在，他们西装笔挺，神色凝肃。肖子校也换上了西装，里面搭配了白色小立领的衬衣。余之遇一眼认出来，那是他们在中医大重逢时他穿的那款。

细节上又有些不同。他向来不喜欢打领带，立领衬衣更不适合，可今天日子不同，为表正式，那件衬衣的前襟居然带了领带设计，不仔细看，就是一条时尚的细窄领带。

分明还是那个人，熟悉得不能再熟悉，却是不一样的挺拔帅气。

他就是有这样的本事，随便换个装，都能把她迷得不行。

余之遇唇边的笑意蔓延至眼底，将眸中的光亮润湿，氤氲弥漫。

肖子校看着他的女孩儿一步步走近，她穿着高领旗袍，纤细的脖颈似露非露，胸口处精致的盘扣欲说还休，侧面高开衩的设计让长腿若隐若现。与母亲的风韵犹存不同，穿着旗袍的余之遇，千般妩媚，美成风景。

肖子校长身挺立地站在台阶下，朝她伸手。

余之遇握住那双能给予她力量、勇气和爱意的手，明知故问："这是干什么？"

肖子校目光专注热烈，他说："求你下嫁。"

他选择在家里，在父母兄长面前向她求婚，是要打消她心底的顾虑，以此告诉她，校家没有因那些不实的言论对她有丝毫的成见与慢待，他们相信她、尊重她，期待她成为家庭一员，名正言顺地护她，做她的后盾。

余之遇泪盈于睫。

肖子校注视她的泪眼，喉结轻滚："'君子有三戒，少之时，血气未定，戒之在色。及其壮也，血气方刚，戒之在斗。及其老也，血气即衰，戒之在得。'这是《论语》中所言的，人生不同阶段要戒的东西。"

校谨行在这时把手中的戒指盒打开，里面是一枚钻戒，两枚刻有"校"和"遇"的对戒。

肖子校取出那枚钻戒，嗓音微沉："这三戒则是：一戒定情，二戒成婚，三戒一生。在临水时我们交换过恋爱誓言，心怀感恩，忠诚以待。今天，我以三戒许下正式的承诺：我愿戒掉所有念想，余生只爱你一人，给你宠溺，无条件为你偏心。未来所有有你的选项里，我都坚定不移地选择你。"

肖子校单膝跪下，把钻戒戴到余之遇中指上："请你嫁给我，给我守护你余生的权利。"

余之遇的泪滚落而下，为他的——为她而戒。

她十指一收，双手将他扶起："低头显矮，我喜欢仰头看你。"

一如我对你的爱，源于崇拜，仰视而生。

肖子校俯身吻她唇角，浅浅一触："虽然我高，但我心甘情愿为你弯腰。"

旁边的校谨行："……"酸得快听不下去了，又有点儿感动是怎么回事？

见小儿子求婚成功，校明理表态："校家什么大风大浪都经历过，比起当年叔叔为你阿姨丢的十亿订单，这点儿风雨，我们三个男人怎么都不会让你淋到。你是什么样的孩子我们心里有数，从此刻起，你就是我们校家的小公主。"

肖瑾瑜握住余之遇的手，说："你本来该是我的女儿，你妈妈心疼我生了两个儿子太辛苦，不忍心让我再承受一次分娩之痛，便替我怀了你。如今你长大了，她把你还给了我。之遇，从今以后，我就是妈妈。"

余之遇眼泪落下时，校谨行说："集团确实早有涉足新闻媒体领域的计划，但万阳网就是大哥送给你的，想怎么发挥随你，不用有负担，一个小网站而已，拿去玩。"

本来被感动哭的余之遇听完校总一席话顿时破涕为笑："大哥你这样说被沈总听见，她怕是要发飙。"

校谨行："……"怎么到我这儿画风就变？我是很严肃的！

当晚，肖子校带余之遇回了父母为他结婚准备的别墅里。

卸下压力的余之遇去了位于海城的大阳集团总部。

自然不是述职。

从许东律到大阳网记者，所有人都为了维护她递了辞职报告，尽管她清楚公司迫于压力不可能批，但她要有个态度。

许东律带她去了总裁办公室。

李总已经知道她与万阳集团的关系，抛开万阳比大阳网有实力这一前提，事情发展到这一步，他已经不能简单地把余之遇定义为普通记者了。

简单寒暄过后，余之遇直奔主题："以我在职时的级别还不够见您，我只耽误您几分钟。关于我的热搜，我前期的任职情况，都明确地摆在面上，我不一一赘述了。是辞职还是被辞退我并不在乎，但祁南窃取、篡改、私发了我的稿子，导致我未婚夫的科研成果泄露，我势必要追讨公道，若因此伤了我与老东家的和气，李总莫怪。"

她的直接和尖锐让李总略意外，老李只能和稀泥："小余，你说这话就见外了。"

余之遇懂得为领导者那一套，她只按自己的思路继续："许总是我师父，我入行是他带的，大阳网那些记者是我的同事，都与我并肩工作过，我感谢他们在我蒙受委屈时站出来。我不是无可替代，一支强大的团队却不易培养。李总宽宏，一定能够体谅不会怪罪，别人却未必能容。"

李总闻言笑了："小余，你是在提醒我祁南会因此为难他们吗？"

"那是我干涉不了的。"余之遇抬眸与他对视，"不过，因我与祁南的私怨影响到他人，我就有责任了。许总是强将，他带的队伍是精兵，从前的大兴网，现今的万阳网，都需要精兵强将。"

她以此告诉老李，祁南若为难任何一个记者，大阳网若对许东律有任何不公，她都会管。李总意外于余之遇的强势。在他看来，一个柔柔弱弱的女人在经历了网络暴力后，即便不是萎靡不振，也该躲在校家背后，结果她居然来威胁自己。

换作是别人，李总怕是要冷脸下逐客令了。可他听许东律说了，余之遇是由未婚夫陪同前来。那位许总聪明得很，这是在提醒他，此次事件非但没能动摇她与肖子校的关系，反把他们的关系推得更近了一步，余之遇此刻已是校家一分子，是有万阳集团撑腰的人，他需要客气些。

大阳网虽是集团公司，实力却不及万阳。人在江湖，为了生存，为了追逐利益，有时是不得不低头的，尤其一个总编尚不值得他为此得罪万阳。

李总笑了，他承诺："总编的职权确实需要调整一下了，回头我和东律商量一下，有些重担还是要他来挑的。"

这是要削祁南权的意思，余之遇见好就收。

自那天起，她又忙碌起来，白天不见人影，晚上到家电话不断，肖子校都有种被冷落的错觉。不过，他喜欢看她勇敢倔强、光芒万丈，于是放心地专注于自己的事了。

杜涛在某个下午来了中医医院。他不再是制剂室的药师，无法自由进出。

他给肖子校打电话说:"我在一楼,师弟有空下来叙个旧吗?"

肖子校等他多日,结束通话后下楼。

两人没舍近求远,直接在大厅的休息区坐下。

西装革履的杜涛打量身穿医生服的肖子校,笑了下,说:"我现在是客,师弟连杯水都不请我喝?"

肖子校长腿交叠深坐在椅子里,眸色沉沉:"客?谁的客?"

杜涛面孔上的笑僵了下:"看来肖教授是不打算念师兄弟之情了。"

肖子校语气极淡:"杜总若念半分的师兄弟之情,我们会有这一刻的见面吗?"

一声杜总,为两人划清了壁垒界限。

杜涛敛眸:"这三年你在做什么我是知道的,你的这个项目,保密工作做得不够,中医大和院方都有人知道。临水县我去过多次,只是为了避开你没在县里停留。此次中新转型,我提出将中药材种植基地建在那儿,是根据我团队的研究成果选择的地址。"

肖子校寸步不让:"既然如此,杜总何必专程跑一趟?"

杜涛自知在这位堪称天才的师弟面前没空子可钻,但他不是轻易示弱的人,尤其这件事关乎自身的未来发展,他说:"除了大阳网上那篇报道,我也拿得出数据报告。"

肖子校似笑了下:"杜总再绕下去,我就真听不懂了。"

杜涛摸了摸下巴,终是问:"你在等什么?"

原本余之遇的稿子一发,他就该有所动作。毕竟是自己的科研成果被公布了,换谁都会急,急则生乱。杜涛一直在等肖子校的反应,可多少天过去了,他始终按兵不动。

从糊涂到慌,杜涛坐不住了。

肖子校看着他,那双眼像夜一样漆黑,却有阳光般的坦荡,他说:"等你澄清。"

杜涛脸色微微变了下:"这件事,从头到尾我都没发声。"

这是甩锅的意思,是他为自己留的退路。他意在告诉肖子校,从中新在官博发消息,到大阳网发稿,自始至终他都没有表过态,他在撇清自己。

现今的局面,不容他撇清。

肖子校语气冷凝,似带着警告:"你只有一次机会。"

杜涛一愣,脊背莫名发凉。

肖子校勾了下唇角,却不含半点儿笑意:"这个项目,起初一年我并没有当作课题来做,直到我一次次上山,发现越来越多的药用植物才专注研究。保密这种事要做到百分之百很难,所谓的保密协议有时不过是君子之议。尤其那是一座山,与常规的制剂研发有本质区别。既然谁都可以上山,我没必要把自己搞得风声鹤唳。

"若要滴水不漏,我不会建议中医大把基地设在那儿,更不会把当时还不是我女朋友的余记者带过去。那些我出镜的公益报道一出,我的行程不再是秘密。我想不只是你,应该还有很多人去过临水。或许我们做了同样的研究,同一种药材的研究,"肖子校抬手用食指敲了两下自己的太阳穴,"但我们的理念不可能相同。

"我不在意你和中新、和大阳网那位祁总是怎么达成的共识,我只关心那篇署名余之遇的新闻稿发出去后可能产生的两种后果。

"第一,我的团队因此分崩离析。日防夜防,老板难防。他们守口如瓶的秘密,老板转头把资料给到未婚妻手里,导致他们三年的努力变成了杜总你的艰难历程。如果他们失去判断只用耳朵听,只用眼睛看,不懂用心分辨,便会被分裂,进而质疑我。失去信任的团队是一盘散沙,我内忧外患,或许就无暇顾及成果外泄。这应该是你想要的结果。

"第二种结果便是针对余之遇,是那位祁总想要的。她窃取稿子,以此抹黑污蔑余之遇,拿以未婚夫的研究成果帮前男友实现公司转型的话题,轻巧地往我和余之遇头上扣一顶帽子。在她看来,我会因面子受损不原谅余之遇,进而让余之遇失去一段爱情,职业生涯也会留下污点。但她忽略了我对余之遇的了解、信任和爱。"

话至此,肖子校极淡地笑了下:"你们合作确实各取所需,各有所得。"

他说得全对。

陆沉确实是以重金相聘,杜涛却看出来老板对新制剂的研发兴趣不大。当然,他能够理解,新药研发难度大、耗时长,更需要资金支持,中新等不了。

那自己的价值将如何体现?在促成中新购下几种制剂专利,从中谋取到十分满意的报酬后,杜涛将目光放到了临水。

建中药材种植基地不是什么新鲜的想法,却是一家药企实力的体现,而要确保中药制剂的疗效,除了对症下药,质量优质稳定的原料药必不可少。

他以此说服了老陆总和商女士,在临水建中新自己的基地。

杜涛的确去过临水,采集过几种药用植物带回实验室研究,但他的所谓研究不过是皮毛,临水的气候变化,每种药用植物的气候生态位,环境变化情况下中药材的迁移分布等,他都没有仔细研究过。

肖子校说得没错,在杜涛这"临水适合多种道地药材生长"只是一句空话。在此基础上人工种植中草药,根本达不到道地的标准。

他本意是先把这个项目掐在手里,再慢慢研究,从结果反推过程,采取的是以结果为导向的思维方式。这个结果是除了平时的打探观察,连蒙带猜,再加上祁南听商女士聊起在临水建基地后拿出的那份从余之遇电脑中窃取到的肖子校的研究数据得来。

这样做的风险很大，可杜涛没有经受住诱惑。随着社会人口急剧增加和生态资源被破坏，自然道地中草药资源已经无法满足市场需要，很多品种只能靠人工种植取代，相比之下，万花山那样的天然药库太过难得。面对祁南窃取到的数据报告，他一时迷了心窍。

好在事情在按他的预期走。唯一没有料到的是，本该一心的陆沉和祁南翻了脸，祁南擅自改了剧本，欲置余之遇于死地。

女人的嫉妒心真是可怕。

若没有校家护着，余之遇要翻身，难如登天。

当然，难归难，并非没有可能。

杜涛听说了大阳网全体记者辞职的事，他回想第一次，也是唯一一次在制剂室食堂见到的那个自称后浪的女人，对余之遇生出几分佩服。

由于同事间存在利益冲突的现实，彼此间都有自我保护和设防的心理，职场上基本没有真正的朋友。可她分明被泼了一身的脏水，不仅没有人落井下石，同事竟都站出来维护。她的为人，想必真心不错。

杜涛明白为何报道出来却没有影响到肖子校和余之遇的感情了。他们本是一类人。杜涛不喜欢肖子校，因为他太优秀，掩盖了自己在导师面前、在业界中的光芒。可这位小师弟的为人，他是认可的。

杜涛终于说明来意："我可以替余之遇澄清，证明她没有和陆总藕断丝连，为你摘帽。"

这是牺牲祁南自保的意思，是要以余之遇的清白换他成果的意思。肖子校笑了，他抬腕看了下时间，起身说："发声的机会只有一次，该澄清什么杜总好好想一想，我没耐心等太久。"

杜涛看着他，讥讽："看来研究成果和未婚妻之间，你的选择是前者。"

"这不是一道选择题。"肖子校一字一句道，"我有本事喜欢她，就有本事护她。"

所以，他二者皆要。

杜涛绷紧了下颌。

肖子校把团队成员全部叫到办公室。

自从大阳网发出那篇新闻稿，之前怀疑杜涛窃取了他们研究成果的小伙子们异常沉默，肖子校发现了，一方面余之遇病着，他没时间、没精力安抚大家，再者他在思考解决办法。

等人到齐，他站在桌案前说："临水县的项目告一段落，大家都辛苦了。之前欠下的假期明天起兑现，和以往一样，一周。利用这七天，你们思考一下未来，是留下，还是另谋高就。留下的一切照旧，决定走的，我会给出一封令人满意的推荐信。"

话音落下，包括喜树在内的所有人都怔住了，本就安静的办公室瞬间针落可闻。

肖子校的视线在每张面孔上停留两秒，说："这个项目的成果评审我已经审核过了，根据预期价值奖金刚刚划到你们账户上。"

临水的项目与以往不同，在启动前没有寻找资方，此前的一切投入均是肖子校个人承担。原本大家以为是要等到临水基地建设启动，奖金发放才会提上日程。尤其出了成果泄密的事，大家更觉三年的辛苦付诸流水。

神曲的手机正好在手里，他好奇一查，吓一跳："这么多？"

其他人也掏出手机查询，比预期的都多。

大家齐齐看向肖子校。

他神色不动地说："在评审结果的基础上每个人的奖金上浮了百分之二十，作为你们这个假期的旅游基金。"

大家掐着手机，心里不是滋味。

喜树看着账户中收入的逼近七位数的奖金，垂眸说："这笔奖金我不能接受。老师，这是您个人的钱。"

百分之二十的上浮幅度已经不低，再加上原本的奖金基数都是六位数，对于个人而言都是一笔不小的收入，可想而知，综合起来是多大的支出。

神曲也要说话，被肖子校截住了，他说："奖金是参照给万阳的《临水适宜建道地药材种植基地的可行性报告》中提及的专利价格进行的评审，是你们应得的。除此之外，就是课题署名。网上的报道你们都看到了，那些数据资料是我给余记者的，那篇稿子是她计划在我们课题完成后发表。但很遗憾，她电脑被植入病毒，稿子泄露。"

肖子校向来不是爱解释的人，可事涉余之遇，他不自觉地多说了两句。

却点到为止。

愿意相信的人，不用解释也不会质疑。若认定了是余之遇的问题，他解释再多也是徒劳。

肖子校说："成果泄露责任在我，我来解决。待解决完成，你们作为课题研究成员，我会根据每个人的研究贡献，安排署名次序。"

课题是有署名次序的，从前到后依次是主持人、第一参与人、第二参与人、第三参与人……肖子校作为当仁不让的课题研究贡献最大的人，是课题的总负责人，署名课题主持人的位置，排名第一。接下来是课题参与人，大家心里都有数，喜树必然是第一参与人，神曲排名第二，其他人依次往后。

署名次序排名越靠前越好，将来用课题参评职称时是可以加分的。可问题是，现在成果被窃取了，还能如何解决？

大家的目光中满是疑惑和期待。

肖子校却没再多说,他开会向来有事说事,把休假、奖金、署名三件事讲完,直接散会。

下班时,喜树特意到他办公室来打招呼说:"老师明天见。"

肖子校心说明天你们休假还见什么,喜树已带上门走了。

等走廊外安静下来,成员们都下班了,肖子校去了实验室,里面收拾得整整齐齐,是放假前该有的样子。

然而,第二天早上团队成员无一缺席,他们精神饱满地出现在实验室里,咧着嘴向老板表态:"凝心聚力,共克时艰!"

这才是他团队该有的模样。

肖子校掷地有声地说:"我一定把属于我们的成果拿回来!"

余之遇最近除了忙自己的事,都在万阳网协助沈星火进行网站内部整顿,力求尽快与集团业务接轨。听闻她要来找祁南"叙旧",沈星火提出一起。

祁南正在给各部门开会,余之遇直接进了会议室,抢在她开口前说:"建议你休会十分钟,免得我接下来的话污了大家的耳朵。"

不等祁南发话,夏静第一个站起来,迎向余之遇身后看热闹的沈星火:"沈总,到我办公室喝杯茶。"

沈星火挑眉:"好啊。"话落,拍了余之遇肩膀一下,随夏静走了。

然后是编辑部的陈默,就是此前报道事故时明明接到叶上珠信息,但没撤换稿子的那位,与余之遇擦肩而过时,她微微颔首。

有人开了头,其他人陆续走了。

直到会议室里剩下她们两人,祁南的脸色已经不能用难看来形容,她把手中的笔甩到桌案上,说:"有靠山就是不一样,从肖子校以万阳股东的身份表过态,所有人都拿你当老板娘了。"

余之遇勾了下唇："没办法，上辈子拯救了银河系，奖励我个厉害的未婚夫。"

祁南因她"未婚夫"的话下意识地去看她的手，钻戒硕大，奢华耀眼。

余之遇把手中的资料袋甩过去："好好看看，给自己做做心理建设，别等我往网上曝时措手不及。"

祁南不明白她的意思，她打开资料袋只看了其中一份，神色陡然转厉："你从哪儿弄来的？"

余之遇没错过她眼底一闪而逝的惊慌，说："你能往我电脑里植病毒，我随手挖个你的隐私不是小儿科吗？别忘了，我是记者，最善于捕捉细节。"

祁南警告："余之遇，曝光他人隐私犯法！"

"会比窃取他人科研成果判得更重吗？"余之遇双手撑在桌面上，一字一句道，"我们赌一把，我不用任何外力，只以自身的业务能力，实名曝你的料。若我输了，我认判！祁南，敢赌吗？"

祁南注视她指间的钻戒，眼神狠戾："余之遇，你根本配不上校家，配不上肖子校！"

余之遇平淡一笑，笑里讽刺、鄙夷皆有："我配不配，你不配说。你该考虑的是，怎么体面地把属于我未婚夫的科研成果还回去。"

对视中，祁南的敌意和恼恨暴露无遗："我要是不肯呢？"

"那你连跪下向他道歉的机会都没有。"余之遇屈指敲敲桌案上的资料，"没想到你会是百创老总的私生女，知道你母亲是舒心，我差点儿以为你和陆沉是同父异母的兄妹了，还好没那么狗血。不过，商女士要是知道她的准儿媳是昔日情敌的女儿，估计不用我再做什么，她都要让你身败名裂了。"

祁南的眼睛已经被逼红："阿沉说我心硬，让他看看你现在的样子，不知他会作何感想?"

"我不像你那么在乎他的想法。"余之遇直起身,说,"抓紧时间,我耐心有限。"

当会议室的门阻隔了视线,祁南将会议桌上的资料挥落在地。

同一时间,除总编室无人问津外,大阳网所有人都收到了万豪酒店的女王下午茶。

叶上珠签收后扬声说:"我们组长请大家喝下午茶!"

她习惯了叫余之遇组长,大家也听习惯了,闻言欢呼一声。

沈星火从夏静办公室走出来,和余之遇站在一起。

余之遇对昔日同僚道:"若日后你们在大阳网有任何为难与不快,沈总和我,接你们回家。"

这话当天便传到了大阳网总部,李总对许东律说:"看你带的好徒弟,已经公然到公司挖人了!"

沈星火肯定是冲着人才去的,余之遇则是给前同事撑腰。

许东律心中有数,他说:"万阳收购大兴网成立万阳网,必然是要把网站做强、做大,他们的目标肯定是行业第一,否则与集团实力不匹配,与各兄弟企业的业务无法接轨。听说沈星火已经在履行总经理职权,在确保完成今年全年业绩的基础上,年底前要完成网站的内部整顿,招兵买马确实迫在眉睫。"

李总说:"总经理不是余之遇?"

"沈星火作为原大兴网的总编,对网站的情况最了解,是当仁不让的总经理人选。我和万阳那位校总打过交道,他是个十分精明的人,在造利和用人方面自成一派。即便余之遇愿意担起'余总'的担子,他也会留住沈星火委以重任。"话至此,许东律笑了下,"何况余之遇向来没什么上进心。"

李总明白所谓的"没上进心"是指余之遇无心做领导、做管理,他忽然想起来:"沈星火原来是你手底下的人吧?"

许东律笑了下说:"当年她与余之遇、夏静,有点儿三足鼎立的意思。"

如今两位大记者全去了别站,这对于大阳网来说是莫大的损失。

李总当机立断,交代助理:"大阳网所有记者薪资上调一级,从这个月开始。"

许东律几不可察地挑了下眉,说:"万阳药业是我们的合作企业之一,合同虽然是我签的,人家冲的却是余之遇。"

李总皱了皱眉:"你的意思是?"

"此前余之遇的精力一直放在公益版块上,万阳药业的合同落成后除了常规的广告位,网站尚未提供其他资源,新闻稿都没发过一篇。现在余之遇离职,万阳集团收购大兴网有了自己的网站,营销方面完全可以自给自足。"许东律顿了顿,似是给李总消化的时间,才说:"我建议我们主动解除合作。"

校谨行不会在乎那一千万的费用。问题是,鉴于祁南与余之遇不可调和的关系,后续根本无从合作,等他分神计较起来,以总部之力扶持万阳网与大阳网打擂,对大阳网会很不利。

同业之间正常的竞争不可怕,可怕的是刻意针对。一旦被实力超于自己的对手盯上,人家不惜代价给你使个绊子,你会举步维艰。尤其,万阳有资本自损一千,只为伤大阳网八百,大阳网却伤不起这八百。

既然如此,哪怕不去示好,也不能激化矛盾。

李总是聪明人,他经许东律提醒想到这一层,不会咬着万阳药业那一千万的费用不放,他挥了下手,让许东律看着办。

许东律点头,说:"那就让祁南去处理吧。"

提到祁南,李总上来点儿火气:"她到底怎么回事?"

没有证据,许东律不会说祁南窃取了余之遇电脑中的资料,他只说:"那篇署名余之遇的稿子我仔细看过,确实是她执笔,这不会错。余之遇之所以对中医药如此了解,自然归功肖子校。据我了解,肖子校三年前就开始在临水做中药材研究。"

李总还有什么不明白的,他把手中的签字笔甩到班台上,说:"你告诉祁南,总部无条件地给她的人加薪,为的是给她巩固后方,要是她还处理不好万阳药业解约及稿件问题,她自己看着办。"

当初许东律举荐夏静,李总重用了祁南,作为祁南的伯乐,老李现在既伤了面子,又没了里子,已经懒得和祁南直接对话了。至此,火候够了。

许东律没再说什么,安排祁南处理万阳解约一事。

高非向校谨行汇报大阳网提出解约时,校谨行笑了,说:"好事,给那位祁总个机会。"

高非立即回复祁南,让她当天下午到公司来。

祁南倒没天真地以为校总会给自己好脸色,可她误以为校谨行终究是在意那一千万费用的。可她等到快下班才见到据说是有临时会议的校谨行,连说话的机会都没有,便听被高层簇拥的校总对助理说:"解约这种事需要我亲自处理?药业这边的广告投入不是交给沈总安排了吗,内部转化不会?"

他的意思是将原本投入到大阳网的费用直接转到万阳网,祁南无功而返,只能择日再去万阳网对接此事。

等她走了,高非把从秘书那里得来的消息告诉老板:"那位祁总问了三次您什么时候散会。"

校谨行冷笑:"那她的耐心可不如余之遇。报道事故发生时,余之遇等了两个小时，预约时间又被推迟了半个月，可还保持微笑呢，连你都被感动了。"

高非轻咳了声。

校谨行吩咐下去："和财务打声招呼，既然沈总那边的广告费有着落了，暂时不必划款过去。"

高非提示道："解约需要时间，沈总那边正是用钱的时候，您之前答应这周内款项划拨到位。"

校谨行喷了声："让她自己想办法，她能干着呢。"

高非："……"这话听着有点儿耳熟。

沈星火接完高助理的电话，得知校谨行居然扣她费用，低骂了句："混蛋。"随即从药业财务那边要来大阳网的合同直接送到余之遇办公室，"一周内让大阳网把一千万给我们打过来。"

余之遇翻了翻合同，气笑了："人家好歹给了一个季度的广告位展示，一分钱不给有点儿耍流氓了吧？"

"那我不管。"沈星火双手抱胸在她对面坐下，"校谨行之前答应给我们划一千万，现在他不给拨款了，我只能让大阳网悉数补上。"

余之遇给沈星火递了个别有用意的眼神："你给校总打个电话，没准儿这事就解决了。"

沈星火抄起合同作势扇她："要打你打，反正我只管签字，账上没钱财务只会找你。"

余之遇："……"忘了自己兼职财务大总管了，那得了，无意找校总化缘的余总只能拿祁南开刀了。

明白是许东律在背后推动此事，余之遇给师父打电话表达谢意。

她虽离职，大阳网其实可以重新指派挂靠记者，只要后续推广跟上，万阳药业没有解约的道理。非解不可的话会有损失，现下这样，不仅保护了万阳药业的利益,还让祁南在李总面前重重跌了一跤。

毕竟是到手的一千万,退回去一百万对于大阳网来说也是损失。加之老李为了留人,给所有记者加了薪,这笔账自然是要算到祁南头上的。她这个总编,处境越来越难了。

许东律刚接完校谨行的致谢电话,此刻,他笑纳了徒弟的谢意,末了提醒:"不用顾及我,严格遵照合同来。"

果然是师徒,她的路数都随他。已经和法务抠过合同的余之遇笑言:"那我可要向大阳追讨赔偿了。"

许东律失笑:"我看你是要上天。"

余之遇没像校谨行那样在时间上压祁南,当祁南来到万阳网,她直接带法务接待她。

祁南料到是她,有心理准备,直接把解除协议拍出来:"扣除一个季度的广告位展示费,退还贵司七百万,余总尽快走流程,解除协议签完,七个工作日款项确保汇到你们账上。"

余之遇侧身坐着,一只手肘搭在桌案上,垂眸不语。

旁边的法务没接那份解除协议,他递上一份自家公司出具的解除协议:"我司的解约条件都写在上面。"

他们还有条件?祁南蹙眉,拿过那份协议看到"解约赔偿"条款时,她不屑地笑了,抬头瞥余之遇:"开什么玩笑,大阳网是给了万阳药业资源的,怎么,你们想白嫖?"

法务脸色一白,心说女人之间谈公事的尺度这么大吗?

她的反应本在意料之中。余之遇抬眸,淡笑着回视,说:"需要我给你讲讲网站的广告位是有排位的吗?或者我给祁总报一下大阳网广告位的价格?"

她敲了敲手边那份此前校谨行和大阳网签下的合同:"上面白纸黑字写着,大阳网要根据网站版块流量实时调整万阳药业的展示位,确保展示效果。你调了吗?公益版块是目前网站流量最高的版块,你有给万阳药业展示过一分钟吗?一个边角料的位置你收我三百万?!祁总,你胃口未免太大了。"

祁南同样是会抓重点的,她当即反驳:"你是万阳药业的挂靠记者,你不上报我怎么调?"

我被你打压得连公益版块都险些运作不下去,我报,你会批?余之遇懒得争辩,她担下这罪名:"确实是我失误了。可我被你开掉了,没机会负责,只能反过来追究你了。"

这是在告诉祁南:作为被你开除的人,我在职期间的所谓失误,你已经追究不了我。作为合同的甲方,我要把你旧部的失误算到你头上,你不担也得担。

不止万阳网的法务,连祁南的助理都服了余总这反击。

祁南胸口起伏,有翻脸的迹象:"对簿公堂的话,大阳网未必会输。"

"打官司啊?"余之遇眸色微敛,似是有几分为难,"被校总知道估计要训我了。但到底我是为了维护公司利益,他再生气也会支持。"她微抬下巴点了点法务,"你稍后和总部的任律师打声招呼,让他准备一下。"

听法务应下,余之遇语气淡淡地问祁南:"既然要走法律程序,我们还谈吗?"

打官司等同与万阳撕破脸,总部绝不会同意。祁南勉强压住脾气:"你想怎么样?"

余之遇指了下她草拟的解约协议:"我的想法都在上面,祁总做得了主的话,现在就可以签。"

按照万阳网的解约协议,除了将此前万阳药业一次性支付的一千万费用退还，还要再支付三百万的违约金，里外里与总部给的解约条件相差了六百万，这个主祁南做不了。

余之遇看似大度地说："那我等祁总回去申请吧。"

祁南一瞬不瞬地盯着她说："余之遇，你想没想过这样做会令许东律为难？"

余之遇语气无辜："我对你公事公办，为什么会为难到他？"

祁南状似提醒："这份合同是他签的。"

"但执行不是你吗？或者我再提醒你一下，本该给万阳药业的资源展示位你给了中新，从公益版块流量排名网站第一时起，中新就占据着大阳网最好的广告位吧？我截了图，回头我看看日期是否对得上。"话至此，余之遇有点儿气人地建议，"要不你让中新追加广告费，补上赔偿给我们的这个窟窿？那无非是你未婚夫一句话的事。"

且不说她在陆沉面前没这个面子，单就中新现在的困境，以及她与陆沉的僵局，陆沉也不会追加广告费。

祁南起身就走。

谈判宣告失败。

法务对余之遇说："余总，您抽空把截图发给我，我这边整理材料。"

余之遇一时没反应过来："整理什么材料？干吗用？"

法务义正词严："以备打官司之需！"

余之遇捏了下眉心："我没截图。"

法务错愕："您诓人家啊？"

"兵不厌诈没听说过？"余之遇瞥他，"去、去、去，现在截一个。"

法务："……"余总你可真坑！我要是校总我也训你！

余之遇不关心祁南怎么向大阳总部汇报的这件事，她只知道大阳网隔日便签了解除协议,并按规定在三日内将一千万的广告费及三百万赔偿汇到了万阳账户上。

财务收到款时,祁南打来电话,她冷冷地对余之遇说:"你赢了。"

余之遇算是明白了,有时光自己有刀是不够的,还需要实力盾撑腰。她自信地说:"在我面前,你注定是输家。"

祁南语气阴郁:"我宁可身败名裂,都不可能替你和肖子校澄清什么,这盆脏水你洗不掉。"她认定了在课题成果这件事上,肖子校毫无办法,以此让余之遇对肖子校愧疚。

"你是不是以为我只有曝光你隐私这一种办法?"余之遇笑得漫不经心,"我想了想,我不能学得和你一样卑鄙。毕竟,我现在的一言一行也代表了校家。这次的解约倒是给我提了醒,祁南,看好你现有的客户,尤其是那几个大客户,快续约了吧?我准备给万阳网冲冲年底业绩。"

再丢了那几个大客户,她这个总编也不用干了。祁南马上布置下去,安排人跟进续约事宜。

沈星火料到余之遇一定会把握这个机会给祁南点儿颜色看看,但她以为余总充其量就是耍个流氓,白占一个季度的广告位,把一千万要回来了事。

校谨行对沈星火和余之遇的期待值更低,他的预期是大阳网退回一半的费用就行。毕竟,万阳药业不差那仨瓜俩枣,不看别的,他还要看许东律的面子。

结果让校总大跌眼镜,他对肖子校说:"你老婆有手段啊。"

肖子校听余之遇提起过此事,他的宝贝未婚妻明明谦虚地说:"我是仗着万阳比大阳网有实力,大阳网不敢得罪。加上祁南确实把该给万阳的资源给了中新,她担心被总部追责。"

他则对兄长道:"那不是被校总逼的吗?你那边不给放款,她不得从别处想办法？"

合着还是我的错？校谨行咝了声："行，既然她潜力无限，我可要放手压榨了。"

肖子校轻笑："差不多得了，她这两天忙得都没空接我下班了。"

校谨行损他："你是怎么觍着脸让老婆接下班的？"

肖子校默了两秒说："算了，你不能体会被老婆接下班的心情。"

校谨行："……再见！"

余之遇抢在校谨行挂断前说："大哥，那三百万赔偿年底分红时记得打到我家教授账上。"

校谨行差点儿一口气提不上来："你给我说说这是什么道理？"

余之遇语带笑意："教授为临水的项目给他团队成员发了不少奖金，你作为大哥补贴一点儿，要不教授的老婆本少了，吃亏的不是我！"

末了她还求表扬："反正这钱是我从大阳网口袋里硬抢回来的，没占用公司一分利润，给你省钱了呢，我能不能干？"

校谨行深呼吸："……你能干到要上天了你！"

隔周，万阳药业在万豪国际酒店大宴会厅举行新项目启动仪式。

万阳网以万阳集团全资子公司的身份首次在业界亮相，作为媒体主导，全程配合兄弟企业新项目发布。

一切准备就绪，余之遇和沈星火去休息室找肖子校和校谨行。两人穿着同款不同色的职业套装裤装，开衩阔袖七分袖，加持珍珠扣装饰，前者身姿迷人、时尚有型，后者气质优雅、端庄干练。

难怪坊间传闻万阳网的姐妹花总裁是招牌。两个人走出一支队伍的气场，确实有炸街的感觉，肖子校与校谨行默契地对视一眼。

余之遇很自然地走到肖子校身前，为他整理本就一丝不苟的西装衬衣领口。肖子校眸底笑意渐深，用手指轻转她指尖的钻戒，余之遇看似和他附耳说话，实则悄悄亲了他一下。

校谨行受不了他们如胶似漆、旁若无人的样子，转头和沈星火确认仪式流程。

启动仪式在十点整准时开始，沈星火作为主持人简洁利落地做完开场白，校谨行、肖子校、中医医院院长、副院长以及万阳集团的几位高管依次落座。

除业内规格较高的会议，肖子校极少公开露面，他一出现媒体区出现了不小的骚动。

余之遇看着肖子校腰身笔直地坐在那儿，连话都不用说一句，便轻易吸引了全场的目光，内心无比骄傲。她低头摆弄手机，发信息给他：*教授你今天好帅。*

现场开小差看手机的肖子校抬眸朝她的方向看了一眼，反问：我哪天不帅？

余之遇："……"

那边又追加一条过来：*把称谓换成"老公"，我更爱听。*

自从求过婚他更无底线了，总诱着她叫"老公"，余之遇脸颊热起来。

分神间，校谨行已在沈星火的引导下说话了："确保用药安全就是民生。药品的安全问题一直是百姓心中关注的重点，各种药品出现安全问题的新闻也是屡见不鲜，而'明哲保身'的最佳法则便是做最好的药、最安全的药。

"万阳药业作为医药制造业百强企业，经过二十年的发展，始终秉持'安全制药，做老百姓的放心药'的理念，以实现'有太阳的地方，就有我们对健康的守护'的承诺。

"而安全药、放心药的根本在于优质的原料药。为了确保原料药质量，万阳现有的两个药材种植基地根据因地制宜的因素，建立在南北方两地，但根据现有的药品销量，两个基地已不能满足所需。"

接下来，校谨行步入正题，正式宣布："万阳药业已与中医大附属中医医院达成战略合作，在适合多种道地药材生长的明江市临水县建立'道地中药材规范化种植基地'。该项目已通过申报，被设立为临水县中医药扶贫项目。"

话落，现场一片哗然，众媒体纷纷议论起来。

校谨行没急于继续，他耐心地等待记者安静后发问。

片刻，有记者举手示意："校总，一个月前中新也发布了在临水建立中药材种植基地的消息，请问，此临水是彼临水吗？扶贫项目是什么意思？"

第二位记者问："此前大阳网为中新发稿，将中新中药制剂研发部总监杜涛在临水万花山的部分研究成果进行了公布。请问校总，万阳有做过相关的研究吗？依据什么定义临水县适合道地药材生长呢？"

接下来一位记者向肖子校发问："肖教授，听说为中新发稿的余之遇记者是你女朋友，对此你作何感想？"

重点来了。

肖子校屈指轻扣了下面前的麦克风，看似调试话筒。

媒体区见他要说话，立时安静下来。

肖子校抬眸，嗓音低沉道："首先纠正一下，余之遇不是我女朋友，是我未婚妻。"

余之遇是大阳网的名记者，此前她风花雪月的故事被送上热搜，业内无人不知。现下听绯闻正主发声，还爆出这样的身份转换，记者们窃窃私语起来。

肖子校把目光投向余之遇，深看她几秒后收回，语气平稳道："这是万阳药业的新项目启动仪式,但我知道,当校总公布新项目是在临水建道地药材种植基地后,各位关心的问题只有两个。第一,临水为何如此抢手,先是中新对外宣布要将首个药材种植基地建在那里,后有万阳的新项目跟随。第二,前段时间关于我与未婚妻,以及中新陆总的绯闻。是这样吧各位?"

有记者因他的直接轻笑,有记者反问:"那您会给我们解惑吗?"

肖子校敛眸道:"我本没有义务满足各位的好奇心,但事涉我未婚妻的清誉以及我团队的课题成果归属,此刻我才会坐在这里。

"中药材历来强调原产地,追求'道地',异地种植必须三代药材疗效和原产地药材一致方可上市。现今,生态资源被破坏严重,自然的道地中草药资源已十分稀缺。

"我作为万阳药业药学顾问,三年前,第一次到临水县万花山采下一株附子。附子为毛茛科植物,母根叫乌头,为镇静剂,侧根入药,名附子。附子喜温暖湿润气候,选择阳光充足、表上疏松排水良好、中等肥力土壤为佳,主产四川、陕西等地。我读本科时便随本导师研究道地药材,我将临水附子带回实验室研究,惊喜地发现它的质量标准达到了四川附子的百分之九十六。

"随后的三年时间里,我的团队将我从临水带回的 206 种药用植物通过实验进行了检验与评价。除此之外,对于临水的气候、土壤等能够影响中草材生长的因素均进行了研究。最终确定,临水适合多种道地药材生长。

"以上 206 种中草药的各项研究数据报告是万阳药业与中医大附属中医医院确定在临水建立道地药材种植基地的依据。万阳不是跟随,而是早有此想法和准备。

"关于扶贫项目,是指资方追求利润的最小化,且要确保以此为临水的农民增加收入。至于如何增加，增加多少，则是与当地政府签署了保证协议的。若达不到协议标准，所差的部分将由万阳为农民补上。"

见有记者举手示意，肖子校说："不用问，接下来我就要说大阳网上那篇署名余之遇的稿子。那篇关于中新新举措的新闻稿，除了课题主持人由我变成了杜涛，课题研究时间从实际的三年变为了一年外，所有数据资料均由我提供，她执笔。

"那篇稿原本是她准备在今天的启仪式结束后发出，但此前她的笔记本电脑被人恶意植入病毒，资料被窃取。稿子发出时，她早已递交了辞职报告，停止一切工作，等待交接。她为什么会辞职，大阳网又为何以她之名为中新发稿，应该由大阳网现任总编祁南女士来回答。

"万阳药业在向各位发邀请函时，同时向中新的杜涛先生及大阳网祁南女士发了函，我们希望能在现场给大家一个答案。但很遗憾，他们无人到场。"

记者们虽是医药外行，也听懂了肖子校的意思，加之杜涛和祁南的缺席，问题其实已经很明显了。

肖子校继续说："余之遇电脑中关于临水的相关数据资料被祁女士借由用U盘拷贝资料之机窃取。可当时余之遇为了保护资料不外泄，电脑是由我的团队成员修好。凭我们的关系，由我团队成员做证没人会信，我们就不多此一举了。"

除此之外，肖子校没再回答其他记者问，他说："启动仪式过后，余之遇电脑中关于临水的相关数据报告将会发到网上。这是我团队三年研究成果的一小部分，我已授权万阳网发表。"

却还没完。

肖子校在这时起身，从台上走下来。

余之遇了然他的用意，她从角落走出来，在众人注视中走向他。

当他们走到彼此面前,肖子校握住她的手,面向在场的所有媒体:"临水之于我与未婚妻有特殊的意义,为了纪念我们在临水定情,我已签下授权协议,授权万阳网,将206种中草药的数据研究报告,在一周后陆续发布到网上。关于临水适合多种道地药材生长的论文我也已经完成,届时将同步发表。

"道地药材研究不是我一个人的事业,中药质量的提升是中医药生存和发展的根本。在很多中药材只能靠人工种植取代的今天,要确保药材有疗效,就必须讲究药材的道地栽培,我将临水的课题成果共享予同业,为中药材的仿野栽培提供数据参考。"

最后,肖子校目光笔直坦荡地扫过全场,掷地有声:"若中新中药制剂研发总监杜涛先生认为我窃取了他的课题成果,侵犯了他的权益,我等待他向我追责。"

这是公开叫板杜涛,意在告诉他,告诉在场的所有媒体,临水的研究成果是我肖子校团队的,我有权处置,包括公开发表。

如果成果是杜涛的,别说是肖子校,任何人敢这样做他势必要追责,告到对方破产为止。反之,杜涛不追责等同于承认是他窃取了肖子校的成果。事实本就是后者,杜涛哪有追责肖子校的资本?真相不言而喻。

杜涛以结果为导向的思维,欲侵占肖子校的成果。肖子校以其人之道还治其人之身,以反向思维证实研究成果是自己团队的。

你怎么待我,我加倍奉还,是肖子校为人处世的原则。

启动仪式结束时,万阳网上已经有了临水中草药研究的相关数据报告。

杜涛万万没有想到,肖子校会将自己的研究成果公布出来,他手里仅有的祁南从余之遇电脑中窃取来的资料顿时没了价值,而他作为侵占肖子校课题成果的小人，拿不出任何依据去追究。但对于肖子校要在一周后把没有泄露的那些数据都公布出来与同业共享的做法，他无法理解。

杜涛再次给肖子校打电话，问："身为万阳二少，你确实不差钱，可课题成果不仅仅是钱的问题，更是你专业价值的体现，还关乎你在学术界的排名位置，你为什么放弃？"

"万花山上的道地药材是临水特有的生态资源，我能帮临水将其优势发挥出来，借此摆脱贫困，是我专业价值的最大体现。但团队成员还年轻，他们的基础不够，无论是成果，还是经济方面都处于累积的阶段，我要尽可能地保证并维护他们的利益。"

肖子校可以放弃专利费，团队成员的奖金却要照发，且他必然要拿回成果，因为那是一个团队共同的心血，他不能让他的人有所损失，这是他身为课题主持人的责任。

杜涛心服口服，他说："你是我这辈子都超越不了的人。我会发声明澄清，大阳网那篇稿子上的数据成果是你的。"

那样的话，祁南无所遁形。

肖子校理直气壮地正面和杜涛、祁南刚，就是料定了他们没有底气反追究他。无论外界是否被误导，真相都只有一个。他们作为窃取成果的人，在他面前是虚的，仅凭窃取的资料硬气不起来。杜涛的反应却超出肖子校预料，让事情更简单化、透明化。

余之遇在事后问肖子校："你最初就打定主意要与同业分享研究成果吗？"

肖子校坦言："当时没考虑那么多。"

直到经历一年多的研究，可喜地发现多种中药材的质量达到道地标准，肖子校萌生了在临水建立道地药材种植基地的想法。性格使然，在事情没有确定前他不会对外宣扬,加之他结合临水的贫困现状,更不能让这个项目落入其他药企之手。

肖子校说:"临水的生态适宜仿野栽培,我根据研究数据提供技术培训,咨询指导,临水的农民则成为药农,负责生态种植,田间管理,以此增收。"

换作是其他药企运作,必然以追求利润为第一要素,在用人方面,作为课题主持人,肖子校把控不了,唯有万阳来操盘才能完全按他的思路走。尽管万阳必然为此投入大量的资金,但相比原料药均为道地药材的天然优势,一切都值得。

而临水地理位置偏远,交通不便,要在那建基地,还有很多准备工作要做,很多手续要办,一家民营企业独立运作会有诸多掣肘。中医大附属中医医院有自己的制剂生产线,对道地药材也有需求,肖子校便促成了这一合作。如此一来,双方的资金压力都减轻了,事情更易操作。

至于数据共享,肖子校说:"资方得到了他们想要的道地药材,临水的村民有了增收渠道,同业若再能从我的课题成果中有所收获,进而在道地药材研究方面少走弯路,是一举三得的事。"

至于他个人的经济损失……肖子校低头亲她:"我有了你,所失亦无碍。"

杜涛说到做到,在次日便将声明发到了网上,他在声明中将祁南如何窃取了余之遇电脑中那些属于肖子校研究数据的过程写得清清楚楚,同时对祁南以余之遇之名为中新发稿等事一并做了陈述。他在声明的最后表示,自此退出中医药研究领域。

他寒窗苦读十多年,在这个领域又努力了十多年,因一时的鬼迷心窍毁了所有。

他追悔莫及。

但他有勇气承担,业界倒没人嘲讽鄙夷,只觉惋惜。

中新在同一天也发了声明,称副总商女士在明知临水药材研究成果归属有争议的情况下,擅自对外发布建基地的消息,引发后续的报道风波及舆论风潮,引咎辞职。

这又是一则未经陆沉同意以公司之名发出的消息。

商女士对儿子说:"这是我最后一次插手公司事务,以后我只安心养老,你想怎么做我和你爸爸不再干涉。"

因为父母当年的过错,他失去了最爱的女孩儿,因为父母的擅作主张,他任总裁后的转型计划宣告失败。如今他们终于放手,他只剩下一个千疮百孔的中新。

陆沉把自己关在房间里整整一天,之后他去找了祁南。

当事情发展到这一步,连杜涛都能被原谅,祁南作为始作俑者成了众矢之的。

陆沉想到当年余之遇被自己母亲逼得走投无路,他还舍她而去,他欲为祁南承担些什么,至少,他不能在这个时候提出解除婚约。

祁南让他陪她吃顿饭,等饭吃完,他们从餐厅出来,外面白茫茫一片。

下雪了,南城那个冬天的初雪。

祁南站在雪地里,任由皑皑白雪落满了头,哽咽道:"我没什么遗憾了,饭吃了,手牵了,抱也抱了,还一起白了头,这辈子就当嫁过你,下辈子记得带我回家。"

一周后,夏静升任大阳网总编。

在叶上珠的组织下,全体记者为她庆祝。

余之遇和沈星火都来了,祝她:"如鱼得水,步步高升。"

夏静感慨万分,她回想曾经对两人的算计,自罚三杯当众道歉。

余之遇早和她一笑泯恩仇,至于沈星火,在现在的事业发展如日中天之时也不计较了,三人一醉方休。

肖子校去接人时,余之遇路都走不稳了,她口齿不清地说:"我错了,教授,我又喝酒了。"

这状态,又将是闹腾的一晚。

肖子校眸色不动,语气寻常:"嗯,键盘给你准备好了,用膝盖打出'我爱你'。"

她偏头靠在他怀里,闭着眼嘟囔:"还好不是抄《本草纲目》。"

肖子校唇抵在她耳边,低声道:"收拾你的方法我有很多。"

叶上珠踉跄着过来拉余之遇,半哭着说:"组长,我要跟你回家。"

喜树赶紧把同样醉得不清的女朋友搂过来:"老师,我先带她走了。"

肖子校说:"等她酒醒了告诉她,好好把公益版块做下去。"

这是余之遇没把叶上珠带到万阳网的用意,公益版块是许东律的提案,是余之遇和叶上珠一手做起来的,现在余之遇不在大阳网了,叶上珠是最好的接班人。

喜树懂了,他重重地点头。

当风波平息,余之遇安心地在万阳网上了半个月的班,协助沈星火完成了网站的内部整顿工作,令面目一新的万阳网全面上线。

不同于大阳网设立的公益版块,万阳网直接成立了公益事业部,该部的第一份事业,也是总部支持长期发展的事业便是启动"小太阳"女童助学计划,募集专项基金资助贫困地区失辍学女童继续学业,让她们有机会改变自己的人生。

余之遇阐述项目初衷时说:"今天的女童,是未来的母亲。母亲的素质，影响未来全民族的素质。扶持女童入学，托起民族的希望。"

她寄语所有在困境中顽强生长的女童们："谁说寒冬无暖阳，你就是自己的小太阳。努力成为璀璨生光的自己，无人可及，无人似你。"

许东律拿着那份他升迁到总部时余之遇送的公益计划，对于徒弟的这份谢师礼，以及她满怀的爱心，欣慰不已。

余之遇将"小太阳"助学计划推上线后终于可以松一口气了，她开始准备回家事宜。校明理已和余校长通过电话，说过年时带着妻儿去余家商量肖子校和余之遇的婚期。

余之遇其实认为现阶段恋爱的状态很好，可因为那个人是肖子校，她对于未来的婚姻生活也充满了期待。尤其教授年纪不小了，似乎到了该有小教授的时候了，她自然要"扶贫"扶到底，让教授走上人生巅峰。

然而，就在余之遇憧憬未来时，出差归来的肖子校说："H城出现了不明原因的肺炎患者，或许是SARS回来了。"然后把家中常备的口罩找出来，交代道："外出戴上，尽量少去人多的地方。"

当年非典疫情发生时，余之遇刚上小学，她没有印象那时是怎样的一番光景，更不记得当时有没有人戴口罩了。但肖子校的医学敏感性她丝毫不质疑，外出时乖乖戴上口罩，还不忘提醒家人朋友。

元旦过后一周，不明原因的肺炎被初步确认为新型冠状病毒，H城部分医院陆续收治的感染了该病毒的患者有同一家海鲜市场的暴露史。

春节前三天，该病毒被确认"人传人"。

除夕前一天，H城封城，交通被切断后，那里成了一座孤城。

孤城却并不孤独。

在之后漫长的七十六天轨迹暂停中，诞生了一种名为"驰援H城"的感动。

除了全国各省一支支由多名医护人员组成的援助医疗队，还有你想得到、想不到的一切生活物资，都在源源不断送去 H 城。

在 H 城"封城"的时间里，包括肖子校、余之遇等的十四亿中国人民以极为厚重的方式书写了一段抗疫斗争史。

连告别都没来得及，肖子校便进驻到了南城中医方舱医院，带领他的团队全力保障制剂供应。由于很多医护人员都抽调去 H 城，人手极为紧缺，每名药剂师要连续工作十二小时。最忙的一次，肖子校连续十八个小时没有进食，每分钟零误差地为四名患者配备药品，他团队的十个人，保障着两千名患者的药品配备工作。

人手不够，团队成员就连轴转，药品不够，他就给校谨行打电话。进舱前的第一通电话，他说："我不知道这药最终由谁来买单，或许是万阳自己，但不管你用什么办法，都要给我保证供应。"

后来中医药治疗效果显著全面介入，以及出了中医药防治方后，校谨行已经停了其他药品的生产，所有生产线全供方舱医院所需。

校家和肖家的三名中医人——八十多岁高龄的肖外公、中医师肖瑾瑜、药师肖子校，全部披挂上阵为生命逆行。校谨行则在外围负责物资的采购，除了药品，他动用集团之力几乎是能采购到什么就采购什么，一部分送进方舱医院给肖子校，一部分捐给了 H 城。

然而，尽管连国外的华人都在自发采购口罩空运回国，国内的医疗物资依旧紧缺。

随着确诊病例和疑似病例的持续增加，不仅是 H 城，全国都到了至暗时刻。

肖子校再一次给校谨行打电话说："去找陆沉！"

校谨行猛地想起中新此前是建了中药制剂生产线的，他片刻不耽误地赶去中新。

陆沉在见到校谨行时便明白了校总的来意,他甚至不用校谨行多说一句,毫不犹豫地将闲置的生产线启动起来,西药全部停产,人员调集到中药制剂的生产线上。

为缓解医疗物资紧缺的问题,万阳收购了一家服装企业,防护服生产线在最短的时间内正式开工,中新则建立了口罩生产线,陆沉更是寻找渠道采购护目镜。

他们拼尽全力,为一线的医护人员提供保障。他们不能上阵,但他们不能让战场上的勇士们赤裸相搏,他们用自己的方式倾尽力量守护生命,致敬生命。

到二月中旬时,新增病例攀上高峰。

作为最先接收负面消息的人群之一,从肖子校进驻方舱时起便在外面做采访的余之遇情绪崩盘过无数次,是那些为托举生命而发生的感动支撑她熬过那段艰难的日子。

她与业内同仁一起捕捉到了很多感人的瞬间——

二十世纪初,时任杭州广济医院院长的梅藤根先生查房时,面对小患者的鞠躬致谢顺势回礼,百年后,三岁的小患者治愈出院向护士鞠躬致敬,护士立马还礼。

跨越时空的鞠躬礼。看似穿越的巧合,是永恒的真情。

正值傍晚,一位医护人员送患者做CT途中停下来,让住院近一个月的八十七岁老先生欣赏了一次久违的日落。

日落你不落,日生你重生,别放弃,人间值得。

一位男患者出院时面对镜头哽咽难言:"说星星亮的人,是没有看过医护人员的眼睛。"

那双天使之眼,充满坚毅和勇气。那代表的不仅仅是医护人员,更是十四亿中国人面对疫情不退的决心。

H城不哭，H城别怕，我们守你，我们等你。

在那段共同抗疫的日子里，余之遇在进驻中医方舱医院做报道时见过肖子校一面。他穿着防护服，戴着口罩和护目镜，全副武装的样子连身为未婚妻的她都没能一眼认出来。直到他转过身去，余之遇看到防护服背后写的"肖子校"，她大声喊他。

可她同样做着防护措施，肖子校又身在隔离区，根本听不见。

或许是心有灵犀吧，在即将走远时肖子校似感应到什么忽然回头，然后就看见有个女人在敲隔离区的玻璃。

那一瞬间，他便知道是谁。

余之遇却怕他认不出自己，迅速转过身去。

肖子校看到她防护服上写着"肖子校家属"眼眶一热。

当肖子校走过来，余之遇用手机打出一行字：等你出舱，给你生小小肖。

肖子校笑了，即便有口罩和护目镜的遮挡，余之遇也能看见他眼底深浓的笑意。她凑过去，隔着玻璃向他索吻。

他们在大爱面前与在小爱中一样，并肩携手，牵挂坚守，只为余生一起感受人间烟火。

终于，在全体国人的共同努力下，情势渐渐好转，当新增病例清零，当最后一家方舱医院完成它的历史使命休舱，当被封了七十六天的H城重启，我们迎来了曙光。

2020年以一个魔幻的开局将中国推入寒冬，但中国没有慌，哪怕六百六十座城市同时封闭，十四亿人依然保持着正常的生活。中国人以行动证明，我们是世界上最团结的民族，全世界只有中国能做到面对疫情，砥砺前行。而在这一场战疫中为我们拼过命的人，为我们守城、守防线的英雄们，我们怀念，我们感恩，我们将永远铭记。

番外一
星星之火,撩动你心

沈星火第一次见校谨行是在万阳的新制剂发布会上。当主持人请他介绍新制剂时,他站在台上,未语先笑:"我既不学医也没学过药,就不班门弄斧了,专业方面还是留给万阳药学顾问。我只负责监督药厂确保药品质量,督促销售总监提高药品销量。"

什么身份做什么事,他站在制高点上,负责撑控一切。

这种各司其职的顶级商人思维令沈星火忍不住给小校总拍了张特写,偏巧不巧的,在她按下快门时,他的视线恰好投向媒体区的方向。

那目光沉敛且有力量,不动声色地将他身为总裁的威严展现得淋漓尽致。

隔着相机镜头,沈星火在那一瞬间,有种和他对视的错觉,她的手不自觉地僵了下。

台上的校谨行浑然不觉,面对众媒体的镜头,他泰然自若,侃侃而谈。可后面他都说了些什么,沈星火竟一个字也没听进去。

发布会结束后,她抢先一步去了宴会厅后门,等校谨行携助理出来,她迎上去,语速很快地说:"校总您好,我是大阳网记者沈星火,想就万阳临期药品处理一事对您做个采访。"

校谨行眉目微敛。

高非跟在校谨行身边多年,最懂察言观色,见老板不说话,主动说:"抱歉,沈记者,关于临期药品的处理问题,校总刚刚已经在发布会上做了阐述。"

沈星火踩着高跟鞋,抬眸与校谨行对视:"但各家的新闻稿出来通篇只会是新制剂,校总提出的对临期药的处理办法关乎万阳制药的宗旨,我以为这是比新制剂推广更重要的。"

一语击中要害。校谨行目光沉沉地看她,终于开口:"大阳网沈星火?"

这是他松口的前兆,沈星火适时递上名片。

校谨行接了,视线在"高级记者"四个字上停顿一秒,交代高非:"你和沈记者预约时间。"话落,朝沈星火微微颔首,抬步离开。

有了校总的首肯,预约很顺利。

哪怕他日程太满,只挤出一个小时出来,沈星火已很满足。为了尽可能地让那位校总说出的每一句话都是干货,她熬夜制订了一份采访提纲发给高非。

高非隔日致电问:"沈记者,你能在半小时内到万阳吗?针对采访提纲,校总想和你当面聊两句。"

在正式采访前沟通提纲是再正常不过的流程,尤其受访人还是企业总裁,是大人物,更是不可或缺的环节。

正在开车的沈星火闻言没马上答应,她抬起副驾余之遇的手腕看了下时间,计算以现在所处的位置能否在半小时内掉头赶到万阳。

高非误以为沈大记者是不满临时预约,解释道:"校总六点前要赶到机场，再回来便是预约的采访日。沈记者，抱歉。"

沈星火听说校谨行要去机场，她面色一喜："那不如在机场见？以我现在的定位很难在半小时之内赶到万阳。"

那端没即刻答，沈星火猜他是在和校谨行确认，几秒后，她听见校总说："直接去机场。"

原来他在外面，为了沟通采访提纲才要回公司。

校谨行对采访的重视，让沈星火不自觉地对他滋生几分好感，她对高非说："稍后机场见。"

未免让校谨行等，沈星火直接把车开到航站楼出发厅，换余之遇去停车场停车。

校谨行很快到，VIP候机室里，他没有任何铺垫，直奔主题："沈记者以临期药为噱头预约了我的时间，怎么我在提纲上没看到一个关于临期药的问题？"

沈星火神色不动道："自校总接管万阳，万阳每年都会处理一次市场上的临期药品，此举是为了确保消费者购买的药品生产日期最新，以保证药品疗效。处理临期药看似简单，却是大手笔，会在无形中为万阳造成一定的利润损失，但这是万阳药业始终位居药企口碑排行榜第一的原因，我觉得关于这方面我直接在新闻稿中阐述就好，不必劳烦校总亲身上阵为万阳代言。"

话至此，她已经调出手机中事先写好的关于万阳处理临期药品的举措对万阳对消费者双方的影响："稍后我发给高助理，请您先过目。"

有些话由校谨行嘴里说出来多少有自夸之意，沈星火能从侧面收集到资料和数据，便将他的理念和万阳的用心表达出来确实更好。

她的有备而来让校谨行刮目相看，他拿出手机："直接发给我。"

沈星火加上他微信，把稿子发过去。

校谨行看完，稍稍挑眉："沈记者有心了。"

这不是调侃恭维，是实实在在的褒奖。

沈星火微笑："校总过奖。"

校谨行放下手机，意味深长地看她一眼："所以，沈大记者是以一篇宣传稿换我的专访？"

沈星火并未否认，她看了眼高非，坦言："我直接说为校总做专访，不必校总出言拒绝，高助理便能拿出一百个回绝我的理由。"

如果校总的专访那么好约，不至于他任职总裁四年都没有一篇专访稿了，沈星火心中有数。

至于回绝理由，旁边耳听八方的高助理心想：倒也没那么多。

校谨行向来欣赏聪明能干的女人，他笑了，是真心赞赏的笑："沈记者做了如此充分的准备，这个专访不给你倒是我的不对了。"

于是，沈星火以临期药之名，拿下了校谨行人生中的首个专访。

那天的最后，校谨行在安检前看见了等沈星火的余之遇。

沈星火不知道他们是旧识欲为两人介绍，校谨行的手机响了，等他接完时间已来不及。

校谨行凭余之遇候在 VIP 候机厅外的行为误以为她是沈星火助理，出差归来后正式接受采访那天，他在没见到余之遇的情况下，随口问了句："你那位助理呢？"

沈星火反应过来他是问余之遇，说："先前校总在机场见到的余之遇是我们网站的主任记者，前段时间我助理请假，她临时帮我忙的。"

校谨行不置可否。

采访过程顺利，校谨行的制药理念和管理理念给沈星火耳目一新之感，而坊间传闻的小校总为利益最大化不择手段的说法，在沈星火看来一半真实一半假。真实在于他确实有手段，假自不必说，万阳发展太快，业界诸人对校谨行充满了敌意与诋毁，属同业相仇。

之后，沈星火按流程将她执笔的稿子发给高非。

高非的反馈很快，他说："校总说你功课做得不错，对于中药制剂的了解超过他了。"

他虽不是专业学药，可身为万阳总裁对中药制剂的了解怎会是旁人轻易比得上的？沈星火听出来那位校总是对稿子很满意，她顿觉前期熬了几个通宵为专访所做的有关万阳中药制剂的了解十分值得。

但两人的交集仅限于此。

万阳属药业的领军企业，其实已不需要品牌营销和体系化的大营销，沈星火了解过，万阳近两年来在营销方面投入的费用逐年递减，她便没有借此寻求万阳与大阳网的合作。

直到沈星火跳槽去了大兴网成为总编，余之遇经历报道事故时，她一位在相关部门工作的朋友突然打电话来说："中新医药举报了万阳药业，说万阳的药品质量和制药工艺有问题。我记得你之前给万阳总裁做过专访，有内幕吗？"

沈星火不明白一个西医药企业为何去招惹中医药业的大哥企业，她没内幕透露，反而通过一顿饭从朋友手里拿到一些材料。

职业敏感提醒沈星火，中新此次的举报应该与大阳网那篇署名余之遇的牵涉万阳的报道有关，结合万阳的追责声明，她去了万阳。

却没见到校谨行。

校总日理万机，她通过正常渠道预约需要在一周后才能见到人。

七天可能发生很多事，沈星火等不了，她本欲打电话给高非，思量过后直接给校谨行发了条微信过去：*关于大阳网的报道应该还有关联故事。*

校谨行当时正在飞机上，落地南城已是晚上十一点，开机后看到信息,他边往出口走边调出沈星火的号码。

　　此前信息发出去没有回应,沈星火都以为一年没联系,校总已经不知道她是谁了,正准备第二天去找许东律。毕竟,中新举报之举矛头直指万阳,却间接牵连大阳网。校谨行的电话抢先进来,接通后她不及开口,便听他说:"抱歉沈总,这么晚打扰了。"

　　久违的男低音,加之语气中饱含真诚的歉意,让沈星火有片刻的愣怔,进而忽略了校谨行称谓上的转变。

　　那端的校谨行没有得到回应,眉心微蹙,他问:"睡了?"语气明显轻了几分,像是担心吵到她。

　　沈星火抿了抿唇,说:"没有。"

　　校谨行听她嗓音清朗,确实不像刚睡醒的样子,他解释了句:"我去外地出差,刚下飞机。"

　　沈星火站在窗前看着外面的夜色,说:"稍后我把相关材料发到你手机里。"

　　校谨行捏了捏眉心:"连轴转了二十四小时,今晚不太想看什么,明天见面说?"不等她答,看一眼高非递过来的日程安排,提议,"明天上午十点,沈总到我办公室吧。"

　　他身为总裁,习惯了直接发号施令,话一出口意识到那边不是自己的属下,而是大兴网能够当一半家的沈总了,改口道:"若沈总不方便,我们再协调其他时间。"

　　沈星火隐约听到那边高非低唤了声"校总",似是在提醒什么,她说:"就十点吧,我去找校总。"

　　次日,沈星火提前十分钟到了万阳,高非居然在一楼前台恭候,说:"校总在开会,稍后还要赶去药厂,他很抱歉让你特意跑一趟,让我在楼下接你。"

沈星火才确定昨天电话里高非那一声"校总"是提醒校谨行没有其他时间可协调了。

十点零五分，校谨行回到办公室，针对自己迟到的五分钟他向沈星火致歉。

沈星火倒不好意思了，她说："要知道校总这么忙，我应该事先和高助理联系。"

校谨行示意她坐："没关系，既然彼此留了联系方式，为的就是便于联系。"

沈星火直接把从朋友手中得来的资料递给他，同时发了一份电子版到他手机里。

校谨行在最短的时间内看完，垂眸笑了笑，意味不明。

沈星火已不在大阳网供职，并不清楚事情的来龙去脉，她站在旁观者的角度说："最近网上讨论万阳药品疗效的留言很多，这个时候出现举报事件不像是碰巧。"

鉴于余之遇与中新的过节儿，校谨行已经猜到了商女士的意图。但面前的女人……校谨行放下手中的资料，抬眼看向沈星火："沈总，我们开门见山吧。"

他说话时已经敛了笑，神色很淡，沈星火怔了半秒，等反应过来校谨行视她的行为是别有用心，她冷笑了下，语气沉下来："我若想拐弯抹角，大可不必更改日程安排推了会议过来，是我多此一举了。"话落，她起身走人。

当门阻隔了她高挑倔强的背影，当耳畔的高跟鞋声消失，校谨行再次拿起那份资料翻了翻，啪地甩到班台上。

身为校总，还没有哪个女人这样给他摆脸子。

校谨行气了一天，直到晚上洗完澡躺到床上，脑子里不自觉地回放沈星火那抹冷笑，他意识到可能真的误会那位沈总了。

她是一家新闻网站的总编，还曾是大阳网的高级记者，无论是职位，还是媒体人的身份，在这个时候特意给他送这样一份资料过来，校谨行难免多想。在他看来，沈总把从不知什么渠道得来的信息送上门是要做资源置换的。可她的反应……

校谨行从床上坐起，发了条信息过去：*我为上午的话道歉。*

却被提示他与沈星火已不是好友。

校谨行拨号打电话，始终无人接听。他没遇到过这种情况，不确定是否被沈星火拉黑了。

不过，对于沈总居然删除他好友的举动，校谨行气笑了，他仰躺到床上，自语了句："个头儿不高，脾气倒不小。"

两天后从药厂回南城的路上，校谨行拨通了高非给他的大兴网总编办公电话。

这回有人接了，那边说："你好，沈星火。"

校谨行握手机的手微微收紧，沉声道："校谨行。"抢在那边挂断前，他说，"沈总，给我个当面致歉的机会？"

那端语有不善："我不记得发生过什么需要校总纡尊降贵。"

校谨行咬了咬腮："我是诚心表示歉意。"

那端沉默几秒说："是吗，那我接受了。"

这哪里是接受，分明是余怒未消。校谨行忍住挂电话的冲动。

沈星火没听见回应，又道："见面就不必了，不占用校总的宝贵时间。"说完径自挂断。

校谨行险些摔了手机，强自压下脾气，他吩咐高非："去大兴网。"

高非瞥了眼后视镜，见校谨行沉着脸看向窗外，识趣地没多问，老老实实掉头。

于是，沈星火下班后去地下车库取车时，就见校谨行靠在她车前。

神情变化只是一秒，沈星火脚步不停地行至近前，按遥控解锁欲开车门，全程无视某人。

校谨行见她拉开车门，他手臂一伸，砰地将车门按住关上，身体抵着她，一字一句道："沈星火，我已经道过歉，你还想怎么样？"

沈星火岂是轻易吃亏的人，对于自己所处的窘境，她条件反射般伸手抵在校谨行的肩膀上，以防他再靠近，语气比眼神更冷："校谨行，若你仗着男人的体力优势让我难堪，我不保证自己会做出什么举动来。"

校谨行经她提醒意识到自己的行为确有不当，他是体面的人，未免令她尴尬，他撤开按在车门上的手，适时退后一步，默了半秒，似笑了下："不是求我做专访的时候了，嗯？"

沈星火低头看了下自己的衣服，确认无不妥，抬眸时目光已转厉："此一时彼一时，校总应该比我更清楚这声'总'意味着什么。"

这个满身是刺的女人太懂得保护自己。

校谨行认同地点了点头："你说得对。不过，沈总就不担心开罪了我，我会从你属下身上找回来？"

"校总若真是那样的人，我肯定不会给你为难我属下的机会。"沈星火迎视他的目光，"何况，万阳作为行业龙头，不会不懂如何维护与媒体的关系。"

校谨行微微眯眼，为这个女人的大胆和真实。

确实，不到万不得已，没有哪家公司愿意得罪媒体。却也没有哪家媒体敢把这话放到台面上来讲，尤其是对他讲。

时隔一年，面前强势的沈总，与当初放低姿态约他专访的沈记者判若两人。校谨行对她生出几分佩服，他能屈能伸，放下身段摊了摊手："既然要维护关系，沈总容我赔个罪？"

以万阳的实力,别说一个大兴网,十个大兴网也不会放在眼里,她那样说不过是激他。他若是君子自然不会计较,否则踩死她是分分钟的事。他也大可不必登门致歉,凭他校总的身份,无论说什么、做什么、对与不对,对方都只有受着的份儿。至少她一个小小的总编,还没有让他低头的资本。

沈星火见好就收,她缓和了语气:"说赔罪言重了,校总的歉意我收到了,这件事到此为止。"

"那就答谢,谢沈总无条件帮万阳揪出幕后黑手。"话落,校谨行绕到副驾一侧,"地方随沈总选。"

沈星火没料到他转换得如此之快,大脑正在寻找拒绝邀请的理由,校谨行不耐烦地敲了敲车玻璃:"我给你们林总致过电了,在我表达出与大兴网的合作意向后,他将你今晚的工作应酬安排给了我。"

居然拿老板压她!沈星火只恨手上没有一杯酒,否则她一定毫不犹豫地泼到这位校总脸上。

为了给校谨行一个教训,沈星火没再和他硬杠。他敢说地方由她选,她便没客气,直接把平日里出入超五星酒店的校总带到了南城最热闹的江边。

停好车,沈星火微微一笑:"请吧,校总。"

校谨行看向人群鼎沸的大排档一条街,喉结轻轻滚了滚。

这种地方除了大学时光顾过,他已十余年没再来。可见沈星火眼底狡黠的笑意……校谨行就那样西装领带齐整地下了车。

沈星火轻车熟路地将他带到一家烧烤店,途中校谨行虽一言不发,却仗着身高优势将她护在里侧,以免来往的人撞到她。

沈星火心中领了他这份绅士的关照,面上则挑衅地问:"校总不习惯这样的环境吧?"

校谨行看一眼她浅色的套裙，拿出纸巾擦了擦椅子，拉到她身后，自己则随意地坐到旁边，漫不经心地答："我在这儿混的时候，你恐怕还没参加高考。"

沈星火轻笑："校总这就不礼貌了，无论是赔罪还是答谢，都不该当面问女士年龄吧？"

没有此意的校谨行难得被噎了下，注意到周围投射过来的目光，他察觉到什么。

下一秒，一件带着体温的西装外套披到沈星火腿上。

沈星火微怔，等反应过来因穿着裙子给自己带来的尴尬，她气焰顿时熄了，轻咳一声道："谢了。"

校谨行面无表情地端详她片刻，接过服务生递过来的单子，边扯松领带边低头看："你吃什么？"

沈星火的视线在他洁白无瑕的白衬衫上停留一秒，随口报了两样。

"没了？"校谨行抬眼看她，"第一次和我吃饭就吃不饱的话，可不是段愉快的经历。"随后不再问她，几乎将单子上有的东西都点了，末了要了两杯扎啤。

沈星火皱眉："这个气温喝冰扎啤？"

当时正值四月，到了晚上温度还有点儿低。

校谨行瞥她："我喝，降火。"

仅存的那点儿被误解的怒意因他不友好的语气烟消云散，沈星火轻笑出声。

校谨行见她不再生气，心情也好起来。

整顿饭气氛不错。

那晚的最后，充当司机的沈总把校谨行送回去后，目送他挽高衬衣袖子，西装外套随意拎在手上的样子，竟觉好笑。

隔日，万阳发过来一份广告投放合同，期限一年，金额一千万。

沈星火打电话给校谨行，问："什么意思？"

那端语气寻常道："我向林总表达了合作意向，又占了你一晚上时间，这是结果。"

万阳这种大客户在有机会的情况下，没有哪家网站是不想争取合作的。问题是，有了校谨行误解她的前提，一旦她接受了这份合同，就真的成了资源交换。

沈星火拒绝得更干脆："校总不觉得一千万太少了？再加个零的话我或许会考虑考虑。"话落，再次挂了电话。

校谨行勾了勾唇，那笑意直抵眼底，满是激赏。

他并不否认有试探之意。若沈星火签下那份合同，他们之间就仅仅是一千万的合作关系。否则交情便可无限发展。

沈星火的骄傲校谨行通过那次的事懂了，自那之后，他对她除了欣赏更多了几分尊重。

很久后两人提起这段过往，沈星火揪住他领口问："拿一千万砸我是吧？我那么便宜吗？"

校谨行身体一动，轻巧地把人反压到沙发上："确实低估了沈总的价值，幸好我反应够快，及时止损，否则人财两空。"

沈星火哪肯如他的愿，手脚并用地推他。

校谨行身体沉下去，咬她耳朵："都是我的人了，还矫情什么？"话落，深吻住她。

当然，这是后话。

关于中新在背后举报万阳一事，校谨行承了沈星火这个人情。报道事故的最后，他以一纸声明维护了余之遇，并把一千万的合同给了大阳网，私下里则给大兴网的林总介绍了个大客户，这事直到大兴网被万阳收购，沈星火才知道。

这也是后话。

余之遇被肖子校诓去临水期间，校谨行发现大兴网上有人发了关于百创问题药的帖子被删，先给沈星火打的电话，可惜没打通。那晚他才发现，某人把他拉黑后始终没拉回来。

后来余之遇说这事应该找沈星火，校谨行便换了个号码打，果然就通了，听到那边喂了声，他火起："沈星火，你能不能别那么幼稚？赶紧把我从黑名单里放出来。"

沈星火前一天熬了夜，当晚睡得早，被吵醒的她一听是校谨行，顿时没好气："校谨行，你能不能改改深更半夜打电话的毛病？"

听到话筒中传来的忙音，校谨行只差打 120 了。

第二天沈星火恢复了元气，用办公电话打给校总，问："昨晚找我什么事？"

校谨行的语气顿时就不好了，他质问："你也知道是昨晚？现在回过来不觉得晚了？"

沈星火不理会他的怒气，呛道："那是没事了是吗？"

校谨行语塞，他深呼吸，连续地。

那端没挂，等他自愈。

听他说完帖子的事，沈星火皱了皱眉，说："等我了解下回复你。"

这样才有了校谨行拉着余之遇去和沈星火吃饭的一幕。校谨行当时确实是要找许东律一起去的，为的是免于再和沈总呛起来。而当他高调宣布万阳有意并购中新，以此引中新入局时，与余之遇一样，沈星火同样提醒过他："百创肯定有问题，你要慎重，不要操之过急。"

校谨行心里有数，他把手机从耳边拿开看了下号码，确认依旧是她的办公电话,而非私人号码,他再问一次:"什么时候给我解除黑名单?"

沈星火不理解他在这件事情上的坚持,他越这样,她越不想如他的愿:"又不妨碍校总差使我,执着什么?"

校谨行连挂她电话的脾气都没了。

后来余之遇遇险失踪,没用校谨行和许东律说一句,沈星火始终在默默出力。她越权过问论坛版块事宜,只为通过隐藏帖寻找蛛丝马迹。

当许东律在肖子校的授意下在网上爆料百创,未免大阳网孤军作战力度不够,她没用任何人提示便参透了这拨操作的用意,为逼叶明远就范直接带人去了百创,以媒体之力施压。

余之遇脱险,警方查封百创仓库,全南城的媒体都去了现场,唯独大兴网缺席。因为沈星火知道那么多家媒体足以令余之遇置身事外,多她一个不多,少她一个不少。

可那些媒体的关注点只会是百创的问题药被查封,问题药的根本问题出在哪儿,业内除了余之遇外,最懂药的记者似乎只剩沈星火。

于是,在余之遇不便出头的情况下,沈星火匿名发表了一篇专业性很强的分析报道,将百创问题药推至风口浪尖。此举惹得林总不满,加之她先前的越权之举,险些令她丢了总编之位。

但这些她没对任何人提过一句。直到校总有了留宿的名分,无意中在女朋友电脑里看到那篇稿,他捏着她的后颈问:"做好事不留名?"

沈星火不以为意地拨开他的手:"不然呢,向校总邀功请赏?"见他绷着脸不说话,她还笑,"我帮的又不是外人,那不是你弟妹嘛。"

校谨行沉声纠正:"也是你的。"

沈星火起身去喝水前轻飘飘扔过来两个字:"未必。"

这话校谨行不爱听,他嘴上撑不过,只能以另一种方式让沈星火为自己的口无遮拦付出代价。

这还是后话。

当肖子校已经驾驶大G上了高速，校谨行还只存在于沈星火的黑名单里。

真正令校谨行和沈星火的关系得以改变的居然是校总的相亲宴。

校谨行相亲其实并没有多频繁，凭他总裁的身份，得以匹配的适龄女孩儿不是遍地都是，加之校总确实很忙，不见得有多少时间。

肖瑾瑜虽偶尔安排一次，并没真的指望校谨行能通过相亲找到媳妇。依她的开明，怎么可能干涉儿子的终身大事，她不过是借此为儿子提醒，到了恋爱结婚的年纪。

在空档了一段时间后，校谨行再次赴了一个相亲局。女方为何氏千金，何氏是一家医疗器械公司，老何总从一名销售做起，是位白手起家的企业家，校谨行对他很是敬佩，故而整顿饭的话题基本都是围绕老何总，表面看来倒有几分相谈甚欢之意。

校谨行始终掌握着节奏，见时间差不多，他适时结束了这场见面。何小姐意犹未尽，当校谨行引导她上了车，安排自己的司机送她回去，她的失望已无从掩饰。

校谨行假装没看见，回身去提自己的车，发现停在他宾利旁边的居然是沈星火的座驾。果然，等了没几分钟，沈星火从餐厅出来。

行至面前，她语带笑意："校总没去送佳人吗？"

校谨行偏了下头，转过来时笑了："都听见了？"

沈星火约了朋友在这儿吃饭，来时停车看见校谨行的车，进餐厅便留意了下，结果就那么巧，她朋友预订的位置就在校谨行背后。

沈星火憋不住笑："校总是什么身份，约会怎么坐大厅？"

校谨行稍稍挑眉："大排档都吃了，还在乎坐大厅？"

沈星火纠正："我们那可不是约会，性质不一样。"

校谨行不和她争辩,只问:"完事了,回家?"见她点头,说,"找个地方坐坐?"

沈星火洞悉一切似的问:"校总是没吃饱吧?"

校谨行不确定何小姐是食量真那么小,还是面对他拘谨不好意思吃,全程没吃几口,他总不好大快朵颐。

这就是吃相亲饭最累的地方,却是最易从中看出来两人是否合拍的关键点。两个第一次在一起吃饭便很舒服的人,相处起来一般不会有大的问题,因为从口味和就餐习惯等是能看出一个人性格的。那些过于小心翼翼,为了维持淑女形象而失了真实的女人,校谨行不喜欢。

他说:"不太下饭。"

沈星火觉得校总好毒舌,她歪了下头:"不怕我再把你带去大排档的话,走。"

校谨行上了沈星火的车。

后者启车时说:"那店离我家近,一会儿别指望我给你当司机。"

校谨行边系安全带边说:"校总是有司机的人。"

沈星火喊了声:"知道我这声'总'和校总的'总'不是一个级别,有数。"

校谨行笑得无声。

与肖子校的饮食习惯不同,校谨行无辣不欢。当沈星火把他带到一家川菜馆,他眼底的笑意浓了几分。

沈星火敲了敲菜牌:"够下饭吗?"

校谨行不答反问:"你也爱吃辣?"

"太辣的不敢吃。"沈星火点了下自己的脸,"怕起痘。"

校谨行看一眼她白皙细嫩的皮肤:"没想到沈总是那么在意外表的人。"

"什么话？哪个女人会不在乎自己的脸？"沈星火伸脚轻踢了下他，"还是在校总眼里，我是男的？"

她穿的小高跟，鞋尖隔着西裤轻碰到他腿上，那一瞬间，校谨行竟有种触电的感觉。他倏地抬眼，默然着力的目光落在沈星火精致无瑕的脸上。

沈星火浑然未觉，她垂眸看菜牌，向他推荐招牌菜。

校谨行轻咳了声，说："你点，我都可以。"

沈星火没和他客气，做主点了几个菜。等菜上齐，她吃得比他还欢。

校谨行无语："不会刚才你也在相亲，也没吃饱吧？"

"光顾听你们聊天根本没吃几口。"沈星火笑了，"你刚刚的语气特别像和客户谈合作，我都差点儿以为你是要为万阳增项，涉足医疗器械领域了。"

校谨行屈指蹭了下眉头："那么明显吗？"他想了想说，"万一我真是呢？"

沈星火被辣得嗞了声，说："那何氏的谈判代表未免太弱了。校总，你有点儿欺负人了。"

校谨行只当她是夸奖自己谈判手段高，以饮料代酒和她碰了碰杯。

自那之后，两人的关系莫名近了些，有时校谨行外出路过大兴网，便会去沈星火办公室坐坐。两个人都是会聊天的人，即便没公事谈，互撑几句也绝对没问题。

例如，校谨行第一次去时，沈星火问："大阳网满足不了万阳的营销需求，校总准备毁约和大兴网合作了？"

校谨行漫不经心道："约毁得起，沈总加一个零的要求有点儿高。"

沈星火就笑："校总不像没实力的人。"

校谨行往她办公桌前一坐："我一向靠实力说话，财务账上的钱让我腰板不硬时，不敢在沈总面前卖弄。"

例如，校谨行第N次去大兴网时，沈星火提要求："下次别空手，顺带稍份下午茶。"

校谨行施施然坐下："你倒不客气。"

沈星火却说："是校总口味刁钻，一会儿嫌我的咖啡是速溶的，一会儿又说我的茶不是新茶，太难伺候，不如自带喝得舒服。"

校谨行气笑了："这就是你的待客之道？"

等助理为校总送来咖啡出去，沈星火说："一周路过三次，你算哪门子客？"

校谨行："……"

沈星火转了转笔，看向他："校总不会是想来我这儿挖人吧？说吧，看上哪个记者了？"

校谨行抿了口难喝到极点的咖啡，先说："下次告诉你助理，没别的，速溶也行，但别泡奶香味的，我不喜欢喝甜的。"被沈星火白了一眼，又说，"我说看上你了，沈总愿意纡尊降贵到万阳来吗？"

沈星火四两拨千斤："那要看校总许我什么职位了。"

校谨行半真半假地说："只要不是要取代我当总裁，其他职位沈总任选。"

沈星火略有些纠结："营销总监，财务总监？哪个更便于我照顾大兴网的业务呢？"

校谨行失笑："合着我高薪聘你，你还身在曹营心在汉啊？"

之后再去大兴网，校谨行必然会交代高非订下午茶送过去，雨露均沾般每人一份。如此几次后，不仅是记者之间流传出校谨行在追沈星火的话，连林总都暗自想：是不是给沈星火安排的工作太多让她没空约会了？总让校总这么跑，不好。

没多久，沈星火听闻余之遇要辞职，她把握机会跟着校谨行去了临水。

那是她第一次和校谨行出门。从南城到明阳的飞机上，从明阳到临水的车上，她没有刻意找话题和他聊，他时不时嘴欠地损大兴网两句，倒没冷过场。后来她睡着了，醒过来时头枕在他的肩膀上，身上披着他的西装。

沈星火没谈过恋爱，除了工作，她没和异性相处的经验，更别提有肢体接触。那一瞬间，校谨行的肩膀，他身上特有的气息，竟让她有丝软弱和留恋。她闭着眼睛假寐了片刻，直到飞机开始下降，校谨行轻轻叫醒了她。

他活动着肩说："头怎么那么重，我肩膀都麻了。"

尴尬感顿时消失，沈星火想打他。

当晚，身在基地的校谨行提出要去明阳住酒店，说："这么简陋怎么住？我一个大男人可以将就，让人家沈总怎么办？"

校总的讲究和矫情，沈星火早已领教，她说："余之遇都能住我有什么不能住？我累死了，就住宿舍了。"

校谨行气得咬牙："那你能不能迁就下我？"

沈星火不解："你想去住酒店就去啊，又没人拦你。"

肖子校和余之遇都笑了，前者当然不会说什么，后者则说："大哥一个人多寂寞，你去陪他啊。"

等她追着余之遇去打，肖子校拿胳膊肘碰了碰他家兄长："和你气场很合。"

校谨行横他一眼说："你娶个记者，我再娶个记者，我们家是记者集中营吗？"

肖子校轻笑："之遇是记者没错，她喜欢这个职业，无论是社会丑陋的，还是美好的一面，她都愿意去发现、去报道。沈星火却是适合做管理的，她那声'总'和你一样，是为首的，为领导的。"

经弟弟提醒点拨，校谨行才意识到虽同为记者出身，沈星火与余之遇却有不同之处。相比余之遇的"没上进心"，以及追查问题药的执着无畏，在保有底线和原则的情况下，沈星火懂得自我保护和周旋，她有更高的志向，确切地说是职业规划。她不甘于只做一名记者，她要做记者之首，管理记者，带领记者，她有野心，更有能力，她适合职场，甚至是商场。

一趟临水之行，校谨行确定了收购大兴网的计划，主要原因在于余之遇决定辞职，他身为肖子校的哥哥，准备给弟妹留一条最稳妥的退路，既然她热爱记者职业，又能让她免于再遭遇祁南给予的那种困境，令大兴网成为万阳所属是不二选择。另外，收购了大兴网，沈星火便是万阳的人了，可谓一举两得。

人还没有回南城，校谨行便行动了起来，当他和沈星火下飞机，由包括律师、会计师、投资银行的财务顾问，以及技术顾问在内的收购班子已组合完成。

准备工作完成后，进入收购谈判阶段，这个阶段无非是三个环节，谈价、签合同、履行合同。

大兴网的创始人林总将谈判的工作交给了沈星火。照理说，大兴网被万阳收购后，人事虽然会有一定变化，处于高层的管理者，尤其是有能力的管理者是不会变的，那意味着，沈星火未来会是校谨行的属下。

这个时候去和未来老板谈判，绝对吃力不讨好。

林总都打好了腹稿，准备在沈星火推辞时劝说，结果沈星火并没有一口拒绝，只是对于林总提出的收购价格，支付方式，税负支付期限，人事安排等要求，表达了自己的想法。

她的意思很明显，认为林总开的条件过高了。

林总看似语重心长地给沈星火讲他为什么这样开价，实则在对沈星火旁敲侧击，让沈星火感恩他的知遇之恩，为他拼最后一次。

沈星火首先感激了林总的知遇之恩，但她说："您既然让我去谈，就应该有信心，我是站在大兴网的立场。但您千万不要以为，我与校谨行那一星半点的私交会让他不顾万阳的利益让步。此前万阳确实没涉猎过新闻领域，可既然决定收购，以校谨行的行事风格，技术顾问一定不会少，您别指望我能在专业方面占到他丝毫的便宜。"

林总其实清楚自己开出的条件是高的，他确实抱着利用沈星火和校谨行私交的想法。在他看来，校谨行之所以要收购大兴网，为的是沈星火。

却被沈星火一语戳破。

林总笑了："你与那位校总可不仅仅是一星半点的私交吧？"

沈星火无意解释更多，她只说："您要这样说，这件事我就得回避了。您若非让我做先锋，我就把我的心理预期和您交个底，您能接受我去谈，否则您另请高明。"

林总听了沈星火开出的条件，比他预期的保底价格还高出些许，他相信沈星火没有刻意压价讨好未来老板，放心地把这件事交给了她。

于是，万阳与大兴网正式谈判那天，沈星火出现在了谈判桌上。

双方就价格问题争执不下时，校谨行和沈星火都没有急着说话。直到最后两方人马吵得不可开交，沈星火拿出了一份计划书推给了校谨行："大兴网的每项资产万阳都分别进行了评估，包括大兴网的大数据。这份计划书里，有对于大数据潜藏价值的挖掘和分析，校总看过之后，应该会对大兴网的价值有新的认识。"

大数据对企业有重要的影响，尤其是新闻网站，拥有大数据的优势，无疑具有更高的价值。校谨行轻敲了下那份计划书："我没估计错的话，潜藏价值的挖掘需要后期万阳的资金支持吧？既然如此，沈总让我前期再多出一笔资金，似乎有些不妥。"

沈星火胸有成竹道："资产交割后，万阳势必要对原大兴网的财务、人力资源、资产等进行整合。我可以最大化缩短整合时间，在确保达到校总高标准要求的情况下，动用万阳最少的资金。"

校谨行随手翻了翻计划书，在几个重点数字上看了看，心算过后发现，按沈星火提出的方案计算，虽然万阳增加了前期收购价格，但后续的整合费用降低，整体成本依然控制在他预期之内。而缩短了整合时间，早日正式运营，便可为万阳创造更多的利润。总体而言，万阳是赚的。

她既为老东家争取到了合理且优厚的收购价格，又维护了万阳的利益。

校谨行抬眸，眼中满是欣赏之意，嘴上则咄咄逼人道："若沈总的整合达不到我的预期呢？"

沈星火目光坚定："那只能说明我能力不足，校总看走眼了。"

校谨行喜欢她的自信劲，他合上了计划书，一锤定音："好，我重新评估。"

当晚，校谨行约沈星火吃饭，两个人没谈一句公事，依然保持着以往互撑的风格。直到最后校谨行送沈星火回家，他说："为什么没拒绝老林？"

"这是我身为大兴网员工应该做的。"沈星火看着他说："在收购合同落成的前一秒，我都只是大兴网的总编，林总是我老板。"

校谨行不得不提醒她："合同落成的那一秒，你便是我的员工，不担心我记你为老林卖力的仇？"

沈星火微微一笑："那就是我看走眼了。"

在这一秒，校谨行承认自己动心了。他从未见过一个女人在他面前如此坦荡自信。一如他误会她时，她敢说出企业与媒体之间的那层隐秘的关系一样。

他深看沈星火几秒,面前的女人眉目如画,妆容精致,严谨且不失时尚的职业装,再配一双小高跟,气质和气场,沈总一样不缺。她是漂亮的,除了外表本身,还有信心与能力的加持。这样的女人,普通男人驾驭不了。这样的女人,是他喜欢的。

校谨行一瞬不瞬地注视她的眼睛:"有男朋友吗?"没有错过沈星火意外、错愕的表情,他直接堵了她的退路,"根据你的时间分配,我判断没有。"

沈星火不自觉地皱了下眉心:"你了解我的时间分配了?"

校谨行稍稍挑了下眉:"工作时间不了解。之外的时间,多少掌握了一些。"

从她撞见他相亲,带他吃川菜那天起,他们私下的交往确实多了很多,尤其是一起吃晚饭的次数多了,在那期间,除了工作电话,她没接过异性的查岗电话。

校谨行目光专注地注视她,提议:"不如考虑下我?"

沈星火回视他的目光:"校总确定要在这个时间段和我谈私事?"

校谨行收起了平时惯常面对她的玩世不恭,笃定道:"在我看来,和你的私事是比收购大兴网更重要的。"

沈星火没说话,下意识地咬唇。

这个动作在校谨行看来格外性感,他脑海里不自觉地浮现她用鞋尖踢他腿的一幕,莫名有种自己被撩了的错觉。

校谨行喉结滚动,说:"我哪里让你犹豫了?我只在五年前谈过一场称不上恋爱的恋爱,亲确实相过几场,但没一个有过发展,感情经历并不复杂。家庭也简单,父母恩爱,兄友弟恭。工作方面你看到了,校总便是全部的我。"

这份直接和坦诚让沈星火略略意外，不如职场上的应对自如，她噎了片刻，待恢复冷静，当头泼过来一盆冷水："我是不婚主义者，既然决定不结婚，耽误别人就不好了。当然，遇到志趣相投的……"她顿了顿，语出惊人，"长期招男朋友，不招长期的。"

校谨行咀嚼了下"不招长期的"这五个字的含义，脸色微沉："你的意思是……"那两个字他说不出口，他不相信她是那样的人。唯一的解释就是，她受过情伤，因而拒绝爱情、拒绝他。

那双湛黑犀利的眼一瞬不瞬地注视着沈星火，校谨行一字一句道："长期招……怎么面试知道吗？用不用我指点指点你？"

沈星火说不出话。

校谨行是生着气走的，沈星火清楚，与自己拉黑他相比，这次他是真动气了，而那之后的两次谈判，校总都没有出现。

万阳始终不肯妥协，坚持原有的收购价格，似乎沈星火那份计划只是废纸几张。如果没有那晚校谨行的表白，沈星火一定会去找他，和他谈一谈。可现下两人的关系忽然紧张了，沈星火做不到当什么都没发生过，她甚至想退出谈判组。

这不像她。

以往无论遇到任何困难她都不会退缩，从前谈合作时也有企业老总对她表示出好感，希望发展进一步的私人关系，她不仅能游刃有余地回绝掉，还能确保把合作谈成。

对象换成了校谨行，沈星火只想逃避。

因为她再清楚不过，自己喜欢他。

一年前万阳新制剂发布会上看见他的第一眼，就喜欢上了。

那个时候觉得高高在上的校总是可望而不可即的人，便小心藏起了心事，只专注于工作。专访结束之后，再没了和他见面的理由，沈星火都以为那所谓的喜欢仅仅是一瞬间冒出来的想法，可一年后听闻中新举报了万阳，那个想法复活般滋生起来。

他却那样误会她。

沈星火伤心之下拉黑了他所有的联系方式，她当时想：老娘有本事暗恋你，也有本事压下去。

没想到校谨行会道歉，更没想到他会亲自登门示好。

沈星火心软了。她想：反正自己是打定了主意不结婚的，那就做朋友吧，那不是一般的男人，是狼一样的男人，与他为友，视他为师，自己也能变得更加优秀。

寄情于工作，于自我成长，是沈星火面对困难一贯的态度。

所以，每一次校谨行去大兴网，他不说原因，她便不问，只当是朋友路过，更不肯做任何让步和妥协，哪怕他挑剔得很，嫌她的咖啡难喝、茶不够新、空调温度高了，等等，也不肯顺他的意。尽管朋友之间会彼此迁就，可在沈星火看来，一旦她迁就了，就是对他的刻意讨好。她不能丢了心，她一次次提醒自己，要恪守界线，不能深陷其中。

校谨行的表白来得突然，或许不能称之为表白，他没说喜欢她。

万阳与大兴网的谈判进行得低调而秘密，外界对于万阳要收购大兴网这件事并不知晓。沈星火在谈判僵持的情况下，有意为大兴网争取一个始终都没谈下来的客户。一旦与之达成合作，大兴网势必会增值，更多了一个谈判的筹码。

沈星火攒了个局，听闻对方老总是好酒之人，她特意钦点了两位酒量不错的男记者一同前往。结果，对方只和她喝，她不端杯，对方连筷子都不动。

这样的客户，她从前做记者时时常遇到，后来成为总编，在应酬方面有了一定的选择权，那些不怀好意的，或是夹杂着其他想法的人，沈星火都直接拒绝。

现下，她若无其事地干了一杯又一杯，为避免醉倒在饭桌上，她中途出去醒了次酒，助理趁机追着把醒酒汤送过来。

这一幕恰好被来接校谨行的高非看见，等沈星火被助理扶进包间，他敲开另一间包间的门。

校谨行当晚出席的是朋友间的私人聚会。以往这种情况，他不结束，高非不会出现。

朋友便知道他家助理有事。

果然，高非附到他耳边说："沈总在隔壁。"

校谨行瞥他一眼。

高非适时补了一句："好像喝多了。"随后把刚刚通过沈星火助理说的话快速整合出信息简明扼要地转告老板。

一听沈星火宴请的人是圈内风评不太好的一位老总，校谨行眉锋一抑。

见他脸色变了，发小儿问："怎么了校总，后院起火啊？"

这群混蛋，明知道他单身，谈什么后院？

校谨行气笑了，他端起杯子仰头干了，说："你们喝着。"

这是要走的意思。

发小儿追问："酒也不喝，拿水糊弄我们一晚上，还要先走？干吗去啊？"

校谨行起身时说："灭火。"

发小儿："……"啥时候有的后院？从此再没了嘲笑校总的点，遗憾。

校谨行推开隔壁包间的门时，正听那位老总在劝沈星火的酒："我可是听说沈总海量，怎么到我这儿就不胜酒力了？看来还是我们交情浅啊。"

校谨行径直走到沈星火面前,将她正欲端杯的手按回桌面,目光在她泛白的脸上扫一眼,随即视线一抬,看向那位老总:"以酒论断的交情未免太不值钱。"

那位不认识校谨行,闻言似有不满,冷着脸问沈星火:"沈总,这位是?"

沈星火看向校谨行,手上微微挣扎。

校谨行眼神一凛。

沈星火因他陡然转厉的眼神没再动。

校谨行左手依然保持按她手的动作不变,用右手取走那杯酒,直到扣到桌案上,沉声道:"我家沈总到量了,先走一步。"目光在站起来的两位男记者面孔上扫过,他手上一提,将沈星火扶出了包间,留下高非处理残局。

沈星火确实喝了不少,却没醉。到了外面,她说:"你这么一闹,我今晚的酒白喝了。"

"我闹?"校谨行松手,任由她靠在车身上,"里面那位是人是鬼都没提前了解一下吗?沈星火,你的专业呢?"

"就是了解过,清楚他吃哪一套,我才组的这个局。"沈星火难受地按了按太阳穴,"去年没签下他,今年我势在必得。"

校谨行语气很冲地说:"你势在必得?他势在必得你还差不多!之前怎么没发现你是这么没数的人?"随后不给沈星火还嘴的机会,回身将她塞进车里,坐上驾驶位时他先发制人,"别说你助理可以送你,连酒都挡不了,还能干点儿什么?我劝你尽早换人,万阳不需要这么无能的助理。"

想到那位精干的高特助,沈星火替自己的小助理说话:"她只是个女孩子，酒量还没我好。"

校谨行启车打方向盘，有点儿横地表态："那就换个男的，我不吃醋。"

沈星火笑了笑，偏头看向窗外，低语了句："你凭什么吃醋。"

校谨行听见了，他咬了咬腮，转了话锋："鼻音怎么那么重？"

沈星火闭着眼睛说："有点儿感冒。"

校总被引爆了："那还喝酒？没听说过'头孢配酒，说走就走'？你当是玩笑？"

怎么扯到头孢上去的？沈星火见他有掉头的意思，生怕他直接把她送去医院，赶紧说："知道晚上要喝酒，我没吃任何药。"

校谨行分心看她一眼，那眼神分明是：你可真行！

片刻，他冷着脸问："什么症状？"

沈星火无所谓地说："没事。"

校谨行再说一遍："问你什么症状！"

他今晚脾气太大，沈星火要再像以往那么戗他非真吵起来不可，她实在没力气吵架，老老实实说了。

校谨行把车停在一家药店前，再回来时把一个袋子扔到她怀里。

沈星火一看都是中药制剂，皱眉："中药来得慢吧。"

校谨行没好气："我劝你今天别说话了，再说这种无知的话，我不保证自己不发火。"片刻又补一句，"明早再吃！"

沈星火难得被噎住了："……"校总你好像从见到我那一刻就在持续发火吧？

之后谁都没再说话。

等校谨行再次停了车，副驾的女人歪着脑袋睡着了。

他手肘搭在方向盘上，偏头看了她好久，后来想到她还在感冒，给她解开了安全带。

沈星火在这时醒过来,她睁眼时视线恰好与校谨行对上。

他为了放安全带倾着身子,两人距离很近,近到他一低头便能吻住她。

心跳在一瞬间失了速。

那双眼水雾氤氲,透出些许迷茫与蛊惑,校谨行顿时有种陷入深潭无法自拔的错觉。可他没忘她说过的话,克制着要坐回去。

沈星火却突然伸出手臂,搂住他脖颈。

校谨行身体一滞,下一秒,他低头,吻住那张妄想已久的唇。

沈星火没躲,在校谨行捧住她脸时,越发收紧了环在他颈后的手。不知过了多久,在沈星火快要窒息时,他终于放过了她。等两人的呼吸都平复下来,校谨行抬高她下巴,低声问:"想好了吗,要不要长期?"

所以,他这些天没露面,是在给她时间思考?可她一直考虑的都是,放下他。

沈星火答不出来。

见她躲开了自己的目光,校谨行明白了。

他松手,下车:"自己上楼!"

被凶的沈星火:"……"今晚的酒太上头了,断送了初吻。

隔日下午,那份沈星火势在必得的合同被对方公司派专人送到了大兴网。

能有这样的力度和效率,除了万阳校总,没第二个人。

沈星火把电话打过去,那边接通后直接说:"谢就不必了,说到底最终都是万阳的客户。"

沈星火于是换了个话题:"计划书你看了吗?"

校谨行不答反问:"这话是沈总问校总,还是沈星火问校谨行?"

沈星火发现校谨行其实是个杠精，以往她撑他，纯属是他心情好不稀罕搭理，否则分分钟便能让她闭嘴。她深呼吸，噎了余怒未消的校总一句："我问你。"

精明如校谨行，在思考了几秒后依然没明白她是以什么身份问的，却没再和她杠下去，说："明天到我办公室来，有几处细节我要听听你的想法。"

在做计划时，沈星火也想就那几处当面阐述给他听，闻言应下："等下我和高非约时间。"

校谨行喷了声："正主就在这儿，你偏要去和别人约？沈星火你是要气死我吗？问我一句几点有空那么难？怕我请你吃饭啊？"

沈星火无语："我是公事公办。"

校谨行笑了下："你又没答应我，避的哪门子嫌？"

沈星火："……"我错了，行吗，校总您少吃两斤枪药吧，对身体不好。

向来有时间观念的沈星火却没能在约定的时间到达万阳。高非打她手机始终占线，再打去大兴网总编室则是无人接听。

没道理的，除非发生了突发状况。高非第一个想到交通事故，都准备根据大兴网到万阳的路线，打电话到交警队查询了。

沈星火终于到了，她语带匆忙地说："抱歉，有事耽误了。"

从不等人的校谨行都没说一个字，高非自然不敢对准老板娘有所不满，只在引领她往总裁办公室去时提醒："最多四十分钟，校总就要出发去机场。"

沈星火意外："他要出差？"

高非点头："本想把你们的约往前提，让你们边吃午饭边聊。"

她却为了躲他说有约了。

沈星火懊恼。

校谨行正在班台前签文件，见她来抬腕看了下表，语气淡淡："抓紧时间。"

道歉已没有意义，沈星火马上打开笔记本电脑给他解释计划中的几处细节，中间他陆续提了几个问题，得到解答后随即给出意见。像与他共事过很久似的，沈星火默契地直接记录下来，有吃不准的地方也不装懂，追着发问，直到完全理解领会认同。

校谨行见她跟上了自己的节奏，眼底的愠色逐渐退去。

沟通完最后一个问题，他问："怎么这么晚？"

沈星火避开了他的视线，说："私事。"

这是不愿告知的意思。

校谨行盯着她看了几秒。

高非在这时进来提醒："校总，该去机场了。"

校谨行起来穿西装，似是对她报备："去签个合同，有事给我打电话。"

沈星火知道他这里的"有事"是指她的私事，她没应。

坐他的总裁专属电梯下到地库后，他捏了她肩膀一下："回去开车慢点儿，走了。"

沈星火一时不适应如此温柔风的校总，慢半拍地应了声。

校谨行无奈地看她一眼，上了自己的宾利。

去机场的路上，他问："怎么回事？"

这个时间段不堵车，她却迟到了一小时。校谨行心中有数，沈星火不是恃宠而骄的人，以她对待工作的态度，若不是极为重要的事绝不可能影响到她赴他的工作约。

高非答不出，他意识到自己失职了，立即说："我马上了解一下。"

沈星火再回医院时，母亲的检查结果已经出来，她去找主治医生，对方的意见是尽快手术。

此时她却不是沈总，这件事，她作为沈星火，一个人做不了主，只能对继父和妹妹说："我建议听医生的。"

妹妹哼了声："那不就是没建议？"

继父则说："我问过医生了，脑瘤手术风险很大，是良性的还好，万一……而且挨了一刀，以后身体该不好了。"显然是不同意手术。

"脑手术的精细程度确实极高，但任何手术都有风险！至于术后身体的好坏也不完全取决于手术，而是本身的体质和术后恢复。"沈星火异常冷静地说，"不做手术，如何出病理结果？没有病理，怎么对症治疗？"

因为肿瘤压迫，母亲昏倒在街上，她为赶来医院安排才耽误了校谨行的工作约。

妹妹闻言说："我妈的身体本来就不好，你不知道吗？"

一句"我妈"让沈星火的语气和目光瞬间沉下来："我当然知道她身体不好，你又知道她为什么身体不好吗？"不理会妹妹凶巴巴的眼神，她表态，"所有费用我承担，术后我请人照顾她，不耽误你们上班、上学。"

继父依旧坚持："等你妈醒了，我们全家商量后再说。你有事先去忙吧，这儿有我们就行。"

这话细听起来，似是对她先前的离开有所不满，而那句"我们全家"是比妹妹那句"我妈"更戳沈星火心的。

所有的话都被堵了回去，沈星火没再说什么。她在病房外待了很久，直到听见病房里醒过来的母亲微弱的说话声，她撑了整个下午的情绪忽然崩了。

校谨行赶到医院时，就看见那个向来强势的女人垮着肩膀，垂头坐在走廊的椅子上，她面前的大理石地面上有几滴湿濡的水渍，像是眼泪的痕迹。

当视线里出现一双黑色男士皮鞋，沈星火抬头，那双红得不行的眼睛看见校谨行时明显一怔，半晌，她问："不是出差了吗？"

语气中她不自知的软弱让校谨行心口一疼，他没急着问什么，而是挨着她坐下，身体前倾，手肘搭在腿上，说："之前我还不太理解大校，以往出差两三个月，电话都很少往家里打，更别说提前回来；现在可好，出差一个月，每周回来一趟。现在我懂了。"

沈星火隐隐听懂了他的去而复返。

校谨行似叹了口气，说："问你助理，她守口如瓶。问那位林总，他不知道。我只能寄希望于你的老领导许东律。"

她没有男朋友，所谓的私事只能是父母，校谨行一下子便猜到可能是她父母生病住院了。问过许东律才知道，她父母早离婚了，各自有了新的家庭和孩子。有了这个信息，再去问她那个心无城府的小助理今天她为何迟到，就不是难事了。

校谨行庆幸还来得及下飞机，从机场来的路上他一直在回想，那天他和她说自己父母恩爱、兄友弟恭时，她神色的变化。终于明白了她的不婚主义并非拒绝他的借口，她心口的伤源于父母的离异，让她对爱情，甚至是亲情失望。

校谨行说："我知道你并不需要我，为母亲安排医院，请最好的医生，你都办得到，我来只是想告诉你，你能办到是一回事，有人陪你办是另一回事。沈星火，即便是男人，也不是所有事都扛得住。像我，父母若有事也需要和大校商量。他的余之遇遇到危险，他远在临水顾及不到，会毫不犹豫地把我从床上喊起来，命令我动用一切可动用的关系，不管是半夜几点。有人可求,有人可依,不是坏事。"

话至此,校谨行握住她的手:"我没有追女人的经验,更没有和任何人表白过,但沈星火,我想让你知道,我欣赏你、喜欢你,希望能和你一起面对未来可能发生的所有事。失败的爱情和婚姻确实很多,可成功的更多,像是我的父母,像是大校和之遇。没错,他们未来的路还很长,可我相信,心灵的契合是能够支撑他们长久地相爱相处下去的。你应该对自己、对我多一点儿信心,不要草率地拒绝爱和被爱。"

沈星火听了他的话沉默了很久,后来,她第一次对一个外人倾诉了压在心底多年的结:"父母总有老的一天,我努力工作赚钱,就是希望当他们有需要时我拿得出。在这方面我是有准备的,并不是硬扛。只是,我的父母也是别人的父母,他们才是真正的一家人,我对于那两个家庭而言成了彻头彻尾的外人。我明知道最好的选择是什么,我也有能力承担,可我不能决定什么,只能等他们一家人商量。"

她红着眼眶,声音哽咽:"我不是他们唯一的女儿,他们却是我唯一的父母。"

她担心他们全家商量出一个对她母亲病情不利的结果,她害怕因此失去妈妈。

校谨行把她搂进怀里,担下她这份无力。

那天的最后,校谨行以沈星火领导的身份进病房探望了她的母亲。明明沈星火什么都没说,他却在三言两语的交谈中为她先前的离开做了解释,甚至治疗方案他都提到了,进而引导那一家人听取专业医生的建议。

或许是他总裁的身份和威严令人信服,先前还不同意手术的沈星火的继父在听完他一席话,已经倾向于做手术。

当天,校谨行没让沈星火在医院陪护,他说:"既然这件事有别人去做，你不如好好休息，这样才能把你要做的那部分做得更好。"

沈星火担心地说："你不是要去签合同，还来得及吗？"

校谨行看着她说："我说来不及了，会因此丢掉一个大单，你愿意以身相许吗？"

沈星火瞪他。

见她恢复了些元气，校谨行伸手抬起她下巴，说："放心吧，不会让你背负这种压力的，安排别人去了。"

可他此前既然决定亲自去必然是很重要的合同，沈星火不放心："现在还有时间，你赶紧赶过去，免得别人搞不定，令万阳有所损失。"

"对我这么有信心？"校谨行笑睨着她："认定只有我搞得定？"

还真是这么想的，似乎只要他出马，没有搞不定的事。

沈星火拨开他的手，嘴硬："那你不是总裁嘛。"

校谨行倒是顺势松开了她下巴，手却没有收回，改捏住她的后颈，把人送到自己面前，低声说："我这个总裁不专业了，最近开会总走神，想你为什么拒绝，想是不是该用那些老套的送花、送礼物的办法追你，想什么时候能有个总裁夫人。"

尽管两人吻过了，可那多少有借酒壮胆的成分，是冲动之下发生的。沈星火不适应这份亲昵，她紧张得想后退："你好好说话。"

校谨行不给她躲闪的机会，他倾身凑近，唇几乎抵上她的："我没好好说吗？我又没怎样。"

你还想怎样？身前是他的人，身后是他的手，沈星火无路可退，无处可躲。

校谨行确实没什么恋爱经验，但沈星火对他是否有意他还是看得出来的，当知道她的心结是什么，他再无意保持什么君子之风了，低头吻住她。

沈星火推他，无奈敌不过他的力气。

最后，在她的喘息声中他再问一遍："长期的，要不要？"

沈星火耳根红透，没什么底气地拒绝："不要。"

校谨行并不生气，轻咬了下她的唇："那这便宜我可就白占了。"

沈星火抬手打他一拳。

校谨行在她耳边无赖似的笑道："反正吃亏的又不是我。"

隔日，校谨行请了国内权威的脑专家来会诊，很快敲定下手术时间。手术当天，他推掉会议陪沈星火在手术室外等了整整一下午。

手术一切顺利，而鉴于校谨行与医院的关系，等待的时间被缩短，病理很快出来，是良性。

沈星火悬着的心终于放下。

那天，校谨行送她回家，把人抵在车前……

自那开始，校谨行便不做任何回避，有机会就撩她一下。

万阳与大兴网签约那天，他在握手时用仅两个人能听到的音量说："本来谈判还要进行两轮，想想不能太为难未来夫人，才算了。"

沈星火面上微笑，高跟鞋则落到校总脚上，用力一踩。

履行合同期间，沈星火去万阳开会，等电梯时恰好遇见他。

作为万阳员工，沈星火和他打招呼："校总。"

校谨行瞥她："进来。"

那是总裁专属电梯，沈星火不想进。

校谨行按住电梯："要我抱你？"

沈星火不情不愿地走进去，站得远远的。

校谨行知道她今天来开会，替她按了楼层。

直到快到了她要去的楼层，他问："工作还顺利吗？"

沈星火无语："……差不多每天都要去查一次岗，顺利与否你不知道？"

校谨行回身看她："需要总部支持什么找高非，当然，直接找我力度更大，我没拉黑你。"

沈星火："……"我都给你解黑了，你不是要我再拉黑你一次吧？

总之，校总过于直男的追人方式让沈星火招架得有些吃力。

随后祁南借由网络之力黑了余之遇一把，沈星火依旧没用任何人授意，直接发了招聘计划声援。校谨行认为时机到了，请校明理对外公布了万阳对大兴网的收购事宜。

再往后，沈星火说服余之遇协助自己做网站整合工作。而当大阳网提出解约后，校谨行故意压着不让财务拨款，为的是让沈星火主动找他，结果余之遇小试牛刀反而给他赚了几百万。

反正，那段时间大家都忙，尤其是沈星火，搞事业搞得更是忘我，始终没答应做校总女朋友。

校谨行只当她是矫情考验自己倒不急，除了有几晚送她回家时提出上楼坐坐被拒，某些专属于男朋友的福利他已享受到。

有次和肖子校聊天，被弟弟问到两人的感情进展，他不小心说漏了嘴。

肖子校忍了忍，终是问："你在沈星火住的小区买了套房，只为见面方便？"

校谨行屈指蹭了蹭眉心，默认。

除了朝兄长竖大拇指，赞他干得漂亮，肖子校还能做什么？

然而，谁都没想到，这套房在疫情期间得以发挥了它的作用与价值。

新冠肺炎疫情暴发后，全国人民都尽可能地宅在家里，各大小区封闭，设置防疫岗亭，不仅外来人员禁止入内，连身为业主的校谨行的进出也受到了一定的限制。

疫情初期，医疗物资紧缺，校谨行不得不天天在外面跑，四处搜罗物资。等一线不再那么告急，药品供应保障充足，他终于能够喘口气去看看沈星火了。

这天他回到了沈星火所住的小区，结果在门外等了很久她才回来。

见他坐在家门口，沈星火意外："什么时候来的，怎么没给我打电话？"

两人都戴着口罩，只能看到彼此的眼睛，校谨行站起来，和她隔着一段距离说："知道你那边肯定有事，忙完就回来了。"

记者们都在一线采访，办公室人员为了保证新闻的及时输出居家办公，沈星火成了机动人员，哪里有应对不了的问题她便去哪里，比旁人更忙。

看见门口的几个袋子，沈星火问："你买的？"

校谨行瞥她："还有别的男人给你买菜送粮？"

从全民居家时起，他时常送东西过来，从起初的口罩、消毒液，到后来的蔬菜、水果、粮油、米面，甚至是日常用的纸巾、香皂、洗发水，这些都给她补给过。

沈星火独居，吃的用的有限，家里快被他置办成小超市了。可他从没露过面，都是安排物业来送。

沈星火知道他忙，没有时间顾及更多。她便给他打电话、发信息，让他知道她把自己照顾得很好，免于他分心，并嘱咐他：*做好自身防护，才能为疫情做更多。*

此时此刻，面对久未见面的校总，沈星火眉眼弯弯："除了你，我不接受别人送的。"说着过来开门。

她难得说句好听的，校谨行忍不住笑。

等帮她把袋子提进去，他说："我在外面跑了一天，就不进去了。"

非常时期，多一趟外出便多一分危险，他是担心有个万一再感染到她。

沈星火在他转身的刹那说:"进来就有女朋友。"

校谨行停步,默了两秒后回头,看着她的眼睛问:"长期的?"

沈星火发现他是个十分较真儿的人。换作别的男人,管你长期短期,先争取个试用期上岗再说,他却咬住这个长期不放,偏要她亲口许诺。

从母亲生病时起,他的心意她早已感知,对于爱情和未来沈星火有了不一样的期待,尤其新冠肺炎疫情发生后,那些无从挽回的悲剧与逝去的生命都在提醒她:把握当下,珍惜眼前。

一生或短或长,谁知道意外和高光时刻哪个先来?她不想再浪费时间,不愿错过那个在她脆弱时给她肩膀依靠的男人。

沈星火为校谨行打开了心门,她说:"长久交往,直到结婚。"

幸福来得太突然,校谨行半晌没反应过来。

沈星火挑眉:"或者校总已经有了别的选择?"

校谨行越过她进门:"你想得美。"

当晚,他留宿在了女朋友家。

沈星火处理完稿子从书房出来,就见先前还在打电话的校总倚在沙发上睡着了。她取来毯子,轻轻往他身上盖。

校谨行并未睡实,一下子就醒了,他坐起来,把她抱进怀里。

沈星火在他背上抚了抚,说:"沙发上不舒服,回房间睡。"

如此温柔,校谨行招架不住,他低声问:"哪个房间?"

沈星火贴在他耳郭道:"我的房间。"

校总瞬间领悟……

星星之火,燎的不是原,是那颗沉寂了三十二年的心。校谨行情动不已,只想将自己全部的温柔与爱意给予。

那些错过的时光,终究会因一起变老得以弥补。

山河远阔,唯与你日出而作,日落而息,才是人间理想。

番外二
山水一程，三生有幸

出国前夕，陆沉和父母有过一次谈判，他说："我可以按你们给我规划的人生走，我也保证让你们满意，但我走后，你们不能为难之遇。"

陆家夫妇对视一眼，没说话。

陆沉明白，自己越维护余之遇，母亲心中的不满越大，可不得到父母的承诺，他无法放心离开，因此态度坚决："你们同意，我按时走，否则，我今天就带之遇回家取户口本。哪怕是跪下求，我也会让余伯父同意我们结婚。"

在原生家庭和喜欢的女孩儿发生冲突时，他选择了前者。但在父母和余之遇的平安之间，他的选择是后者。陆沉那时是有把握的，只要他不放手，余之遇不会离开。只是，那样在一起的话，他们势必要吃一些苦头，尤其是余之遇。

从未忤逆过她的儿子忽然变得如此强硬，商女士一时难以接受，她盯着陆沉，语气十分不满："你们才在一起多久，为了她，你连家，连父母都不要了是吗？"

陆沉神色不动："总比为了钱，不顾人命的好。"

商女士气得头顶冒烟："陆沉你是不是忘了，你今天所拥有的一切，都是我和你爸爸为你辛苦创造的。"

陆沉与母亲对视，分毫不让，说："我今天失去喜欢的女孩子，也是拜你们所赐。"他环顾自家的别墅，"如果我说，相比这些优渥的条件，我更想要之遇，你们能接纳她吗？"

商女士砸了手边的玻璃杯。

显然是不能。

陆沉没有做无谓的辩解："她只是个小姑娘，做了原则上没有错的事情，你们再为难她，也换不回舅舅、换不回中新的损失，反而还要再失去一个儿子。"

他微仰头缓了须臾："我就一个条件，只要她平平安安，我不再和她有任何联系。"

最终，陆家夫妇退让了，但他们有个条件："不再联系还不够，你此生都不能与余之遇有瓜葛。"

所谓的瓜葛，是指结婚。

那时就注定了，陆沉与余之遇，这辈子无法在一起。

临走那天，陆沉让司机先送他到学校，他想看看余之遇戴着学士帽的样子，当是履行陪她毕业的承诺。可余之遇听闻他那天走，赶去机场，想见他最后一面。

于是，陆沉没见到自己心爱的女孩儿，带着遗憾飞去了大洋彼岸。

商女士却把陆沉舅舅为保中新所担下的责任，以及中新陷入的危机，统统归究在余之遇身上。在她看来，余之遇不知天高地厚，必须受到教训。反正，她没有伤及余之遇的性命，只准备把她逼回家乡小镇，对于儿子不算食言。

所以，余之遇因商女士的暗中阻挠失去了最好的工作机会，并吃了些苦头，碰了些壁。那时的困境，确实也让她动了回家的念头。然而，因为知道是商女士在给自己设障，余之遇不肯认输，咬牙坚持了下来。

功夫不负有心人，大阳网和许东律成了她的"劫后余生"。

大阳网当时还不是集团公司，商女士没把它放在眼里，加之中新的烂摊子让她身心疲惫，最终，她没持续找余之遇的麻烦。直到出现了报道事故，她恍然发现，余之遇长大了，不再是那个任她拿捏的小姑娘，再不趁乱扳倒她，就没机会了。

所幸，还有校谨行。

即便没有他，许东律也不会看着徒弟栽跟头。

总之，是命吧。

这个中曲折，陆沉知道得太晚了。

到了国外后，他每天按时且专注地上课，挑灯夜读的状态，和肖子校读博期间如出一辙。只不过，肖子校是心无杂念地为学术而努力，他则是借此让自己没有时间和精力去想余之遇。

在到国外的三个月后，当一切看似步入正轨时，陆沉毫无征兆地病倒了，发烧到神志不清。他在半夜迷迷糊糊爬起来想找药，翻遍了房间所有的抽屉才意识到，这不是在家里，不是在国内的宿舍，在遥远而陌生的国度，他根本没有准备常备药。

陆沉只想给余之遇打电话，可最后一丝理智提醒他，他提了分手，没有资格再找她。于是，他没有给任何人打电话求助，默默地回到床上，像是自我放弃。后来是怎么睡着的已经不记得，只是再醒过来时，在刺眼的阳光中，看到余之遇伸手来探他额头。

陆沉愣住了，用哑得不像话的嗓子唤了声："之遇。"

余之遇蹙眉,轻责道:"都多大的人了,怎么连自己都照顾不好呢?"

陆沉抓住她的手:"没有你,我不行。"细听之下,语气哽咽。

余之遇反握住他的手:"你行的阿沉,等你把自己照顾好了,好来照顾我啊。"

陆沉把她的手贴在脸颊上:"你会等我吗?"

余之遇笑了,她柔声说:"我会一直等你。"

陆沉就也笑了,他轻轻吻她的手:"你要等我,之遇,等我回来。"

……

"阿沉?阿沉你醒醒?"有个不算陌生的声音在耳边唤。

陆沉缓了很久,终于有力气睁眼时,看到的是祁南的脸。

原来是个梦。也只有在梦里,他才能自私又肆无忌惮地要求她等。

陆沉没有抗拒祁南递过来的药和水,等服下药后,他偏头看着窗外的阳光,半响:"你说,我和之遇还有机会吗?"

没有期限的等待,能坚持多久?尤其他们之间横亘着他舅舅和中新。想想就绝望。

祁南回想他在昏迷中握着自己的手,轻轻唤着余之遇名字的情形,强颜欢笑:"只要你好好的,就有啊。"

陆沉应该是没有想到她会这样说,他转过脸,看着她,似乎是在确认她话的真假。

"你们那么相爱,这点儿挫折一定可以熬过去的。"祁南以玩笑的口吻鼓励,"可前提是,你得让自己强大起来,要不怎么和叔叔阿姨对抗呢。"

她是违心的,骗他的,因为只有和陆沉站在同一战线,陆沉才不会排斥、抗拒她。而这个方法确实比死缠烂打来得有用,她以余之遇闺密的身份走进了陆沉的世界。

那之后的五年，祁南始终留在陆沉身边。

起初她去找陆沉时，会根据余之遇给她发的那些报喜不报忧的邮件，告诉他："之遇找到工作了，跟了个厉害的师父，年轻有为的采访部长。"

"之遇转正了，是同期入职的新人中第一批转正的。"

"这是之遇第一篇独立署名的新闻稿，她的文笔越来越好了。"

……

陆沉得到的信息都显示，余之遇过得很好，他安心又难过。安心于，父母没有找她的麻烦；难过于，没有他，她的生活似乎没有受到影响。那是不是说明，他于她而言，并不重要。

矛盾至极。

而因为祁南是余之遇的好朋友，因为只有她可以和他聊余之遇，陆沉没有拒绝祁南偶尔的出现，甚至于，为了获知余之遇的近况，有那么一段时间，他盼着祁南来找他。

渐渐地，陆沉和祁南越走越近，身边的朋友都看出来，祁南喜欢他，唯独他不知道。确切地说，他满心装的都是余之遇，感知不到其他人的心意。

再后来，祁南不再时常提起余之遇了，从起初的忍着不问，到最终的无从启口，他们之间，余之遇不再是唯一的话题。

由于距离和分离时间的无限延长，陆沉与余之遇之间，只剩回忆。至于那些，余之遇扛不住对陆沉的思念，对好闺密的倾心诉说，祁南只字未提，陆沉全然不知。

再加上有一次，在祁南刻意的安排下，陆沉看到了最近一次，余之遇发来的一封邮件。

她说："我不再时常想起阿沉了，即便偶尔想起，心也不疼了。看来，时间即便不是疗伤的药，药也是藏在时间里的。"

那时距离他们分开已有四年多,将近一千五百个日夜的缺席,她终于开始从心里剔除他了。她这么做没有错,因为这些年,他没有给过她任何消息,陆沉没有资格要求她始终活在他们相爱的那一段岁月里。

她总要走出来,总要开始新的人生、新的恋情。

可只要想到那个余生与她相守的人不是自己,陆沉还是接受不了。

他动了回国的念头。

商女士知道他订了机票,打电话来说:"余之遇刚刚通过了主任记者的考察期,你是不打算让她继续往上晋升了是吗?"

他羽翼未丰,帮不了她任何,不能再阻碍她的事业发展了。

陆沉在痛苦中退了机票。

生活除了学习和工作,似乎没有其他意义了。

之后没多久,祁南感冒病倒,给陆沉打了电话,他给她送药,她抓住他的手说:"阿沉,从我们第一次见面我就喜欢你了,我知道你心里还有之遇,我会一直等你。"

陆沉是意外的,意外于她喜欢了自己那么久。可时间不是衡量爱的标准,爱情更不是你爱我,我就一定爱你。

陆沉轻且坚定地抽回了手,温柔又绝情地说:"别等,别浪费时间,没有结果的。"

本以为自己病着,他又冒着风雪来了,至少不会拒绝得那么直接。

祁南哭了,她执拗地表态:"哪怕你永远都忘不了之遇,我都不介意。"

陆沉沉吟片刻道:"我介意。"

介意那个和他比肩而立的人,不是自己所爱的余之遇。

祁南病愈之后有将近半年没有出现,似乎她与陆沉之间,到此为止了。然而在一个午后,在一间餐厅,陆沉遇到了正在约会的祁南。

是她母亲安排的相亲对象。

陆沉因此想到,商女士从国内打来的催婚电话:"阿沉,你不小了,该交个女朋友了。"深怕他忘记了自己的承诺一样,又提醒道,"既然永远都不可能是那个人,你总要给自己一个机会。"

怎么就不能是她呢?他们明明是相爱的。

心不甘,意难平。

当晚,祁南淋了雨,浑身湿透地来到陆沉的公寓,她喝了很多酒,醉意蒙眬中,她求他:"你就当退而求其次不行吗?阿沉,我是真的喜欢你。如果谁都可以,不如就是喜欢我的你啊。"

陆沉那晚也喝了酒,他面对主动吻上来的祁南,恍神间没有躲开。可就在祁南去扯他身上的衣服时,他边配合地脱下衣服,边吻着她耳朵:"之遇,我好想你。"

有那么一瞬间,祁南想推开他,让他看清楚自己是谁。可她太渴望陆沉的吻、陆沉的拥抱,以及陆沉的碰触。她想:那就这样吧,哪怕是替身都行,依他的性格,若他们发生了关系,他会负责,他们就能在一起了。

陆沉却在最后一刻清醒过来,他停下动作,说:"之遇从不用香水。"

和他分开时,余之遇还是个青涩的连妆都不化的女孩子,那样的余之遇,刻在了陆沉的骨子里。而她祁南,已经是二十六岁的成熟女人了。

如此比较下来,分不清吃亏的究竟是谁?

共同买醉,又相安无事的一夜。

再之后,中新因并购百创资金链断裂,岌岌可危。

祁南知道是母亲设局令中新陷入危机,她瞒着舒心四处奔走为中新找资金。连陆沉的朋友都看不下去,说:"错过了她,可能再也遇不到更爱你的女孩儿了,阿沉,你还要缅怀过去多久?是时候放下了。"

陆沉没有回答,他给祁南发信息:你别管了,我自己想办法。

祁南第一次没有回他的信息。

等陆沉找到资金后,祁南才出现,说:"我本想帮你解了中新的困局,以此为条件,和你在一起。"

他之所以拼尽全力,不惜将四年的研究成果授权给并不中意的企业,以换取给中新注资的机会,就是不希望欠任何人的人情,尤其是祁南。

陆沉沉默。

祁南笑着摊了摊手:"现在连最基本的筹码都没有了。"

陆沉看了看她身后的行李箱。

祁南循着他的目光看了一眼,说:"我要搬去……未来老公那边了,就是我妈安排的那个相亲对象。"她红着眼,看着陆沉,"我妈只给我五年时间,说如果我不能和喜欢的男孩子在一起,就得听她的安排。"

陆沉想问一句"你喜欢他吗"?话到嘴边又咽了回去,他改说:"如果不愿意,没人能逼你嫁。"

如同他,他答应了母亲不和余之遇在一起,那他,也可以不和任何人在一起。反正,没人能逼着他去民政局。

"不是他,还会有下一个。"祁南没了抗争的心,"不是你,谁都无所谓了。"

陆沉抿了抿唇。

他连自己的人生都做不了主,更何况是别人的,他没说任何安慰的话,也无法允诺什么。

短暂的沉默过后,陆沉转身欲走。

却被祁南拉住了手腕,她以恳求的语气说:"阿沉,你成全我吧。"

陆沉愣怔。

"我知道,你爱的是之遇。可她有男朋友了。

"你应该了解她,她既然选择了开始一段新的恋情,你们的过去,在她那儿,就是真的过去了。

"既然你们不能在一起,不如成全我,至少,我是真的爱你。

"有了我,商阿姨不会再逼你,你就可以安心打理中新了,我会全力支持你。

"有名无实也可以。

"阿沉,我这辈子都没有求过和谁在一起,除了你。"

陆沉因证实了余之遇有了新恋情,心绪翻涌,他说:"我不值得。"

"没有比我爱你更值得。"祁南抱住他,"阿沉,求你,就当是帮我摆脱我妈的摆布。什么我都可以听她的,除了婚姻。"

陆沉不得不提醒她:"你这场投资注定失败,我给不了你预期回报。"

祁南踮脚吻他:"除了你的人,我不求任何。"

她为了爱,低到尘埃里,最卑微的样子,呈现给了他,最卑微的话,说给他听。

舒心为此给了祁南一巴掌。

祁南笑着说:"我至少得到了。"

舒心为了陆沉的父亲一辈子没嫁,而她除了在经济和物质上没缺了祁南,没有给女儿应有的母爱,甚至于为了隐瞒自己生女的经历,连一个姓氏都无法给她,让她随外婆姓。

舒心只能说:"如果让商女士知道我们的关系,陆家容不下你。"

祁南笑了下,自嘲的那种,随后反问:"我们有关系吗?"

除了血缘和金钱,她们哪儿来的关系?

陆沉没有想到祁南会邀请余之遇来参加他们的订婚典礼。在他看来,和余之遇保持距离,该是他和祁南心照不宣的秘密。

当肖子校出现,他在余之遇眼中看到的慌乱,和她临走时下意识地挽住肖子校胳膊的举动,他意识到,余之遇不爱他了。

她喜欢他的样子,他见过。她不喜欢他了,他一眼便看出来了。

几乎想取消订婚典礼。可她都不爱自己了,为谁取消?

就这样吧。

仪式上,陆沉为祁南戴上戒指,当众拥抱时他说:"下不为例。"

祁南懂了,他是在责备她,擅作主张邀请了余之遇。

脸上的笑容险些维持不住,未婚妻的身份又让她忍下了所有。

当晚,她跟陆沉回了公寓。

他把主卧让给她,准备自己睡客卧。

祁南终于忍不住了,她问:"你真的打算和我做有名无实的夫妻吗?"

陆沉沉默须臾:"如果我们能够走到结婚那一步,你需要我履行丈夫的义务,我再碰你。"

他是尊重她,更是不爱她。

后者更让祁南难过,她摔门离去。

如果祁南没有刻意为难余之遇,如果没有泄密事件的发生,如果……陆沉心知肚明,他依然不会爱上祁南。

当时年少,没有过权衡与比较,喜欢就喜欢了,很难轻易换个人喜欢。

可她爱他,爱了那么多年。所以,当肖子校为了余之遇反击,当祁南成了众矢之的,陆沉没想放弃她。

祁南却不再执着了,她说:"和一个不爱自己的人在一起好累好委屈,陆沉,我放过自己了。"

那么他呢,要怎么放过自己?

新冠肺炎疫情期间,陆沉知道肖子校进了方舱医院,他知道余之遇四处奔走采访,他怕她口罩不够用,怕她感染,带着防护用品去了她的公寓,又在半路折返回去。

"我能想到的,肖子校一定都想到了。他人虽不在外面,也一定能够把在外面的她照顾到。"

陆沉这样想。

后来,校谨行来找他,他启动了停掉的生产线,生产出的药品全部供应方舱医院。

那时的中新像个空壳,根本没有能力承担高昂的药品和人力成本。

校谨行承诺道:"万阳承担所有的费用。"并在隔天汇了笔款给中新。

陆沉让财务将款项退了回去,他说:"就当是我给肖教授和之遇的……结婚贺礼。"

如果余之遇嫁的是他,便是聘礼。如今,成了贺礼。

讽刺又心酸。

校谨行把他的原话告诉了肖子校,电话那端的男人什么都没说,只是在疫情得到缓解出舱后,将研发成功的新制剂的生产销售权给了中新。尽管只有五年的期限,可因为是独家授权,再加上专利费可分期支付,是令中新起死回生的捷径,没有之一。

陆沉认为有余之遇的因素在里面,他不愿合作。

肖子校当时亲自去了趟中新,说:"创立'新医学新药学'的道路和方向,同样是我的追求。中西医结合、中西药并用,更是这次疫情医疗救治的一大特点。我作为中药学的研究者,与你这个西药学专家合作,才是真的殊途同归。"

陆沉被说服了,他意识到,无论是在学术研究,还是在经商方面,肖子校都有极高的天赋,甚至是胸襟格局,都超乎常人。他不想承认,又不得不承认,他再强大,都不可能赢回余之遇了,他早就输给了年少的自己。

再后来,肖子校和余之遇的婚期定了,陆沉收到了请柬。

是肖子校送到他手上的。这一举动不是炫耀,是对合作伙伴的最大尊重。

肖子校郑重承诺:"我会珍爱她一生。"

陆沉打开烫金的请柬,视线久久地落在余之遇的名字上,再抬头时,他眼睛分明红了,却笑着说:"我一定到。"

那天,陆沉去了婚礼现场,不是见证余之遇的幸福,更没有打扰她的幸福,只是去看看那本属于他的她一眼。

之遇,山水一程,三生有幸。

番外三
岁月奔驰，白首偕老

肖子校出方舱医院后，照例需要隔离十四天。

那段时间他累坏了，到隔离酒店的第一件事就是睡觉，再醒过来时，外面天黑着。他以为自己睡了一整天，结果看手机才发现，已经是第二天的晚上。

难怪饿得不行。

他翻看手机，一条余之遇的信息都没有。

肖子校蹙眉，主动发信息：余哥？

下一秒，余之遇把视频电话打了过来，接通过后她先唤了声："教授。"语气愉悦且带点儿撒娇的意味。

肖子校就笑了，嗔了句："我出舱两天，你都没找我一下？"

他家未婚妻说："我打扰你干吗，你睡醒不就找我了？"

这就是他给她的安全感，而她也最懂他的辛苦。

此前在应对疫情，忙得分身乏术，能抽空发信息报个平安都是奢侈，两人已经很久没有好好说过话，更别提视频。肖子校盯着她的小脸看了半晌,问:"想没想我?"

余之遇同样盯着他看:"想得都快想不起来了。"

肖子校勾唇:"再忍忍。"他的意思是忍过隔离期。

余之遇却说:"忍不了。"

肖子校听到她那端的刹车声,才注意到她在车里,刚想问怎么这么晚还没回家,就听她说:"你到窗前来。"

愣怔只是一秒,肖子校走到窗前,打开窗户,就见余之遇站在大G前,朝他挥手,然后也不管会不会打扰到别人,扬声喊:"教授!"

他不在时,她是独立的余记者,工作和生活都被安排得很好,连校谨行都说:"你不用担心,你家那个余之遇啊,该吃饭吃饭,该睡觉睡觉,把自己照顾得好着呢。"作为他的后方,她没有给他添一丝丝的乱。

当他回来,她瞬间切换回那个有点儿皮、有点儿爱撒娇的余之遇了,爱他想他,不遮掩。

肖子校眼睛莫名有些热,他深呼吸两次,对着手机说:"怎么时间掐得这么准,知道我这个点醒?"

"未婚夫的作息规律我还能不清楚吗?"余之遇说着,举了举手中的袋子:"你的晚饭,我亲自下厨。"

肖子校反应慢了半拍:"你进得来吗?"

当然是进不去的。余之遇只能把送来的东西放在酒店大堂的台阶上,由志愿者送到楼上他的房间门口。而肖子校打开房门时,除了晚餐,还有一束鲜花。

志愿者站在电梯口,和他保持着一定的距离:"你女人说给你解闷。"

肖子校抬眼望过去:"则凛?"

穿着防护服的栗则凛就笑了,告诉他:"从你昨天上午住进来,余之遇来过五趟了,但你没醒,她给你做的饭菜都被我吃了。"末了还说,

"厨艺不敢恭维。"

就这样,肖子校隔离期间,余之遇每天都来看他,给他送的餐则从她亲手做的,换成了校家厨师做的。

因为蹭饭的栗则凛实在吃不下了,做了把坏人,告诉她:"余记者,大校都累瘦了,你不好好给他补补,还要往死里毒他吗?"

余之遇看向旁边的别漾,不确定地问:"有那么难吃吗?"

从疫情开始,别漾就夫唱妇随地跟身为星火救援队队长的栗则凛做志愿者,余之遇每天给肖子校送餐时,都不忘给他们带一份,她是尝过余哥手艺的人,有绝对的发言权:"自信点儿,把'吗'字去掉。"

余之遇噎了下:"……难为你们忍了那么多天。"

结束隔离那天,肖子校才从酒店出来,余之遇就扑了过来,全然不在意神曲他们的起哄。

从他进方舱医院,到疫情持续发展到至暗时刻,再到新增确诊病例开始下降,方舱医院休舱,两个多月之间,见证了太多的生离死别,此刻,人在他怀里,余之遇忽然忍不住了,哭得稀里哗啦。

肖子校拥着她转了个身,替她挡住旁人的视线:"都过去了,我回来了,再不离开你,好不好?"

余之遇什么都听不进去,紧紧抱住他的腰,哭得停不下来。

肖子校耐心地哄了她很久。

栗则凛见状握着别漾的手说:"换我们这么久没见,你也会哭吗?"

本以为会听到句甜言蜜语,结果,他家漾姐居然说:"才两个月,我只会觉得时间短了,没玩够。"

栗则凛忍了忍:"……'夜遇'都歇业了,你有地方玩?"

别漾朝他眨眼:"只要有人,哪儿不能玩?"

明知道她是故意气人，栗则凛还是不悦地用舌尖顶了顶腮："我就看看，谁敢和你玩。"

别漾踮脚凑近他耳朵，低声说："小栗则凛不行？"

栗则凛倏地转脸，盯着她平坦的小腹。

别漾笑："我开玩笑的，这种特殊时期，让他来添什么乱。"

栗则凛喷了声："说让我过父亲节的话，不作数了？"

别漾撑他："那我也没承诺是哪年啊。"

栗则凛抿了抿唇："这事，我好像有一半的决定权。"

别漾与他对视片刻，笑了："你有全部的决定权。"

那天，叶上珠也去接了喜树，小姑娘居然没哭，抱着男朋友的胳膊汇报："我和老叶坦白了，他居然说我高攀！"

喜树没懂："什么高攀？"

"他说我是学渣，和你恋爱是高攀你，让我有点儿数，别作。"叶上珠孩子气地抱怨，"我明明很懂事、很体贴、很听话，哪里就作了。"

幸福来得太突然，喜树反倒蒙了，他向女朋友确认："那叶总是，反对吗？"

单身狗神曲戳他脑袋一下："把做实验的机灵劲分过来一半，也不至于才脱单。"

叶上珠立即护短地护住喜树的脑袋："别给戳傻了，过几天还要带回家给我爸爸看呢。"

喜树终于反应过来："你的意思是，我能见家长了？"关过得太容易，他不相信。

叶上珠嘟嘴："你不想见吗？"她哼了声，带点小委屈地说，"你从来都没提过要带我回家见你爸妈，喜树，你到底是不是认真的啊？"

因为意外和喜悦，喜树急得不知从何解释，还是肖子校替学生说了句:"学习和你,是他最认真以待的事。"

见喜树重重点头,叶上珠才笑了:"好吧,我相信你了。"

可当时还不允许聚集,出行受限。他们约定,等小区的封禁解了,能够自由出入了,就见家长。

当天,余之遇随肖子校回了校家夫妇给他们准备结婚的别墅,她进门时说:"那天校总连夜去接我过来,我吓死了,以为公寓进了小偷,还在心里埋怨你,怎么不在我床头放点儿棍棒、匕首什么的。"

当时疫情紧张,肖子校意识到不对,不放心余之遇一个人住,便给校谨行打了电话,让校总把他未婚妻接过去。

结果余之遇白天外出采访太累,睡得太死,敲门听不见,电话不接,校谨行想起她曾经遭遇的意外,顾不得其他,经过肖子校允许输密码进了公寓门,然后,险些被突然醒过来的余之遇当小偷对待。

随后没多久,全国各地的小区都封了。因为肖子校的先见之明,余之遇才没被孤立起来,由于同在一个别墅区,她和校明理及校谨行父子始终处于想见便能见的状态。

只是,当时疫情太严重了,她和校谨行成天在外面跑,未免不小心被感染,他们都不怎么回校家。反倒是校明理不放心,每晚都给两个孩子打视频电话,确定他们平安。

"我和我妈都在医院,我爸和大哥在外面当然要护着你,要不我不安心。"肖子校说着,把衣服都脱在了门口,先去洗澡,余之遇也是。

随后,肖子校依旧给余之遇吹头发,可头发还没干,两个人便吻到了一起,语言变得多余,他们用行动表达思念与爱。

很久很久之后,余之遇平复了呼吸,贴在肖子校怀里。

肖子校侧身搂住她,说:"怕没怕?"

余之遇没逞强否认，她点了点头，抱紧他的腰："我相信祖国，相信你们。"

肖子校吻她额头说："对不起。"抱歉没能陪在她身边。

余之遇仰头亲他下巴："谁让你是肖大夫呢，相比之下，患者更需要你。"她不希望他陷在自责的情绪里，换了个话题，"我们不过去吃晚饭，叔叔会不会不高兴呀？"

肖子校轻笑："大哥给我打电话了，说今天我归你，明天让我们一起回去。"

体谅他们小别重逢，校谨行没去接弟弟。反正他们订了婚，余之遇也不害羞了，尤其她现在，除了黏肖子校，其他什么都不想做，于是在他怀里蹭，轻声细语地和他聊天……

"大哥和沈前辈恋爱了。阿姨应该也快回家了吧？上次我和叔叔一起去给她送换洗衣服，她都瘦了。"

肖瑾瑜是大夫，一直在轮班，休息时都住酒店，无法回家。校明理也只有她每次下班时，尾随着她们医院的班车到酒店，隔着安全距离，远远地看妻子一眼，说两句话。

肖子校说："等援助 H 城的人员回来，人手没那么紧缺，她就能撤下来了。"

余之遇继续道："我爸说看现在的情况，这个学期可能开不了学。"

肖子校哼了声："明天学校组织召开视频会议，没有意外的话，应该要准备上网课。"

余之遇问："那你还去临水吗？"

肖子校给她掖了下被角说："应该要去，只是时间会推迟些。和我一起去？"他不想和她分开了。

余之遇在他怀里点头，在昏昏欲睡时说："教授，等民政局上班，我们去领证吧,我想嫁给你了。"

想在未来的时间里,都以夫妻之名,和你在一起。

肖子校吻她额头:"我早就想娶你了。"

想在余生,以我之姓,冠你之名。

这一夜,余之遇睡得很沉,唯一一次翻身时有了模糊的意识,她下意识地去摸肖子校的手。感觉到她的碰触后,肖子校没有躲,他掌心摊开,与她十指紧扣。

凌晨时,肖子校因胳膊一直被枕着失去了知觉,他想抽出来活动一下,可才轻轻一动,余之遇便不满似的轻哼了声,然后往他怀里贴了贴。肖子校默了两秒,还是抽出了手,然后小心翼翼地从她身上翻到另一边,换另一只胳膊给她枕。

整晚,她都在他怀里。

隔天,肖子校开完中医大的视频会议,开始准备网课事宜,晚上带余之遇回家吃饭。

以往他去临水出差,几个月不回家一趟,校明理早已习惯,见到儿子倒没表现出多惊喜,只颇为官方地说了句说:"辛苦了。"

肖子校也不失落,回敬父亲:"比起我妈,没多辛苦。"

校明理便叹了口气:"你妈确实累坏了。"说着看了眼腕表上的时间,"再倒一个班,她就能回来了。"

校谨行低声对肖子校说:"天天倒数着太后娘娘回家的时间。"

校明理听见了,他对两个儿子说:"你们都有人疼,我只管你妈。"

校谨行与肖子校对视一眼:"那您喊我们回来吃饭?"

校明理招呼两个未来儿媳妇入座:"你们是借星火和之遇的光,心里没数?"

等肖瑾瑜"出关",她见到有了女朋友的小校总时调侃道:"听你爸说当初万阳收购大兴网时你劲头特别足,还事事亲力亲为,原来是另有所谋啊。"

校谨行仔细一想,当时收购的初衷虽不完全因为沈星火,可亲力亲为确实是为她,他曲指蹭了下眉心:"不图点儿什么,我一个大总裁天天往个小网站跑?"

肖瑾瑜看着丈夫校明理说:"总裁怎么了,不也得听夫人的,是吧?"

校董立即附和妻子:"总不总裁的无所谓,不被夫人制裁便是赢家。"

沈星火见未来公婆如此恩爱幽默,对于与校谨行的未来更加期待了。但她以为,这个未来还要等一段时间,不会来得那么快。可晚餐时,校谨行才给她夹了口鱼,她胃里一阵翻涌,忽然就呕了下。

特殊时期,任何一点儿反应都会令人紧张。

校谨行条件反射似的去探她额头:"怎么了,不舒服吗?"

肖子校与余之遇坐在两人对面,闻言对视一眼。

肖瑾瑜与校明理同时放下了筷子,前者更是直接起身走了过来。

沈星火缓了两秒,轻轻拨开校谨行的手:"突然有点儿恶心。"

校谨行瞬间看向肖子校:"大校?"叫弟弟给女朋友看病的意思。

"大校什么大校?"肖瑾瑜撑儿子:"你弟弟是学药的,你妈我才是正儿八经的大夫。"

校谨行神色紧张:"那您赶紧给看看怎么回事。"

"你别说话。"肖瑾瑜已经握住了沈星火的手,手指搭在她寸关尺的位置,感受了片刻,她眉眼之间有了笑意,随即对肖子校说:"滑脉,脉象跳动有力,按之感觉往来流利,如盘走珠,应指圆滑,往来之间有一种回旋前进的感觉。"

那不就是喜脉。

肖子校瞬间领悟，笑望兄长："恭喜了，校总。"

沈星火怀孕了，在与校谨行确定恋爱关系三个月的时候。

弯道超车不过如此。

直到回到两个人的小家，校谨行还蒙着，他悄悄给肖子校发信息：措施也不保险？

肖子校觉得自家大哥是炫耀，回复：靠孩子上位，校总，胜之不武。

恋爱晚于弟弟的校谨行：我是真心求问。

肖子校撑他：我是大夫，安胎的事你问我没毛病。措施……我管得了？

校谨行才记起正事：我们现在需要注意些什么？

余之遇在这时从浴室出来，肖子校在她上床前回复：把你喜欢做的事情停一停。

余之遇靠过来，仰着小脸问："民政局什么时候能恢复办公啊？"

肖子校失笑，他放下手机，搂住她："这么着急啊，嗯？"

余之遇嘟嘴："说好了给你生小小肖，我要付诸行动。"

她是觉得和肖子校恋爱的时间更久，他婚也求了，结果被校谨行后来居上，有点儿小不甘心，像是肖子校吃亏了似的。

"长幼有序，让他们又如何？"肖子校轻抚她头发："我们顺其自然就好。"尤其余之遇身体不是太好，他是准备给她好好调理一下的，免于怀孕时更加辛苦。

余之遇躬身索吻："教授。"

肖子校满足她："嗯？"

"你喜欢男孩儿还是女孩儿？"

"生男孩儿，你欺负我们爷儿俩。生女孩儿，你们娘儿俩欺负我。"

余之遇失笑："说得好像我欺负过你似的。"

肖子校低声纠正："你是欺负不过我。"

校谨行与沈星火的婚期提上了日程。

由于沈星火的父母离婚后都有了各自的家庭，校谨行分别拜见了他们，求婚也在肖子校的协助下后补了。总之，该有的礼节、礼物及流程，他一样没少，给足了沈星火重视和仪式感。

而在民政局恢复工作的第一天，校谨行和沈星火，肖子校和余之遇，不约而同地去办理了结婚登记。除此之外，他们的婚礼也在余之遇和沈星火的提议下一起办了。

拜天地，掀盖头，身穿"凤冠霞帔状元服"的私密小型的户外中式婚礼，古风意境，喜庆脱俗，每一个环节都是满满的细节，令人羡慕又感动，唯一的小插曲——

即将礼成，需要夫妻互相鞠躬时，观礼的栗则凛在下面喊："谁鞠得低，以后谁老婆的家庭地位就高。"

肖子校和校谨行闻言都停顿了下，然后，在一众发小儿的起哄声中，双商都高的小肖教授率先反应过来，他直接趴在地上，俯卧撑了。

正准备九十度鞠躬的校总："……"没赢的机会了。

两位新娘看着为自己而努力的新郎，眉眼皆是笑意。

爱情与幸福的样子，不过如此。

随岁月奔驰，恰似白首偕老。

番外四
未来已来，我们都在

婚后一周，沈星火准备回公司工作，履行沈总职责。

校谨行不同意，哪怕无论是产检结果，还是他家太后娘娘都很确定，沈星火的胎很稳，身体无异样，他还是坚持让校太太在家待产。

现在她才孕期四个月，这个时候就在家待产，沈星火想到后面漫长的几个月，有点儿生无可恋。她耐着性子和校谨行讲道理，在他油盐不进，无意间拿出校总的姿态后，女强人的脾气就有点儿压不住了，负气地说："要知道这样，不如不怀孕了。"

她爱校谨行，愿意和他共度余生，可孩子不在她的三年计划中，她确实没做好心理准备迎接小家伙的到来，现在连班都不能正常上，对于工作至上的沈星火而言，生活节奏完全被打乱了，心情难免不好。

校谨行一时也还没有适应准爸爸的新身份，忘了孕妇情绪不稳定这茬儿，听她这么说，顿时觉得沈总是后悔和他在一起了，独自去书房生闷气。

沈星火冷静下来，意识到自己说错话了，加之体谅校总初为人父的紧张,她从卧室出来,去书房找人,才到门口就听校谨行举着手机说:"我安排个随行医生跟着她,什么没必要,不是你老婆你当然不紧张……"

沈星火站在门外没打扰。

不知道那边说了什么,校谨行隔了片刻才勉强道:"行吧,我信你一次,但是大校,万一出了问题,我唯你是问。"

能说服校总的,敢和校总叫板的,只有他的宝贝弟弟了。

沈星火笑得无奈又温柔。

"我过度紧张?这不是为人夫应该做的吗?你学着点儿吧,别成天就知道做实验……"

书房里校总还在闹情绪训诫着弟弟,沈星火转身回了卧室,等了片刻就有点儿困了,又不确定校谨行电话打完了没有,便留了地灯,钻进被窝儿先躺下了。

作为孕妇,她明显比以往贪睡了。

刚要睡着,房门就被推开了,然后是很轻的关门声,接着灯熄了,校谨行躺上了床,沈星火听见她家校总略不满地嘀咕一句:"才结婚几天,就不翻我牌子自己睡了。"

沈星火动了动。

校谨行知道她没睡,见她要翻身,赶紧托着她的背帮忙。

沈星火枕着他胳膊,在他颈窝蹭了蹭,闭着眼说:"等你儿子出生,你的牌子就可以直接撤了。"

"……我就随便小声抱怨一下。"校谨行用掌心抚着她的背,"如果是女儿,你会不会有危机感?"

沈星火没反应过来:"我为什么要有危机感?"

校谨行以愉悦的语气说:"那我不就有小情人了吗!"

沈星火就笑了:"校总移情别恋也太快了点儿。"

校谨行亲了亲她额头，妥协似的叹了口气：“工作可以，但你是孕妇，必须保证充足的休息，上班时间向后推迟一小时，晚上不能加班。”不给沈星火反驳的机会，他一锤定音，"这是我最大的让步。"

沈星火在他后腰上掐了下：“我怀孕四个多月了，属于稳定期，校总放心，我保证照顾好你儿子。”

校谨行有一会儿没说话，就在沈星火以为他睡着了时，他搂在她背后的手收回来，贴在她腹部抚了抚："我担心的是你，不是他。"

那晚的最后，沈星火答应他："我会照顾好自己。"

隔天上午九点，沈星火准时出现在办公室。她的最佳搭档余之遇也结束了假期，做回了余总。

午休时，两位女总裁一起吃饭。

沈星火问："你和肖教授确定不去旅行了？"

余之遇很细心地倒了杯水放在她手边："非常时期门都要少出，能去哪儿旅行啊？"

也对，疫情虽得到了控制，日常生活恢复正常，但疫情防控成了常态化，还是要尽量避免聚集。所以，他们在操办婚礼的时候，一切从简不说，就没考虑蜜月旅行的事。

沈星火问："你家肖教授复工了？"

余之遇挑眉："婚后第三天就回制剂室做实验去了。"

比校总还敬业。

沈星火笑："难怪他能说服校谨行，相比他，我一点儿都不工作狂。"

余之遇难得吐槽了两句："追我的时候说以前年轻，一心学术，现在是教授了，有资本做取舍，虽然做不到随叫随到，但肯定不会忽略我。可你看现在的状态，都长在实验室了，也不知道明年能不能再种出来一个肖子校陪我。"

沈星火调侃:"余哥不像是黏人的人啊。"

余之遇瞥她一眼:"谁说的,我的本质是黏人精。"

下午工作如常。

沈星火并没有任何不适,心情和状态都很好。

五点整,校谨行打来电话:"我二十分钟后到。"

校总已经把司机都派给了她,还要亲自来接她下班?

沈星火问:"你今晚没应酬?"

那边答:"推了。"末了解释一句,"不重要。"

沈星火明白他是监督自己不许加班,更为了陪她,没再多说。

几乎和预判的时间分秒不差,二十分钟后,校谨行上楼来,经过余之遇的办公室,他敲门问:"余总,一起走吗?"

余之遇抬头看见他,又抬腕看了眼时间:"教授让我七点过去接他。"

校谨行啐了声:"你就惯着他吧。"

"谁让他是一家之主呢。"余之遇眉眼一弯,"但我还是决定六点就过去给他捣乱。"

校谨行给她点了个赞,转身走了。

可说归说,等余之遇审核完第二天要发的稿子,从公司出发时,已临近七点。结果等她到了中医院,居然找不到肖子校的人了,发信息不回,打电话没人接。

这样的情况时有发生,余之遇有经验了,猜他一定是把手机放在办公室了,便给喜树打了电话,进了制剂室。

肖子校忙完从实验室出来,余之遇躺在他休息室的床上睡着了。

由于疫情,采访任务多了,记者们忙不过来,她一直在外面跑,再加上沈星火怀孕，原本不愿涉足管理工作的她又承担起了万阳网主编的重责，除了结婚休息了几天，她基本也是天天加班，很是辛苦。

而万阳药业与临水的合作已落成，尽管建基地的进度受疫情影响推后了，但前期的准备工作已经展开，再加上新制剂的研发正处于关键阶段，肖子校忙得，要不是结了婚有了家室，他肯定是要住在办公室的。

成为夫妻的两个人，反而比恋爱时在一起的时间少了。

肖子校俯身亲了亲余之遇的脸颊。

余之遇本就没睡熟，她闭着眼睛钩住他脖子，声音模糊："几点了？"

"八点半。"肖子校把她抱起来，搂在怀里，"晚饭吃了吗？"

余之遇脑门抵在他颈侧，点了点头："但现在又有点儿饿了。"

肖子校给她捏了捏肩颈："走吧，带你去吃夜宵。"

当晚，他们没有在外面吃夜宵，余之遇提议："去大哥家蹭大嫂的孕妇餐。"

两家别墅距离很近，蹭完夜宵步行回家正好当是消食了。

肖子校一边稳稳打着方向盘，一边拨校谨行电话，让他哥给余哥留一份吃的。

十五分钟后，见两个女人坐在客厅吃着夜宵聊着天，厨房的校谨行拿胳膊肘碰了肖子校一下："你家那位也有喜了？"

肖子校给自己倒了杯水，喝了一口才说："我们还没享受够二人世界。"

校谨行还嘴硬："我们现在这样也是二人世界。"

肖子校偏头看他一眼，勾了下唇没说话。

校谨行秒懂弟弟这一眼是嘲笑他不能随心所欲做喜欢做的事了，撑了句："你也早晚的事。"

肖子校笑开。

日子就这样平淡而幸福地度过，九月学校开学，肖子校又带学生去临水上采药实践课了，而鉴于药材基地开始动工建设，肖教授除了要教书育人，还要同步开展万阳药学顾问的工作，完全抽不出时间回南城了。

眼看着肖子校出差一个多月了，沈星火不止一次催促余之遇："把你手上的工作放一放，去慰问一下你家肖教授啊。"

余之遇不走心地说："天天视频，没胖、没瘦、没黑，慰问什么？"

她坚持留守公司，是为了帮沈星火分担，可人家也是新婚夫妻，总这样两地分居怎么行，沈星火说："你家肖教授昨晚还打电话给校谨行，说校总再压榨你，他就要撂挑子了。"

余之遇托腮看她："我家教授那么敬业，才不会说这种话，校总肯定添油加醋了。"

校谨行在这时进了办公室，插话道："是我添油加醋，还是你老公得了相思病，等你去了你就知道了。"

余之遇整理办公桌准备下班，贫嘴道："对症下药，他最擅长，我还担心他生病吗？"

校谨行把手上的资料递给她："校总派你把这份资料给他送过去。"

余之遇拿起资料翻了翻，是关于临水基地建设的，她抬头问："公费出差吗？"

以往肖子校说余之遇皮，校谨行还没觉得，自打他们都结了婚，余之遇没事就领着老公去他家蹭夜宵，他慢慢了解了余哥的皮，于是说："对，公差，报销往返机票，同时享受总裁级别日补。"

余之遇欢呼一声，把资料往包里一收："早说嘛，现在就出发去机场。"

校谨行喷了声："到那儿都凌晨了，你给我明天走！"

余之遇秒速离开办公室："等不到明天了。"

校谨行无语,他低头看沈星火:"这么急吗?"

沈星火握住他的手:"出差三天就火急火燎连夜往家赶的是谁啊?"

校谨行反驳一句:"我是为了谁啊?"

沈星火笑着抚了抚隆起的小腹:"为了你的小情人呗。"

余之遇舍不得肖子校开夜车去机场接她,当然不会真的连夜出发,她是隔天下午到的临水,由于她提前和校谨行通了话,肖子校并不知道她去。

到宿舍放下行李,余之遇和李嫂说了几句话,就直奔在建的中草药基地探班去了。等她根据工人的指引找到肖子校时,他正戴着安全帽蹲在一片湿地里像是在……采药?直到他的狗儿子草药叫了两声朝余之遇冲过去,肖子校才站起来,转身。

逆光晕影里的女人,嘴里叼着一根草,站在绿树与草地之间笑问:"老乡,知道临水村怎么走吗?"

肖子校眼角眉梢的笑意渐浓,抬手指向她左边:"沿那条路往山下走,以你的脚程,二十分钟能到。"

此刻他正站在湿地里,裤角挽至膝盖处,可能是午后的阳光有点儿烈,太热了,身上的T恤下摆也是向上卷起的,额头有汗,手臂上沾着泥点,要多狼狈有多狼狈。

余之遇的目光在他紧实而有力量的腰肌上停顿了下,问:"你不下山吗?"

肖子校笑着答:"不下。"

余之遇歪着脑袋盯着他看:"要不一起……"一副邀他一起下山的模样。

肖子校截断她的话,说:"没蛇、没狼,没什么可怕。反而是我,不太安全。"

余之遇明知故问:"为什么啊?"

肖子校憋不住笑:"因为一个月没见到老婆了。"

余之遇搂着草药的脖子训他:"教授你再大点儿声,全世界都听见了。"

肖子校垂眼笑。

余之遇在临水住了一个月,肖子校上课时,她是学生,肖子校去基地时,她是助理,她陪着肖子校一起见证着基地的建设,见证着临水一步步走出贫穷。

这一阶段的工作完成后,肖子校把苗苗带回了南城。苗奶奶因病去世了,苗苗成了孤儿,他和余之遇商量过后,决定领养苗苗。

校长爸爸终于成了苗苗真正的爸爸,像是冥冥中注定的缘分。

领养手续办完的那一天,恰好沈星火生了,顺产,七斤多的男孩儿。

校谨行哭了一场,因为生产前看见沈星火疼得满头满脸的汗,心疼的。等沈星火醒过来,问他:"你儿子呢?"

他握着她的手说:"不知道。"随后又反应过来,"是儿子?"

他是真的什么都不知道了。孩子被抱出产房时,他看都没看一眼,就去接沈星火了,然后一直在她床前守着,寸步未离,更不记得护士出来时说:"母子平安。"

"关注我到这种程度,也很全心全意了。"想到自己进产房前他抹眼泪的情景,沈星火回握了下他的手,"以后可别哭了,不符合校总的霸总形象。"

校谨行坐到床边,躬身抱住沈星火:"没有以后。"

他的意思是,以后不再生了。

沈星火轻抚他的背:"那欠你的小情人怎么办?"

校谨行被逗笑了,他亲吻妻子:"以你相抵。"

用你的一辈子与我相守,才是我的未来。

阳光里有风,风里带着温柔。未来已来,我们都在,是这世间,最圆满的爱。